잠실동
사람들

정아은 장편소설

한겨레출판

차례

1. 대학생 이서영 * 9

2. 지환아빠 허인규 * 18

3. 지환엄마 박수정 * 35

4. 어학원 상담원 지윤서 * 45

5. 과외 교사 김승필 * 61

6. 지환엄마 박수정 * 76

7. 파견 도우미 최선화 * 95

8. 원어민 강사 지미 더글러스 * 115

9. 해성엄마 장유미 * 128

10. 초등학교 교사 김미하 * 161

11. 해성엄마 장유미, 지환엄마 박수정, 태민엄마 심지현 * 177

12. 카페 주인 이태용, 박수진 ✦ 208

13. 학습지 교사 차현진 ✦ 223

14. 경훈엄마 강희진 ✦ 249

15. 과외 교사 김승필 ✦ 283

16. 해성아빠 고성민 ✦ 297

17. 경훈엄마 강희진 ✦ 318

18. 초등학교 교사 김미하 ✦ 338

19. 대학생 이서영 ✦ 365

20. 초등학교 교장 최정상 ✦ 378

21. 지환엄마 박수정 ✦ 388

22. 태민엄마 심지현 ✦ 399

23. 해성엄마 장유미 ✦ 413

24. 초등학생 허지환 ✦ 428

해설 _ 싱크홀 서희원(문학평론가) ✦ 439
작가의 말 ✦ 459

잠실동
사람들

대학생 이서영(1995~)

남자의 몸이 요동친다.

숨소리가 커진다.

신음이 새어 나온다.

서영은 거세게 몸을 흔드는 남자의 구취를 참으며 이를 악물었다.

이건 사람이 아니다. 서영은 남자의 어깨 뒤로 보이는 누런 천장 벽지를 올려다보며 정해진 매뉴얼대로 생각하려 애썼다. 지금 내 몸 위에 있는 건 사람이 아니라 벌레다. 물컹물컹한 살점이 덧입힌 커다란 벌레. 몸통에서 침과 진물이 떨어지긴 하겠지만 그것은 내 몸 안으로 침투하지도, 영구적이지도 않을 것이다. 벌레 따위에게 감정을 실을 필요가 있겠는가. 조금만, 조금만 버티자.

"잠깐. 무단 침입할 수는 없지."

거칠게 밀어붙이던 남자가 멋쩍게 웃으며 동작을 멈췄다. 바닥에 구겨져 있던 바지 뒷주머니에서 콘돔을 꺼내 장착하고 다시 서영의 몸 위에 올라탔다.

그녀는 입술을 깨물었다. 이제, 매뉴얼 따위론 이겨낼 수 없는 시간이 도래했다.

"아…… 한다…… 한다……."

탄식 같은 혼잣말과 함께 남자의 몸짓이 격렬해졌다. 그녀는 고개를 돌렸다. 남자의 입에서 나는 냄새 때문에 금방이라도 구역질이 날 것 같았다. 어떡하지? 그녀는 입을 앙다물었다. 노트북! 노트북을 생각하자. 그녀는 처음 수강신청을 하던 날을 떠올렸다. 피시방을 찾아다니느라 듣고 싶었던 과목을 하나도 신청하지 못했던 그날을. 컴퓨터가 없어서 기일을 넘겼던 과제들도 많았다. 오늘, 이 남자에게서 돈을 받으면 노트북을 살 수 있을 것이다. 대출금 이자, 방세, 전기 요금, 통신 요금, 세미나 부교재비…… 노트북 외에도 돈 들어갈 데는 얼마든지 있다. 견뎌야 한다.

"서희야! 서희야!"

남자의 입에서 그녀의 가명이 터져 나왔다. 마지막 순간이 도래했다는 신호였다.

그녀는 눈을 감고 시트를 움켜쥐었다. 다른 여자들은 이런 순간에 무슨 생각을 할까? 그녀는 보통 돈을 생각한다. 앞으로 써야 할 돈, 몸 위에서 헐떡이는 남자가 곧 지불할 돈. 하지만 오늘은 그게 잘 되지 않는다.

이 남자가 나를 점령하고 있다.

이 남자가 나를 가졌다.

이 멍청한 남자는 원하던 모든 것을 손에 넣었다. 하지만 나는…….

수치심과 패배감이 몰려왔다. 그녀는 주먹을 꼭 쥐었다.

영겁처럼 느껴지는 긴 시간. 드디어 남자가 움직임을 멈추었다. 가쁜 숨을 몰아쉬며 그녀의 몸 위로 무너져 내렸다. 그녀는 남자를 밀쳐내고 화장실로 뛰어가고 싶은 걸 가까스로 참았다. 오늘 아침, 옆집 현관에 걸려 있는 우유를 훔쳐 먹은 것 외엔 아무것도 먹지 못했다. 차비가 없어서 학교도 가지 못했다. 남은 시간 15분. 조금만 기다리면 이 남자의 지갑에서 15만 원이 나올 것이다.

"바나나 한 송이에 3,000원! 당도 보장 필리핀산 바나나가 한 송이에 3,000원!"

불쑥, 굵은 남자 목소리가 방 안을 파고들었다. 창문을 닫아놓았는데도 노점상의 목소리는 손에 잡힐 듯 가까웠다. 커튼이라도 달 걸 그랬다. 남자의 몸에 깔려 힘겹게 숨 쉬면서 서영은 생각했다. 이곳으로 이사 온 것은 지난달 초였다. 지하의 좁은 원룸이지만 지하철역이 가깝고 월세가 저렴해 그 자리에서 바로 계약했다. 집의 왼쪽 반 정도가 지상에 나와 있어 맑은 날이면 창문으로 햇살이 살짝 비쳐 들었다. 하지만 신천역 먹자골목과 맞닿아 있어 낮에는 노점상과 행인 들 소리에, 밤에는 유흥업소 직원과 취객 들 소리에 시달려야 했다. 그래도 전에 살던 영등포 고시원에 비하면 천국이나 다름없었다. 팔다리를 쭉 펴고 기지개를 켤 수 있는 게 어딘가. 혼자만 쓰는 화장실과 샤워실의 유용함은 말할 필요도 없을 것이다.

행위 후 족히 5분은 그녀의 몸 위에 널브러져 있곤 하던 남자의 몸을 일으켜 준 것은 핸드폰 벨 소리였다.

벨 소리가 들리자 남자는 벌떡 일어나 양복 윗도리에서 핸드폰을 꺼내 들었다.

"지환이구나! 아빠? 아빠 지금 일하는 중이야."

남자가 아들과 통화하는 새 그녀는 몸을 빼내 화장실로 갔다. 지환아 고맙다! 정말 착한 아들이로구나! 끈적끈적한 가랑이를 물로 씻어 내리면서, 서영은 연신 중얼거렸다.

스무 살 대학생인 서영이 이 알바를 시작한 것은 두 달 전, 대출금 이자를 내지 못해 카드 회사에서 독촉전화를 받은 날부터였다. 내야 할 날짜에서 며칠 지나지 않았는데도 이자는 눈덩이처럼 불어나 있었고, 파트타임으로 일하고 있던 고깃집의 사장은 얘기를 꺼내자마자 가불은 절대 해줄 수 없다고 잘라 말했다. 짧은 시간에 큰돈을 벌 방법을 찾던 그녀의 눈에 매춘을 암시하는 광고 문구가 들어온 것을 시작으로, 생각지도 않은 길에 발을 내딛게 되었다. 정부지원 학자금 대출 대상자에 포함되었다면 이 길에 들어서지 않았을까? 가끔 그녀는 생각해본다. 넉 달 전, 대학 입학을 앞두고 등록금을 준비하던 그녀는 자신이 정부지원 학자금 대출을 받을 수 없다는 사실을 알게 되었다. 그녀의 부모가 살고 있는 하남의 낡은 상가주택이 시가로 2억이 넘는 바람에 지원 대상에 들어가지 못했던 것. 부모와 연을 끊었고, 설사 연을 끊지 않았다 해도 자식 셋을 건사하려고 이미 집을 담보로 대출을 한도까지 꽉 채워 받은 그녀의 부모가 대학 등록금을 대준다는 건 꿈에서도 상상할 수 없는 일이었지만, 그런 사정은 관공서에 조금도 먹혀들지 않았다. 은행에 제공할 담보도 없었던 그녀는 결국 비싼 이자를 내야 하는 카드 회사에서 돈을 빌려 등록금을 냈다.

"와이즈 리더? 그게 어디 있는데? 그냥 당신이 가면 안 돼?"

화장실에서 나왔을 때 남자는 어깨와 머리 사이에 전화기를 끼운 채 양말을 꿰신고 있었다. 통화 대상이 그새 부인으로 바뀐 듯 어조가 가라앉고 경직돼 있었다. 서영은 남자의 눈치를 보며 조심조심 속옷을 챙겨 입었다.

통화를 마친 남자가 옷을 챙겨 입더니 화장실 옆에 쭈그리고 앉은 서영의 브래지어 속으로 손을 쑥 집어넣었다.

"미안해. 와이프가 어디 좀 들렀다 오라고 해서."

남자가 그녀를 당겨 안았다.

서영은 남자의 구취를 피해 숨을 참으며 바닥에 놓인 핸드폰을 곁눈질했다. 6분. 이제 6분만 참으면 된다.

"어디?"

남자는 서영이 이 일을 하면서 만난 세 번째 상대였다. 허인규. 마흔 살. 서울 거주. 두 아이의 아빠. 변태 아닌 정상적이고 평범한 남자. 이것이 몇 번의 쪽지를 주고받은 후 그녀가 인규에 대해 알아낸 정보였다. 두 번째 상대가 가학 행위를 즐기는 남자였다. 그 남자를 겪은 뒤부터, 금액이 적더라도 위험하지 않은 상대를 찾는 데 중점을 두었다. 다행히 인규는 그녀가 파악한 그대로였다. 훤칠한 키에 각이 진 얼굴, 투박하지만 선해 보이는 눈매. 인규는 서영 같은 알바녀에게도 나름 배려심을 보여주는 자상한 남자였다.

"영어 학원. 아니다, 영어 도서관인가? 아무튼 영어 관련 기관인데, 거기 들렀다 오래. 보나 마나 돈지랄하는 곳이겠지."

첫 만남부터 인규는 자신과 가족에 대해, 회사 사정에 대해 구구절절 늘어놓았다. 남자들도 소소한 일상에 대해 길게 떠들 상대가 필요하다는 것을 서영은 인규를 통해 처음 알았다.

"와이즈 리더는 도서관형 영어 학원이야."

인규의 품에서 빠져나오며 서영이 차갑게 말했다.

"와우, 어떻게 알았어? 자기 혹시 대학생이야?"

서영은 학교 근처 와이즈 리더 분점에서 며칠 동안 아르바이트를 했던 적이 있다. 하지만 그 얘기를 인규에게 하지는 않는다. 그녀는 알바 상대로 만난 남자에게 어떤 신상도 알려주지 않는다.

"빨리 가야 하지 않아?"

그녀가 팬티 속으로 들어오는 손을 뿌리치며 말했다.

"우리 오늘 엄청났는데, 그치?"

인규가 아쉬운 듯 그녀의 머리를 만지다가 양복 안주머니로 손을 넣었다.

그녀는 숨을 죽였다. 혹시 15만 원보다 더 많이 주는 것은 아닐까? 그동안의 관례를 깨고 인규를 집 안에 들여놓은 것은 인규가 집에서 만날 수 있다면 원래 금액에 모텔비만큼 더 얹어주겠다고 말했기 때문이었다.

인규는 5만 원짜리 두 장과 1만 원짜리 네 장, 1,000원짜리 여섯 장을 꼼꼼히 센 뒤 건네주었다. 서영은 낚아채듯 그 돈을 가져갔다. 실망스러운 금액이었지만 일단 돈을 손에 쥐는 게 중요했다. 14만 6,000원이라. 이 남자가 그동안 역삼동 신축 모텔에 낸 대실료가 2만 6,000원이었다는 소리다. 정기권이라도 끊었나? 참 싸게도 해결했다.

"우리 다음엔 더 잘할 수 있을 거야."

인규가 다정하게 속삭이며 그녀의 목덜미에 키스했다.

"얼른 가."

목에 묻은 침을 손으로 닦아내며 그녀가 쥐어짜듯 말했다. 인규는 그녀를 자기 애인인 양 대한다. 돈을 매개로 만났지만 나름 배려하며 대했기 때문에 상호 친분이 생겼다고 생각하는 것이다. 다섯 번의 만남을 가지면서 실제 인규는 그녀에게 정이 든 것 같기도 했다. 그녀는 그런 그가 징그러워서 견딜 수가 없다. 이렇게 느끼하게 굴 때는 차라리 변태에게 가학 행위를 당하는 게 낫겠다는 생각까지 든다.

"다음에도 집에서 만날까? 꼭 결혼한 것 같고…… 좋은데?"

기어이 이 말을 덧붙이고서야 인규는 집을 나섰다. 빛바랜 옥색 철제 현관 문을 열고 나가는 인규의 뒷모습을 보면서, 그녀는 자신이 큰 실수를 저질렀다는 것을 깨달았다. 그동안 어떤 경우에도 알바 상대를 집에 들이지 않았다. 집 근처에서는 아예 만남 자체를 갖지 않았다. 굴욕의 시간을 견뎌내고 집에 돌아와 몸을 박박 문지르고 나면 완전히는 아니어도 그 행위에서 분리되는 느낌을 받았다. 하지만 이제, 집도 더럽혀졌다. 그녀는 현관문을 잠근 뒤 그대로 주저앉았다. 더운 눈물이 죽죽 흘러내렸다. 아까부터 울고 싶은 걸 참았다. 인규는 행위 뒤에 그녀가 울면 좋아서 어쩔 줄 몰랐다. 그 바람에 흥분해서, 즉석에서 한 시간을 연장한 적도 있었다. 그런 인규에게 우는 모습을 보이고 싶지 않았다. 아무리 돈이 궁해도.

서영은 어기적어기적 일어서서 창가로 갔다. 웃기고 있어. 우는 모습을 보이고 싶지 않다고? 그러는 애가 모텔비 없어준다고 집에서 알바를 해? 처음이 일을 하던 날, 그녀는 상대에게 인간적인 감정을 갖지 않겠다고 굳게 결심했다. 돈 때문에 어쩔 수 없이 하는 일이니 잠깐 죽었다 살아나는 거라 생각하고 철저히 기계적으로 대응하겠다 다짐했다. 실제 대면한 현실은, 생각과 달랐다. 몸 위의 남자에게 굴욕감을 느꼈고, 죽고 싶을 정도로 수치스러웠다. 자꾸 만나 인간적 특성을 엿볼 수 있게 되는 인규에겐 특히 그랬다. 그녀가 생각하기에 그는 한심하고 멍청한 중년 남자였다. 하고한 날 소파에 드러누워 텔레비전이나 볼 것 같은, 생각 없는 아저씨의 전형으로 보였다. 틈만 나면 책을 읽고 공부하는 자신보다 세상을 보는 눈이 훨씬 좁고 형편없을 것이었다. 하지만 둘의 관계에서, 인규는 확실히 우위를 차지했다. 그가 원하는 것을 말하면 그녀는 따라야 했다. 그의 머릿속에서 그녀는 수동적이고 어린 여자아이에 불과할 것이었다. 엉덩이를 올린 채 묵묵히 흔들림을 감내하는 순종적인 여자아이. 그 아이가 책을 탐닉하고, 세상에 끝없이 질문을 던지고, 토론 수업에서 맹렬하게 논리를 펼치는 젊은이라는 것을, 그는 영원히 알 수 없으리라. 그녀는 그것이 억울했다. 돈이 아니었으면 결코 만나지 않았을 저열한 남자에게, 돈이 아니었다면 살은커녕 시선도 섞지 않았을 남자에게 그따위로 평가받는다는 것이.

손바닥만 한 창문을 열자 자동차 클랙슨 소리가 냉큼 들어왔다. 오늘, 너무 배가 고팠다. 인규가 전화하지 않았다면 편의점에 가서 뭘 훔쳐 먹었을지도 모른다. 스스로 정당화하면서 그녀는 엄지와 검지 끝을 사용해 바닥에 널린 휴지들을 치우기 시작했다. 최대한 손을 대지 않으려 노력했지만 구겨진 틈 사이로 삐죽이 나와 있던 고름 같은 체액에 손이 닿고 말았다. 그녀는 고개를 돌린 채 우악스럽게 휴지를 그러모아 쓰레기통에 버렸다. 화장실에서 수십 번 비누칠해 손을 씻고 나온 뒤, 반쯤 열린 창문을 끝까지 열어젖혔다. 창문을 한 시간 동안 열어놓으면 그 짓의 흔적이 사라지는 거다. 그렇게 생각하자. 그 동안 밖에 나가서 밥을 먹고 오는 거다. 순두부찌개에 제대로 된 반찬이 나오는 가게로 가야지. 그리고 들어와서 공부를 하자. 내일 있을 발표 자료를 완성하려면 오늘 밤을 새워야 할지도 모른다.

서영은 바닥에 쌓인 옷가지를 뒤져 검은색 티셔츠를 찾아냈다. 왼쪽 가슴에 흰색 악마 그림이 프린트된 라운드 티였다. 치가 떨리는 짓을 한 뒤엔 이 티를 입는다. 공부하다가 졸음이 쏟아지면 티셔츠에 그려진 그림을 본다. 자신이 어떻게 번 돈으로 공부하고 있는지 확인하고 전의를 다진다. 나름 자부하는 세리머니다. 인규에게 받은 돈에서 만 원을 꺼내 청바지 주머니에 구겨 넣고 현관을 나서는데, 코끝이 다시 찡해졌다. 그녀는 세차게 눈을 깜빡여 눈물을 흡수한 뒤 빠르게 계단을 올라갔다.

지환아빠 허인규(1974~)

지상으로 올라오자마자 인규는 크게 숨을 내쉬었다. 바깥바람을 쐬니 살 것 같았다.

저렇게 좁고 냄새나는 곳에 사람이 살다니.

생각하면서도 그는 슬그머니 미소 지었다. 입술을 깨물며 고개를 돌리던 서희의 창백한 얼굴이 자꾸 떠올랐다. 그는 발을 떼다 말고 방금 빠져나온 건물을 돌아보았다. 여기저기 금이 가고 귀퉁이가 떨어져나간 낡은 3층 건물 입구 옆으로 갈색의 대형 고무대야가 놓여 있는 게 보였다. 대야에는 요구르트 병과 바나나 껍질, 소주병 같은 쓰레기들이 잔뜩 담겨 있었는데, 자세히 보면 그 중앙에 말라비틀어진 식물의 잔해가 솟아 있는 걸 볼 수 있었다. 대야 옆에는 녹슨 가스레인지와 깨진 타일, 먼지가 잔뜩 앉은 카펫이 널려 있고, 그 위로 전봇대에서 나온 전선들이 머리카락처럼 지저분하게 엉켜 있었다. 사람 하나가 겨우 지나갈까 말까 한 길을 사이에 둔 앞 건물 1층 한쪽엔 '아브라카다브라 마술'이란 간판을 매단 술집이, 그 옆엔 칠이 벗겨져 시멘트가 드러난 벽에 붉은 페인트로 '어름'이라고 써놓은 정체를 알 수 없는 가옥이 있었다. 어름? 얼음을 말하는 건가? 영업을 하거나 사람이 산다고 보기 어려운 허름한 집에 쓰인 붉은 글자를 한동안 바라보다가 그는 세게 목을 내리쳤다. 아까부터 날파리 한 마리가 자꾸 들러붙고 있었다. 그는 얼굴을 찡그리며 목을 벅벅 긁다가 돌아서서 걷기 시작했다. 10분 거리에 자신이 사는 아파트가 있었다. 아는 사람들 중 이쪽 주택가에 사는 사람은 없지만 그래도 누군가 마주치기라도 하면 큰일이었다. 큰길가를 통과해 왼쪽으로 돌아서자 멀리 신천역이 보였다. 그는 안도의 한숨을 내쉬었다.

귀여운 것.

그는 실실 웃으며 느긋하게 걸었다. 서희는 그가 만난 여섯 번째 매춘 상대였다. 그 전에 만났던 상대는 모두 업소 출신의 닳고 닳은 여자들이었다. 남자의 생리에 밝고 시간을 보내는 법, 돈을 뜯어내는 법을 잘 알고 있었다. 정해진 시간이 끝나 돈을 지불하고 나면 다시 만나고 싶단 생각이 들지 않았다.

서희는 달랐다. 서툴고, 일을 싫어하는 기색이 역력했다. 돈에 대한 절실함과 일에 대한 혐오감이 앳된 얼굴에 그대로 드러났다. 그것이 그의 마음을 건드렸다. 이 아이에게 도움을 주고 싶다. 이 아이와 좀 더 인간적인 관계를 맺고 싶다. 서희에게 말을 쏟아놓으면 마음이 편해졌다. 눈을 가늘게 뜨고 쳐다보다가 고개를 끄덕일 뿐인데도 그녀에겐 말을 쏟아놓게 하는 묘한 분위기가 있었다.

집의 반 이상이 올라앉아 만들다 만 계단처럼 보이는 조잡한 방, 이불과 옷들이 뒤엉켜 있는 퀴퀴한 실내, 노랗게 변색된 변기에서 풍기는 악취, 머리 부분이 깨져 갑자기 물이 튀어나오는 샤워기, 곰팡이가 슨 한쪽 벽에 무질서하게 쌓여 있는 책 무더기. 집에 들어서는 순간 서희의 정체를, 서희가 몸을 파는 이유를 단박에 알았다.

고학생이었단 말이지.

그는 씩 웃었다. 대학생이라고 생각하니 서희에 대한 호감도가 쑥 올라갔다.

이 나이에 대학생이랑 사귀다니. 전생에 나라를 구한 게야.

그는 신천역 사거리에서 푸른 등이 켜진 횡단보도를 건넜다. 횡단보도가 끝나자 높이 솟은 아파트 건물이 즐비하게 펼쳐졌다. 눈앞의 건물들이 5층짜리 주공아파트 1단지를 헐고 재건축한 엘스, 거기에서 다시 오른편으로 횡단보도를 건너면 2단지를 헐고 재건축한 리센츠가 나온다. 그가 살고 있는 곳이다. 그는 멈춰 서서 높이 뻗은 리센츠의 시원시원한 직선을 올려다보았다. 상가 바로 옆에 있는 분수대와 벤치도 찬찬히 둘러보았다. 매일 보던 풍경인데 처음 보는 것처럼 낯설었다. 서희의 집이 있는 주택가에서 걸어 나와 횡단보도 하나를 건넜을 뿐인데, 완전히 다른 풍경이 펼쳐지고 있었다.

리센츠 상가 문을 열고 들어서려는데 핸드폰 벨이 울렸다. 그는 화면을 들여다보고 눈살을 찌푸렸다. 김현철. 그가 속한 부서의 부사장이었다. 그는 미국계 전자제품 회사인 일렉트론 코리아에서 일하고 있다. 영업부 마케팅팀 팀장이면서 김현철 부사장의 최측근 노릇을 하고 있다.

전두환에게 장세동이 있었고 김대중에게 박지원이 있었다면 김현철에겐 허인규가 있지. 같은 부서 직원들이 이렇게 쑥덕거릴 정도로 그는 김현철 부사장의 의중을 읽고 실현하는 데 능했다.

"어디 계십니까?"

부사장의 낮고 느끼한 목소리가 수화기를 타고 흘러나왔다. 부사장은 직원수 삼백 명이 넘어가는 거대 부서의 장이지만 아랫사람들에게 꼬박꼬박 존댓말을 쓴다.

"테크플러스 이 부장 만나고 들어가는 길입니다."

말하면서 인규는 깜짝 놀랐다. 미리 준비하기라도 한 듯 거짓말이 술술 흘러나왔다. 회사 생활 13년. 거짓말 없이 사회생활 하기는 불가능하다는 걸 알고 있지만 가끔 생각지도 않았는데 거짓말이 나오면 스스로도 화들짝 놀란다.

"다시 들어오십니까?"

다시 깍듯한 존댓말. 인규는 부사장의 존댓말이 역겨웠다. 다시 들어오느냐고 묻는데 안 들어가겠다고 할 수는 없는 일, 사실상 들어오라는 명령을 예의를 잔뜩 차려 말하는 부사장의 심사가 오늘따라 유난히 귀에 거슬렸다.

"물론입니다. 무슨 일 있습니까, 부사장님?"

부탁한 영어 학원도 알아보고 모처럼 일찍 들어가 아내를 기쁘게 해주고 싶었는데 오늘도 일찍 들어가긴 틀린 것 같다. 부사장이 직접 전화해서 들어올거냐고 묻는 건 큰 건수가 있다는 뜻이다. 이럴 줄 알았으면 서희에게 들르지 말고 집에서 잠시라도 있다 올 걸 그랬다. 요즘 아내의 심사가 안 좋아 보여 은근히 신경이 쓰인다.

"들어와서 말씀하시죠. 이만 끊겠습니다."

여느 때처럼 부사장은 일방적으로 전화를 끊었다.

회사에 들어갔을 때, 마케팅팀 직원들은 모두 퇴근하고 민희선 대리와 곽용규 과장만 컴퓨터 화면을 들여다보고 있었다.

"도대체 조직개편은 언제 시작할 겁니까?"

부사장실 문을 열고 들어서자마자 호통이 날아왔다. 인규는 머리를 긁적이며 부사장이 책상 위로 내던진 서류를 들어 올렸다.

핵심인재 재배치 전략 기획서.

인규가 이틀 전에 부사장에게 올렸던 기획안이었다.

"이거…… 안 된다고 하지 않으셨습니까?"

허 차장이 뭘 안다고 이런 걸 만듭니까? 시간 있으면 대리점 관리나 제대로 하세요! 기획안을 내밀자마자 부사장은 이렇게 말했었다.

"내일까지 기획안 형식 갖춰 올리고 바로 실행 들어가세요."

침착하게 말했지만 부사장의 음성엔 분노가 깔려 있었다. 얼마 남지 않은 옆머리를 쓸어 넘기는 손끝도 떨렸다. 인규는 잠깐 동안 부사장을 쳐다보다가 기획안을 들고 부사장실을 나왔다. 그가 자리를 비운 동안 무슨 일이 있었던 게 분명했다.

"좀 전에 싱가포르에서 전화 왔었는데, 그 전화 받고 계속 저 상태세요. 혼자 서류 집어 던지고 우리 쪽에 와서 괜히 이것저것 트집 잡더니 차장님 어디 갔느냐고 계속 찾던 걸요?"

자리로 돌아와 민 대리의 설명을 듣고 나서야 인규는 사태를 짐작할 수 있었다.

사장이 드디어 칼을 빼 든 것이다.

넉 달 전, 전 미국인 지사장이 본국으로 돌아가고 새로 한국인 지사장이 부임해왔다. 의욕 넘치고 혈기 왕성한 신임 사장은 부임한 첫날부터 회사의 문제점들을 파악하는 데 주력했는데, 그중 하나가 바로 김현철 부사장이었다.

김현철. 작고 통통한 몸집에 가운데 정수리가 완전히 비어 있는 50대 중반의 남자. 학력, 능력, 인격 중 어느 것 하나 갖추지 못했지만 실세를 알아보는 눈과 노골적이고 섬세한 아부 실력에 힘입어 7년 전 일렉트론 핵심부서의 실세로 등극해 이날까지 군림해왔다. 미국 본사에 확실한 백을 갖고 있는 이 남자의 파워에 과거 한국 지사장으로 왔던 미국인들은 아예 문제를 제기할 생각조차 하지 않았다. 올해 초, 본사에서 한국 지사를 철저히 현지화하기로 방침을 바꾼 이후부터 사정이 바뀌었다. 얼굴마담에 지나지 않았던 미국인 지사장 대신 능력 있는 한국인을 지사장에 앉히고 인사권을 비롯해 다양한 결재권을 부여하면서 현지 지사장에게 힘을 실어준 것이다. 새로 온 지사장은 유명 외국계 제조 회사 두 군데에서 CEO를 지낸 유명 인사로, 냉철하고 열정적인 경영 스타일로 정평이 나 있었다. 지사장으로 부임해온 지 한 달 만에 일렉트론 코리아의 고질병이 영업부 헤드인 김현철이라는 사실을 파악하고 바로 대처에 들어갔다.

인규에게 고난이 시작된 것은 그때부터였다. 사장의 노골적인 견제를 받게 된 부사장은 패닉 상태에 빠졌다. 일다운 일을 해본 적이 한 번도 없었던 부사장에게 사장이 내리는 놀라운 지시, 이를테면 부서 구조조정이라든가 분기 내 이익창출 방안 마련 같은 요청은 애당초 불가능한 일이었다. 부사장의 대처는 오직 인규에게 화를 내는 것, 사장에게 당한 만큼 인규에게 화풀이하는 것뿐이었다. 보다 못한 인규가 사장의 의중에 맞추어 작성해 올린 것이 이 기획안이었다. 하지만 부사장은 그것이 무엇을 의미하는지 파악조차 하지 못한 채 인규에게 건방지다고 화부터 냈다.

자신의 지시에 부사장이 아무런 반응을 보이지 않자 사장은 싱가포르 지사에서 똑같은 명령이 내려오도록 압력을 넣었을 것이다. 조금 전에 걸려왔다는 전화는 그에 대한 결과물이었으리라. 그 이전에 거쳐간 얼굴마담 격 사장을 대하던 버릇이 몸에 배어 현지 사장의 말에는 꿈쩍도 하지 않던 부사장이 싱가포르 쪽 전화를 받고서야 마침내 반응을 보이기 시작했다. 인규가 올린 기획안대로 하라고 실행명령을 내린 것이다.

인규는 벌떡 일어나 부사장실로 들어갔다.

"어떻게 해야 좋을지 모르겠습니다."

들어서자마자 불쑥 내뱉었다. 구부정하게 앉아 마우스 스크롤을 긁던 부사장이 눈을 동그랗게 떴다.

"어떻게…… 라니요? 기획안, 허 차장님이 작성하신 거 아닙니까?"

"물론 제가 했지요. 하지만 기획안을 실행에 옮기는 건 제 위치에서는 무리가 아니겠습니까?"

영업부의 실권은 부사장이 쥐고 있지만 명목상 총책임자는 권영석 부장이다. 부서 내 인사이동 같은 공식적인 일은 권 부장이 실행하는 게 보기 좋을 것이다. 권 부장도 부사장의 말이라면 무조건 예스부터 하고 보는 인물이다. 권 부장이 하나 인규가 하나 크게 차이는 없겠지만 인사이동이니만큼 모양새라는 걸 무시할 수 없다.

"직접 해도 좋습니다."

인규를 위아래로 흘겨보던 부사장이 인심 쓰듯 말했다.

"제 말은 권영석 부장님이……."

"권 부장 회사 그만둔답니다!"

인규가 입을 쩍 벌렸다.

"다른 회사 간답니다!"

인규가 망연자실한 표정을 짓자 부사장이 짜증 난다는 듯 다시 말했다.

인규는 재빨리 머리를 굴렸다. 권 부장이…… 회사를 그만둔다고? 벌써 엑소더스가 시작된 건가?

"그럼 천영세 부장님은……."

"천 부장 얘기는 꺼내지도 마요! 이 자리 안 오겠다는 사람을 왜 굳이 앉히라고 하는지 원……."

천영세 부장은 영업부 내에서 유일하게 부사장에게 반기를 들었다가 고객상담팀 팀장으로 밀려난 용감하고 무모한 인물이다. 사장이 막후에서 이 사람을 영업부장으로 앉히라고 여러 번 압력을 넣었지만 부사장은 꿈쩍도 하지 않았다. 그동안 남모르게 부사장이 천 부장을 영업부장으로 앉히려고 움직였던 걸까? 그걸 천 부장이 거절한 걸까? 현재의 부장은 회사를 옮기고, 새로 앉히려는 사람은 자리를 거절한다? 인규는 갑자기 한기를 느꼈다. 사태가 심상치 않았다.

"그렇다고 나이 드신 분들도 포함되어 있는 인사이동을 제가 한다는 것은 아무리 생각해도…….”

“하세요. 제 의중이 실린 일입니다. 모두들 받아들일 겁니다.”

흥, 왕이라도 된 듯한 말투군. 인규는 부사장의 얇고 핏기 없는 입술을 가만히 쳐다보았다.

애당초 마케팅팀 팀장직을 맡은 것은 인규의 의도와는 전혀 상관없는 일이었다. 석 달 전, 팀장 자리를 6년 가까이 유지해온 심연아 과장이 다른 부서로 이동해가면서 영업2팀에 있던 인규가 갑자기 마케팅팀 팀장으로 발령을 받았다. 무책임하고 까다로운 부사장의 성정을 아는지라 거절하고 싶었지만, 그것은 그의 의지로 선택할 수 있는 일이 아니었다. 천하의 부사장이 팀장으로 내정하고 오라는데 어떻게 거절할 수 있단 말인가!

전임이었던 심연아 과장은 기가 센 인물이었다. 부사장의 의중을 내세우며 자기보다 10년 이상 나이 많은 부장과 이사들을 마음대로 주물렀다. 본래 고유 업무가 있었던 영업부 마케팅팀 팀장의 역할이 김현철 부사장의 심복으로 변한 것도 사실상 심 과장의 작품이었다. 심 과장이 그렇게 권력을 휘두를 수 있었던 건 부사장의 총애 때문이었지만, 마음만 먹으면 누가 뭐래도 눈 하나 깜짝하지 않고 강단 있게 밀어붙이는 심 과장이 아니었다면 부사장도 지금과 같은 권력을 누리지 못했을 것이었다. 그런 심 과장이 왜 마케팅팀 팀장 자리를 떠났는지에 대해서는 의견이 분분했다. 확실한 건 본인이 자발적으로 한직으로 가겠다 자청했다는 것뿐이었다.

“저, 이 자리 더 이상 못 지킬 것 같습니다.”

인규의 입에서 불쑥 이런 말이 나왔다.

"그게 무슨 말이죠?"

짙게 쌍꺼풀진 부사장의 왼쪽 눈이 쑥 올라갔다.

"기획안을 올린 것이 이틀 전이었습니다. 그때 부사장님은 이 기획안에 대해 이야기도 못 꺼내게 하셨죠. 그런데 갑자기 저보고 기획안을 실행에 옮기라니요."

심 과장이 자리를 떠난 때는 새로운 사장이 온 지 2주가 채 되지 않은 시점이었다. 대부분의 직원들이 사장이 어떤 사람인지 감도 잡지 못하고 있을 때, 심 과장은 사장의 의중을 정확히 파악하고 기민하게 자리를 떴다. 그에 반해 인규는 어땠던가. 팀장 자리에 앉았던 초기에는 왠지 찜찜했지만 시간이 갈수록 실세의 측근이 되었다는 생각에 남몰래 뿌듯해했다. 여기저기서 들어오는 접대와 크고 작은 뇌물성 선물들에도 금방 익숙해졌다. 얼마나, 얼마나 어리석었던가.

"너무 혼란스럽습니다. 인사를 단행할 만한 위치에 있지도 않고요."

"허 차장님도…… 회사를 그만두시겠다는 겁니까?"

그는 눈을 크게 떴다. 회사를 그만둔다고? 내가?

머릿속에 아내의 얼굴이 크게 떠올랐다. 학군 좋은 잠실로 이사 왔다고 좋아하던 아내. 남편이 팀장을 달았다고 좋아하던 아내. 부사장 부인 앞으로 들어왔던 명품 백을 빼돌려주었더니 입을 귀에 걸었던 아내.

"회사를 그만둔다는 게 아니고 보직을 옮기고 싶다는 겁니다. 이 자리에 있기엔 제가 그릇이 좀 작은 것 같아서요. 저보다 나이도 있고 유능하신 분을 초빙하는 게 부사장님을 위해서나 마케팅팀을 위해서나 바람직하지 않을까요."

눈을 가늘게 뜨고 그를 쳐다보던 부사장이 자리에서 벌떡 일어나 다가왔다.

"허 차장님. 그동안 마음고생 많으셨던 거 다 압니다."

인규를 소파에 앉힌 부사장이 부드러운 음성으로 말을 시작했다. 교과서를 읽는 듯 서투른 부사장의 목소리가 널따란 부사장실에 어색하게 흘렀다.

"원래 마케팅팀 팀장직이 책임만 많고 말 듣기 쉬운 자리라는 거 우리 회사 직원이면 다 아는 사실이죠. 새로 오신 사장님이 우리 부서하고 케미컬이 좀 어긋나는 부분이 있어서 지금 혼란스러운 상태인 것 저도 압니다."

부사장이 인규의 손을 덥석 잡았다.

"저는 고객센터도 좋고 영업지원 부서도 좋습니다. 어디든……."

손을 빼지 못한 채 어정쩡한 자세로 인규가 말했다. 자신감 없는 목소리였다.

"그런 말씀 마세요. 그동안 허 차장님이 뒤에 계셔주셔서 제가 얼마나 든든했는지 모릅니다. 지금 힘든 건 사실이지만 이 고비만 넘기면 다시 좋은 날이 올 겁니다. 그때까지 우리 잘 지내봅시다. 허 차장님이 재직하고 있는 이상, 제가 다른 팀에 우리 차장님을 순순히 내주겠습니까? 턱도 없는 소리지요. 제가 얼마나 아끼는 분인데 그런 양보를 하겠습니까?"

부사장이 너털웃음을 터뜨리며 인규의 어깨를 다독였다. 인규는 소파 아래에 흩어져 있는 담뱃재를 쳐다보았다.

올해 초, 전세금을 올려주면서 은행에서 1억, 장모에게 오천을 빌렸다. 지환이 학원비다 뭐다 생활비 적자가 쌓여서 삼천짜리 마이너스 통장도 한도까지 다 썼다. 작년 가을에 뽑은 BMW 할부금도 이천 가까이 남아 있다. 회사를 그만두는 건 상상도 할 수 없는 일이다. 이직을 하려고 몰래 인터뷰도 몇 번 봤지만 최종 인터뷰에서 번번이 고배를 마셨다. 오늘 점심때도 사실 거래처 사람이 아니라 헤드헌터를 만났다.

"같이 저녁이나 먹으러 갈까요? 우리 만날 가는 한정식집 갑시다."

인규는 대답 없이 자리에서 일어섰다. 부사장이 양복 윗도리를 입고 나가면서 그에게 어서 오라고 손짓했다. 터덜터덜 사무실을 나서는 그의 등 뒤로 민 대리와 곽 과장의 호기심 어린 시선이 따라붙었다.

내키지 않는 저녁을 마치고 집에 오는 길, 오늘따라 덜컹거리는 지하철 소리가 무겁고 둔탁하게 들렸다. 어두운 터널을 몇 번 지나 신천역에 내려 터벅터벅 집으로 발걸음을 옮겼다. 현관문을 여니 왁자지껄한 여자들의 웃음소리가 날아와 꽂혔다. 여자들 구두와 아이들 신발로 꽉 들어찬 현관. 어디에 발을 디뎌야 할지 몰라 우두커니 서 있다가 인규는 뒤집혀 있는 아이 운동화 한 짝을 밟고 현관을 건너뛰어 집 안에 들어섰다.

"어머, 오셨어요?"

반쯤 발가벗은 여자아이를 안고 화장실에서 나오던 태민엄마가 인규를 보고 놀라 그 자리에 멈춰 섰다.

"누구야, 엄마?"

엄마에게 안겨 있던 여자아이가 인규를 경계하듯 쳐다보았다. 태민의 동생 태희였다.

"지환이 오빠 아버지셔. 인사드려야지."

그는 버둥거리는 아이의 머리를 억지로 눌러 인사시키는 태민엄마의 얼굴을 유심히 바라보았다. 잡티 하나 없는 매끈한 얼굴. 지난주만 해도 얼굴에 딱지가 남아 있었는데, 이번 주에는 깔끔한 얼굴이 되어 있다.

부엌에 들어서자 식탁에 둘러앉아 있던 대여섯 명의 여자들이 당황하며 일어섰다.

"지환이 아버님 오셨어요?"

식탁 가장 안쪽에 앉아 팔을 휘둘러가며 열변을 토하던 해성엄마가 밝은 목소리로 그를 반겼다. 긴 머리를 귀 뒤로 넘기며 환하게 웃는 그녀의 얼굴엔 검붉은 딱지가 뒤덮여 있었다.

"저희가 너무 오래 있었나 봐요. 죄송합니다."

"당신 일찍 왔네? 전화가 없어서 늦는 줄 알았어."

안방에서 지나 손을 잡고 나오던 아내가 놀란 눈을 했다. 긴 머리 끝에 부드럽게 웨이브를 넣은 아내의 얼굴에도 검붉은 딱지가 흩어져 있었다. 한 달 전, 태민엄마가 유명 피부과에서 잡티제거 시술을 받고 온 뒤 지환의 축구부 엄마들 두 명이 같은 병원에 가서 시술을 받았다. 150만 원이라는 금액에 망설이던 아내도 결국 2주 전에 시술을 받았다. 다들 받는데 어떻게 나만 안 해. 같이 있으면 나만 자기관리 안 하는 게으른 여자처럼 보인단 말이야. 선언하듯 말한 아내는 다음 날 재시술 기간이 도래한 해성엄마와 함께 피부과에 갔다. 1, 2주 후면 태민엄마처럼 매끄럽고 뽀얀 피부를 갖게 될 것이었다.

"씻고 나올게."

인규는 주방을 지나 안방으로 갔다. 저녁 9시. 이 시간이 되도록 남의 집에 있는 이 여자들은 대체 생각이 있는 걸까. 안방 문을 열고 들어서는데 발목에 뭔가가 걸렸다. 분홍색 노끈이었다. 발을 빼려고 몸을 기울이는데 노끈 한쪽에 걸려 있던 묵직한 수박이 천천히 굴러왔다. 안방과 지환이 방 사이의 틈새 공간에 수박, 자두, 망고 등 여자들이 사온 과일이 무질서하게 널려 있었다. 그는 눈살을 찌푸리며 발로 수박을 밀어냈다. 반대쪽으로 굴러가던 수박이 옆에 놓인 망고 상자에 부딪히며 멈춰 섰다. 그는 자기도 모르게 망고의 개수를 세어보았다. 위 줄에 다섯, 아래 줄에 다섯, 합이 열 개였다. 하나에 5,000원씩 하는 과일이니 그 상자가 5만 원짜리인 셈이었다. 그는 식탁 주위에 둘러서 떠들고 있는 여자들을 쳐다보았다. 도대체 저 여자들 남편들은 얼마를 벌어오기에 올 때마다 이런 과일을 아무렇지도 않게 사 들고 올까.

지난달, 툭하면 뛰지 말라고 인터폰을 해대던 아랫집 여자가 아이들을 데리고 캐나다로 떠났다. 변호사인 아랫집 남자도 당분간 지방에 내려가 있게 되어 아랫집은 사실상 빈집이나 마찬가지가 되었다. 아내는 지환이 축구를 갔다 오는 목요일마다 축구부 아이들과 엄마들을 집으로 불러들였다. 애들 친구들을 불러주고 싶어도 아랫집이 무서워서 부르지 못했던 축구부 엄마들이 기다렸다는 듯 그의 집으로 몰려왔다. 스무 명 가까이 되는 인원이 놀다 가고 나면 집 안은 난장판이 되고 안방의 부부침대까지 침범당하기 일쑤였지만 아내는 계속해서 집을 개방했다. 아내의 마음이 바뀌지 않는 한, 아랫집 아이들이 돌아온다는 내년 2월까지는 목요일마다 이 난장판이 벌어질 것이었다.

"저번에 해성엄마가 사온 커피야. 맛있지? 우리 형편에 언제 이런 걸 사 먹어보겠어? 집에 올 때마다 언니들이 장난 아니게 사 들고 와. 그런 거 생각하면 집 개방하는 게 꼭 손해만은 아니라니까."

지난주 목요일, 아이들과 엄마들이 돌아간 뒤 길쭉한 유리병에 담긴 액상커피를 따라주며 아내는 이렇게 말했다. 한 병에 2만 5,000원이나 한다는, 맛있어서 단지 내 여자들이 줄 서서 사 먹는다는 상가 커피숍 커피였다. 그는 일주일에 한 번 정도 늦게 들어와도 되니 나쁠 것도 없겠다 싶어 아이들을 불러들이는 것에 동의했지만, 오늘 같은 날은 짜증이 치밀어 금방이라도 폭발할 것 같다. 이런 걸 받으면 자기도 그만큼 써야 한다는 걸 아내는 왜 모를까. 이 동네 여자들은 남의 집에 갈 때 제철보다 살짝 이른 최고가의 과일을 골라 박스째 배달시킨다. 아내도 남의 집에 갈 땐 3, 4만 원짜리 과일을 사 들고 가야 할 것이다. 뿐인가. 일주일에 한 번씩 오는 도우미에게도 불광동 살 때보다 5,000원씩 더 주고 있다. 구두 굽을 가는 데도 불광동보다 3,000원이 더 든다. 잘사는 동네에 살면 생활수준이 높아질 수밖에 없다는 것을 그는 잠실로 이사 온 뒤 뼈저리게 실감하고 있다.

씻고 나왔을 때에도 아이들과 엄마들은 그대로 있었다. 해성아, 빨리 신발 신어. 최태민, 얼른 안 와? 엄마 간다! 갈 생각을 않고 뛰어다니는 아이들을 다그치면서도 엄마들은 현관 앞에 서서 시간 가는 줄 모르고 떠들어댔다. 인규는 문득 여자들에게 다가가 묻고 싶어졌다. 남편이 얼마 벌어와요? 남편이랑 한 달에 몇 번 해요? 이 여자들은 남편과 사이가 좋을까. 돈을 많이 벌어다 주면 부부 사이가 좋아질까. 아내와 잠자리를 한 지 5년이 넘었다. 언제부턴가 아내는 그가 다가가면 진저리를 치면서 밀어냈다. 뭐, 그로서도 미치도록 아내가 아쉬운 건 아니기 때문에 큰 불만은 없다. 다른 해결 방법을 찾아내 어느 정도 만족하면서 살고 있다. 하지만 찜찜한 마음이 드는 건 어쩔 수 없다. 비용도 만만치 않게 들어간다. 아내가 조금만 성의를 보이면 그쪽에 들어가는 경비를 줄일 수도 있겠다 싶어 안타깝기도 하다. 그렇다고 그걸 아내에게 터놓고 말할 수는 없다. 이 여자들 남편들은 어떻게 살고 있을까? 나처럼 한 달에 벌어오는 돈이 500만 원이 안 되는 사람도 있을까? 나처럼 회사에서 진퇴양난에 빠져 허우적대는 사람도 있을까?

안녕히 계시라는 인사가 여러 번 울려 퍼진 끝에 마침내 한 부대의 엄마들과 아이들이 빠져나갔다. 씻으라는 엄마의 성화에 지환과 지나는 욕실로 향했고, 그는 난장판이 된 거실을 기계적으로 치우기 시작했다.

"어머, 망고네? 지나 씻고 나오면 깎아줘야겠다. 당신 이 수박 봤어? 세상에, 이 크기 좀 봐! 사흘 동안 먹어도 다 못 먹겠어."

아내가 과일을 하나하나 들여다보며 품평을 시작했다. '언니들'이 사온 케이크나 과일을 들여다보며 흐뭇해하는 건 목요일 저녁마다 아내가 치르는 일종의 의식이었다.

"그런 거 받으면 부담스럽지 않아?"

거실 구석구석에 널린 레고 조각들을 종류별로 분류하면서 그가 말을 던졌다.

"좀 그렇긴 해. 그래도 어떡해. 아무리 그냥 오라 그래도 언니들이 바리바리 챙겨오는걸."

과일을 뒷베란다로 나른 아내가 설거지를 시작했다.

"당신 그럼 오늘 와이즈 리더는 못 간 거지?"

"응. 부사장이 갑자기 들어오라 해서."

"알았어. 그럼 내가 가볼게."

부부의 대화는 그것으로 끝났다. 그는 생활비를 좀 줄이자고 말해볼까, 하다가 그냥 입을 다물었다. 말싸움으로 이어질 게 뻔한데, 그러기엔 너무 피곤하고 힘들었다. 그는 길게 하품을 한 뒤 블록 조각들을 그러모아 박스에 던져넣었다. 부엌에서 그릇 부딪히는 소리가 자장가처럼 들려왔다.

지환엄마 박수정(1978~)

쨍그랑, 소리와 함께 찻잔이 떨어져 내렸다. 이미 설거지해 쌓아놓은 식기들 위에 찻잔을 얹은 것이 실수였다.

"괜찮아?"

남편이 달려와 수정의 안색을 살폈다.

"비켜봐, 내가 치울게."

남편이 허리를 굽히고 두 동강이 난 찻잔을 주워 올리려 했다.

"저기나 마저 치워. 얼른 정리하고 지환이 영어 해야 해."

수정이 낚아채듯 찻잔 조각을 주워 올리며 턱짓으로 거실을 가리켰다. 남편은 엉거주춤 옆에 서 있다가 거실로 돌아갔다. 그새 씻고 나온 지환과 지나가 블록 통을 다시 엎어 거실은 남편이 치우기 전의 상태로 돌아가 있었다.

"허지환, 넌 얼른 들어가 영어 듣기 해. 오늘 집중 듣기 한 번도 안 했잖아!"

아들을 방으로 들여보낸 뒤 수정은 다시 개수대의 물을 틀었다.

오늘, 그릇이 두 개나 깨졌다. 아까 태민엄마가 저녁 먹은 그릇들을 설거지하다가 유리컵을 깼는데 수정이 또 깬 것이다. 태민엄마가 깬 유리컵은 백화점에서 사은품으로 받은 거라 괜찮았지만 수정이 깬 찻잔은 포트메리온 제품이었다. 며칠 전 홈쇼핑에서 반값 세일한다기에 큰맘 먹고 질렀던 포트메리온 찻잔 세트. 그걸 사들이기 전까지 수정은 이 동네에서 포트메리온 찻잔이 없는 유일한 주부였다.

처음에 수정은 포트메리온이란 브랜드가 있는지도 몰랐다. 해성이네 처음 갔을 때, 초록색과 보라색 꽃무늬가 들어간 고리타분해 보이는 찻잔이 나오는 걸 보고 참 이 여자 취향도 할머니 같다고 생각했을 뿐이다. 하지만 며칠 지나지 않아 집집마다 이 찻잔이 있다는 것을 알게 되었다. 그것이 유명 영국 회사 제품이라는 것도. 그걸 안 순간, 고리타분해 보이던 찻잔이 그렇게 고상해 보일 수가 없었다.

그런데 그걸 몇 번 써보지도 못하고 깨먹었다. 그녀는 속이 상했지만 티를 낼 수 없었다. 마이너스가 쌓여 있는데 찻잔 세트를 또 산 걸 알면 남편이 한 소리 할 것이었다. 다시 그릇을 닦는데 핸드폰 벨이 울렸다. 행주에 대충 손을 닦고 전화기를 들었다.

"여보세요."

"혹시 아까 전화하셨습니까."

수화기 저편에서 여성적인 톤의 남자 목소리가 흘러나왔다. 그녀는 핸드폰 화면을 확인했다. 7906. 처음 보는 번호였다.

"잘못 거신 것 같네요."

"아, 그렇습니까? 실례했습니다."

남자가 정중하게 말한 뒤 전화를 끊었다.

"뭐야, 바빠 죽겠는데."

투덜거리며 설거지를 마친 뒤 그녀는 손을 닦고 지환의 방으로 들어갔다. 지환은 책상에 고개를 처박고 그림을 그리고 있었다. 강아지 여러 마리가 강가에 모여서 물장난을 치고 있는 그림이었다. 키가 크고 깡마른 아이가 몸을 구부리고 고개만 쑥 내민 폼이 꼭 자라 같았다. 시디플레이어에서 영어로 이야기가 흘러나오고 있었지만 지환은 자라목을 한 채 그림을 그리느라 여념이 없었다.

"허지환!"

그녀가 종이를 확 낚아챘다.

"아야!"

붙잡으려던 지환의 손가락에 피가 맺혔다.

"베었잖아!"

커다란 눈에 눈물을 그렁그렁 매단 지환이 원망스럽다는 듯 그녀를 올려다보았다.

"너 지금 뭐 하는 거야!"

"영어 듣고 있잖아."

지환이 큰 소리로 대꾸했다. 분노가 가득한 아이의 음성.

"이게 듣고 있는 거야? 시디만 틀어놓고 딴짓하고 있었잖아! 만날 그리는 동물 그림!"

"그래도 듣고 있었어."

아이의 목소리 톤이 조금 낮아졌다.

"너 엄마가 뭐 하라 그랬어?"

"……듣기."

"집중 듣기! 집중 듣기 하라 그랬잖아!"

집중 듣기. 일명 집듣. 시디에서 나오는 원어민의 리딩에 따라 교재를 손으로 짚어가며 읽는 영어 학습법이다. 리스닝과 리딩이 동시에 이루어지는 이 방법은 학원에 보내지 않고 엄마표로 아이 영어를 수준급으로 올려놓은 엄마들이 적극 권하는 레전드급 영어 학습법이다. 영어를 잘하려면 하루에 최소 세 시간 이상 집중 듣기를 해야 한다. 그런데 지환은 교재를 꺼내놓지도 않고 시디만 틀어놓은 채 딴청을 하고 있다.

"허지환, 너 오늘 무슨 일 있었는지 벌써 잊었어?"

그녀의 음성이 떨려 나왔다. 자제하려고 애를 써봤지만 너무 화가 나서 입술이 바들바들 떨렸다.

"무슨…… 일?"

아이가 피 맺힌 손가락을 빨며 조심스럽게 물었다.

"너 오늘 낮에 엄마랑 어디 갔다 왔어?"

목소리를 낮추려고 애썼지만 좀처럼 음성이 낮춰지지 않았다.

오늘, 수정은 학교를 마치고 온 지환을 데리고 영어 학원에 다녀왔다. 축구부 해성과 태민이 다니는 로피아는 요즘 이 동네에서 가장 '대세'인 학원이다.

대세인 학원답게 학원비도 인근에서 가장 비싸다. 정규반 수강료에 교재비, 온라인 학습비, 개별 클리닉 클래스까지 포함하면 한 달 평균 오십 정도 되는 돈이 들어간다. 높은 수강료가 마음에 걸렸지만 눈 딱 감고 오늘로 레벨 테스트 날짜를 잡았다. 아이의 평생 영어가 달렸는데 오십 정도는 써줘야 하지 않겠는가. 큰맘 먹고 갔는데, 정작 지환을 등록시키지는 못했다.

"아이 파닉스부터 떼야겠네요."

레벨 테스트 뒤 차트를 들고 나타난 학원 상담실장이 이렇게 말했을 때 수정은 그 말의 의미를 파악하지 못했다.

"그럼 파닉스반이 따로 있나요?"

"저희 초등부는 파닉스를 떼야 들어올 수 있습니다."

수정은 그제야 사태를 파악했다. 레벨이 안 나와서…… 이 학원에 다닐 수 없단 소리구나! 실장은 그 뒤로도 자기 학원 레벨 규정이 엄격하다는 둥 이 동네에서 이 나이까지 파닉스를 안 뗀 애는 처음 본다는 둥 듣기 민망한 얘기를 길게 늘어놓았다.

"아, 그렇군요. 알겠습니다. 감사합니다."

서둘러 지환을 데리고 나오는데 얼굴이 홧홧했다. 하늘색 벽지에 연보라색 소파가 깔린 넓은 로비에 있는 사람들이 다 그녀만 쳐다보고 있는 것 같았다. 아는 사람이라도 만날까 봐 서둘러 로비를 가로질러가는데, 지환이 어떤 엄마가 데리고 온 강아지 앞에 주저앉았다. 와, 너무 예쁘다. 아줌마, 이 강아지 어디서 났어요? 그 자리에 앉아 밤이라도 새울 분위기인 지환을 억지로 끌고 나오는데, 지환이 평소 수십 번씩 해오던 레퍼토리를 풀어놓기 시작했다. 엄마,

우리도 강아지 키우면 안 돼? 내가 강아지 목욕시키고 산책시키는 거 다 할게. 제발, 제발 키우자, 응? 집에 가는 택시 속에서도 지환은 계속 강아지 타령만 했다. 우리 모둠 애들도 다 강아지 키운단 말이야. 강아지, 강아지, 그만 좀해! 엄마가 강아진 안 사준다고 몇 번을 말해! 일침을 놓았을 때에야 지환은 조용해졌고, 한동안 가만히 있는 듯하더니 이내 주머니에서 달팽이를 꺼내 주물럭거리기 시작했다.

"어디? 우리 마트 갔었나, 오늘?"

지환이 연필로 책상 위에 뭔가를 끄적거리며 말했다.

"마아트? 우리 마트 갔었나, 오늘?"

수정이 지환의 말투를 흉내 내며 지환이 손에 든 연필을 잡아챘다. 책상엔 어느새 강아지의 모습이 그려져 있었다. 수정은 화를 참기 위해 크게 심호흡을 했다. 얘는 대체 커서 뭐가 되려고 이럴까. 길 가다 강아지나 고양이를 보면 넋을 놓고 쫓아가고, 주머니엔 달팽이나 귀뚜라미, 심지어 개미들까지 넣고 다닌다. 빠른 애들은 벌써 해리포터를 원서로 줄줄 읽는다는데, 얜 왜 이리 철딱서니가 없을까.

"너 오늘 로피아 갔었잖아! 레벨이 낮아서 못 다닌단 얘기 들었잖아!"

결국 소리를 지르고 말았다. 로피아란 말이 나오자 지환은 얼른 눈을 내리깔았다.

"혹시 기죽을까 봐 별말 안 했더니 이게 진짜 괜찮은 줄 알고 있어. 야, 허지환! 너 지금 큰일이야! 네 친구들은 다 미국 초등학교 3, 4학년 애들 보는 교과서로 공부하고 있는데, 넌 그 학원에 들어가지도 못한대. 엄마 말 듣고 있어,

지금?"

가만히 앉아 있던 지환이 발을 떨기 시작했다.

"발 가만히 안 있어? 그렇게 발을 떠니까 주의가 산만해져서 영어도 안되는 거잖아!"

발 떨기를 멈춘 지환이 의자를 뒤로 젖혔다 돌아오기를 반복하며 달깍달깍 소리를 냈다. 도무지 가만히 있지를 못하는 산만한 아이.

"너 정말 왜 그래!"

순간 그녀의 손이 올라갔다. 이러면 안 된다는 생각이 스쳤지만 그땐 이미 아이의 머리를 강타한 뒤였다. 그녀는 자기가 한 짓에 놀라 그 자리에 굳어졌다. 지금까지 지환을 키우면서 소리 지르거나 다그친 적은 있어도 몸에 손을 댄 적은 없었다.

"뭘 잘했다고 쳐다봐?"

눈물이 그렁그렁한 지환에게 일침을 가한 뒤 그녀는 아무렇지도 않은 척 책 장에서 책을 꺼냈다. 'Wooden Horse'라는 제목의 영어 책이었다.

"시디를 들으면 당연히 책을 꺼내봤어야지."

지환의 눈에서 눈물이 뚝뚝 떨어져 내렸다.

"지금 울어? 우는 거야?"

그녀의 음성이 높아졌다.

지환은 어깨를 움츠린 채 팔을 들어 눈물을 훔치고 책을 펼쳐 들었다.

"처음부터 손으로 하나하나 짚어가면서 들어."

"……"

"엄마 말 안 들려?"

"……네."

대답과 함께 지환의 눈물이 책 위로 투두둑 떨어져 내렸다. 화려한 목마 그림 위에 내려앉은 눈물방울. 티슈로 눈물을 닦아줄까, 생각하다가 그녀는 그냥 방문을 닫고 나왔다.

내가 너무한 걸까.

잠자리에 들어서도 원망에 가득 찬 아이의 눈이 뇌리를 떠나지 않았다.

아니야. 이럴 땐 세게 나가야 해.

수정은 세차게 고개를 저었다.

지환은 지금 레벨이 안 나와서 학원도 들어갈 수 없는 상태에 있다. 어떻게든 레벨 업을 시켜서 2학년이 끝나기 전에 학원에 넣어야 한다. 이대로 3학년에 올라가면 레벨 차이 때문에 영영 학원에 발을 들이지 못할지도 모른다. 눈물 좀 흘렸다고 흔들릴 때가 아니다.

옆에서 코 고는 소리가 세트로 들려왔다. 침대에서는 지나의 코 고는 소리가 얇게, 바로 옆에서는 남편의 코 고는 소리가 천둥번개처럼 크게 들려왔다. 건너편 지환의 방에선 영어 시디 소리와 함께 지환이 코 고는 소리가 들려왔다.

한 시간 동안 꼼짝도 않고 앉아 집중 듣기를 마친 지환은 수학 학습지 풀기와 일기 쓰기까지 연달아 꾸역꾸역 해치웠다. 씻고 오라고 말하지 않아도 알아서 씻고 와서 침대에 들었다. 이불을 덮어주면서 수정은 지환의 침대 머리

맡에 둔 시디플레이어에 Wooden Horse 시디를 걸었다. 11시 30분. 너무 늦은 시간이라 흘려 듣기를 생략하고 그냥 재울까 싶었지만 이내 마음을 고쳐먹었다. 자기 직전과 아침에 깨자마자 하는 흘려 듣기가 제일 효과적이라고 했다. 오늘부터는 무슨 일이 있어도 자기 전에 영어 흘려 듣기를 시킬 것이다. 금방 잠들어도 상관없다. 무의식중에 영어가 스며들 테니까.

그녀는 아랫입술을 깨물었다. 영어 유치원에 보내진 않았지만 그동안 지환의 영어를 소홀히 하진 않았다고 생각했다. 세 살 때부터 문화센터 영어 프로그램에 등록해서 데리고 다녔고 튼튼영어, 아가월드, 프뢰벨, 윤선생 등 들어봤다 싶은 학습지는 다 시켜주었다. 그런데도 아직 파닉스를 못 뗐다니! 그녀는 벌떡 일어나 앉았다. 건넌방에서는 아직도 Wooden Horse의 화려한 배경음악과 묵직한 저음의 서양 남자 목소리가 흘러나오고 있었다.

영어 유치원을 보냈어야 했다. 영어보다 한글이 우선이라는 남편의 말을 듣고 일반 유치원에 보낸 게 실수였다. 생각해보면 남편은 그저 교육비를 줄이고 싶었을 뿐이지 교육에 관심 있는 게 아니었다. 그녀는 다시 자리에 누웠다. 일단 자자. 내일은 지나가 소풍이라 새벽부터 일어나 김밥을 싸야 한다……. 다른 영어 학원에 가볼까? 방이동에 초등 저학년 아이들 재미있게 가르치는 학원이 있다고 했던 것 같은데. 내일 해성엄마한테 물어봐야겠다. 일단은 자자. 지금 생각한다고 해결될 일도 아니다……. 눈을 감고 있는데 저녁때 걸려왔던 전화 속 남자 목소리가 떠올랐다. 생각해보니 누군지 알 것 같기도 했다.

오늘 오후, 로피아에 다녀오는 길에 엘리베이터 옆에 붙어 있는 전단을 보고 전화를 걸었다. K대 영문학과 졸업, 대치동 W학원 출신, 초등 영어 경력 8년.

눈에 확 들어오는 프로필이었다. 과외라도 시켜볼까 싶어 전화했는데 받지 않았다. 그러곤 축구부랑 저녁 먹느라 전화했던 걸 까맣게 잊었다. 아까 그 전화가 아무래도 그 선생이었을 것 같다. 내일 다시 전화해봐야지. 학원에 들어갈 수 없다면 일대일 과외를 붙여주는 것도 괜찮으리라. 한참 동안 생각하다가 그녀는 눈을 감고 잠을 청했다.

어학원 상담원 지윤서(1989~)

아이들은 모두 윤서를 외면했다. 행여 윤서가 옆에 앉을까 봐 고개를 숙이고 식판만 쳐다봤다. 윤서는 식판을 든 채 같은 반 아이들이 앉아 있는 탁자 옆을 서성거렸다. 조금 뒤, 윤서의 고된 형벌이 끝났다. 채린이 윤서를 불러 옆에 앉혔던 것이다. 하지만 더 괴로운 것은 급식이 끝나 교실로 올라간 뒤였다. 윤서는 삼삼오오 모여서 떠들고 노는 아이들 틈에 끼지 못했다. 친하게 지냈던 혜윤도, 지은도, 수빈도 모두 그녀를 외면했다. 괜한 동정심을 보였다가 자기마저 왕따가 될까 봐 차마 손을 내밀지 못했다. 전에는 눈 깜짝할 새에 지나가버렸던 점심시간이 오늘 윤서에겐 너무나 길었다. 윤서는 자리에 앉아 책을 펼쳤다. 책에 쓰인 글자들이 저 너머 우주에서 유영하는 별들처럼 멀게 느껴졌다. 소리 내어 읽어보았지만 글자는 의미를 이루어 해독되지 못했다. 울면 안 돼. 울면 안 돼. 얼굴 근육이 떨리도록 힘을 주어보았지만 기어코 눈에 눈물이 고이고 말았다. 윤서는 눈물이 흘러내리는 것을 막기 위해 주먹을 불끈 쥐고 얼굴에 힘을 주었다. 그때 혜윤이 옆을 지나갔다. 혜윤아! 입을 열었지만 소리가 터져 나오지 않았다. 간절함에, 윤서는 몸을 버둥거렸다. 혜윤아. 혜윤아, 잠깐만. 할 얘기가 있어. 건네지 못한 이야기가 마음속에서 맴돌고, 입을 벙긋거리다가 시야마저 캄캄해졌다. 뭐지? 왜 눈이 안 뜨이지? 혜윤아. 혜윤아, 잠깐 기다려봐.

"혜윤아!"

윤서는 소리를 지르며 눈을 떴다. 영겁처럼 느껴지는 긴 시간 끝에, 소리가 터지고 눈이 뜨였다. 왜 소리가 안 나왔던 거지? 눈을 깜빡이는데 전화벨이 울렸다.

"네, 로피아입니다."

습관처럼 전화기를 집어 드는데 옆자리 상담원들의 시선이 느껴졌다. 아. 그제야 윤서는 자신이 깜빡 졸았다는 것을 깨달았다.

"상담 좀 받고 싶은데 잠깐 들러도 될까요?"

수화기 너머로 언젠가 들어본 듯한 목소리가 들려왔다. 초등학교 6학년짜리 여자아이 엄마인데 지금 당장 방문하고 싶다고 했다. 점심시간이 따로 있나 확인차 전화했다는 여자에게 바로 오셔도 된다고 말하면서 윤서는 시계를 보았다. 1시 20분. 점심 먹고 돌아온 것이 1시였으니 20분 정도 책상에 앉아 존 셈이었다.

"무슨 꿈을 꿨는데 그렇게 소리를 질러?"

전화를 끊자 옆자리의 현영이 입을 손으로 가리며 소곤소곤 물어왔다. 윤서는 대답 없이 한번 웃어 보인 뒤 이를 닦고 와 자리에 앉았다.

요즘 들어 부쩍 잠이 많아졌다. 어젯밤에 10시도 되기 전에 잠자리에 들었는데, 오늘 점심을 먹고 나서 또 졸고 말았다. 윤서가 근무하는 영어 학원 로피아는 점심시간이 따로 없기 때문에 그녀를 비롯한 네 명의 상담원이 둘씩 교대로 밥을 먹고 와서 바로 근무에 들어가야 한다. 조금이라도 쉴 틈이 있으면 화장실에서라도 눈을 붙이고 올 텐데, 시스템상 그럴 틈이 없다. 지난주에도 데스크에서 졸다 부지부장에게 걸렸는데, 오늘도 졸고 말았다. 그 짧은 시간 동안 꿈을 꾸고 잠꼬대까지 했다. 윤서는 잠을 떨쳐버리려는 듯 세차게 고개를 저었다. 내가 또 이상해진 걸까. 다시 병원에 가봐야 할까.

"아까 전화드렸던 사람인데요."

끝이 밖으로 뻗친 단발머리에 동그란 뿔테 안경을 낀 작은 체구의 여자가 들어서며 상담 데스크를 흘끔거렸다. 윤서는 얼른 일어서 알은체를 했다.

"저쪽 상담실에 잠깐 들어가 계시겠어요?"

꿈의 잔영이 남아 있어 상담에 들어갈 기분이 아니었지만 내방자가 통화했던 사람을 찾으면 어차피 자기가 불려나갈 것이었다.

"어머니, 오래 기다리셨죠?"

커피 두 잔을 들고 상담실로 들어가자 여자가 눈을 가늘게 뜨며 웃었다. 고마워요. 여자는 잘 다린 흰색 남방에 검은색 조끼, 긴 갈색 부츠를 코디한 중성적인 옷차림이었지만 잘 세팅된 단발머리 때문에 여성적인 인상이 더 강했다. 화장은 안 한 듯 보이지만 자세히 보면 비비크림에 입술 색이 나는 립글로스를 발랐다는 걸 알 수 있었다. 젊고 발랄해 보이는 여자의 차림새를 보면서 윤서는 엄마를 떠올렸다. 세무 공무원인 그녀의 엄마는 한 번도 눈여겨볼 만한 차림을 한 적이 없었다. 일하면서 윤서의 뒷바라지를 하느라 시간에 쫓겨 늘 짧은 커트 머리에 똑같은 스타일의 세미 정장을 입었다. 그런 엄마가 안됐다는 생각이 든 것은 이 학원에 근무하면서부터였다. 학원에 출입하는 젊은 엄마들은 옷을 멋들어지게 잘 입었다. 흔히 볼 수 있는 30, 40대 여성의 깔끔한 차림이 아니라 자신을 연출할 줄 아는 톡톡 튀는 차림새였다. 긴 생머리에 롱스커트를 입어 소녀 같은 분위기를 풍기는 엄마가 있는가 하면, 이 여자처럼 자연스럽고 소년 같은 발랄함을 풍기는 엄마, 과감한 민소매 원피스에 아찔한 킬힐을 신은 연예인 필 나는 엄마도 있었다. 판에 박히지 않은 그 옷차림들에서, 윤서는 일상에 적극적으로 임하는 이 동네 엄마들의 경제적 여유와 그에 따른 자신감을 물씬 느꼈다.

"저번에도 오셨었죠?"

윤서가 알은체를 하자 여자가 눈을 동그랗게 떴다.

"아뇨. 레벨 테스트 후로는 처음 오는 건데요? 제 인상이 낯익은가 봐요?"

여자는 이번 방문이 세 번째다. 2주 전 첫 방문 때 윤서와 상담했고, 두 번째 방문 때 현영과 상담했다. 여자의 초등 6학년짜리 아이 '칼리'는 지난달에 이미 레벨 테스트를 받아 위에서 두 번째 등급에 해당하는 레벨을 받아놓았다. 여자는 등록을 하지 않은 채 여러 학원을 놓고 저울질하고 있는 눈치였다.

"인상이 좋으셔서 제가 착각했나 보네요. 죄송합니다, 어머니."

윤서는 얼른 여자의 말을 수긍한 뒤 벽에 걸린 모니터를 켜고 파워포인트 파일을 띄웠다.

학원 커리큘럼과 시스템에 대한 설명을 마치자 여자가 기다렸다는 듯 질문을 퍼부었다. 우리 아이는 대치동 ILE 시험에서 1점 차이로 떨어진 애인데 혹시 최상위반에 넣어줄 수 없느냐, 지금 다니고 있는 애들이 해온 숙제를 보여줄 수 없느냐, 강사들은 어느 학교 출신이냐, 원어민 강사들은 모두 백인이냐……. 이미 지난번 만남에서 답해주었던 질문이지만 윤서는 다시 한번 성실하게 응했다. 특히 선생님이 전원 백인이라는 부분은 여러 번 강조해서 말했다. 한 달 전 인근 어학원에서 흑인 강사 한 명이 초등학생에게 성추행을 시도한 사건이 매스컴을 탄 뒤부터 상담 때 엄마들이 강사의 인종을 물어보는 경우가 부쩍 잦아졌다. 따지자면 백인 강사가 물의를 빚은 경우도 많았지만 엄마들은 객관적인 데이터보다 오랜 세월 동안 지녀온 선입견으로 사건을 바라보는 법, 학원 측에서는 당연히 그 선입견에 부합하는 대답을 내놓아야 한다고 부지부장이 여러 번 일러주었던 터였다.

"왜 네이티브가 수업을 백 프로 진행하지 않죠?"

드디어 지난번과 다른 질문이 나왔다. 윤서는 그 질문에 환호라도 하고 싶었다. 조금이라도 창의적인 일을 하는 것 같은 기분이랄까. 판에 박은 멘트를 읊조리는 것보다는 조금이라도 대처 능력이 필요한 일을 하는 편이 지루하지도 않고 보람도 있었다.

"저희 커리 들어보셨으면 이미 느끼셨겠지만, CNN이나 ABC 뉴스 듣고 학생들이 직접 스크립트를 작성하는 고난이도 수업이에요. 웬만한 네이티브 수준을 뛰어넘죠. 어머님도 아시겠지만 한국에 오는 네이티브들, 사실 단어 수준이나 영어 품격으로 따지면 우리 학원 극상위권 애들보다 처지잖아요? 바로 그 점 때문에 저희가 네이티브 수업을 한정적으로 어레인지한 거랍니다."

네이티브 타령을 하는 엄마들에게 극상위권 아이들 운운하며 은근히 학원 아이들 수준을 과시하는 것은 이 학원에 근무한 지 한 달이 넘어가면서 윤서가 스스로 터득한 수법이었다. 이와 반대로 네이티브 수업 시수가 너무 많다고 불평하는 엄마들에게는 '한국 아이들의 취약점'인 스피킹을 들먹이며 원어민 강사의 자연스러운 생활 언어 구사를 강조해주면 금세 사태가 종결되었다.

"어머니, 그거 아시죠? 우리 학원 극상위권 애들 중에 리터니 없는 거. 외국 갔다 돌아온 애들, 다 그 아랫반에 깔리잖아요. 칼리가 다니게 될 반에 리터니가 세 명 있는데요, 제가 볼 땐 그 애들보다 칼리가 훨씬 빨리 레벨 업 될 것 같아요. 리터니들은 그래머나 라이팅 부분이 많이 달리거든요."

못 미더운 듯 윤서를 쳐다보던 여자가 그제야 고개를 끄덕였다.

"그런데 우리 칼리가 들어갈 반 애들 말이에요, 다 어디 살죠?"

금방이라도 등록할 것처럼 가방에서 지갑을 꺼내던 여자가 대뜸 이렇게 물었다.

"대부분 엘스나 리센츠, 이 근처 애들이죠, 어머니."

"다 아파트 사는 거죠?"

윤서는 잠깐 갈등하다가 사실대로 말하는 쪽을 택했다.

"대부분 그렇다는 얘기고, 레이크팰리스나…… 잠실본동 쪽에서도 와요."

잠실본동이라는 말이 나오자 여자가 눈살을 찌푸렸다.

"잠실본동이면…… 신천역 뒤에 있는 빌라촌 말하는 건가요?"

"네, 어머니."

내 아이가 다니는 영어 학원의 같은 반 친구들이 아파트 사는지 안 사는지가 과연 학업에 그렇게 중요할까? 이 학원에서 일한 지 석 달째, 윤서는 그동안 숱한 엄마들과 상담을 해보았지만 이런 질문을 받을 때면 속에서 뭔가가 치밀어 오르는 것 같다. 물론 모든 엄마들이 이 여자처럼 노골적으로 물어오는 것은 아니다. 하지만 은근히, 잠실의 신축 아파트 단지에 사는 여자들은 자기 아이가 '아파트 사는 애들'과 함께 공부하길 바란다. 아이가 같은 동네 애들이 많은 학원에서 즐겁게 공부하길 바라는 마음이라고 단순하게 생각하면 되겠지만, 평생 동안 빌라에서 살아온 윤서는 은근히 그것이 '빌라 사는 애들'에 대한 편견으로 느껴져 마음이 불편하다.

"왜 거기서 여기까지 오는 거죠? 아파트 사는 애들이 순하고 좋은데…….''

윤서는 멍하니 여자를 쳐다보았다. 로피아는 트리지움 뒤쪽인 삼전동에 있다. 거리로 따지자면 리센츠보다 삼전동이나 잠실본동의 빌라촌이 학원에서 더 가깝다. 그런데 이 여자는 무엇을 근거로 '여기까지'라고 말하는 것일까?

"학원 입장에선 동네를 가려서 애들을 받을 순 없는 거니까요.''

이것은 고객의 마음을 상하게 하는 대답이었을까? 더 현명한 답을 찾을 수 없어 이렇게 말한 뒤 윤서는 가슴을 졸였다.

"그렇겠죠. 대형 학원에 뭘 바라겠어요.''

확실히, 이 여자는 교양이 떨어진다. 상식 수준이 대단히 낮다. 잠실 아파트 단지에 사는 엄마들이 다 이런 수준인 건 아니다. 대다수의 엄마들이 겸손하고 상식 있으며 상대를 배려할 줄 안다. 윤서가 백인 선생님 운운하면 아이들의 다양성 교육을 위해 흑인 선생님이나 심지어 인도 출신 선생님도 받아들일 수 있다고 말하는 엄마들도 있다. 현영은 그렇게 말하는 엄마들이 더 웃기다고 했지만 윤서는 그런 엄마들이 싫지 않다. 하지만 이런 엄마를 만나고 나면 이 동네 엄마들을 싸잡아 매도하고 싶어진다. 도대체 무엇을 근거로 '아파트 사는 애들이 순하다'고 생각하는 걸까. 돈 좀 있다고 잘난 척은. 아무것도 모르면서. 이런 여자일수록 어디 가서 툭하면 '교양이 있네 없네' 운운할 것이다. 다행히 여자는 대형 학원을 성토하는 한마디를 끝으로 순순히 일어서 데스크로 향했다.

여자가 등록을 마치고 돌아간 뒤 윤서는 탕비실에서 다시 한번 원두커피를 내려왔다. 졸리진 않았지만 정신이 몽롱해서 각성제가 필요했다. 내가 마음이 안 좋은 걸까. 요즘 들어 다시 그 꿈을 꾸기 시작했다. 고3. 급식실. 외면하는 아이들. 혼자 앉아 책을 보며 형벌처럼 시간이 지나가기를 염원하는 자신. 그것은 실제 있었던 일이었고, 꿈에서는 실제보다 더한 소외감과 절박감이 그녀를 휘감았다. 병원에서 치료를 받은 뒤부터 꿈을 꾸지 않아 이제 괜찮아졌나 보다 했는데, 꿈이 다시 찾아왔다. 이전보다 더 선명해진 대사, 차디찬 얼굴들, 초조하게 손을 빨던 입술의 촉감을 동반한 채.

커피를 마시려고 막 잔을 들어 올리는데 아이비 선생이 차트를 들고 왔다.

"허지환, 비기너 레벨도 안 나온 애예요. 이따 엄마 오면 잘 말씀드리세요."

아이비는 윤서가 뭐라 대답하기도 전에 차트를 안기고 교실로 들어가버렸다. 아이비는 윤서가 상담 때마다 '바이링구얼'이라고 소개하는 스물여섯 살 교포 출신 선생이다. 미국에 초등학교 때 건너가서 대학까지 마쳤다. 영어는 네이티브처럼 구사하지만 가르친 경력이 짧아 이 학원에서 레벨 테스트 같은

티도 안 나는 잡무들을 도맡아 하고 있다. 수업하랴, 레벨 테스트하랴, 바쁘게 움직여야 하기 때문에 상담원들에게 불쑥 일을 던져주는 경우가 종종 있다. 윤서는 그런 아이비가 이해는 되지만 기분이 나쁜 건 어쩔 수 없다. 동갑내기 여자가, 미국에서 대학을 나왔을 뿐이지 자기와 다를 게 하나도 없는 여자가 스스로 해야 할 일을 이렇게 던지듯 안기고 가면 누구라도 기분이 나쁘지 않겠는가. 더구나 지금 떠넘긴 일은 아이의 레벨이 안 나와서 학원에서 받아줄 수 없다는, 상큼하지 못한 메시지를 전달해야 하는 건이다.

"여기 유나라는 분 계신가요? 상담실장이시라고 하던데."

차트를 넘겨보지도 못했는데 여자 하나가 다가와 말을 걸었다. 아이비가 일을 떠넘기면서 윤서를 상담실장이라고 소개한 모양이었다. 데스크에 앉은 네 명의 상담원들의 명칭은 필요에 따라 수시로 바뀌었다. 상담 선생님이라고 불렸다가, 상담 컨설턴트라고 불렸다가, 살짝 권위가 필요할 때는 상담실장이라고 불렸다.

"아, 지환이 어머니세요? 이쪽으로 오세요."

윤서가 환하게 웃으며 일어서자 여자가 살짝 고개를 숙여 보였다. 밝은 갈색으로 염색한 긴 생머리에 얼굴이 둥근 앳된 인상의 여자로, 얼굴 여기저기에 검붉은 딱지가 앉아 있었다.

"이름이 유나, 세요? 예쁜 이름이네요."

상담실에 자리를 잡자마자 여자가 환하게 웃으며 말을 건넸다. 까무잡잡한 피부색과 딱지 때문에 얼굴이 좀 지저분해 보이긴 했지만 눈이 크고 입술이 도톰해 웃을 때 은근한 매력이 흘러나왔다. 윤서에게 호감을 표하기 위해 애써 이름을 칭찬하는 것도 성의 있어 보였다. 하지만 윤서가 듣기에 그리 달가운 칭찬은 아니었다. 유나라는 이름은 이 학원의 지부장이 마음대로 지은 것이었다. 입사하던 날, 영문 이름이 따로 없어 윤서라는 이름을 그냥 쓰겠다고 하자 지부장은 고개를 갸우뚱하더니 유나라는 이름을 내놓았다. 윤서라는 이름은 발음하기도 불편하고 친근감이 없어요. 유나로 합시다. 그 후부터 윤서는 유나가 되었다. 그래도 고객이 칭찬해주는 말은 감사하기 그지없는 법이라, 윤서는 활짝 웃으며 화답했다.

"감사합니다."

이렇게 예쁘고 성의 있는 여자한테 당신 아들을 받아줄 수 없다는 말을 해야 한다니. 윤서는 문득 아이비가 일을 떠넘긴 게 꼭 바쁘기 때문이어서만은 아닐 거라는 생각이 들었다.

"아이 파닉스부터 떼야겠네요."

어차피 해야 할 말이니 빨리해버리자 싶어 단도직입적으로 말했다. 여자는 윤서의 말을 이해하지 못한 듯 커다란 눈을 천천히 감았다 떴다. 여자가 눈을 깜빡일 때마다 속눈썹 끝에 뭉친 검은 마스카라 덩어리들이 함께 오르내렸다.

"그럼 파닉스반이 따로 있나요?"

여자가 조심스럽게 물었다. 윤서는 여자와 눈을 맞추고 또박또박 말했다.

"저희 초등부는 파닉스를 떼야 들어올 수 있습니다."

한 마디 한 마디 힘주어 말하는데 은근히 기분이 좋았다. 네 아들은 우리 학원에 들어올 수가 없단다. 레벨이 안돼서 못 들어온다. 아무리 돈이 많아도, 우리 학원엔 못 들어온다.

"죄송합니다. 저희는 레벨 규정이 엄격해서요."

안 해도 될 말까지 덧붙이면서, 윤서는 형언할 수 없는 만족감을 느꼈다. 뭔가가 해소된 느낌이랄까. 해소되다니, 대체 뭐가? 그녀는 그런 자신을 이해할 수 없었지만 자기 입에서 나가는 말을 막을 순 없었다.

"초등학교 2학년인데 파닉스가 안 된 경우는 이 동네에선 드물어요, 어머니."

여자의 표정이 잠깐 굳어지는가 싶더니 조금 후 어색하게 웃는 표정으로 되돌아왔다.

"아, 그렇군요. 알겠습니다. 감사합니다."

여자는 서둘러 자리에서 일어났다. 여자가 상담실 입구에 서서 물끄러미 이쪽을 쳐다보고 있던 아이를 데리고 학원을 가로질러나가는 뒷모습을 보면서, 윤서는 인상을 찌푸렸다. 지금 내가 뭘 한 거지? 상식 밖의 질문을 퍼부어대는 진상 엄마에게는 찍소리도 못했으면서 순한 양 같은 엄마에게는 어처구니없는 갑질을 해댔다. 지난주에도 비슷한 짓을 한 적이 있다. 다신 안 그래야지 했는데 자기도 모르게 또 그랬다. 상담 일을 하면서 자신의 이런 모습을 발견할 때마다 그녀는 깜짝깜짝 놀란다. 그러면서도 일정한 시간이 흐르면 똑같은 짓을 되풀이한다.

오후 시간은 정신없이 지나갔다. 커피 한잔 마실 틈도 없이 상담 손님이 꾸역꾸역 밀려들었다. 아이비가 "아까 지환이 건 고마웠어요, 잘 처리됐죠?" 하고 손을 흔들며 나가는 것을 보았을 때에야 하루가 끝났다는 것을 알았다.

퇴근길, 윤서는 고개를 푹 숙이고 전철역으로 걸어가다가 어떤 여학생과 부딪힐 뻔했다. 옆으로 비켜서며 죄송합니다, 말하다가 그녀는 소스라치게 놀랐다. 흰색 남방에 자주색 체크무늬 치마 교복을 입은 여고생이었는데, 얼굴이 굉장히 낯익었다. 여고생이 고개를 까딱해 보이고 지나간 후에도 그녀는 자리에 못 박힌 듯 서서 움직이지 못했다. 심장이 금방이라도 튀어나올 것처럼 쿵쿵거렸다. 한동안 그렇게 서 있다가, 그녀는 천천히 걸음을 옮겼다.

그 여고생이 누구와 닮았는지 깨달은 것은 전철에 오른 뒤였다. 여고생은 채린을 닮아 있었다. 윤서는 지하철 문 옆의 기둥을 붙잡고 서서 크게 심호흡을 했다. 고등학교를 졸업한 지 한참이 지났지만 아직도 고교 동창이나 채린을 떠올리게 하는 사람을 보면 숨이 차고 눈앞이 캄캄해진다. 금방이라도 주위 사람들이 손가락질하면서 너 왕따였지? 다 알거든, 이라고 말할 것만 같다.

윤서는 고3 때 왕따를 당했다. 같은 반 회장이었던 이채린의 교묘한 공작이었다. 부잣집 딸인 데다가 공부도 잘하고 얼굴도 예뻤던 채린은 다니던 심천여고에서는 물론 인근의 모든 고등학교에서 유명세를 떨쳤다. 그런 채린이 윤서를 왕따시킨 것은 채린이 좋아했던 남학생, 심천고등학교 지존이라 불렸던 정완이 윤서를 좋아했기 때문이었다. 정완이 윤서를 좋아한다는 것은 그 일대 아이들에게는 물론 윤서에게도 충격적인 일이었다. 윤서는 특별할 게 없는 아이였다. 집안 형편이 좋은 것도 아니었고 외모도 보통이었다. 공부는 그럭저럭 하는 편이었지만 채린처럼 월등하진 못했다. 반에서 있는 듯 없는 듯 존재감이 미미한, 그야말로 평범한 아이였다. 그런데 정완이 좋아한다고 알려지면서 유명세를 탔다. 윤서의 외꺼풀 눈과 두툼한 입술이 하루아침에 '섹시함'의 표상으로 떠올랐다. 하지만 정완의 관심을 받은 것은 윤서에게 일생일대의 불행이었다. 그녀는 공부만 잘하고 자기중심적인 정완에게 조금도 매력을 느끼지 못했는데, 그의 관심을 받았단 이유로 채린에게 엄청난 미움을 받아야 했다.

채린은 드러내놓고 윤서를 따돌리지 않았다. 오히려 남들 앞에선 그녀를 가엾게 여기고 배려해주었다. 친구들과 놀러 갈 때 꼭 윤서를 끼워 넣었고, 윤서가 급식실에서 앉을 자리를 찾지 못해 서성거리면 큰 소리로 불러 제 옆에 앉혔다. 그래도 꼬리가 길면 밟히는 법. 어느 날 윤서의 치마가 벗겨져 찢겼고, 담임의 추궁 끝에 아이들은 채린이 시켜서 한 짓이었다고 자백하기에 이르렀다. 이미 아이들에게 따돌림을 당해 더 이상 상처받을 일도 없겠다 싶었던 윤서에게 또 한 번 상처를 가한 것은 이해할 수 없는 담임의 대처였다. 담임은 아이들 모두에게 원론적인 꾸중을 내리는 것으로 사건을 덮어버렸다. 학교폭력위원회나 경찰서에 갈 만한 사건을 담임 선에서 봉합해버렸던 것이다. 채린은 심천여고의 전교 1등이었다. 서울대를 갈 게 틀림없는 학교의 귀중한 재원이었다. 고3이었고, 대학 입시 결과에 학교의 이름값이 걸려 있는 중차대한 상황이었다. 윤서의 입장에서 목소리를 내줄 유일한 사람이었던 엄마는 세무서 일과 새로 시작한 부업 때문에 눈코 뜰 새 없었다. 화사하게 올림머리를 한 채린의 엄마가 커다란 과일 바구니를 들고 세무서로 찾아왔을 때, 엄마는 딸에게 뭔가 일이 있었구나 싶었지만 구체적으로 어떤 일인지, 그것이 딸의 인생에 어떤 식으로 영향을 끼칠지까지는 파악할 수 없었다.

왕따를 당했다가, 채린의 아량 덕에 그 무리에 포함됐다가 하는 사이클이 몇 번 반복되면서 고3 시절은 지나갔다. 윤서는 왕따 사건 이후 성적이 많이 떨어져서 학년 초에 생각했던 상위권 대학에 가진 못했지만 인서울 대학에 들어가는 데 성공했다. 대학도 별 탈 없이 마쳤고, 졸업 후엔 계약직이긴 해도 꽤 이름이 있는 제약 회사에 취직했다. 겉으로 보기에 그녀는 무난히 잘 자란 성인이었다. 유머 감각도 있었고, 곤란한 상황을 융통성 있게 넘기는 능력도 있었다. 하지만 세 명 이상이 모이는 자리가 생기면 모임이 시작되기도 전에 공포감에 사로잡혔다. 꾹 참고 무사히 마치는 경우가 대부분이었지만, 모임이 지속되는 내내 불안감에 어쩔 줄 몰랐다. 다 잘 어울리는데 혼자만 겉도는 것 같았고, 잘 어울리지 못하는 게 눈에 띄어서 금방이라도 따돌림을 당할 것 같았다. 모임에 다녀오면 며칠 동안 악몽에 시달렸다. 혼자 남겨지는 꿈, 말을 걸어도 아무도 대답하지 않는 꿈. 일하면서 생기는 힘든 일들을 하나둘 이겨내며 회사에 적응해가던 어느 날, 해마다 두 번씩 있는 직원 정기 워크숍 날짜가 발표되었다. 그날부터 그녀는 달력을 쳐다보며 식은땀을 흘렸다. 워크숍 날짜가 다가오자 온갖 종류의 상상이 그녀를 사로잡았다. 리조트 식당에서 혼자만 따로 앉게 될까 봐, 식사를 마치고 혼자만 동떨어져서 숙소로 돌아가게 될까 봐, 아침체조 시간에 혼자만 같이 설 짝이 없을까 봐 미리 불안에 떨었다. 그런 일 없이 무사히 워크숍을 마치고 돌아왔지만, 그 후부터 그녀는 계속 같은 꿈을 꾸었다. 입사 동기들이 손가락질하며 자신을 왕따시키는 꿈을.

입사 후 두 번째 워크숍이 발표되던 날, 윤서는 회사에 사직서를 냈다. 누구와도 의논하지 않고 충동적으로 저지른 일이었다. 엄마는 딸이 고3 때 성적이 급격히 떨어져도 그 이유를 찾지 못했듯 이번에도 왜 갑자기 직장을 그만두었는지 알지 못했다. 회사를 나온 뒤 윤서는 온라인 쇼핑몰을 차리겠다고 부산을 떨면서 어영부영 시간을 보냈다. 대학 때 친했던 친구들 중 한 명은 미국으로 유학을 떠났고, 한 명은 더 좋은 대학에 다시 가겠다고 편입 공부를, 한 명은 선생이 되겠다고 다시 수능을 준비해 지방 교대에 들어가 있었다. 자신도 평생 할 수 있는 일을 찾아야겠다 싶긴 했지만 유학은 돈이 없어 갈 수 없었고, 상위권 대학 편입이나 교대 입학은 단체 생활에 대한 두려움 때문에 엄두도 낼 수 없었다. 다시 대학을 가서 다른 사람들과 어울려야 한다니. 그동안은 자신이 어떤 상태인지 몰랐으니까 다녔지, 이제는 절대 그럴 수 없을 것 같았다. 설령 그걸 이겨내고 선생이 된다 해도 급식실에서 다른 선생들과 같이 밥을 먹어야 할 것 아닌가. 옆에 앉혀주는 동료 선생이 없어 혼자 앉아 먹어야 한다면! 생각만 해도 심장이 얼어붙는 것 같았다.

집에서 쉬는 동안 윤서는 정신과 치료를 받았다. 그동안 아무에게도 털어놓지 못했던 일을 누군가에게 털어놓자 그녀는 차츰 안정을 찾았다. 시간이 지나자 집에만 있는 게 지겨워졌고, 낯선 자리에도 조금씩 얼굴을 내밀 수 있게 되었다. 그래서 다시 취직을 한 곳이 로피아 어학원이었다. 워크숍을 갈 일도, 동료들과 밀착해서 해야 할 일도 없는 자리였다. 무엇보다 점심시간에 상담원이 둘씩 짝지어 나가게 되어 있는 시스템이 마음에 들었다. 이 일을 하면서 조금씩 범위를 넓히면 다시 멀쩡한 사회인이 될 수 있을 것도 같았다. 그런데 며칠 전부터 끝난 줄 알았던 꿈이 다시 찾아오기 시작했다. 조금 전 채린과 닮은 여고생을 봤을 땐 한창 안 좋았을 때처럼 숨이 가빠오고 현기증이 났다. 살면서 겪었던 모든 소외의 기억들이 우우 몰려와 아우성을 쳤다. 나는 정상인일까. 이대로 계속 살아도 되는 걸까. 그녀는 전철 문에 기대 맞은편 문을 바라보았다. 창에 비친 자신의 실루엣 너머로 텅 빈 어둠과 흰색 기둥들이 휙휙 지나쳐갔다. 뒤이어 철커덩철커덩, 차체의 바퀴 굴러가는 소리가 무겁게 따라붙었다.

과외 교사 김승필(1973~)

승필은 소파에 앉아 지환엄마가 파마머리 여자와 이야기하는 것을 보고 있었다. 여자가 등장한 것은 승필이 지환의 방에서 레벨 테스트를 하고 있을 때였다. 화사한 웃음소리와 함께 등장한 여자는 지환의 여동생을 데리고 현관방으로 들어갔다. 동요 반주와 영어 단어들이 들려오는 걸로 보아 영어 학습지 교사인 것 같았다. 승필이 레벨 테스트를 끝내고 나왔을 때는 먼저 수업을 끝낸 여자가 식탁에 앉아 지환엄마와 이야기를 나누고 있었다.

"상담 거의 끝났거든요? 조금만 더 기다려주세요."

여자와 어깨를 쳐가며 친근하게 이야기를 나누던 지환엄마가 승필을 쳐다보며 양해를 구했다.

"천천히 하세요."

승필은 미소를 지어 보인 뒤 천천히 집을 둘러보았다. 거실 중앙엔 사과 상자만 한 어항이 놓여 있고, 그 옆에 벽걸이 텔레비전이 걸려 있었다. 그 양옆을 책장이 둘러쌌고, 소파 가장자리에도 폭 좁은 흰색 책장이 서 있었다. 방마다 화려하게 수놓인 흰색 커튼이 달렸는데, 거실에만 시원한 질감의 파란색 커튼이 달려 있었다. 집을 꾸미는 센스가 뛰어난 여자라고 생각하며 승필은 소파 탁자에 놓인 신문을 집어 들었다. 신문 위에 놓였던 카드 더미가 우르르 떨어져 내렸다. 한 장 한 장 주워 올리는데 맨 위에 놓인 카드가 시선을 끌었다. 이현헤어커커. 미용실 멤버십 카드였다. 그는 카드를 집어 들고 소파에 앉았다.

이현헤어커커는 아내—이제 이혼했으니 전처라고 해야겠다—가 다니던 미용실이었다. 머리를 잘하는 디자이너가 있다면서 꼭 그곳을 고집했다. 그도 한번 따라갔다가 커트하는 데만 3만 원을 내라고 해서 기겁을 한 적이 있었다. 아내는 파마에 매니큐어, 트리트먼트까지 같이 받아 한 번에 20~30만 원씩 결제했다. 뭐, 돈 잘 버는 사람이 머리에 돈 좀 쓴다 해서 뭐라 할 바는 아니었으나 그는 그 미용실을 지날 때마다 속이 부글거렸다. 머리 한번 해주고 30만 원을 받아? 순 도둑놈들 같으니.

그와 아내가 살던 광명시에서도 가격이 셌는데 서울의 금싸라기 땅인 잠실에서는 그보다 더했으면 더했지 덜하지는 않으리라. 그는 조금 전 현관에서 마주쳤던 도우미가 깔끔히 정리해놓고 간 거실에서 레고를 쏟아놓고 달그락거리는 지환을 쳐다보았다. 이현헤어커커에서 머리를 자르고, 다섯 살짜리 딸에게 학습지 영어 선생을 붙여주고, 도우미 아줌마가 청소를 해주는 집의 아들 허지환을. 지환아, 부디 네가 내 제자가 되면 좋겠구나. 내 제자가 되어 주위 친구들도 소개해주고 그랬으면 좋겠구나.

"많이 기다리셨죠? 이쪽으로 오세요."

현관에서 화기애애한 웃음으로 파마머리 여자를 보낸 지환엄마가 승필을 식탁으로 안내했다.

"조금 전에 커피를 드려서 이번엔 녹차로 준비했어요."

투명한 유리 주전자에 담긴 녹차를 찻잔에 부어주며 지환엄마가 눈웃음을 지었다.

"감사합니다."

승필도 웃음으로 화답하며 지환엄마를 쳐다보았다. 다소 어두운 듯한 피부색, 노랗게 물들인 긴 생머리. 전형적인 미인이라고 하긴 힘든 얼굴이다. 얼굴 여기저기 붙어 있는 검붉은 딱지와 둥그런 얼굴형 때문에 살짝 촌스러워 보이기도 한다. 하지만 눈이 크고 깊게 팬 쌍꺼풀 라인이 곱다. 얼굴이 둥글긴 해도 턱 선이 갸름하게 이어져 보기 좋은 브이 라인을 이룬다. 조금 통통하긴 하지만 허리 라인이 또렷해서 옷맵시도 난다. 딱지를 없애고 머리 톤만 살짝 어둡게 하면 상당히 매력 있을 스타일이다.

"지환이, 어때요?"

눈을 동그랗게 뜨고 대답을 기다리는 여자의 모습이 꼭 겁먹은 사슴 같다. 승필은 머릿속으로 재빨리 대답을 정리해본다. 지금 어떻게 말하느냐에 따라 여자가 승필의 고용 여부를 결정할 것이다.

"솔직히 말씀드리면."

그는 심각한 표정을 지으며 뜸을 들였다.

"원래 제 스타일이 할 말을 처음부터 터놓는 스타일이라, 거두절미하고 말씀드리겠습니다."

처음부터 세게 나가는 쪽을 택했다. 아침에 통화했던 내용으로 추론해볼 때 여자는 영어에 대한 공포심과 강박관념이 심했다. 또래 여자들 대부분이 그렇겠지만 이 여자는 그중에서도 아주 심한 편이었다. 이런 사람에게는 불안감을 확실하게 가중시키고 자신만이 그 불안감을 제거해줄 수 있음을 강조하는 게 효과적이다.

"지환이…… 지금 좀 심각하네요."

이 말은 사실이었다. 각종 학습지를 섭렵했다는 지환의 영어 실력은 놀랄 만큼 형편없었다. 짧은 영어 문장 하나도 제대로 읽지 못했고 파닉스의 기본적인 음가도 파악하지 못했다. 정확히 말하면 아이의 수준을 가늠할 수 없었다고 하는 게 맞으리라. 아이는 시종일관 눈을 반쯤 뜬 채 모르겠다는 말만 반복했다. 영어라는 과목 자체에 질려 있는 것 같았다.

"……그래요?"

지환엄마의 입매가 살짝 일그러졌다.

"파닉스의 기본 개념이 잡혀 있지 않습니다. 그보다 더 문제는, 아이 마음이 영어에 완전히 닫혀 있다는 거예요. 뭘 해도 다 튕겨 나오는 형국입니다."

'형국'이라는 단어를 사용하자 지환엄마가 의자를 바싹 당겨 앉았다. 그의 내부에서 자신감이 솟아올랐다.

"제게 아이를 맡기실 생각이시면 다른 영어 수업들, 학습지나 학원 같은 건 모두 끊어주셔야 합니다. 지금 하는 게 뭐 뭐죠?"

"아가월드, 튼튼영어에서 선생님이 오시고요. 지난달까지 단지 내 공부방도 다녔는데 지금은 쉬고 있어요. 화상으로 일주일에 두 번, 필리핀 사람과 회화를 하고요."

그는 찻잔을 들어 올려 차를 한 모금 마신 뒤 다시 말을 시작했다.

"저는 아이에 따라 완전히 다른 교수법을 적용합니다. 지환이 같은 경우는 이지한 쪽으로 나가야 할 것 같아요. 아이 마음을 오픈하는 게 우선입니다. 제가 가르치게 되면 당분간 지환인 그래머, 발음 교정, 라이팅, 이런 거 일체 하지 않을 겁니다."

"그럼…… 뭘 하시나요?"

지환엄마가 그의 찻잔에 녹차를 다시 부어주었다.

"리딩. 철저한 재미 위주의 리딩만 할 겁니다."

승필은 리딩의 장점, 리딩이 언어의 4대 영역을 모두 커버할 수 있는 금싸라기 같은 영역임을 다양한 일화를 동원해 설명한 뒤 당부를 덧붙였다. 내게 맡기면 적어도 6개월 동안은 문법 절대 안 가르친다. 눈에 띄게 아이가 나아지는 모습도 볼 수 없을 것이다. 하지만 아이가 영어를 좋아하고 재미있어하게 될 것이다. 내가 문법을 시작하는 시점은 바로 그때다. 아이가 좋아하고 즐기게 되는 때. 그때부터 문법과 라이팅을 조금씩 넣을 것이다.

"W학원 출신이시라 그런지 다르긴 다르시네요."

비장미가 느껴질 정도의 열성적인 설명이 끝나자 지환엄마가 감탄의 눈으로 그를 바라보았다. 잘해냈구나. 그는 안도의 한숨을 내쉬었다. 말하다 보니 연습했던 것보다 살짝 오버하긴 했지만, 아이 엄마의 반응을 보니 오히려 그게 더 먹혔던 것 같다. 지환이가 스타트를 끊겠구나!

수강료와 조건을 말할 때는 더욱 당당하게 나갔다. 한 시간 수업 1회당 7만 원, 일주일에 두 번 방문하고 수강료는 8회마다 지불받는다. 수강료는 계좌로 이체해주어야 하며 연체되는 경우 다음 날 문자로 알려드린다.

"하시다가 봐서 지나랑 저도 좀 가르쳐주셨으면 좋겠어요."

그가 당초 계획했던 것보다 살짝 높은 가격을 불렀음에도 여자는 아무렇지도 않다는 듯 이렇게 응수했다.

"그럼 다음 주 화요일부터 시작하는 걸로 하고요. 필요한 교재는 제가 문자로 알려드리겠습니다. 당분간 지환이 책값 만만치 않게 들어갈 겁니다."

이 말을 끝으로 그는 자리에서 일어섰다. 입가로 웃음이 흘러나오려는 걸 꾹 참으면서 그는 가볍게 묵례를 하고 현관을 나섰다. 지환엄마는 엘리베이터까지 따라 나와 허리를 굽혀 인사했다. 엘리베이터 문이 닫히자마자 그는 예스, 하고 낮게 읊조렸다. 성공이다!

지하로 내려가는 계단에 발을 디디자마자 쓰레기 냄새와 똥오줌 냄새가 코를 찔렀다. 계단에는 오래된 화분들이 들어차 있어 지나갈 때마다 노랗게 시들어 처진 식물들을 스쳐야 했다. 지난번엔 밤에 술 마시고 들어오다가 깨진 화분 조각을 밟고 미끄러져 꼬리뼈를 다친 적도 있었다. 승필은 조심스럽게 화분이 놓이지 않은 공간을 밟아 내려갔다. 그의 집 앞에는 커버의 반 이상이 뜯겨나간 유모차가 놓여 있었다. 그 옆으로 기저귀가 가득 찬 쓰레기봉투가 기대어져 있고 그 주위를 날파리들이 빙빙 돌고 있었다. 그는 혀를 차며 앞집 현관문을 노려보았다. 01. 원래 101이었을 문패에서 1자가 떨어져나간 채 여기저기 스티커 뗀 자국이 남아 있는 흐릿한 옥색 문 틈새로 된장찌개 냄새가 풍겨 나왔다. 그는 초인종으로 손을 뻗었다. 도대체 몇 번째인가. 그동안 참을 만큼 참았다. 오늘은 따끔하게 말해주리라. 막 초인종을 누르려는 순간, 날카로운 아기 울음소리와 찰싹찰싹, 아이 맨살 때리는 소리가 들려왔다. 그러게 뜨거운 걸 왜 만지고 그래! 엄마가 가만히 있으라고 말했어 안 했어! 뒤이어 자지러지는 아기 울음소리와 그릇 내던지는 소리가 들려왔다.

승필은 초인종에서 손을 내렸다. 발로 쓰레기봉투를 밀어낸 뒤 유모차를 옆집 쪽으로 밀었다. 앞집 문 앞엔 세발자전거와 플라스틱 말, 킥보드 같은 장난감들이 널려 있어 유모차를 둘 공간이 없었다. 겨우 앞을 비우고 문을 열고 들어가려다 그는 멈칫했다. 아침에는 분명히 비어 있던 우유 가방이 그새 불룩해져 있었다. 배달부가 늦잠을 잤나? 그는 가방 속에서 우유를 꺼냈다.

그때 옆집 문이 덜컹거렸다. 문 앞의 유모차 때문에 한참 덜컹거리다가 쾅 소리와 함께 문이 열렸다. 유모차가 앞으로 엎어지면서 창백한 낯빛의 여자가 나왔다. 비쩍 마른 긴 생머리의 여자는 승필을 보고 놀란 눈을 하더니 이내 문을 닫고 들어가버렸다. 먼지에 절어 회색인지 옥색인지 구분이 가지 않는 육중한 현관문이 쾅 소리와 함께 닫혔다. 내가 유모차를 밀어놓은 걸 알아차렸나? 그는 한동안 서 있다가 현관문을 열고 집으로 들어갔다.

집 안에 들어가자 물비린내가 코를 찔렀다. 환기가 되지 않는 지하의 집에선 늘 비릿한 냄새가 났다. 옆집인 103호만 해도 왼쪽 끝의 지대가 높게 잡혀 집의 반 정도가 지상에 걸쳐 있었는데, 그가 세 들어 있는 102호는 완전히 지하에 있었다. 처음 집을 보러 왔을 때 그는 작아도 창이 있는 원룸인 103호를 할까 했지만 부피가 있는 살림살이들 때문에 방이 두 개인 이 집을 택했다. 그는 신발을 벗고 모노륨이 깔린 실내로 올라섰다. 빛이 들지 않는 실내는 한밤 중처럼 캄캄했다. 그는 오른쪽 벽을 더듬어 전등 스위치를 올렸다. 노르스름한 백열등 아래로 어수선한 주방이 모습을 드러냈다. 앉은뱅이책상, 찌그러진 맥주 캔, 담배꽁초가 가득 담긴 플라스틱 우유병, 위태위태하게 쌓인 일회용 배달음식 용기들……. 그는 벽에 기대앉아 담배를 꺼냈다. 어릴 때 살았던 집에 비하면 천국 아닌가. 집이 지저분하게 느껴질 때마다 그는 이렇게 생각하려 애썼다.

그는 삼성동에서 나고 자랐다. 그가 어릴 때만 해도 삼성동은 허허벌판이었다. 잡초가 무성한 들판이 끝없이 펼쳐졌고, 군데군데 습지도 보였다. 원래 그의 아버지는 마산에 살았는데, 같은 마을에 살던 형이 서울에 올 때 아버지도 처자식을 데리고 함께 올라왔다. 마을 이장의 아들이었던 형은 서울에 올라오자마자 삼성동의 땅을 닥치는 대로 사들였다. 어디선가 개발에 대한 얘기를 미리 듣고 작심하고 올라온 듯했다. 형은 아무것도 없는 허허벌판에 2층짜리 양옥을 올렸는데, 아버지는 그 집에 살면서 형이 사들이는 땅을 관리하고 들판을 갈아 밭으로 만들었다. 승필이 태어났을 무렵에는 제법 자란 고추를 내다 팔기도 했다. 그로부터 1년 뒤, 닥치는 대로 땅을 사들이던 형이 매입을 멈추더니 얼마 지나지 않아 땅을 뭉텅이로 팔기 시작했다.

승필 가족의 고난이 시작된 것은 그때부터였다. 살던 양옥에서 쫓겨난 것은 물론, 한창 재배하던 고추밭과 배추밭에서도 손을 떼야 했다. 승필의 가족은 인근의 다른 빈 땅으로 가 판잣집을 짓고 살았다. 때마침 개발 바람이 불어 삼성동엔 크고 작은 건물이 쉴 새 없이 생겨났다. 아버지는 공사장에 나가 인부로, 어머니는 개발 바람을 미처 타지 않은 임야를 찾아 야채를 재배하여 근근이 생계를 꾸렸다. 그나마 먹고살 만했던 그 시절은, 아버지가 P그룹 사옥 건축공사 현장에서 사고로 추락사하면서 끝나버렸다. 혼자 남겨진 어머니는 노는 땅에 밭농사를 지어 인근 시장에 내다 팔면서 누나와 승필을 먹여 살렸다. 그러다가 삼성동이 빠른 속도로 개발되면서 점차 설 자리를 잃었다. 바로 전날까지 정성 들여 경작했던 작물들이 하루아침에 공사 현장으로 변하는 일이 반복되었지만, 어머니는 굴하지 않고 다른 땅을 찾아 다시 씨를 뿌렸다. 삼성동 이곳저곳을 메뚜기처럼 옮겨 다니며 산 덕에 승필의 식구들은 삼성동 지리를 훤히 꿰고 있었다. 지금도 어머니는 종종 자신이 이 나라의 어떤 지리학자, 역사학자보다도 삼성동 역사에 밝을 것이라고 농담처럼 말한다.

아버지가 알던 그 형을, 승필은 20년이 흐른 뒤 텔레비전에서 보았다. 그는 건설업으로 출발해 스무 개가 넘는 계열사로 사세를 확장한 T그룹의 회장이 되어 있었다. 뉴스에서 그의 소식을 보던 날, 승필은 사진첩을 뒤져 그 시절의 사진을 찾아냈다. 건물이라곤 눈을 씻고 봐도 찾을 수 없는 허허벌판에 신기루처럼 서 있는 2층짜리 양옥. 그 앞에 서서 눈부신 듯 인상을 찡그리고 있는 두 살짜리 꼬마와 네 살 위의 여자아이, 그 뒤로 한복 소매를 걷어붙인 채 호미를 들고 서 있는 어머니. 양옥이 서 있던 그 자리에는 지금 L그룹 사옥이 들어서 있고 그 주위를 코엑스, 현대백화점, 인터컨티넨탈 같은 고층 건물들이 포위하듯 둘러싸고 있다. 어른이 되어 고층 건물이 즐비한 삼성동을 지날 때마다 승필은 궁금했다. 지금 발을 딛고 선 이 땅, 어린 내가 뛰어다니고 땅따먹기 놀이를 했던 이 땅은 현재 누구의 소유인가? 그는 어떻게 이 땅을 소유하게 되었는가? 어떻게 살아야 이런 땅을 소유하게 되는가?

승필의 성장의 역사는 삼성동의 성장의 역사와도 같았다. 버려진 판자와 건축 폐자재를 주워 모아 집을 짓고 황무지를 개간하고, 몇 개월 뒤 모든 것이 사라져버리고, 다시 집을 짓고 황무지를 개간하면서 그는 자랐났다. 그리고 그의 성장이 끝났을 때, 삼성동은 그의 손이 닿을 수 없는 곳이 되어 있었다. 그는 명절 때 텔레비전에서 고향을 찾아가는 사람들의 모습을 비추어줄 때마다 이상한 기분이 되었다. 숨바꼭질을 하다가 아무도 찾으러 오지 않아 혼자 남겨진 기분이랄까. 그의 고향은 너무나도 변해버려서, 변한 게 아니라 완전히 다른 곳이 되어버려서, 이전의 모습은 조금도 찾아볼 수 없었다. 삼성동은 상전벽해라는 말의 사전적 의미를 알려주기 위해 존재하는 듯한 곳이었다.

소영과 결혼해서 살았던 광명의 신축 빌라는 그가 태어나서 처음 가져본 안정된 집이었다. 신혼여행에서 돌아와 처음으로 집에서 잤던 날, 그는 가슴이 벅차서 잠을 이루지 못했다. 얼룩 한 점 없는 깨끗한 벽지, 깔끔하게 각이 진 사각의 공간, 흠 하나 없는 투명한 유리가 박힌 창문. 새로 지은 빌라에서 살림을 차렸다는 것 때문에 그는 소영과의 결혼을 그렇게 행복하게 기억하는지도 모른다. 9년쯤 살았을까. 그 깔끔했던 공간은 이혼과 함께 사라져버렸다.

처음 혼자가 되어 이 집으로 들어왔을 때만 해도 주거 공간에 대한 불만은 없었다. 거실 겸 부엌인 비좁은 공간과 작은 방 두 개, 화장실 하나. 그나마 방 하나는 소영과 살 때 샀던 가구들을 들여놓아 창고처럼 되어버렸지만, 그 혼자 살기에 그리 모자라다고 느끼지 않았다.

승필은 문간방으로 들어가 무질서하게 쌓인 옷 더미 위로 눕듯이 기댔다. 옷 더미 옆에 있던 맥주 캔이 쓰러지면서 속에 남아 있던 맥주가 쏟아져 나왔다. 눅눅한 냄새가 배어 있는 방 안에 맥주 냄새가 더해지자 웬만한 냄새엔 무감각한 그도 인상을 쓰지 않을 수 없었다. 그는 일어나 앉아 담배에 불을 붙였다. 파란색 시폰 커튼이 날리던 지환이네 집이 떠올랐다. 깔끔하고 넓은 집, 예쁜 아이들, 세련되게 차려입은 주부, 집 안을 채우던 커피 향…… 그는 주방에서 재떨이로 쓰는 플라스틱 우유병을 가져와 아직 반도 타지 않은 담배를 비벼 껐다. 소영도 지금쯤 그런 집에서 살고 있을까. 소영은 그와 이혼한 지 두 달도 채 되지 않아 다시 결혼했다. 상대는 여당 국회의원 보좌관이라고, 소영의 친구가 페이스북에 올린 걸 봤다. 촉망받는 젊은 보좌관. 모 재벌기업의 3세이기도 한 그 남자는 네티즌들 사이에서 '엄친아'로 불리는 유명 인사였다. 그런 남자랑 결혼했다면 지환이네 정도는 상대도 안 되는 집에서 살고 있으리라. 그는 손으로 거칠게 얼굴을 비볐다. 새벽녘이면 뒤에서 당겨 안았던 가슴의 촉감이 아직도 생생한데, 소영은 이제 남이란다. 다른 남자의 사람이란다. 지금 소영을 찾아가 뒤에서 끌어안는다면 그는 범법자가 되어 감옥에 끌려갈지도 모른다.

승필은 유명 대학의 지방 캠퍼스에서 영문학을 전공했다. 대학 졸업 뒤엔 동시통역 대학원을 목표로 고시원에 들어가 공부했다. 어릴 때부터 언어 감각이 뛰어났던 그는 어학연수 한번 가지 않고 독학으로 영어를 마스터했다. 자신이 갈 길이라는 확신이 있었기 때문에, 첫 해에 고배를 마셨을 때에도 심각하게 받아들이지 않았다. 통역 대학원을 목표로 공부하던 두 번째 해 가을, 그는 대학원 준비반에서 스터디 파트너로 만난 소영과 결혼했다. 소영도 첫 번째 시험에서 고배를 마신 상태였다. 둘 다 공부 중이라 결혼을 할 만한 상황이 아니었지만 소영의 배 속에 애가 들어서 있어 다른 도리가 없었다. 신혼여행에서 돌아오자마자 아이가 유산되었을 때, 그는 불길한 예감이 들었다. 꼬집어 말할 수는 없지만 왠지 그것이 뭔가의 전조인 것 같았다. 그와 소영은 두 번째 해에도 고배를 마셨다. 불합격 소식을 접한 그는 그 자리에서 대학원 진학을 포기했다. 소영이 다시 임신한 상태였다. 가장으로서, 마땅히 그래야 한다고 생각했다. 그는 일자리를 알아보기 시작했다. 선택의 폭은 넓지 않았다. 대학원 준비로 2년이나 보내버린 지방대 영문과 출신의 남자가 할 수 있는 일은 학원 강사나 무역직밖에 없었다. 그는 학원 강사가 되었다. 두 번째 월급을 받아왔을 때, 소영은 계류유산을 했다.

두 번째 고배를 마시고 대학원을 포기했던 소영이 다시 대학원 준비를 시작한 것은 세 번째 임신이 습관성 유산으로 무산된 직후였다. 이제 아이 포기할까 봐. 아기 초음파 사진들을 쓰레기통에 넣으며 담담하게 말하던 소영. 그녀는 다시 책을 펼쳤고, 옆에서 보기 무서울 정도로 열심히 공부했다. 그렇게 공부한 지 3년이 되던 해, 그녀는 염원을 이루었다. 동시통역 대학원에 합격한 것이다. 대학원에 들어가서도 그녀는 치열하게 공부했다. 어렵기로 유명한 졸업 시험도 한 번에 거뜬히 통과했다. 동시통역사가 된 아내와 축하주를 마셨던 날 밤, 그는 뜬눈으로 밤을 지새웠다.

그가 다시 불길한 예감에 시달리기 시작한 것은 영국 외무부 장관이 방한했던 날이었다. 영국 외무부 장관과 대한민국 외교부 장관 간 회담 통역을 소영이 맡았다. 텔레비전 9시 뉴스의 첫 화면에 등장한 소영의 모습을 보면서, 그는 뭔가가 얹힌 것처럼 속이 불편했다. 그날 소영은 회담에 이어진 파티에 참석하느라 집에 들어오지 않았다. 그날 이후, 그와 소영은 서로 겉돌았다. 외교부 장관, 국회의원, 재벌 총수 등 신문의 헤드라인을 장식하는 인물들을 만나는 소영과 기껏해야 동네 작은 보습 학원의 원장이나 부원장을 상대하는 그가 함께 나눌 수 있는 화제는 그리 많지 않았다.

승필은 널린 맥주 캔들을 그러모았다. 어젯밤에 먹은 술 때문에 아직도 속이 울렁거렸다. 지환엄마도 그의 숨결에서 술 냄새를 맡았을 것이었다. 그는 과외 팀을 안정적으로 꾸릴 때까지 술을 마시지 말아야겠다고 생각했다. 이혼 후 이곳에 들어와 살았던 3개월. 짧지 않은 그 시간을 술로 다 보냈다. 하루 종일 자다 일어나 두 시간 동안 소주를 마신 뒤 다시 잠을 자는 식의 생각 없는 나날이었다. 학원에서 언제 잘렸는지는 기억도 잘 나지 않았다.

과외 선생이라도 해야겠다는 생각이 든 것은 신문에 난 소영의 사진을 보았을 때였다. 유럽 어느 나라의 공주라는 늙은 외국인 옆에서 화사하게 웃고 있는 소영의 얼굴을 본 순간 살아야겠다는, 그것도 아주 잘 살아야겠다는 욕망이 훅 치고 올라왔다. 너만큼 살지 못하라는 법이 있겠느냐. 그는 신문을 제쳐놓고 화장실에 들어가 거울을 보았다. 헐렁한 추리닝을 걸치고 편의점에 술을 사러 나가도 지나가던 여자가 돌아볼 정도로 눈에 띄는 그의 수려한 용모는 술에도, 절망에도 지지 않고 살아남아 건재를 과시하고 있었다. 그는 컴퓨터를 켜고 광고 전단을 만들기 시작했다. K대 영문학과 졸업, 대치동 W학원 출신, 초등 영어 경력 8년. 장난처럼 시작했지만 타이핑을 마치자 자신감이 생겼다. 다른 건 몰라도 영어 하나는 자신 있었다. 계속 도전했다면 통역 대학원에도 들어갔을 것이었다. 그만둘 때 뒤처리를 깔끔하게 하진 못했지만 동네 보습 학원 재직 당시 승필은 유능한 강사였다. 학생들과 원장 모두에게 좋은 평을 받았다. 승필 덕분에 싫어하던 영어를 좋아하게 된 고3짜리 여학생도 있었다. 영어라면 진저리를 치던 아이가 영문과 합격을 목표로 밤늦게까지 공부한다며 여학생의 엄마가 찾아와 고개를 숙이고 갔다. 한 가지, K대 출신이라는 문구가 마음에 걸렸다. 그는 K대 본교가 아닌 지방 캠퍼스를 나왔다. 하지만 뭐, 지방 캠퍼스도 K대는 K대 아닌가? 잘 가르치기만 한다면 무슨 캠퍼스를 나온 게 뭐 그리 대수겠는가? 그는 다음 줄로 넘어갔다. 대치동 W학원 출신. 그는 '대' 자에 커서를 가져다 놓고 다시 고민에 빠졌다. K대 출신이라는 건 어느 정도 정당성이 있지만 이 부분은 백 퍼센트 거짓말이었다. 잠실에서 자리 잡고 아이들을 가르치게 된다면 언젠가 문제가 될 수 있었다. 그는 그 문구를 삭제했다가, 조금 뒤에 다시 타이핑했다. 대치동에서 가르쳐본 적은 없지만 초·중·고 학생들에게 다년간 영어를 가르쳤다. 매형이 대치동 학원가에서 유명한 스타 강사라 그 동네에 대해 주워들은 것도 많다. 잘 가르치기만 한다면 진짜 그 학원 출신인지 누가 신경 쓰겠는가. 그는 단순하게 생각하기로 했다. 일단 뭔가를 시작하는 게 중요했다. 결국 처음에 작성했던 문구 그대로 전단을 출력했다.

전단을 붙인 지 이틀 만에 전화가 왔고, 오늘 그 집에 다녀왔다. 지환엄마는 그를 굉장히 신뢰하는 것 같았다. 생각보다 상서로운 출발이었다. 당분간 술을 자제하고 몸에 신경을 써야 할 것이었다.

승필은 주방으로 가서 앉은뱅이책상 위에 팽개쳐둔 우유를 집어 들었다. 뚜껑을 열려다가, 고개를 갸웃했다. 손에 들린 우유에 N사의 로고가 찍혀 있었다. 그가 배달시켜 먹는 우유는 S사의 것이었다. 어떻게 된 거지? 순간 서둘러 문을 닫고 들어가던 옆집 여자 얼굴이 떠올랐다. 그러고 보니 전에도 한번 우유 가방이 비었던 적이 있는 것 같다. 훔쳐 먹을 게 없어서 남의 집 우유를! 그는 혀를 차며 우유 뚜껑을 열었다. 우유를 다 마실 때쯤, 그래도 돌려주겠다고 다른 우유를 사서 넣어놓은 게 기특하단 생각이 들었다. 그는 옆집 여자를 떠올려보았다. 스무 살쯤 됐을까. 고등학교를 갓 졸업했거나 대학교 1, 2학년 정도로 보이는 여자아이였다. 핏기 없이 창백한 얼굴엔 군데군데 버짐이 피어 있었다. 마주칠 때마다 힘이 없고 지쳐 보였지만 눈빛에는 뭔가 맹렬한 기운이 있었다. 보기 안쓰러울 정도로 말랐지만 가슴은 꽤 컸다. 엉덩이도 탄력 있게 올라붙어 있어 청바지를 입은 뒤태가 꽤 그럴싸했다. 우유 가지고 한번 시비를 걸어봐? 생각하다가 그는 쓴웃음을 지었다. 미쳤구나. 스무 살도 안 돼 보이는 여자애한테 관심을 갖다니, 네가 정말 여자가 고팠구나. 병신 같은 놈.

지환엄마 박수정

"결혼을 하면 뭐가 제일 안 좋아?"

미혼인 친구들이 물으면 수정은 이렇게 답했다.

"결혼하면 구질구질해져. 예전에 만났던 남자들 생각만 하게 돼. 남편은 지겹고 매력 없는데, 새로운 사람을 만나는 건 금지돼 있잖아? 그러니까 과거의 기억만 우려먹는 거지. 옛날에 소개팅했던 남자, 나를 짝사랑했던 남자, 심지어 스토커였던 남자까지. 그 남자가 실제로 어땠진 상관없어. 중요한 건 남편이 아닌 누군가와 뭔가가 있었다는 거야."

지금 눈앞에 앉아 있는 남자를 보면서, 수정은 새로운 답을 떠올린다. 결혼하면 구질구질해져. 남편만 아니면 어떤 남자에게든 관심을 갖게 돼.

"5월 말인데 벌써 여름 같죠?"

그가 손으로 부채질하는 시늉을 하며 와이셔츠 소매를 접어 올린다.

햇살이 좋은 봄날 오후. 수정은 거실 바닥에 찻상을 놓고 지환의 새로운 영어 선생과 마주 앉아 있다. 열린 창밖으로, 햇살을 받으며 몸을 흔드는 나무들이 보인다. 부엌에선 도우미가 설거지하면서 내는 그릇 소리가 들리고, 창을 통해 간간이 밖에서 뛰어노는 아이들 소리가 들어온다. 조금 전 영어 수업을 마치고 나간 지환의 목소리도 섞여 있다. 낮엔 여름 같지만 아침저녁으로는 쌀쌀해 반팔을 입기도 긴팔을 입기도 애매한 날씨다. 수정은 접어 올린 연보라색 와이셔츠 소매 밑으로 드러난 영어 선생의 희고 날렵한 팔목을 자꾸만 흘끔거린다. 어쩌면 사람이 이렇게 군살이 없을까. 그가 이 집에 처음 발을 들인 것은 수정이 전단을 보고 전화했던 바로 다음 날이었다. 어색한 표정으로 집 현관에 들어서던 순간부터, 수정은 그가 좋았다. 한눈에 확 들어오는 뚜렷한 이목구비도 좋았지만 그보다 더 그녀의 시선을 끌었던 건 가늘고 긴 그의 몸태였다.

"다음 달에 들어갈 책입니다."

커피를 한 모금 마신 그가 옆에 두었던 가방에서 얇은 책 두 권을 꺼내 들었다. 'Arthur'라고 쓰인 어린이용 영어 책이었다.

"저번에 산 책들도 아직 덜 읽었는데…… 책을 또 들여야 하나요?"

오늘은 그가 지환에게 수업을 해준 지 네 번째 되는 날이다. 그동안 그의 추천으로 영어 책을 시리즈로 두 질이나 구입했다. 그중 세 권의 책을 읽었을 뿐인데, 그가 오늘 또 다른 책을 권하고 있다.

"지환이가 ORT 시리즈에 어떤 반응을 보이던가요?"

"아, 그 시리즈 너무 좋아하던데요? 시키지 않아도 지가 막 시디 틀어놓고 그래요. 생전 안 하던 짓이라 좀 놀랐어요."

그가 그럴 줄 알았다는 듯 빙그레 웃었다.

"사주신 책들, 다 저랑 읽을 거 아닙니다. 저는 그중에 몇 권 재미만 붙이게 해주고 나머지는 지환이 스스로 볼 겁니다. 아서 시리즈는 그 또래 아이들이 열광하는 책이죠. 틀림없이 지환이도 좋아할 겁니다. 지금은 아낌없이 책을 넣어주어야 할 때입니다. 리딩에 확 재미를 붙이게 해야 해요."

"아, 네……."

수정은 고개를 끄덕이며 그가 내민 책을 받아 들었다.

"혹시 아이에게 해석을 시키시나요?"

수정은 반사적으로 고개를 저었다.

"아니요. 그러지 말라고 하셔서……."

안 그래도 과연 애가 내용을 이해는 하고 읽는 걸까, 확인해보고 싶은 걸 꾹 참았던 차였다.

"해석, 시켜보고 싶으시죠?"

그가 한쪽 무릎을 세워서 팔을 무릎에 대고 턱을 괬다. 수정은 그 모습을 황홀하게 바라보았다. 무릎을 세우고 팔을 기대는 단순한 동작이 그렇게 자연스럽고 유려할 수가 없었다. 팔다리가 긴 사람은 어떤 동작을 취해도 멋있구나! 그녀는 반사적으로 남편을 떠올렸다. 앉으면 불룩 튀어나오는 옆구리 살, 복어를 떠올리게 하는 살찐 턱. 남편의 몸매가 원래 그렇게 형편없었던 건 아니다. 처음 만났을 땐 남편도 꽤 봐줄 만했다. 키가 컸고, 얼굴이 좀 각지긴 했어도 전체적으로 마르고 날렵한 인상이었다. 마흔도 안 되는 나이에 이렇게 매력 없어질 줄은 상상도 하지 못했다. 그런데 이 남자, 나이가 얼마나 됐을까? 경력을 보면 남편보다 나이가 있을 것 같은데, 외모를 보면 남편보다 아래일 것 같다.

"솔직히, 불안해요."

"얘가 도대체 알고 읽는 건지, 모르고 읽는 건지, 확신이 안 서시죠?"

그녀는 감탄한 표정을 감추지 못했다.

"어떻게 아셨어요?"

가르친 경력이 오래됐기 때문일까? 이 남자는 척 보면 엄마 마음을 안다.

"참으셔야 합니다. 지금 지환이한테 중요한 건 영어를 재미있다고 인식하는 거예요."

"지환이가 잘 따라가고 있긴 하나요?"

"잘 따라오고 있습니다. 벌써 혼자서 책을 보려 한다니, 예상보다 효과가 빠른데요? 잠시만요. 제가 지환이랑 오늘 했던 내용, 보여드리겠습니다."

찻상을 짚으며 일어서느라 그의 상체가 갑자기 그녀 쪽으로 확 다가왔다. 그녀는 헉, 소리를 내며 뒤로 물러앉았다. 전류가 흐르는 것처럼 몸이 저릿저릿했다. 그가 지환의 방으로 들어가서 교재를 들척이는 동안 그녀는 양쪽 볼을 손으로 꽉 눌렀다. 내가…… 왜 이러지?

"이걸 보시죠."

그가 영어 책과 종이 한 장을 들고 나왔다. 종이에는 지환의 필체로 영어 단어들이 쓰여 있고, 그 옆에 지환의 손바닥을 대고 따라 그린 듯 아이 손 크기의 손바닥 그림이 그려져 있었다.

"오늘 읽었던 책에서 지환이가 단어 다섯 개를 픽업해서 그 단어로 게임을 했습니다. 게임에 쓸 단어를 스스로 골라 적게 하니 어려운 단어들도 순식간에 써 내려가더군요. 그 과정에서 스펠링 암기, 기본적인 라이팅 훈련, 리스닝, 리딩, 스피킹이 다 들어갔습니다. 처음부터 끝까지 아이가 스스로 진행한 게임이라 집중도가 평소보다 서너 배 높게 나타났어요."

"네⋯⋯."

그녀는 들릴락 말락 하게 대답해가며 그의 설명을 들었다.

그동안 남편이 아닌 남자들에게 관심을 가진 적이 없었던 것은 아니다. 옆집 아저씨는 물론이고 집 안에 가전제품을 설치해주러 온 기사에서부터 마트에서 배달 온 20대 청년, 놀이터에서 만난 잘생긴 고등학생까지, 그러니까 만날 수 있는 모든 '외간 남자'들에게 그녀는 관심을 가졌다. 핸드폰을 고치러 갔다가 젊은 기사에게 반해 그와 키스하는 장면을 하루 종일 상상한 적도 있었다. 그런 자신이 창피하다는 생각은 들지 않았다. 외로우니까, 사랑하고 싶으니까, 그런 생각이 드는 건 당연하다고 생각했다. 금실 좋게 잘 사는 듯 보이는 다른 부부들도 내면을 들여다보면 기실 자신과 같을 게 틀림없었다.

그렇다면 그녀는 남편을 싫어하는가? 그건 아니었다. 남편은 그냥 늘 있는 '가족'이었다. 아이를 낳고 강도 높은 집안일과 회사 일에 치이면서 그녀와 남편은 삿대질하며 싸우는 일이 많아졌고, 그 과정에서 점점 서로에게 무뎌져갔다. 지나가 세 돌을 넘어가면서부터는 핏대를 올리고 싸우는 일도 없어졌다. 누가 먼저 잘못했다거나 마음이 변했다거나 하는 문제가 아니었다. 어느 순간부터 남편은 그녀의 말에 대답을 하지 않았다. 부부동반 모임에 그녀를 잘 데려가지 않았고, 꼭 데려가야 하는 자리가 생겨도 어떤 자리인지 제대로 설명해주지 않아 약속 장소에 도착해서야 누구를 만나는 건지 알게 되는 경우도 있었다. 몇 번 불만을 토로해보았지만 그녀의 항변은 남편의 내면에 안착하지 못했다. 자신의 말이 공기 중에 떠올랐다가 남편의 몸에 부딪혀 튕겨져 나오는 것을, 자신이라는 존재가 한없이 투명해져 그대로 남편을 통과해가는 것을 그녀는 담담한 시선으로 바라보았다. 자신도 언젠가부터 남편을 투명하게 만들었으리라고 짐작하면서, 그녀는 모든 것을 일상으로 껴안아버렸다.

하지만 껴안을 수 없는 일상이 한 가지 있었다. 잠자리였다. 트림이나 방귀를 북북 내지르는 남편을, 자신이 아내의 말에 대답하지 않았다는 사실을 인식조차 하지 못하는 남편을 침대로 들일 수는 없었다. 밥하고 빨래하고 청소하고 아이를 키우는 일상은 받아들일 수 있지만 몸과 몸을 맞대고 지난한 시간을 버티는 것은 도저히 할 수 없었다. 언젠가부터 남편이 바깥에서 여자를 만난다는 것을 알았을 때, 그녀는 놀랐고 불쾌했지만 한편으론 안도했다. 피임에 신경 쓰기를, 그 일에 지출을 너무 많이 하지 않기를, 그리하여 내 두 아이의 아빠 노릇을 하는 데 큰 지장이 생기지 않기를 바랄 뿐이었다.

그렇다고 그녀의 내면에 있는 이성에 대한 갈증이 없어졌느냐 하면, 그건 아니었다. 그녀는 사랑하고 싶었다. 낯선 이를 만나 설레고, 망설이고, 용기를 내고, 자신의 일부를 내주고 싶었다. 상대에게서도 떨리는 시선을 받고, 열의를 받고, 영혼의 일부를 받고 싶었다. 그것이 누가 됐든 상관없었다. 이성으로 느낄 수만 있다면. 상대가 자신을 이성으로 느껴주기만 한다면. 하지만 그녀에겐 그럴 기회가 없었다. 기회가 온다면 그렇게 할 용기는 있을까? 그것도 미지수였다. 그저 생활에서 소소하게 만나는 모든 남자들에게 호감을 품고, 텔레비전에 나오는 잘생긴 탤런트에게 연정을 품고, 과거에 만났던 남자들과의 추억을 지겹도록 되새김하며 세월을 건너갈 뿐이었다.

그런데 지금, 이 잘생긴 남자가, 바람이 불면 날아갈 것처럼 마르고 샤프한 느낌의 남자가 코앞에 앉아 자꾸 고개를 들이밀고 있다. 그녀의 마음 깊은 곳에서 저릿한 쾌감이 묵직하게 퍼져나갔다. 오랜 세월 동안 잠자고 있던 무언가가 벽을 부수고 나와 맹렬히 생동하는 느낌. 그녀는 앞에 앉은 남자의 시선을 정면으로 맞받았다. 살짝 처진 남자의 서늘한 눈매가 '나를 당겨 안아!'라고 속삭이는 듯했다.

"어떻게 할까요?"

"네?"

뭔가에 대한 설명을 마친 듯 그가 그녀에게 답을 요구했다. 이 남자가……무슨 말을 했지? 그녀는 멍하니 그를 쳐다보았다. 네가 뭐라고 했을지는 모르겠으나 난, 난 너를 당겨 안고 싶구나. 너와 키스하고 싶구나, 이 잘생긴 남자야.

"방금 말씀드렸던 디브이디 말입니다. 구입해서 진행하는 걸로 할까요? 아니면 오디오 시디로만 진행하시겠습니까?"

그러고 보니 그가 무슨 디브이디 시리즈에 대해서 얘기하고 있었던 것 같다.

"그건 뭐, 선생님 좋으실 대로 해주세요. 그런데 선생님."

수정이 그가 있는 쪽으로 고개를 쭉 내미는 바람에 어깨 뒤로 늘어뜨렸던 그녀의 긴 생머리가 라운드넥 니트 안쪽으로 드러난 목살에 부드럽게 내려앉았다. 마침 오늘이 학교 청소를 다녀온 날이라 그녀는 아침부터 미용실에 가드라이도 받았고 화장도 꼼꼼히 한 상태였다. 그녀는 한쪽 팔을 쑥 내밀어 그의 턱을 어루만졌다. 날렵한 라인을 이루는 턱살의 까끌까끌한 질감이 상큼하게 손끝에 감겨왔다. 순간 그녀는 흠칫 놀랐는데, 그것은 자신이 한 놀라운 행동 때문이 아니라 놀라운 행동을 해놓고도 자신이 전혀 놀라고 있지 않다는 사실 때문이었다. 무모하다 느껴질 만큼 용감한 그녀의 이런 행동은 순전히 오늘의 외모에 대한 자신감에서 기인했으리라.

"뭐가 묻었네. 우윤가? 잠깐만, 가만히 있어보세요."

그녀는 검지 끝에 침을 묻힌 뒤 그의 턱에 묻은 하얀 찌꺼기를 닦아냈다. 지환이나 지나에게 하는 듯한 자연스러운 동작이었다. 너무나 스스럼없는 그녀의 태도에 동화된 듯 그도 아이처럼 가만히 얼굴을 내맡기고 있었다.

리듬을 탄다는 게 이런 걸까? 그녀는 자신의 손이 펼쳐내는 일련의 동작들에 감탄하며 계속 손을 놀렸다. 좋다, 는 생각이 전신에 퍼져나갔다. 그녀는 손동작의 속도를 늦추면서 그를 뚫어지게 쳐다보았다. 이대로 끌어당겨…… 키스해버릴까?

"참외 좀 드세요."

갑자기 도우미 아줌마의 목소리가 끼어들었다. 수정은 얼른 손을 내렸다.

"참외가 금방 물러질 것 같아요."

도우미가 찻상에 접시를 내려놓으며 수정을 내려다보았다. 수정은 눈살을 찌푸리며 시선을 맞받았다. 이 아줌마가 지금 뭐 하는 거지?

참외는 저녁때 태민이네 가져가려고 사놓은 것이었다. 매대에 오른 지 며칠 지나 물러진 걸 싸게 팔기에 얼른 사왔는데, 무르다는 지적을 받으니 뭔가를 들킨 듯 얼굴이 홧홧했다. 그녀는 크게 심호흡을 했다. 어쨌든 내가 돈 주고 부리는 사람 아닌가. 과일이 썩어 문드러져 곰팡이가 핀다 해도 내 지시 없이 과일에 손대서는 안 되는 것이다. 그런데 누구 맘대로 과일을 깎아 내온단 말인가? 이게 자기 살림인가? 이 아줌마, 친절하게 대해주었더니 자꾸 기어오르려 든다. 이래서 이런 아줌마들한테 잘해주는 게 아니다. 아줌마도 써본 사람이 잘 부린다고 누가 말했던가. 아무튼 그 말이 맞는 것 같다.

"사모님, 혹시 삶을 거 더 없어요? 속옷이나 그런 거."

도우미가 선 채로 앞치마를 만지작거리며 말했다. 긴 머리를 가지런히 묶은, 자신보다 몇 살 많아 보이지도 않는 깡마른 여자를 올려다보며 수정은 고민에 빠졌다. 이 아줌마를 이제 잘라야 하나? 허락도 받지 않고 바나나를 몇 개씩 먹어치우거나 걸레를 빨다 말고 시간이 됐다고 가버리는 등 안 그래도 요즘 부쩍 신경을 거스르는 일을 많이 했는데, 이젠 시키지도 않은 일을 하며 살림에 참견을 하고 있다.

"없어요. 속옷이나 수건은 제가 따로 해서요."

그래도 손이 빠르고 일 처리가 깔끔한 아줌마다. 네 시간 일하고 4만 원 받으면서 이 정도 일하는 아줌마는 구하기가 쉽지 않다. 이 동네 다른 엄마들은 도우미에게 5만 원, 많으면 6만 원까지 준다. 일 잘하고 손이 빠른 도우미들은 소개업체에서 정한 요금인 4만 원에 얼마를 더 얹어주지 않으면 금세 일을 그만둬버린다. 가끔 쓸데없는 참견을 하고 허락 없이 먹을 것에 손을 대기는 해도 이 아줌마는 돈을 올려달라는 요구는 하지 않는다.

"애들 팬티 같은 것도 없어요? 행주 삶고 나서 같이 삶아드릴게요."

도우미는 수정의 집에 일주일에 두 번 와서 네 시간씩 일하고 간다. 그런데 네 시간이 되려면 아직 25분이 남아 있다. 집 안 청소를 일찌감치 마친 도우미는 아까부터 행주를 삶으면서 식탁에 앉아 커피를 마시고 있다. 시간이 남으면 냉장고 청소라도 해주면 좋으련만 꼭 저렇게 손쉬운 일만 하려 든다.

"제가 알아서 할게요, 이모님. 그러지 말고 이모님, 오늘은 이만 가보실래요? 행주는 제가 헹궈서 널어도 되는데."

"아니에요. 제가 마무리하고 갈게요. 계속 말씀 나누세요."

도우미가 억지웃음을 지어 보이더니 슬쩍 시계를 올려다보았다.

"진짜 일찍 들어가셔도 되는데…… 아 참, 해성이 엄마가 옷 드릴 거 있다고 하던데 가실 때 한번 들러보실래요?"

이 도우미를 소개해준 것은 해성엄마였다. 해성엄마는 철마다 해성이 입다 작아진 옷을 챙겨 도우미에게 준다. 도우미의 다섯 살짜리 손자를 위한 것이다. 며칠 전 해성엄마를 만났을 때, 옷을 챙겨놓았는데 도우미가 잊어버리고 안 가져갔다고 투덜거리는 걸 들었다. 이 아줌마는 해성이네서 옷을 받고도 수정에게 혹시 지환이 옷 작아진 거 없느냐고 물어볼 정도로 옷 욕심이 많은 사람이다. 해성이네에 옷 받으러 가라면 금세 자리를 뜰 것이다.

"어머, 그래요? 그럼 지금 거기 들렀다 갈까요?"

예상대로 도우미는 반색을 하며 방으로 들어가 옷을 갈아입고 나왔다. 프릴이 잔뜩 달린 남색 블라우스에 미니멀한 흰색 볼레로, 회색 정장 바지를 입은 도우미는 방금 여느 사무실에서 빠져나온 사무직 여성 같아 보였다. 수정은 살짝 입을 삐죽거렸다. 요즘 도우미들은 외제차 끌고 다니면서 용돈벌이 삼아 일한다던데 이 아줌마도 그런 축인가? 한 번도 후줄근한 차림으로 온 적이 없다. 어떨 땐 너무 멋지게 차려입고 와서 부스스한 차림의 수정이 기가 죽은 적도 있다.

"안녕히 가세요."

수정은 현관에 서서 도우미를 배웅했다. 이 아줌마, 자르기는 아쉽고 앞으로는 일주일에 한 번씩만 오라고 해야겠다. 그렇게만 해도 한 달에 20만 원은 굳을 것이다. 다음번에 오면 그렇게 말해줘야지.

"다음 주에 뵐게요. 감사합니다."

깍듯하게 인사하며 도우미를 보낸 뒤 그녀는 거실로 돌아왔다. 영어 선생은 일어서서 창밖을 보고 있었다.

"저층인데 앞이 트여서 전망이 좋네요."

그녀의 집 앞은 단지 내 공원이다. 창밖으로 나무들이 우거져 있어 공원이 꼭 그녀의 개인 정원 같다. 그 정원에 반해서, 보자마자 이 집을 계약했다. 전세이긴 해도 집이 마음에 들어서 이사 올 때 돈도 꽤 들였다. 애들 방 벽지도 다시 발랐고, 커튼도 전부 새로 했다. 사람들이 와서 전망 좋다는 말을 할 때마다 이 집이 우리 집이라면 얼마나 좋을까, 하는 생각이 들지만 그래도 일단 살고 있는 동안은 내 집인 셈이라고 스스로를 다독인다.

"좋죠? 저도 이 공원 보고 있으면 시간 가는 줄 모른답니다. 그래도 이 아파트 내에서 가장 전망 좋은 데는 한강이 내다보이는 북문 쪽이죠."

해성이네 집이 딱 그런 케이스다. 해성이네 집에 처음 갔던 날, 커다란 창밖으로 펼쳐진 한강을 보고 수정은 넋을 잃었다. 베란다를 확장한 한강 쪽 방에 티테이블을 꾸며놓아 거기 앉아 차를 마시면 마치 한강변의 카페에 온 느낌이었다. 우리 이 집 살 때, 다른 라인보다 1억이나 더 줬잖아. 한강 좀 보겠다고. 자랑스럽게 말하던 해성엄마. 48평에 사는 것만 해도 부러운데, 해성엄마는 48평 중에서도 가장 로열 라인, 로열층에 살고 있다. 그것도 자가로. 33평 전세 비용도 빚을 내어 겨우겨우 조달한 수정과는 차이가 져도 보통 지는 게 아니다.

"저는 한강보다 나무 보이는 이 풍경이 더 좋을 것 같은데요."

"근데 선생님은 어디 사세요? 그걸 안 여쭤봤네요."

문득 그의 거주지가 궁금해졌다. 늘 지하가 아닌 1층에서 현관 인터폰을 누르는 것으로 보아 먼 데서 차를 갖고 오는 것 같지는 않았다.

"아, 저는 이 근처에 삽니다. 그런데 커튼 색이 참 시원하네요. 이걸 보니 벌써 여름이 온 것 같습니다."

그가 웃으며 거실 커튼을 만지작거렸다.

"제가 원래 파란색을 좋아해서요. 근데 근처라면 어디 말씀하시는 거죠? 엘스? 트리지움?"

"아, 네……. 이쪽 단지들은 아니고요. 저쪽…… 엘스 건너편에……."

그가 손으로 이마에 흘러내린 땀을 닦았다.

"엘스 건너편이면…… 아시아공원 있는 데 말씀하시는 건가요?"

"그런 셈이죠. 뭐, 그 근방입니다."

그 근방이면 아시아선수촌아파트를 말하는 건가? 근데 왜 선수촌이라고 말을 안 하지? 그녀는 궁금했지만 과외 선생들은 원래 사는 데를 밝히기 싫어하나 보다, 생각하고 그쯤에서 말을 멈췄다.

"어쨌든 우리 동네 주민이시군요. 원래 잠실 토박이셨나요?"

그녀는 손을 뻗어 커튼 한쪽을 시원스레 펼쳤다. 다른 색이 조금도 섞이지 않은 순도 백 퍼센트의 파란 커튼이 햇살을 투영하며 화사하게 반짝였다. 이 커튼은 지난달 방산시장에 갔을 때 싸게 팔기에 충동구매해 직접 단 것이었다. 생각보다 다는 데 품이 많이 들어 힘들었는데, 그에게 칭찬을 받으니 사서 달길 잘했다 싶었다.

"아뇨. 전 중·고등학교를…… 삼성동에서 다녔습니다."

"아, 삼성동에서 사셨군요. 역시, 어딘가 강남 필이 나는 분이라고 생각했어요."

삼성동이면 대치동보다 더 부자 동네 아닌가? 그곳에서 고등학교를 마치고 K대 영문과에 들어갔다면…… 전형적인 엘리트 코스를 밟은 사람일 것이다. 그녀는 천천히 고개를 끄덕였다. 그렇구나. 왠지 기분이 씁쓸했다.

"강남 필이요?"

"처음 뵈었을 때부터 엘리트 느낌이 팍팍 났다는 말이에요. 제 직감이 맞았네요."

"아, 전 삼성동에 살긴 했지만 그렇다고 뭐…… 꼭…….."

그가 한쪽 손으로 안경을 추어올리며 말끝을 흐렸다.

"괜찮아요. 엘리트를 엘리트라고 하는 게 뭐 어떤가요? 전 엘리트 코스 밟아서 반듯하게 큰 사람들 보면 부럽던걸요? 저도 학교 다닐 때 공부만 좀 더 했어도……."

내가 공부를 더 했으면 K대에 갈 수 있었을까? 그녀는 속으로 반문해보았다. 아니, 그렇지 않았을 것이다. 그녀는 남해의 한 섬마을에서 자랐다. 마을 내 국민학교에 학생이 통틀어 여덟 명밖에 없는, 그야말로 외딴 시골 마을이었다. 같은 반 친구가 없거나 한두 명 있는 환경에서 늘 1등을 하면서 국민학교와 중학교를 마쳤다. 도시가 어떤 곳인지 알게 된 것은 고등학생이 되어 부산에 입성한 후였다. 엄청나게 많은 학생과 선생님 들, 세련된 옷차림과 말투가 그녀를 압도했다. 그때 받은 충격으로 그녀는 한동안 패닉 상태에 빠졌다. 그동안 우물 안 개구리처럼 한곳에서만 맴돌았다는 자각이 밀려왔다. 자신이 얼마나 심한 '촌년'인지, 자신의 부모가 얼마나 가난한지에 대한 자각도.

그 뒤부터, 그녀는 도시 아이가 되기 위해 살았다. 1등은커녕 반에서 중간도 못 되는 성적으로 출발했지만 고등학교를 졸업할 때쯤엔 반에서 열 손가락 안에 드는 우등생이 되어 있었다. 아버지가 다니던 공장에서 산재를 당해 운신을 못 하게 된 뒤부터는 더 악착같이 공부했다. 자리에 드러누워 나날이 기력이 쇠해가는 아버지를 보는 것보다 학교에 남아서 공부하는 게 훨씬 마음이 편했다. 앞만 보고 달리다 보면 아픈 아버지도, 가난도 모두 극복하고 세련된 도시인이 될 수 있을 것 같았다. 그런 노력 끝에 영남의 지역 이름이 들어간 국립대학의 유아교육학과에 합격했다. 지역명이 들어간 국립대학의 위상이 서울의 웬만한 중상위권 대학보다 높을 때였다. 지금처럼 서울 소재가 아닌 대학이 모두 싸잡아 '지방대' 취급을 받고 서울에 소재한 대학이 무조건 대접을 받는 때가 올 줄 알았다면 서울로 대학을 왔을 것이다. 이때의 선택을 그녀는 두고두고 후회하게 되지만, 살아 있는 어느 인간이 미래를 미리 알고 대처하겠는가. 당시로선 최선의 선택을 했던 그녀는 재학 내내 장학금을 놓치지 않았고, 대학을 졸업하자마자 부산에서 제일 유명한 유치원에 취직했다. 유치원에 재직하는 동안은 결근 한번 하지 않고 열심히 일했다. 거액은 아니어도 꽤 되는 금액을 저축할 수 있었다. 이 정도면 도시 사람이라고 할 수 있겠다 싶어 뿌듯해하기도 했다. 그 느낌이 깨진 것은, 같은 학교 교내 커플이던 인규와 결혼해서 서울에 올라왔을 때였다. 서울의 즐비한 아파트와 고층 건물, 그런 건물을 드나드는 세련된 정장 차림의 여성들을 보았을 때 그녀는 다시 한번 문화충격을 받았다.

한동안 시댁이 있는 불광동에서 시어머니에게 아이를 맡기고 직장 생활을 하다가, 아이 교육을 생각해 잠실로 들어왔다. 잠실에 입성해서는 현실에 완전히 눈을 떴다. 서울로 대학을 왔어야 했구나! 유치원 교사가 아니라 의사나 판검사가 됐어야 했구나! 자신 안에 내재한 거대한 상승 욕구를 채우기에 유치원 교사는 모자라도 턱없이 모자란 직업이었다. 잠실에 이사 온 지 1년째 되던 날, 수정은 다니던 유치원에 사표를 냈다. 그리고 지환과 지나 교육에 올인했다. 비록 나는 주류에 끼어들지 못했지만 내 아이들은 주류로 살게 하리라. 주류 중에서도 가장 중심에 선 주류가 되게 하리라. 한 번뿐인 인생, 아이들이 세상의 부와 권력을 실컷 맛보게 해주고 싶었다. 집이 가난하다고, 촌년이라고 놀림당하는 설움을 자식들에겐 겪게 하고 싶지 않았다.

마음 같아선 교육의 메카라는 대치동으로 가고 싶었지만, 아무리 궁리해도 대치동에서 살 형편은 안 됐다. 그나마 맞벌이를 해 열심히 모은 돈으로 사두었던 강북의 허름한 빌라가 뉴타운 구역으로 선정된 덕에 그걸 판 돈과 은행 대출로 잠실의 치솟는 전셋값을 감당할 수 있었다. 마지막 보루였던 빌라마저 팔아버린 지금, 당장 2년 뒤에 집주인이 전셋값을 올려달라고 하면 잠실에서도 버티기 힘든 판이었다. 은행 대출도 꽉 차게 받아서 더 이상 돈을 빌릴 수 없었다. 하지만 마음은 언제나 대치동에 가 있었다. 3학년이 되면 지환이도 대치동 학원에 보내줘야 할 텐데, 운전을 못 하는 그녀로서는 난감하기 짝이 없는 일이었다. 이미 대치동의 좋다는 논술 학원 두 군데에 예약을 걸어놓았다. 인원이 다 차서 내년에나 자리가 난다는 말을 들었을 때, 아이를 '라이드'해줄 수 없는 그녀는 차라리 안도했다.

그래서 이 남자 같은 전형적인 강남의 엘리트를 보면 한숨이 나온다. 우수 어린 눈매, 가늘고 높은 콧대, 얇은 입술, 투명에 가까운 하얀 피부, 무지갯빛이 도는 무테안경. 강남에서 나고 자라면 다 이렇게 차갑고 세련된 이미지를 갖게 되는 걸까? 한동안 잠잠했던 강남 이주 욕구가 내면에서 거세게 꿈틀거렸다. 우리 지환이도 강남에서 살게 하고 싶다! 세련된 이미지와 멋진 학벌을 갖추어주고 싶다! 미래의 장차관이 될 인물들과 죽마고우로 지내게 해주고 싶다!

"지환 어머니도 학교 다닐 때 공부 잘하시지 않았어요? 굉장히 잘하셨을 것 같은데……."

그가 의외라는 듯 고개를 갸우뚱했다.

"열심히 했는데, 워낙 시골이었어서요……. 서울에서 태어났으면 좀 나았으려나? 우리 남편이 저보고 만날 촌년이라고 놀려요. 자기도 촌놈이면서."

그녀가 어깨를 으쓱해 보이며 웃었다. 그는 그녀를 향해 살짝 웃어 보인 뒤 찻상 옆에 두었던 가방을 챙겨 들었다.

"아이들은, 아니 아이들뿐만 아니라 성인도 마찬가지겠죠, 사람은 일단 재미있다고 느끼면 그다음부터는 시키지 않아도 알아서 하기 마련입니다. 저는 지환이와 수업할 때 지환이가 '공부한다'고 느끼기보다는 저와 '논다'고 느끼게 하는 데 중점을 둡니다. 한국말로 뜻을 설명하라? 그런 거 안 시킵니다. 단어 외워라? 그런 것도 안 시키죠. 오로지 듣고 따라 하기만, 그것도 게임을 하면서 저절로 하게 합니다. 마지막 단계에서는 새도잉, 그러니까 들으면서 동시에 따라 하기를 시키죠. 그렇게 하다 보면 해석이랑 스피킹은 저절로 다 해결됩니다. 집에서도 행여나 해석이나 단어 외우기 같은 거 시키지 마세요. 저한테 맡기시는 동안엔 절대 그런 거 시키시면 안 됩니다."

그는 흘러내리지도 않는 안경을 자꾸 추어올리며 이미 몇 번씩 했던 얘기를 다시 늘어놓았다. 수정은 그런 그가 귀여웠다. 이 남자, 혹시 내가 흑심 품은 걸 눈치채고 일부러 일 얘기만 늘어놓는 거 아니야?

"지환인 저랑 오늘로 네 번째 수업인데, 벌써부터 변화가 나타나는 것 같아 말씀드려보았습니다. 이대로만 가면 금방 효과를 볼 수 있을 것 같네요. 그럼 전 다음 수업이 있어서, 이만 가봐야 할 것 같습니다."

"네. 그럼 다음 주에 뵙겠습니다."

인사를 마친 그가 현관문을 열고 나가려는 순간, 수정이 그를 불러 세웠다.

"선생님!"

"네?"

그가 돌아섰다. 복도 창으로 들어오는 빛을 받은 그의 몸이 가늘고 단정한 진회색 실루엣을 만들어냈다.

"깜빡 잊고 말씀 못 드렸는데, 지환이 친구 중에 해성이라고 있거든요? 그 애 엄마가 영어 과외시키고 싶다 그러던데…… 선생님 소개시켜드려도 될까요?"

그녀가 발로 현관문을 고정시키며 말했다.

"아, 네……. 뭐, 시간만 맞는다면 전 좋습니다. 근데 제가 수업이 좀 많아서 시간을 맞출 수 있을지는…….."

잠깐 뜸을 들이던 그가 말했다.

"그럼 제가 해성엄마한테 선생님 전화번호 드릴 테니까 직접 통화해보시겠어요? 선생님 수업이 많아서 그쪽에서 시간을 맞춰야 할 거라고 미리 말해놓을게요."

"네, 알겠습니다. 감사합니다."

그가 다시 한번 정중하게 인사한 뒤 엘리베이터 쪽으로 걸어갔다.

"안녕히 가세요."

그녀가 다시 한번 허리를 숙여 보이는데, 옆집 문이 열리면서 중년 여자와 커다란 개가 나왔다. 개 산책시키러 가시나 봐요. 수정이 웃으며 알은체를 하자 개가 짖기 시작했다. 늑대처럼 커다란 개의 울음소리가 복도에 쩌렁쩌렁 울려 퍼졌다. 허니, 조용히 해. 중년 여자가 엄한 목소리로 꾸짖었지만 개는 고개를 주억거리면서 맹렬하게 짖어댔다. 수정은 뻘쭘하게 서 있다가 집 안으로 들어왔다. 현관문이 닫혔습니다. 문이 닫히고 도어록에서 확인 음성이 나왔지만 그녀는 현관에 못 박힌 듯 서서 움직이지 않았다. 그의 조그맣고 볼록 튀어나온 뒤통수가, 큰 키에 군살 하나 없는 몸의 실루엣이 눈앞에 맺혀 떠나지 않았다. 눈물이 나올 것 같기도 하고 웃음이 나올 것 같기도 한 묘한 기분. 그녀는 손바닥을 펼쳐 오른쪽 뺨에 갖다 대고 눈을 감았다. 복도에선 아직도 개 짖는 소리가 울려 퍼지고 있었다.

파견 도우미 최선화(1971~)

현관문을 연 해성엄마는 선화를 보고 의아한 표정을 지었다.

"오늘…… 오시는 날 아니지 않나요?"

그 표정을 보고 선화는 자신이 잘못 왔다는 것을, 해성엄마와 지환엄마 사이에 선화가 오늘 해성이네 방문하도록 미리 얘기가 된 게 아니라는 것을 깨달았다.

"오늘 지환이네 일이 일찍 끝났어요. 저번에 사모님네 일 다 못 해주고 간 것도 있고 해서…… 오늘 서비스로 좀 해드리려고요."

얼른 이렇게 둘러댔다. 선화가 올 것을 예상하지 못한 사람에게 '옷 받으러 왔다'고 말하면 바로 미운털이 박힐 것이었다. 어차피 청소 좀 해주고 나면 옷은 자연스럽게 챙겨줄 것 아닌가.

"지금 누구 와 계시는데……."

해성엄마가 현관문을 붙잡은 채 잠깐 동안 생각하더니 이내 뒤로 물러서며 자리를 내주었다.

"기왕 오신 거 들어오세요. 다음부턴 이렇게 불쑥 오시는 건 안 해주셨으면 좋겠네요. 아니면 미리 전화를 주시든가. 전 예고 없이 찾아오는 사람 딱 질색이거든요. 오늘은 선의로 와주신 거니까 좋은 마음으로 받아들일게요."

선화는 해성엄마가 물러선 틈으로 얼른 발을 들이밀었다. 너무 직설적이라 당혹스러울 때도 있지만 선화는 해성엄마의 이런 점이 좋았다. 의사를 뚜렷하게 표현하니까 선화가 어떻게 해야 할지 확실히 알 수 있었다. 집안일을 시킬 때도 해성엄마는 또렷한 음성으로 무얼 해야 하는지 상세하게 일러주었다. 그 당당한 태도 때문에 선화는 '나이도 어린 게 나를 종 부리듯 하네'라는 생각을 품지 않고 당연한 듯 일하게 됐다. 망설이면서 조심스럽게 일을 시키는 지환엄마와는 완전히 딴판이었다. 지환엄마는 시키고 싶은 일은 많은데 말을 하지 못하고 끙끙대다가 겨우 한 가지를 말해놓고 선화가 알아서 모든 걸 해주길 바라는 스타일이었다. 대놓고 화를 낸 적은 없지만 지환엄마가 자신에게 불만이 많다는 것을 선화는 일찌감치 눈치채고 있었다. 그래서 지환이네서 일하고 나오면 마음이 늘 찜찜했다. 불만을 꾹꾹 삼키며 공손한 태도를 유지하는 지환엄마보다, 너무하다 싶을 만큼 명령조로 일을 시키는 해성엄마에게 더 호감이 가는 것은 선화가 생각해도 희한한 일이었다. 그것은 지환엄마와 해성엄마의 생활수준 차이에서 오는 품격 같은 것일까? 아니면 단순히 둘의 성격 차이일까?

똑같은 잠실에 살고 있지만 해성엄마와 지환엄마의 씀씀이는 하늘과 땅만큼 차이가 났다. 아파트 평수나 가구 브랜드는 물론, 선화에게 주는 간식이나 명절 선물, 쇼핑하는 장소, 사 먹는 빵 등 생활의 모든 면에서 해성엄마의 씀 씀이는 지환엄마와 비교가 되지 않았다. 아이들 옷도 그랬다. 해성엄마는 둘째인 해성의 옷도 이름난 외제 브랜드로 팍팍 사들여 입히다가 철이 지나면 바로 선화에게 넘겼다. 해성이 키가 작고 왜소한 편이라, 덩치가 큰 선화의 다섯 살짜리 손주가 바로 받아 입어도 못 봐줄 만큼 크진 않았다. 반면 지환엄마는 둘째가 딸이니 지환이 입던 옷을 선화에게 줄 법도 한데 결코 주는 법이 없었다. 처음엔 아무 생각 없이 달라고 했다가 지환엄마가 빤히 쳐다보면서 "꼭…… 드려야 하는 건 아니죠?"라고 묻는 바람에 당황했던 적도 있다. 알고 보니 지환엄마는 지환이 입던 옷을 하나하나 인터넷에서 중고로 팔고 있었다. 그 정도 사는 집 여자가 돈 몇 푼 벌어보겠다고 중고로 옷을 팔다니, 참 어이 없는 일이었다.

"헬로."

진공청소기를 가지러 문간방으로 가는데, 식탁에 앉아 있던 파란 눈의 외국인이 선화에게 인사를 건넸다. '지미'라고 불리는 해성의 방문 회화 선생이었다.

"아, 네. 안녕하세요."

선화는 어색하게 한국말로 대답한 뒤 얼른 문간방으로 들어갔다. 이 집에서 처음 마주쳤던 날, 이 커다란 덩치의 금발 외국인이 어찌나 환하게 웃으며 인사를 건네는지 놀라서 엉덩방아를 찧을 뻔했다. 외국인들은 만나면 누구에게나 그렇게 한다는 것을, 그녀는 해성엄마가 소개시켜준 다른 집들의 외국인 선생들과 몇 번 마주친 후에야 알게 되었다. 외국 사람들은 참 별나다고 생각하면서도 그녀는 그게 싫지 않았다. 기왕 마주친 사람에게 환하게 미소 지으며 인사하는 것, 멋지지 않은가.

옷을 갈아입은 그녀가 청소기를 들고 나왔을 때 해성엄마는 심각한 얼굴로 외국인 선생의 얘기를 듣고 있었다. 그녀는 소리를 내도 될지 몰라 잠깐 동안 망설이다가 청소기 스위치를 올렸다.

"잠깐만요. 지금 선생님하고 말씀 중이니까 안방 화장실 청소부터 해주시겠어요? 청소기 미는 건 지미 티처 가신 다음으로 부탁드릴게요."

또박또박 일러준 뒤 다시 심각한 표정으로 외국인 선생과 대화하는 해성엄마. 서비스로 일을 해준다고 했는데도 어쩜 저렇게 당당하게 일을 시킬까. 그녀는 그런 해성엄마에게 존경에 가까운 감정을 느꼈다.

안방 화장실을 청소하고 나오니 해성엄마와 외국인 선생이 자리에서 일어서고 있었다.

"지미 티처 모셔다드리고 올게요. 저녁때 거실에서 해성이 논술 수업받아야 하니까, 거실 좀 신경 써서 정리해주세요."

해성엄마는 일주일에 두 번, 석촌동에 사는 외국인 선생을 픽업해 데려왔다가 수업이 끝나면 다시 데려다준다.

"Haesung, what are you doing? Why don't you come and say good bye to your teacher?"

현관에 내려서던 해성엄마가 갑자기 생각났다는 듯 소리치자, 방 안에서 해성이 쏜살같이 튀어나왔다.

"Thank you. Bye. See you."

아이가 빠른 속도로 말을 쏟아냈다. 상대를 쳐다보지도 않고 말하는 기계적인 음성이었다. 그래도 외국인 선생은 활짝 웃으며 "See you on Friday"라고 말했다.

"I'll be back in 20 minutes. You do your math homework, okay?"

일하다 보면 종종 해성엄마와 아이들이 영어로 말을 주고받는 걸 들을 수 있었다. 정확히 말하면 해성엄마는 아이들에게 영어로 말하고 아이들은 고개를 끄덕이거나 짧게 대답하는 수준이었다. 처음 이 집에 왔을 때 선화는 '나한테 뭘 숨기려고 아이들과 영어로 대화를 나누나?' 하고 주눅이 들었다. 지금은 그게 영어 교육을 위해 이 동네 엄마들이 흔히 하는 일이라는 걸 안다. 해성엄마만큼은 아니지만, 태민엄마와 지환엄마도 가끔 아이들에게 영어를 썼다. 영어를 쓰는 빈도 차이가 엄마들의 영어 실력 차이에서 온다는 사실을 안 것은 그녀가 이 동네에서 일한 지 두 달이 넘었을 때였다.

엄마와 외국인 선생이 나가자마자 해성이 쪼르르 형 방으로 들어가 컴퓨터를 켰다. 해성엄마는 외출할 때마다 해성의 방 컴퓨터 전원을 뽑아서 케이블째로 들고 나갔지만, 해성은 엄마가 나갈 때마다 형의 방 컴퓨터로 달려가 게임을 했다. 전사들이 나와서 서로 총질을 하는 게임. 손주 덕분에 선화도 룰을 알고 있는 게임이었다. 어린이집에서 돌아와 할아버지와 둘이 있는 시간 동안 손주는 이 게임을 하며 할머니나 엄마가 돌아오기를 기다렸다. 해성은 무섭게 빠져서 게임을 하다가도 엄마가 돌아올 시간이 되면 칼같이 컴퓨터를 끄고 자기 방으로 돌아갔다. 선화의 시선을 의식한 듯 해성이 형의 방문을 쾅 닫고 들어가자 선화도 부엌으로 가 찻주전자 스위치를 올렸다. 집주인이 집을 비운 금쪽같은 시간, 잠깐이나마 휴식을 취하고 싶었다.

선화는 김이 모락모락 피어오르는 커피 잔을 들고 식탁에 앉았다. 창가로 길게 놓인 6인용 대리석 식탁에 앉아 차를 마시는 것은 그녀가 이 집에 와서 일하다가 잠깐 갖는 꿀 같은 시간이었다. 창밖으로 붉은 기운이 살짝 어린 하늘과 반짝이는 한강이 보였다. 차들이 길게 늘어선 강 저편 강변북로 너머로 아파트와 주택, 높고 낮은 빌딩들이 촘촘히 펼쳐졌다. 인간이 만든 그 모든 건축물 뒤로는 부드럽게 도시를 감싸 안는 산의 능선이 보였다. 서울은 산이 있어 다행이다, 라고 그녀는 생각해보았다. 그것은 남편이 부지런히 등산을 다니던 시절에 즐겨 하던 말이었다. 다 옛날 일이다. 지금 남편은 밤에는 술을 마시고 낮에는 늘어져 잠만 자는 한량이 되었다.

선화는 강 건너 멀리 보이는 한 동네를 바라보았다. 산의 완만한 경사면에 아파트가 늘어서 있고, 아파트 단지들 틈새로 2, 3층짜리 다세대주택들이 빼곡히 박혀 있었다. 한때는 그녀도 서울 시내 저런 다세대주택에서 살았다. 풍족하진 않아도 아이 셋을 키우며 살림하기에 크게 부족하지 않던 시절이었다. 무엇보다, 가족처럼 지내는 이웃이 있었다. 신혼살림을 차렸을 때부터 아이의 출생과 성장을 함께 지켜봐온 이웃이었다. 비록 집은 자기 소유가 아니었지만 집주인이 이사 들어올 생각이 전혀 없었기 때문에 거의 자기 집처럼 살았다. 몇 년에 한 번씩 부동산에서 집을 보러 오고 집주인이 바뀌었지만, 바뀐 집주인들도 살고 있는 집이 따로 있어 들어올 의사가 없긴 마찬가지였다. 그렇게 산 지 십수 년. 갑자기 동네가 시끌시끌해졌다. 정부에서 동네를 뉴타운 구역으로 지정했다는 것이었다. 강북을 강남에 버금가는 지역으로 만들기 위해 조성하는 마을, 뉴타운. 선화는 그게 무슨 말인지 언뜻 이해되지 않았지만 왠지 예감이 좋지 않았다.

얼마 후, 그녀는 두 가지 선택 사항이 있다는 걸 알게 되었다. 이주비와 이사 비용을 받고 다른 데로 이사 가든가, 이주비와 이사 비용을 받지 않는 대신 새로 짓는 뉴타운 아파트의 임대주택으로 들어가든가. 선화네 식구는 후자를 택하기로 했다. 다섯 식구가 살기에 13평은 너무 좁았지만 그래도 새 아파트에 들어가 이사 걱정 없이 살 수 있다는 것이 마음에 들었다. 공사 기간 동안 다른 동네의 반지하 셋방에서 살다가 새로 지어진 아파트로 들어갔을 때 식구들이 느꼈던 뿌듯함을, 넘치는 충족감을 그녀는 지금도 선명하게 기억한다. 아파트에 살아본 적이 없었던 선화네 식구들은 좁긴 해도 깨끗한 온수가 스물네 시간 콸콸 나오는 새 아파트에 살게 된 것을 더할 나위 없는 행복으로 여겼다. 그 행복감이 깨진 것은, 중학생인 막내아들 경영이 반 친구들과 어울리지 못하고 자주 학교를 빠지면서부터였다. 경영은 아파트가 빼곡히 들어찬 동네에 적응하지 못하고 삐딱선을 탔다. 인원에 비해 너무 좁은 아파트에 산다는 것에 대해서도 억하심정을 드러냈다.

이사 가자는 말을 꺼낸 것은 이웃 누구와도 안면을 트지 못하고 유령처럼 동네를 맴돌던 남편이었다. 한동네에서 20년 가까운 세월을 전파상으로 살아온 남편이 이사를 가자고 하는 것은 선화네가 그 동네에서 버틸 만큼 버텼다는 의미였다. 전파상이야 새로 이사 간 데서 다시 차리면 되는 거지. 묵묵히 이웃의 전자제품을 수리해주며 밥벌이를 해온 남편이 이렇게 말했을 때, 선화는 남편이 치욕감에 시달리고 있다는 것을 알았다. 마침 큰딸이 이사를 와서 낳은 아이가 어느덧 뛰어다니기 시작해서 집이 좁다고 느끼던 참이었다. 대부분이 세입자였던 이웃들도 이주비를 받고 다른 곳으로 이사 가버린 터라 크게 아쉬울 것도 없었다. 서울 외곽의 널찍한 곳으로 가서 여유 있게 사는 편이 훨씬 나을 것 같았다. 여기저기 알아본 끝에 선화네 식구는 가진 돈을 닥닥 긁고 대출을 끌어모아 헐값에 나온 하남시의 상가주택을 사들였다. 원래 음식점을 하려고 지었던 집인데, 터가 외져 장사가 되지 않아 오랫동안 빈 상태로 있었던 폐가에 가까운 가옥이었다. 집 바로 위로 고가도로가 지나가고 이웃에 개 경매장이 있어 소음이 심했지만 이전보다 공간이 넓어 여섯 식구가 칼잠을 자지 않아도 됐다.

그때 하남으로 가지 않았다면 남편이 이 모양이 되지 않았을까, 생각해봤지만 그녀는 답을 알 수 없었다. 새로 이사 간 동네엔 전파상이 없었고, 사람들이 전파상을 필요로 하지도 않았다. 전자제품의 에이에스는 전화 한 통이면 그 물건을 판 기업에서 달려와 해주었다. 이전에 살던 동네에서도 이미 일어나고 있던 현상이었다. 다만 전에 살던 동네에서는 전자제품 수리 이외에도 동네 주민들의 소소한 집수리나 미장일을 도와주면서 근근이 돈벌이를 했다는 게 다른 점이었다. 새로 이사 간 동네에는 남편이 할 만한 일이 없었다. 할 일도 없고 아는 사람도 없는 곳에서, 남편은 술 마시는 것을 낙으로 나날을 보냈다.

커피 한 잔을 더 하려고 자리에서 일어서는데, 해성이 방에서 나와 냉장고 문을 열려다 선화와 눈이 마주쳤다. 아이가 새침한 표정으로 선화를 쳐다보았다. 선화는 아이에게 자신이 여기 앉아서 커피 마셨다는 걸 엄마한테 말하지 말아달라고 부탁할까, 하다가 그만두었다. 어차피 아이는 엄마가 없었던 시간에 대한 얘기를 하지 못할 것이었다.

"뭐 줄까?"

선화가 아이에게 활짝 웃어 보였다. 얘야, 우린 공범이란다.

"아니요. 됐어요."

쌀쌀맞게 말한 뒤 아이는 냉장고에서 블루베리 원액을 꺼내 컵에 따른 뒤 물에 희석시켜 마시고 쏜살같이 방으로 뛰어갔다. 그런 아이의 뒷모습을 보면서, 그녀는 문득 저 아이가 참 부럽다는 생각이 들었다. 둘 다 이 집 여주인이 알면 좋아하지 않을 일들을 하고 있다는 면에선 입장이 같았지만, 아이의 생활은 그녀와 천지 차이가 났다. 그녀는 아이가 아무렇지도 않게 꺼내서 먹는 블루베리 원액을 먹을 수 없었다. 앞으로도 블루베리 원액을 따로 자기가 돈 주고 사 먹진 못할 것이었다. 그녀는 다섯 살 난 손주 혁재를 떠올렸다. 그 아이가 아홉 살이 되면 냉장고 문을 열고 '백 퍼센트 블루베리'라고 적혀 있는 병을 아무렇지도 않게 꺼내 먹게 될까? 눈이 파란 외국인 선생에게 수업을 받게 될까?

그녀는 커피 한 잔을 다시 타왔다. 식탁 중앙에 놓인 바구니에서 화과자도 하나 꺼냈다. 해성아빠가 지난주에 일본 출장을 다녀오면서 사왔다는 화과자였다. 원래 그녀는 이 집에서 해성엄마가 챙겨주는 음식 외의 먹을 것에 절대 손대지 않는다. 해성엄마는 네 시간 노동에 대한 대가로 6만 원을 준다. 몇 번 입지 않아 거의 새것에 가까운 유명 브랜드 옷과 쓰던 장난감, 학습도구들을 철마다 챙겨준다. 선화는 그런 사람의 심기를 거스르는 짓은 조금도 하고 싶지 않았다. 뾰로통한 얼굴로 겨우 4만 원을 주는, 옷가지 하나 챙겨주지 않는 지환이네에서 틈만 나면 먹을 걸 집어 먹는 것과는 대조되는 처사였다. 하지만 오늘만큼은 커피와 화과자라는 사치를 부리고 싶었다. 그녀는 비닐을 북 찢고 화과자를 꺼내 한입 베어 물었다. 달착지근한 과자가 혀에 착 감겨왔다. 다시 한입 베어 물려 하는데 핸드폰이 울렸다.

"엄마, 어디야?"

큰딸 화영이었다.

"어디긴, 일하는 데지. 왜?"

모처럼 여유를 즐기고 있는데 딸의 화급한 목소리를 들으니 산통이 다 깨지는 것 같았다.

"혁재가 또 열난대. 엄마가 어린이집에 좀 가주면 안 돼?"

화영은 집 근처에 있는 패밀리 레스토랑에서 직원으로 일하고 있다.

"네가 가. 엄마 일 끝나려면 멀었어."

"나 어제도 조퇴했잖아. 오늘 또 조퇴하면 잘릴지도 모른단 말이야."

어제 새벽, 혁재가 갑자기 일어나 배가 아프다고 하더니 저녁때 먹었던 걸 꾸역꾸역 토했다. 소화제를 먹여 어린이집에 보냈는데, 오후에 열이 난다고 전화가 와서 화영이 조퇴하고 혁재를 데리러 갔었다.

"어제 병원 안 데려갔었어? 약 받은 거 있을 거 아니야. 그거 먹이라 그래."

"해열제를 먹어도 열이 안 떨어진대."

선화는 잠깐 갈등했다. 어제오늘, 혁재가 많이 아파 보이긴 했다. 큰 병원에 데리고 가는 게 나을 것이었다.

"지금 당장은 못 가. 이 집 여자 오면 그때 엄마가 나가면서 전화할게."

"지금 가야 해. 선생님 전화 벌써 두 번째란……."

"이 집 여자가 와야 나간다니까!"

선화는 전화를 끊어버렸다. 누군 당장 가고 싶지 않은 줄 아나. 그녀는 식탁에 놓인 화과자를 들어 올리다가 비닐째 쓰레기통에 넣어버렸다. 커피도 설거지통에 들이부었다.

큰딸인 화영은 공부를 잘했다. 엄마가 일을 나가느라 과외는커녕 따뜻한 밥 한 끼 제대로 못 해 먹였는데도 반에서 늘 5등 안에 들었다. 그랬던 화영이 변한 것은 고3이 되던 해, 살던 동네가 뉴타운으로 지정되어 이사를 나가면서부터였다. 선화는 일을 다니느라 화영이 달라졌다는 것을 눈치채지 못했다. 어느 날 화영의 배가 불렀다는 것을 발견하기 전까지는. 그것이 임신이리라고는 상상도 못 했기 때문에 선화는 화영을 데리고 내과에 갔다. 엄마, 난 배 아픈 게 아니야. 동네 내과 앞에 섰을 때, 화영이 조용히 말했다. 그럼? 그렇게 물으면서 선화는 하늘이 무너져 내리는 것 같았다.

아이의 아버지는 대학생이라고 했다. 그 남자와 화영이 어떻게 만났는지, 그 남자가 아이가 생긴 걸 아는지조차 모르는 채 선화는 아이의 탄생과 성장을 지켜봐야 했다. 화영은 그 남자에 대해 절대 입을 열지 않았다. 처음 산부인과에 갔을 때, 의사에게 아이 아빠가 세 살 많은 대학생이라고 말한 게 다였다. 아빠 없는 아이는 걸핏하면 아팠다. 선화는 화영이 아이 때문에 절절매는 걸 볼 때마다 얼굴 한번 본 적 없는 대학생에 대한 분노가 끓어올랐다. 내 이 자식을 만나기만 하면 그냥! 당장에라도 달려가 망신을 주고 싶었지만 화영이 입을 열지 않는 한 그 남자를 만날 방법은 없었다.

착실했던 애가 왜 갑자기 남자를 사귀었을까. 전학 가지 않고 원래 다니던 학교에 다녔으면 좋은 대학에 들어갔을까. 잠 못 이루는 밤이면 습관처럼 당시를 되짚었지만, 선화는 그때의 화영에 대해 아는 게 너무 없었다. 어쨌든 동네만 옮기지 않았다면 화영이 이 꼴이 되지는 않았을 것이다. 선화는 대학생인 화영의 모습을 애써 떠올려봤지만 그런다고 일어난 일이 없어지는 것은 아니었다. 청천벽력 같은 임신과 함께, 화영은 텔레비전 다큐멘터리에 나오는 미혼모의 길을 그대로 밟아나갔다. 자퇴, 출산, 육아, 취직, 그리고 가난. 요즘도 선화는 걸핏하면 화영을 붙잡고 엉엉 운다. 아직도 딸이, 예쁘고 똑똑했던 큰딸이 미혼모가 됐다는 게, 음식점에서 서빙 일을 하고 있다는 게 믿기지 않는 것이다.

그것은 선화 자신의 인생 내력 때문이기도 했다. 고교 시절, 선화는 노래와 춤으로 인근 고등학교에서 유명세를 떨쳤다. 얼굴은 평범했지만 몸태가 예쁘고 끼가 넘쳤다. 수학여행 때 김완선 노래에 맞춰 춤을 추면 전교생이 떠나갈 듯 환호했다. 잘 놀고 말재주가 좋은 선화는 남학생과 여학생 모두에게 인기가 있었다. 공부에 관심이 없어 성적은 좋지 않았지만, 교회도 착실히 나갔고 부모님 말씀도 잘 들었다. 그랬던 선화에게 일생일대의 사건이 생겼다. 같은 교회에 다니는 이장환이라는 오빠와 사랑에 빠진 것이었다. 장환은 선화네 학교와 담 하나를 사이에 둔 남자고등학교에 다녔는데, 터프한 외모와 카리스마 넘치는 성격으로 동네 여학생들을 끙끙 앓게 만드는, 가히 연예인급의 남자였다. 선화는 장환을 중학생일 때부터 짝사랑했다. 하지만 장환은 그 동네 여학생이면 누구나 한 번씩 가슴에 품어보는 대상이라 그녀는 감히 그와 잘되리라는 상상조차 하지 않았다. 장환은 남자답고 잘생겼을 뿐 아니라 공부도 꽤 잘했다. 형이 하루아침에 오토바이 사고로 숨지기 전까지는.

형을 잃고 방황하기 시작한 장환은 어느 날부터 선화에게 접근해왔다. 선화에겐 선택의 여지가 없었다. 고등학교 1학년인 선화에게, 그때까지 남자와 손한번 잡아본 적 없던 선화에게, 그것은 일생일대의 충격이고 사랑이고 영광이었다. 이 남자가 죽자면 같이 죽을 것이라고, 밤마다 생각하면서 잤다. 지금도 그때의 감정을 떠올리면 선화는 가슴이 콩닥거린다. 비록 그 만남으로 선화의 인생이 이렇게 됐지만, 당시 그녀는 행복했다. 주위 모든 것이 살아 영롱한 빛을 내던 젊디젊은 나날. 생각만 해도 심장이 튀어나올 것 같은 남자와 손을 잡고 걸어갈 때의 가슴 벅참, 살과 살을 맞대고 육체를 공유하던 순간의 전율. 그것은 선화의 일생에 단 한 번 허락된, 아프도록 아름다운 순간이었다.

그 시간이 지나가고 도래한 것은 놀라운 현실이었다. 선화에게, 아이가 생겼던 것이다. 임신한 여고생은 가족뿐 아니라 온 동네의 수치였다. 가사 시간에 선생이 들어와서 '여자에게 순결은 목숨과 같다'고 가르치던 시절이었다. 순결을 잃고 임신하게 될까 봐 밤마다 가위에 눌리는 여학생도 드물지 않았다. 선화는 지금도 누가 임신했다는 말을 들으면 공포심부터 든다. 큰일 났구나! 당시 여학생들에게 임신이란 절대 일어나서는 안 될, 한번 일어나면 결코 돌이킬 수 없는 무시무시한 저주 같은 것이었다. 선화가 멸시와 기피의 대상이 된 것은 당연했다. 부모는 쉬쉬하며 선화를 감추기 바빴고, 장환은 '멍청하게 임신을 해버린' 선화에게 불같이 화를 냈다.

선화가 엄마의 먼 친척이 있는 시골에 가서 아이를 낳고 3개월이 지나도록, 장환은 한 번도 찾아오지 않았다. 아이가 백일이 되어 뽀얗게 살이 올랐을 때, 엄마가 장환을 데리고 왔다. 선화와 장환은 다음 달에 결혼했다. 장환은 대학 진학을 포기하고 기술을 배우러 다녔다. 애는 자신이 맡아 키울 테니 대학에 가라고 선화가 설득했지만, 장환은 말없이 웃기만 했다. 양가 모두 잘사는 편이 아니라, 장환이 돈을 벌어오지 않으면 선화와 아기가 살아갈 길이 막막했다.

그렇게 낳은 화영이 아이를 낳다니. 아빠 없는 아이를…… 평생 키워야 한다니. 선화는 그 생각만 하면 억장이 무너지는 것 같다. 그나마 자기는 아이 아빠와 결혼이라도 했으니 화영보다 운이 좋았던 걸까. 할 수만 있다면 그녀는 화영과 처지를 바꿔주고 싶었다. 딸에게 남편이 생긴다면 자기는 혼자서 아이를 열 명, 아니 백 명이라도 키울 수 있을 것 같았다.

그나마 둘째인 서영이 대학을 갔다는 사실이 선화에게는 커다란 위안이었다. 서영은 선화를 닮아 끼가 넘치는 아이였는데, 언니 일을 보면서 깨달은 게 있었는지 갑자기 공부를 하기 시작했다. 저러다 말겠거니 했는데 뜻밖에 서영은 끈질기게 공부했다. 고3 때 전교 석차가 한 번에 100등씩 팍팍 뛰더니 급기야 국내 상위권 대학이라 꼽히는 H대에 들어갔다. 다니던 고등학교에서 전교 1등 하던 아이도 떨어진 대학을 서영이 들어간 것이다!

선화는 핸드폰을 꺼내 서영의 전화번호를 눌렀다. 연락이 끊긴 둘째 딸이 보고 싶었다. 서영을 생각하면 늘 안쓰럽고, 미안하고, 걱정이 됐다. 애가 지금 어디에서 뭘 하고 있는 거야. 여러 번 통화 연결음이 울렸지만 서영은 전화를 받지 않았다. 선화는 거실에 널린 보드게임 구성물들을 정리하면서 다시 서영에게 전화를 걸었다. 이번에도 딸은 받지 않았다.

선화는 보드게임 상자를 덮어 한쪽으로 치운 뒤 거실 테이블 위에 널린 책을 일렬로 모으기 시작했다. 어릴 때 책을 많이 봐야 똑똑한 애가 된다. 올해 초, 서영은 네 돌을 넘긴 조카의 생일에 50권짜리 동화책 전집을 선물했다. 놔둘 공간도 없는데 쓸데없이 비싼 책을 사왔다고 선화가 소리 지르자 서영은 펼쳐놨던 책을 그 자리에서 다시 포장해 반품 처리했다. 엄마는 혁재가 언니처럼 살았으면 좋겠어? 고등학교도 못 마치고 아이 낳아서 시간당 5,000원 받는 허드렛일하면서 살았으면 좋겠어? 애는 술주정뱅이 할아버지가 늘어져 자고 있는 집에서 만날 컴퓨터 게임이나 하고? 서영의 말이 끝나기도 전에 선화가 서영의 뺨을 올려붙였다. 누구도, 설사 가족이라 해도, 화영에 대해 그렇게 말해선 안 됐다. 눈에 넣어도 아프지 않을 내 딸 화영에게 감히 그런 말을! 부엌에서 반찬을 만들고 있던 화영이 뛰어나와 말렸지만, 선화는 서영을 미친 듯이 두들겨 팼다. 나가! 나가라, 이년아! 그래, 좋은 대학 가게 되니까 네 언니가 우습게 보이디? 네 언니가 잠깐 실수를 하긴 했지만 그래도 네 언니, 남의 눈에 피눈물 나게 한 적 없고 거짓말 한번 한 적 없어. 아침에 늦잠 한번 잔적 없고. 그런데 넌! 넌 공부한답시고 밤늦게 자고 아침에 늦게 일어나 언니가 차려놓고 간 아침밥 먹고 다시 늘어지게 자는 년이 뭐? 시간당 5,000원 받는 허드렛일? 그렇게 벌어오는 돈으로 누가 배 터지게 밥 먹고 살고 있는데?

서영은 그 자리에서 집을 나가버렸다. 핸드폰과 지갑만 들고 나가서 지금까지 깜깜무소식이다. 1월, 추위가 기승을 부리던 때였다. 외투도 걸치지 않고 나갔는데, 지금 어디서 무얼 하고 있을까. 대학은 다니고 있을까. 등록금은 어떻게 했을까. 돌아보면 어차피 서영이 그 집에서 버티긴 힘들었을 것이다. 서울 외곽의 방 세 칸짜리 집. 가장 큰 방을 아이와 화영에게 주고 나면 선화와 남편이 한방을, 서영과 경영이 한방을 써야 했다. 친구들과 어울려 다니다가 새벽에야 술 냄새를 풍기며 들어오는 경영 때문에 밤에 잠을 잘 수가 없다고 서영은 늘 불만이었다. 고등학생인 경영은 그즈음 학교에서 퇴학당하거나 징계를 받은 친구들과 어울려 다니며 누구의 말도 들으려 하지 않았다. 동생 때문에 밤잠을 설친 서영은 낮에도 편히 쉴 수 없었다. 엄마와 언니가 일하러 가고 나면 집안일과 아이 돌보는 일이 온전히 서영에게 돌아갔다. 변호사가 꿈이라는 아이가, 서울 시내 유명 대학에 합격한 예비 신입생이, 입학 준비는커녕 집에서 아이 뒤치다꺼리나 해야 했을 때 마음이 어땠을까. 용돈은커녕 등록금도 대줄 수 없는 부모, 학교까지 왕복 세 시간이 넘는 서울 외곽의 초라한 집, 금방이라도 사고를 칠 것처럼 위태해 보이는 남동생. 어쩌면 서영이 집에서 나가는 것은 정해진 수순이었을지도 모른다. 하지만 기왕 나가 살 거라면 좀 더 부드럽게, 다정하게 내보낼 수도 있었을 텐데. 지금이라도 미안하다고, 때릴 생각이 아니었다고, 그때 너무 힘들고 정신이 없어서 그랬다고 말하고 싶은데, 그 이후로 서영과 연락이 되지 않는다. 독한 계집애. 그렇다고 엄마한테 전화 한번을 안 해?

선화는 모은 책을 책꽂이 한쪽에 일렬로 세워놓았다. 창을 제외한 삼면이 책으로 둘러싸인 거실. 그 한가운데 놓인, 나뭇결이 그대로 보이는 원목 테이블. 서영은 혁재가 크면 거실 텔레비전을 없애고 책장을 놓자고 했다. 가운데에 테이블을 놓으면 시키지 않아도 혁재가 거기 앉아서 책을 볼 거야. 서영이 꿈꾸었던 집이 이런 집이겠지? 선화는 행주로 테이블을 닦기 시작했다. 거실에 청소기를 돌리고 걸레로 바닥을 닦고 있는데 타다닥, 형 방에서 나와 자기 방으로 가는 해성의 발걸음 소리가 들렸다. 그와 동시에 삐리릭, 현관 도어록이 열리면서 해성엄마가 들어섰다.

"다녀오셨어요?"

선화는 허리를 붙잡으며 바닥에서 일어섰다. 외출했던 집주인이 돌아오는 타이밍은 선화가 엎드려 걸레질을 하고 있을 때가 가장 좋을 것이었다.

"거실 걸레질까지 다 된 거죠? 좀 있으면 논술 선생님 오실 텐데."

해성엄마가 선글라스와 자동차 키를 아일랜드 식탁에 올려놓으며 손으로 부채질을 했다.

"너무 더워. 벌써 여름 온 것 같아. 이모님, 안 더워요? 우리 에어컨 좀 틀까요?"

선화는 창문을 닫고 에어컨 전원 버튼을 누른 뒤 뒷베란다로 가 걸레를 빨아 널고 왔다.

"사모님, 저 이만 가봐야 할 것 같아요. 우리 손주가 아프다고 어린이집에서 전화가 와서……."

"그래요? 그럼 가보셔야죠."

"목욕탕 청소랑 거실 쓸고 닦고랑 다 해놨어요."

선화가 힘주어 말하자 해성엄마가 백에서 지갑을 꺼냈다.

"이거, 기왕 오셔서 하셨으니까 드릴게요."

아일랜드 식탁 위에 빳빳한 만 원짜리 신권 세 장이 놓였다.

"아니에요, 오늘은 그냥 제가 서비스로······."

"제 마음 편하자고 드리는 거니까 받으세요. 그리고 지성이 방에 옷 쌓아놓은 거 오늘은 잊지 말고 가져가세요. 이번에 안 가져가면 저 그거 싹 다 버려요. 옷 쌓여 있는 게 얼마나 스트레스 받는 일인데요!"

"받으면 안 되는데······ 사모님 마음이니까 그냥 받을게요. 감사합니다."

선화가 못 이기는 척 돈을 집어 들자 해성엄마가 다짐하듯 말했다.

"다음부턴 전화 없이 오시면 안 돼요, 아셨죠?"

"네. 꼭 약속하고 올게요."

선화가 지성의 방에서 옷을 갈아입고 쌓인 옷들을 챙겨 나오자 해성엄마가 뒷베란다에서 커다란 쇼핑백 두 개를 들고 나왔다.

"여기 담아가세요. 전철 타신다 그랬나? 좀 무거우시겠다."

선화가 현관 앞에 주저앉아 부지런히 쇼핑백에 옷을 넣었다.

"괜찮아요. 전철역까지만 들고 가면 되는데요 뭐."

선화는 한숨이 나오려는 걸 얼른 삼키고 이렇게 말했다. 어떻게든 들고 가야 한다! 이걸 돈 주고 산다면 얼마가 들 것인가!

"내가 전철역까지 라이드해드릴까 봐."

팔짱을 끼고 선화가 옷을 담는 걸 지켜보던 해성엄마가 차 키를 집어 들었다.

"아니에요, 사모님. 이 정도는 들 수 있는데."

말은 이렇게 했지만 선화는 속으로 쾌재를 불렀다. 말을 좀 세게 해서 그렇지 이 엄마, 역시 인간적이라니까!

"저 어차피 지환이네 들러야 하니까, 가는 길에 전철역 쪽으로 돌아가면 되죠. 해성아, 엄마 잠깐 지환이네 갔다 올게. 수학 숙제 마저 하고 있어."

아이는 방에서 네, 고함을 지를 뿐 나와보지 않았다.

"지환이네는 왜 가세요?"

지하 2층에 주차된 차에 올라타면서 선화가 물었다. 아무 말 없이 쑥 올라타기 민망해서 그냥 해본 말이었다.

"아, 우리 해성이 영어 과외 선생님 좀 알아볼까 하고요. 지환이 해주시는 선생님이 좋다 그래서."

해성엄마가 연신 뒤를 돌아보며 핸들을 돌렸다. 끼익, 바퀴와 주차장 바닥이 마찰하는 소리가 나면서 차가 반원을 그렸다.

"해성이 지금 영어 학원 다니지 않나요? 외국인 선생님도 오시고."

이렇게 말해놓고 선화는 아차, 싶었다. 선화는 이 동네 엄마들에게 교육에 관해 많이 물어보는 편이다. 자식 교육에 전문가인 이 동네 엄마들한테 정보를 들어놓으면 나중에 손자 교육시킬 때 도움이 될까 싶어 일부러 물어보고 다닌다. 자기와 크게 나이 차가 나 보이지 않는 해성엄마에게는 특히 많이 물어본다. 바쁘지 않은 한 해성엄마는 성의껏 대답해준다. 그래도 선화는 늘 조심한다. 행여나 해성엄마에게 '자식한테 너무 많은 걸 시키고 있는 엄마'라는 뉘앙스를 주지 않도록. 잠실에서 일한 지 2년이 넘은 선화는 이 동네 엄마들이 제일 듣기 싫어하는 말이 '너무 많이 시킨다'는 말이라는 걸 알고 있다. 방금

한 말은 그렇게 들릴 수도 있는 위험한 발언이었다.

"영어 학원 레벨이 잘 안 나와요. 숙제도 안 하려 하고. 지환이 선생님이 리딩 중심으로 재미있게 잘해주신다니까, 학원 숙제도 봐달라 할 겸 한번 시켜보려고요."

다행히 해성엄마는 별생각 없이 답을 해주었다. 도우미가 뭘 이렇게 알려고 들까 생각할 수도 있을 텐데, 해성엄마는 이런 질문에 참 친절하게 답해준다.

"여기가 상가 지하 2층 입구거든요? 지하 1층이 지하철역으로 연결되니까 여기서 엘리베이터 타고 올라가세요."

선화는 두둑한 옷 보따리 두 개를 들고 상가 지하 주차장 엘리베이터 앞에 내렸다.

"고마워요, 사모님."

"다음 주에 뵐게요."

카랑카랑한 목소리와 함께 쑥 차창이 올라갔다.

선화는 검고 길쭉한 외제차가 매끄럽게 주차장을 빠져나갈 때까지 지켜보고 있다가 돌아서서 엘리베이터 버튼을 눌렀다. 지하 1층에서 엘리베이터 문이 열리자마자 상가 특유의 활기와 구수한 만두 냄새가 날아왔다. 순간 강렬한 허기가 위장을 강타했다. 그제야 오늘 점심을 먹지 못했다는 생각이 들었다. 만둣집에서 만두나 하나 먹고 갈까, 생각했지만 그럴 시간이 없었다. 열이 펄펄 끓는 손주가 기다리고 있을 것이었다. 그녀는 바쁘게 걸음을 옮겼다. 발을 내디딜 때마다 커다란 쇼핑백이 바스락바스락하는 소리가 착실히 따라붙었다.

원어민 강사 지미 더글러스(1980~)

이 나라가 특별하다고 느낀 건 이 나라행 비행기를 타러 공항에 갔을 때부터였다. 카운터 직원이 비행기 이륙 시간이 예정보다 한 시간 늦춰진다고 해서 이유를 물었더니 한국에서 무슨 시험이 있기 때문이라고 했다. 이해가 되지 않아 다시 물었다.

"시험이 있다니? 시험이 있는 것과 비행기가 무슨 관련이 있습니까?"

다시 이해하기 힘든 대답이 돌아왔다.

"한국에 대학 입학시험이 있는데, 비행기 도착 시간이 그 시험의 듣기 평가 시간대와 겹친다고 합니다. 혹여 듣기 평가 중에 비행기 소리가 날까봐 출발 시간을 늦춰달라는 요청이 왔네요."

대답해주는 직원도 이해가 가지 않는다는 듯 어깨를 으쓱해 보였다.

비행기에 타자 더 특별한 일이 일어났다. 통로 건너편에 앉아 있던 여자가 활짝 웃으며 말을 걸어온 것. 긴 파마머리에 육감적인 몸매가 그대로 드러나는 검은 모직 원피스 차림의 한국 여자였다. 한국 땅을 밟기도 전에 섹시한 한국 여자와 말을 트게 되다니. 지미는 가슴이 두근거렸다. 한국에 가면 좋은 일이 많이 생길 것 같았다.

여자의 영어는 훌륭했다. 영어권에서 살다 온 것 같지는 않았지만 자기한테 있었던 일을 재미있게 설명할 만큼 유창했고 발음도 괜찮았다. 살짝살짝 눈웃음을 치거나 통로 건너로 그의 어깨를 쳐가면서 웃는 것으로 보아 그에게 호감이 있는 것 같았다. 여자가 너무 급하게 다가오는 것 같아 조금 부담스럽기도 했지만 고급스러운 옷차림이나 영어 구사 능력을 볼 때 믿지 못할 계층의 여자는 아닌 듯했다. 여자와 얘기를 나누다 보면 여자의 옆자리에 앉은 남자가 가끔 그를 쳐다보며 미소를 건넸다. 곱슬머리에 검은 뿔테 안경을 쓴, 희고 둥근 얼굴의 남자였다. 저 남자가 왜 나를 쳐다보고 웃지? 혹시 게이인가? 살짝 찜찜했지만 한국 남자들이 원래 잘 웃는가 보다, 생각하고 넘어갔다. 여자와 뿔테 안경은 가끔 말을 섞을 뿐 아주 친한 사이처럼 보이진 않았다.

뿔테 안경이 여자의 남편이라는 사실을 안 것은 인천공항에 도착해서 짐을 꺼낼 때였다. 여자의 짐을 내려주려고 그가 짐칸에 손을 뻗치자 뿔테 안경이 감사하지만 자기가 꺼내겠다며 고개를 숙여 보였다. 그가 의아한 눈으로 쳐다보자 여자가 뿔테 안경의 팔짱을 끼며 이렇게 말했다. 소개할게. 내 남편이야. 지미는 너무 놀라서 입을 다물지 못했다.

그 여자가 왜 자기에게 말을 걸었는지, 뿔테 안경이 왜 자기 아내가 푸른 눈의 낯선 남자에게 말을 거는 걸 수수방관했는지 이해하게 된 것은 한국 생활을 한 지 3개월이 지났을 때였다. 한국 사람들은 외국인에게, 정확히 말해 눈이 파란 '백인 외국인'에게 말을 거는 것을 미덕으로 여겼다. 그들에게 백인 외국인은 '공짜 영어회화 상대'였다. 그 유용한 상대에게 말을 거는 건 너무나 값진 행위여서 애인이나 배우자가 낯선 이성에게 실행한다 해도 기꺼이 용서할 수 있었다. 성인 남녀는 물론이고 어린아이들까지 그를 보면 다가와 인사를 하고 질문을 퍼부었다. 넌 어느 나라에서 왔니? 한국에 온 지는 얼마나 됐니? 넌 한국 음식 중에 뭘 좋아하니? 김치는 먹을 수 있니? 네이티브 스피커의 몸값이 시간당 7~10만 원이라는 사실을 안 다음에야 그는 자신에게 말을 걸어왔던 수많은 한국인들의 마음을 이해하게 되었다.

비행기 안에서 말을 걸었던 여자는 뿔테 안경의 정체를 밝힌 후에도 지미에게서 관심을 거두지 않았다. 공항 내 이동버스를 타고 짐을 찾는 구역으로 옮겨가는 동안에도 졸졸 따라다니며 이것저것 물었다. 결혼한 여자라는 걸 안 뒤엔 호감도가 급격히 내려갔지만 그는 여자에게 계속 친절하게 대했다. 매몰차게 떼어버리기엔 여자는 너무 섹시했다. 상대를 압도하는 카리스마도 있었다. 묻는 것엔 모두 대답해야 하고 베풀어주는 친절은 모두 감읍하면서 받아들여야 할 것 같은, 묘한 힘이 있는 여자였다.

여자와의 인연은 계속 이어졌다. 그의 이메일 주소를 적어간 여자는 다음날 바로 이메일을 보내왔다. 괜찮다면 너를 우리 아들의 영어회화 교사로 초빙하고 싶다, 비용은 후하게 지불하겠다, 는 내용이었다. 그가 일하기로 되어 있는 어학원은 강남에 있었다. 여자의 집이 있는 잠실에서 크게 멀지 않았다. 여자가 제시한 금액은 어학원에서 주는 돈을 시간당으로 나누어 계산해본 금액을 크게 웃돌았다. 그는 여자의 제안을 수락했다. 그리고 여자의 아들, 해성의 회화 교사가 되었다. 그렇게 여자와 1년 반 동안 인연을 이어오고 있다.

지금 생각해보면 해성엄마 장유미와 비행기에서 만난 것은 그에겐 천운이었다. 그녀는 발이 넓어서 그에게 도움이 될 만한 사람을 많이 알고 있었다. 그가 칼리지가 아닌 유니버시티 졸업자였다면 대학교수로 만들어줄 수도 있었을 것이다. 교수 자리는 물 건너갔지만, 그녀는 해성의 친구들을 줄줄이 제자로 소개시켜주었다. 그는 백인이고 금발인 데다가 잘 웃는 편이라 잠실 엄마들에게서 열렬한 사랑을 받았다.

잠실 엄마들은 아이 교육에 좋다면 비용이 얼마가 들든 개의치 않았다. 그 기류에 힘입어, 지미는 최고가를 불렀다. 개인 교습을 받겠다고 예약해둔 아이가 줄을 서 있는 지미 더글러스에게 교습비가 비싸다고 말하는 엄마는 아무도 없었다. 그렇다고 그가 쉽게 돈을 벌었던 것은 아니다. 때때로 엄마들은 그가 해줄 수 없는 기이한 요구를 했다. 아이가 영어를 공부로 받아들이지 않게 '노는 것처럼' 해달라, '창의적'으로 생각할 수 있게 해달라, 와 같은 요구였다. 그러면서도 영어는 확실히 늘게 해달라고 했다. 처음에 그는 그 말을 이해하지 못했다. 외국어를 공부하지 않는 것처럼 가르쳐달라고? 노는 것처럼 하면서 영어를 확실히 늘게 해달라고? 그렇게 할 자신이 없어서 못 하겠다고 고사한 적도 있었다. 그에 대한 해결책을 제시해준 것은 유미였다.

"몇 번 놀아주면 되지. 엄마들 말을 왜 액면 그대로 받아들여? 여기 엄마들은 단순해. 엄마들이 볼 때 몇 번 아이가 까르르 웃게 해주면 돼. 그렇다고 매일 그러면 안 되고. 물론 우리 해성이는 노는 것처럼 해줄 필요 없어. '공부'시켜줘. 알았지?"

대처 방법까지 명쾌하게 알려주는 게 너무 사랑스러워서 그는 하마터면 유미를 끌어안을 뻔했다.

"창의적인 건 뭐지? 어떻게 해야 창의적으로 생각할 수 있게 되는 거야?"

창의. 지미가 한국에 와서 가장 자주 마주친 말이었다. 공식 교육기관에서 일해볼까 하고 한 초등학교에 면접을 갔을 때 그 자리의 면접관도 같은 말을 했었다.

"당신은 어떤 식으로 학생들의 창의성을 일깨울 건가?"

지미는 고개를 갸우뚱했다. 창의? 아이들에게 창의성을 일깨워달라고? 그때만 해도 그는 한국인들의 '창의성'에 대한 사랑이 얼마나 깊은지 몰랐다.

"한국의 초등학생들은 모두 똑같은 교과서로 똑같은 내용을 배우지 않는가? 그런 체계에서 어떻게 창의성을 기르나? 그건 나보다는 정부에 요구해야 할 사안이라고 생각한다."

만약 그때 지미가 한국인들이 말하는 '창의성'의 진정한 뜻이 무엇인지 알았다면 그렇게 곧이곧대로 말하지 않았을 것이다. 번쩍이는 은테 안경을 쓴 네모난 얼굴의 여자 면접관은 그의 대답에 얼굴을 찌푸렸고, 그는 그 학교에 채용되지 못했다. 그래도 그는 낙담하지 않았다. 장유미라는 구원자가 있었으니까.

유미는 줄기차게 제자들을 물어다 주었다. 그녀가 소개해준 건 아이들만이 아니었다. 예쁜 성인 여자들도 소개해주었다. 세미도 그렇게 만났다. 세미는 유미와 친한 친구의 동생이었다. 지금은 학원에서 고등학생들에게 영어를 가르치고 있는데, 조만간 성인 대상 토익 강사로 직업을 바꾸고 싶어 하는 귀여운 여자였다. 그녀는 토익 강사가 될 때를 대비, 스피킹 실력을 보강하기 위해 '괜찮은 네이티브 스피커'를 구하고 있었다.

작년 여름, 수업을 위해 세미와 처음 만났을 때 지미는 너무 놀라 숨이 막힐 뻔했다. 세미는 가슴의 반이 드러나는 타이트한 검은색 원피스에 엄청나게 굽이 높은 구두를 신고 나왔다. 얼굴엔 짙은 스모키 화장을 했는데, 눈가를 얼마나 까맣게 칠했는지 금방 극을 마치고 온 가부키 배우라 해도 믿을 수 있을 것 같았다. 원래 한국 여자들이 어딜 가든 파티에 가는 것처럼 차려입고 완벽하게 화장한다는 것은 알고 있었지만, 세미처럼 심한 사람은 처음이었다. 그는 그런 세미가 좋았다. 열심히 꾸미는 것이, 남자에게 여성적인 매력을 어필하려는 마음이 기특했다. 그가 본국에서 사귀었던 백인 여자들은 도대체 그런 성의가 없었다. 데이트하려고 고급스러운 식당을 예약해놓아도 민낯에 헐렁한 티셔츠를 입고 나와 그를 맥 빠지게 했다. 만나자고 하면 무조건 풀 메이크업에 금방이라도 터질 듯 타이트한 스커트를 입고 나오던 세미. 만일 세미와 헤어진다면 그는 어떤 여자를 만나도 만족하지 못하리라.

세미는 그가 한국에서 사귄 두 번째 여자친구였다. 첫 번째 여친은 '에이미'라는 이름의 대학생이었다(한국 이름은 알려주지 않아 모른다. 한국인임이 분명한 에이미는 처음부터 자신을 에이미, 라고만 밝혔다). 그녀와는 이태원에 있는 바에서 처음 만났다. 그가 혼자 술을 마시고 있는데 에이미가 먼저 다가와 말을 걸었다. 그녀는 자신을 국제회의를 기획하는 게 꿈인 경영학도라고 소개했다. 그 꿈을 이루기 위해선 영어를 잘해야 한다고 했다. 이미 충분히 잘하고 있는

데 더 잘할 필요가 있느냐 했더니 아직 멀었다며 수줍게 웃었다. 두 번째 만났던 날, 에이미의 원룸 아파트에서 섹스를 했다. 취하지도 않았고, 강제성도 없었다. 그다지 마음이 가지 않는데 에이미를 계속 만났던 건 더치페이와 섹스 때문이었다. 그동안 지미가 만났던 한국 여자들은 더치페이를 하려 하지 않았다. 만나면 남자가 돈을 써야 한다고 생각했다. 내키진 않지만 하룻밤을 함께할 대가라 생각하고 돈을 많이 써도 정작 순서가 되면 섹스를 하지 않고 도망치려 했다. 그에 반해 에이미는 처음부터 당연한 듯 더치페이를 했고, 섹스에도 순순히 응했다. 그렇다고 그를 정말로 좋아했던 것 같지는 않다. 지금 생각해보면 에이미는 영어 때문에 그를 만났던 것 같다. 당시에는 그걸 몰랐다. 나를 좋아하지도 않고 섹스도 그다지 즐기는 것 같지 않은데 왜 만날까. 아리송했지만 그는 에이미와의 만남을 끊지 못했다. 엄청나게 추웠던 어느 겨울날, 그는 섹스 도중 새로운 체위를 시도했다. 에이미는 기겁을 했고, 두 번 다시 그를 만나주지 않았다.

그리고 작년 여름, 세미를 만났다. 첫 수업을 하던 날부터, 지미는 세미가 좋았다. 세미와는 첫날부터 섹스를 했다. 세미는 똑똑하고, 적극적이고, 섹스를 좋아했다. 지미를 좋아하는 마음도 진심이었다. 굳이 말하자면 더치페이를 하려 하지 않는다는 것이 흠이었지만, 그것만 제외하면 거의 완벽하다고 할수 있는 여자였다. 각자의 목적을 달성하기 위해 만났던 첫 여친과는 비교도할 수 없었다. 세미와는 몸과 마음과 문화를 나누었다. 처음 한국에 오던 날비행기 시간이 늦춰질 수밖에 없었던 문화적 배경도 세미 덕에 알게 되었다.

그날은 지미가 한국에 온 지 1년째 되던 날이었다. 지미의 오피스텔에서 함께 와인을 마시는데 텔레비전에서 9시 뉴스가 나왔다. 첫 타이틀이 '수능 한파'였다. 추웠던 날씨에 대한 이야기로 시작해서 수험생들이 시험장에 어떻게 도착했는지, 수험생들의 무사도착을 위해 각계각처에서 어떻게 협조했는지, 시험의 난이도는 어땠는지가 007 작전을 보고하듯 줄줄이 이어졌다. 뉴스의 반 이상이 수능 얘기로 채워졌다. 수험생들에 대한 이야기가 끝나자 대학별 입학 예상 커트라인이 서열별로 죽 나왔다. 서울대, 연세대, 고려대, 서강대 순인 서열은 리포터가 입을 열 때마다 튀어나왔다. 서울대와 연세대, 고려대는……. 서울대는…… 연세대와 고려대는……. 이런 식이었다.

"이게 대체 무슨 시험이야? 나 한국 올 때 이것 때문에 비행기 시간까지 늦춰졌었는데."

지미가 말하자 세미가 재미있다는 듯 눈을 반짝였다.

"정말? 비행기 시간까지 바꿨어? 와, 한국 사람들 정말 끝내줘. 누가 말리겠어, 이 맹렬한 국민을."

"무슨 시험이냐니까? 내가 볼 땐 시험이라기보다 게임 같은데?"

"게임?"

세미가 눈을 동그랗게 떴다.

"응, 게임. 온 나라가 참여하는."

"그거 말 되네. 게임. 그래, 이건 게임이야. 아니, 경마라 해야 더 정확하겠다."

"경마라고? 그게 무슨 말이야?"

지미가 세미에게 바싹 다가앉았다.

세미가 리모컨으로 텔레비전 볼륨을 낮추었다.

"부모와 일가친척들이 자식이라는 경주마에게 엄청난 돈을 베팅하는 거지. 이 베팅은 유치원 때부터 시작돼. 아니다, 요즘엔 그 연령대가 더 낮아진 것 같아. 너도 엊그제 잠실의 네 살짜리 애 하나 가르치게 됐다 그랬지? 걔도 경주마야. 아주 어릴 적부터 길러지는."

세미가 와인 잔을 들어 한 모금 마시고 말을 이었다.

"베팅엔 여러 종류의 자본이 들어가. 돈은 물론이고 부모의 시간, 정보력, 노동력, 사교력, 여가까지. 최근 몇 년 동안엔 경마 판에 등장하는 관계자들의 다양화가 일어나면서 그들 사이에 자리싸움과 분파, 합종연횡 현상이 숨 가쁘게 일어났어. 그러면서 판돈이 어마어마하게 커졌고. 사실 학원이 대표적인 관계자고, 출판사, 교재 전문가, 시험 출제위원, 광고대행사, 학원 광고를 받아서 먹고사는 신문사, 그 신문사 기자들에게 잘 보여야 하는 정치인…… 온갖 인간들이 이 판에 껴들어 감 놔라 배 놔라 하고 있는 실정이라 판이 개선되거나 축소될 가능성은 전무하다고 볼 수 있지. 사실 우리도 그 판의 관계자라 할 수 있고."

"우리? 지금 나하고 너를 말하는 거야?"

지미가 소파 탁자에 발을 올리면서 세미의 허리를 당겨 안았다.

"당연하지. 그 판이 아니었으면 네가 지금 여기 와서 이렇게 많은 돈을 벌 것 같아? 내가 고등학생들한테 영어 가르치면서 학원에서 월급 받을 수 있을 것 같아?"

천천히 고개를 끄덕였지만 지미는 완전히 이해가 되지 않았다.

"꼭 저렇게 대대적으로 보도해줘야 해? 저런 건 대학에 관심 있는 개인이 알아서 해야 하는 거 아닌가?"

"당연히 보도해줘야지. 대학 입학은 전 국민의 관심사인데. 한국에선 대입처럼 중요한 게 없어. 어느 대학을 들어가느냐가 인생의 반을, 아니 그 이상을 결정하거든."

"왜?"

지미가 세미의 귀에 숨을 불어 넣었다.

"글쎄. 왜일까. 한 가지로 딱 집어 말할 수 없어. 우리나라가 전통적으로 학문의 정도에 의해서 출셋길이 열리는 과거제도를 실시해왔기 때문일 수도 있고, 아파트라는 획일화된 공간에서 살다 보니 계층도 획일화된 잣대로 나누고자 하는 심리가 생겨나서 그럴 수도 있고. 뭐, 이유에 대해서는 의견이 분분해. 아, 근데 지금 왜 이러는 건데? 한번 해보자는 거야? 본때를 보여줘?"

세미가 지미를 쓰러뜨리며 함께 소파 위로 넘어졌다.

"어쨌든 우린 그 판에 감사해야지. 그 판 덕분에 네가 우리나라로, 내게로 왔으니까. 안 그래?"

그날, 지미는 세미와 잊을 수 없는 추억을 만들었다. 한국 문화에 대한 이해가 생기면서 세미와 더 가까워진 느낌이랄까. 문화적·지적 교류가 둘 사이를 끈끈하게 이어주는 것 같아 더 애틋하고 충만한 밤이었다.

그 밤 이후, 세미가 아예 짐을 싸 들고 그의 오피스텔로 들어왔다. 같이 살게 되니까 예전처럼 설레진 않았지만 번거롭게 오가지 않아도 늘 함께할 수 있어 좋았다. 그런데 최근 들어 곤란한 일이 자꾸 생긴다.

세미랑 계속 같이 살아야 할까. 그는 침대에서 뒤척이며 생각했다. 조금 전에 소파로 간 세미도 잠이 오지 않는지 계속 부스럭거렸다. 생각하지 않으려 해도 저녁때 있었던 일이 자꾸 떠올랐다.

해성의 수업을 마친 그가 유미의 차로 오피스텔까지 와서 막 내리려고 할 때였다. 갑자기 차 앞으로 누가 튀어나왔다.

"누구야? 지금 누가 너를 바래다주는 거야?"

세미였다. 놀란 그가 얼른 내려서서 차 문을 닫았다.

"세미, 너 왜 이래?"

"문 열어요. 문 열어봐요."

세미가 소리치며 유미의 차창을 두드렸다. 연달아 두드리자 검은색 벤츠의 차창이 지잉 소리를 내며 내려갔다.

"어머."

유미의 얼굴을 본 세미가 놀라서 손을 입으로 가져갔다.

"황세미, 너 지금 뭐 하는 거야? 네가 여기 왜 있어?"

유미가 고개를 빼고 세미를 위아래로 훑어보았다. 브라톱에 엉덩이 선이 보일 듯 말 듯한 짧은 반바지 차림의 세미가 배꼽을 가리며 뒤로 물러섰다. 세미가 말을 못 하자 유미가 차에서 내렸다.

"황세미. 너 이 남자랑 사귀니?"

유미가 세미의 어깨를 손가락으로 꾹꾹 눌렀다. 지미는 불쾌해졌다. '이 남자'라니. 불한당이라도 되는 것처럼 말하고 있지 않은가. 유미는 지미가 한국말을 상당 부분 이해한다는 걸 모르는 눈치였다.

"옷차림이 이게 뭐야? 아직 여름도 안 됐는데 옷을 다 벗고 다니네? 너희 언니가 너 자취한다고 나갔다 그러더니 뭐야, 너 설마 애랑 동거하는 거야?"

그때 이해할 수 없는 일이 일어났다. 세미가, 눈물을 흘렸던 것이다. 굵은 눈물이 세미의 눈에서 뚝뚝 떨어져 내렸다. 더 놀라운 건 세미의 입에서 흘러나온 다음 말이었다.

"이 사람이랑 만나긴 하는데, 같이 사는 건 아니에요. 언니, 앞으로 차림새랑 행동거지랑 다 조심할 테니까 제발 우리 엄마 귀에 들어가지 않게 해주세요."

지미는 세미의 얼굴을 멍하니 쳐다보았다. 이것이 정녕 그가 아는 세미란 말인가? 친언니도 아닌 언니의 친구 앞에서, 그다지 잘못한 것도 없는데 눈물을 흘리며 잘못했다고 비는 이 여자가, 세미가 맞단 말인가?

유미가 돌아간 뒤, 그와 세미는 어색하게 서 있다가 오피스텔로 돌아왔다. 샤워하고 나란히 누웠을 때도 둘은 아무 말도 하지 않았다. 세미는 계속 뒤척거리다가 소파로 나가 누웠다.

"괜찮아? 내가 소파에서 잘까?"

그가 방문 밖으로 고개를 내밀고 말했다.

"고마워. 난 괜찮아."

세미는 깍듯하게 말했다. 그는 다시 침대에 누웠다. 잠이 오지 않았다. 오늘 본 것이 세미의 참모습일까? 그러고 보니 다른 한국인들과 함께 만나는 자리에서도 세미는 평소와 다른 모습을 보였던 것 같다. 옷차림도 수더분했고 지미에게 노골적인 애정 표현도 하지 않았다. 속옷 바람으로 지미를 쓰러뜨리는 세미와 눈물을 흘리며 엄마에게 말하지 말아달라고 비는 세미. 어떤 게 진짜

세미일까? 그는 불안했다. 세미와…… 앞으로도 잘 지낼 수 있을까? 유미와

지금까지처럼 좋은 관계를 유지할 수 있을까?

해성엄마 장유미(1974~)

유미는 해성의 방으로 들어갔다. 창가에 놓인 티테이블에 커피 잔을 놓고 의자에 앉았다. 거실에서는 해성과 친구들이 떠드는 소리가 들려왔다.

"쓸 거 없어요. 더 못 쓰겠어요."

"선생님이 써주세요."

"선생님, 전 다 썼어요."

원고지 세 장 분량의 짧은 글 한 편만 쓰라는데도 아이들은 못 쓰겠다고 난리를 피웠다. 그중 경훈만 유일하게 선생님 다 썼어요, 를 외쳤다. 해성은 가장 큰 소리로 못 쓰겠다고 외치는 축이었다.

쟤를 어쩌면 좋아.

유미는 한숨을 쉬었다. 해성은 무엇 하나 잘하는 게 없는 아이였다. 왜 그럴까, 생각해봤지만 도대체 이유를 알 수가 없었다. 돌 지날 무렵부터 문화센터니, 놀이 학교니, 개인 교습이니 안 시켜본 게 없었다. 좋다는 곳은 다 가고, 좋다는 선생님은 다 모셔다 교육시켰다. 무식하게 공부만 시킨 것도 아니었다. 일찌감치 친구들과 묶어서 전문 교사를 붙여 체험학습도 보냈다. 지성이 4학년 때부터 갔던 역사 체험학습을, 해성은 2학년 때부터 갔다. 재미있게 놀 수 있도록 단지 내 상가에 있는 놀이 학원까지 보내줬다. 지덕체를 고루 발전시키기 위해 엄마가 해줄 수 있는 건 다 해준 셈이다.

그런데도 해성은 영 시원찮다. 공부도 그저 그렇고, 예체능 쪽도 특출한 게 없다. 형인 지성이 어릴 때부터 수학 영재 소리를 듣고 해마다 회장 자리를 놓치지 않았던 것과는 완전히 딴판이다. 해성은 수학은 물론이고 글짓기나 영어, 하다못해 줄넘기상 하나 타온 적이 없다. 유미가 올해 초에 있었던 학교 운영위원 선거에 희망자로 나서 학부모 운영위원이 된 것은 그런 해성 때문이었다. 덩치도 좋고 똑똑해서 누구도 함부로 대하지 못하는 형과 달리 해성은 왜소하고 무기력했다. 친구들이나 선생들에게 무시당하기 딱 좋은 스타일이었다. 운영위원은 실질적인 결정권은 없지만 여러모로 학교에 입김을 불어넣을 수 있는 자리였다. 교장과 수시로 만나 밥을 먹는 운영위원의 자식에게 함부로 할 수 있는 선생은 없을 것이었다. 그래서 운영위원이 됐다. 하지만 지금은 그 선택을 후회하고 있다. 예상보다 훨씬 많은 시간과 재원을 학교에 투자해야 했지만, 발휘할 수 있는 영향력은 기대 이하였다. 선생들이 운영위원 학부모를 대하는 태도도 개인의 성향에 따라 달랐다. 지금 해성 담임 같은 사람은 그녀가 운영위원인지도 모르는 것 같았다.

그녀는 열린 문 틈새로 거실을 내다보았다. 아이들은 엎드리거나 의자에 길게 기대 거의 눕다시피 해 있었다. 오직 경훈만이 꼿꼿이 앉아 논술 선생의 말에 귀를 기울이고 있었다. 그녀는 한동안 거실을 내다보다가 다시 창가로 돌아왔다. 왜? 왜 해성과 경훈은 저렇게도 다른가. 머릿속에서 계속 두 아이에 대한 비교가 펼쳐졌다. 경훈은 태권도장 외엔 학원 근처에도 안 가본 아이다. 경훈엄마는 아이들을 학원에 보내지 않는 것은 물론, 과외나 그 흔한 학습지 하나 안 시킨다. 놀이터에 가보면 늘 경훈과 경진이 나와서 놀고 있다. 그런데도 경훈은 초등학교 2학년이 탈 수 있는 모든 상을 휩쓸었다. 줄넘기상, 독후감상화상, 글짓기상, 달리기상까지. 유미는 그런 경훈을 이해할 수 없다. 말을 안 해서 그렇지, 뭔가 숨겨진 비법 같은 게 있을 거란 의심도 든다. 같이 논술을 시키자고 경훈엄마를 꼬신 건 그걸 알아내고 싶어서였다.

"너무 어린 나이에 논술을 시키면 애들이 글 쓰는 걸 싫어하게 돼요."

경훈엄마는 딱딱한 얼굴로 교과서 같은 소리를 지껄였다. 그런 경훈엄마를 한 달만 시켜보라고, 한 달 지나서 별로다 싶으면 그만둬도 된다고 살살 달래 겨우 논술 팀에 합류시켰다. 그랬더니 못 시켜서 안달이었던 엄마들의 애들—지환, 태민, 혜성—은 그만 쓰겠다고 난리를 치고 마지못해 시켰던 엄마의 애—경훈—만 좋다고 글을 죽죽 써 내려가고 있다. 경훈이 저놈은 어디서 몰래 글쓰기 과외라도 받았나. 정말 미치고 환장할 일이다.

이럴 땐 그냥 모든 걸 내려놓고 싶다. 결혼한 지 13년. 하고 싶은 일이 많았지만 꾹 참고 아이들 교육에 전념해왔다. 아이를 낳지 않고 엄마의 권유대로 미국 유학을 다녀왔다면 지금쯤 대학교수가 됐거나, 하다못해 EBS 영어 강사라도 됐을 것이다. 하지만 유미는 유학을 가지 않았고, 아이를 낳았다.

지성을 낳았을 때 받았던 충격을 무엇에 비유할 수 있을까. 지성은 탄생과 동시에 유미의 모든 것을 지배했다. 밤낮없이 울어대는 시뻘건 핏덩이에게 그녀는 젊음과 자유와 의지 같은, 인생의 모든 여유를 송두리째 바쳐야 했다. 그것은 자의라고도, 사회의 강요라고도 할 수 없는 절대적인 힘에 의한 것이었다. 아이는 자신의 가장 소중한 것만을 합쳐놓은 또 다른 자신이었다. 철저히 자기중심적으로 살아온 그녀였지만, 아이 앞에서는 자동으로 물러섰다. 모든 것을 당연하다는 듯 자발적으로 희생했다. 가끔은 밥하고 청소하고 똥기저귀를 갈아주는 일상에 신물이 난 나머지 사회에 나가고 싶단 생각을 하기도 했다. 이제라도 미국에 가서 대학 졸업장을 따오면 번듯한 일을 할 수 있을 것 같았다. 실제로 미국의 한 커뮤니티 칼리지에 입학 허가까지 받은 적도 있었다. 유미의 엄마는 쌍수를 들어 이를 환영했다. 칼리지의 등록금과 체제 비용 일체를 대주는 것은 물론, 지성을 맡아 키워주겠다고 했다. 아이 키우는 데 도움을 줄 조선족 시터 인건비까지 전액 부담하겠다는 말도 덧붙였다. 하지만 마지막 순간에, 유미는 미국행을 포기했다. 아이 교육을 다른 사람에게 맡길 수 없었던 것이다. 일생에서 가장 중요한 시기라는 아이의 유아기를, 아무런 교육적 마인드가 없는 외할머니나 조선족 아줌마에게 맡길 수는 없었다.

그래서 집에 눌러앉았다. 다시 아이를 낳고 싶지 않았지만, 지성의 사회성을 생각해서 둘째를 낳았다. 눈도 못 뜨는 갓난아이를 밤잠 설치며 돌보고, 먹이고, 기저귀를 갈아주는 지난한 세월을 다시 한번 건너와 오늘에 이르렀다. 하지만 이런 날이면 삶에 회의가 든다. 남편과 아이들의 아침을 챙겨주고, 설거지를 하고, 집 안을 청소하고, 마트에 다녀오고, 점심을 대충 때우고, 학교에서 돌아온 지성을 학원에 데려다주고, 해성의 숙제를 챙겨주고, 간식을 만들고, 해성의 회화 선생님을 모셔오고, 지성을 데리러 가서 다음 학원으로 넣어주고, 해성의 회화 선생님을 모셔다드리고……. 시간을 체크하며 왔다 갔다 하다 보면 어느새 하루가 가버린다. 돌아보면 '난 오늘 무엇을 했다'고 내세울 만한 게 없는 쳇바퀴 같은 일상이다. 그렇게 살았는데도 해성은 잘하는 거 하나 없고, 글 쓰기 싫다는 소리나 남발하고 있다. 참으로 부질없다. 대치동과 잠실을 다람쥐처럼 오가며 젊음을 보낸 대가가 이것이란 말인가. 내가 애들을 잘못 키우고 있는 걸까.

오늘은 시작부터 재수가 없었다. 유미는 낮에 만났던 해성이 담임의 얼굴을 떠올리며 눈살을 찌푸렸다. 담임은 눈, 코, 입이 동글동글하고 항상 웃고 있는 듯한 인상의 여자였다. 키가 크고 몸집이 있는 데다가 말을 직설적으로 해서 중성적인 느낌이 강하게 풍겨 나왔다. 청소를 마친 엄마들—유미와 지환엄마, 태민엄마, 경훈엄마—을 아이들 의자에 둘러앉혀놓고 아이들에 대해서 귀띔해주었는데, 내용이 가관이었다. 시작은 경훈에 대한 이야기였다.

"경훈이 똑똑한 거 알고 계시죠?"

"아…… 그래요?"

경훈엄마가 기쁜 기색을 감추지 못한 채 손을 뺨에 갖다 댔다. 유미는 속으로 코웃음을 쳤다. 인사말인데 좋아하기는.

"경훈이는 머리도 비상하지만 언어가 아주 좋습니다. 말하는 속도가 좀 느리긴 하지만, 침착하게 생각하고 상황에 맞는 적확한 언어를 구사하지요. 어머니, 경훈이 나중에 국제중 보내세요. 경훈이처럼 똑똑한 애들은 비슷한 수준의 애들이랑 같이 있게 해줘야 스트레스 안 받는답니다."

유미는 미간을 좁히고 담임을 쏘아보았다. 다른 학부모도 있는데…… 어떻게 저런 말을 하지? 선생으로서 기본 자질이 의심됐다. 다른 엄마들은 숨을 죽인 채 시선 둘 곳을 찾고 있었다. 담임은 엄마들 사이에 흐르는 미묘한 공기를 조금도 인식하지 못한 채 국제중이니 특목고니 들먹이면서 한참 동안 경훈이 칭찬만 늘어놓았다. 민망해진 경훈엄마가 조심스럽게 "다른 애들은 어때요?"라고 말했을 때에야 비로소 경훈이 얘기를 중단했다.

"아, 제가 너무 경훈이 얘기만 했네요. 이쪽이…… 해성 어머니시죠?"

그제야 담임이 유미에게 시선을 주었다. 유미는 어색하게 웃음을 지어 보였다.

"아시죠? 해성이 한 템포 느린 거."

갑작스러운 담임의 말에 놀란 유미가 눈을 크게 치켜떴다.

"네?"

"해성이, 좀 느립니다."

유미는 천천히 눈을 감았다 떴다. 해성이가…… 느리다고?

"느려요. 또래 애들보다 한참 느립니다. 아이들이 모두 이해하고 넘어가면 한참 있다가 아, 하는 표정을 지어요. 어머님도…… 알고 계시지 않나요?"

유미는 얼굴이 달아올랐다. 부끄러움과 분노가 차례로 스쳐갔다. 총회 때 눈인사한 걸 제외하면 담임과 개인적으로 얘기하는 건 오늘이 처음이다. 둘만 있는 것도 아니고 다른 엄마들이 셋이나 있다. 그런데 그 앞에서 다짜고짜 해성이가 느리다니……. 이 여자, 상식이 있는 걸까?

"그렇다고 너무 염려하실 정도는 아니고요. 아이들마다 사고력 발달 시기가 다르니까요. 지금은 좀 느리지만 3, 4학년 되면 갑자기 훅 치고 올라갈 수도 있습니다. 사고력이 빨리 발현되지 않았다고 해서 아이가 똑똑하지 않다거나 공부를 못하는 건 아니에요. 시기가 좀 늦게 오는 것뿐이죠."

담임이 이렇게 덧붙였지만 유미의 기분은 나아지지 않았다. 느리다고? 우리 해성이가 느리다고?

"제가 이 말씀을 드리는 건 어머니께서 해성이 공부를 좀 짚어주셨으면 해서예요. 학교 갔다 오면 해성이 집에서 복습 좀 시켜주시나요?"

유미는 멍한 표정으로 담임을 쳐다보았다. 해성이는 수학은 물론 국어까지 2학년 과정을 선행으로 다 마쳤다. 학습지 선생님께 부탁해서 심화문제까지 구해 한 번씩 풀려놓은 상태다. 그런데 복습? 복습을 시키라고?

"2학년 과정은 지난 겨울방학 때 미리 다 떼주었는데요. 혹시 너무 쉬워서 아이가 집중하지 않는 게 아닐까요?"

일부러 목소리를 높여 말했다. 옆에 있는 엄마들에게 해성을 '느린 아이'로 생각하게 하고 싶지 않았다.

"선행을 해주셨군요. 그런데 선행학습을 한다고 아이들이 교과과정을 다 이해하는 것은 아닙니다."

담임이 생수병을 들어 물을 마신 뒤 말을 이었다.

"수학을 예로 들어볼까요. 해성이는 문제에 대한 답은 구할 줄 아는데 과정에 대한 이해를 못 합니다. 그건 사칙연산을 할 줄 안다는 것과는 다른 차원이죠. 원리를 이해하지 못한다는 말입니다. 지금 단계에서 원리를 확실히 이해하지 않고 넘어가면 3, 4학년 가서 난이도 있는 수학 들어갈 때 문제가 생깁니다. 해성이, 학원 어디 어디 다니나요?"

갑작스러운 질문에 유미는 당황했다. 해성이가…… 어디 어디 다니지?

"그렇게 많이 안 다녀요. 영어 학원이랑 사고력 수학 정도? 최근에 논술도 그룹으로 짜주었고요. 그 외의 시간엔 놀게 해줍니다."

"학습지도 하지 않나요?"

"네. 그냥 간단한 것 몇 개만 해요. 구몬 수학이랑 국어, 교원 과학, 지리 정도?"

담임이 손으로 턱 밑을 어루만지며 유미를 유심히 쳐다보았다.

"하는 게 너무 많네요."

"네?"

유미는 자기 귀를 의심했다. 하는 게 많다고?

"선생님, 이 동네 어떤지 아시잖아요. 이 정도면 시키는 것도 아니에요."

유미의 목소리가 떨려 나왔다. 왠지 억울하고, 화가 났다.

"사교육 말고, 엄마가 직접 봐주세요. 그 나이엔 많은 학습 필요 없습니다. 학원은 태권도 같은 거 하나만 보내고 집에서 그날 학교에서 배웠던 거 한번 읽어보게만 해주세요. 그 정도만 해도 충분합니다."

그나마 다행은 담임이 지환과 태민에 대해서도 비슷한 얘기를 했다는 것이었다. 지환은 '느리고 순수하고 사교성이 좋다'고 했고, 태민은 '사고하는 건 좀 느리지만 재치가 있어 아이들이 좋아한다'고 했다. '끼가 많으니 나중에 연예인을 시켜도 될 것'이라고 해서 태민엄마를 경악하게 만들기도 했다. 연예인 시키란 소리는 안 들었으니 그래도 유미가 좀 나은 편이었을까? 아무튼 전체적인 톤은 경훈을 빼곤 다 비슷했다. 순수하지만 느린 아이. 재미있지만 느린 아이. 담임이 경훈엄마와의 대화에 대부분의 시간을 할애했던, 불쾌하기 짝이 없는 시간이었다.

옆에 놓아둔 핸드폰이 울리는 바람에 유미는 상념에서 깨어났다.

"오늘 저녁때 뭐 해?"

남편이었다. 기분이 좋은지 목소리가 밝았다.

"오늘 저녁? 벌써 8시 넘었지 않아? 뭐 하긴. 지금 해성이 논술 수업하고 있어. 저녁 먹여서 재우고 새벽에 지성이 데리러 가야지. 왜?"

"오늘 다연 씨가 잠깐 들르고 싶다는데?"

다연은 남편의 고등학교 동창인 강민의 아내다. 강민은 국내는 물론 외국에서도 학계에 이름만 대면 다 알 정도로 실력이 쟁쟁한 심장내과 전문의다. 미국에 연수를 가 있는데 조만간 귀국할 예정이다.

"이 시간에?"

이 시간이면 유미는 파김치가 된다. 아이들의 크고 작은 일정을 끝낸 뒤 피곤에 절어 비몽사몽이 되는 시간. 아이들 스케줄을 기억하고 시간에 맞춰 차로 데려다주거나 선생님 오실 시간에 맞춰 집에 돌아오는 것은 간단한 일이 아니다. 하루 종일 긴장해 있지 않으면 두 아이의 스케줄 중 하나를 잊어버리게 된다. 해성이 저녁 먹여 재우고 새벽에 지성이 픽업만 가면 끝이라고 생각했는데 갑자기 누가 집에 온다니, 순간적으로 짜증이 치민다.

"다음에 오라고 할까?"

남편이 조심스럽게 물었다. 그녀는 잠깐 갈등했다. 다연은 그녀와도 몇 번 만나 친해져 언니, 동생 하는 사이다. 다연 자신도 정신과 의사로 자기 병원을 개업해 운영하다가 남편 때문에 미국으로 가면서 휴업했다. 똑똑하고 예의 바르며 주위 사람에게 도움을 받으면 어떤 형태로든 반드시 보답을 하는 센스 있는 여자다. 다연은 며칠 전에 유미에게 전화를 걸어 자기만 잠깐 한국에 들를 예정이라고 알려왔다. 귀국 후 살 곳과 아이들 학교를 알아보기 위해 사전 조사차 입국하는 것이었다. 일원동과 잠실, 대치동을 후보지로 생각하고 있다고 했다.

"오라고 해. 우리 동네 한번 보고 싶은 모양인데, 어떻게 가라고 하겠어?"

지난번 통화에서 다연은 한국에 사나흘만 체류할 예정이라고 했다. 아이들을 남미 출신 보모와 남겨두고 온 게 마음에 걸리는지 일정을 타이트하게 잡았다. 오늘 안 된다고 하면 유미를 만나지 못한 채 미국으로 돌아가게 될 것이다.

"동네는 어제 다 둘러봤대. 당신한테 애들 학교랑 학원 얘기 좀 듣고 싶은 모양이야."

"몇 시쯤? 해성이 저녁 아직 안 먹었는데?"

"그럼 엔젤스 가든 예약해놓을까? 다연 씨도 저녁 안 먹은 것 같던데, 거기서 다 같이 먹는 게 어때? 난 20분 후쯤 출발할 수 있어."

엔젤스 가든은 한강에 떠 있는 선상 레스토랑이다. 촛불로만 조명을 해놓아 밤 시간에 가면 강 위에 몸이 둥둥 떠다니는 듯한 몽환적인 분위기를 즐길 수 있다. 유미는 다연을 만나기로 했다. 시간이 좀 늦긴 했지만 오랜만에 선상 레스토랑에 가는 것도 나쁘지 않을 것 같았다.

"알았어. 그럼 이따 만나."

전화를 끊자마자 해성이 방문을 열고 뛰어들었다.

"엄마, 끝났어."

해성이 귀청이 떨어질 듯 큰 소리로 외치며 유미에게 달려들었다. 그녀는 해성에게 외식하러 갈 거라고 말해준 뒤 아이들과 선생님을 배웅했다.

엔젤스 가든에 들어서자 먼저 와 앉아 있는 다연이 보였다. 다연은 강 쪽 창가 자리에 앉아 창밖을 보고 있다가 유미를 향해 손을 번쩍 들었다. 머리를 하나로 묶어 동그랗게 말아 올린 다연이 웃자 동그란 얼굴과 가는 눈, 두툼한 입술이 일제히 위로 올라갔다. 선량해 보이는 환한 웃음. 그 웃음에 화답하며, 유미는 이렇게 생긴 여자가 촌스러워 보이지 않는 것은 순전히 서울대 출신 의사라는 후광 때문일 거라고 생각했다.

유미가 자리에 앉자 다연이 주문해놓은 와인과 연어 샐러드가 바로 나왔다. 유미는 배고프다고 성화를 부리는 해성에게 스파게티와 사과 주스를 시켜주었다.

"많이 알아봤어? 어느 동네가 마음에 들어?"

유미는 바로 본론으로 들어갔다. 해성이 영어 숙제를 못 시키고 나왔다. 얼른 이 자리를 마치고 집에 가서 숙제를 시키고 싶었다.

"대충 다 보긴 했는데, 동네마다 장단점이 있네. 일원동은 산이 있어 좋고, 대치동은 학원가가 가까워 좋고, 잠실은……."

"잠실은 어떤데?"

유미가 상체를 쭉 빼며 눈을 빛냈다. 미국 살다 들어온 의사 선생이 본 우리 동네는 어떨까?

"언니, 잠실이 왜 살기 좋아?"

다연은 대답 대신 이렇게 물어왔다.

유미는 생각에 잠겼다. 그동안 입버릇처럼 잠실이 살기 좋은 데라고 떠들고 다녔는데, 막상 그렇게 물어오니 뭐라고 해야 할지 알 수 없었다.

"글쎄. 일단 완전 평지에 새 아파트잖아? 서울 시내에도 평지에 이렇게 세 대수 많은 단지가 세 개씩 몰려 있는 데는 여기밖에 없어. 백 퍼센트 지하 주차장이라 지상에 차가 안 다니는 것도 애들 키우는 입장에서는 큰 장점이고. 초·중·고 모두 단지 내에 있어서 애들 찻길 안 건너고 학교 다닐 수 있는 게 제일 크겠지? 단지 내 상가에 애들 병원, 어른 병원, 작은 마트 다 들어와 있고. 학원도 단지 내 상가에 그럭저럭 괜찮은 거 많고. 좀 욕심부리자면 대치동 학원들도 차로 금방이고. 또 뭐가 있지? 아, 2호선 라인이라 교통 좋은 거. 또…… 롯데월드, 한강공원, 석촌호수를 걸어서 갈 수 있다는 거. 뭐 이런 것들? 왜? 넌 이 동네 마음에 안 들어?"

"대단지라 웬만한 건 이 안에서 다 해결되는 건 좋은데…… 동네가 멋이 없어."

"멋?"

"응. 멋없잖아. 사방이 고층 아파트로 뒤덮여 있고."

유미는 눈을 깜빡거렸다. 뭐? 멋?

"서울 시내에 고층 아파트 아닌 데가 어디 있니? 너 잠실에 뭐 다른 게 마음에 안 드는구나? 뭐야? 솔직히 말해봐."

"그래도 다른 동넨 이 정도는 아니지. 여긴 고층 아파트 단지 네 개가 한꺼번에 들어서 있잖아? 엘스, 리센츠, 트리지움, 레이크펠리스. 거기에 갤러리아팰리스까지 하면 다섯 개인 셈이지. 앞을 봐도, 뒤를 봐도 모두 30층짜리 거대한 콘크리트뿐이라고. 하늘이 안 보여, 하늘이. 선율이가 이런 데 와서 산다 생각하니까 난 벌써 가슴이 답답해지는데? 낮에도 건물에 가려 햇빛이 안 드는 데서 자란 아이가 과연 어떤 포부를 품을 수 있을까?"

유미는 커다란 양상추를 찍어 올리며 다연을 쳐다보았다. 하늘? 포부? 얘가 원래 이렇게 엉뚱한 애였나?

"그런 거 생각하면 강원도나 전라도로 가야지, 어떻게 서울에 사니? 너 생각보다 순진하다. 고해성! 스파게티 불겠다, 얼른 먹어!"

배고프다고 난리 치던 해성은 스파게티를 두어 젓가락 먹더니 의자에 눕다시피 기대앉아 유미의 핸드폰으로 게임을 하고 있었다.

"언니, 해성이 요즘도 잘 안 먹어?"

다연이 와인 잔을 들어 올리며 물었다. 해성은 어릴 때부터 안 먹는 아이로 유명했다. 분유 먹일 때도 너무 안 먹어서 사투를 벌였는데, 이유식 먹일 때도 먹이면 뱉어내고 먹이면 뱉어내서 유미는 식사 때마다 엄청난 스트레스를 받았다. 초등학교 2학년이 된 지금도 밥을 한두 숟가락 먹으면 더 이상 안 먹으려 한다.

"잘 안 먹는 정도가 아니야. 먹는 걸 너무 싫어해. 내가 얘 때문에 미치겠다.

애들은 먹는 만큼 크잖아? 지금 애 자기 반에서 키 번호 몇 번인지 알아? 2번이야, 2번. 내년에 키 번호 1번 되면 어떡하니? 그 생각만 하면 내가 자다가도 벌떡 일어난다니까. 애, 너 한국 들어오면 나 주사 놓는 법 좀 알려줘라. 해성이 호르몬 주사 좀 놔주게."

"호르몬 주사? 왜?"

"왜긴. 키 크게 하려고 그러지. 해성이 1학년 때 그 반 1번이었던 애가 이번에도 같은 반 됐거든? 근데 걘 키 번호가 8번 된 거 있지? 엄마가 의산데, 밤마다 호르몬 주사를 놔준대. 나도 그 전까지는 호르몬 주사는 좀 오버라고 생각했거든? 근데 그 엄마 얘기 들으니까 생각이 바뀌더라고. 문제가 있다면 의사가 자식한테 그걸 맞히겠어?"

다연은 뭔가 이야기하려는 듯 입을 열었다가 다물었다.

"해성이 운동 뭐 해? 수영 같은 거 시켜보지?"

대답 없이 화제를 돌리는 걸로 보아 다연은 호르몬 주사에 그다지 긍정적이지 않은 것 같았다.

"수영 이미 하고 있어. 축구도 하고 있고."

얼른 이렇게 말했다. 사실 해성은 축구 외엔 하는 운동이 없지만 그렇게 말했다간 다연에게 운동시키라는 잔소리를 왕창 듣게 될 것 같아 거짓말을 했다.

"근데도 안 커?"

"응. 안 크셔. 선율인 여전히 크지? 미국 가기 전에도 또래들보다 머리 하나는 컸잖아."

유미는 재빨리 화제를 돌렸다. 해성의 반 친구 중에 라익이라고, 미국에서 살다 온 애가 있다. 그 애 엄마가 유미 얼굴만 보면 '애 운동시켜라', '지금부터 학원을 많이 보내면 사춘기 때 큰일 난다', '어릴 때는 뛰어놀아야 한다'고 어찌나 잔소리를 하는지, 멀리서 그 엄마가 보이면 유미는 바로 줄행랑을 친다. 그 엄마 덕분에, 유미는 미국 갔다 온 엄마들의 패턴을 눈치채고 미리부터 방어망을 칠 줄 알게 되었다.

"키만 멀대 같지, 하는 건 완전 아기야. 한국 애들처럼 똘똘하지도 못하고. 와서 한국 교육에 적응할 수 있을지 모르겠어. 그런 거 생각하면 대치동은 못 갈 것 같아."

한국 애들처럼 똘똘하지 못하다고? 유미는 속으로 코웃음을 쳤다. 그럼 네 아들은 미국 애냐? 자기 애들을 '미국 애'쯤으로 놓고 한국에서 교육받은 아이들이 이렇네 저렇네, 품평하는 리터니 엄마들을 보면 유미는 한 대 쥐어박아주고 싶었다. 정신 차려! 여기는 미국이 아니라고! 네 아이도 미국 애가 아니야!

"그럼 좀 시골스러운 데 가는 건 어때? 양평이나 파주 같은 데 가면 적당히 전원생활 즐기면서 서울에서 너무 멀지 않게 살 수 있잖아. 요즘엔 시골 학교도 찾아보면 괜찮은 데 많던데?"

"그런 데 갔다가…… 거친 애들하고 어울리면 어떡해. 공부하는 분위기 조성돼 있는 데 가야 선율이도 빨리 한국 교육에 적응하지."

유미는 가슴을 쓸어내렸다. '멋' 타령을 좀 해서 그렇지, 넌 그래도 라익이 엄마보다는 현실 감각이 있구나. 다행이다. 혹여 네 입에서 '아이들은 뛰어놀아야 한다' 같은 말이 나오면 바로 일어서서 집으로 가려고 했다.

"지성이 아빠 오시네. 여기요!"

다연이 입구를 향해 손을 흔들었다. 유미는 큼직한 연어 살을 해성의 입에 넣어주며 입구 쪽으로 고개를 돌렸다. 앳된 인상의 갈색 곱슬머리 남자가 테이블 쪽으로 걸어오며 환하게 미소 지었다. 남편인 성민이었다. 성민이 자리를 안내해주러 따라오는 훤칠한 키의 남자 직원과 나란히 걸어오는 걸 보는데, 그녀는 순간적으로 고개를 돌리고 싶었다. 사람 머리 하나보다 더한 키 차이 때문에 꼭 어른이 아이를 보호해서 데리고 오는 느낌이었다. 그녀는 한숨을 내쉬었다. 남편의 작은 키는 시간이 아무리 흘러도 적응이 되지 않는 그녀의 아킬레스건이었다.

"왔어?"

유미가 남편에게 옆자리 의자를 빼주며 심드렁하게 말했다. 그는 앉자마자 음식을 잔뜩 주문하고는 회사에서 있었던 일에 대해 과장된 목소리로 오랫동안 떠들었다.

"천상무희 아시죠? 제가 오늘 그 그룹 데이나 계약 진행해줬거든요. 그런데 이거 비밀인데요, 천상무희 엘라가 절대천황 멤버 다니엘이랑 사귀는 사이랍니다. 저도 오늘 알았어요. 이건 다연 씨한테만 말해주는 비밀이니까 절대 소문내면 안 됩니다."

남편이 떠들어대는 동안 유미는 빠르게 음식을 배 속으로 쓸어 넣었다. 누군가와 만나면 남편은 처음 몇 분 동안 기다렸다는 듯 연예가 소식을 쏟아낸다. 그녀가 말려도 소용이 없다. 일정량을 떠들고 나면 그 뒤론 조용해지니 차라리 실컷 떠들라고 하고 그동안 요기를 하는 게 낫다. 오늘도 마찬가지이다. 남편이 엘라와 다니엘에 대해 떠들 동안 배를 채운 뒤 다연에게 필요한 정보를 주면 될 것이다. 아이 때문에 시간에 쫓기는 유미는 늘 이런 식으로 시간을 활용한다.

남편은 K법무법인에 속한 변호사다. 지적재산권 쪽으로 유명한 K법무법인에서 엔터테인먼트 분야를 주로 맡고 있다. 연예인들이 속한 기획사에 법률 자문을 해주거나 계약 진행을 총괄적으로 봐주는 것이다. 연예인 관련 일을 하다 보니 남들이 모르는 연예가 사정을 많이 알게 돼서 사람들을 만나면 자기만 아는 연예계 비화를 대단한 자랑이라도 되는 양 늘어놓는다.

"근데 가까이서 보니까 데이나 피부 정말 좋더라고요."

남편은 레스토랑 직원이 내려놓은 스테이크 접시를 낚아채듯 받아 들어 칼질을 하며 미친 듯이 떠들었다. 유미는 남편 접시에서 덜어온 스테이크 조각을 잘게 썰다가, 데이나의 잡티 하나 없는 피부에 대해 열렬히 찬사를 늘어놓는 남편의 옆모습을 가만히 쳐다보았다. 가는 쌍꺼풀이 있는 하얗고 둥근 얼굴, 귀밑까지 내려오는 갈색 머리, 저음의 굵은 목소리와 확신에 찬 말투. 그는 어느 자리에 가도 5분 내에 웃음소리가 울려 퍼지게 하는 유쾌한 분위기 메이커다. 키가 작다는 점만 빼면 외모도 상당한 호감형이라 할 수 있다. 그 호감 가는 외모와 타의 추종을 불허하는 유머 감각, 지나간 일을 뒤돌아보지 않는 호방함에 끌려 그녀는 그와 결혼했다. 처음 만났을 때, 그는 월등한 성적으로 사법연수원을 마치고 판사 임관을 앞둔 상태였다. 그가 3년 만에 판사를 그만두고 변호사가 될 줄은, 그것도 엔터테인먼트 전문 변호사가 될 줄은 꿈에도 생각지 못했다. 판사라는 후광효과가 사라지자 그녀는 그 전에는 보이지 않았거나 대수롭지 않게 여겼던 그의 특성들을 조금씩 인식하기 시작했다. 맨 처음 그의 작은 키가 눈에 들어왔고, 구사하는 유머의 경박성을 인식했으며, 돈을 물 쓰듯 하는 낭비벽을 뼈아프게 통감했다.

"그래도 유미 언니만큼 예쁜 여자는 없죠?"

남편이 데이나에 대해 극찬을 늘어놓자 다연이 슬며시 유미의 눈치를 보았다.

"유미 예쁘죠. 근데 그거 아세요? 예쁜 여자 보면 쳐다보고 싶고 만지고 싶은 건 인간의 본성이라는 거. 유부남도 본성에서는 자유로울 수 없죠."

유미는 들고 있던 포크를 소리 나게 내려놓았다. 남편이 구사하는 이런 식의 유머, 정말 유치하고 저질이다.

"강간이나 살해 욕구도 본성이지."

그녀가 남편을 똑바로 쳐다보며 말했다. 순간 테이블이 물을 끼얹은 듯 조용해졌다. 어른들 사이에 오가는 심상찮은 기색을 눈치챈 해성이 얼른 핸드폰을 내려놓고 스파게티를 입으로 집어넣었다.

"에이, 왜 그래. 그냥 농담한 건데."

남편이 그녀의 어깨에 팔을 두르며 분위기를 풀어보려 했다.

"쓸데없는 농담 따먹기 그만하고 밥이나 얼른 먹어. 다연이 오늘 당신한테 천상무희 멤버들 피부 얘기 들으러 온 거 아니야. 다연, 미안한데 내가 해성이 영어 학원 숙제 때문에 오래 못 있을 거 같으니까 스피디하게 얘기 끝내자. 뭐부터 얘기해줄까? 학교? 학원?"

"학원 얘기부터 해줘. 언니네 애들은 학원 어디로 다녀?"

다연이 반색을 하며 와인 잔을 부딪혀왔다.

"해성이는 영어 학원만 삼전동으로 다니고, 나머지는 동네에서 해결하고 있어. 지성이는 영어, 수학, 논술 다 대치동으로 다니고. 아, 내년에 중학교 갈 거 대비해서 물리도 선생 붙여 팀 짜줬다. 이것도 대치동이야."

"어디 어디 다니는데? 언니가 다 라이드해줘?"

유미는 와인으로 목을 축인 뒤 말을 이었다.

"대치동에 영어 학원은 ILE, PEAI, 렉스김이 쓸 만해. 일명 빅 스리라 불리지. 요즘 트리플 에이를 포함시켜 빅 포라고도 하는데, 내가 볼 땐 트리플 에이는 그 정도 급은 안 돼도 그럭저럭 쓸 만은 한 거 같아. 그중에서 탑은 ILE 야. 여긴 웬만큼 잘해선 못 들어가. 미국에서 5년 살다온 리터니도 시험에서 떨어진다니 수준이 어떤 덴지 바로 짐작 가지? 만약에 외고를 생각하고 있다면 초등 때 여기 정돈 다녀줘야 해."

"지성이는 어디로 다녀?"

"지성이는 트리플 에이 다녀. 애가 수학을 좋아해서 수학 시키느라 영어 공부는 거의 안 했어. 그런데도 트리플 에이에 들어갈 실력이 나와줬으니 엄마 입장에선 감사하지."

지성이가 다섯 살 때부터 3년 동안 영어 유치원을 다녔다는 사실이나 현재 다니는 트리플 에이에서 레벨 테스트를 통과하지 못해 3개월째 계속 같은 레벨에 머물고 있다는 말은 굳이 덧붙이지 않았다.

"대치동에서 쓸 만한 수학 학원은 옥슨, 정예, 정상이야. 모두 레벨이 좀 돼야 들어가는 곳인데, 그중에 탑은 옥슨이지."

"지성이가 다니는 데가 거기야?"

"응."

"거긴 수학 정말 잘하는 애들만 가나 보더라. 나 아는 엄마도……."

"거긴 수학 잘하는 애들이 가는 데가 아니야."

유미가 다연의 말을 단호하게 끊었다.

"그럼?"

다연이 의외라는 듯 눈을 동그랗게 떴다.

"수학이 '부른' 애들이 가는 데지."

유미가 고개를 끄덕이며 또박또박 힘주어 말했다. 얼굴엔 자랑스러운 기색이 역력했다.

"아……."

멍하니 있던 다연이 천천히 고개를 끄덕였다.

"누가 들으면 지성이가 수학 천재인 줄 알겠다. 사실 지성이도……."

남편이 끼어들려는 것을 유미가 얼른 옆구리를 찔러 막았다. 지성은 옥슨 입학시험에서 두 번이나 고배를 마셨다. 어릴 때부터 수학에 두각을 나타냈던 지성이었지만 전국의 1퍼센트만 모아 가르친다는 옥슨에 들어가기엔 역부족이었다. 다행히 올해 초, 수학이 '부른' 극상위권 아이들만 모아 교육시켜오던 옥슨이 방침을 바꿔 수학을 '노멀하게 잘하는' 아이들도 받기 시작했다. 기존에 있던 '톱클래스' 아이들은 '경시반'으로, 새로 받은 아이들은 '아카데미반'으로 이름 붙여 대대적인 증설을 하면서 잠실에 사는 아이들이 대거 대치동 옥슨에 입성하게 되었다. 지성이 옥슨에 들어간 것도 그때였다. 그걸 모르는 엄마들은 아직도 옥슨에 다닌다고 하면 경탄 어린 시선을 보내지만 들여다보면 이런 속사정이 있다. 그렇지만 다연에게 굳이 이런 사실까지 말해줄 필요는 없을 것이다.

"논술은 은마 사거리에 있는 논술서가에 다녀. 문예원 보내고 싶었는데, 거긴 태어날 때부터 대기 걸어놓아야 들어가는 데라 못 보냈고. 해성인 미리 등록해놔서 내년쯤이면 연락 올 것 같아. 그나마 논술서가라도 된 게 어디야. 거기도 대기 걸어놓고 기다렸다가 지난달에 겨우 들여보냈어."

"학원을 다 대치동으로 보내네?"

"여기 엄마들, 애들 저학년일 땐 근처로 대충 보내다가 고학년 되면 다 대치동으로 보내. 그래서 고학년 되면 대치동으로 이사들 많이 가지. 나도 요즘 지성이 라이드해주기 힘들어서 그쪽으로 이사 갈까 생각 중이야."

처음부터 대치동에 자리 잡았어야 했다. 유미는 수없이 해왔던 생각을 다시 한번 했다. 성민과 결혼할 당시, 유미의 엄마는 판사 사위를 보게 된 것을 노골적으로 환영하면서 집 한 채와 자동차 한 대를 제공하겠다 흔쾌히 약속했다. 유미가 지역을 정하기만 하면 어디든 사줄 것 같은 분위기였다. 처음에 유미는 대치동을 생각했지만, 고심 끝에 재건축 가능성이 높은 잠실의 주공아파트로 방향을 바꾸었다. 아무리 예비 신랑이 판사 임관을 앞둔 상태라 해도 자기 쪽에서 일방적으로 너무 고가의 아파트를 사가는 게 썩 내키지 않았고, 낡은 저층 아파트를 사두면 시세 차익도 꽤 올릴 수 있을 것 같았다. 결국 유미 이름으로 잠실의 주공아파트를 사놓고, 당장 살 집은 성민이 마련해오는 것으로 합의를 보았다. 모아놓은 돈이 얼마 없었던 성민은 서울에서 북쪽으로 한참 올라가야 나오는 신도시 Y시에 전세를 얻었다. 유미는 그곳에서 잠실의 아파트가 재건축되길 기다리며 꾸역꾸역 살았다. 지금 생각하면 참으로 미련한 짓이었다. 처음부터 대치동으로 들어갔으면 되었을 것 아닌가!

"정말? 우리 대치동으로 이사 가?"

식탁 한쪽으로 비스듬히 기대앉은 남편이 비아냥거렸다.

"당장은 아니고."

유미가 와인 잔을 소리 나게 내려놓으며 남편을 흘겨보았다.

이 남자가 3년 만에 판사복을 벗고 변호사를 할 줄 알았다면, 그것도 개업이 아닌 남의 밑에서 연예인 뒤치다꺼리나 할 줄 알았다면, 그때 엄마에게 대치동에 아파트를 해달라고 했을 것이다. 하지만 그건 이미 물 건너갔다. 엄마에게 더 이상 손을 벌릴 순 없다. 몇 년 해보지도 않고 판사복을 벗어버린 사위에게 집을 다시 내놓으라고 하지 않는 것만 해도 감사해야 할 것이다. 그렇다고 유미네 자력으로 대치동에 가는 건 불가능하다. 성민은 겨우 대기업 차장급 정도의 월급을 받아오고 있다. 그거라도 아껴 쓰면 그나마 괜찮은데, 꼴에 변호사라고 씀씀이는 엄청나게 크다. 누굴 만나면 당연하다는 듯 자기가 돈을 내고, 각종 행사에 기부금도 서슴없이 내놓는다. 벌써 남편 이름으로 된 통장 마이너스가 한도까지 꽉 찼다. 이 상태로는 대치동으로 이사는커녕, 잠실 살면서 아이들 교육비 대기도 벅차다.

"몇 년 내에 가야지. 좀 있으면 지성이 중학교도 들어갈 텐데 언제까지 왔다 갔다 차 안에서 시간 버릴 거야?"

판사를 계속했다면 정기적인 수입은 지금보다 적었겠지만 외부강연을 하거나 인맥을 타고 흐르는 정보를 이용해 그럭저럭 수입을 올렸을 것이다. 뿐인가. 조금 기다렸다 부장을 달고 퇴직해 변호사 개업을 했다면 법무법인에 이름만 걸어놓아도 매년 몇억씩 벌어들였을 것이다. 그런 미래 가능성을 담보로 엄마에게 돈을 빌릴 수도 있었으리라. 현금을 쌓아놓고 쓸 데가 없어서 골치 아파하는 엄마다. 사위가 서슬 퍼런 현직 판사였다면 두말없이 돈을 내주지 않았을까? 성민이 판사를 그만둔 뒤, 엄마는 아들의 혼사에 모든 걸 걸다시피 했다. 그리고 남동생은, 엄마의 노력이 헛되지 않게 이름난 법조인 가문의 여식과 결혼했다. 그 뒤부터 엄마는 아들과 며느리에게 돈을 퍼붓다시피 했다. 모두 청주 땅을 염두에 둔 처사였다. 향후 처가의 파워에 힘입어 염원하던 땅을 손에 넣기라도 한다면 남동생이 얼마나 높은 돈더미 위에 앉게 될지, 아아, 그녀는 생각만 해도 속에서 천불이 날 것 같았다. 평생 동안 한 일이라곤 사업한답시고 집안의 재산을 가져다 축낸 것밖에 없는 그 뻔뻔한 면상이 재화와 권력을 거머쥐게 된다니. 동생에게 그 땅이 돌아가느니 차라리 국가가 그 땅을 가져가는 게 낫겠다고, 유미는 남몰래 생각해왔다.

"똑바로 좀 앉아. 그게 뭐야? 다연이도 있는데."

유미는 축 늘어진 남편의 등짝을 세게 후려쳤다. 도대체 이 인간은 잘하던 판사 노릇을 왜 때려치웠을까?

"왜 이래, 하루 종일 일하고 온 사람한테. 당신도 기대서 잘 앉잖아!"

친구의 부인 앞에서 면박을 당한 게 분한지 남편도 소리를 높였다.

"지금 우리만 있는 거 아니잖아. 그리고 해성이 밥 좀 먹여. 안 먹는 거 뻔히 알면서 왜 못 본 척하는 건데?"

"당신은? 당신도 얘기하느라 바빴잖아. 당신은 안 먹이면서 왜 나한테 먹이라고 해?"

"언니, 이제 그만 일어날까? 벌써 10시네."

두 사람이 티격태격하자 다연이 눈치를 보며 끼어들었다.

"그럴까? 안 그래도 해성이 숙제 때문에 10시에는 갈 생각이었어. 충분히 얘기도 못 해줬는데 미안하다. 해성아, 스테이크 두 조각만 더 먹어."

유미는 이미 불룩한 해성의 입에 스테이크를 꾸역꾸역 밀어 넣고 백과 외투, 해성의 잠바를 챙겨 들었다.

"여기, 살기 괜찮은 동네야. 서울에 초·중·고 모두 단지 안에 있는 아파트가 생각보다 많이 없거든. 그거 하나 보고 오는 엄마들도 많아. 대치동은 학원가가 잘돼 있고 공부하는 분위기라 좋긴 한데, 아파트가 너무 낡았지. 주차도 장난 아니고. 그런 거 잘 따져서 생각해봐. 더 궁금한 거 있으면 언제든 전화하고."

유미가 해성의 입에 샐러드를 밀어 넣으며 자리에서 일어섰다. 먼저 나가던 남편이 다시 돌아와서 계산서를 집어 들었다.

"이거 우리가 사야 해?"

유미가 작은 소리로 물었다.

"그럼, 모처럼 들어온 친구 부인한테 밥도 안 사줘? 여기까지 왔는데?"

순간 레스토랑 선체가 거세게 일렁였다. 밖의 바람이 꽤 센 듯했다. 유미는 얼결에 남편의 어깨를 붙잡았다.

"엄마, 무서워."

해성이 유미의 품으로 고개를 들이박았다. 막내인 해성은 작은 일에도 금방 겁을 집어먹었다. 흔들리는 레스토랑 안에 선 채 유미는 뭐라고 말하려다가 체념한 듯 남편을 따라 카운터로 갔다. 미리 입구에 가 서 있던 다연이 유미 일행에게 손을 흔들었다.

"일행분이 먼저 계산하셨는데요."

남편이 계산서를 내밀자 카운터에 서 있던 앳된 얼굴의 여직원이 상냥하게 말했다.

"어머, 다연아. 먼 데서 와놓고 왜 네가 계산을 해? 우리가 사야 하는데."

유미가 기쁜 기색을 감추지 못하며 다연의 어깨를 쳤다. 이곳은 음식값이 꽤 나간다. 오늘 먹은 게 못해도 20만 원은 나왔을 것이다. 20만 원은 해성이 영어 책 한 질을 살 수 있는 금액이다. 지성이 한 달 논술 학원 수강료이기도 하다. 역시 다연은 센스가 있다. 이러니 다연이 청하면 한밤중에도 달려 나오게 되는 것이다. 유미는 웃음이 새어 나오려는 것을 가까스로 참았다. 하지만 그녀의 기쁨은 오래가지 못했다.

"취소할 수 있죠? 저분 계산하신 거 취소하고 제 카드로 해주세요."

남편이 곱슬곱슬한 갈색 머리를 쓸어 올리며 이렇게 말했다. 자신감에 찬 말투나 부드럽게 넘어가는 갈색 머리카락, 지갑에서 카드를 꺼내 드는 자연스럽고 세련된 동작. 남편이 아니었다면 너무나 멋있다고 생각했을 남자의 뒷모습을 그녀는 기막힌 얼굴로 바라보았다.

"그럼 먼저 계산하신 분 카드를 주셔야……."

"일단 제 거로 먼저 계산한 다음에 취소하죠? 다연 씨, 카드 줘봐요."

남편이 자기 카드를 내밀며 직원을 재촉했다. 혹시나 다연이 카드를 안 내놓겠다고 할까 봐 미리 계산부터 하는 저 센스.

"아니에요. 밤 시간에 나와주셨는데 당연히 제가……."

다연이 머뭇거리는 동안 계산대에서 남편의 신용카드로 결제되는 소리가 찌직찌직 울려왔다.

"제 카드로 벌써 계산됐거든요? 다연 씨 카드 안 주시면 저 그냥 이 레스토랑에 좋은 일 한 걸로 하고 집에 갑니다."

상대방의 말을 잘라가며 자기 뜻을 관철시키는 저 박력. 저런 기개로 판사를 계속했으면 얼마나 멋있었을까? 유미는 등 뒤에서 남편을 흘겨보았다. 이 인간은 돈 쓸 때만 기개가 넘친다!

실랑이 끝에 다연이 카드를 내놓고 취소 절차를 밟은 뒤, 일행은 레스토랑을 나섰다.

"고 변호사님, 언니, 잘 먹었어요. 너무 죄송하네요. 한국 들어오면 저희가 거하게 한번 쏠게요."

다연이 환하게 불을 밝힌 선상 레스토랑의 다리를 건넜다. 유미네 가족도 그 뒤를 따랐다. 다리를 건너자 묵직한 어둠이 커다랗게 입을 벌렸다. 가로등이 군데군데 서 있었지만 인적이 드문 한강시민공원의 을씨년스러운 분위기를 반전시키기엔 역부족이었다.

"해성아, 거기 서. 주차장에선 엄마랑 같이 가야 해. 갑자기 차가 튀어나올 수 있어."

이미 주차장까지 뛰어가 있는 해성을 쫓아 뛰는데 핸드폰 벨이 울렸다. 유미는 백을 뒤져 핸드폰을 찾아냈다.

"언니, 언제 올 거야?"

지환엄마였다.

"아, 맞다. 내가 아까 들른다 그랬지!"

그러고 보니 지환이네 가는 걸 잊고 있었다. 저녁때 도우미 아줌마를 바래다준 뒤 지환이네 들르려 했는데 논술 선생이 빨리 도착했다고 전화하는 바람에 그냥 집으로 가버렸다.

"어머, 어떡해. 자기 많이 기다렸겠다! 미안해. 좀 이따 들를게."

"괜찮아, 언니. 지금 올 거예요?"

"응. 잠깐 지인 만났는데, 신천역에 바래다주려고. 가는 길에 들를게. 10분이면 갈 거야."

유미는 마음이 급해졌다. 빨리 집에 들어가 해성이 영어 숙제를 시키려 했는데 지환이네까지 들르게 생겼다.

유미는 차 앞좌석에 오르려다가 뒷좌석으로 옮겨 탔다. 과자 봉지와 빈 음료수 캔으로 차 뒷좌석이 엉망이 돼 있었다. 아무리 잠깐 타는 거라도 다연을 지저분한 데에 태우고 싶지 않았다.

"올 때는 어떻게 왔어?"

다연을 앞좌석에 태우고 막 출발하려는데 문득 다연이 어떻게 왔는지 궁금해졌다.

"응…… 최 과장님이 마침 나갈 일 있다고 하셔서."

154

최 과장은 평창동에 사는 다연의 시부모님 집에서 일하는 기사를 말한다. 다연이 외출한다니 시어머니가 기사를 내준 것이다. 유미는 문득 다연이 부러워졌다. 대한민국 최고의 심장내과 전문의 남편에, 평창동에 거주하는 준재벌 시부모를 둔 다연이. 유미의 시부모는 기사를 내주기는커녕, 다달이 보내는 생활비를 올려주지 않는다고 통화 때마다 볼멘소리를 한다.

"그럼 전화해서 기사님 와달라고 하지 그랬어? 밤도 늦었는데."

"에이. 엄마네 집이 방배역에서 바론데 뭐. 다시 시댁으로 가는 것도 아니고 친정 가는 건데 일부러 와서 태워달라기 좀 그렇잖아."

"미안하다 애, 우린 거기까지 못 데려다주는데."

"아니야, 언니. 시간 내서 나와준 것만 해도 감지덕지지."

차는 금방 신천역에 도착했다. 유미는 다연이 전철역 계단으로 내려가는 것을 지켜본 뒤 앞좌석에 올라탔다.

"당신이 해성이 영어 숙제 좀 시키고 있을래? 나 지환이네 들러야 해."

집으로 가는 길, 유미가 시계를 들여다보며 남편에게 말했다.

"지금?"

"응. 지환이네에 해성이 학교 가방 놓고 왔거든. 그것도 찾아오고, 지환이 영어 선생님 얘기도 좀 들어보려고."

"영어 선생님? 과외 선생 말하는 거야?"

남편이 아파트 서문 쪽으로 핸들을 꺾었다.

"응. 해성이도 과외 좀 시켜볼까 하고."

"해성이 지금 영어 학원 다니고 있지 않아? 로피안가? 거기 들어간 지 얼마

안 되지 않았어?"

남편은 지성과 해성이 사교육을 너무 많이 받는다고 생각한다. 나 어릴 땐 그렇게 안 했는데 공부만 잘했다고 입버릇처럼 말한다. 유미는 남편이 그렇게 말할 때마다 울화가 치민다. 그때하고 지금이 어디 같은가? 지금 그때처럼 공부했다간 SKY는커녕, 인서울 대학도 못 들어갈 것이다.

"로피아, 비기너 레벨로 들어갔잖아. 영유 3년 다녔는데 비기너 레벨 받은 앤 또래 중에 해성이밖에 없어."

유미는 보조석 미러로 슬쩍 뒷좌석을 보았다. 다행히 해성은 핸드폰으로 게임을 하느라 엄마, 아빠의 대화에 관심이 없었다.

"그럼 영어 학원은? 끊을 거야?"

"아아니. 영어 학원을 왜 끊어?"

올해 초, 태민엄마와 애들을 데리고 로피아에 레벨 테스트를 받으러 갔다. 테스트 결과, 태민은 가장 높은 등급인 아너스 레벨이 나왔고 해성은 비기너 레벨이 나왔다. 그때부터 유미의 머릿속에 비기너란 단어가 묵직하게 자리 잡았다. 해성이 비기너 타이틀을 떼줘야 하는데. 떼줘야 하는데.

"과외 선생님 알아본다며?"

"학원이랑 과외 병행해야지."

남편이 기가 막히다는 듯 허, 코웃음을 쳤다. 그럼 당신이 애 영어 좀 봐주던가! 집에 있으면 만날 누워서 핸드폰만 들여다보고 있는 사람이 뭐 그렇게 할 말이 많아? 쏘아붙이고 싶은 걸 유미는 꾹 눌러 참았다. 지금 남편의 기분을 상하게 해서 득 될 게 하나도 없었다. 차가 지환이네 동이 있는 지하 주차장으로 들어설 때까지, 둘은 아무 말도 하지 않았다.

"내려."

지환이네 라인에 차를 세운 남편이 앞을 쳐다본 채 무표정하게 말했다.

"해성이 영어 숙제하라 그래. 금방 갈게. 그리고……."

유미는 뭔가 말을 하려다 그만두었다.

"그리고 뭐?"

"……이따가 지성이 픽업 좀 가줄 수 있어? 오늘 옥슨 늦게 끝나는 날이거든."

지난달부터 지성은 KMO (한국수학올림피아드) 1차 수상을 목표로 옥슨에서 화, 목에 보충 수업을 받는다. 정규 수업을 마친 뒤 다른 친구들 셋과 함께 추가로 집중 교습을 받는 것이다. 새벽까지 학원에서 교습을 하는 것은 불법이라, 엄마들이 인근 카페를 빌려 선생님을 초빙하는 형식을 취하고 있다. 그 카페 수업이 끝나는 시간이 새벽 2시 반이다. 때문에 유미의 화, 목 일과는 지성을 픽업해 돌아오는 새벽 3시에야 끝난다.

"내가 가려고 했는데, 오늘 몸이 좀 안 좋아. 으슬으슬 추운 게 감기 오는 것 같기도 하고."

유미가 성민의 눈치를 보며 덧붙였다.

"오늘 픽업 가는 건 할 수 있는데…… 그거 계속해야 해?"

남편은 지성이 옥슨에 가는 것을 못마땅해한다. 아직 초등학생인데 꼭 그렇게까지 해야만 하느냐는 말을 틈날 때마다 하며 유미의 '근시안적인' 교육관을 비판한다. 새벽 보충을 시작했을 때는 '아이 학대'라는 극단적인 말까지 써가며 그만둘 것을 종용했지만, 결국 유미의 완강함에 압도되어 최근엔 침묵을 지켜왔다.

"시험이 다음 주야. 그때까지만 버티면 돼. 나라고 애가 새벽 3시에 자는 게 좋겠어? 하루에도 열두 번, 내가 너무한 거 아닌가, 자책감에 미쳐버릴 것 같다고."

"KMO 1차 수상하면 어떻게 되는 건데?"

남편이 시동을 끄고 유미를 쳐다보았다.

"어떻게 되긴. 도대체 몇 번을 말해? 11월에 있을 2차 시험 준비에 들어가는 거지. 2차까지만 되면 그때부터는 다 된 거나 마찬가지라고. 대학 부설 영재원에서 지성일 모셔갈 거고, 거기만 다니면 특목고는 따놓은 당상이야."

"특목고 입시에 경시대회 성적 기재 못 하는 걸로 바뀌지 않았어? 얼마 전에 그렇게 바뀌었다고 발표했잖아."

유미는 놀란 얼굴로 남편을 쳐다보았다. 이 인간이…… 그걸 어떻게 알지? 자긴 과외 한번 안 받고도 공부 잘했단 소리나 늘어놓는 인간이?

"바뀌었어도 특목고에서 KMO 실적 거둔 애들은 다 알고 데려간대."

말은 이렇게 했지만 이 부분은 유미도 확실히 알지 못한다. 몇 개월 전, 교육부에서 특목고 때문에 사교육이 극성을 부린다는 비판을 무마하기 위해 특목고 입학원서에 각종 경시대회 성적을 기재하지 못하도록 규정을 바꾸었다. 그 방침이 발표되던 날, 아이 초등 시절부터 대치동 새벽 라이드라는 십자가를 감내해왔던 엄마들의 억장이 무너졌다. 이때까지 한 게 모두 헛짓이었다는 자괴감과 허무감이 좁디좁은 대치동 학원가 골목에서 눈치 보며 주차할 곳을 찾는 엄마들 얼굴에 무겁게 드리워졌다. 보내던 학원을 갑자기 정리하는 엄마도 있었다. 하지만 그것도 잠시뿐, 엄마들은 이내 예전의 태세로 되돌아갔다. 정성 들여 싼 도시락을 손에 들려 부지런히 아이들을 실어 날랐다. 정책이야 정권이 바뀌면 언제든 뒤집힐 수 있는 거고, KMO 입상자들을 대학 부설 영재원에서 뽑아가는 한 결국 그 아이들이 특목고로 직행할 게 뻔하다는 계산이었다.

"내 말 들었어?"

유미의 목소리에 짜증이 잔뜩 묻어 나왔다. 나라고 좋아서 아이를 새벽까지 내돌리겠는가. 특목고에 들어가면 대학 입시의 반은 성공한 것이라고 할 수 있다. 반이 뭔가. 거의 다 된 거나 마찬가지이다. 앞으로 6년. 힘들어도 그 기간만 이 악물고 공부하면 인생이 보장된다. 벌 수 있는 돈도, 남들에게 대접받는 정도도, 인생의 여유를 만끽할 수 있는 정도도 모두 졸업한 대학의 명칭에 달려 있다. 이 뻔한 현실을 알면서 어떤 부모가 아이를 공부시키지 않을 수 있겠는가? 당장의 편안함을 위해 아이의 미래에 대해 눈감아버리는 것은 현실을 모르는 어리숙한 인간들의 무책임한 이상주의이다.

"알았어."

빤히 유미를 쳐다보던 남편이 한숨 쉬듯 말하고 시동을 걸었다.

"그럼 이따 글로리 카페로 2시 반까지 가. 옥슨 건물 있는 골목 입구에 있어. 늦으면 안 돼."

그녀는 소리 나게 차 문을 닫고 지환이네 라인으로 향했다. 남편의 묵직한 표정에 계속 신경이 쓰였지만 거기에 몰두하기엔 생각할 게 너무 많았다. 해성이 영어를 어떻게 하지? 영유도 3년 보냈고, 초등학교 들어간 뒤에는 좋다는 학원은 다 보내봤다. 일찌감치 원어민 수업도 붙여줬다. 그런데도 실력이 도통 늘지를 않는다. 해성이가 언어 감각이 없는 걸까? 그녀는 도어 시스템에서 지환이네 호수를 누른 뒤 엔터 키를 눌렀다.

"어서 와요, 언니."

도어 시스템에서 지환엄마의 허스키한 목소리가 나오면서 딸깍, 라인 현관문이 열렸다. 순간 지환이는 로피아에 들어가지도 못했다는 사실이 떠올랐다. 유미는 문을 밀면서 낮게 한숨을 내쉬었다. 비기너 레벨이긴 해도 해성은 로피아에 입성했으니 지환보다는 나은 셈 아닌가? 그렇게 위안하자. 과외 선생을 붙이고 몇 달 타이트하게 시키면 비기너 레벨을 벗어날 수 있을 것이다. 그녀는 엘리베이터 버튼을 눌렀다. B2라고 되어 있던 표시등이 B1으로 바뀌면서 금색 엘리베이터 문이 천천히 열렸다.

초등학교 교사 김미하(1969~)

태민은 눈을 부릅뜨고 미하를 쳐다보았다. 큰 키에 통통한 몸집, 두툼하게 자리 잡은 뱃살. 어디를 봐도 초등학교 2학년이라고 보기 힘든 남자아이의 원망스러운 눈을 마주하자 그녀는 순간적으로 흠칫했다. 금방이라도 태민이 주먹으로 자기를 칠 것 같았다.

"선생님이 오늘은 남자 먼저 먹으러 가게 해주겠다고 약속했잖아요!"

튀어나올 듯 이글거리는 태민의 눈동자. 그 눈빛을 한동안 맞받다가, 미하는 침착하게 말했다.

"남자들이 줄을 빨리 안 섰잖아."

두려움 같은 건 얼른 삼켜버려야 한다. 아이 앞에서 두려운 기색을 보이면 순식간에 아이에게 압도당하게 될 것이다.

점심시간이 되면 미하는 선착순으로 줄 세워 아이들을 급식실로 데려간다.

온 순서대로 줄을 세운 뒤, 남학생과 여학생 중 먼저 선 쪽을 우선 출발시킨다. 대부분의 경우, 서로 앞에 서겠다고 자주 다툼을 벌이는 남학생들이 줄 서는 속도가 늦다. 특히 최근 며칠간은 남학생들 간 다툼이 잦아서 연속으로 여학생들을 먼저 보냈더니 남학생들의 불만이 폭발했다. 초등학교 2학년, 교사나 부모의 권위에 의문을 갖고 불만을 표출하기 시작하는 시기이다. 어느 정도 억하심정을 달래줄 필요가 있다 싶어 미하는 어제 '내일 남자들이 줄을 잘 서면 남자부터 보내주겠다'고 약속했다.

태민은 대답 없이 미하를 쳐다보기만 했다.

"그럼 너희들이 줄도 안 서고 싸우는 동안 여학생들이 계속 기다리고 서 있어야 하니?"

오늘 남학생들이 줄을 빨리 서지 못한 것은 사실 태민 때문이었다. 1등으로 줄 서려고 달려가다가 진하와 부딪힌 태민이 주먹을 휘두르면서 사건이 커졌다. 태민에게 맞아서 넘어진 진하가 벽에 머리를 찧었고, 진하는 큰 소리로 울음을 터뜨렸다. 태민은 울고 있는 진하의 머리를 쥐어박으며 "이 새끼가 새치기해서 부딪혔잖아요. 빨리 우리 먼저 가게 해주세요"라고 소리 질렀다. 수습하는 데 시간이 걸릴 것 같아 여학생들을 먼저 보낸 뒤 태민과 진하를 겨우 다독였다. 그렇게 줄을 세워 출발시키려는데 태민이 갑자기 제동을 걸었다. 왜 오늘도 남자들이 늦게 가야 하느냐고.

"출발!"

잡아먹을 듯 노려보는 태민을 외면하고 출발을 외치자 다른 아이들이 움직이기 시작했다. 한동안 서 있던 태민이 줄 맨 뒤로 붙어 서면서 내뱉듯 말했다.

"씨발."

아이들을 따라가던 미하가 걸음을 멈추었다.

"최태민, 너 지금 뭐라 그랬어?"

담임의 목소리에서 심상찮은 기색을 느낀 아이들이 조심스럽게 뒤를 돌아보았다. 태민은 못 들은 척 발걸음을 옮겼다.

"거기 서."

미하가 말했다. 한숨 섞인 나지막한 저음에, 태민을 포함한 아이들 모두가 걸음을 멈추었다.

"너 지금 욕한 거야?"

태민이 천천히 뒤돌아섰다.

"네. 욕했어요. 왜요?"

미하는 자신을 똑바로 쳐다보고 있는 커다란 제자를 물끄러미 바라보았다. 생각 같아선 태민에게 똑같이 욕을 해주고 싶었다. 씨발, 너 지금 뭐라고 했어. 씨발, 나는 입이 없어서 욕 안 하는 줄 알아? 이런 씨발 새끼를 봤나, 씨발. 그렇게 한다면. 그렇게만 한다면 그동안 아이들에게 갖가지 방식으로 당하면서 맺힌 응어리가 순식간에 쑥 내려갈 것 같았다. 하지만 그것으로, 교사로서 미하의 인생은 끝장날 것이다. 미하는 한쪽 손으로 가슴을 꾹 눌렀다. 선생이란 직업은 얼마나 무거운가. 혼자서 서른여섯 명의 덜 자란 인격체들을 통솔해야 하지만, 발언의 자유나 교육 방법을 택할 자유는 조금도 없다. 비가 오나 눈이 오나, 눈앞에서 아이가 뛰어다니든 엎드려 자든, 욕설이 날아오거나 심지어 주먹이 날아와도 늘 따뜻한 표정으로 가장 선량한 말을 내놓아야 한다. 아이가 보이는 반응과 상관없이 일방적으로 아이들을 사랑해야 한다.

미하는 발로 바닥을 짓이기다가 천천히 입을 열었다.

"너희들은 먼저 가서 점심 먹고, 태민이는 이리 따라와."

교실에 앉혀놓고 좋은 말로 타일렀지만 태민은 바닥에 시선을 둔 채 아무 말도 하지 않았다. 교실 뒤에 걸린 시계를 보니 이미 점심시간은 15분이 지나 있었다. 미하는 고민에 빠졌다. 교칙에 의하면 교사의 권위에 도전하는 학생, 그러니까 교사에게 폭언이나 폭행을 저지른 학생은 교감실에 보내 선도한 후 벌점을 주도록 되어 있다. 교사에게 욕을 하고, 그 후에도 뉘우치는 기색이 없는 이 아이는 그 교칙에 충분히 해당될 것이다. 그렇다면 이 아이를 교감실로 보내야 할까? 그건 너무한 거 아닐까? 태민은 가끔 공격적인 행동을 하긴 하지만 심각한 문제아는 아니다. 혹시 오늘 교감실로 보내면 그것 때문에 태민이 본격적인 문제아가 되는 건 아닐까? 만일 보낸다면 점심은? 점심도 거른 채 교감실로 보내야 할까?

그녀는 자리에서 일어섰다.

"태민이 일어서. 일단 가서 점심부터 먹자."

밥은 먹여야 할 것이다. 아홉 살 먹은 아이이니, 어떤 경우에도 밥은 먹여야 한다. 그리고 나서 교감실로 보내자. 그녀는 태민의 내면에 쌓인 분노가 엉뚱하게 자신에게 튀었다는 것을 알고 있다. 그렇기에 태민을 교감실에 보내지 않고 문제를 해결하고 싶다. 하지만 태민은 반 아이들 모두가 듣는 데서 교사에게 욕을 했다. 이걸 그냥 넘기면 아이들은 교사에게 욕하는 게 아무것도 아니라고 생각하게 될 것이다. 한번 무너지기 시작하면 걷잡을 수 없는 게 교사의 권위이다. 한 명의 담임 교사가 서른여섯 명의 아이들을 이끌어야 하는 교실에서, 아이들은 교사의 권위가 무너졌다는 것을 귀신같이 알아내고 앞다투어 일탈을 행할 것이다.

"안 먹을래요."

태민이 한쪽 구석에서 다른 쪽 구석으로 시선을 돌리며 말했다.

"따라와. 밥은 먹어야지."

미하는 드르륵, 교실 앞문을 열고 나갔다. 옆 반 교실을 지나다 돌아보니 태민이 고개를 숙인 채 천천히 뒤따라오고 있었다.

교육청에서 공문이 내려왔다. 1년 전에 있었던 영어 방과 후 수업에 대한 보고 자료를 내일까지 제출하라는 내용이었다. 그 자료를 찾기 위해 미하는 자신의 하드디스크 전체와 교무실에 있는 캐비닛 두 개를 샅샅이 뒤졌다. 산더미처럼 쌓인 파일을 하나하나 넘겨보았지만 자료는 나오지 않았다. 하는 수 없이 당시 방과 후 교사였던 사람을 수소문했다. 다행히 당시 교사였던 이가 아직 자료를 갖고 있었고, 찾는 대로 이메일로 보내주겠다고 했다. 이메일을 받기 전에 대충 자료를 꾸며놓으려고 타이핑하고 있는데 똑똑, 노크 소리와 함께 교실 문이 열렸다.

"선생님, 바쁘세요?"

얼굴을 내민 것은 태민엄마였다. 굵은 웨이브가 들어간 긴 머리에 화려한 코르사주가 달린 살구색 정장 상의, 회색 정장 바지 차림이다. 깍듯이 차려입은 학부모의 등장에 미하는 반사적으로 자신의 차림새를 살폈다. 오늘 아침, 교무실 캐비닛을 뒤진 김에 정리까지 해버리려고 쑥색 티셔츠에 청바지를 입고 나왔다.

"보고서 올릴 게 있어서 작업하고 있었어요. 들어오세요."

미하가 일어서서 맨 앞줄에 놓인 의자를 빼려 하자 태민엄마가 그녀를 제지하며 상체를 기울였다.

"제가 할게요."

가지고 온 쇼핑백들을 책상 위에 놓고 의자를 옮기는 태민엄마에게서 톡 쏘는 듯 진한 꽃향기가 풍겨왔다.

"향수 뭐 쓰세요? 참 좋네요."

자리에 앉으면서 미하가 말하자 태민엄마가 대답 없이 어색하게 웃어 보였다.

어제도 느꼈던 거지만 이 엄마, 몸매가 가히 예술이다. 군살이 하나도 없고 몸의 굴곡이 뚜렷하다. 조각 같은 몸매라는 게 이런 건가 싶을 정도다. 화장기 없는 피부도 잡티 하나 없이 깨끗하다. 나하고 나이 차가 큰 것도 아닌데 어쩜 이렇게 어려 보일 수 있을까. 미하는 태민엄마에게 부러움을 느꼈다. 아이들 뒷바라지와 자기관리에만 전념할 수 있는 태민엄마의 시간적 여유에, 마주한 상대에게 아름다움과 여유를 물씬 느끼게 해주는 외모에, 그 모든 것을 가능하게 해준 그녀의 재력에.

"선생님, 죄송해요."

새침한 표정으로 미하를 쳐다보던 태민엄마가 기어드는 목소리로 이렇게 말했을 때에야, 미하는 부러워하던 마음을 접을 수 있었다. 태민엄마는 문제를 일으킨 아들 때문에 사과하려고 담임 선생님을 찾아온 것이다. 적어도 이 순간만큼은 미하가 우위에 있었다.

"교육청에서 갑자기 1년도 더 지난 자료를, 정규 수업도 아니고 방과 후 수업에 대한 자료를 보내달라고 연락해왔어요. 교내 일도 산더미 같은데 어쩜 이런 일까지……. 제가 그 수업을 직접 했던 것도 아니고, 방과 후 수업 허가 절차를 담당했던 것뿐인데 말이죠. 이 작업하느라 오늘내일 시간 다 잡아먹을 거 같아요. 이런 거 하느라 정작 우리 애들 수업에 대한 연구는 뒷전이 된답니다."

미하는 일부러 길게 설명했다. 교사가 하는 일이 얼마나 많은지, 아이들을 가르치는 일뿐 아니라 얼마나 다양한 사람들과 다양한 일에 시달려야 하는지 태민엄마에게 알려주고 싶었다.

"네……."

태민엄마가 커피 전문점에서 포장해온 아이스커피를 꺼내 미하 앞에 한 잔, 자기 앞에 한 잔 놓았다. 미하가 늘어놓은 얘기에는 전혀 관심이 없는 것 같았다.

"잘 마시겠습니다, 어머니. 그런데 태민이랑 얘기 좀 해보셨어요?"

미하는 플라스틱 컵을 흔들어 얼음 소리를 내며 본론으로 들어갔다. 이 엄마도 빨리 얘기를 마무리 짓고 싶겠지. 아이가 말썽을 피운 뒤 담임을 찾아가는 게 얼마나 큰 고역인지는 미하도 익히 알고 있다. 당장 지난주 금요일에 자신도 그런 입장에 처하지 않았던가. 고3인 큰아들이 같은 반 아이를 의자로 내리찍어서 전치 2주의 부상을 입혔다. 담임과 상대 학부모 앞에서 머리를 조아리면서 얼마나 당혹스러웠던가. 순간순간 낯 뜨겁고 화가 나서 어디로 확 도망가버리고 싶었다.

"태민이가 요즘 좀 예민해요. 애가 뱃살이 장난이 아니라 제가 좀 못 먹게 했거든요. 그랬더니 동생한테 소리 지르고 윽박지르고…… 어우, 걔 말리다 죽을 뻔했어요. 저번엔 글쎄 누가 집에 들고 온 크리스피 도넛을 박스째로 다 먹으려고 하는 거 있죠? 걔가 크리스피 도넛을 엄청 좋아하거든요……."

태민엄마는 태민이 좋아하는 간식에 대해, 그런 간식을 못 먹게 하려고 자신이 얼마나 노력하는지에 대해 중언부언 길게 늘어놓았다. 자신이 말하는 상대가 옆집 엄마인지, 담임 선생님인지 도통 구분하지 못하는 그녀를 보면서 미하는 슬그머니 미소 지었다. 엄마를 보면, 아이를 이해할 수 있다. 교사 생활을 하면서 변치 않는 유일한 진리라 꼽을 수 있을 명제를 다시 한번 체감했다.

미하가 슬쩍 컴퓨터 화면으로 시선을 돌렸을 때에야, 태민엄마는 말을 멈추었다.

"어머, 내 정신 좀 봐. 선생님 바쁘실 텐데……."

태민엄마가 허겁지겁 앞줄 책상에 놓아두었던 쇼핑백을 끌어당겼다. 백화점 로고가 새겨진 커다란 쇼핑백이 치익, 소리를 내며 끌려왔다.

"이거요."

태민엄마가 부스럭거리며 쇼핑백에서 꺼낸 커다란 나무 상자에는 각종 한과와 전병이 빼곡히 담겨 있었다. 하나하나 투명 비닐로 낱개 포장된, 한눈에 고가임을 알 수 있는 고급 과자 세트였다.

"애들 간식이요."

상자를 내려놓고 다른 쇼핑백에서 또 한 세트를 꺼내려는 걸 미하가 급히 만류했다.

"어머님, 죄송한데 저희 이런 거 못 받습니다. 학기 초에 통신문 통해서도 말씀드렸지만 우리 교장 선생님께서 학부모님들께 사탕 하나 받아서는 안 된다고……."

"어, 다른 반은 간식 넣는 건 괜찮다 그러던데? 그냥 받으세요, 선생님. 뭐 대단한 거 사온 것도 아닌데요."

태민엄마가 상자를 미하 쪽으로 쓱 밀어놓았다. 미하는 턱을 괴고 상자를 쳐다보다가 본론으로 돌아갔다. 상자는 이따 갈 때 도로 가져가게 하면 될 것이다. 이걸로 지금부터 서로 얼굴 붉힐 필요가 있을까.

"태민이가 요즘 학교생활을 버거워합니다. 수업 시간에 엎드려 자는 경우가 많고, 아이들하고도 자주 부딪혀요. 반 친구들이나 저에게 하는 언행도 굉장히 적대적입니다. 제가 볼 땐 마음속에 분노가 쌓여 있는 것 같아요."

분노라는 말이 나오자 태민엄마의 얼굴이 굳어졌다.

"오늘 있었던 일은 쌓인 분노가 극단적인 형태로 표출된 거라고 볼 수 있습니다. 태민이가 평소 몇 시에 자나요? 본인은 학원 숙제하느라 새벽 2시에 잔다고 하던데…… 진짜 그런가요?"

"2시는 무슨, 12시엔 자요. 늦어봤자 1시? 근데 자는 시간이 이 일과 무슨 상관이 있죠?"

"학원을 너무 많이 다니거나 학원 숙제에 치인 아이들은 학교생활을 잘 해내지 못합니다. 무기력한 얼굴로 앉아 있거나 졸기 일쑤죠. 그 나이에 놀고 싶은 마음을 억누르고 문제 풀기 같은 추상적인 작업에 매달리다 보면 내면에 분노가 쌓입니다. 우리 학교에서 소위 문제아라고 불리는 애들은 부모 사이가 안 좋거나 과도한 사교육에 시달리거나, 둘 중 하나예요. 태민이가 집에서는 욕을 하거나 공격적인 행동을 하지 않나요?"

그녀는 태민엄마의 안색을 살피면서 조심스럽게 말을 이었다. 엄마가 듣기에 기분 좋은 이야기는 아닐 것이다. 하지만 말 나온 김에 태민이의 상황을 확실히 알려주고 싶다. 아이의 생활 리듬이 형편없이 흐트러져 있는데 모른 척하는 건 교사로서 양심이 허락하지 않는다.

"실은 저도 아이를 과도하게 공부시켜 실패한 케이스입니다. 저는 고3짜리 아들 하나, 중3짜리 딸 하나 있는데요. 아들을 어릴 때부터 학원으로 많이 내돌렸어요. 제가 직장 생활을 하니까 직접 못 봐줘서 그러기도 했지만, 지금 생각해보면 공부를 잘하게 하고 싶은 마음이 더 컸던 것 같습니다. 좋다는 학원은 다 알아봐서 보냈죠. 아들은 가끔 가기 싫다고 투덜거리긴 해도 엄마가 넣어준 학원에 빠지지 않고 잘 다녔어요. 중학교 1학년 때는 전교 1등도 하고, 영재 소리도 듣고 그랬답니다. 전 이대로만 가면 되겠다 생각했죠. 그런데 고등학교 가면서 애가 무너지더라고요. 입학한 지 한 달도 안 돼서 학원을 안 가겠다 선언하더니 급격하게 삐딱선을 탔습니다. 고등학생쯤 되면 부모가 애를 전혀 통제할 수 없거든요. 육체적으로도 그렇고, 정신적으로도요. 몇 달 사투를 벌이다가 결국 아이를 놓아주었습니다. 그 뒤부터 아이가 나쁜 친구들하고 사귀더니 급기야 폭주족 애들하고 어울리더라고요. 친구 탓만 하는 것 같아 좀 그렇지만 지난주에도…….."

"태민이는 그런 애 아니에요."

뚱한 표정으로 듣고 있던 태민엄마가 신경질적으로 미하의 말을 잘랐다. 폭주족이라니, 어디서 우리 태민이를 그런 애들한테? 그런 표정이었다.

"그리고 오늘 있었던 일도, 물론 선생님 듣는 데서 욕을 한 건 잘못이지만 사실 그 나이 애들 그 정도 욕은 다 하지 않나요?"

"선생님한테 그런 욕을 하지는 않죠."

미하가 얼른 대답했다. 냉랭한 바람이 싸하게 마음을 갈랐다. 역시 이 엄마…… 자기 아들이 잘못했다고 생각하지 않는다. 처음에 죄송하다는 말을 할 때부터 표정이 영 시원치 않았다. 싫어하는 음식을 먹는 것처럼 억지로 말을 쥐어짰다. 미하는 입을 굳게 다문 채 막 본색을 드러내기 시작한 여자의 시선을 정면으로 맞받았다. 쉽지 않은 싸움이 될 것 같았다.

"태민이가 선생님을 쳐다보고 욕을 했나요? 그건 아니잖아요. 자긴 그냥 걸어가면서 투덜거린 거지, 선생님한테 그런 건 아니라고 하던데요? 그리고 솔직히, 태민이가 억울해할 만하지 않나요? 분명히 선생님께서 오늘은 남자애들부터 먹으러 가게 해주겠다고 약속하셨잖아요. 태민이가 진하랑 싸운 것도 어쨌든 줄 잘 서려다 생긴 일이고요. 저는 그런 일로 애를 밥도 안 먹이고 교감실로 보냈다는 게 이해가 안 가요."

미하는 태민엄마가 제풀에 흥분하면서 손을 허공으로 휘젓는 걸 무표정하게 쳐다보다가 천천히 커피를 들어 올렸다. 예상 못 했던 건 아니지만 이 정도로 세게 나올 줄은 몰랐다. 태민엄마 기분을 생각해서 아들 얘기까지 들추며 조심스럽게 접근했는데, 다 쓸데없는 짓이었다.

"밥을 안 먹인 게 아니라 본인이 안 먹겠다고 했습니다. 제가 급식실로 데려가서 제 옆에 앉혀놓고 계속 먹으라고 했는데 안 먹더라고요. 그리고 태민이는 반 아이들이 다 보는 앞에서 욕을 했고, 그에 대해 전혀 뉘우치는 기색이 없었습니다. 욕했다, 어쩔래? 이런 반응이었죠."

한창 말하는데 컴퓨터 화면 하단에서 메신저 박스 두 개가 깜빡이는 게 보였다. 미하는 박스를 클릭했다. 하나는 교감실, 하나는 학년부장에게서 온 메시지였다. 미하는 교감실에서 온 메시지를 먼저 클릭했다.

"이런 경우, 교감실에 보내는 건 전례가 되지 않도록 하는 차원에서도 반드시 해야 할 조치입니다. 그렇게 하지 않으면 아이들이 욕하거나 선생님한테 대드는 걸 대수롭지 않게 생각하게 돼요."

6월 둘째 주부터 영어 도서관과 일반 도서관 통폐합 작업에 들어가게 되니, 해당 주무 교사께서는…….

메시지를 읽다가 미하는 입을 딱 벌렸다. 영어 도서관을 폐지한다고?

"그렇다고 애를 교감실로 보내요? 아이들 다 보는 데서? 교감실에 다녀온 다음엔 저한테 전화까지 하셨잖아요."

미하는 고개를 끄덕여 태민엄마에게 이야기를 듣고 있음을 표시하면서 빠르게 메시지를 읽어 내려갔다.

현재 영어 도서관에 비치되어 있는 원서들의 일반 도서관 이관 작업을 해당 사서와 의논하여 6월 첫째 주까지 마무리해주시기 바랍니다.

영어 도서관은 미하가 이 학교에 부임해올 때부터 2년 동안 심혈을 기울여 만든 작품이었다. 교육청에 신청서를 넣어 영어거점학교로 지정받는 작업부터 영어 도서관 배치도 작성, 원서 구매, 영어 도서관 담당 사서 초빙까지 모두 미하의 손을 거쳤다. 그런데 올해 초, 새로 교장이 부임해오면서 상황이 묘하게 돌아갔다. 전임 교장이 영어거점학교나 사교육 없는 학교 만들기에 심혈을 기울였던 데 반해 신임 교장은 예체능 교육을 강조했다. 초등학교 때는 인지학습을 최소한으로 줄이고 예체능 교육에 중점을 두어야 한다는 주의였다. 부임하던 첫 달부터 정부 지원금의 대부분을 잡아먹는 영어 도서관에 노골적으로 싫은 기색을 보여서 미하도 영어 도서관의 앞날이 그다지 밝지 않겠다 예상은 하고 있었다. 하지만 이런 식으로, 주무 교사였던 자신에게 한마디 상의도 없이 교감실을 통해 메시지 몇 줄을 보내는 방식으로 영어 도서관을 없애버릴 줄은 몰랐다.

"교감실로 가면 태민이는 완전 나쁜 애로 찍히는 거잖아요. 태민이가 선생님 아이였어도 그렇게 하셨겠어요?"

태민엄마가 옆에서 핏대를 세웠지만 미하에게 태민은 더 이상 관심사가 아니었다.

영어 도서관이 없어진다. 영어 도서관이…… 없어진다.

"태민 어머니, 죄송한데요. 지금 교감실에서 급한 메시지가 와서 제가 더 이

상 상담을 못 할 것 같아요. 오늘은 이 정도로 마무리하고 다음에 다시 오시겠
어요?"

미하가 모니터에서 시선을 거두지 않은 채 이렇게 말했다. 태민엄마는 기가
막히다는 듯 입을 벌리고 앉아 미하의 옆모습을 응시했다.

영어 도서관 폐쇄 메시지 자기한테도 왔어?

미하는 영어 도서관 설립 때 같이 작업했던 영어 전담 교사 이정인에게 보
낼 메시지를 타이핑했다. 나이가 같은 정인과는 영어 도서관 일을 하면서 친
분이 싹텄고, 영어 도서관이 마무리될 즈음에는 반쯤 말을 놓을 정도로 친한
사이가 되었다.

"태민 어머니, 교장실에서 급한 지시가 내려왔어요."

엔터 키를 눌러 메시지를 보낸 뒤 태민엄마 쪽으로 고개를 돌렸다. 태민엄
마는 미하에게 시선을 둔 채 꼼짝도 하지 않았다.

"오늘은 힘들 것 같습니다."

미하는 태민엄마를 똑바로 쳐다보며 또박또박 힘주어 말했다. 조금 전까지
만 해도 위압적이고 골치 아프게 느껴졌던 태민엄마가, 지금은 아무것도 아니
게 느껴졌다.

"선생님, 제가 좀 흥분했나 봐요. 죄송합니다. 앞으로 애 교육 잘 시킬게
요."

아직도 얼굴에 분한 기색이 역력한 태민엄마가 힘겹게 자신을 다독이며 사

과의 말을 내놓았다. 미하는 태민엄마가 더 이상 자신과 시선을 맞추지 않으며 백을 챙겨 들고 일어서는 것을 가만히 쳐다보았다. 이것은 영어 도서관 폐쇄에서 기인한 나의 태도 변화에 따른 위엄 덕분일까? 아니면 이 엄마는 어떻게 했어도 끝에는 이렇게 말할 생각이었을까? 궁금했지만 그녀는 자리에서 일어나 상냥한 얼굴로 학부모에게 예를 다했다.

"아닙니다, 어머님. 앞으로 저도 태민이한테 따뜻한 말 한마디라도 더 해주도록 노력하겠습니다. 살펴가세요."

태민엄마는 미하와 마주 서서 정중히 인사를 나눈 뒤 빠른 걸음으로 교실을 빠져나갔다. 미하는 자리로 돌아와 화면을 들여다보았다.

어머!!! 영어 도서관 폐쇄한대? 교장한테 메시지 받은 거야?

정인에게 온 메시지가 화면에 떠 있었다. 미하는 양손으로 머리를 감싸며 고개를 숙였다. 정인에게는 메시지가 가지 않았다. 교장은 도서관 통폐합 작업을 미하 혼자 도맡아 하길 바라고 있는 것이다.

아니, 교감실 통해서 왔어. 두 줄짜리 메시지로 띡.

정인에게 보낼 메시지의 엔터 키를 누르면서, 미하는 쿨메신저가 학내에 처음 깔리던 때를 떠올렸다. 당시 교내에서 상대적으로 젊은 축에 속하면서도 학년부장을 맡았던 미하는 메신저 도입이 그렇게 반가울 수가 없었다. 나이 많은 교사들에게 해야 할 일을 배분할 때 얼굴을 대면하고 말하는 것보다 메신저로 알리는 것이 훨씬 부담이 없었기 때문이다. 메신저에는 표정이나 말투, 어조가 없다. 대면했으면 손아랫사람에게 '명령'받는다는 느낌을 받았을 선배 교사들에게, 대면 없이 오가는 메신저는 당위성과 자연스러움을 부여해줄 것이었다. 물론 쓸데없는 감정소모도 하지 않게 될 것이고. 하지만 지금, 교장에게 일방적인 명령을 메시지 한 통으로 하달받은 지금, 미하는 갑자기 메신저가 없던 예전의 나날들이 견딜 수 없이 그리워졌다. 표정이 있고, 억울함을 표현할 수 있고, 차마 할 수 없어 삼키게 되는 말들이 있었던 그때가.

해성엄마 장유미
지환엄마 박수정
태민엄마 심지현(1977~)

지성은 눈을 감은 채 부들부들 떨고 있었다. 유미가 다리를 잡아주자 지성이 잠깐 눈을 떴다 감았다. 유미는 움츠려서 올라간 지성의 어깨도 바로잡아주었다. MRI 찍는 게 뭐 그리 대수라고. 그녀는 피식 웃으며 뻣뻣해진 지성의 다리를 주물렀다. 덩치만 컸지, 아직 초등학생은 초등학생이다 싶었다. 시작합니다. 촬영기사의 말에 그녀는 손을 떼고 밖으로 나왔다.

검사가 끝난 뒤 지성은 한 손으로 머리를 감싸 쥐고 나왔다. 식은땀을 흘렸는지 등이 축축했고, 넋이 나간 듯 얼굴엔 아무 표정이 없었다.

"얘가 왜 이러죠? 안 흘리던 땀까지 흘리고. MRI에서도 방사선이 나오나요?"

진료실로 돌아와 의사와 대면하자마자 유미가 물었다.

"몸에 유해한 방사선은 없습니다. 혹시 아이한테 폐소공포증이 있나요?"

컴퓨터 화면을 들여다보며 빠르게 자판을 치던 의사가 고개도 돌리지 않은 채 기계적으로 말했다.

"폐소공포증이요?"

유미는 지성을 감싸 안으며 반문했다. 지성에게 옮은 듯 유미까지 머리가 지끈거렸다. 지난번에 찍을 때는 어땠을까. 두 달 전, 지성이 처음으로 두통을 호소했을 때는 남편이 지성을 데리고 가서 MRI를 찍었다. 일주일 뒤 '이상 없다'는 결과가 나왔다. 그때 지성은 어땠을까. 지금처럼 사달이 났을까.

"폐소공포증 있는 사람이 MRI 촬영을 하면 이 학생 같은 증상이 나타납니다. 그렇다 해도 일시적인 거니까 시간이 지나면 괜찮아질 겁니다."

의사는 화면과 지성을 번갈아 흘끔거리며 건성으로 말했다.

다행히 지성은 금세 원기를 회복했다. 유미가 의사와 얘기하는 동안 기댔던 몸을 일으켜 세우고 주머니에서 핸드폰을 꺼냈다. 유미는 여전히 머리가 지끈거렸다.

"넌 괜찮니? 엄마는 머리 아파 죽겠다."

눈을 흘겼지만 지성은 핸드폰을 들여다보느라 대답도 하지 않았다. 유미는 지성이 얄미워졌다. 조금 전까지만 해도 혹시 죽을병에 걸린 게 아닐까 걱정이 됐는데, 지금은 슬그머니 화가 났다.

"그나저나 애 결과는 언제 나오나요? 빨리 알았으면 좋겠는데."

MRI를 괜히 찍었다는 생각이 들었다. 지난번에도 아무 이상 없다고 나오지 않았던가. 사람이 살면서 가끔 머리도 아플 수 있는 건데 너무 과민하게 굴었다. 남편이 하도 법석을 떨어 찍으러 오긴 했지만, 생각해보니 참으로 어리석은 짓이었다.

"빨라야 일주일입니다. 결과 나오면 문자 갈 겁니다."

일주일. 유미는 쥐고 있던 백을 고쳐 잡았다. 일주일이면 머릿속에서 오만 가지 상상이 왔다 가고 지성의 생사가 수백 번 갈릴 시간이었다. 괜찮으리라는 걸 뻔히 알면서도, 막상 검사를 하고 나면 결과가 나올 때까지 불안에 휩싸이게 된다.

"그러게 왜 애를 새벽까지 공부시켜? 탈이 안 나면 그게 이상한 거지."

지성이 머리 아프다고 할 때마다 남편은 기다렸다는 듯 유미를 공격했다. 지성에게 두통이 온 것도 옥슨에 다니기 시작한 3월부터라고, 생전 머리 아프단 얘기 안 하던 애가 왜 그때부터 머리가 아팠겠냐며 당장 병원에 데려가겠다는 걸 미루고 미루다가 오늘 아침, 지성이 머리를 붙잡고 데굴데굴 구르는 걸 보고서야 병원에 데려왔다.

"더 빨리는 안 되나요? 별일 없기야 하겠지만 뇌 사진을 찍으니까 불안하네요."

유미가 지성의 한쪽 팔에 팔짱을 끼며 물었다.

"네. 그보다 빨리는 힘들 것 같습니다."

귀찮다는 듯 대답한 뒤 의사는 다시 컴퓨터 화면을 들여다보았다. 그런 의사를 뚫어지게 쳐다보다가, 유미는 자리에서 일어섰다. 의사에게 뭘 바라겠는가. 처음부터 병원에 오는 게 아니었다. 지성은 그새 팔짱을 끼지 않은 다른 쪽 손으로 핸드폰을 옮겨 쥐고 있었다. 친구랑 카톡을 하는지 쿡쿡거리면서 빠르게 메시지를 쳐 넣었다.

"넌 이제 머리 안 아프니?"

의사에게 고개를 숙여 보이고 나오면서 유미가 물었다.

"응, 괜찮아."

핸드폰에 고개를 박은 채 태평하게 걸어가는 지성. 유미는 지성을 쫓아가 핸드폰을 낚아챘다. 이 아이의 머리는 괜찮을 것이다. 이상이 있다면 이렇게 핸드폰을 갖고 놀겠는가. 괜히 학교 하루 공치고 검사비만 날렸다.

"너, 아침에 구른 것도 다 꾀병이었지?"

학원 좀 다녔다고 머리에 이상이 생긴다는 건 말도 안 된다. 3월부터 머리가 아팠던 건 우연이거나 꾀병이었을 것이다. 수학 공부 좀 했다고 머리에 이상이 온다면 세상의 유명 수학자들은 지금쯤 다 죽지 않았을까. 그러나 이렇게 생각하는 순간에도 유미의 마음 한구석에선 불안감이 스멀거렸다.

"아니야, 왜 그래."

지성이 핸드폰을 다시 채갔다.

차를 타고 돌아오는 길에도 지성은 뒷좌석에서 계속 핸드폰만 들여다보았다. 유미는 백미러로 지성의 정수리를 흘끔흘끔 쳐다보았다. 뇌종양, 뇌경색, 뇌출혈…… 살면서 들어봤던 온갖 종류의 뇌 질환들이 머릿속을 스쳐갔다.

"엄만 백화점에서 엄마들 만나기로 했는데, 넌 어떻게 할래? 엄마랑 같이 백화점에서 점심 먹을까? 다 너 아는 엄마들인데."

"아니, 난 집에 갈래."

핸드폰에서 시선을 떼지 않은 채 지성이 심드렁하게 대꾸했다.

"그럼 점심은? 백화점에서 뭐 사다 줘?"

"초밥. 초밥 대자로. 포숑 치즈 케이크랑 하겐다즈 아이스크림도 사다 줘."

유미는 쿡, 웃음을 터뜨렸다. 진짜 아프면 뭐가 먹고 싶지도 않겠지? 오늘 같은 날은 지성의 넘치는 식욕이 밉지 않다.

"머리는 어때? 진짜 괜찮아?"

머리 얘기를 하자 지성이 고개를 들고 백미러를 응시했다.

"머리? 괜찮은 것 같기도 하고……."

지성은 그새 자기가 머리 아팠었다는 사실을 잊은 듯했다.

"그럼 집에서 좀 쉬다가, 초밥 먹고 옥슨 두 번째 타임 갈래?"

옥슨 얘기가 나오자 지성이 다시 고개를 숙였다. 핸드폰을 보고 있었지만 손의 움직임은 없었다.

"그냥…… 오늘 하루 쉬면 안 돼요? 아직도 머리가 좀…….."

지성이 갑자기 존댓말을 쓰며 엄마 눈치를 살폈다.

"그러니까 첫 타임 빼고 두 번째 타임부터 들어가자는 거야. 오늘 10-가나 들어가는 날이잖아. 이번 수업 빠지면 따라잡기 힘들어."

엄마의 제안에 대답하지 않고 다시 게임을 시작하는 것으로, 지성의 오후 운명은 결정되었다. 그냥 오늘 옥슨을 빼버릴까. 유미는 잠깐 생각했다가, 그러지 않기로 했다. 지성이 집에 있으면 해성이 공부하는 데도 방해가 될 것이다. 옥슨 두 번째 타임이 5시 시작이고 수업 후 학원 독서실에서 세 시간 동안 자율학습을 하기로 했으니, 일단 보내면 10시가 넘어야 들어올 것이다. 그동안 해성의 영어 숙제도 봐주고 수학 학습지도 좀 풀게 해야겠다. 지성이 옥슨에 다니는 건 지성 자신의 실력에도, 해성이 숙제를 하기에도, 유미의 일이 줄

어든다는 면에서도 아주 좋은 일이었다.

"엄마 2시 넘어서 들어갈 거야. 게임 너무 많이 하지 말고 좀 누워 있어."

아파트 지하 주차장에 내려주면서 유미는 이렇게 당부했다. 집에 들어가면 지성은 컴퓨터로 게임만 할 게 뻔했다. 지성은 대답 없이 입구로 뛰어갔다. 유미는 큰아들의 뒷모습을 한동안 지켜보다가 주차장을 빠져나왔다. 아파트 동문으로 나와 갤러리아팰리스 쪽으로 좌회전하려고 신호를 기다리는데, 며칠 전 해성이 형 방에서 몰래 게임을 하다 들켰던 게 생각났다. 친구들하고 놀 땐 게임을 실컷 하게 해주는데 왜 그렇게 더 하지 못해 안달일까. 좌회전 신호가 들어오고 앞차가 움직이기 시작했다. 앞으로는 지성이 방 컴퓨터에 비밀번호를 걸어놓아야겠다 생각하면서, 유미는 핸들을 돌렸다.

* * *

스파 매장은 금방 눈에 띄었다. 수정이 도착해 라운지에 막 자리를 잡았을 때 해성엄마가 매장 문을 열고 들어왔다.

"빨리 왔네? 태민엄만 아직 안 나왔어?"

해성엄마가 핸드폰으로 시간을 확인하며 자리에 앉았다.

"35분인데 왜 안 나오지? 11시 반쯤 나온다 하지 않았어?"

"금방 나오겠지, 언니. 좀 기다려봐요."

해성엄마가 앉기 좋도록, 수정이 살짝 옆으로 비켜 앉았다.

"지성이 병원 간 건 어떻게…… 괜찮아, 언니? 어디가 아픈 거야?"

수정이 조심스럽게 물었다. 원래 오늘 10시쯤에 만나 같이 쇼핑하다가 태민엄마 스파가 끝나면 셋이 점심을 먹기로 했는데, 해성엄마가 아침에 갑자기 전화를 걸어 약속을 미루자고 했다. 미안한데, 지성이 몸이 안 좋아. 병원 갔다 와야 할 것 같아.

"응······MRI 찍었어. 자꾸 머리 아프다 그래서."

"어머. 지성이 머리 아파요? 많이?"

수정이 눈을 동그랗게 떴다.

"몰라. 가끔씩 머리를 붙잡고 막 굴러."

"MRI 하면 돈 많이 들지 않나? 내 친구도 그거 한번 찍었다가 50만 원 깨졌다 그러던데."

"애 아픈데 돈이 많고 적고가 어딨어? 자기도 지환이 아파 봐. 검사비 따지게 되나."

해성엄마가 책망하듯 눈을 흘겼다. 수정은 고개를 끄덕이며 슬그머니 시선을 돌렸다. 실은 며칠 전에 지환도 머리가 아프다고 했었다. 하루 종일 머리가 아프다며 나가 놀지도 않고 방에 붙박여 있더니, 다음 날부터 언제 그랬냐는 듯 멀쩡해졌다. 수정은 그때 병원에 가봐야겠다거나 MRI 검사를 받아봐야겠다는 생각은 해보지 않았다.

"하긴, 검사받고 나면 속은 시원하겠다. 아픈지 안 아픈지 확실히 알 수 있으니까."

수정은 돈에 구애받지 않고 바로 검사를 시켜볼 수 있는 해성엄마가 부럽다는 생각이 들었다.

"아마 별 이상 없을 거야. 지난번에도 한번 MRI 찍었는데 아무 이상 없다고 나왔거든. 순전히 내 마음 편하자고 해보는 거지. 찜찜하잖아."

마음 편해지기 위해 50만 원짜리 검사를 한다? 그것도 두 번씩이나? 수정은 갑자기 지환에게 MRI 검사를 시켜봐야겠다는 생각이 들었다. 생각해보면 지환도 머리 아프다는 말을 꽤 많이 했던 것 같다.

"근데 앤 여기서 뭐 하는 거야? 스파? 자긴 여기가 뭐 하는 덴지 알아?"

해성엄마가 하얀 꽃무늬 벽지로 단장된 실내를 둘러보며 큰 소리로 말했다. 수정은 모르겠다는 듯 어깨를 으쓱해 보였다. 오늘 아침 통화에서 태민엄마가 백화점에 스파 예약이 되어 있다고 말했을 때부터 그게 뭔지 궁금했지만 찜질 방 비슷한 곳이겠거니, 하고 말았다.

"저기요, 여기가 뭐 하는 데예요?"

해성엄마가 로비에 앉아 있는 직원에게 불쑥 물었다.

"네, 고객님. 여기는 저희 한방 전문 브랜드 이화수 제품을 이용해서 고객님들의 지친 몸과 마음의 균형을 찾아드리시는 한방 치유 공간이십니다."

밝은 베이지색 제복을 입고 머리를 올백으로 넘겨 묶은 여직원이 자리에서 일어서며 깍듯이 말했다.

"한방 치유 공간이요? 그러니까, 이화수 화장품을 발라준다는 소린가요? 아니면 찜질방 같은 건가?"

설명을 듣고도 감이 잡히지 않는지, 해성엄마가 고개를 갸우뚱했다.

"찜질방은 아니시고요, 고객님. 저희는 한방 라인을 사용해서 몸속의 독소를 제거해드리시고 순환을 원활하게 해드리셔서 피부 독소 제거와 면역력 강화에 도움을 드리시는…….."

"그러니까 그게 뭐냐고요! 찜질하고 샤워하는 거예요? 아니면 마사지?"

직원이 고개를 까딱까딱하며 노래하듯 외운 내용을 읊어대자 해성엄마가 짜증을 냈다.

"고객님, 저희 매장에 샤워 시설이 구비되어 있으시지는 않으시고요. 마사지 쪽에 가깝다고 보시면 되실 것 같으십니다. 더 궁금하신 건 없으십니까?"

"아, 마사지구나. 알겠어요."

해성엄마가 손을 내밀며 알았다는 시늉을 했다.

"어우, 마사지라고 하면 끝날 걸 왜 저렇게 길게 말해. 근데 얜 왜 이렇게 안 나와? 나 지성이 집에 있어서 빨리 점심 먹고 가야 하는데."

해성엄마는 핸드폰으로 시간을 확인하면서 앉았다 일어서기를 반복했다. 수정은 자기도 궁금했던 것을 속 시원히 물어봐준 해성엄마에게 고마움이랄까, 부러움이랄까, 복합적인 감정을 느꼈다. 이 여자는 뭘 해도 거침이 없구나. 스파가 뭔지 모른다는 게 행여 없어 보일까 봐 물어보지도 못했던 자신과 달리 이 여자는 얼마나 시원시원한가. 궁금하다는 생각이 들자마자 바로 질문을 날렸다.

"오래 기다렸어? 미안해. 오늘 사람이 좀 많아서 시작을 늦게 했어. 예약을 했는데도 기다리게 하는 거 있지?"

태민엄마가 '솔트룸'이라고 쓰인 문을 열고 나왔다. 로비에 있는 직원에게 들으라는 듯 원망이 섞인 말투였다. 얼굴에선 방금 바르고 나온 크림이 반들반들 빛났다.

"야, 너의 그 뽀샤시한 피부가 다 이런 데 다녀서 나온 거구나? 여기 자주 와?"

해성엄마가 태민엄마의 팔짱을 끼며 호들갑을 떨었다. 수정은 그런 둘을 보며 살짝 소외감을 느꼈다. 해성엄마는 똑같은 손아래인데도 태민엄마에게는 야, 너, 하면서 격의 없이 대하고 자신에게는 말을 놓아도 자기, 라고 칭하며 은근히 거리감을 둔다. 수정은 그게 둘의 생활수준이 비슷하기 때문일 거라는 생각이 자꾸 든다. 그리고 그런 생각이 들 때마다, 홈쇼핑으로 뭔가 하나씩 지른다. 캐비아가 들어간 천연 화장품과 원더브라 세트, 안나수이 머리핀, 포트메리온 찻잔 세트가 그런 경로로 수정의 손에 들어온 대표적인 품목들이다.

태민엄마는 수정보다 한 살 위, 해성엄마보다 세 살 아래인데, 셋 중 가장 어려 보인다. 어디든 화장기 없는 민낯으로 나오는데도 피부가 워낙 좋아 다른 엄마들에게 '늘 샤워하고 막 나온 듯한 얼굴'이라는 찬사를 받는다.

"시간이 있어야 자주 오지. 상가 필라테스도 끊어놓고 못 간 지 지금 2주쨀데, 스파 올 시간이 어딨어? 오늘은 선물 사야 해서 쇼핑할 겸 온 거야. 얼른 가자. 나, 오늘 태민이 논술 선생님 오시는 날이라 2시까지 집에 가야 해."

태민은 지난달부터 그룹 논술과 별도로, 논술마루 수업을 받기 시작했다.

"선물?"

태민엄마가 백을 들고 일어섰다.

"태희 유치원 선생님들 드릴 거. 담임 쌤은 5월 초에 미리 드렸는데, 셔틀 쌤이랑 한국인 보조 쌤 건 아직 못 드렸거든. 스승의 날 드리려 했는데 다른 엄마들이 보통 셔틀 쌤이랑 보조 쌤은 지난 다음에 드린다 하더라고. 스승의

186

날엔 선물이 몰려서 관리하기 힘들다나? 나름 배려하는 거야."

태민의 여섯 살짜리 동생 태희는 로피아 어학원 유치부에 다니고 있다. 로피아 유치부를 졸업한 오빠와 똑같은 코스를 밟고 있는 것이다. 로피아 유치부는 모집 기간이면 학원 앞에 부모들이 밤새 줄 서서 대기할 정도로 인기 있는 영어 유치원이다. 백 퍼센트 유기농 식단에 지하에 갖추어진 전문 짐(gym) 시설, 최고급 친환경 자재를 사용한 인테리어, 전원 4년제 대학을 나온 원어민 교사진까지 이 동네 엄마들이 바라는 모든 것을 갖추고 있어 매달 150만 원이 넘어가는 원비에도 불구하고 엄마들이 못 보내 발을 동동 구른다. 태희는 오빠가 졸업생이기 때문에 줄 서지 않고 자동입학이 되는 '특혜'를 누렸다.

"태희 담임이 누구지? 줄리 티처였던가?"

스파 문을 열고 나가면서 태민엄마가 고개를 까딱해 보이자 제복을 입은 여직원이 허리를 90도로 꺾으며 인사했다.

"아니, 크리스틴 티처. 우리 잠깐 1층 들를까? 나 이화수 매장에서 선물 해결할 건데."

"크리스틴 티처! 해성이 레벨 테스트할 때 그 여자가 들어왔었는데. 근데 그 여자한텐 선물 뭐 했어?"

"엄마들끼리 모아서 현금 백 맞춰줬어. 보통 담임한텐 현금으로 하고, 셔틀 샘하고 보조 샘한텐 선물로 한다 하더라고."

"하긴 선생 입장에서도 현금으로 받는 게 좋을 거야. 들고 다니기도 가볍고."

해성엄마가 쿡쿡, 웃으며 에스컬레이터에 올라탔다.

"셔틀 샘한테도 선물을 줘, 언니?"

수정이 두 사람을 쫓아 하행 에스컬레이터에 오르며 물었다.

"당연하지. 기사한테도 주는데."

"기사한테도? 우아…… 뭐 줬는데?"

"기사한테도 현금 걷어서 이십 맞춰줬어. 삼십 주는 반도 있는데, 우리 반 엄마들이 그건 좀 오버라 해서."

세 사람은 1층에서 내렸다. 환하게 불을 밝힌 이화수 매장에 들어서자 베이지색 제복을 입은 여직원 둘이 일행을 향해 깍듯이 허리를 숙였다.

"어서 오십시오."

"이화 세트 하나, 진음 세트 하나 주세요. 두 개 각각 다른 포장지로 포장해주시고요."

미리 생각해온 듯 태민엄마는 도착하자마자 이렇게 말하며 카드를 내밀었다.

"계산부터 할게요. 다른 매장 갔다 와야 해서요."

"네, 고객님. 스킨, 로션, 미백 에센스로 구성된 이화 세트 하나, 스킨, 로션, 미백 크림으로 구성된 진음 세트 하나 말씀하시는 겁니까. 회원 5프로 할인받으시면 48만 2,600원이십니다."

"나, 저쪽 오숙희 매장 좀 다녀올게. 자기가 사인 좀 대신해줘."

부탁을 받고 수정은 얼떨결에 이화수 매장 직원을 따라 결제하러 갔다. 작은 결제 화면에 48만 2,600원이 뜬 걸 보고 사인하는데, 묘한 쾌감이 느껴졌다. 수정은 백화점에서 화장품을 사본 적이 없다. 화장품이 떨어질 때쯤 되면 두세 가지 브랜드를 놓고 고심하다가 결국 홈쇼핑에서 특가 판매하는 것을 주문한다. 백화점 매장에 와서 물건을 보지도 않고 주문한 뒤 바로 카드를 내미는 일은, 앞으로도 쉽사리 일어나지 않으리라. 그녀는 본 적도 없는 태희의 셔틀버스 선생님을 떠올려보았다. 며칠 내에 이화수 화장품 세트를 받게 될 묘령의 셔틀 선생님을. 아, 그 여자는 얼마나 좋을까.

태민엄마가 돌아왔을 때, 해성엄마는 자외선 차단제를 들여다보고 있었다.

"그거 사려고, 언니? 자외선 차단제 없어?"

태민엄마가 '오숙희'라고 쓰인 커다란 쇼핑백을 다른 손으로 옮겨 쥐고, 이화수 백 두 개를 건네받으며 물었다.

"올 초에 홍콩 갔을 때 면세점에서 몇 개 사왔는데, 막상 쓸 때 되니까 안 보이는 거 있지? 꼭 찾으면 안 나와요. 나 그냥 나온 김에 하나 사버릴까? 백화점에 언제 또 나오겠어."

"그래, 언니. 그냥 사. 그런 건 사기 전까진 절대 안 나와. 자외선 차단제는 어차피 많이 쓰는 거니까 사둬도 괜찮지 않아? 아예 몇 개 사가든가."

"그럴까? 그래. 나왔을 때 사가야지. 언니, 이거 두 개 주세요. 바로 쓸 거니까 포장 안 해도 돼요."

해성엄마가 자외선 차단제 대금을 결제한 뒤, 셋은 부지런히 지하 주차장으로 갔다.

"주차권 도장 안 받았다! 무료 주차권 있어, 언니? 아니면 내가 주차료 낼게."

지하를 뱅글뱅글 돌아 나와 주차장 게이트 앞까지 갔을 때, 수정은 지갑을 꺼내며 재빨리 말했다. 그동안 태민엄마에게 신세를 너무 많이 졌다. 무슨 일 있을 때마다 차를 얻어 탔고, 최근에는 밥도 연속으로 몇 번 얻어먹었다. 주차비 정도는 자신이 내야 할 것이었다.

"여보세요? 네, 선생님. 이번 주 일요일이요? 이번 주 일요일은 태민이가 미술 수업이 잡혀 있어서요…….”

태민엄마는 걸려온 전화에 답하느라 수정의 말을 듣지 못했다. 그동안 차가 게이트에 이르렀다. 게이트 박스 안에 있던 여자가 화면으로 태민엄마의 차 번호를 확인하더니 벌떡 일어서서 90도로 허리를 숙였다. 안녕히 가십시오, 고객님. 이어서 게이트의 차단기가 올라가고 차가 쑥 주차장을 빠져나갔다. 주차비를 내려고 고개를 빼고 있던 수정이 머쓱한 표정을 지었다.

"어? 주차비 안 내?"

"야야, 얘 이 백화점 RVIP야. 그냥 VIP도 아니고 로열 VIP라고! 주차 요금 같은 건 안 내지. 와주시는 것만 해도 황송한 분인데.”

통화하느라 바쁜 태민엄마를 대신해 해성엄마가 설명해주었다.

"아, 그렇구나.”

수정은 손에 들었던 지갑을 슬그머니 백에 넣었다. 좀 무안한 기분이 들었다. 그녀는 한 손으로 핸드폰을, 한 손으로 핸들을 잡고 있는 태민엄마의 옆모습을 슬쩍 쳐다보았다. 로열…… VIP라고? 여기서 한 달에 얼마씩 써야 그런 게 될까?

점심은 프래그런스라는 이탤리언 레스토랑에서 먹었다. 어둠침침한 실내에 은은하게 불을 밝히고 밝은색 목제 식탁을 정갈하게 배치한 고급 레스토랑이었다. 수정은 롯데마트 건물에 있는 애슐리에 가자고 했지만 태민엄마가 거긴 너무 시끄럽다면서 단칼에 잘랐다. 결국 태민엄마와 해성엄마가 자주 간다는 프래그런스 건물에 차를 세웠다.

"여기 고르곤졸라 피자 잘해. 일단 그거 시키고 스파게티 하나씩 주문할까? 난 크림 로브스터로 할게."

태민엄마가 메뉴판을 들여다보며 말했다. 학습지 선생님이 오는 시간을 의식한 듯 계속 손목시계를 들여다보았다.

"난 토마토 크림 퐁듀. 샐러드도 시킬까? 여기 시저 샐러드 잘하던데. 자기는 뭐로 할래?"

수정은 빠르게 메뉴판을 훑어 내렸다. 이곳은 예상했던 것보다 음식 가격이 셌다. 스파게티가 2만 원대이고, 스테이크는 3만 원이 넘었다. 오늘 모임은 수정이 점심을 사겠다고 해서 이루어진 자리였다. 더치페이를 해도 부담스러울 곳에서 계산을 하게 될 수정의 마음은 무겁게 가라앉았다.

"그냥 심플한 토마토 스파게티. 난 스파게티에 뭐 너무 많이 얹어 나오는 거 싫더라."

변명하듯 덧붙였다. 다른 사람들이 고른 메뉴를 안 된다고 할 수는 없고, 자기 메뉴에서라도 가격을 낮추고 싶었다.

"수혁이 엄마 이사 간다는 소식 들었어?"

직원이 주문을 받아간 뒤 태민엄마가 의자에 백을 올려놓으며 말했다.

"응. 엄마 있는 N시로 간다며. 곧 둘째도 태어나니까 친정 근처로 가고 싶은가 봐."

수정이 의자를 당겨 앉으며 말했다. 수혁엄마와는 수정이 6년 전 처음 이 동네에 이사 왔을 때부터 친하게 지냈다. 다섯 살이라는 나이 차에도 불구하고 검소하고 꾸밈없는 성격이 수정과 잘 맞아 금세 친해졌다. 그런 수혁엄마가 이사를 간다니 마음 한구석이 뻥 뚫리는 것 같다. 그동안 이 아파트에 입주할 때부터 친하게 지냈던 사람들 대부분이 이사를 가버렸다. 마지막 보루와도 같던 수혁엄마가 이사 소식을 전해오던 날, 수정은 위기감 같은 걸 느꼈다. 이제 나도 이사 나가야 하는 게 아닐까. 입주 당시만 해도 수정네와 비슷한 집, 그러니까 부모가 잘살아서 사업이나 재산을 물려준 것도 아니고 남편이 전문직이어서 연봉이 높은 것도 아닌 '평범한 월급쟁이 집'이 꽤 있었는데, 지금은 그런 집들을 찾아보기 힘들어졌다.

"N시에 50평대 아파트 사서 간다더라."

해성엄마가 누군가에게 부지런히 카톡을 찍어 날리며 말했다.

"좋겠다. 나도 방 네 개 있고 좀 넓은 데서 살았으면 좋겠어. 요즘 지나도 자기 방 있었으면 좋겠다고 난린데."

수정이 한숨을 내쉬었다.

"그럼 자기도 N시로 이사 가. 여기 전세 빼면 거기 60평짜리 아파트, 사서 가도 몇억 남을걸?"

해성엄마가 이렇게 말한 뒤 깔깔 웃어댔다.

"농담이고, 웬만하면 여기 계속 살아. N시 같은 신도시 엄마들, 완전 답 안 나와. 나 여기 이사 오기 전에 Y시 살았잖아? Y시 어딘지 모르지? 서울 북쪽으로 쭉 올라가면 나오는 엄청 시골스러운 데 하나 있어. 거기도 신도신데, 말이 신도시지 논밭 한가운데에 아파트만 덩그러니 놓인 수준이었어. 요즘은 인프라가 좀 나아진 것 같더라. 아무튼, 내가 거기서 만난 엄마들 얼마나 진상이었는지 알아?"

생각만 해도 진저리가 쳐진다는 듯 해성엄마가 손사래를 쳤다.

"왜? 어땠는데?"

동네에 따른 엄마들 차이가 얼마나 있을까? 씀씀이가 좀 차이 난다는 거 빼면 어차피 다 똑같이 아파트 사는 건데, 뭐가 얼마나 다를 수 있지? 수정은 궁금했다.

"거기 엄마들, 완전 짠순이야. 뭐 하나 해줘도 돌아오는 게 없어요. 우리는 누구네 집 초대받으면 과일이나, 하다못해 빵이라도 하나 사 들고 가잖아? 그런 동네 엄마들은 안 그래. 돈 한 푼에 벌벌 떨어. 애들 같이 뮤지컬 보여주러 가자 하면 뭐라는 줄 알아? 표 생겼어요? 이래! 공짜 표 있느냐 이거지. 그래서 거기 살 땐 뮤지컬 좋은 거 있어도 우리 가족끼리만 보러 다녔잖아? 같이 보러 갈 애들이 없어요, 애들이! 지금 우리 동네 엄마들 봐봐. 애들 교육에 좋다 그러면 뮤지컬이 뭐야, 10만 원짜리 콘서트도 바로 예매 들어갈걸? 그런 거 보면 확실히 사람은 여유 있게 살아야 해."

"입주 때부터 살았던 사람들, 많이 이사 나간 거 같더라. 우리 신랑이 그러는데, 30평대 전세가 4억 찍었을 때가 기점이었대. 그때부터 대대적인 물갈이가 일어난 거지."

부동산에 밝은 태민엄마가 질세라 끼어들었다. 수정은 얼굴이 벌겋게 달아오르는 것 같았다. 자신이야말로 대대적인 물갈이 대상이 아닌가!

"야, 너희 신랑은 도대체 뭐 하는 분인데 그렇게 부동산에 빠삭하시니? 이제 우리한테 공개할 때도 되지 않았어? 수입도 엄청나신 것 같던데, 뭐 하시는 분인지 그냥 밝혀라, 밝혀. 그거 풍뎅죠? 저 주세요."

해성엄마가 직격탄을 날리며 직원이 들고 온 접시를 받아 들었다.

"아우, 언니. 우리 애 아빠 그냥 이것저것 투자해. 투자자야, 투자자."

태민이네의 막강한 재력이 밝혀진 것은 아이들 때문이었다. 아이들은 서로 아빠 차와 엄마 차의 차종을 다 꿰고 있었는데, 태민아빠 차의 종류만 미스터리로 남아 있었다. 태민이 아빠 차 얘기만 나오면 입을 다물어버렸던 것이다. 축구부 내에서 유일하게 엄마 차가 따로 없었던 수정은 은근히 태민이네도 차가 한 대인 게 아닐까, 기대하기도 했다. 그러던 어느 날, 해성이 태민에게 노골적으로 물었다. 너희 아빠 차 도대체 뭔데? 너희, 차 엄마만 있는 거야? 갑작스러운 질문에 한동안 망설이던 태민이 작정한 듯 입을 열었다. 우리 아빠는 차가 많아. 아우디, BMW, 폭스바겐, 벤츠, 에쿠스 있고, 요즘엔 아빠가 지프차를 좋아해서 코란도도 샀어. 그런 거 말하지 말라니까! 태민엄마가 다급하게 소리쳤지만 이미 태민은 비밀을 발설한 뒤 자랑스러운 얼굴로 아이들을 쳐다보고 있었다. 우리 남편이 차를 무지 좋아해. 그래서 좀 사들이는 편이야. 재수 없어 보일까 봐 안 알렸어. 태민엄마가 변명하듯 덧붙였다. 그 뒤부터 태민엄마는 엄마들 사이에서 '부자'로 불렸다. 하지만 태민이네가 어떻게 해서 부자가 되었는지, 즉 남편의 직업이 무엇인지는 아무도 몰랐다. 우린 시부모한테 보태주느라 바빴지 1원도 받은 적 없다, 우린 백 퍼센트 자수성가한 케이스다, 란 말을 자주 하는 걸로 보아 태민아빠가 사업가라는 것만 짐작할 수 있었다.

해성엄마는 태민아빠의 직업에 대해 한참 더 추궁하다가 담임 얘기로 화제를 돌렸다. 교육자로서 기본이 안 됐다, 말을 너무 함부로 한다, 애들을 대놓고 차별한다, 엄마들을 무시한다…… 평소에 늘 해오던 레퍼토리였다.

"좀 있으면 해성이 생일이잖아? 나 그때 간식 보낼 거야. 다른 것도 아니고 애 생일인데 그 정도는 넣어줘야지."

간식을 받지 않는단 방침을 밝힌 담임에 대한 성토 끝에 해성엄마가 선언하듯 말했다.

"안 보내는 게 좋지 않을까, 언니? 예린이 엄마도 곡물과자 보냈다가 돌려받았고, 저번에 이안이 하와이 갔다 와서 반 애들한테 열쇠고리 돌린 것도 다시 걷어서 돌려보냈다던데. 보냈다가 괜히 열받지 말고 처음부터 보내지 마."

수정이 말리는데 태민엄마가 끼어들었다.

"나 지난주에 태민이 때문에 담임 만났잖아. 그때 한과 세트 가져갔었거든? 근데 한번 사양하는 시늉하더니 나올 땐 별말 안 하더라. 그럼 받은 거 아니야?"

태민엄마가 물 잔을 들어 올리며 말했다. 별것도 아닌 일 갖고 담임이 애를 문제아로 낙인찍었다고 펄펄 뛰던 지난주보다 훨씬 담담해진 태도였다.

"거봐. 선생들, 안 받는 척만 하지 적극적으로 들이밀면 다 받는다니까. 우리가 분위기를 충분히 안 만들어줘서 못 받는 거라고. 너 갔을 때 한과 받은 거 확실하지? 나도 은마 상가에 떡 미리 예약해놔야겠다. 떡 말고 애들 좋아하는 고구마 파이 같은 거 할까? 우리 상가에 파이집 새로 생겼던데."

해성엄마가 의기양양하게 말하며 샐러드 그릇에 남아 있던 방울토마토를 찍어 올렸다.

"어머, 벌써 1시 넘었네? 우리 그만 가자. 커피 마시려면 지금 가야 해."

해성엄마가 토마토를 우물우물 씹으며 일어섰다. 1시 10분. 아이들이 1시 반에 끝나니 2시까지는 모두들 집에 가야 했다. 해성엄마와 태민엄마가 서둘러 나간 뒤 수정은 엉거주춤 자리에서 일어섰다. 테이블 한쪽에 계산서가 그대로 놓여 있었다. 그녀는 계산서를 집어 들었다. 16만 3,000원. 그녀는 인상을 쓰며 두 여자가 밀고 나간 출입문을 쳐다보았다. 자기들이 살 거 아니면 내가 가자는 데로 갔어야 하지 않나? 표정을 구기지 않으려 애쓰며 카운터에 계산서를 올렸다. 직원이 계산서와 화면을 대조해보더니 고개를 갸우뚱했다.

"손님, 계산이 다 되어 있으신데요?"

"자기, 뭐 해? 계산 내가 했어. 얼른 나와."

엘리베이터 앞에 서 있던 태민엄마가 문을 열고 얼굴을 들이밀었다.

"뭐야, 언니. 오늘 내가 산다 그랬잖아."

엘리베이터 앞으로 간 수정이 원망스럽다는 듯 태민엄마를 흘겨보았다.

"됐어, 다음에 사. 내 카드로 피자 한 판 서비스받을 수 있어서 일부러 여기 오자 한 거야. 엘리베이터 왔다. 얼른 타자."

태민엄마의 차를 타고 아파트로 향하는 길, 수정은 조금 혼란스러웠다. 점심값이 너무 오버되는 것 같아 식사 내내 마음이 편치 않았다. 그렇다고 싫기만 했는가? 하면 또 그건 아니었다. 은근히 좋았다. 소비의 쾌감이랄까. 이럴 때 아니면 언제 이렇게 시켜놓고 먹어볼까 싶었다. 그동안 두 사람을 쫓다니며 많이 얻어먹었는데 오늘에야 좀 근사한 걸 사겠구나 싶어 뿌듯하기도 했다. 그런데 처음부터 이 점심은 자기가 살 게 아니었단다. 이미 결제가 다 되어 있단다. 그녀는 어리둥절했다. 돈이 굳은 건 좋지만 뭐랄까, 무시당한 것 같은 느낌이었다. 무시? 누구한테? 뭘? 이렇게 따져보면 또 그건 대답하기 힘들지만.

"언니들, 우리 집 가서 차 한잔할까? 애들 올 시간이라 따로 어디 가기도 좀 그렇고."

의도치 않았지만 오늘도 얻어먹은 셈이 됐다. 집을 개방해서 차도 대접하고 애들도 오라 해서 좀 놀려야 빚진 느낌을 없앨 수 있을 것 같다.

"됐어. 집은 무슨 집. 그냥 상가 커피숍 가자."

해성엄마가 콤팩트로 얼굴을 들여다보며 단호하게 말했다.

"이따 애들 오면 우리 집으로 오라 하지 뭐. 그러면 우리도 더 오래 얘기할 수 있고……."

"아니야. 자기 귀찮게 차 끓이고 그런 거 하지 말고 그냥 상가 가자, 깔끔하게."

수정이 뭐라 대답하기도 전에 태민엄마가 차를 상가 주차장 쪽으로 꺾었다.

"그래, 그럼 차는 내가 살게."

수정이 풀 죽은 목소리로 대답했다. 지금 들어가면 20~30분 앉아 있다가 차를 다 마시지도 못하고 일어서게 될 것이다. 생색도 나지 않는 찻값을 내겠구나. 역시 좀 쓰더라도 점심값을 냈어야 했다고 생각하면서, 수정은 백을 챙겨 차에서 내렸다.

　　　　　　　　　*　*　*

　　상가 3층의 카페는 여자들로 가득 차 있었다.

　　"여기 자리 없나 봐. 우리 지하 카페로 내려가자."

　　말하며 돌아서는데, 안쪽에서 "태민엄마!" 하는 소리가 들려왔다. 카운터와
마주 보는 테이블에서 서빈엄마가 손을 흔들고 있었다.

　　"어머, 언니. 오랜만이에요."

　　앞에 앉은 서빈은 문제집을 풀고 있고, 서빈엄마가 자리에서 일어서며 지현
에게 손짓을 했다.

　　"여기 앉아. 우리 이제 나갈 거야."

　　서빈은 태민과 1학년 때 같은 반이었던 여자애다. 키가 크고 통통한 서빈은
숙제도 열심히 하고 선생님 말도 잘 듣는, 그 반의 대표적인 '모범생'이었다.

　　"어디 가는데, 언니?"

　　"응, 4층 수학 학원. 수업 시간까지 시간이 좀 떠서 숙제도 시킬 겸 데려왔어."

　　"그래? 그럼 여기 앉을까? 고마워요, 언니."

　　지현이 해성엄마와 지환엄마에게 들어오라고 손짓했다. 일행이 들어오자
서빈이 학원 가방을 챙겨 일어섰다.

　　"누구야?"

　　서빈과 서빈엄마가 카페에서 나가기 바쁘게 해성엄마가 물었다.

　　"1학년 때 태민이랑 같은 반이었던 앤데, 쟤가 우리 태민이 좋아했다."

　　지현이 우쭐하며 말했다.

"쟤, 아빠가 흉부외과 의사라는 개 아니야?"

지환엄마가 메뉴판을 들여다보며 말했다.

"아니야. 쟤 아빠 판사야."

자기 남편 직업이라도 되는 양, 지현이 자랑스럽게 말했다. 그와 동시에 해성엄마의 표정이 일그러졌다. 해성엄마는 누구 부모가 판사라는 말이 나오면 싫은 표정을 감추지 못한다.

"우리 주문부터 하자. 난 카페라테. 자기들은?"

해성엄마가 메뉴판을 들고 흔들자 카운터에 있던 중년 남자가 테이블로 와섰다.

"난 아메리카노."

"나도."

두 사람이 얼른 자기 메뉴를 말했다.

"아메리카노 두 잔, 카페라테 한 잔 주시고요. 따뜻한 물 한 잔 부탁드려도 되죠, 사장님? 제가 감기 기운이 좀 있어서요."

해성엄마가 주문을 마치자 지환엄마가 지성이 얘기를 꺼냈다.

"언니, 지성이 머리 얘기 좀 해봐. 어떻게 아프대? 자주 아파?"

둘 사이에 지성의 뇌에 대한 얘기가 오가는 동안 지현은 스파받는 동안 못 봤던 카톡 메시지를 확인했다. 수학이 '부른' 영재들만 들어간다는 대치동 수학 학원에 다니느라 머리가 아픈 지성이 얘기는 그동안 귀에 인이 박이도록 들었다.

"근데 언니, 영어 선생님 만났어?"

화제가 과외 선생으로 넘어갔을 때에야 지현은 핸드폰에서 눈을 떼고 두 사람 쪽으로 상체를 기울였다.

　"아, 내가 그 애길 안 했구나. 만났어, 만났어! 웬일이니. 그 사람 왜 그렇게 잘생겼어! 자기 나한테 그 사람 꽃미남이라고 왜 말 안 했어?"

　해성엄마가 지환엄마의 등을 연달아 치며 호들갑을 떨었다.

　"말했었어. 생긴 것도 말쑥하고 괜찮다고. 근데 언제? 하기로 했어?"

　"응. 사람도 괜찮고, 경력도 많은 것 같고. 근데 너무 잘생겨서 실력이 어떤지 사실 객관적으로 안 보이더라!"

　"그치 그치, 언니. 나도 그 샘이랑 말하다 보면 그게 헷갈린다니까. 이게 이 사람이 실력이 좋은 건지, 아니면 잘생겨서 잘 가르치는 것처럼 느껴지는 건지."

　해성엄마와 지환엄마는 박장대소했다. 잘생겼지, 잘생겼지! 짱이지!

　"어떻게 생겼는데 이렇게 난리야? 나도 만나볼까? 태민이도 요즘 영어 숙제 힘들어해서 새끼 선생님 하나 붙여줄까 싶은데."

　중년 남자가 찻잔이 담긴 쟁반을 들고 와 섰다.

　"카페라테 어느 분이시죠?"

　"저요."

　지현은 남자가 찻잔을 내려놓으며 해성엄마의 가슴을 곁눈질하는 걸 놓치지 않았다. 해성엄마는 특출한 미인도 아니고 조금 통통한 편이지만 키가 크고 가슴이 커서 어디 가든 시선을 끌었다. 특히 남자들은 해성엄마를 그냥 지나치는 법이 없었다. 지난번 백화점에서 마주쳤을 때 남편이 해성엄마를 위아래로 재빨리 훑어보던 것을 지현은 아직도 기억하고 있다.

"태민이도 과외시켜. 생긴 것만 멀쩡한 게 아니고 애들도 재미있게 잘 가르쳐. 우리 해성이, 수업 한번 받아보더니 완전 좋아하던데? 다른 과목도 이 선생님한테 배우고 싶다나? 만나는 선생들이 다 여자니까 남자 선생도 좀 있었으면 하나 봐. 아무튼, 잘생긴 남자랑 가까이서 얘기해보니까 좋더라. K대 나왔는데 그렇게 생길 수도 있구나 싶더라니까."

해성엄마가 고개를 쳐들며 깔깔 웃었다.

"어머, 언니는. 해성 아버님도 잘생기셨잖아."

지환엄마가 해성엄마에게 눈을 흘기며 말했다. 지현은 커피 잔을 끌어당기며 쓴웃음을 지었다. 해성아빠는 피부가 좋고 동안이긴 하지만 잘생겼다고 하긴 힘들다. 게다가 키도 작다. 같은 K대 출신이니까 지환엄마가 괜히 한번 추어주는 거다.

"잘생기긴 뭘 잘생겨. 얼굴도 동그랗고, 눈, 코, 입 다 작으신데. 요즘엔 살까지 찌셔서 봐주기 너무 힘들어. 생긴 건 자기 남편이 잘생겼지. 키도 크고, 이목구비도 뚜렷하고."

해성엄마의 말에 지환엄마의 얼굴이 환해졌다.

"그럼 뭐해, 언니. 학교도 지방대 나왔고 돈도 많이 못 벌어오는데."

"어머? 자기 남편 C대 공대 나왔잖아. 요즘에야 C대를 지방대라고 하지, 옛날엔 C대 공대면 K대 공대랑 똑같이 쳐줬어! 그 대학에 그 얼굴이면 뭘 더 바라? 감사합니다, 하고 살아."

지현은 의자에 등을 기대고 앉아 두 여자가 주고받는 대화를 곱씹었다. 지환아빠가 나온 대학은 경상도에서 제일 좋다는 국립대학이다. 지환엄마는 남편의 출신대학이 그리 처진다고 생각하지 않기 때문에 저렇게 말할 수 있는 것이다. 둘 다 상대방의 남편을 치켜세워주는 척하면서 사실은 자기 남편 자랑을 하고 있다. 지현은 이럴 때가 제일 싫다. 지현의 남편은 대학을 나오지 않았다.

"바람 안 피우는지 감시나 잘하셔."

"해성 아버님이야말로 얼굴 호남이시잖아, 언니. 변호사라 말씀도 잘하시고. 언니야말로 감시 잘해야 하지 않아?"

남편 직업도 그렇다. 지현의 남편은 도박 사이트 운영자다. 무슨 도박인지, 어떤 식으로 운영되는지, 얼마를 버는지는 지현도 모른다. 물어볼 때마다 불법이 아니라는 말만 돌아온다. 요즘엔 부동산 컨설팅에도 손을 댔다고 하는데, 그게 뭔지는 더 모르겠다. 아무튼 갖고 오는 돈이 많고 지현을 귀찮게 하지 않으니 걱정할 필요 없다고 생각하며 살아왔다. 남들한테 내놓을 만한 직업이 아니라는 게 조금 걸렸지만, 애들 교육 잘 시켜서 번듯한 직업을 갖게 하면 다 해결될 거라 생각했다. 그런데 이럴 때면 그 생각이 흔들린다. 친하다고 생각했던 엄마들에게도 확 거리감을 느낀다. 변호사와 잘나가는 외국계 회사 차장을 남편으로 둔 해성엄마와 지환엄마는 서로 통하는 게 많다. 남편의 사회생활에 대해서 잘 알고 있고, 무엇보다 둘 다 남편의 학력과 직업을 자랑스러워한다.

"언니, 정말 태민이 과외 붙일 생각 있어? 있으면 말해. 내가 우리 샘한테 얘기해줄게."

지현이 기분이 좋지 않다는 걸 눈치챈 지환엄마가 얼른 이렇게 말했다. 요즘 들어 해성엄마와 지환엄마가 남편 얘기를 하다가 지현의 눈치를 보면서 슬며시 화제를 바꾸는 일이 잦아졌다. 지현이 남편 얘기를 껄끄러워한다는 걸 눈치챈 것이다. 지현은 그게 더 신경이 쓰인다. 이러다가 저 사람들이 날 완전히 멀리하는 건 아닐까.

지현은 원래 친정이 있는 일산에서 살다가 아이들 교육 때문에 이쪽으로 이사 왔다. 처음 입주했을 땐 이웃들이 참 다양했다. 의사, 판사, 회계사 같은 전문직 종사자들도 있었지만 작게 사업하는 사람이나 회사원, 별다른 직업 없이 부모 돈으로 먹고사는 사람, 직업이 뭔지 알 수 없는 사람들이 꽤 있었다. 그런데 시간이 지나고 전셋값이 올라가면서 사람들이 대거 빠져나가고 두 부류의 사람들만 남았다. 부모에게 사업이나 재산을 물려받은 사람, 아니면 '사'자가 들어간 직업을 갖고 있는 사람. 남편이 어느 쪽에 계세요? 아, 중앙지검에 계시는구나. 우리 시누이 남편도 중앙지검에 있는데. 은서 아버님 소아과라 그랬죠? 소아과는 개업할 때 인테리어 비용 얼마나 들어가요? 우리 남편 개업할 땐 3억 들었는데. 이런 대화가 아무렇지도 않게 오갔다.

지현이 이런 사람들 사이에서 소외감을 느낀 것은 친하게 지냈던 상진엄마가 이사 가면서부터였다. 상진은 태민이 여섯 살 때 로피아에서 만난 친구였다. 아래로 세 살 터울 진 여동생이 있는 것도 같았고, 무엇보다 상진아빠의 직업이 모호하다는 점에서 지현은 상진엄마에게 동질감을 느꼈다. 상진엄마가 직접 말해준 건 아니지만 지현은 상진아빠가 뭐 하는 사람인지 알고 있었다. 이야기를 들은 남편이 대번에 "그 남자, 땅 갖고 사기 쳐먹는 사람이네"라고 말했던 것이다. 그리고 몇 달 뒤, 남편은 사업상 건너 건너 엮인 자리에서 상진아빠를 만났다고 했다. 그 바닥에서 모르는 사람이 없는 아주 유명한 사기꾼이라고, 상진아빠는 자기를 몰라봤지만 자기는 한눈에 그를 알아봤다고도 했다.

남편이 하는 일이 불법일지도 모르겠다고 생각한 건 그때부터였다. 건너 건너 유명한 사기꾼을 만나게 되는 일이 과연 어떤 일일까? 모르긴 해도 적법한 일은 아닐 것이었다. 지하경제 좋아하네, 우리나라에 지하경제 아닌 게 어딨어? 대놓고 하는 지하경제가 대기업인데. 새로 들어선 정부가 내놓은 '지하경제 양성화'라는 슬로건에 대해 남편이 투덜거리는 것도 그랬다. 자기가 하는 일이 불법이 아니라면 지하경제라는 말에 왜 저렇게 열을 내겠는가? 하지만 지현은 남편에게 대체 무슨 일을 하고 있느냐 묻지 않았다. 물어봤자 돌아올 말은 뻔했고, 자기가 안다고 남편이 하는 일이 바뀔 것도 아니었다. 그래도 찜찜한 마음이 드는 건 어쩔 수 없었다. 올 초에 상진이네가 아이를 국제학교에 보낸다고 송도로 이사 가버린 뒤부터 부쩍 이런 생각이 커졌다. 우리도, 이사 갈까?

"태민이랑 얘기해보고 자기한테 말할게."

지현은 문득 지환엄마가 부럽다는 생각이 들었다. 유명 국립대를 나와 이름만 대면 누구나 다 아는 외국계 회사를 다니고 있는 남편을 둔 지환엄마가. 본인도 같은 대학의 유아교육학과를 나와 마음만 먹으면 언제든 유치원을 차릴 수 있는 지환엄마가. 지현은 유치원이나 카페 같은, 남들에게 말하기 좋은 사업을 하는 게 소원이다. 그래서 남편한테 카페를 차리자고 몇 달째 조르고 있다. 카페라도 하나 있으면 어디 가서 남편을 사업가라고 소개할 수 있을 것 아닌가.

"서둘러야 해, 언니. 우리 선생님 소개해달라는 사람 줄 섰거든."

"알았어. 근데 요즘 나, 태민이 국제학교 생각하고 있거든. 일단 그것부터 정해야 뭘 시켜도 시킬 수 있을 것 같아."

국제학교는 요새 태민이 하도 영어 학원을 안 가려고 해서 지현이 떠올린 교육지책이었다. 영어 학원을 가기 싫어한다면 아예 하루 종일 영어를 사용하는 학교로 보내버리면 되지 않겠는가? 친한 상진이 다니고 있다는 것도 큰 유인이었다.

"태민이 국제학교 보내려고?"

지환엄마가 눈을 동그랗게 떴다.

"아직 결정한 건 아니고, 그냥 생각만 해봤어. 남편이 국제학교 보내느니 아예 4학년 때쯤 미국으로 보내는 게 어떻겠냐 해서 그것도 생각해보는 중이야."

"4학년 때 미국을? 그건 너무 빠르지 않아?"

핸드폰을 들여다보느라 이야기를 듣는 둥 마는 둥 하던 해성엄마가 미국 얘기가 나오자 갑자기 관심을 보였다.

"요즘엔 4학년 겨울방학 때 많이 간다고들 하던데? 사춘기가 앞당겨진 분위기라 그 전에 다녀오는 게 좋다고."

"네가 같이 갈 거야?"

"남편은 보내게 되면 혼자만 보내자는 쪽이야."

"혼자 보내지 마. 애 혼자 가면 마약에 손대거나 성에 눈뜨거나, 둘 중 하나야."

"언닌 말을 해도."

지현이 해성엄마를 흘겨보며 볼멘소리를 했다. 해성엄마는 누가 애 유학 보낸다는 소리만 나오면 꼭 이렇게 말한다. 자기가 보낼 형편이 안 되니까 괜히 초를 치는 것이다. 자꾸 만나 친해지면서 지현은 해성이네 형편이 보기만큼 넉넉지 않다는 걸 알게 되었다. 시집 쪽은 원래부터 별 볼 일 없고 친정 쪽이 좀 사는 눈친데, 요즘 친정에서 원조를 안 해줘서 해성아빠가 가져오는 월급으로 근근이 사는 것 같다. 그 월급 갖고 할 수 있는 최대치가 대치동으로 아이를 실어 나르는 것이리라. 이렇게 생각하자 지현은 기분이 좋아졌다. 자기 남편 좋은 대학 나왔다고 걸핏하면 잘난 체지만, 결국 아이 미국 유학 보내줄 능력도 안 되는 것 아닌가.

그때 핸드폰 벨이 울렸다. 셋은 동시에 자기 핸드폰을 들어 올렸다.

"맞다. 논술마루!"

핸드폰을 확인하던 지현이 단말마를 내질렀다. 다른 두 엄마는 안도하며 핸드폰을 내려놓았다.

"선생님, 벌써 오셨어요? 지금 바로 갈게요."

전화기를 붙잡고 굽실굽실하던 지현이 백을 들고 일어섰다.

"내 정신 좀 봐. 논술마루, 논술마루, 외우고 있었는데 차 마시다 까먹었어. 근데 최태민, 얘는 어디 가 있는 거야."

"언니, 태민이 오늘 놀 수 있어? 이따 해성이랑 언니 부를 건데 태민이도 논술 끝나면 데리고 와."

카운터에 카드를 내밀면서 지환엄마가 말했다.

"오늘? 잠깐만. 태민이 오늘 뭐 뭐 하더라?"

지현이 카페 문을 열고 나갔다.

"논술마루 끝나고 영어 학원 갔다 오면 5시 반, 피아노 샘 왔다 가면 6시 반, 밥 먹고 수영 가면…… 안 되겠다. 오늘 태민이 스케줄 10시에 끝나."

"야, 애 좀 작작 돌려라. 10시가 뭐냐, 10시가. 뭐 나도 남 말할 처지는 아니지만."

해성엄마가 쿡쿡거리며 엘리베이터 버튼을 눌렀다.

"10시는 좀 심하지? 내가 생각해도 그래. 지난번에 나 몸살 났을 때 우리 엄마가 며칠 우리 집 와 계셨잖아? 그때 애들 왔다 갔다 하는 거 보더니, 나보고 미쳤대. 무슨 초등학생을 학원에 그렇게 많이 보내느냐고."

지현이 엘리베이터에 올라 지하 2층 버튼을 눌렀다.

"우리 엄마도 그러던데. 나 미쳤다고."

지환엄마가 엘리베이터에 들어서며 킥킥거렸다.

"그래서 내가 말해줬지. 그때랑 지금이 어디 같아? 나도 엄마 때에 애들 키웠으면 이렇게 안 시켰어. 근데 지금은 이렇게 안 하면 태민이만 못하는 애 되는데, 엄마 같으면 그러겠어? 그랬더니 엄마가 아무 말도 못 하더라."

지현이 말하자 세 사람 사이에서 폭소가 터져 나왔다. 문이 닫힌 채 잠깐 동안 서 있던 엘리베이터가 붕, 소리를 내며 하강하기 시작했다.

카페 주인
이태용(1960~), 박수진(1964~)

태용은 여자가 있는 테이블에서 눈을 떼지 못했다. 갑자기 몰려든 손님들 때문에 분주했지만 태용의 신경은 계속 여자의 테이블에 머물렀다. 오후 1시. 초등학교 아이들의 하교가 시작되는 시간이었다. 평소 같으면 모여들었던 여자들이 서둘러 집으로 돌아가 카페가 한산해졌을 때지만, 오늘은 1시부터 갑자기 손님들이 몰려들었다. 완전히 갖춰 입은 정장 차림의 여자들이 서로 권 집사님, 이 집사님, 하면서 존대하는 걸로 보아 행사를 마치고 온 교회 사람들인 것 같았다. 아침부터 아내가 일이 있어 자리를 비웠기 때문에 주문을 받고, 커피를 내리고, 서빙하는 일을 태용 혼자 감당해야 했다. 여자가 등장한 것은 카페를 가득 채운 교회 손님들에게 차를 내주고 막 한숨을 돌리려던 때였다.

"따뜻한 물 한 잔 부탁드려도 되죠, 사장님? 제가 감기 기운이 좀 있어서요."

일행의 주문을 마친 여자가 태용과 눈을 맞추며 덧붙였을 때, 태용은 자기도 모르게 차렷 자세를 했다. 지난번에도 느꼈던 거지만 여자는 사소한 일도 품위 있게 말하는 능력이 있었다. 주문을 하면서 나오는 포스가 저 정도라면 일상에서 자기가 원하는 일은 얼마나 품위 있게 밀어붙일까. 그는 여자의 명령에 순순히 따르며 황홀해할 남편의 모습을 상상해보았다.

"금방 준비해드리겠습니다."

메뉴판을 들고 돌아서는 태용의 얼굴에 미소가 번졌다. 지난번 다녀간 뒤로 자기가 여자를 은근히 기다려왔다는 깨달음이 가슴 한복판에서 달콤하게 퍼져갔다.

리센츠 상가 내 3층에 있는 태용의 카페 '더 데이'는 2인용 테이블 열다섯 개로 이루어진 작은 가게다. 손님의 규모에 따라 2인용 테이블을 붙여 4인용이나 6인용으로 만들어주는데, 워낙 작은 공간이라 지금처럼 손님이 가득 차면 말소리 때문에 여간 시끄럽지가 않다. 소리가 빠져나갈 여지가 없는 좁은 장소에서 여자들 떠드는 소리를 듣다 보면 태용은 갑자기 멍해지면서 몸이 붕 떠오르는 것 같다.

1년 전, 단지 내 상가에 가게를 오픈했을 때만 해도 카페가 이렇게 잘될 줄 몰랐다. 5,000세대가 넘는 대단지라 해도 아파트 내 상가에 불과했고, 이미 상가 내에 카페가 네 개나 입점해 있던 상황이었다. 사전 조사 땐 없었던 카페들이 들어서 있는 것도 모자라, 2개월 후면 지하에 브랜드 커피숍이 또 하나 들어올 예정이라 했다. 아파트 단지 내에서 하는 카페가 잘되면 얼마나 잘되겠느냐고 주위 사람들 모두가 개업을 뜯어말렸다. 태용은 상가에 카페가 많아도 커피를 직접 볶아내는 카페는 우리 가게 하나뿐이기 때문에 잘될 거라고 큰소리를 쳤지만 속으론 굉장히 불안했다. 지금이라도 없던 일로 해야 하는 게 아닐까. 하지만 태용은 카페를 열었고, 가게는 잘됐다. 다른 카페들에 비해 찻값이 비쌌지만 직접 로스팅한 커피를 고급스러운 잔에 내가는 태용의 카페는 단지 내 여자들 사이에서 금방 입소문을 탔다. 아침 10시가 넘어가면 아이를 학교에 보낸 엄마들이 몰려와 빼곡히 테이블을 채웠다.

차를 내가야 할 곳이 여자가 있는 테이블밖에 없었기 때문에 태용은 정성을 들여 천천히 커피를 준비했다. 자신이 만든 차가 여자의 입 안으로 들어간다 생각하니 왠지 뿌듯하고 어깨가 으쓱거려졌다.

"여기 커피 맛있더라. 사장님, 고마워요."

커피를 내가자 여자가 잔을 받아 들며 말했다. 태용은 고개를 숙여 보이며 빠르게 여자를 살폈다. 여자는 눈이 가늘고 길었다. 콧대가 높진 않지만 코가 가늘고 끝이 살짝 솟아 있어서 보기 좋았다. 입술은 전체적으론 얇지만 아랫입술이 도톰한 편이라 살짝 솟은 코와 어우러져 세련된 인상을 자아냈다. 하지만 여자의 도톰한 아랫입술과 진정 조화를 이루는 것은 그 아래편에 있는 그녀의 가슴, 적당한 크기에 보기 좋게 솟아 있는 가슴의 아름다운 곡선이었다. 입술이 없었다면 저 가슴이 돋보이지 않았을 것이고 저 가슴이 없었다면 입술이 돋보이지 않았을 거라고, 이 여자에게서 나오는 육감적인 분위기는 순전히 저 입술과 가슴의 조화 때문이라고, 태용은 짧은 순간에도 이렇게 분석해냈다.

그는 차를 내주고 돌아와 인터넷 서핑을 하면서 여자네 테이블에서 오가는 말에 귀를 기울였다. 여자네 테이블은 카운터 바로 앞에 있어서 오가는 말의 반 이상을 알아들을 수 있었다.

"언니, 지성이 머리 얘기 좀 해봐. 어떻게 아프대? 자주 아파?"

긴 생머리 여자가 여자를 쳐다보며 하는 말을 듣고, 태용은 여자의 아이 이름이 지성이라는 사실을 알게 되었다. 지난번 왔을 때 여자는 '몰리맘'이라는 여자와 '피터맘'이라는 여자에게 '제임스맘'이라고 불려서, 아이의 한국 이름을 알 수가 없었다. 지성엄마. 지성엄마였던 말이지. 태용은 대단한 정보라도 얻은 듯 가슴이 벅차올랐다.

"처음엔 뇌 사진까지 찍으면서 애를 옥슨에 보내야 하나 싶었어."

지성엄마가 옥슨 얘기를 꺼냈을 때, 태용은 자리에서 일어섰다. 지성엄마는 테이블 안쪽 구석에 앉아 있어서 하는 말이 잘 들리지 않았다.

"그렇다고 지가 좋아서 다니는 학원을 확 끊어버릴 수도 없고."

지난번에 왔을 때도 지성엄마는 몰리맘에게 옥슨이라는 학원에 대해 한참 동안 얘기했었다.

"그 학원은 수학을 잘하는 애들이 가는 데가 아니야. 수학이 '부른' 애들이 가는 데지."

말을 할 때 반짝거리던 여자의 눈빛을 보며 태용은 여자가 아이를 옥슨에 보내는 것에 굉장한 자부심을 갖고 있다는 사실을 알았다. 그런데 그 학원을 보내야 할지 고민된다니, 그동안 무슨 일이 있었나? 궁금했지만 다른 테이블에 있던 사람들이 손뼉을 치며 웃는 바람에 여자의 다음 말을 놓쳤다. 그래도 그는 여자가 아이를 옥슨에 계속 보낼 것임을 알고 있었다. 이 동네 여자들은 영어 학원이나 수학 학원의 레벨이 너무 높다거나 숙제가 너무 '빡세다'는 이유로 계속 보내야 할지를 고심하면서도 쉽사리 학원을 끊지 못한다. 그리고 그것은 순전히 '아이가 좋아서 다니겠다고 하기' 때문이다.

"그냥 계속 보내, 언니. 남들은 옥슨에 못 들어가서 안달인데 거길 그만둔다는 게 말이 돼?"

긴 생머리 여자가 손사래를 치며 호들갑을 떨었다. 태용은 커피포트를 들고 테이블로 다가가 일행의 커피를 리필해주었다.

"내 말이. MRI 찍으러 들어갈 때는 옥슨 무조건 그만두게 해야겠다 생각했는데, 찍고 나오니까 생각이 바뀌는 거 있지? 아무리 생각해도 KMO가 걸려. 지난달에 지성이 KMO 쳤잖아? 실적은 못 냈지만 우리 지성이, 한 개 차이로 수상권에서 아슬아슬하게 밀렸거든. 초등학교 6학년이 수상권에 근접한 건 이 일대에서 지성이밖에 없을걸? 그런 거 생각하면 내년 목표로 다시 뛰어야겠다 싶어. 자기도 알지? KMO에서 실적 내면 특목고는 들어간 거나 마찬가지야."

풍성한 오렌지색 머리를 연신 뒤로 넘기며 지성엄마가 열정적으로 고뇌를 토로했다. 태용은 계속 서서 대화를 듣고 싶은 걸 꾹 참으며 빈 쿠키 접시를 쟁반에 담아 카운터로 돌아왔다.

태용은 원래 고등학교에서 독일어를 가르치던 교사였다. 마지막으로 교편을 잡았던 곳이 대치동의 J고등학교였다. 그 학교에서 수학으로 이름을 날리던 아이들 중 일부가 옥슨 출신이었기 때문에 태용도 그 학원 이름이 낯설지 않았다. 그중 몇은 KMO 수상 경력도 있었는데, 그 아이들은 특목고에 가지 못하고 J고에 온 것을 천추의 한으로 삼았다. 표정 없이 자동차에 실려 등하교하던 그 아이들은 타이트한 스케줄에 따라 치열하게 공부하며 입시를 향해 달려갔다. 문제는 이들이 태용과 상극 관계에 있었다는 것. 이들은 대학 입시에 도움이 되지 않는 제2외국어 교사인 그를 대놓고 무시했다. 맨 앞줄에 앉아 수학 책을 펴놓고 공부하거나 이어폰을 끼고 음악을 듣기가 다반사였다. 태용에겐 엎드려 잠을 자는 '하위권' 학생들이 차라리 견디기 쉬웠다. 반에서 한 명도 듣는 학생이 없는 수업을 매일매일 진행하는 것은 임용고시를 준비하며 청운의 뜻을 품었던 그로서는 상상도 하지 못했던 수모였지만, 그는 교사직을 그만두지 못했다. 20년. 연금을 받을 수 있는 근속 연수까지 몇 해 남았는지 손으로 꼽아보면서 한 해, 한 해를 버텼다. 독일어 시간의 반을 영어 시간으로 바꾸어서 영어를 가르치면 어떻겠냐는 교감의 권고도 의외로 쉽게 받아들일 수 있었다. 근속 연수 20년을 채우던 해 말, 운영위원인 한 학부모가 전공자도 아닌 태용이 '가장 중요한 과목'인 영어를 가르친다는 문제를 공식 회의의 안건으로 올렸다. 엄마들은 그렇게라도 영어 시수를 늘렸으니 그게 어디냐는 파와 실력이 검증되지 않은 독일어 교사가 영어를 가르치는 것보다 차라리 자습을 시키는 게 낫지 않겠냐는 파로 갈려 치열한 논쟁을 벌였다. 태용은 자신의 퇴직을 장식해줄 화려한 피날레를 손에 땀을 쥐고 지켜보다가, 해를 넘긴 뒤 시원하게 사직서를 제출했다.

"근데 사람이 참 간사하지? 수상권에 근접한 것만 해도 감사합니다, 해야 하는데 자꾸만 요번에 됐으면 Y대 영재교육원이랑 B대 여름학교 티켓까지 받았을 텐데, 라는 생각이 드는 거야. 우리 지성이 1년 또 고생해야겠구나 싶고."

한숨을 쉬어가며 하소연하는 지성엄마를 보면서 태용은 안타까움을 느꼈다. 교사로 일했던 경험을 돌이켜보건대, 너무 어릴 적부터 한쪽으로 과하게 투자하는 것은 위험하기 짝이 없는 일이었다. 태용은 여자의 테이블 한쪽에 자리 잡고 앉아 자신이 알고 있는 교육 노하우를 알려주는 상상을 해보았다. 여자와 눈을 맞추며 조곤조곤 이야기를 풀어놓는 자신의 모습을. 자신이 고등학교 교사였다고 말하면 여자가 살짝 놀랄까? 나와 상담하기 위해 가끔 찾아올까? 생각만 해도 가슴이 뻐근해지는 것 같았다. 하지만 적정한 상식선을 지킬 줄 아는 교양인인 태용은 그렇게 하지 않았다. 원두를 볶아 좋은 향을 내고, 정성 들여 커피를 만들고, 따뜻하게 미소 지으며 차를 내갈 뿐. 그래도 모를 일이었다. 언젠가 여자가 물어온다면, 어떤 일을 했느냐고, 혹시 내게 해주고 싶은 충고가 없느냐고 물어온다면 심혈을 기울여 값진 경험담을 풀어놓을지.

* * *

지방에 사는 딸아이가 이사 들어갈 원룸을 계약해주고 이삿짐센터를 알아봐준 뒤 서울로 올라오니 낙조가 시작되고 있었다. 리센츠 상가 2층 창문에 굵고 붉은 공 모양의 빛이 어려 있어 돌아보니 길 건너 트리지움과 새마을시장 사이의 10층짜리 건물에 붉게 작열하는 태양이 걸려 있었다. 수진은 눈을 가늘게 뜨고 뒤에서 낙조를 받아 회색빛 실루엣을 선명하게 드러내는 트리지움 아파트를 바라보았다. 30층짜리 회색 건물들이 오늘따라 유난히 묵직하고 위엄 있어 보였다. 엘스, 리센츠, 트리지움. 모두 5층짜리 주공아파트를 재건축하여 올린 초고층 아파트들이지만 그중에서도 트리지움은 회색 외벽 때문인지 가장 품격 있어 보인다. 그녀가 한때 그 아파트를 소유한 적이 있었기 때문에 괜히 그런 인상을 받는 것인지도 모르지만.

"잠시만요."

유모차를 밀고 들어서는 젊은 여자 때문에 수진은 얼른 옆으로 비켜섰다.

"아, 네."

수진은 젊은 여자가 유모차를 밀고 들어갈 때까지 상가 문을 잡아준 뒤 자신도 뒤따라 들어갔다.

리센츠 109m², 올수리, 중층, 8억 3,000.

들어서자마자 부동산에 걸린 시세표가 눈에 들어왔다. 수진은 부동산 앞에 서서 시세표를 훑어보았다.

한강 조망 8억 9,000 …….

한때 11억까지 올라갔던 33평 아파트들이 8억대로 떨어져 있었다. 이런 걸 보면 수진은 기분이 좋았다. 7년 전, 수진은 트리지움 33평 아파트를 10억 5,000에 팔았다. 맞벌이해가며 어렵게 모은 돈으로 융자 끼고 마련한 재건축 아파트가 10억까지 올라가 꿈에 부풀어 있던 때였다. 아파트값이 하룻밤 새 몇천만 원씩 뛰던 시기, 이대로 가면 20억 되는 건 문제도 아니라며 아파트 소유주들이 내놓았던 매물을 거두어들였다. 그런데 갑자기 남편이 아파트를 팔자고 했다. 집을 팔아 아들을 미국에 유학 보내자는 것이었다. 수진은 펄쩍 뛰었다. 게임에 빠져 헤어 나오지 못하는 아들을 어떻게든 해야겠다고 수진도 생각은 하고 있었지만 가만히 두면 황금 알을 낳는 거위가 될 트리지움 아파트를 파는 건 말도 안 되는 짓이었다. 하지만 남편은 강하게 밀어붙였고, 결국 아파트를 팔았다. 남편에게 싸늘하게 대하던 수진의 마음이 수그러든 것은 다음 해에 발발한 미국발 금융위기로 아파트값이 폭락했을 때였다.

그러고 보면 남편은 굵직굵직한 결정을 내릴 때 굉장히 과감했다. 아파트를 팔 때가 그랬고, 리센츠 상가 내에 카페를 차릴 때가 그랬다. 평소엔 수진이 하자는 대로 순순히 따라주던 사람이 그때는 꼭 상가 내에 카페를 차리겠다고 고집을 부렸다. 지금 생각해보면 얼마나 잘한 결정이었던가. 수진은 가끔 궁금해진다. 남편에게 앞을 길게 내다보는 능력이 있었던 걸까? 아니면 그저 운이 좋았던 걸까?

"안녕하세요."

엘리베이터를 기다리는데 검은 뿔테 안경을 쓴 작은 키의 총각이 웃으며 인사를 했다. 지하에서 즉석 떡볶이 가게를 하고 있는 총각이었다. 수더분하게 생긴 이 총각은 바지런하고 친절해서 동네 주민들에게는 물론, 상가 사람들에게도 인기가 좋았다. 30대 중반은 넘겼을 것 같은데, 들어보니 본래 G대 법대 출신으로 10년 동안 고시 공부를 하다가 포기하고 떡볶이집을 차렸다고 했다. 그 이야기를 들은 다음부터, 수진은 총각을 볼 때마다 으리으리한 건물들을 떠올렸다. 그 총각이 시험에 합격했다면 매일 걸어 다녔을 교대의 법원 건물과 여러 정부 청사들, 시내의 화려한 로펌 건물들을. 한순간의 당락에 의해 총각은 그런 건물들이 아닌 이 상가, 약국과 야채 가게와 슈퍼와 빵집이 있는 이 상가를 매일매일 드나들며 주민들에게 사람 좋은 웃음을 지어 보이게 되었다.

"네, 어디 다녀와요?"

수진은 웃으며 답했다. 총각의 손에는 1층에 있는 커피숍 로고가 찍힌 플라스틱 컵이 쥐어 있었다.

"네. 잠깐 누구 좀 만나고 오느라고요."

총각이 수진의 눈치를 보며 플라스틱 컵을 밑으로 내렸다. 총각은 누군가 만날 일이 생기면 꼭 수진의 카페로 사람을 데리고 왔는데, 오늘은 다른 데에서 만난 눈치였다.

"괜찮아요. 다른 집 커피도 마시고 그래야지, 어떻게 만날 우리 집 것만 마셔."

수진이 총각을 향해 친근하게 웃어 보였다. 화려한 건물들에 출입하길 꿈꾸었을, 그러나 이제는 체념하고 수더분한 떡볶이집 아저씨로 살아가는 이 총각이 자신에게 보내는 작은 배려가 안쓰럽게 느껴졌다. 이 총각에 비하면 자신은, 그리고 남편은 얼마나 운이 좋았던가. 부침이 있긴 했지만 결국 그동안 했던 선택들 모두 최고의 결과를 빚어냈다. 무리하게 샀던 아파트를 최고가에 팔아 큰 차익을 남겼고, 아들은 비록 미국에서 대학을 다니다 중퇴했지만 유학 생활을 바탕으로 국내 상위권 대학에 무사히 편입해 들어갔다. 딸도 지방대이긴 해도 의대에 들어가 잘 다니고 있다. 뿐인가. 별 기대 없이 차린 카페에서도 톡톡히 수익을 내고 있다. 똑같이 상가에서 가게를 운영하고 있지만 총각이 맞는 일상의 느낌과 그녀 부부가 맞는 일상의 느낌은 판이할 것이다. 엘리베이터에 오르면서, 그녀는 오늘 카페 문을 일찍 닫고 남편과 신천역에 가서 맥주라도 마셔야겠다고 생각했다.

"왔어? 혼자 계약하느라 힘들었지?"

카페에 들어서자 로즈메리 티를 만들던 남편이 돌아보며 말했다. 웃음기 어린 표정, 다정한 말투. 남편은 기분이 좋아 보였다.

"힘들긴. 당신이 혼자 손님 치르느라 힘들었겠지. 오늘 손님 많았어?"

계약서가 든 봉투를 카운터 한편에 내려놓으면서 수진은 카페를 둘러보았다. 피아노 학원과 맞닿은 쪽 구석에 여자와 아이가 앉아 학원 숙제를 하고 있는 테이블이 하나, 출입문 쪽에 유모차를 끌고 온 여자와 일행이 앉아 있는 테이블이 하나 있었다. 손님은 많지 않은데 커다란 유모차가 놓여 있어서 카페가 꽉 찬 느낌이었다. 카페를 살피던 수진의 눈이 일어서서 유모차를 앞뒤로 흔들던 여자와 마주쳤다. 수진이 반갑게 눈인사를 보냈다. 조금 전 1층에서 수진이 문을 잡아주었던 여자였다.

"오늘 5층 교회에서 행사가 있었나 봐. 좀 전까지 교회 사람들로 북적북적했어."

"그래? 고생했겠네. 이리 줘. 내가 내갈게."

"아니야. 당신은 앉아서 좀 쉬어."

쿠키 접시를 놓아 완성한 쟁반을 들고 남편이 유모차 테이블에 다녀왔다. 쿠키를 보고 유모차에 있던 아이가 나오겠다고 소리를 질러서 한바탕 소란이 일었다.

"저런 여자들 보면 나도 여자로 태어났으면 좋았겠다 싶어."

로즈메리 티를 엎은 아이 때문에 젖은 테이블을 닦아주고 돌아오면서 남편이 작게 소곤거렸다. 예전에도 남편은 유모차를 끌고 온 여자를 보고 그렇게 말한 적이 있었다.

"왜. 저러고 있으니까 팔자가 좋아 보여?"

여자가 끌고 온 유모차는 시가로 150만 원이 넘는다는, 탤런트 K가 끌고 다녀 유명해진 S사의 제품이었다. 상가에서 마주치는 아기 엄마들이 모두 똑같은 유모차를 끌고 다녀서 처음엔 아파트에서 단체로 공동구매라도 했나 싶었다.

"일단 저녁 시간인데 아이를 끌고 나올 수 있다는 게 모든 걸 말해주잖아? 집에 저녁 해줄 사람이 따로 있거나 밖에서 사 먹어도 무방하다는 거지. 경제적 여유가 없으면 그렇게 하겠어? 당신 나래 키울 때 생각해봐. 저만한 애 끌고 저녁때 나갈 상상이나 했어?"

"저 여자 잘 봐봐. 얘기나 제대로 해? 어쩌다 코에 바람 좀 쐬겠다고 애를 달고 나왔는데, 애가 계속 난리 쳐서 얘기는커녕 앉아서 차도 제대로 못 마시잖아? 나 나래 키울 때 유모차 끌고 안 나간 건, 저렇게 마시느니 그냥 집에 있는 게 낫겠다 싶어서였어. 저러고 나서 집에 가봐. 저 여자가 뭘 하겠어? 밀린 설거지해, 어질러진 집 안 치워, 애 씻겨, 분유 타 먹여, 재워……. 저렇게 잠깐 나오는 시간이 그나마 저 여자가 숨통 좀 틔우는 시간이라고."

아이 키울 때의 진저리 나는 기억이 남아 있기 때문일까. 누가 애 키우는 엄마들을 폄하하면 수진은 자기도 모르게 발끈한다. 애 키우는 엄마들의 일상이, 직장맘이든 전업맘이든, 얼마나 지루하고 사소하고 힘든 것인지, 얼마나 표도 안 나고 남들한테 무시당하기 쉬운지 자신이 절절히 실감하며 지냈기 때문이다.

"알았어, 알았어. 여자들 애 키우는 거 힘들어. 내가 잘못 말했어."

남편이 두 손을 드는 시늉을 해 보였다. 막상 남편이 그렇게 나오자 수진은 살짝 미안한 생각이 들었다. 남편은 주요 과목 교사가 아니라는 이유로 온갖 수모를 당하면서도 학교에서 20년이라는 근속 연수를 채웠다. 남자였고, 가장이었기 때문이다. 수진은 딸이 중학교 3학년이 되던 해에 다니던 은행을 그만두었다. 대졸 행원들이 상고를 졸업한 자신을 은근히 무시하는 것 같아 자존심이 상해 더 이상 다닐 수가 없었다. 자신이 남자였다면 그때 그만둘 수 있었을까? 그러지 못했을 것이다. 남편이 학교에서 20년을 버텨준 덕분에, 아이들이 무사히 대학생이 될 수 있었다. 살던 집 전세를 월세로 돌리고 그 차액을 이 가게에 투자할 수 있었던 것도 노후에 안정적으로 지급될 연금이 있었기 때문이다. 가장이기 때문에 오랜 시간 수모를 견뎌야 했던 남편에게, 애들을 끌고 카페를 밥 먹듯 드나드는 이 동네 여자들이 팔자 좋게 보이는 건 당연한 일일지도 모른다.

"당신 말이 맞긴 해. 어떤 면에선 여자들이 팔자가 좋지. 근데 모든 여자들이 다 그런 건 아니야. 있는 집 여자들만 그래."

여자들만 그럴까. 남자들도, 있는 집 남자들은 팔자가 좋을 것이다. 하여튼 사람은 있고 봐야 한다. 이 동네에 처음 카페를 차렸을 때, 수진은 날마다 몰려드는 여자들을 보고 혀를 내둘렀다. 이 동네 여자들은 이웃과 잠깐 차 한 잔을 할 때도 집이 아닌 카페를 이용했다. 마트에서 장을 보다 만나도 카페에서 차 한잔, 같이 밥을 먹고 오는 길에 조금 시간이 남아도 카페에서 차 한잔, 아이들에게 그룹 과외 선생을 붙여놓고 그 수업 시간 동안 카페에 모여 차 한잔…… 이런 식이었다. 뿐인가. 온갖 종류의 단체 모임들, 이를테면 학교 청소를 다녀온 엄마들의 모임, 생일 파티 예비 모임, 생일 파티 뒤풀이 모임, 반 모임, 회장단 모임 같은 것들이 전부 카페에서 이루어졌다. 수진이 살던 동네에서는 당연한 듯 누군가의 집에서 이루어졌던 모임들이었다. 그녀는 이런 모임 예약이 들어오면 쾌재를 불렀다. 일단 많은 인원이 모여들어 한 명도 빠짐없이 차를 시킬 뿐 아니라, 쿠키나 케이크 같은 사이드 메뉴도 넉넉하게 주문했다. 모임을 주최하는 사람이 '박해 보이지 않게' 시키는 데 중점을 두었으므로 늘 넘치도록 시킨 뒤 많은 양을 남기고 돌아갔다.

매출에 도움이 되니 좋긴 했지만, 수진은 마음 한편으로 슬그머니 부아가 났다. 자신은 이 동네에 아파트를 갖고 있었지만 단 하루도 살아보지 못했다. 아파트 한 채에 모든 걸 다 걸었고, 그것으로 카페를 차릴 자금을 일구었다. 그런데 여기 오는 여자들, 하나같이 깔끔한 피부에 최신 유행하는 옷차림을 하고 미용실에서 막 나온 듯한 머리를 한 여자들은 값비싼 아파트에 살면서 상가에 입점한 갖가지 종류의 생활편의 시설들을 아낌없이 누리고 있다. 한 시간에 7만 원씩 하는 필라테스는 물론, 한 번 받는 데 9만 원이나 하는 헤어트리트먼트를 정기적으로 받고, 5분이나 10분의 짬이 생겨도 카페에 들어가 5,000원이 넘는 커피를 거침없이 주문한다. 아이를 상가 내 각종 학원에 보내면서 학원과 학원 사이 빈 시간을 아이와 카페에 앉아 학원 숙제를 시키며 보낸다. 물론 아이 앞으로도 5,000원, 6,000원 하는 음료를 한 치의 망설임도 없이 시켜준다. 그 시원시원함이, 주저하지 않고 아이가 고르는 음료를 시켜주는 품새가 하도 박력 있어서, 수진은 대학생인 아들과 외식하러 갔을 때 흉내를 내보기도 했다. 아들은 엄마가 생전 안 하던 일, 그러니까 음식 외에 추가로 음료를 주문하는 일을 하자 이상하다는 듯 고개를 갸우뚱거렸다. 그동안 가족들끼리 외식할 때 추가로 비용을 더 내야 하는 음료 주문은 당연한 듯 금지되어 있었던 것이다.

남편은 이런 특성을 알고 여기에 카페를 내겠다 고집했을까. 이 동네 엄마들이 일상을 구성하는 거의 모든 행위를 비용을 지불하고 타인에게서 서비스 받으며 산다는 걸 사전 조사로 알아냈을까. 뭐, 이제 와 그게 중요하진 않다. 알고 그랬든 모르고 그랬든, 이 상가에 가게를 낸 건 잘한 선택이었다. 수진은 이 동네의 여유 있는 여자들이 부럽기도 했지만 그건 가끔 드는 생각일 뿐, 근본적으로는 자신의 삶에 만족했다. 남편은 지적이고 이상주의가 강한 사람이지만 자신의 이상을 억눌러가며 가장으로서 책임을 다했고, 아이들은, 특히 아들은 본인의 역량을 넘어서는 삶을 살고 있다. 살고 있는 집 전세금을 털어 다소 무모하게 시작한 가게도 예상보다 훨씬 잘되고 있다. 이 동네 여자들의 삶도 잘 살펴보면 다 행복하지만은 않을 것이다. 모두들 보이는 것만큼 여유 있게 살지도 않을 것이다. 가진 것에 만족할 줄 아는 현명한 여자인 수진은 빙그레 웃으며 노트북 화면에 포털 사이트를 띄웠다. 두어 번 검색어를 쳐 넣자 저녁때 남편과 갈 만한 바가 금방 눈에 들어왔다.

학습지 교사 차현진(1974~)

학습지 교사로 일하면 뭐가 가장 힘들까? 사람들은 으레 많은 수업에 허덕이는 모습을 떠올린다. 현진의 동료 교사들은 대부분 무거운 가방을 들고 이동하는 것을 1순위로 꼽는다. 현진의 경우, 화장실에 자유롭게 가지 못하는 것이 1순위이다. 변비가 있는 현진은 수업하다가 화장실에 가고 싶을 때, 혹은 지금처럼 학생의 집 앞에서 기다리다 변의를 느낄 때, 정말이지 이 짓을 그만 둬야겠다 싶어진다. 2시 12분. 약속 시간에서 12분이 지났는데 태민은 깜깜무소식이다. 조금 전 통화에서 금방 오겠다고 했던 태민엄마도 소식이 없다. 이럴 줄 알면서 10분이나 일찍 온 것이 잘못이었다. 태민은 이때까지 수업 시간에 맞춰 집에 온 적이 한 번도 없었다. 태민이네 동에 들어서면서부터 변의를 느꼈지만, 상가 화장실까지 다녀오면 약속 시간을 넘길 것 같아 그냥 참았다. 그게 실수였다. 태민이 잘 늦는 아이라는 걸 감안했어야 했다. 그때 다녀왔다면 지금 얼마나 개운할까. 아니면 태민엄마와 통화할 때라도 늦지 않았었다. 현진은 배를 움켜쥐고 주저앉았다. 아랫배가 싸한 것이 금방이라도 일이 터질 것 같았다. 지금이라도 갔다 올까? 가방을 들고 일어서는 순간, 엘리베이터 문이 열리면서 태민엄마가 나왔다.

"선생님, 죄송해요. 빨리 온다고 왔는데 늦었네요. 우리 태민이 아직 안 왔나요?"

태민이 오지 않은 게 대단히 놀랍다는 듯 태민엄마가 고개를 갸우뚱했다. 한 손에는 백화점 쇼핑백 세 개를, 다른 손에는 커다란 목제 박스를 든 채 간신히 엘리베이터 버튼을 누르고 있었다.

"아우, 얜 왜 안 와. 이놈의 자식 들어오기만 해봐라."

태민엄마가 짜증스럽다는 듯 말하며 박스와 쇼핑백을 내려놓고 엘리베이터에 놓여 있던 박스 두 개를 끌고 나왔다. 현진은 얼른 박스 하나를 받아 들었다.

"제가 도와드릴게요, 어머니. 근데 이게 다 뭐예요? 오늘 쇼핑하신 거예요?"

베이지색 한지로 포장된 박스는 꽤 무게가 나갔다. 태민엄마의 손에 들린 박스는 위쪽이 투명 플라스틱으로 덮여 있어 내용물이 보였는데, 작고 네모난 과자들이 하나하나 랩에 싸인 선물 세트의 일종 같았다.

"이게 뭔지 아세요? 내 기가 막혀서, 진짜."

태민엄마가 번호 키를 조작해 현관문을 연 뒤 쇼핑백을 차례차례 집 안으로 들였다.

"뭔데요?"

현진은 상자를 들고 태민엄마를 따라 깨끗하게 정돈된 하얀 공간에 발을 디뎠다. 사방이 흰색인 이 집에 들어서면 마음이 차분히 가라앉았다. 방마다 다른 입체 패턴이 들어간 벽지도 흰색, 꽃무늬 자수가 놓인 커튼도 흰색, 심플한 식탁보도 흰색, 심지어 소파까지 흰색 천으로 덮인 이 집은 들어설 때마다 환하고 깔끔한 느낌을 주었다.

"오는 길에 택배 찾으러 관리초소에 들렀는데, 이 박스들이 쌓여 있는 거 있죠? 내가 이걸 못 봤으면 어쩔 뻔했어. 임자가 안 나타나서 오늘 오후에 싹 버리려고 했대요."

태민엄마는 뒷베란다로 박스를 나르면서 이야기를 쏟아냈다. 일주일 전, 태민엄마는 학교에 상담을 가면서 간식 세트를 들고 갔다. 담임은 초반에 한번 사양하는 시늉을 하고는 더 이상 사양하지 않았다. 상담을 마치고 돌아올 때까지 돌려주지 않아서 태민엄마는 그대로 받는 건가 보다 생각했다. 그런데 담임은 퇴근길에 간식 세트를 태민이네 관리초소에 맡겨놓고 갔다. 문제는 담임이, 혹은 경비 아저씨가 태민이네 주소를 잘못 알아서 제대로 전달이 안 됐다는 것이었다. 임자를 찾지 못한 간식 세트 세 상자는 관리초소에 일주일 동안 그대로 방치돼 있었다.

"돈을 싸 짊어지고 간 것도 아니고, 애들 먹으라고 한과 좀 들고 간 건데, 그게 그렇게 나쁜 짓인가요? 선생님은 어떻게 생각하세요? 굳이 집 앞까지 들고 와서 돌려줄 정도로 제가 그렇게 잘못했나요?"

"선생님이 엄마들 뭐 가져오는 거 못 하게 하시는 스타일인가 봐요?"

현진은 엉거주춤 주방 입구에 서서 화장실을 곁눈질했다. 엉덩이가 화끈거리는 게 금방이라도 일이 터질 것 같았다. 그런 사정을 알 리 없는 태민엄마는 흥분해서 계속 담임 얘기를 늘어놓았다.

"저기…… 어머님, 태민이가 안 올 것 같은데 오늘은 이만 갔다가 다음에 올까요?"

더 이상 참을 수 없어진 현진이 다급하게 말했다.

"어머, 내 정신 좀 봐."

태민엄마가 핸드폰을 들고 태민의 행방을 수소문하기 시작했다.

"언니, 혹시 태민이 거기 안 갔어? 해성이는? 어우, 해성이는 집에 멀쩡히 잘 왔네. 착해라. 앤 대체 어디 간 거야. 수혁이네? 전화해봐야겠다. 고마워, 언니."

태민엄마가 여기저기 전화를 돌리는 동안 현진은 서성거리며 계속 화장실을 쳐다보았다. 환풍기를 틀어놓고 얼른 해결하고 나올까? 생각하다가 이내 고개를 저었다. 회원 집에서 화장실에 가는 건, 그것도 작은 일이 아닌 큰 일을 보는 건 절대 해서는 안 될 짓이었다.

"언니, 우리 태민이 혹시 거기 안 갔어? 아우, 어떡해. 지금 논술마루 선생님 와 계시거든……."

세 번째 통화까지 듣다 보니 화끈거리던 엉덩이가 조금 가라앉았다.

"어머니, 다음 수업 미루어놨어요. 좀 기다릴게요."

현진은 손을 입가에 대고 조그맣게 말했다. 이젠 화장실에 가봤자 시원하게 일을 볼 수 있을 것 같지 않았다. 보아하니 태민이 나타날 것 같지도 않고, 오늘은 이 엄마의 넋두리나 들어주면서 시간을 때우면 되겠다 싶었다. 예전에도

226

태민이 나타나지 않아 수업 시간 내내 엄마랑 차만 마시다 간 적이 있었다. 태민엄마는 그다지 교육 수준이 높아 보이진 않지만, 이렇게 시간을 보낸 뒤 보충을 요구할 정도로 상식이 없는 여자는 아니다.

"선생님도 애 있다고 하셨죠? 초등학생이라 그랬나요?"

통화를 끝낸 태민엄마가 뜬금없이 물어왔다.

"네."

현진에게도 초등학교 3학년짜리 아이가 있다. 깡마르고 숫기 없는, 동현이라는 아이가. 지금쯤 집에 돌아와 있을 것이다. 원래 이 시간이면 학교에서 방과 후 수업을 듣는다. 현진이 일을 하기 때문에 학교가 끝나면 이것저것 방과 후 수업을 돌다가 5시가 넘어 집에 들어오게 시간표를 짜주었다. 하지만 오늘은 발에 깁스를 하고 있어서 집에 와 쉬기로 했다. 오늘 방과 후 수업이 음악줄넘기라 깁스한 발로는 참가할 수가 없었다. 동현이는 지금 뭘 하고 있을까. 설마 그 발로 또 나가 놀고 있는 건 아니겠지? 그녀는 걱정이 되기 시작했다.

"앉으세요, 선생님. 커피 한잔 드릴게요."

"네, 어머니."

현진은 식탁 의자를 꺼내 조심스럽게 앉았다. 의자에는 자주색 리본과 레이스로 장식된 하얀 방석이 매여 있었다. 얼룩 하나 없는 하얗고 고운 방석. 문득 현진은 궁금해졌다. 이 여자는, 아니 이 집의 도우미 아줌마는 이 방석을 며칠에 한 번씩 빨까? 이 집을 뒤덮고 있는 이 순도 높은 흰색의 천들은 얼마만에 한 번씩 도우미 아줌마의 손길을 받을까? 시간이 없어 이삼일에 한 번씩 몰아서 집을 청소하는 현진으로서는 이렇게 집을 꾸미는 건 꿈도 꿀 수 없다.

태민엄마는 쇼핑백을 아일랜드 식탁에 올려놓은 뒤, 네스프레소 기계에 커피 캡슐을 넣고 버튼을 눌렀다. 윙, 하는 소리가 부엌을 가득 채웠다.

"선생님 아이, 담임 선생님은 어떠세요? 간식이나 이런 거 가져가면 받아주시나요?"

커피 기계가 작동을 멈추자 태민엄마가 찬장에서 찻잔을 꺼냈다.

"우리 선생님은 애들 간식 넣는 거 크게 거절 안 하신다 그러던데요?"

말한 뒤 현진은 쓴웃음을 지었다. 그녀는 새마을시장 안쪽에 있는 주택가에 살고 있다. 리센츠에서 대각선으로 건너가면 나오는 유흥가와 맞닿아 있는 지역이다. 유흥가 뒤편에 밀집한 다세대주택을 따라 남쪽으로 쭉 걷다 보면 넓은 운동장이 딸린 초등학교가 나온다. 새마을시장 쪽 다세대주택에 사는 아이들과 근처 D아파트 아이들이 다니는 학교이다. 그녀의 아들 동현은 이 학교에 다닌다. 학교에 뭘 많이 들고 가는 엄마도 없고, 어쩌다 누가 뭘 들고 가도 선생님들은 자연스럽게 받아들인다. 엄마들은 못 가져가서 안달, 학교는 가져오는 걸 못 막아서 안달인 이 동네와는 다른 분위기이다. 흥, 잘사는 동네라 이거지. 현진은 이렇게 생각하다가 고개를 세게 흔들었다. 뭐 하는 거야, 지금. 리센츠 전담 교사로 일한 뒤부터 자꾸만 리센츠와 자기가 사는 동네를 비교하게 된다. 별것 아닌 일도 빈부 차 때문에 그럴 거라고 비약해서 생각한다. 그녀는 그런 자신이 혐오스럽다. 없이 사는 사람의 전형이 돼가는 것 같다.

"선생님 애는 초등학교 어디 다녀요? 태민이보다 한 학년 위라 그랬나요?"

태민엄마가 하얀 김이 피어오르는 찻잔 두 개를 식탁에 내려놓았다. 현진은 그중 한 잔을 끌어당겼다. 달고 구수한 커피 향이 코끝을 맴돌았다.

"잠인초등학교 3학년이요."

"잠인초등학교요? 우리 담임도 원래 그 학교 있다가 작년에 우리 학교 왔다 그러던데? 혹시 김미하 선생님 아세요?"

태민엄마가 식탁에 앉으면서 현진 쪽으로 쑥 상체를 내밀었다.

"김미하 선생님이요? 그 선생님 우리 동현이 1학년 때 담임이었는데!"

현진이 식탁을 치며 허리를 쭉 폈다.

"어머! 그 선생님 지금 우리 태민이 담임이에요! 세상 진짜 좁다…… 그렇죠?"

"네……. 선생님 잘 계시죠?"

현진은 떨떠름한 표정을 지었다. 회원인 학생의 담임이 동현의 예전 담임이었다는 게 좋은 일인지 아닌지 판단이 서지 않았다.

"선생님이야 잘 계시죠. 애들이 잘 못 있어서 그렇지. 우리 선생님, 그 학교에선 어땠어요? 우리 반 엄마들은 좀…… 안 좋아하는데."

"김미하 선생님…… 좀 유별나시긴 했죠. 은근히 차별도 하시고……."

말하다가 현진은 입을 다물었다. 회원의 엄마에게 이런 얘기를 해도 될까 싶었던 것이다. 사실 잠인초등학교에서 김미하 선생님은 평판이 좋은 편이었다. 연구를 많이 해와서 수업도 재미있게 하고 아이들에게 애정을 갖고 대해주어 같은 반 엄마들 대부분이 좋아했다. 문제라 낙인찍힌 애들도 끝까지 포기하지 않고 정성을 들였다. 다만 한 가지, 지나치게 원칙에 엄격한 게 흠이었다. 그 때문에 몇몇 아이들이 상처를 받았는데, 동현도 그중 한 명이었다.

"맞아요! 차별 엄청 하시죠. 특히 남녀 차별. 그 선생님, 거기 계실 때도 여자애들만 예뻐하셨어요?"

"좀 그런 편이긴 했죠. 아무래도 여자애들이 이해도 빠르고 말도 잘 들으니까……."

현진은 말끝을 흐렸다. 그녀가 김미하 선생님 때문에 마음이 상한 것은 동현의 1학년 여름방학이 끝난 뒤였다. 일주일에 두 번 이상 일기 쓰기가 방학 숙제였는데, 동현은 하루도 빼놓지 않고 매일 일기를 썼다. 글쓰기를 좋아해서이기도 했지만 선생님께 칭찬받고 싶다는 마음이 더 큰 동인이었다. 그런데 개학하던 날, 깜빡 잊고 일기장을 가져가지 않았다. 선생님은 오늘 일기장을 못 낸 친구들은 다음 주 목요일에 내라고 했지만, 동현은 다음 날 바로 일기장을 제출했다. 방학 내내 정성 들여 쓴 일기를 하루라도 빨리 선생님께 보여드리고 싶었던 것이다. 그런데 선생님이 일기장을 받아주지 않았다. 다음 주 목요일에 내기로 했는데 동현의 것만 미리 받아줄 수 없다는 이유에서였다. 동현은 크게 실망했고, 앞으로 일기를 쓰지 않겠다고 선언했다. 보다 못한 현진이 다음 날 오후 수업을 빼고 선생님께 찾아가 부탁을 드렸지만, 선생님은 '한 사람만 특별히 봐줄 수 없다'면서 일기장을 받아주지 않았다.

태민엄마와 얘기하다 보니 그때 받았던 느낌, 무안함과 부끄러움과 분노가 그대로 되살아났다. 어떻게 보면 그건 교사로서 할 수 있는 일이었을지도 모른다. 하지만 한 가지, 선생님이 간과한 게 있었다. 동현이 선생님을 굉장히 좋아하고 선생님이 하라는 것은 뭐든지 하는 아이였다는 점이다. 일하느라 바쁜 엄마에게 자상한 관심을 받지 못한 동현은 자신의 좋은 점을 봐주고 언급해주는 담임 선생님에게 정서적으로 많이 의지했다. 아이를 초등학교에 보내놓고 잘 돌봐주지 못해 전전긍긍하던 현진도 따뜻하고 좋은 선생님을 만나서 다행이라고 가슴을 쓸어내리고 있었다. 그런데 그렇게 거절당한 것이다. 동현이 학교 가기 싫어하는 아이가 된 것은 그 사건 이후부터였다. 당시에는 그게 아이가 너무 민감한 탓이라고 생각했는데, 태민엄마와 말하다 보니 모두 담임 탓이었던 것 같다.

"그렇다고 대놓고 남자애들을 구박하면 안 되죠. 저번엔요, 우리 반 남자애 지우개를 빼앗아 교실 뒤편 쓰레기통에 던져버렸답니다."

"어머, 왜요?"

현진이 놀랍다는 듯 입을 손으로 가렸다. 김미하 선생님이 지우개를 많이 쓰지 못하게 한다는 건 이미 겪어봐서 알고 있었지만, 지금은 왠지 그런 액션을 취해줘야 할 것 같았다.

"우리 담임은 지우개를 못 쓰게 해요."

태민엄마가 커피를 후후 불었다.

"왜요?"

현진이 마시던 커피 잔을 내려놓으며 손으로 턱을 괬다.

"지우개를 자꾸 사용하면 산만해진다나. 그러니까 뭘 쓰려면 미리 신중하게 생각하고 써서 아예 고칠 일이 없게 해라, 그런 거래요. 초등학교 2학년 애들한테 그게 말이 되나요?"

고개를 끄덕여 보이긴 했지만, 사실 현진은 선생님이 그렇게 하는 이유를 알 것 같았다. 공부하기 싫어하는 아이들은 어떻게든 딴짓을 하려 한다. 그런 아이들에게 눈앞에 있는 연필이나 지우개는 가장 좋은 장난감이다. 현진의 수업 시간에도 공부하기가 싫어서 썼다 지웠다를 반복하는 아이들이 있다. 하지만 현진은 그 얘기를 하지 않았다. 왠지 지금은 그러면 안 될 것 같았다.

"2학년이면 아직 앤데 너무했다."

"그렇죠? 아무튼 초등학교 땐 담임 잘못 만나면 모든 게 끝인 것 같아요. 온종일 붙어 있어야 하는데, 이상한 사람 걸리면 애들이 얼마나 힘들겠어요? 어디 하소연할 데도 없고 정말 미치겠어요. 우리 태민이, 선생님도 보셔서 아시겠지만 나쁘고 거칠고 막 그런 애 아니잖아요. 장난을 좀 쳐서 그렇지."

현진은 이번에도 천천히 고개를 끄덕여주었다. 태민이 정도면 학교에서도 선생님을 여간 골치 아프게 하는 게 아니겠다 싶었지만, 수업료 꼬박꼬박 잘 결제해주고 간식도 근사한 걸로 들여보내주고 스승의 날엔 선물까지 챙겨주는 태민엄마에게 그렇게 말할 수는 없었다.

"그런데 며칠 전엔 걔가 장난 좀 쳤다고 글쎄 교감실로 보내버린 거 있죠? 애들 다 보는 데서 저한테 전화까지 걸고요. 같은 반 애들한테 우리 태민이 이미지가 뭐가 됐겠어요? 내가 그때 일 생각하면 정말 분통이 터져서 잠이 안 와요, 잠이. 할 수만 있다면 담임한테 어떻게든 해주고 싶어요."

분에 못 이긴 태민엄마가 들고 있던 커피 잔을 쾅, 소리가 나게 내려놓았다. 눈은 금방이라도 튀어나올 것처럼 이글거렸다. 그 눈빛을 보면서, 현진은 묘한 쾌감을 느꼈다.

"반 엄마들 중에 교육청에 민원 넣은 사람 없어요? 그 정도면 교육청에 찌른 엄마들 몇 명 있을 것 같은데?"

왜 갑자기 그런 말이 튀어나왔을까. 말해놓고도 현진은 자신이 왜 그렇게 말했는지 이해할 수 없었다. 요즘 들어 자기도 모르는 새 갑자기 말이 나갈 때가 있다.

"교육청이요?"

태민엄마가 눈을 크게 떴다.

"네. 요즘엔 선생님들도 옛날처럼 일방적으로 이래라저래라 못 해요. 교육청에 학부모 민원이 접수되면 그냥 못 지나가거든요. 반드시 경위 따져서 해결해야 해요. 교장이랑 선생이 제일 무서워하는 게 교육청에 민원 들어가는 거라잖아요. 잠선초등학교는 바로 옆에 교육청 건물 있지 않나요? 선생님들이 민원 들어갈까 봐 특히 예민해한다던데."

이것은 현진이 즉석에서 생각해낸 말이었다. 말하다 보니 초등학교 옆에 교육청 건물이 있다는 게 생각나서 갖다 붙였다. 원래 이런 성격이 아니었는데, 엄마들 상대하는 일을 하다 보니 말 갖다 붙이는 게 습관이 돼버렸다.

교육청 얘기가 나오자 태민엄마는 눈을 빛냈다. 현진은 여기저기서 주워들은 얘기를 조합해서 그럴싸하게 대답해주며 곁눈질로 냉장고 옆에 걸린 시계를 보았다. 3시. 수업이 끝난 시간이었다. 현진은 잡아먹을 듯 교육청에 대해 물어보던 태민엄마가 전화를 받는 틈을 타서 고개를 숙여 보인 뒤 태민이네 집을 빠져나왔다.

엘리베이터에 들어서니 벽에 '통합택배에 관한 설문조사'라는 공고문이 붙어 있었다. 통합택배? 그게 뭐지? 현진은 고개를 들이밀고 공고문을 읽어 내려갔다. 지상으로 다니는 택배 차량이 사고를 많이 일으키니 지상에 출입을 금지

시키고 택배를 일괄적으로 받아 관리소를 통해 배분하자는 안에 대해 찬반을
묻는 내용이었다. 한참 공고문을 보고 있는데 딩동, 하며 엘리베이터 문이 열렸
다. 현진은 입맛을 다시며 엘리베이터를 빠져나왔다. 복도를 벗어나자 세상이
환해지면서 시야 가득 푸른빛이 펼쳐졌다. 햇살을 받으며 끊임없이 몸을 뒤집
는 나뭇잎들, 금세라도 뚝 떨어져 내릴 것 같은 붉은 장미들. 현진은 초록으로
만발한 아파트 화단을 따라 천천히 걸었다. 다음 수업까지 남은 시간 50분. 변
의도 사라져버렸기 때문에 굳이 서둘러 걸을 이유가 없었다.

　화단을 지나자 아이들 떠드는 소리와 함께 놀이터가 나왔다. 푹신한 재질의
우레탄을 깔아놓은 아기자기한 놀이터는 아이들로 가득 차 있었고, 한쪽 구석
에 놓인 등나무 벤치에는 엄마들이 모여 앉아 이야기를 나누고 있었다. 현진
은 엄마 둘이 앉아 있는 벤치 한쪽 구석에 가방을 놓고 앉았다. 무거운 가방을
내려놓으니 어깨가 시원해지면서 눈부신 햇살과 신록이 더 선명히 시야에 들
어왔다. 그녀는 벤치에 손을 짚고 허리를 길게 늘인 뒤 놀이터 건너편에 늘어
선 나무들을 바라보았다. 얼마 전까지 아파트 전체를 화원처럼 보이게 했던
현란한 철쭉이 그새 자취를 감추고 신록이 풍성하게 펼쳐져 있었다. 여름이
오는구나. 그녀는 가만히 앉아 풍경을 음미했다. 제대로 느껴보지도 못했는데
한 계절이 가버렸다. 아이들 보충 수업을 해주느라 주말에 동현이 소풍 한번
데려가지 못했는데 봄이 가버렸다.

　"그거 못 들었어? 지난주에 네 살짜리 애 오토바이에 치였잖아. 지금 A병원
에 입원해 있대. 지상에 차 안 다니는 줄 알고 이 아파트 왔는데, 이게 뭐야."

　건너편 벤치에 앉은 엄마들이 통합택배에 관한 이야기를 하고 있었다.

"이럴 거면 보도를 아예 차도로 바꿔야지, 왜 애매하게 보도로 해놓고 오토바이들 막 다니게 해? 도대체 이게 보도야, 차도야?"

이렇게 말하는 여자의 주위를 두 돌쯤 되어 보이는 남자애가 빙빙 돌며 깍깍 소리를 지르고 있었다. 현진은 단정하게 말린 여자의 단발머리를 쳐다보았다. 지상에 차가 다니지 않는 아파트. 현진이 보기에 이 아파트는 이미 충분히 그런 아파트이다. 차들은 대부분 지하 주차장으로 들어가고, 지상엔 사람들만 다닌다. 가끔 배달 차량과 오토바이가 지나가긴 하지만, 아주 어린애가 아니면 충분히 피해갈 수 있게 동마다 입구의 시야를 잘 확보해놓았다. 그런데도 이 여자들은 오토바이도 못 다니게 해야 한다고 입을 모으고 있다.

"엘스는 지상에 오토바이 아예 못 다니게 한다던데?"

서서 유모차를 앞뒤로 밀던 긴 파마머리 여자가 끼어들었다. 큰 키에 잘록하게 들어간 허리, 긴 다리가 드러나는 니트 원피스를 입고 있었다. 이 아파트에 학습지 교사로 다닌 지 4년, 그동안 단지 내에서 날씬하고 맵시 있는 여자들을 눈에 밟히도록 보아왔지만 현진은 부럽다거나 샘난다는 생각을 해본 적이 없었다. 하지만 오늘은, 눈앞의 여자가 부러웠다. 가는 팔로 값비싼 유모차를 밀며 지상의 오토바이를 성토하는 여자가.

지난주 금요일, 수업을 끝내고 집에 갔는데 엄마를 맞으러 나오는 동현의 걸음걸이가 이상했다. 응급실에 가보니 발등에 금이 갔다 했다. 깁스를 하고 돌아오는 길, 아이를 다그쳐 전말을 알아냈다. 아이는 눈물을 그렁그렁 매단 채 현진의 눈치를 살피더니 조심스럽게 오후에 있었던 일을 털어놓았다. 집 앞에서 놀다가 주차장에서 나가는 차에 발이 깔렸다는 것. 살짝 지나가서 별로 아프지도 않았는데 시간이 지나면서 발이 점점 아파 왔단다. 아이는 차의 종류도, 번호도, 심지어 어떤 색 차였는지도 기억하지 못했다. 그러게 평소에 주차장에서 놀지 말라고 엄마가 몇 번 말했어! 버럭 소리를 지르면서, 현진은 눈을 감아버렸다. 억장이 무너진다는 게 뭔지 그제야 알 것 같았다. 현진의 집 근처엔 아이들이 놀 만한 공간이 없었다. 3, 4층짜리 다세대주택이 다닥다닥 붙어 있는 좁은 골목. 건너편은 꼬치구이집들이 몰려 있는 유흥가라 늦은 오후 시간이면 차량과 인파로 북적댔다. 집을 나서면 바로 주차장이었고, 주차장을 나서면 가뜩이나 좁은 골목에 주차해놓은 차들 때문에 차 한 대가 겨우 지나다닐 공간만 남았다. 주차장에서 놀지 말라는 것은 집 밖으로 나가지 말라는 것과 같은 소리였다. 집에서 네 블록 정도 떨어진 시장 입구에 지은 지 20년이 넘은 모래 놀이터가 하나 있었지만, 그곳은 인근 빌라에 사는 아이들로 북적거려 발 디딜 틈이 없었다. 한창 뛰어놀 아이에게 위험하니 집 밖으로 나가지 말라는 것은 현진이 생각해도 말이 안 되는 소리였다. 진즉에 이사를 나갔어야 했다고 생각해보지만, 아파트로 가지 않는 이상 어디를 가도 여기와 다르지 않을 것이었다. 그리고 아파트는, 복권에 당첨된다면 모를까, 지금 살고 있는 집의 월세 대기도 빠듯한 현진으로서는 꿈도 꿀 수 없는 일이었다.

다시 변의가 느껴지는 것 같아 현진은 자리에서 일어섰다. 막 가방을 집어 들려는데 엄마 옆을 빙빙 돌던 남자아이가 갑자기 현진이 있는 쪽으로 달려들었다. 얼른 몸을 뒤로 뺐지만 아이는 현진의 몸을 들이받아버렸다. 그 반동으로 벤치에 주저앉으면서 현진은 가방을 놓쳤다. 학습지 회사 로고가 찍힌 교재와 보조 교재들, 미니 지우개 선물 세트, 풍선 세트, 낱개로 포장된 사탕, 선물용 연필 세트, 미니 칠판, 필통 등 잡다한 물건들이 순식간에 벤치 주위로 펼쳐졌다. 누가 보아도 현진의 직업을 짐작할 수 있을 적나라한 물건들. 현진은 허겁지겁 물건들을 주워 모았다. 주위 엄마들은 나동그라져 우는 아이를 달래느라 현진에게 관심을 보이지 않았지만, 현진의 얼굴은 벌겋게 달아올랐다.

"죄송해요."

아이를 달래던 엄마가 뒤늦게 같이 물건을 주워 모으려 손을 뻗었다. 현진은 손사래를 쳤다.

"괜찮아요. 많지도 않은데요 뭐."

가방을 추스르고 일어서자 유모차를 끌던 여자가 길을 내주면서 현진을 조심스럽게 쳐다보았다. 현진은 여자에게 가볍게 묵례한 뒤 빠른 걸음으로 놀이터를 빠져나왔다. 현진이 걷는 속도를 늦춘 것은 놀이터가 완전히 보이지 않게 되었을 때였다. 250동 쪽으로 차도를 건너가자 단지 내 유치원이 나왔다. 유치원을 지나 상가 쪽으로 가는데, 유치원 뒤편 놀이터에서 놀던 아이 하나가 손을 흔들었다.

"선생님!"

현진이 가르치는 일곱 살짜리 유치원생 민선이었다. 현진은 웃으며 손을 흔들어 보이고 다시 상가 쪽으로 걸어갔다. 길게 늘어선 아파트 한 동을 지나가자 또 다른 놀이터가 나왔다. 축구장과 붙어 있는 제법 큰 놀이터였다. 그 놀이터도 초등학교 1, 2학년쯤 되어 보이는 아이들과 유치원생들, 엄마들로 시끌시끌했다. 봄날 오후 아파트 단지에서 흔히 볼 수 있는 한가하고 생기 넘치는 풍경. 현진은 멈춰 서서 그 풍경을 바라보았다. 이 아이들과 엄마들은 모를 것이다. 조금만 걸어가면 다른 종류의 놀이터가 계속해서 나오는 이 깔끔하고 안전한 공간이, 오직 사람만이 다니도록 곱게 포장된 아스팔트 보도가, 일정한 간격으로 심긴 조경수들이, 여름이면 시원하게 터져 나오는 분수대가, 당연한 듯 지나다니는 단지 내 공원과 상가가 얼마나 편리한 것인지. 그런 편리를 누리고 사는 게 얼마나 큰 특권인지.

현진은 다시 발걸음을 옮겼다. 아파트 한 동을 지나 왼편으로 틀었더니 대로변으로 주민센터와 상가 건물이 보였다. 현진은 천천히 걸으면서 주민센터 건물을 훑어보았다. 한쪽 면의 대부분이 작은 창으로 된 정사각형 모양의 2층 건물. 군데군데 돌출된 창과 일자의 대리석 장식을 넣어 깔끔하고 모던한 느낌을 주는 주민센터는 예전에 동사무소라고 불렸던 주공아파트 2단지 내 건물과는 아무런 공통점이 없어 보였다. 주공아파트를 부수고 새로 고층 아파트를 지었을 때, 그러니까 이 건물이 지어질 때에 맞춰 동사무소라는 이름도 주민센터로 바뀌었을까? 아니면, 이 건물도 초기에는 잠실2동 동사무소라고 불리다가 최근에 주민센터로 이름이 바뀐 걸까? 현진은 참 쓸데없는 것도 다 궁금해한다, 자조하며 발걸음을 빨리했다. 그녀는 주민센터 끝 쪽에 놓인 승용차 요일제 안내판을 지나 상가로 건너가다가 악, 비명을 지르며 멈춰 섰다. 갑자기 차가 튀어나왔던 것이다. 온몸이 경직되면서 의식이 혼미해졌다. 그녀는 비틀거리며 생각했다. 지금 내가…… 차에 치인 건가?

"아가씨, 괜찮아요?"

차가 급정거하더니 중년 남자가 차 문을 열고 나왔다. 흰색 폴로셔츠에 갈색 선글라스, 흰색 골프 모자를 쓴 풍채 좋은 남자였다.

"제가 차에 치였나요?"

말하는데, 몸이 후들거렸다. 현진은 차의 보닛에 기대 머리를 짚었다.

"차에 부딪히는 느낌은 없었던 것 같은데요? 저도 확실히는 모르겠네요. 병원에 가보실래요?"

남자가 현진을 부축하려 손을 뻗치는데, 차 보조석 문이 열리면서 남자아이 하나가 튀어나왔다.

"할아버지, 우리 교통사고 난 거야? 아싸."

야구 모자를 쓴, 초등학교 3, 4학년쯤 돼 보이는 아이였다. 사고 현장에 있다는 게 신기한지 우아, 우아를 연발하며 현진의 주위를 뱅글뱅글 돌았다.

"아줌마, 다쳤어요?"

"아니, 안 다친 것 같아."

아이를 보자 현진의 의식이 또렷해졌다.

"일단 타시죠. 병원에 같이 가봅시다."

할아버지라 불린 중년 남자가 차 뒷문을 열었다. 양산을 쓴 아줌마들 한 무리가 주민센터 입간판 뒤쪽에 서서 이쪽을 쳐다보고 있었다. 그제야 그녀는 자신과 남자의 차가 상가로 가는 대로변 한가운데를 가로막고 있다는 사실을 의식했다.

"좀 놀라서 서 있었을 뿐이에요. 그냥…… 가셔도 될 것 같은데요?"

현진이 손차양을 만들어 햇빛을 가리며 남자를 쳐다보았다.

"같이 병원에 가보는 게 안 낫겠어요? 교통사고는 후유증이 더 무섭다 그러던데."

남자가 선글라스를 벗으며 차도로 뛰어들 기세인 아이를 차 옆쪽으로 들여세웠다. 선글라스를 벗은 남자의 얼굴은 처음보다 훨씬 나이가 들어 보였다.

"병원? 할아버지, 그럼 우리 아시아공원 안 가는 거야?"

펄쩍펄쩍 뛰던 아이가 금세 시무룩한 표정이 되었다.

"아이 데리고 소풍 가던 길이신가 본데, 어서 가세요. 전 괜찮습니다."

"아닙니다. 타시죠."

남자가 현진의 가방을 끌며 정중하게 말했다. 현진은 남자의 손을 확 뿌리쳤다. 왠지 이 세련된 중년 할아버지의 친절함이 고까웠다.

"저 아무렇지도 않다니까요. 놀랐을 뿐이지 발이 깔리거나 그런 것도 아닌데요 뭐. 그리고, 보도를 지나가면서 그렇게 속도를 내시면 어떻게 해요? 사과부터 하셔야 하는 것 아닌가요?"

현진이 갑자기 퍼붓듯 말하자 중년 남자가 눈을 동그랗게 떴다.

"아, 미안합니다. 손주 놈이랑 빨리 놀러 가고 싶어 서두르다 보니…… 정말 미안해요. 미안합니다."

남자는 연신 미안하다고 말하며 지갑에서 명함을 꺼냈다. **로열 코티지 클럽 상무이사 전형찬.** 현진은 명함과 남자를 번갈아 쳐다보았다. 남자의 흰색 골프모자와 잘 다림질한 폴로셔츠, 빳빳하게 날이 선 베이지색 면바지가 햇살 아래 환하게 빛나고 있었다. 화가 나고 찜찜하지만 병원에 가는 건 좀 오버 같고, 보상을 해달라기도 애매했다. 그녀는 한동안 어정쩡하게 서 있다가 가방을 고쳐 멨다.

"나중에라도 이상 생기면 연락해요. 다시 한번, 미안합니다."

남자가 선글라스를 끼며 아이를 허리에 끼웠다.

"안녕히 가세요."

현진은 명함을 손에 쥔 채 남자의 차 앞을 지나갔다. 상가 문을 열고 들어서자 청결하고 시원한 공기가 조용히 그녀를 맞았다. 벌써부터 에어컨을 틀다니, 이 동네 사람들 참 돈도 많아. 중얼거리며 그녀는 미용실과 캔들 숍과 유기농 바게트 숍을 지나 상가 끝에 있는 화장실로 갔다.

변기에 앉아 아랫배에 힘을 주었지만 솟았던 변의는 그새 자취를 감춰버렸다. 그래도 노력하면 아예 가능하지 않은 일도 아닐 것 같아 그녀는 다시 힘을 주어보았다. 한동안 힘을 주다가 다시 풀고 휴지를 뜯어 반으로 갈라 돌돌 말았다. 아까 그 남자는 몇 살이나 됐을까? 차 문을 열고 나올 때는 50대인 줄 알았는데 가까이서 보니 나이가 꽤 들어 보였다. 손주가 초등학생이니 못해도 60대 중반은 넘었을 것이다. 그러면 우리 아버지랑 비슷한 나이인 건가?

생각이 아버지에 미치자 절로 이마가 찌푸려졌다. 아버지. 아내 병구완에 전 재산을 소진한 아버지. 퇴직금을 미리 당겨써버려 노후대책이 전무한 아버지. 그래도 소리부터 지르는 성질은 여전한 아버지. 아버지는 잘 살고 계실까? 마지막으로 본 것이 올해 설 연휴 때였다. 몇 개월 만에 찾아가니 아버지는 어떤 여자와 같이 살고 있었다. 왜소한 몸집에 궁기가 줄줄 흐르는 여자는 시장에서 분식집을 한다 했다. 그 후 아버지를 잊고 살았다. 아버지를 돌봐줄 사람이 생겼다는 안도감과 하필 골라도 그렇게 없어 보이는 사람을 골랐을까, 하는 못마땅함이 아버지에게 전화를 걸지 못하게 했다. 현진은 돌돌 만 휴지를 변기에 넣고 자리에서 일어섰다. 조금 전만 해도 홧홧하던 아랫도리가 무슨 일이 있었느냐는 듯 태연했다. 옷을 입으면서 현진은 손바닥으로 아랫배를 꾹꾹 눌렀다. 사흘 동안 변을 보지 못해 튀어나온 아랫배가 안으로 들어가면서 주위 뱃살이 팽팽하게 펼쳐졌다. 현진은 혀를 차며 변기 레버를 내렸다. 회원이고 뭐고 아까 태민이네에서 일을 봤어야 했다!

손을 씻으려고 세면대 앞에 서는데, 백 속에 둔 핸드폰이 울렸다. 다음 수업이 잡혀 있는 준혁이네 집 번호였다.

"네, 어머니."

현진은 화장실 밖으로 나가면서 밝은 목소리로 전화를 받았다.

"준혁이 바이올린 레슨이 좀 늦게 끝날 것 같은데, 혹시 수업 30분만 늦출 수 있을까요?"

현진은 미간을 좁혔다. 아파트를 돌면서 겨우 50분을 때웠는데, 30분을 또 때우라고?

"뒤에 수업이 있어서요, 어머니. 제가 다음 수업하는 집에 전화해보고 다시 연락드릴게요."

답을 미룬 뒤 전화를 끊었다. 이 엄마가 수업을 늦추자고 전화한 게 이번이 몇 번째인가. 그동안 순순히 시간을 바꿔줬더니 이제 당연한 듯 시간을 바꾸려 든다. 사실 다음 수업이 저녁 8시에 있어서 준혁이 수업을 좀 늦게 시작해도 상관없지만 현진은 그렇게 해주고 싶지가 않다. 준혁엄마의 버릇을 바로잡아주고 싶기도 했고, 그보다 집에 혼자 있을 다친 아이가 마음에 걸렸다. 깁스를 한 채 멍하니 앉아 있거나 컴퓨터로 게임을 하고 있을 아이가. 얼른 집에 가서 따뜻한 저녁밥을 지어주고 싶었다. 하지만 이 수업을 취소하고 집에 가면 오늘 수업 두 개를 공친 셈이 된다. 준혁엄마는 나중에 분명 보강을 해달라고 할 것이다. 다른 집들도 보강해줄 게 많은데 준혁이 보강까지 쌓이면 나중에 정신없이 바빠질 수 있다. 좀 괘씸하긴 해도 그냥 30분 후에 수업을 해주고 가는 게 나으리라.

현진은 상가 안을 터벅터벅 걸었다. 정통 유러피언 스타일 베이커리와 유어펫 애견 숍을 지나자 작은 옷 가게가 나왔다. 그녀는 가게로 들어가 마네킹에 걸쳐진 원피스를 가리켰다. 흰색 꽃무늬가 들어간 화사한 하늘색 민소매 원피스였다. 원피스는 현진에게 잘 맞았다. 흘러내리듯 자연스러운 라인이면서도 허리선이 은근하게 들어가 있어 깡마른 현진의 몸을 풍성해 보이게 해주었다.

"예쁘시네요. 정말 잘 어울려요."

직원이 감탄한 듯 입을 벌렸다.

현진은 거울에 비친 꽃무늬 원피스 차림의 여자를 물끄러미 바라보았다. 기미가 좀 있긴 하지만 얼굴 라인도, 몸도 그럭저럭 봐줄 만했다. 안 차려입어서 그렇지, 신경 써서 입으면 이 동네 엄마들 뺨치게 맵시가 날 것이었다. 그녀는 옷을 갈아입고 나와 가격을 물어보았다. 32만 원이라는 대답이 돌아왔다. 다시 올게요. 그녀는 가볍게 목례한 뒤 터덜터덜 걸어서 가게를 나왔다.

아까 그 남자라면 딸한테 이런 옷을 아무렇지도 않게 사줬겠지? 동물병원 앞에 쭈그리고 앉아 강아지들이 자는 모습을 바라보면서, 그녀는 조금 전 주민센터 앞에서 마주친 중년 남자를 떠올렸다. 엄마가 아프지 않았다면, 그때 주공아파트를 팔지 않았다면, 지금 엄마와 아버지는 리센츠에 들어와 살고 있었을까? 아버지도 그 남자처럼 근사한 외제차를 몰았을까? 골프 모자를 쓰고 동현이랑 아시아공원에 갔을까? 그녀는 피식 웃었다. 자기가 생각해도 말이 안 됐다.

현진은 이 동네의 원주민이었다. 리센츠라는 초고층 아파트가 들어서기 전, 그 자리에 있었던 주공아파트 2단지에서 성장기를 보냈다. 현진의 부모는 서울역 근처에서 판잣집을 짓고 살다가 그 집이 철거될 때 잠실 주공아파트 입주권을 받았다. 허허벌판인 강남에 아파트 건설이 막 시작되던 시절, 잠실 주공아파트는 당시 국가가 짓는 최고급 아파트였다. 저소득층에게도 골고루 아파트가 돌아갈 수 있도록 하라는 박정희 대통령의 특명 덕분에 우리 같은 사람들도 아파트에 살아보게 되었다고, 하늘이 내린 대통령에게 평생 감사하며 살아야 한다고, 엄마는 틈만 나면 말했다. 입주금을 마련하느라 크게 빚을 내야 했지만 부모님이 궂은일 마다치 않고 부지런히 일한 덕에 몇 년 지나지 않아 10평짜리 아파트를 온전히 소유하게 되었다. 현진은 그 집에 살면서 단지 내의 초등학교, 중학교, 고등학교를 졸업했다. 크게 잘살진 않았지만 소유한 집이 있었고, 주위 친구들 사는 것도 다 고만고만했다. 평범하고 안정된 유년 시절이었다. 엄마가 유방암에 걸리기 전까지는. 엄마의 암이 발견된 것은 현진이 고등학교 2학년에 올라가던 해였다. 처음 암 수술을 받을 때는 집을 팔지 않고 버텼다. 집은 가족의 모든 것이라고 생각했기 때문에 가족들 중 누구도 집을 팔자고 하지 않았다. 1년 뒤 암이 재발했을 때는, 상황이 달랐다. 집을 팔지 않으면 계속 이어지는 항암치료 비용을 댈 재간이 없었다. 이미 집을 담보로 대출을 많이 받은 상황이라 이자도 만만치 않게 나가고 있었다. 집을 팔았고, 항암치료를 계속했다. 좋다는 약, 좋다는 요법은 닥치는 대로 다 해보았다. 더 이상 치료 비용을 마련할 수 없어졌을 때쯤, 엄마가 돌아가셨다.

다른 동네를 전전하며 살던 현진이 잠실로 다시 돌아온 것은 결혼하고 동현이 여섯 살 되던 해였다. 이번에는 새마을시장 뒤쪽에 있는 오래된 다세대주택에 자리 잡았다. 남편 회사가 인근에 있었고, 현진이 학습지 교사를 하기에 대단지 아파트가 밀집한 잠실이 좋을 거란 생각이었다. 학습지 교사로 채용되고 첫 회원을 받아 리센츠에 들어서던 날, 현진은 입을 딱 벌렸다. 18년 만에 찾아온 동네는 이전의 모습이라곤 조금도 찾아볼 수 없는 낯선 모양새를 하고 있었다. 단출한 5층 건물이 드문드문 서 있던 자리에 33층짜리 날씬한 건물들이 위용을 자랑하며 솟아 있었다. 아파트 지상 층에 붙어 있던 아담한 상가와 동사무소도 완전히 사라지고 세련된 현대식 5층 건물과 정사각형 건물이 아파트를 보위하듯 전면에 나란히 서 있었다. 현진은 두리번거리며 자신이 살았던 동이 어디에 있었는지 가늠해보려 했지만, 그게 지금의 분수대 자리에 있었는지, 227동 자리에 있었는지 도통 구분이 되지 않았다. 과거에 무엇이 있었는지 알려주는 표식이 전혀 남아 있지 않아서, 리센츠가 주공아파트 2단지를 재건축한 것이라는 역사적 사실이 없었다면 지나가다 봐도 여기가 자신이 자란 동네라는 걸 모를 것 같았다. 옆에 있던 1단지와 건너편에 있던 3단지까지 엘스, 트리지움이라는 초고층 아파트로 탈바꿈해 있어 과거를 떠올리는 데 아무런 도움이 되지 않았다. 그나마 중학교와 고등학교 건물은 예전 모습 그대로여서, 그 자리를 바탕으로 자신이 살았던 동을 어렴풋이 가늠해볼 수 있으니 그것만으로도 감사해야 하는 걸까. 이럴 거면 아예 동 이름도 바꾸지, 왜 그대로 잠실2동이란 이름을 유지하고 있을까? 현진은 가끔 그런 생각을 했다. 아예 동 이름을 바꾸고 중·고등학교까지 싹 쓸어버렸다면 이 아파트가 자기가 살았던 아파트란 생각도 들지 않았을 테고, 고층 아파트를 올려다보며 억하심정을 갖지도 않았을 것 아닌가.

털을 살짝 들썩이는 것으로 숨 쉬고 있음을 보여주던 갈색 강아지가 조심스레 눈을 떴다 감았다. 현진은 강아지가 다시 잠드는 것을 들여다보다가 자리에서 일어섰다. 돈이 뭘까? 정말 행복은 돈하고 상관없는 걸까? 부자는…… 어떤 사람이 되는 걸까? 그녀는 자꾸 이런 생각을 하는 자신이 한심했다. 따지자면 자신이 리센츠에 살지 못해 억울하다는 건 말도 안 되는 소리였다. 주공 아파트를 팔고 나온 건 22년 전이었다. 그때 팔지 않았다 해도 향후 재건축 때 내야 하는 분담금을 감당하지 못해 결국 아파트를 팔았을 것이다. 그러니까 이 아파트는, 온갖 종류의 가게가 다 들어서 있는 이 백화점 같은 상가는, 원래 현진네 가족의 몫이 아니었던 것이다.

현진은 상가를 가로질러 엘스 쪽 출입구로 나왔다. 커다란 원형 분수대 뒤에서 요구르트 아줌마가 카트를 천천히 밀고 가는 게 보였다. 6월 초, 봄이라 하기도 여름이라 하기도 애매한 더운 날씨였다. 아줌마는 이마에서 흘러내리는 땀을 닦으며 힘겹게 카트를 밀었다. 저 아줌마와 나, 비교하면 누가 더 힘든 일을 하고 있는 걸까. 아줌마가 착용한 베이지색 모자와 두꺼운 질감의 제복이 눈에 들어와 박혔다. 아줌마는 원형 분수대가 끝나는 곳, 사각의 기다란 벤치가 놓인 또 다른 사각 분수대가 시작되는 아파트 입구에 카트를 정차시키고 화단에 걸터앉았다.

"안녕하세요."

현진이 다가가자 아줌마가 반갑게 웃으며 알은체를 했다.

"더운데 고생 많아."

그동안 몇 번 사 먹지도 않았는데 이미 현진이 하는 일을 눈치채고 있는 듯, 아줌마는 정답게 말을 건넸다. 현진이 요구르트를 먹겠다고 하자 아줌마가 왼쪽 박스를 얼른 열어젖혔다. 쿠퍼스, 윌, 뿌요뿌요 같은 기능성 고급 요구르트들을 모아놓은 박스였다. 아줌마는 손님이 나타나면 한 개에 350원씩 하는 요구르트가 담긴 오른쪽 박스 대신, 한 개에 1,500~2,000원씩 하는 요구르트가 담긴 왼쪽 박스를 먼저 열었다. 오른쪽 박스를 열어달라고 할까. 망설이다가 현진은 2,000원짜리 쿠퍼스 한 개를 집어 들었다. 한 번쯤은 비싼 음료수를 사 먹어도 괜찮으리라.

"오늘 수업 끝났어?"

쿠퍼스와 잔돈을 건네주면서 아줌마가 친근하게 물어왔다.

"저녁에 한 개 남았어요. 집에 가서 아이 밥해주고 오려고요."

현진은 쿠퍼스를 따 마신 뒤 분수대 벤치에 앉아 준혁엄마에게 문자를 보냈다.

다음 수업하는 아이가 시간을 바꿀 수 없다고 하네요. 죄송하지만 다음 주에 뵙겠습니다.

현진은 요구르트 아줌마에게 눈인사를 건넨 뒤 원형 분수대를 지나 사거리 횡단보도 앞으로 가 섰다. 정면 건너편엔 트리지움 상가가, 오른쪽 건너편엔 엘스 상가가 빼곡히 박힌 간판을 매단 채 당당한 풍채를 뽐내고 있었다. J투자증권, H금융투자, A저축은행…… 현진은 트리지움 상가에 걸린 간판을 훑어 내리다가 신호가 바뀌는 걸 보고 횡단보도를 건넜다. 보도를 따라 죽 걸어 올라가니 트리지움 서문이 나왔다. 서문 앞에서 길을 건너면 새마을시장이, 새마을시장을 관통해 걸어가면 현진의 보금자리가 나올 것이었다. 그녀는 건널목 신호등이 바뀌길 기다리면서 건너편을 바라보았다. 일정한 간격으로 서 있는 전신주와 거기에서 뻗어 나온 전깃줄이 거미줄처럼 얽혀 있는 하늘이 눈에 들어왔다. 현진은 고개를 돌려 트리지움 쪽 보도를 보았다. 이쪽엔 전신주도, 하늘을 여러 조각으로 갈라놓는 전깃줄도 없었다. 3차선 도로를 사이에 둔 양쪽 길 한쪽엔 전신주가 있고, 한쪽엔 전신주가 없는 이유에 대해 300자 이내로 논하시오. 현진은 아이들에게 이런 주제의 논술 과제를 내주면 어떨까, 생각하다가 피식 웃었다. 뭐든지 논술 주제로 연결시키는 것은 이 직업을 가지면서 생긴 직업병일 것이었다. 일에 투철해서 나쁠 건 없지. 누가 알아? 이러다 내가 이쪽에서 이름을 날리는 명강사가 될지. 그녀는 유명 강사가 되어 여기저기서 수업 의뢰를 받는 상상을 하며 뿌듯하게 미소 지었다. 그러다 문득 정신을 차렸다. 이제 저쪽으로 건너가야 한다. 건너편 저 멀리 한구석에, 내 아이가 있다. 금방이라도 울 것처럼 겁먹은 눈을 한 깡마른 아이, 집 앞에서 논다고 엄마한테 만날 혼나는 아이, 차가 지나간 뒤 점점 아파 오는 발등을 붙잡고 혼자 끙끙거렸을 내 아이 동현이가. 그녀는 푸른 등이 들어오기 바쁘게 횡단보도를 건넜다. 시장통 특유의 돼지 수육 냄새가 늦봄의 더운 바람을 타고 날아와 코끝을 간질였다.

경훈엄마 강희진 (1976~)

희진은 백미러를 쳐다보았다. 뒷좌석 창에 얼굴을 붙이고 거리를 쳐다보던 장이 시선을 느꼈는지 앞으로 고개를 돌렸다. 희진은 살짝 웃어 보인 뒤 시선을 거두고 핸들을 두 손으로 잡았다.

"희진! 서울은 내 가슴을 뛰게 한다. 정말 흥미롭다."

장이 큰 소리로 말했다. 희진은 쿡, 웃음을 터뜨렸다. 장의 영어에 섞인 악센트가 아버지인 앙리의 악센트와 놀랍도록 닮아 있었다.

"앙리, 넌 너랑 정말 닮은 아들을 두었구나. 네 아들의 영어에 섞인 프랑스 악센트, 너랑 완전 똑같다."

아들 옆에 앉아 반대편 창밖을 보던 앙리가 희진의 말에 정색했다.

"내 영어가 애처럼 후졌단 말이야? 정말 모욕적인데? 야, 장, 너 영어 좀 똑바로 해. 너 때문에 나까지 하향 평가되잖아."

앙리가 흘러내린 회갈색 머리를 쓸어 올리며 다리를 바꿔 꼬았다.

"내 영어, 근사하지 않나? 한국인 친구들은 내 영어가 근사하다 그러던데?"

장이 한 손으로 차양을 만들며 백미러를 쳐다보았다. 조금 전까지 세찬 장대비가 쏟아졌던 하늘은 금세 개어 맑은 얼굴을 하고 있었다. 잿빛 구름 사이로 고개를 내민 태양이 희진의 차창으로 강렬한 빛을 내리쏘았다. 희진은 다시 백미러를 보았다. 어깨까지 내려온 장의 금발 머리가 빛을 받아 환하게 반짝이고 있었다. 햇빛 때문에 인상을 쓰며 하늘을 쳐다보는 장의 옆모습. 깊은 초록색 눈, 금방이라도 꺾일 듯 날카롭게 솟아 있는 콧대, 얇고 붉은 입술. 콧방울이 큰 매부리코에 갈색 머리인 아버지와 달리 미국인 엄마를 빼다 박은 장은 사람들이 흔히 떠올리는 '잘생긴 백인 남자'의 전형이었다.

"한국 사람들은 불어라 하면 껌뻑 죽어. 영어도 좋아하지만 불어는 누가 한마디만 해도 그냥 넘어가지. 그런데 너는 프랑스어 악센트가 잔뜩 섞인 영어를 하니 얼마나 매혹적이겠니? 넌 그냥 한국 와서 살아라. 너희 나라에 있는 것보다 백배는 사랑받을걸?"

희진이 웃으며 말하자 앙리가 "그거 좋은 생각인데?" 하며 엄지를 세워 보였다.

지난달 말, 몇 개월 동안 소식이 없던 앙리가 전화를 걸어와 대학생인 아들 장이 한국에서 교환학생으로 1년간 체류하게 됐다며 도움을 요청했다. 희진과 남편이 미국에서 공부할 때 같은 병원에 있어 친해졌던 앙리는 희진의 가족이 프랑스에 갈 때마다 자기 별장에서 자게 해주고 여기저기 데리고 다니며 극진히 대접했다. 그랬던 앙리가 아들과 함께 한국에 오겠다고 알려왔을 때, 희진은 순수한 마음으로 기뻐했다. 앙리가 오는구나! 파트타임으로 일하며 살림과 육아에 치여 사는 그녀에게 앙리라는 존재는 미국에서의 나날, 남편과 똑같이 치열하게 공부하고 발전해나갔던 젊은 나날들의 상징과도 같았다. 하지만 남편이 연이은 학회와 진료 때문에 앙리를 맞으러 갈 짬을 낼 수 없다는 것을 알았을 때 그 기분은 거짓말처럼 사라져버렸다. 앙리와 그 아들의 방문은 그녀에게 날마다 부여되는 수많은 의무 중 하나가 되어 어깨를 짓눌렀다. 남편과 자신의 공통된 친구라 생각했던 앙리란 존재가 어느새 '남편 친구'가 되어 그녀의 억울한 정서를 부채질했다.

희진과 남편은 대학에서 만난 교내 커플이었다. 희진은 의대 내에서도 수석을 놓치지 않는 수재였고, 남편은 '잘 노는 의대생'이었다. 본과 4학년, 큰 시험을 앞두고 둘이 커플임이 밝혀졌을 때 동기들은 모두 놀란 표정을 했다. 의대 내에서 날라리로 통했던 남편이 공붓벌레인 희진과 커플이 되었다는 건 누가 봐도 믿기 힘든 일이었다. 같은 대학병원에서 인턴을 한 남편과 희진은 레지던트 과정에 들어가면서 소속이 달라졌다. 전공은 같았지만 그녀는 S대 대학병원에, 남편은 A병원에 들어갔다. 그녀는 내과의 중에서도 가장 주류에 속한 내과의였고, 남편은 '놀았던 것치고 무난하게 자리 잡은' 내과의였다. 자신감과 열정으로 패기 있게 앞길을 열어나가던 그녀가 대학병원을 그만둔 것은, 경훈이 초등학교에 들어가고 석 달이 지났을 때였다.

경훈이가 도통 말을 하지 않아요. 담임은 실어증을 언급했다. 자폐라는 무시무시한 단어도 입에 올렸다. 심각한 말을 아무렇지도 않게 하는 담임의 얼굴을 보면서, 희진은 자신의 삶이 변곡점에 이르렀음을 직감했다. 뻔히 있다는 걸 알면서도 모르는 척해왔던 암초가 쑥쑥 자라 수면 위로 모습을 드러내고 있었다. 경훈과 경진이라는 거대한 암초가. 그동안 입주해 있던 조선족 도우미에게 아이들을 맡기고 병원으로 향하면서 차곡차곡 쌓아왔던 죄책감과 조바심이 이때다, 하고 떼를 지어 몰려왔다. 대한민국 '빅 스리'라 불리는 병원 중 한 곳에서 화려한 이력을 구축해가던 희진은 그렇게 이름 없는 페이닥터가 되었다. 마침 개업한 대학 동기가 함께 일할 의사를 구하고 있었다. 병원 소속 의사가 한 명 더 있어야 나라에 더 많은 포션의 진료비를 청구할 수 있는 제도 때문에 동기는 파트타임 의사를 한 명 더 두어야 하는 상황이었다. 희진은 동기의 병원에서 아침 9시부터 오후 2시까지 일하고 부리나케 집으로 돌아와 경훈과 경진을 돌보았다. 언어장애가 있는 아이를 학원에 보낼 수는 없었으므로, 직접 돌보며 눈을 맞추고 책을 읽어주었다. 다행히 경훈은 금세 말을 시작했다. 비어 있던 엄마의 공간을 채우는 것만으로 아이가 치유될 수 있다는 데에 희진이 얼마나 감격했던가!

하지만 그 감격은 경훈의 입이 트이고, 경진의 표정이 밝아지고, 희진이 파트타임 의사로 일하는 것이 당연한 일상으로 자리 잡을 무렵부터 자취를 감추었다. 그동안 남편은 박사 학위를 받았고, S대 대학병원으로 적을 옮겼다. 박사 학위 논문이 외국 학회지에 소개되면서 유명세를 탄 것이 적을 옮기는 데 큰 도움이 되었다. 이후 남편인 이강우 박사의 행보는 거침이 없었다. 부지런히 공부했고, 특유의 사교성으로 동료들과의 관계도 탄탄히 쌓았다. 실력 있으면서도 유머러스하고 풍류를 즐길 줄 아는 이강우 박사는 S대 대학병원의 명성에 어울리는 대표적인 재원으로 자리 잡았다.

"와, 저게 뭐야? 임대주택인가? 시내 한복판에도 임대주택이 있네?"

즐비하게 늘어선 파크리오가 나오자 장이 창문에 달라붙으며 탄성을 질렀다.

"저건 임대주택이 아니고, 일반 아파트야."

"일반 아파트?"

이해가 가지 않는 듯 턱을 괴고 생각에 잠긴 표정을 짓는 장에게 희진은 크게 고개를 끄덕여주었다.

"그래, 일반 시민들이 사는 곳."

"그래? 그래도 형편이 안 좋은 사람들이 주로 살겠지?"

"형편이 안 좋은 사람들? 아니야. 저 아파트가 얼마나 비싼데. 시민들 중에서도 경제적 여유가 좀 있는 시민들만 저 아파트에서 살 수 있어."

이해가 가지 않는 듯 장은 손을 입에 대고 한동안 생각하는 표정을 지었다.

"희진. 프랑스는 저런 대단지 아파트가 대부분 도시 외곽에 있어. 자기 집 가질 여유가 안 되는 사람들이 세 들어 사는 임대주택이지. 그래서 프랑스에선 대단지 아파트, 하면 골치 아픈 지역으로 생각해. 경제적으로 여유롭지 못한 사람들이 모여 사는 구역이다 보니 폭동이 날까 봐 신경이 쓰이는 거지. 실제로 몇 번 폭동이 일어나기도 했고. 그래서 장이 그렇게 생각한 거야."

앙리가 중재하듯 끼어들어 설명해주었다.

"그래? 우리나라에서 아파트는 좋은 이미지인데. 특히 저런 고층 아파트는 경제적으로 중간 계층 이상이 돼야 살 수 있어."

희진이 사이드미러로 옆 차선의 상황을 살피며 설명하듯 말했다.

"정말?"

장이 고개를 갸우뚱하더니 조금 후 천천히 고개를 끄덕였다.

"하긴, 한국전쟁도 종전이 아니라 휴전인 거니까. 전시 대비를 해야겠지. 그래서 저런 고층 아파트에서 무리 지어 사는 거지? 그렇게 생각하니까 좀 이해가 되는 것 같아. 미리미리 조심하자, 이거 아니야."

심각한 얼굴로 고개를 주억거리는 장을 보면서 희진은 너털웃음을 터뜨렸다. 그런가? 우리가 고층 아파트에 사는 게 북한하고 전쟁 날 때를 대비해서였나?

"꼭 그런 것 때문은 아닌데, 네 말 들으니까 그것도 말이 되는 것 같긴 하다."

파크리오를 지나 좌회전하자 잠실역 사거리가 나왔다. 오후 4시. 넓은 10차선 대로를 차들이 빼곡히 채우고 있었다. 그 틈으로 겨우 끼어들어 하나씩 차선을 오른쪽으로 옮기는데, 장이 따발총처럼 감탄사를 쏟아냈다. 와, 저 금색 건물! 멋지다! 너희 나라는 어딜 가나 높은 건물이 많구나! 저기 있는 저 옆으로 긴 아파트들은 좀 오래된 것 같은데? 저건 꼭 군사기지처럼 생겼구나. 혹시 여기 작전구역, 뭐 그런 거 아니야? 와우, 저건 뭐야? 뭐 짓는 거야? 굉장히 높이 올라가는데?

장이 흥분하며 가리킨 것은 한창 공사가 진행 중인 제2롯데월드 부지였다.

"저기는 롯데라는 일본 재벌의 땅이야. 한국 재벌이기도 하지. 거기에서 올리는 롯데타워 건물이야. 완공되면 아마 세계에서 높기로 한 손 안에 들어갈걸?"

희진은 오른쪽 깜빡이를 넣으면서 공사 중인 건물의 반짝이는 외벽을 올려다보았다. 경훈의 친구 엄마 중에는 아예 이쪽으로 발길도 하지 않는 사람이 있다. 무리한 제2롯데월드 공사로 인해 싱크홀이 생기고, 그로 인해 잠실역 일대의 지반이 모두 붕괴할 거라는 소문을 그대로 믿는 것이다. 최근에 만났을 땐 며칠 전 방이동 일대에서 커다란 싱크홀이 발견됐다면서 당장 이사를 가야겠다고 호들갑을 떨었다. 희진은 뒷좌석 유럽 총각에게 그 엄마 얘기를 해줄까 하다가 자기 얼굴에 침 뱉기 같아 입을 다물어버렸다.

"아, 저기가 거기구나! 나 그거 신문에서 봤어. 123층짜리 건물이 들어선다고. 그거 들어서게 하려고 한국 정부가 공군의 활주로 각도까지 바꿨다며? 정말 한국인들은 대단해. 마음먹으면 못 하는 게 없잖아? 안 되면 되게 하라! 건물을 세우기 위해 공군 활주로를 바꾸다니, 우리나라 같으면 상상도 못 할 일이지. 한국인들의 융통성! 최고야!"

장은 엄지를 추켜세우며 연신 최고라는 감탄사를 내뱉었다. 희진은 장의 입에서 '플렉시빌리티'란 말이 나올 때부터 인상을 찌푸렸다. 이놈이 지금 농담하는 척하면서 은근히 우리나라를 비하하고 있지 않은가. 그때 옆 차선에서 빵빵하는 소리가 요란하게 울렸다. 일렬로 늘어서 좀처럼 끼어들 자리를 내주지 않아 희진이 억지로 차머리를 들이밀었더니 옆 차선에 있던 차가 클랙슨을 울린 것이다.

"알았어, 알았어."

말은 이렇게 했지만 그녀는 차머리를 그대로 밀고 들어가 우회전 차선에 끼어들었다. 남편과 만나기로 한 시간이 3시 반인데 벌써 4시가 지나 있었다.

"아라쒀, 아라쒀."

장이 희진의 말을 흉내 내자 앙리도 똑같이 따라 했다. 아라쏴, 아라쏴. 그 폼이 꼭, 한창 말 배울 때 엄마 말을 따라 하던 경진이 같아 희진은 웃음을 터뜨렸다.

"여기야? 너희 사는 아파트가? 아닌가? 저긴가?"

잠실역 사거리를 우회전해 빠져나오자 오른쪽으로 주공아파트 5단지가, 왼쪽으로 롯데월드와 롯데마트 건물이 나오고, 전방에 갤러리아팰리스가 보였다. 희진이 사는 집이 고층 아파트라는 사실을 미리 들어 알고 있었던 앙리는 시야에 들어오는 아파트들을 가리키며 추측하느라 바빴다.

"저기 봐봐. 영어로 리센츠라고 쓰여 있지? 저기가 우리 사는 데야."

희진이 오른손을 들어 멀리 보이는 리센츠를 가리켰다.

"리센츠? 그게 무슨 뜻이야?"

장이 운전석 뒤로 척 달라붙으며 말했다. 순간 희진은 당황했다. 리센츠가…… 무슨 뜻이냐고?

"글쎄. 나도 잘 모르겠는데?"

"리버, 센터, 제니스. 한강의 중심에 위치한 최고의 아파트라는 뜻이지."

앙리가 또박또박 말했다.

"그래? 그런 뜻이야?"

희진은 깜짝 놀랐다. 나도 모르는 걸 이 프랑스인 아저씨가 어떻게 알았을까?

"강우가 이메일로 너희 집 주소 알려줬을 때 내가 물어봤어. 무슨 뜻이냐고."

남편이 알려줬다고? 희진은 고개를 갸우뚱했다. 남편이 그걸 어떻게 알았지? 원래 알고 있었나? 희진은 깜빡이도 켜지 않고 갑자기 끼어드는 앞차를 향해 반사적으로 클랙슨을 눌렀다. 주공 5단지에서 리센츠로 가는 길은 한 블록밖에 되지 않는데도 차량이 많아 성질 급한 운전자들이 계속 차선을 바꾸며 시빗거리를 만들어냈다.

"저 아파트는 이름이 뭐야?"

장이 트리지움을 가리켰다.

"저건 트리지움. 저 자리에 원래 5층짜리 낡은 아파트가 있었거든. 그 아파트 이름이 주공 3단지였어. 리센츠는 2단지였고. 트리지움은 아마 삼(three)의 어두에서 따온 트리와 집합체를 뜻하는 영어어미 움(um)을 따와서 지었을 거야."

이번에도 뜻을 물을까 봐 희진이 선수를 쳤다.

"3단지, 2단지. 재밌는데? 그럼 1단지도 있었어?"

희진은 한쪽 팔을 들어 리센츠 쪽을 가리켰다.

"저기 보이는 리센츠 끝까지 쭉 가면 아파트 단지가 하나 더 나와. 그게 주공 1단지였어. 지금은 재건축해서 엘스라는 이름이 되었지."

"엘스?"

"응, 엘스. 엘엘엘에다가 에스를 붙여서 엘스라고 읽는데 뜻은, 글쎄, 모르겠네."

말하고 보니 엘스라는 이름이 어처구니없게 느껴졌다. 리센츠도 웃기지만 엘스는 정말 웃긴 이름 아닌가. 엘스 주민들은 엘스가 무슨 뜻인지 알고 있을까?

"롱 롱 라이브스 아닐까?"

장이 말하자 앙리가 폭소를 터뜨렸다. 순간 희진은 머리털이 곤두서는 것 같았다. 도대체 우리나라 건설사들은 아파트 이름을 왜 이따위로 짓는 걸까? 영어인지 불어인지 독어인지, 도통 정체를 알 수 없는 괴상한 서양식 이름들의 향연.

두 번째 신호를 받아 직진해 리센츠 쪽으로 건너가자 차가 부드럽게 빠지기 시작했다. 리센츠 상가를 지나가면서 희진은 일행에게 목적지를 말해주었다.

"저 앞 사거리 봐봐. 이쪽에서 대각선 건너편으로 3층짜리 건물 보이지? 전면 유리가 긴 통창으로 된 곳. 거기로 갈 거야. 미용실인데, 강우가 거기서 머리를 하고 있어. 앙리랑 장이랑 온다고 꽃단장 중이지. 가서 강우를 픽업한 다음에 저녁 먹으러 갈 거야. 삼청각이라고, 강우가 한강 북쪽 지역에 한정식집을 예약해놨어."

사거리에서 좌회전해 새마을시장 뒤편 주차장으로 들어서려는데 장의 폭풍 질문이 시작됐다. 앗, 여긴 뭐야? 오, 저 많은 사람들! 어, 저 할머니는 바닥에 앉아 있네? 왜 그러지? 저 아줌마도 앉아 있어! 뭐 하는 거지?

저 사람은 나물을 팔고 있는 거라고, 저긴 사람들이 좌판을 늘어놓고 장사하는 재래시장이라고 말해주다가, 희진은 입을 다물었다. 넋을 놓고 시장을 쳐다보느라 장은 그녀의 말을 듣고 있지 않았다.

미용실에 들어섰을 때 남편은 드라이를 받고 있었다. 은회색 가운을 입고 앉아 긴 머리의 여자 디자이너와 웃으며 이야기하는 남편의 둥근 얼굴을 보자 희진은 화가 치밀었다. 자신은 오늘 이 말 많은 프랑스인들의 가이드를 하기 위해 한 달에 한 번 쓸 수 있는 휴가를 냈다. 덕분에 앞으로 경훈이 학교에 일이 생기거나 경진이 아파도 휴가를 낼 수 없게 됐다. 머리를 할 여유가 있었다면 아예 휴가를 내서 자기가 이 시끄러운 프랑스인들을 맡았어야 하는 것 아닌가?

"하이, 강우."

남편과 짧게 눈인사를 나눈 장과 앙리가 미용실 창가로 다가갔다. 희진도 마음을 추스르고 창가로 갔다. 기왕 수고한 것, 끝까지 웃는 낯으로 마무리해야 할 것이었다.

새마을시장 쪽 유흥가 초입에 있는 건물 2층에 자리 잡은 미용실은 한쪽 벽의 반을 가로로 긴 통창으로 마무리해, 유흥가 쪽에서 바라본 신천역 사거리 전경이 한눈에 들어오게 해놓았다. 창밖 풍경을 반으로 가르는 10차선 대로 오른편으로는 트리지움과 공사가 한창인 제2롯데월드 건물이, 왼편으로는 길게 늘어선 리센츠와 그 사이에 도로 하나를 두고 엘스가 이루는 층계 모양의 스카이라인이 가지런히 펼쳐졌다. 아파트와 하늘의 경계에 솜털처럼 돋아 있는 하얀 구름들을 보면서, 희진은 묘한 느낌에 빠져들었다. 내가 저런 곳에 살고 있구나. 저렇게 북적이는 곳에. 사거리의 신호가 바뀌자 빠르게 지나가던 색색의 차들이 멈춰 서고 운집해 있던 검은 머리들이 일제히 건널목을 건넜다. 희진은 가만히 서서 그 행렬을 응시했다. 집에서 대각선 건너편으로 건너온 것뿐인데, 매일 보던 거리 풍경이 그렇게 낯설어 보일 수가 없었다. 장도 선 채로 유심히 그 광경을 바라보았다. 도시공학을 전공하고 있는 장은 어디에 가든 창가에 서서 한참 동안 시간을 보냈다. 공간이 전공과목인 프랑스 청년 장에게 한국의 서울 남단, 잠실이라는 공간은 어떤 느낌을 줄까.

"이게 다 아파트야?"

장이 침묵을 깼다. 시선은 여전히 창밖에 두고 있었다.

"물론. 아까도 말했지 않아? 저곳이 내가 살고 있는 아파트야."

"놀라운데? 한국이 짧은 시간에 한강의 기적을 이루어낸 힘이 어디에서 나오는지 알 것 같아. 저렇게 밀집해 살면 뭐든 힘을 합쳐 순식간에 해치울 수 있지 않겠어! 물론 북한에서 쳐들어와도 일사불란하게 빠져나갈 수 있을 테고. 휴전 중인 나라에 이보다 더 알맞은 주거 형태는 없을 거라 생각해."

외국 사람들은 왜 모든 걸 북한하고 연결시켜 생각할까? 미국에 있을 때도 외국인들은 툭하면 북한과의 관계를 들먹이며 한국 사정을 재단했다. 그녀는 아까부터 자꾸 전쟁을 들먹이는 장이 거슬렸다. 바보야, 우리나라에 아파트 많은 건 북한이랑 아무 상관 없거든?

"그런데 강우와 넌 답답하게 왜 저런 고층 아파트에 살아? 한국에서 의사는 상당한 수입과 지위가 보장된다고 들었는데? 강우와 너 정도면 좀 더 좋은 '집'에서 살 수 있지 않아?"

앙리가 창가에 놓인 의자를 빼며 말했다. 장은 바지 뒷주머니에서 카메라를 꺼내 창밖을 찍기 시작했다.

"네가 지금 몰라서 그렇게 말할 텐데, 지금 보고 있는 아파트가 한국에선 살기 좋기로 몇 손가락 안에 꼽히는 곳이야. 한국에서는 좋은 '집'이 '아파트'를 의미해."

희진이 말하자 앙리가 고개를 옆으로 기울이며 입을 동그랗게 말았다.

"나는 지붕이 있고, 하늘이 보이고, 마당이 있는 '집'을 말하는 거야. 저런 아파트는 '집'이라기보단 커다란 '방'에 가깝지 않나? 프랑스에선 중산층이 고층 아파트에 사는 경우는 보기 드물어. 중산층은 대부분 '집'이나 오래되고 전통 있는 3, 4층짜리 연립주택에 살지."

희진은 홀에 놓인 탁자에서 의자를 꺼내 앉으며 한숨을 쉬었다. 집. 물론 나도 집으로 이사 가고 싶지, 왜 안 그렇겠니. 아이들을 키우면서, 그녀는 마당이 있는 집으로 이사 가고 싶다는 생각을 자주 했다. 아이들 뛰는 소리가 시끄럽다고 아랫집에서 인터폰이 올 때, 윗집 애들이 뛰어서 거실 샹들리에가 떨어져 내릴 듯 흔들릴 때, 배경이 온통 성냥갑 같은 아파트뿐인 아이들 사진을 볼 때, 하늘이 붉게 물드는데 높은 건물들에 가려 작열하는 해를 볼 수 없을 때, '집'에 살고 싶다는 열망이 끓어올랐다. 근래 들어 그 열망이 심해져서 한동안 밤마다 컴퓨터 앞에 앉아 타운하우스나 단독주택지를 검색해보기도 했다. 서울의 남부 신도시에 새롭게 조성된 타운하우스촌이나 서울 도심의 단독주택촌 몇 곳에 가본 적도 있었다. 하지만 그녀는 이사 갈 엄두를 내지 못했다. 타운하우스는 가격이 너무 셌고, 저렴한 단독주택들은 지은 지 오래되어 시설이 낙후돼 있었다.

"우리나라에선 돈이 아주 많아야 네가 말한 '집', 지붕이 있고 하늘이 보이고 마당이 있는 '집'에 살 수 있어. 그렇지 않은 우리 같은 중간 계층은 모두 아파트에 살아."

그것은 몇 개월에 걸친 주택 검색 작업 뒤에 희진이 내린 결론이기도 했다.

"그렇구나. 사실 처음에 장이 살 집을 알아볼 때 나, 굉장히 당황스러웠어. 한국 에이전시한테 1년간 살 '집'을 알아봐달라고 했는데 계속 아파트만 권해 줬거든. 왜 집이 아닌 아파트만 소개해주느냐 항의했더니 에이전시 사람이 너와 똑같은 말을 하더라고. 한국에선 주차장이랑 보도가 제대로 갖추어진 데서 살려면 아파트로 가야 한다고. 아까 네 차를 타고 오면서 창밖을 보는데, 그제야 그 에이전시 말이 이해되더라. 한국은 정말 아파트 천국이구나! 그런데 한국 사람들은 왜 그렇게 대단지 아파트를 좋아해?"

희진은 어깨를 으쓱했다.

"그건 나도 궁금한 바야. 우린 왜 그럴까?"

"그게 다 우리나라가 너무 단시간에 급성장을 해서 그런 거지."

머리 손질을 마친 남편이 테이블로 다가오며 불쑥 대화에 끼어들었다.

"오, 강우! 오랜만이다!"

앙리가 큰 소리로 외치며 남편을 덥석 끌어안았다.

"헤어스타일 죽이는데? 못 본 동안 스타일이 더 좋아졌다. 네 와이프의 젊음을 네가 다 뺏어갔나? 네 와이프는 지쳐 보이는데, 너는 20대 젊은이 같구나."

창밖 풍경을 카메라로 찍느라 분주히 움직이던 장도 돌아서서 남편의 어깨를 치며 호들갑을 떨었다. 희진은 남편을 쓱 훑어보았다. 남편은 키도 작고 얼굴도 동글납작하지만 깔끔한 피부와 운동으로 단련된 탄탄한 몸, 신경 써서 세팅한 머리 덕에 늘 보기 좋은 외모를 유지했다. 거기에 이름난 내과 의사라는 후광까지 어리니 더 좋아 보이는지, 경훈의 친구 엄마들은 볼 때마다 남편을 '호남형'이라고 추켜세웠다.

"고맙다, 장. 넌 못 본 사이에 완전히 성인이 다 되었구나. 널 보니 네 엄마가 떠오른다. 엄마의 미모를 그대로 빼다 박았으니 얼마나 다행이냐. 난 늦게라도 너한테서 아빠 얼굴이 나올까 봐 남몰래 걱정했단다."

남편의 갑작스러운 농담에 희진은 살짝 긴장했다. 앙리는 장의 엄마인 미국 여자와 몇 년 전에 이혼하고 지금은 어떤 태국 여자랑 살고 있다. 그런데 이렇게 장의 생모 얘기를 꺼내도 될까. 희진은 슬쩍 앙리의 표정을 살폈다. 다행히 앙리는 호쾌한 웃음으로 남편의 농담에 화답했다.

"실은 나도 걱정이었어. 다행히 얘가 제 엄마만 닮아서 신께 감사드리고 있지. 그래도 가끔 걱정이 돼. 설마 얘가 서른 넘어가서 내 얼굴이 나오고 막 그러는 거 아니겠지?"

이런 농담까지 덧붙였다. 확실히 외국인들은 인생을 가볍게 넘길 줄 안다고 생각하면서, 그녀는 남몰래 가슴을 쓸어내렸다.

"그런데 아까 했던 말 계속해봐. 급성장과 아파트가 어떤 관계가 있다고? 재미있는 주젠데."

사진을 찍으면서도 이쪽에서 오가는 대화를 듣고 있었는지 장이 물었다.

"일단 여기서 나갈까? 내가 근사한 코리안 레스토랑을 예약했는데."

남편이 지갑을 꺼내면서 카운터로 갔다.

"여기 잠깐 앉아 있다 가면 안 될까? 창밖 풍경이 인상적이라 좀 더 보다 가고 싶어."

장의 요청에 계산을 하고 돌아온 남편이 고개를 끄덕였다.

"박사님, 외국 손님들 오신 것 같은데 차라도 내올까요?"

늘 남편을 깍듯이 '박사님'이라고 부르는 미용실 점장이 테이블로 다가와 인사를 하며 의자를 빼주었다. 네모난 쑥색 신사모를 쓰고 뻣뻣한 직모를 어깨 뒤로 늘어뜨린 특이한 인상의 남자 점장이었다. 넷이 테이블에 앉자 점장의 지시를 받은 노랑머리 스태프 여자아이가 차와 스낵을 내왔다.

"내 친구 중에 도시공학과 교수 하는 애가 있거든. 걔가 그러는데, 우리나라가 도시주거를 형성하는 과정에서 돈이 모자랐대. 당연한 일이지. 전쟁으로 폐허가 된 나라에서 국민들 먹이기도 바쁜데 제대로 된 주거를 형성해줄 여유가 있었겠어? 그래서 아파트를 짓는 민간기업에 모든 걸 떠넘겼다 하더라고. 놀이터라든가 공원, 노인정 같은 기반 시설은 원래 일정 공간마다 나라에서 지어줘야 하잖아? 근데 그렇게 하면 돈이 너무 많이 드니까 민간기업에서 대규모 아파트를 짓게 한 거야. 아파트 단지 내에 공공기반 시설을 다 조성해놓고 개인이 자기 돈 내고 구매하게 만든 거지. 정부로서는 꿩 먹고 알 먹는 셈. 덕분에 우리나라 국민들은 놀이터와 공원을 자기 돈 내고 구매하여 소비하며 살아가고 있다, 이런 말씀이야. 물론 그건 아파트를 살 만한 여력이 있는 국민에 한한 이야기지만. 아무튼 우리나라 국민들, 정말 너그럽지 않아? 아마 세계에서 가장 정부에 너그러운 국민으로 기네스북에 올라도 될걸?"

남편의 말을 듣던 장이 무릎을 쳤다.

"그렇지! 대규모 아파트를 자꾸 지으면 건설업이 흥해서 국민총소득이 올라갈 거고, 국민들이 자기 돈 내고 구매해주니 공공기반 시설에 예산을 쓰지 않아도 되고."

"그래서 우리나라 사람들은 돈만 되면 어떻게든 아파트에서 살려고 해. 주택이나 빌라 같은 데 살면 주위에 나무 한 그루 찾아보기 힘들거든. 주차할 데도 없고. 일부 정말 돈 많은 사람들, 그러니까 삼성의 이건희 같은 사람들이야 몇백 평짜리 집 짓고 주차장과 기반 시설까지 자기 돈으로 싹 다 해결하며 살지만."

희진은 커피 잔을 끌어당기며 남편의 옆얼굴을 쳐다보았다. 남편이…… 이렇게 해박한 사람이었나? 그녀와 남편은 근래 들어 이런 대화를 해본 적이 없다. 일을 마치고 와서 두 아이들 뒤치다꺼리를 하다 보면 금세 하루가 갔다. 서로 정말 필요한 말들, 이를테면 누구에게 얼마를 송금해야 한다든가 며칠날 누구네 가족과 저녁 약속을 잡았다든가 하는 얘기만 얼굴 볼 때 간신히 하거나 그것도 안 되면 카톡으로 주고받았다. 남편은 밖에서 만나는 사람들과 이런 얘기를 자주 하겠지? 놀라움은 금세 질투의 감정으로 전이되었다. 자신이 하는 대화의 대부분이 아이들에 관한 이야기로 채워진다는 것을 생각하면 남편의 해박함을 좋게만 받아들일 수 없었다.

"그래서 정말 잘사는 사람을 빼고는 네가 말하는 '집'에서 살 수가 없는 거야. 급격한 경제성장을 겪은 나라는 겉으로는 잘살아 보여도 들여다보면 이렇듯 여러 면에서 구멍이 뻥뻥 뚫려 있어. 난 우리나라가 진정한 선진국이 되려면 한참 멀었다고 생각해. 나라고 '집'에서 안 살고 싶었겠어? 며칠 전에 우리 아파트 살던 내 친구 하나가 자기 부모가 있는 동네로 이사 갔어. 널찍한 마당과 주차장이 갖추어진 '집'으로 말이지."

남편이 들고 있던 커피 잔을 내려놓으며 쓴웃음을 지었다. 희진은 남편을 물끄러미 쳐다보았다. 남편이 말한 친구는 그녀와 남편의 과 동기인 영훈이었다. 영훈은 원래 신경외과를 전공하다가 너무 힘들다고 그만둔 뒤 소아과로 과를 바꿔 다시 레지던트 과정을 밟았다. 레지던트를 마친 후에는 2년 정도 대학병원에 있다가 바로 소아과를 개업했다. 3년 전에 결혼하면서 리센츠로 이사 와 희진 부부와 돈독하게 지냈는데, 얼마 전에 부모가 있는 성북동으로 이사를 갔다. 두 돌이 지난 아이가 뛰어놀 수 있게 마당 있는 집으로 가고 싶다고 몇 번 말하더니, 진짜 그런 집으로 가버린 것이다. 희진은 본래 자기보다 더 나은 위치에 있는 사람을 부러워하는 스타일이 아니었지만 그때는 큰 타격을 받았다. 층간소음으로 한창 아랫집과 부딪히던 때라 그녀도 마당 있는 집에 대한 생각에 골몰해 있었던 것이다.

"그 친구는 직업이 뭐였는데? 수입이 많은 직업이었어?"

장이 눈을 반짝였다.

"그 친구도 의사지. 대학 때부터 우리와 친하게 지냈던 과 동기야."

"그럼 수입도 너와 비슷하지 않아?"

캐묻는 장의 얼굴을 남편이 빙그레 웃으며 쳐다보다가 다시 말을 이었다.

"수입만으로 보면 그 친구보다 우리가 낫지. 그 친구는 혼자 벌지만 우리는 둘 다 버니까. 하지만 장, 그 친구는 부모가 재산가였단다. 이 정도 말하면 알아듣겠니? 난 네가 코흘리개일 때부터 봤던 네 아빠 친구란다. 너같이 예쁜 아이 앞에서 내가 재력가 부모를 둔 친구를 부러워하고 있다는 말을 하고 싶진 않구나."

남편이 두 번째 손가락을 내밀어 장의 얼굴 앞에서 흔들어댔다. 희진은 시선을 내리깔았다. 남편도…… 영훈의 이사가 부러웠구나!

희진과 남편은 개천에서 난 용들이었다. 양가 부모 모두 형편이 좋지 않았고, 형제들은 지금도 저임금을 받는 직업에 종사하고 있다. 과외 한번 받지 않고 악바리같이 공부해서 혼자 힘으로 의사가 되었다는 면에서 희진과 남편은 동병상련 같은 걸 느끼고 살아왔다. 여유 있는 집에서 나고 자란 동기들이 대부분이었던 의대 내에서 둘이 커플이 되었던 건 어쩌면 비슷한 가정환경이라는 요인 때문이었을지도 모른다.

그렇다고 희진이 부모를 원망하거나 부끄럽게 여겼던 것은 아니다. 그녀는 자기 생은 당연히 자기가 개척해나가는 것이라 생각했고, 사회에 나가서도 부모 덕을 본 사람보다는 혼자 힘으로 성공한 사람들을 높이 평가했다. 하지만 성북동 영훈의 집에 다녀온 뒤에는 달라졌다. 부모의 재력을 의식하기 시작했고, 부모 잘 둔 사람들이 누리는 인생의 면면에 예민하게 반응했다. 눈뜨고 일어나면 제일 먼저 보는 것이 여러 집이 차곡차곡 포개진 삭막한 앞 동 아파트인 경훈과 달리, 영훈의 두 돌짜리 아들은 아침에 눈을 뜨면 창밖으로 푸른 하늘과 소나무, 사과나무와 감나무, 계절마다 바뀌어 피는 색색의 꽃을 보게 될 것이다! 윗집 애들 뛰는 소리는 당연히 들리지 않고, 마음껏 뛰어놀아도 아랫집에서 인터폰이 오지 않는 것은 물론, 집 앞 널찍한 마당에 전용 미끄럼틀과 그네가 마련되어 있다! 그동안 경훈의 친구 엄마들 중 5, 6학년 되는 큰애를 둔 집들이 학원 때문에 대치동으로 이사 가는 경우가 종종 있었지만 희진은 그들이 부럽단 생각을 한 번도 하지 않았다. 대치동 같은 데는 돈을 주고 오라고 해도 가지 않을 거라고 생각했다. 하지만 영훈의 이사는, 부러웠다. 많이 부러웠다. 영훈이 이사 간 뒤 한동안, 리센츠라는 성냥갑 아파트가 그렇게 누추하게 느껴질 수가 없었다. 하늘도 보이지 않고 무식하게 고층 아파트만 빽빽이 들어서 있는 삭막한 공간. 미(美)라곤 찾아볼 수 없고 살아남기 위한 경쟁만이 난무하는 노골적이고 저급한 공간.

"그런 부러움은 우리 프랑스인들도 다 갖고 있지. 입에 은수저를 물고 태어나는 사람들에 대한 부러움은 동서고금의 역사를 통틀어 인류에게 공고히 전해져 내려오는 유산 아닌가? 그런 것 때문에 마르크스 같은 사람들이 히트를 친 거고."

앙리의 멘트를 끝으로 일행은 자리에서 일어섰다. 안녕히 가십시오, 박사님. 미용실 점장이 따라 나와 허리를 90도로 꺾으며 인사했다. 이번엔 남편이 운전대를 잡았다. 길고 검은 승용차가 미용실 건물 주차장에서 천천히 빠져나와 시장 쪽으로 나가자 장이 다시 눈을 빛냈다. 또 얼마나 많은 질문을 해댈까. 희진은 고개를 세차게 저었다. 이 부자가 빨리 본국으로 돌아가주었으면 좋겠다고 생각하면서, 희진은 해성엄마에게 카톡을 보냈다.

애들 보느라 힘들지? 지금 삼청동으로 저녁 먹으러 가고 있어. 8시 좀 넘어서 애들 데리러 갈게.

아이들을 맡아달라고 부탁했을 때, 해성엄마는 흔쾌히 그러겠다고 했다. 그래도 희진은 마음이 편치 않았다. 남의 집에 애들을 맡기는 게, 특히 친구들이 놀러 오면 컴퓨터 게임과 스마트폰 사용을 실컷 할 수 있게 해주는 해성엄마에게 애들을 맡기는 게 썩 내키지 않았다. 그냥 지금이라도 나만 빠져서 아이들을 데리러 가겠다 할까. 그녀는 운전석에 앉은 남편의 기색을 살피다가, 다

시 앞을 보았다. 저녁까지만 접대하면 될 것이다. 그냥 참자. 그녀는 창밖으로
시선을 돌렸다. 차는 한남대교를 지나고 있었다. 창문을 내리자 먼지를 머금
은 더운 강바람이 훅 치고 들어왔다. 에어컨 틀었어. 남편의 말에 희진은 다시
창을 올렸다. 한강을 병풍처럼 둘러싸고 있는 강 건너 아파트들이 점점 크게
다가왔다.

　해성이네에 들어섰을 때, 거실엔 아무도 없었다. 주방으로 가니 식탁에 앉
아 있던 해성엄마가 고개를 빼고 '왔어?' 입 모양으로 인사했다. 해성엄마의
맞은편엔 하얀 피부에 바람이 불면 날아갈 것처럼 깡마른 여자 하나가 무릎을
세우고 앉아 핸드폰으로 누군가와 통화하고 있었다.
　"안녕하세요?"
　희진은 사 들고 온 피칸 파이를 내려놓으면서 여자에게 인사를 건넸다. 이
전에 이 집에서 두어 번 마주친 적이 있는 여자로, 지성과 그룹 지어 중학교
물리 선행학습을 하는 아이의 엄마라 했던 것 같다. 쉿! 해성엄마가 검지를 입
에 갖다 대며 눈짓으로 희진을 제지했다.
　"김, 승, 필 선생님이요."
　해성엄마가 맞은편 여자의 통화 내용을 듣고 있는 것 같아, 희진도 조용히
옆자리에 앉았다.
　"확실한 거죠? 저도 실수하면 안 돼서요."
　고개를 옆으로 기울이고 수화기를 감싸 안다시피 한 채 심각하게 고개를 끄
덕이던 여자가 "감사합니다, 선생님" 하고 수화기를 내려놓았다.

"그런 사람은 없대. 이 선생님, W학원 창립 멤버였거든. 그때부터 지금까지 영어과 선생은 자기가 직접 다 채용했는데, 김승필이란 사람은 없었대."

굉장한 비밀이라도 알아낸 양 눈을 부릅뜨고 말하던 여자가 희진에게 살짝 고개를 숙여 보였다.

"웬일이야! 그럼 그 선생님…… 우릴 속인 거야?"

해성엄마와 여자는 최근에 해성의 영어 과외 선생으로 온 남자에 대한 얘기를 하고 있었다. 원래 지환의 과외 선생이었던 그 남자는 해성과 건우의 영어를 맡아주면서 축구부 엄마들 사이에 '핫한' 화제로 떠올랐다. K대 출신에 대치동 W학원 경력, 거기에 출중한 외모까지 갖춘 남자 선생은 안 그래도 새로운 화제를 찾지 못해 안달이던 엄마들에게 깜짝선물처럼 등장했다.

"자기, 그 사람 소개받았을 때 졸업 증명서랑 주민증 카피한 거 받았어?"

여자가 번들거리는 얼굴을 기름종이로 꾹꾹 누르며 물었다. 하늘색 민소매 블라우스에 검은색 꽃무늬가 프린트된 흰색 플레어스커트, 굵은 웨이브가 들어간 단발머리를 한 여자는 페디큐어는 물론 속눈썹까지 붙이고 있어 당장 어느 파티에 간다 해도 손색이 없을 것 같았다. 희진은 옆에 앉은 해성엄마를 슬쩍 쳐다보았다. 몸에 딱 붙는 연보라색 민소매 원피스에 하얀색 7부 볼레로 차림, 파스텔 톤 눈 화장에 정교하게 아이라인까지 그렸다. 희진은 자신의 상태를 떠올려보았다. 아침에 비비크림을 서둘러 펴 바른 뒤로 하루 종일 거울 한 번 들여다보지 않았다. 얼굴엔 기름이 번들거리고 칠하지 않은 입술은 핏기 없이 추레한 인상을 자아내고 있을 것이었다.

"그런 것도 받아야 해?"

해성엄마가 여자가 건넨 기름종이를 받아 코에 대고 꾹꾹 눌렀다. 희진은 자기도 한 장 달라고 할까 하다가 그만두었다. 이 여자들은 대체 언제 이런 화장을 다 할까. 희진은 원래 일하러 갈 때를 제외하면 화장을 거의 하지 않았다.

"자기, 애들 과외 많이 안 시켜봤구나? 과외 많이 시켜본 엄마들은 그런 건 기본으로 다 받아. 경력 빵빵한 선생들은 상담 때 아예 자기가 딱 파일을 만들어서 들고 와. 졸업 증명서, 경력 증명서, 주민등록증 사본. 신정아 사건 이후론 특히 그래."

"못 살아. 해성이가 그 사람이랑 수업하는 거 얼마나 좋아하는데. 이제 영어 좀 하려나 보다 했는데, 어떡하지?"

해성엄마가 찬장에서 커피 잔을 가져와 네스프레소 기계에 올려놓고 캡슐을 꺼냈다.

"자긴 아메리카노지?"

희진은 손을 휘휘 저었다.

"아니야, 언니. 나 오늘 외국 애들 쫓아다니면서 하루 종일 커피 마셨어. 그냥 안 마실래."

"그 사람 K대 나온 건 맞아? 그것도 알아봐야 하는 거 아니야? 가만있자, 어디서 알아보지?"

여자는 핸드폰에 연락처 화면을 띄우며 심각한 표정을 지었다.

"글쎄…… 모르겠어, 언니. 그렇게까지 해야 할까? 난 그냥 이 사람 말이 다 맞다고 믿고 싶다."

요즘 영어 학원에서 해성이 자꾸 엎드려 있다는 전화가 온다고 해성엄마가 여간 걱정이 아니다. 선행학습이나 사교육엔 득보다 실이 많다고 생각하는 희진이 보기엔 잠깐 영어를 쉬게 해주는 게 정답이지만, 해성엄마에게 그렇게 말할 순 없었다. 교육철학은 자기체험에서 나오는 것이지, 누가 말해준다고 되는 게 아니니까.

"요즘엔 선생들도 외모가 중요한 것 같아. 대치동 L학원도 여자 강사들 외모 되는 사람으로만 뽑아서 히트 쳤잖아? 해성인 자기 반 선생님이 너무 뚱뚱하고 못생겨서 영어 학원 가기 싫대. 근데 이 선생님 봐. 외모 확실하잖아? 말발도 좋고. 우리 해성이, 이 선생님 너무 좋아해. 애들도 예쁘고 잘생긴 건 다 안다니까?"

"하여튼 사람은 잘생기고 봐야 해."

콤팩트를 꺼내놓고 눈썹을 보정하던 여자가 입을 비죽해 보였다.

"근데 언니, 애들은 뭐 해? 왜 이렇게 조용해?"

희진이 물으며 자리에서 일어섰다. 사람은 잘생기고 봐야 한다니, 그런 시답잖은 얘기를 듣고 앉아 있는 자신이 한심했다.

"애들, 방에서 놀아. 지들끼리 잘 놀고 있으니까 자기도 앉아서 수다 좀 떨어."

해성엄마의 말을 못 들은 척, 희진은 문간방으로 갔다. 가까이 가자 방 안에서 두두두두두두, 쾅, 하는 전자음이 들려왔다. 희진은 두 번 노크한 뒤 방문을 열었다. 소스라칠 정도의 냉기와 함께 먹다 만 과자 봉지와 수박 껍질이 굴러다니는 바닥 풍경이 눈에 들어왔다. 경훈은 책상 위에 놓인 컴퓨터 화면에 얼굴을 들이민 채 한쪽 손으로 미친 듯이 마우스를 클릭하고 있었고, 해성은 바닥에 엎드려서 핸드폰을 들여다보고 있었다.

"해성아, 에어컨 리모컨 어딨니?"

한참 방 안을 눈으로 더듬다가 이렇게 물었지만 해성은 대답하지 않았다. 희진은 해성에게 다가가 쭈그리고 앉았다. 반곱슬머리에 속눈썹이 길어 귀공자 같은 해성의 옆얼굴이 크게 시야에 잡혀왔다. 이번엔 해성의 귀에 입을 바짝 붙이고 큰 소리로 물었다.

"에어컨 리모컨 어딨어?"

그제야 희진을 의식한 해성이 눈을 크게 뜨고 돌아보았다.

"아, 아줌마! 리모컨이요? 모르겠는데요?"

이내 핸드폰으로 고개를 돌려버리는 해성. 희진은 침대 위로 올라가 손으로 에어컨 전원을 눌러 껐다.

"경훈아, 동생은?"

그때까지 엄마와 눈 한번 마주치지 않은 아들을 향해 이렇게 물었지만 경훈은 대답하지 않았다. 어깨를 웅크리고 목을 길게 빼면서 "맞혀! 맞혀!" 하는 걸로 보아 방 안에 누가 들어왔다는 사실 자체를 인식하지 못하는 것 같았다.

"이경훈!"

희진이 경훈의 손에서 마우스를 뺏은 뒤에야 경훈은 희진을 쳐다보았다.

"아이씨. 놓쳤잖아! 한 놈만 죽이면 다음 단계로 넘어가는데!"

원망이 가득 담긴 아이의 눈. 희진은 입술을 지그시 깨물었다. 게임을 한 지 얼마나 됐을까. 설마 오늘 오후 내내 게임을 한 건 아니겠지? 서로 말 한마디 나누지 않고 거북이처럼 화면에 달라붙어 있는 아이들. 희진이 해성이네 집에 아이들을 맡기면서 꺼림칙해했던 이유가 그대로 현실화되고 있었다.

"경훈아."

희진이 어깨를 누르자, 그제야 경훈이 눈을 깜빡이며 온순한 표정으로 돌아왔다.

"엄마! 언제 오셨어요?"

당장 일어서서 집에 가자고 말하고 싶은 걸 참으며 희진은 나지막하게 물었다.

"동생은?"

"경진이? 몰라. 밖에 없어?"

희진은 방을 나와 안방 건너편에 있는 해성의 방으로 갔다. 문을 열자 문간방과 똑같은 풍경이 펼쳐졌다. 그보다 더한 냉기, 굴러다니는 과자 부스러기들, 모니터에 고개를 박고 있는 경진. 다른 점이라면 수박이 입도 대지 않은 상태로 가지런히 접시에 담겨 말라붙어 있다는 것이었다.

"경진아. 그만 가자."

경진은 오빠보다 더 심하게 게임에 빠져 있었다. 두세 번 어깨를 흔든 다음에야 모니터에서 고개를 돌렸다.

"가자. 옷 입고 나와."

엄한 얼굴로 말하는 엄마를 보고 경진이 으앙, 울음을 터뜨렸다. 더 할래, 더 할래. 나 이런 거 처음 해본단 말이야.

"그래, 조금 더 해. 이모가 엄마한테 말해줄 테니까 조금만 더 해. 알았지?"

울음소리를 듣고 달려온 해성엄마가 경진을 번쩍 안아 들었다.

"자기, 집에서 애들 게임 하나도 못 하게 하지? 애들이 게임 하게 해주니까 걸신들린 것처럼 하더라. 나도 평소엔 게임 못 하게 하는데, 애들하고 놀 때는 실컷 하게 내버려두는 편이야. 어차피 버리는 시간인데 그때나 실컷 하게 해줘야지, 안 그래? 게임도 너무 안 하면 애들하고 말도 안 통해."

아이를 내려놓고 게임 화면을 다시 띄워주면서 해성엄마가 희진의 어깨를 쳤다.

"요즘 애들은 우리 때랑 달라. 이런 것도 좀 시켜주고 그래야 해."

확인 사살하듯 다시 한번 말하는 해성엄마를 희진은 가만히 쳐다보기만 했다.

게임을 너무 못 하게 하면 그에 대한 갈망이 커져서 사춘기 때 폭발한다, 차라리 어느 정도 하게 해줘야 스스로 자제하는 법을 터득하게 된다는 것이 해성엄마의 평소 지론이었다. 희진의 생각은 달랐다. 게임을 스스로 자제하는 아이는 극소수뿐이고, 대부분은 게임에서 헤어 나오지 못한다. 한 시간 하면 두 시간 하고 싶고, 두 시간 하면 세 시간 하고 싶은 게 게임의 속성이다. 뿐인가. 하면 할수록 잘하게 되고, 잘하면 게임 잘하는 애들과 어울려 놀면서 더 게임을 많이 하게 된다. 중학교 가서 부모의 의지로 통제가 불가능해지기 전까지는 최대한 게임에서 보호해주어야 한다. 게임 잘하는 애들과는 차라리 말이 안 통해 친하게 지내지 않는 것이 낫다는 게 희진의 지론이었다. 하지만 하루 종일 아이들을 맡겼던 오늘, 해성엄마에게 차마 그런 지론을 내세울 수는 없었다.

"나와서 10분만 수다 떨어. 나 요즘 자기랑 얘기 많이 못 해봤단 말이야. 딱 10분만. 우리 경진이, 10분만 하고 엄마랑 집에 가는 거야. 알았지?"

아이에게 확답을 받고 자신을 잡아끄는 해성엄마를 희진은 차마 뿌리치지 못했다. 10분. 그래, 10분만 모르는 척하다가 집에 가자. 괜히 얼굴 붉히지 말고 조금만 참는 거다. 그리고 내일부터는 절대 해성이네에 아이를 맡기지 말자. 내 사회생활을 다 포기하는 한이 있어도, 게임이 무제한인 집에 아이를 맡기지는 않으리라.

식탁에 와서 앉자 여자가 반색을 했다.

"경훈엄마, 의사 선생님이시라면서요? 몰랐어요. 해성엄마가 좀 전에 말해 줘서 알았네. 진즉 알았으면 좀 알고 지낼걸. 우리 애 아빠도 의사예요."

두원엄마라고 그제야 정식으로 자신을 소개한 여자가 소아과 전문의인 자기 남편에 대한 이야기를 늘어놓았다. 개업할 때 5억이 넘게 들어갔다, 업자한테 속아서 인테리어에 너무 많은 돈을 쏟아부었다, 그래도 남편이 잘 보기로 유명해서 강남에 웬만한 집 애들은 다 우리 병원으로 온다, 3년 만에 개업비용 다 뽑았다, 열쇠 세 개는커녕 집 한 채도 못 해간 나를 우리 남편은 정말 '사랑해서', '사랑만으로' 결혼했다, 남편 병원이 자리를 잡으면서 자기도 이제 '명품 맛'을 알기 시작했다, 사람들이 좋다 좋다 하는 게 다 이유가 있다는 걸 명품을 걸쳐보면서 알게 되었다는 상투적인 이야기가 밑도 끝도 없이 쏟아져 나왔다.

"남편분이 많이 힘드시겠어요."

3년 만에 개업비를 다 뽑았다면 여자의 남편은 그야말로 뼈 빠지게 고생했을 것이다. 저녁 7시까지 연장 근무는 기본이고 주말에도 쉬지 않고 일했음은 물론, 휴가다운 휴가 한번 못 갔으리라.

"힘들 게 뭐 있어요. 소아과라 목숨 왔다 갔다 하는 경우도 없고, 수술하고 막 그러는 것도 아닌데."

여자가 생긋 웃으며 콤팩트를 백에 넣는 것을 희진은 유심히 지켜보았다. 그러고 보니 콤팩트도, 백도 이름난 명품이었다. 특히 백은 웬만한 백화점엔 입점해주지도 않는다는 프랑스 최고의 명품 브랜드 L사의 제품이었다.

"그래도 하루 종일 진료실에 앉아서 진료 보실 거 아니에요. 애들 한 명 한 명 코 뽑아주고 귀 파주면서."

희진은 이런 종류의 '의사 사모'들을 제일 싫어한다. 의사는 엉덩이로 승부하는 직업이다. 칼을 휘두르며 생사를 오가는 외과의가 아닌 다음에야 하루 종일 두 평 남짓한 진료실에 앉아 성실하게 한 명 한 명을 처치해야 하는, 어제도 오늘도 똑같은 순간순간을 인내로 버티며 건당 1,500~2,000원씩 받아 모아가는 지루하고 단순한 직업이다. 물론 성실성을 담보로 하는 다른 일보다 단가가 높긴 하지만, 수십억의 돈을 주무르는 화려한 금융권이나 때를 잘 맞추어 영민하게 대처하면 단시간에 큰돈을 벌 수 있는 사업가와는 완전히 다른 성격의 직업이다. 이 여자는 남편이 하루를 어떻게 보내는지, 점심시간을 제외하곤 하루 종일 좁은 공간에 갇혀 아픈 이들에게 기를 나누어주는 남편이 어떤 심정인지 한 번이라도 생각해봤을까.

"그래도 공사판에서 일하다 벽돌 맞아 피 흘리고, 택시 운전하면서 별의별 손님 다 만나는 것보다 훨씬 낫지. 의산데."

희진의 말에 비난이 서린 것을 눈치챈 해성엄마가 얼른 끼어들었다.

"내과는 정말 힘든 거 없지 않아요? 수술을 하는 것도 아니고, 시끄럽고 부산한 애들이 몰려오는 것도 아니고. 우리 남편 동기 하나도 내과의인데 팔자정말 좋아 보이더라. 경훈이 엄마라 그랬죠? 해성이 엄마하고만 놀지 말고 우리 집에도 놀러 오고 그래요."

여자는 희진의 말에 섞인 의도를 눈치채지 못한 듯 적극적으로 말을 걸어왔다. 자기가 물어놓고 대답도 듣지 않고 마무리하는 제멋대로인 여자를, 희진은 빤히 쳐다보기만 했다.

"우리 두원이 동생도 여섯 살이거든. 걔도 여자애니까 경진이랑 같이 놀게하면 되겠다. 몇 동 산다 그랬죠?"

이 여자는 필시, 자기 남편이 의사니까 자기도 그런 '급' 사람들하고 어울려야겠다는 의식이 있을 것이다. 이런 사람들은 어디 가서 판사나 의사나 변호사 같은 사람들, 혹은 그 배우자를 만나면 반색을 하고 덤벼든다. 남편이 얼마나 힘들게 일하는지도 모르면서, 힘들게 맺은 과실만 쏙쏙 빼먹으려 하는 여자. 남편의 지위를 자기의 지위로 착각하고 '급'을 정하려 하는 여자. 희진이육아로 힘든 와중에도 파트타임으로 일하면서 사회와의 끈을 놓지 않으려 하는 것은 경제적인 이유 때문이기도 하지만, 이런 여자들과 어울리면서 시간낭비하는 게 싫어서이기도 하다.

"상가 바로 뒤 동이에요."

"아 참, 자기 집은 좀 보고 다녔어? 이사 가고 싶다며."

영훈이네가 이사한 뒤 희진이 몇 번 마당 있는 집 타령을 했던 걸 기억한 해성엄마가 화제를 돌렸다.

"이거 좀 드세요. 아시아선수촌 건너편에 케이크 잘한다는 데서 샀는데, 내가 이때까지 먹어본 티라미수 중에 제일 맛있어요."

여자가 자기 앞에 놓여 있던 케이크를 밀어주었다. 희진은 오늘 먹은 게 너무 많아 못 먹겠다며 사양한 뒤 해성엄마의 말에 답했다.

"근데 마당 있는 집으로 가는 게 쉽지 않더라고. 가격도 세고, 가격이 얼추 맞으면 주위 편의 시설이 너무 없고."

그 생각을 하자 희진은 다시 우울해졌다. 영훈이네가 이사 간 뒤 두어 달 동안 계속 집 생각에 골몰해왔지만 이사 갈 만한 곳을 찾지 못했다. 문제의 핵심은 희진의 '일'이었다. 일하는 엄마인 희진은 집 바로 앞에 온갖 종류의 병원과 태권도장과 작은 슈퍼마켓이 입점해 있는, 지상에 차가 다니지 않아 아이 혼자 태권도장에 가게 해도 마음이 편한, 길을 건너지 않고 다닐 수 있어 향후 경진이 학교도 혼자 가라 할 수 있는 이 대단지 아파트를 떠날 수가 없었다. 아이들 뛰어놀기 좋은 집이냐, 엄마의 일이냐가 상충되는 것이다.

"자긴 애들 학원도 안 보내잖아. 어차피 놀리는 거, 주위에 상가 같은 거 없어도 상관없지 않아? 언니, 이 엄마 정말 용감한 여자야. 애들 영어, 수학, 이런 학원 하나도 안 보낸다. 피아노랑 태권도만 시키고, 애들을 펑펑 놀려."

해성엄마가 신기하다는 듯 말하자 여자가 고개를 끄덕이며 희진 앞으로 엄지손가락을 추켜세워 보였다.

"그게 유럽식이잖아. 유럽에선 여덟 살까지 애들 글자도 안 가르친대. 어릴 땐 예체능 교육만 시키고. 이 엄마가 진짜 잘하는 거야."

말은 그렇게 했지만, 여자의 표정을 봤을 때 진짜 그렇게 생각하는 것 같지는 않았다.

"그게 참 아이러니인 게, 애들 교육을 외주를 못 주니까 내가 시간이 너무 매여. 애들을 학원에 보내면 나도 풀타임으로 일할 수 있을 텐데, 내가 데리고 있으려니 파트밖에 못 뛰는 거지. 내가 학교 숙제랑 복습이랑 직접 챙겨줘야 하니까. 이사도 그래서 못 가는 거야."

이것도 아이들의 복지와 엄마의 일이 상충되는 부분이다. 아이들을 학원으로 돌리려니 돈만 들고 제대로 된 교육을 못 시킬 것 같고, 직접 끼고 가르치려니 엄마가 일을 많이 못 하고. 결국 육아와 여자의 일은 서로 반목할 수밖에 없는 걸까. 희진은 아이를 잘 키우고 싶다는 욕심을 버리지 못하는 자신이 안타깝다. 펼쳐진 탄탄대로를 버리고 페이닥터로 주저앉은 것도 결국 육아 때문이 아니었던가. 하지만 한번 육아를 손에 잡고 나니 도저히 놓을 수가 없다. 보슬비가 내리기 시작하면 당장에 아이를 끌고 들어가는 엄마들과 달리 장대비로 바뀔 때까지 아이를 빗속에 방치한 채 모여 수다를 떠는 조선족 시터들의 모습을, 제 키보다 높은 미끄럼틀에 올라가 무섭다고 우는 네 살짜리 아이에게 혼자 내려오라고 친절하게 말한 뒤 앉아서 스마트폰에 고개를 처박고 있는 조선족 시터의 모습을 보아버린 뒤로는 남에게 아이들을 맡길 엄두가 나지 않는다. 그렇다면 나는 이제 의사로서 성장하기는 다 틀린 걸까. 이대로 남의 병원에 정부 보조금 늘려주는 페이닥터나 하다 끝나는 걸까. 수백 번도 더 해왔던 생각이 다시 머릿속을 채웠다. 영원히 결론 내지 못할 해묵은 문제가.

"저, 먼저 일어서야 할 거 같아요. 애들 재울 시간이라."

우울한 생각을 떨쳐버리려는 듯 희진은 자리를 털고 일어섰다. 밤 10시. 두 원엄마라는 저 여자는 여섯 살짜리 아이를 어떻게 하고 이 시간에 여기 앉아 있을까.

"시간이 벌써 그렇게 됐나? 우리 희원이도 잘 때 됐는데, 이모님이 애 씻기는 거 보고 나왔으니까 지금쯤 자고 있겠지? 난 좀 더 있다 갈래. 그래도 되지, 지성엄마?"

이모님! 내 그럴 줄 알았다. 입주 도우미를 쓰는구나. 희진은 씁쓸하게 웃으며 백을 챙겨 들었다.

여러 번 호통을 쳐서 아이들을 방에서 끌고 나와 막 신발을 신으려는데, 현관으로 마중 나와 있던 여자가 갑자기 엄지손가락과 가운뎃손가락을 부딪혀 딱 소리를 냈다.

"내가 왜 그 생각을 못 했지?"

대단한 생각이라도 해낸 듯 여자가 입을 딱 벌렸다. 쭈그리고 앉아 경진을 안아주고 있던 해성엄마가 "왜? 뭔데 언니?" 하며 경진을 놓고 일어섰다.

"우리 시동생!"

"언니 시동생? 영문과 교수 한다는 사람? 그 사람 왜?"

"우리 시동생 K대 나왔잖아, K대 영문과!"

해성엄마가 어안이 벙벙한 얼굴을 하자, 여자가 해성엄마의 팔을 잡아 흔들었다.

"해성이 영어 선생님! K대 영문과 나왔다면서!"

생각에 잠긴 듯 한참 동안 눈을 굴리던 해성엄마가 여자와 눈을 맞추었다.

"거기다 물어보면 되겠네!"

"나이대도 비슷할 거고. 진짜 K대 출신이면 서로 알 거야. 자긴 다음 수업 때 그 남자한테 졸업 증명서 좀 보자 그래 봐."

"졸업 증명서? 에이, 이제 와서 낯 뜨겁게 그런 말을 어떻게 해."

"왜 못 해. 이때까지 다른 선생들한텐 다 받았는데 당신한테만 못 받았다고 그래. 당당하게 말하면 금세 꼬리 내릴걸?"

전쟁 중의 작전장교라도 된 양 소란을 떨어대는 두 여자를 등 뒤로, 희진은 해성이네 집을 빠져나왔다. 게임 많이 했다고 혼날까 봐 두려웠는지 경훈도, 경진도 조용히 서서 엘리베이터를 기다렸다. 평소 같으면 졸리다, 안아달라, 야단일 경진이 순순히 걸어와서 다행이라고 생각하면서 그녀는 엘리베이터 버튼에 들어온 붉은 등을 쳐다보았다. 엘리베이터에서 마주쳤던가. 예전에 한 번 보았던 것 같은 해성이 과외 선생의 얼굴이 잠깐 떠올랐다 사라졌다. 그 사람이 가짜였단 말이지. 그 말끔하게 생긴 사람이 조만간 겪게 될 고초를 생각하면서, 그녀는 엘리베이터에 들어섰다. 이래서 다른 사람한테 교육을 맡기면 안 된다니까. 애들은 부모가 가르쳐야 해. 암, 그게 최선이지. 고개를 주억거리면서 그녀는 지하 2층 버튼을 눌렀다.

"내가 내가, 내가 누를 거야."

평소처럼 떼를 쓰려던 경진이 엄마의 엄한 눈초리와 마주친 뒤 얼른 입을 다물었다. 엘리베이터가 우웅, 소리를 내며 하강하기 시작했다.

과외 교사 김승필

    승필은 3층짜리 낡은 건물들이 다닥다닥 붙어 있는 주택가를 빠져나와 오른쪽으로 돌았다. 큰길이 나왔다. 자동차 두 대가 드나들 만한 넓은 길이었다. 어젯밤 불야성을 이루며 왁자지껄한 소음을 만들어냈던 큰길은 찬물을 끼얹은 듯 조용했다. 바다 횟집, 왔다 주꾸미, 울고 가는 불닭, 원조 할머니 감자탕 집 등 양쪽에 자리 잡은 음식점의 간판 조명이 모두 꺼진 거리엔 인적이 드문 채 간간이 트럭과 유치원 차 들만 드나들고 있었다. 유치원이 끝난 시간이구나. 그는 이 거리에서 살아 움직이는 생명체들이 가장 많이 모여 있는 곳, 바다 횟집의 수족관 앞으로 갔다. 깜빡이지 않는 커다란 눈을 치켜뜬 대어가 천천히 유영했고, 덩치가 작은 놈들이 그 주위를 바쁘게 돌아다녔다. 물빛도 탁하고 떠다니는 오물도 많은 저 물속을 뭐 좋다고 저렇게 돌아다닐까. 문득 물고기들에게도 생각이 있을까, 하는 의문이 들었다.

죄송한데 오늘 상담이 어려울 것 같네요. 다시 연락드리겠습니다.

방금 들어온 문자메시지를 확인하며 걷다가 승필은 헉, 소리를 내며 옆으로 비켜섰다. 차도에서 우회전해오던 차가 속도를 줄이지 않는 바람에 그와 부딪힐 뻔했던 것이다. 핸드폰을 주머니에 넣고 다시 걸어가려다 그는 눈살을 찌푸렸다. 모처럼 다림질해 입은 흰색 와이셔츠에 검댕이 묻어 있었다. 조금 전 차를 피해 비켜서면서 옆에 있던 기둥을 붙잡았는데, 거기에서 묻은 모양이었다. 그냥 반팔을 입고 나올 걸 그랬나. 원래 3시에 트리지움의 한 집에 상담을 간 뒤 리센츠의 해성이네로 건너갈 예정이었다. 처음 방문하는 집이라 신경 써서 다림질한 긴소매 와이셔츠를 입었는데, 그 집에서 조금 전에 문자로 취소를 통보해왔다. 그는 손으로 와이셔츠 소매를 털어내면서 기둥을 발로 찼다. 자세히 보니 기둥이 아니라 핸드폰 가게에서 광고용으로 세워놓은 대형 고무풍선이었다. 상부에 매달린 풍선 더미부터 아래쪽에 조잡하게 조각된 꽃모양 장식들에까지 촘촘히 먼지가 내려앉아, 군데군데 드러난 흰색이 아니면 원래의 색깔이 무엇이었는지 알아볼 수 없을 지경이 되어 있었다. 저렇게 지저분하게 해놓을 거면 아예 없애버리는 게 낫지 않나? 고개를 두어 번 저은 뒤 그는 모퉁이를 돌아 차도 가에 놓인 인도로 들어섰다.

삼전동과 맞닿아 있는 잠실본동 남단 끝부터 신천역까지 길게 이어지는 새마을시장 인도는 좌판을 펼치고, 파라솔을 펴고, 물건들을 늘어놓고, 트럭에서 야채를 하역하는 사람들로 차츰 활기를 띠고 있었다. 승필은 파라솔 지지대를 끈으로 묶고 있는 할아버지의 웅크린 등을 비켜가다가 건너편에 놓인 간이탁자를 살짝 밀쳤다. 가마솥 어머니 손맛 누룽지, 제주도 원초 우뭇가사리,

무료 시식 도토리묵 양념은 공짜, 강원도 옛날 찐빵 만두, 라고 쓰인 종이가 다닥다닥 붙어 있는 조악한 판매대였다. 청국장 냄새가 풍기는 판매대를 향해 승필이 죄송합니다, 하며 고개를 숙여 보였다. 달력 종이 뒷면에 한창 상품명을 쓰던 판매대의 남자가 손에 들고 있던 종이를 들어 보였다.

"총각, 이거 하나 들여가."

황토방 포천 청국장 항암효과, 라고 큼직하게 쓴 종이였다. 검은색 모자를 쓴 중년의 남자였는데, 얼굴에 검버섯이 잔뜩 피고 눈가에 주름이 자글자글했다. 승필이 애매하게 웃자 남자가 고개를 돌리고 종이를 판매대 한쪽에 붙이기 시작했다. 승필은 남자에게 청국장을 하나 살까, 하다가 쓴웃음을 지었다. 어릴 때부터 좌판을 벌이고 나물을 다듬어 팔았던 어머니의 모습을 보고 자란 그는 길거리에서 장사를 하는 사람을 보면 그냥 지나치지 못했다. 잘사는 누나 집에서 아이들을 돌봐주게 되면서 어머니는 더 이상 좌판을 벌이지 않게 되었지만, 그의 머릿속에서는 늘 길거리에서 나물을 다듬고 채소를 팔았다.

트리지움 아파트와 새마을시장 사이에 놓인 횡단보도 쪽으로 내려가는데 커다란 유모차가 이쪽으로 전진해오는 게 보였다. 아이의 좌석을 높이 설치해 엄마와 눈높이를 맞출 수 있게 설계한 유모차였다. 승필은 눈을 가늘게 뜨고 유모차가 다가오는 모습을 지켜보았다. 가는 목에 긴 다리, 얼굴의 반을 덮는 커다란 선글라스를 낀 여자가 미는 유모차는 앞으로 빠르게 나아가지 못했다. 건물에 붙은 가게와 좌판 사이가 워낙 좁은 데다가, 가게에서 앞에 쌓아놓고 파는 각종 물품들, 파라솔을 고정하기 위해 놓은 커다란 돌, 좌판에서 내어놓은 식자재들이 길을 침범하고 있어서 바퀴 부분의 차체가 넓은 유모차가 매끄럽게 지나가긴 애초부터 요원한 일이었다. 그래도 여자는 굴하지 않고 유모차를 밀고 나왔는데, 옷 가게 앞을 지나치면서 가게에서 내어놓은 스타킹과 7부 레깅스, 끈 달린 민소매 원피스가 유모차에 쓸려 펄럭거리는 모습이 마치 그가 중학생일 때 보았던 홍콩 액션 영화의 한 장면 같았다. 필시 리센츠나 트리지움, 또는 엘스에 사는 여자이리라. 그는 지환이네에서 보았던 마트 전단을 떠올렸다. 그도 가끔 들르는, 새마을시장 한복판에 있는 작은 마트에서 돌린 전단이었다. 가끔 야채나 과일을 크게 할인하는 그 마트의 전단 할인 품목에 검은 사인펜으로 꼼꼼히 동그라미가 그려져 있었다. 그것을 보고 그는 지환엄마가 은근히 알뜰한 여자라는 걸 알았다. 유모차를 끄는 저 여자도 비슷한 부류이리라. 모델을 뺨칠 정도로 호리호리한 몸에 세련된 차림새로 다니지만, 장 볼 때는 10원 단위까지 따져가며 싼 곳을 찾아다니는 부류. 혹시 아는 사람인가 싶어 여자의 얼굴을 쳐다보는데, 뒤에서 오토바이 소리가 들려왔다. 그가 좌판 쪽으로 몸을 붙이자 부릉, 소리를 내면서 오토바이가 좌판 사이를 지나 왼쪽 골목으로 들어갔다. 그는 도로 쪽으로 붙어서 횡단보도에 가 섰다.

푸른 등이 들어와 횡단보도를 건너자 트리지움의 서문이 나왔다. 크기가 다른 두 개의 원형 석조 조각물 뒤로 '트리지움 서문'이라고 적힌 긴 곡선의 지붕이 보였다. 위가 뻥 뚫린 개방형 지붕은 신천역까지 길게 이어진 새마을시장 세 블록과 맞먹는 길이를 자랑했다. 시원스럽게 펼쳐진 지붕 두 개를 반짝이는 석조 기둥이 받치고 있었는데, 트리지움과 서문이라고 각각 쓰인 한글 양각 위쪽으로 'III-ZIUM'이라는 영문이 꽃 모양의 아파트 로고와 함께 따로 얹혀 있었다. 그는 우두커니 서서 아파트 서문을 바라보았다. 문 사이로 차량 출입로가 반듯하게 나 있고, 양쪽에 잘 손질된 화단이 늘어서 있었다. 아파트 5, 6층까지 올라가는 커다란 소나무들이 외벽과 유려한 곡선의 석조 기둥에 자연미를 더했고, 이른 봄부터 찾아와 한동안 장관을 이루었던 철쭉의 흔적도 군데군데 남아 있었다.

승필은 고개를 들어 아파트 위쪽을 쳐다보았다. 하늘을 찌를 듯 높이 솟아 있는 시원시원한 직선의 위용. 하나의 작은 건물처럼 깔끔하게 마무리한 옥상의 엘리베이터 기계실도 건물에 세련미를 더하고 있었다. 그는 손차양을 만들면서 주위를 둘러보았다. 6월. 볕이 좋고 바람이 없는 날이었다. 하늘에 구름 한 점 없어 세상이 선명하게 빛났다. 그는 찬찬히 아파트 건물을 둘러보았다. 기분이 좋았다. 수업을 가기 위해 집에서 나와 이쪽으로 건너올 때마다, 그는 가슴이 탁 트이는 느낌을 받았다. 차선 여섯 개짜리 도로 하나를 사이에 두었을 뿐인데, 저쪽과 이쪽은 어쩌면 이리도 다르단 말인가. 그가 살고 있는 새마을시장 안쪽 골목은 보도와 차도가 구분돼 있지 않아 걸으면 늘 뒤가 불안했다. 차 소리가 나면 얼른 가게 쪽으로 붙어야 했고, 가게 쪽으로 붙을 때면 가게 밖에 나와 있는 물건들을 건드리지 않도록 신경을 써야 했다. 하지만 이쪽으로 건너오면 완전히 다른 세계가 펼쳐졌다. 널찍하게 뚫린 길, 깔끔한 상가 건물 내에 들어찬 모던한 가게들. 좌판 같은 건 눈을 씻고 봐도 없고, 먼지 쌓인 조악한 고무인형도 없으며, 차가 지나다니지 않아 안심하고 길을 걸어갈 수 있다. 꼭 소인국에서 거인국으로 건너온 것 같지 않은가. 이렇게 생각하다 말고 그는 씩 웃었다. 저가 언제부터 이 아파트에 드나들었다고.

그는 날 때부터 지금까지 아파트에서 살아본 적이 없다. 허름한 판잣집이나 오래된 다세대주택, 여건이 좋을 때는 신축 빌라에서 산 게 전부였다. 주위에도 아파트에 사는 사람이 거의 없었다. 있어도 오래된 재건축 대상 아파트이거나 복도식으로 된 허름한 아파트였지, 새로 지어진 이런 신식 아파트에 살지는 않았다. 전처인 소영의 대학 친구 중 하나가 도곡동 무슨 무슨 팰리스에 산다고 들은 적은 있었지만, 가본 적은 없었다. 낡은 아파트를 허물고 재건축해 지었다는 이 세 단지의 고층 아파트들에서 아이들을 가르치면서 그는 사람들이 왜 아파트, 아파트, 타령하는지 알게 되었다. 걸어 다닐 때 불안하지 않은 곳, 즐비하게 주차된 차들 때문에 신경전을 벌이지 않아도 되는 곳. 그것이 아파트였다.

그는 쭉 걸어서 신천역 사거리로 내려갔다. 발에 치이는 장애물이 없어서 단숨에 갈 수 있었다. 깔끔한 통유리로 단장된 핸드폰 가게를 지나자 커다란 카페가 나오고, 그 앞으로 횡단보도가 나왔다. 그는 신호를 기다리면서 얼룩한 점 보이지 않는 카페 유리창을 돌아보았다. 반짝이는 창 너머로 햇살을 받으며 얘기를 나누는 사람들의 모습이 활기차 보였다.

횡단보도 건너편에는 옆으로 길게 뻗은 커다란 상가 건물과 밝은 베이지색 아파트 건물들이 놓여 있었다. 그의 제자들이 가장 많이 모여 있는, 5,500세대가 모여 사는 거대한 아파트 단지, 리센츠였다. 그는 문득 그동안 아파트라는 곳에 대해 몰랐던 게 다행이란 생각이 들었다. 접해본 적이 없었기 때문에, 아파트에 사는 게 부럽다거나 살고 싶다는 생각도 하지 않았다. 하지만 지금은 다르다. 이 근처를 드나들면서 아파트가 얼마나 살기 좋은 곳인지 알게 되었다. 신호가 바뀌어 그는 횡단보도를 건너기 시작했다. 높고 큰 유모차에 앉아

이쪽으로 건너오던 아이가 그를 빤히 쳐다보았다. 아이에게 손을 흔들어주면서 그는 환하게 웃었다. 나는 돈을 많이 벌 것이다. 많이 벌어서 이런 아파트를 살 것이다. 착하고 잘 웃는 여자를 만나 살림을 꾸릴 것이다. 아이를 낳아 이런 유모차에 태우고 다닐 것이다. 갑자기 그런 생각이 들었다. 그리고 웃음이 나왔다. 사실 아파트가 미치도록 갖고 싶다거나 재혼이 너무너무 하고 싶은 건 아니었지만, 승필은 그 생각을 계속하기로 했다. 그런 열망이 생겨난 게 어딘가. 집에 틀어박혀 떠나버린 여자를 생각하며 시간을 죽이는 것보다 백배는 나을 것이었다.

해성엄마는 흥분해 있었다. 붉게 상기된 얼굴로 현관문을 열어주더니 승필을 해성의 방으로 안내하고 다시 주방으로 가 열변을 토했다. 주방에는 지환엄마, 건우엄마, 그리고 승필이 잘 모르는 다른 엄마 하나가 둘러앉아 심각한 얼굴을 하고 있었다. 얼떨결에 방으로 들어간 승필은 해성의 책상 앞에 놓인 의자에 앉았다. 방문이 살짝 열려 있어 주방에서 오가는 이야기가 그대로 들려왔다. 해성이 좀 늦는다는 말만 하고 나가버린 걸로 보아 해성엄마는 승필이 약속 시간보다 20분이나 일찍 왔다는 걸 인식하지 못하는 것 같았다.

"그래서, 파이를 도로 다 가져왔어?"

엄마들 중 한 명이 묻자 해성엄마의 노기 어린 음성이 터져 나왔다.

"아니. 통째로 다 가져왔으면 말도 안 해. 몇 명은 받게 해주고 나머지 애들 거만 가지고 왔어."

"어머, 왜?"

지환엄마의 허스키한 저음이 들려왔다. 승필은 방문을 닫을까 하다가, 그러면 더 주목받게 될 것 같아 그냥 앉아 있기로 했다.

"선물을 가지고 온 애한테만 파이를 받게 해줬대. 보답의 의미를 알아야 한다나?"

이야기를 듣다가 승필은 피식, 웃음을 터뜨렸다. 내용인즉슨, 해성의 생일을 맞아 해성엄마가 학교에 간식 보따리를 싸 보냈는데 선생님이 다시 돌려보냈다는 것이었다. 생일 선물을 들고 온 아이에게는 간식을 받도록 허용해준 모양인데, 승필은 해성엄마가 왜 그렇게 화를 내는지 이해할 수 없었다. 간식을 못 가지고 오게 하는 선생님이라면 충분히 할 수 있는 일 아닌가? 그중 몇 명이 벌써 간식을 까서 먹었을 테고, 이미 먹어버린 걸 토해내랄 수도 없으니 선물이니 보답이니 운운했을 것이다. 하지만 해성엄마는 그것을 용납하지 못했다.

"저번에 네가 들고 간 간식은 받았다며? 어떤 엄마가 들고 간 간식은 받아주고, 어떤 엄마가 보낸 간식은 돌려보내? 지금 간식도 사람 봐가면서 받겠다는 거 아니야!"

처음엔 해성엄마의 울분에 가볍게 동조하던 엄마들이 조금씩 선생님에 대한 불만 사항을 끄집어내기 시작했다. 늘 여자애들 편의만 봐주는 것, 지우개를 못 쓰게 하는 것부터 산만한 아이들을 교실 밖으로 내보내는 것, 툭하면 아이를 교감실로 보내는 것 등 다양한 사례에 대한 불만이 터져 나왔다.

승필은 오가는 대화를 들으며 자신의 학창 시절을 떠올렸다. 어머니도 선생님에게 불만을 품었던 적이 있었나? 어린 시절, 어머니가 승필의 학교 선생님에 대한 이야기를 꺼낸 적이 있었는지 도통 생각이 나지 않았다. 승필은 조숙하고 내성적인 아이였고, 눈에 띄는 얼굴 때문에 화제에 오르는 편이었지만 크게 말썽을 부린 적은 없었다. 가끔 어머니가 상담이라는 이름으로 학교에 왔을 때도 고개 숙여가며 담임의 말을 들었을 뿐 그에 대해 품평을 하거나 불만을 늘어놓지는 않았다. 나 어릴 때하고 많이 달라졌구나. 방에 앉아 부엌에서 오가는 대화를 들으며 그는 세월을 실감했다. 한편으론 무섭기도 했다. 엄마들이 앞다투어 내놓는 교사에 대한 품평이 굉장히 구체적이고 논리적이었다. 가드너니, 다중지능이론이니 하는 전문용어도 튀어나왔다. 무작정 교사를 욕하는 것이 아니라, 아이 교육에 지대한 관심을 갖고 그 분야에 대한 지식을 많이 쌓은 엄마들이 나름의 논리로 교사와 학교 시스템을 비판하는 것이었다.

이래서 잠실이 교육특구로 거론되는구나. 승필은 교육의 메카라는 대치동과 함께 미래 교육특구로 자주 거론되는 잠실의 위상을 새삼스레 실감했다. 자신의 위치에 대한 두려움도 밀려왔다. 영어라면 자신 있다. 가르치면 가르칠수록 일이 재미있고 적성에 맞는다. 대치동에서 강사로 일한 적은 없지만, 매형이 대치동 유명 학원의 스타 강사라 그쪽에 대해선 빠삭하게 알고 있다. 그러므로 정보 면에서 누구에게도 뒤지지 않을 자신이 있다. 그동안 수없이 이렇게 되뇌어왔다. 교재도 수십 번씩 보면서 교습 방법을 연구했다. 아이들이 수업을 재미있어해서, 엄마들 사이에서 평도 좋은 편이다. 문제는 그의 이력이다. 그는 K대 본교 출신도 아니고 대치동에서 강사로 일한 적도 없다. 나날이 늘어가는 학생 수를 헤아려보며 뿌듯해하면서도, 이런 생각을 하면 찜찜하고 두려워진다. 혹시라도 가짜 이력이 들통 나면……
나는 어떻게 될까?

"선생님, 차 한잔 하시면서 기다리세요."

해성엄마가 커피와 과자가 담긴 작은 쟁반을 들고 들어섰다.

"감사합니다. 제가 오늘 좀 일찍 왔어요. 앞 수업이 취소되는 바람에……."

"늦게 오신 것도 아니고 일찍 오신 건데, 그게 뭐 어때요? 그보다, 이거 좀
드셔보세요. 애 아빠가 저번에 프랑스 출장 갔다 사온 건데, 우리 해성이가 선
생님이랑 수업할 때 넣어달라고 신신당부하더군요. 미리 좀 드릴게요."

말을 마치고도 해성엄마는 나가지 않고 책상 옆에 서서 승필을 빤히 내려
다보았다. 그는 어색하게 팔을 뻗쳐 과자를 집어 들었다. 납작하게 눌러 만든
동그란 과자 두 개 사이에 크림을 넣은 것인데, 몇 개는 파스텔 톤 초록색이고
나머지는 파스텔 톤 분홍색이었다.

"맛있네요. 이 과자, 이름이 뭔가요?"

하나를 입에 넣은 뒤 이렇게 물었다. 너무 달아서 입맛에 맞지 않았지만 왠
지 과자에 대한 품평을 해야 할 것 같았다.

"마카롱이요."

마카롱. 승필은 천천히 과자의 이름을 되뇌어보았다. 과자 관련이든 아니든
무슨 말이라도 해야 할 것 같은데, 도무지 할 말이 떠오르지 않았다.

"선생님."

해성엄마가 승필을 똑바로 쳐다보았다.

"네?"

승필은 정신이 번쩍 들었다. 이 여자, 마카롱 따위에 대한 이야기를 하려는 게 아니다. 승필은 자세를 고쳐 앉으면서 그녀가 입고 있는 밝은 연두색 민소매 블라우스를 쳐다보았다. 얇고 검은 직선이 넓은 간격으로 교차된 흰색 스카프까지 매치해 화사한 느낌을 한껏 배가시킨 차림새였다.

"혹시 졸업 증명서랑 주민등록증 카피 좀 받을 수 있을까요?"

순간 승필은 심장이 멎는 것 같았다.

"네?"

이 여자가 갑자기…… 왜 이러지?

"원래 선생님 새로 모실 때는 제가 서류를 꼭 갖추어 받는데, 이번엔 서두르느라 미처 말씀을 못 드렸어요. 우리 애 아빠가 워낙 확실한 사람이라 애들 선생님들 신원을 확실히 해두고 싶어 해요. 부탁드려도 되겠죠?"

"주민등록증은 지금이라도 보여드릴 수 있습니다만 졸업 증명서라면……."

"그럼 주민등록증 좀 보여주시겠어요?"

해성엄마가 말을 자르면서 책상 쪽으로 다가왔다. 그는 억지웃음을 지어 보이는 그녀의 얼굴을 한동안 쳐다보다가, 지갑을 꺼내 주민등록증을 내밀었다.

"금방 카피하고 드릴게요."

해성엄마가 채가듯 그의 주민등록증을 가져가더니 해성의 방 한쪽 구석에 놓인 컴퓨터 책상으로 갔다. 모니터 옆에 놓인 복합기의 전원 스위치를 누르자 원래부터 전원이 켜져 있었던 듯 컴퓨터가 윙, 소리를 내며 작동하기 시작했다. 이 동네에선 원래 과외 교사들한테 이렇게 하나? 모욕감과 불쾌감을 견디며 생각해보았지만, 이제 막 과외계에 발을 디딘 그로서는 어디까지가 참을 수 있는 선인지 판단이 서지 않았다. 분명한 건 눈앞의 여자가 자신을 대하는 태도가 이전과 확연히 달라졌다는 점이었다.

"졸업 증명서는 언제쯤 받을 수 있을까요?"

앞면의 복사를 마친 해성엄마가 주민등록증을 뒤로 뒤집으며 물었다.

"졸업 증명서라면……."

"대학이요."

해성엄마가 고개를 끄덕이며 단호하게 말했다.

"아, 네……. 그건 다음에 학교 갈 일이 생기면 그때……."

"요즘엔 다 인터넷으로 발급받지 않나요? 우리 큰애 바이올린 선생님이랑 수학 선생님은 아예 처음 상담 오실 때 그런 거 다 뽑아오셨는데."

그는 해성엄마를 올려다보다가 슬쩍 눈길을 돌렸다. 그녀의 또렷하고 검은 눈동자가 자신의 모든 걸 꿰뚫어보고 있는 것 같았다.

"네. 알겠습니다."

한동안 침묵을 지키다가 그는 겨우 이렇게 말했다. 경찰서에서 취조라도 받는 기분이었다. 나에 대해 뭔가 알아낸 걸까? 궁금했지만 왜 그러시냐고 물을 수는 없었다. 그러기엔 그녀의 단호한 말투가, 완벽한 곡선을 이루고 있는 검은색 아이라인이, 화사한 시폰 블라우스가, 잘 다림질한 흰색 면바지가 너무나 완벽하고 단아했다.

"그럼 잠깐만 계세요, 선생님."

해성엄마가 나간 뒤 그는 의자를 돌려 창밖을 응시했다. 단지 한가운데 옹

기종기 모여 있는 초등학교와 중학교, 고등학교 너머로 보이는 한강은 미세한 떨림도 없이 잔잔했고, 구름 한 점 없는 하늘 아래에 시원스럽게 솟은 아파트 건물들은 세련된 직선미를 유감없이 뽐내냈다. 단지 곳곳에 심긴 소나무도 꼿꼿하게 서서 위용을 자랑했다. 바람 한 점 없는 화사한 날. 참으로 좋은 봄날이었다. 그는 소나무 여러 그루가 사이좋게 늘어서 있는 아파트 산책로에 시선을 고정시켰다. 6월은 소영이 1년 중 가장 좋아하는 달이었다. 비바람이 잦은 봄이 지나가고 기분 좋은 대기가 사방을 감싸고 도는 달, 이라는 표현을 써가며 이 시기의 산하를 상찬했다. 소영은 지금 무얼 하고 있을까. 어딘가에서 통역을 하고 있을까. 아니면 새로운 남편과 근사한 행사에 참석해 화사한 웃음을 날리고 있을까. 그는 소영이 갖고 있는 것들에 대해 생각했다. 인터넷에 이름을 치면 사진과 기사가 주르륵 올라오는 유명 인사 남편, 근사한 집, 많은 수입, 그리고…… 동시통역 대학원 졸업장. 생각이 이에 미치자 가슴 한구석이 시큰하게 저려왔다. 소영. 너는 '진짜'구나. 어디에서도 당당하게 너의 이력을 밝힐 수 있겠구나. 질투심과 자조감이, 소외감과 그리움이 범벅이 되어 밀려왔다. 그리고 그 뒤를 이은 것이 억울함. 그는 억울해서 견딜 수가 없었다. 소영이 여러 번 대학원 시험에 떨어지고도 다시 도전할 수 있었던 것은 남편인 그가 생활비를 벌어다 주었기 때문이었다. 소영이 대학원에 합격했을 때, 대학원을 졸업한 뒤 여기저기 보무당당하게 통역을 다닐 때, 그는 진심으로 기쁘고 자랑스러웠다. 소영의 성과가 모두 자신의 것과 다름없다 생각했다. 하지만 이혼과 함께, 그 성과는 모두 소영만의 것이 되었다. 그는 뒤늦게 솟아오른 질투심과 억울함으로 가슴이 터질 것만 같았다. 감정이 격해지면

신체로 전이된다는 것을 증명이라도 하듯 그의 심장이 거세게 뛰었다. 한쪽 손으로 왼쪽 가슴을 지그시 누르면서, 그는 다른 쪽 손의 손톱을 잘근잘근 물어뜯었다. 창밖에선 그의 전처가 가장 좋아하는 계절이 여전히 찬란한 자태를 과시했다.

해성아빠 고성민(1968~)

강의가 시작된 지 한참이 됐는데도 새롬은 여전히 옆자리 학생과 떠들었다. 수업 틈틈이 눈짓을 했지만, 새롬은 성민이 보내는 신호를 전혀 인식하지 못했다.

"한류가 확산되고 있는 요즈음, 엔터테인먼트 분야 법을 개정할 필요성이 더더욱 높아지고 있습니다."

목소리를 높이면서 성민은 새롬이 앉은 쪽으로 천천히 걸어갔다. 앞에서 세 번째 줄 창가에 앉은 새롬은 그새 몸을 돌려 뒷자리 남학생과 낄낄거리고 있었다.

"You brought it up, man."

새롬의 어깨를 치며 말하던 남학생이 다가오는 성민을 보고 얼른 새롬에게 눈짓을 보냈다. 앞으로 돌아앉던 새롬과 성민의 눈이 마주쳤다.

"What have you brought up, man?"

성민이 둘 사이의 대화를 흉내 내자 강의실이 웃음바다가 되었다. 새롬은 새초롬한 표정으로 성민을 쳐다보다가 고개를 한번 까딱해 보이고 책에 얼굴을 박았다. 그는 새롬 앞에 한동안 서 있다가 다시 교탁으로 돌아왔다.

성민은 일주일에 한 번, 대학에서 '법과 문화산업'이라는 제목의 강의를 한다. 정책학과의 전공 선택 과목이라서 마흔 명 정원 중 서른 명 이상이 정책학과 학생이고, 나머지는 로스쿨 진학을 염두에 둔 타과 학생들이다. 올해 초, 이 대학에 교수로 있는 연수원 동기의 제의로 강의를 시작했다. 성민이 속한 로펌에서 대학에 나가 이름을 알리는 것을 장려하는 분위기였고, 그도 일의 외연을 넓혀보는 게 좋겠다 생각하던 참이었다.

첫날 떨리는 마음으로 강의실 문을 열었을 때, 긴 파마머리 여학생이 책상 위에 앉아 빨강 머리 남학생과 큰 소리로 떠드는 모습이 눈에 들어왔다. 둘은 영어를 쓰고 있었는데, 미국 뒷골목 빈민가에서나 들을 법한 슬랭이 잔뜩 들어간 저급하고 의미 없는 말들이었다. 교수가 들어가 교탁에 섰는데도 아랑곳하지 않고 떠들던 그들은 성민이 교단에 서서 착석해주십시오, 라고 말하자 뜬금없다는 표정을 지으면서 천천히 자리로 돌아갔다. 사자 갈기처럼 사방으로 뻗어 있는 긴 파마머리에 진한 스모키 화장을 한 통통한 여학생의 태연한 표정, 외모로 볼 때는 동양인임이 분명한데 말하는 건 완전히 미국 흑인인 남학생의 유들유들한 눈빛. 성민이 이 대학 학생들에게 받은 첫인상이었다. 강의를 한 지 한 달쯤 되었을 때 그는 새롬이 '재외동포 전형'으로 이 대학에 들어온 신입생이라는 사실, 같은 과 내에서도 '토종 한국인 전형'을 치고 들어온 아이들은 재외동포 전형으로 들어온 아이들에게 위화감과 억울한 정서를 갖고 있다는 사실, 그러면서도 토종 한국인 학생들이 네이티브처럼 말하는 그들에게 일말의 부러움을 품고 있다는 사실, 교정을 지나다 보면 새롬처럼 영혼이 미국인인 학생들을 흔하게 마주칠 수 있다는 사실을 알게 되었다.

문제는 새롬이 수업 시간에 보이는 태도였다. 강의실 문을 열고 들어가면 늘 새롬이 창가 쪽 책상 위에 앉아 큰 소리로 떠들고 있었다. 새롬 주위에 모여든 아이들은 자유자재로 영어를 구사하는 폼으로 보아 영어권 나라에서 살다 온 듯했다. 다른 학생들은 그래도 성민이 들어가면 조용히 하는 시늉이라도 했는데, 새롬은 자리에 앉은 후에도 계속 과자를 먹으면서 주위 학생들에게 말을 걸었다.

그럴싸하게 말해보자면 그것은 미국에서 나고 자란 아이들의 문화적인 특성 때문이라고 할 수 있었다. 성민도 미국에서 박사를 하고 왔기 때문에 그 정도는 추측할 수 있었다. 미국의 사제지간과 한국의 사제지간은 그 개념부터 완전히 달랐다. 미국은 사제지간이라 해도 서로를 동등한 인간이라는 수평적 개념에서 보았다. 동양의 유교 문화에 있는 장유유서나 스승의 그림자도 밟지 않는다는 식의 성스러운 개념은 찾아볼 수 없었다. 수업 시간에 발을 꼬거나 팔짱을 끼거나 턱을 괴고 앉는 것, 심지어 껌을 씹거나 간식거리를 들고 들어가 부스럭거리는 것도 놀라울 정도로 허용되었다. 처음 미국에 갔을 때 학생들이 강의실에서 자유롭게 앉아 뭔가를 먹으며 발언하는 것을 보고 성민은 깜짝 놀랐다. 시간이 흐르면서 그것이 나이로 상하를 가리지 않는 서양인 특유의 문화에서 온 자유로움, 서로를 상하 관계로 규정하여 경직시키지 않음으로써 생각을 거리낌 없이 나눌 수 있게 하는 개방형 공기라는 것을 알고 질시에 가까운 부러움을 느끼기도 했다. 문화적 토양이 이러니 스티브 잡스 같은 영혼이 탄생할 수 있었겠구나! 하지만 미국의 강의실에는 자유와 함께 학생들 스스로 자신에게 가하는 절제가 있었다. 학생들은 알아서 강의에 방해가 될 정도로 떠들거나 간식 먹는 소리를 내지 않았다. 부스럭부스럭 소리를 내며 큰 소리로 떠드는 새롬과는 완전히 다른 양태였다.

"교수님, 법을 캐정하면 한류가 콕 좋아집니요?"

성민이 한류의 확산으로 인한 법 개정의 당위성에 대해 논리를 펼치는데, 스티브가 불쑥 끼어들어 큰 소리로 말했다.

"질문의 의도를 확실하게 말해줬으면 좋겠는데?"

성민은 기분이 상한 표시를 내지 않으려 애써 침착하게 말했다. 스티브라는 이름의 빨강 머리 남학생은 한국어의 어두 기역 발음이 서툴고 의문문의 종결 어미를 제대로 구사하지 못했다. 여덟 살 때 미국으로 건너간 뒤 대학에 들어오기 위해 처음으로 한국에 왔다는, 얼굴만 빼면 완전히 미국인이라고 할 수 있는 아이였다. 이런 아이가 왜 한국에 왔을까? 정책학과 교수에게 듣기로 스티브는 미국에서 대학을 3년 정도 다니다가 한국에 와서 편입 시험을 쳐 이 대학에 들어왔다. 분명히, 미국 대학에서 낙제점을 받거나 문제를 일으켜 퇴학당한 경우일 것이었다. 성민은 스티브를 볼 때마다 이런 가설에 무게를 두면서 한심함에 몸을 떨었다. 그것은 한국말이 서툴면서도 수업 시간에 자꾸 질문을 던져 맥을 끊는 스티브의 무례함 때문이기도 했지만, 더 근본적으로는 그 아이의 여성스러운 성향 때문이었다. 잘 다림질한 파스텔 톤 남방에 흰색 면바지를 즐겨 입는 스티브는 늘 여학생들과 어울렸다. 어깨를 치거나 팔짱을 끼는 행위도 서슴지 않았는데, 성민은 그것이 게이의 표식과도 같은 것임을 잘 알고 있었다. 미국에서 게이들에게 엄청난 러브콜을 받았던 성민은 게이라면 치를 떨었다. 미국에 가기 전만 해도 성민은 동성애자나 양성애자들에게 관용적인 편이었다. 태어나길 그렇게 태어난 걸 어쩌란 말인가. 그에 대해 수용하네 마네, 토론한다는 것 자체가 인권침해라고 생각했다. 하지만 그건 머릿속의 생각일 뿐, 실생활에서 게이를 흔히 접할 수 있는 미국에 가자 이야기가 완전히 달라졌다. 내가 게이들이 좋아하는 스타일이 아니었다면 좀 달랐을까? 가끔 생각해봤지만 결국 머리를 절레절레 저으며 진저리를 쳤다.

"한국 쌀람들이 쌩각하는 컸처럼 미국 쌀람들 한류 안 초아해요. 쏘녀쉬대 우써요. 유치한 인형들 캍다고 쌩각해요."

도대체 한국어 발음을 저따위로 하는 아이가 대학에 어떻게 들어왔을까? 성민은 당장에라도 교탁에서 내려가 스티브를 한 대 쥐어박아주고 싶었다. 이 대학의 편입 시험 과목은 오직 영어뿐이었을까? 한국어 따윈 못해도 영어만 잘하면 들어오게 해주었던 걸까? 비단 언어만의 문제가 아니다. 스티브는 지금 수업의 흐름과 아무 관련 없는 말을 툭툭 내뱉고 있다. 아무 말이나 해서 자신이 살았던 미국에 대해 아는 척을 하고 싶은 것이다.

"우리 스티브 씨는 우선 한국말 콩부 좀 하셔야겠습니요? 발음은 둘째치고, 내용이 논지에서 완전히 어긋나 있어요."

성민이 스티브의 발음을 흉내 내어 말하자 학생들이 웃음을 터뜨렸다.

"난 지금 한류가 미국에서 인기 있느냐 아니냐가 아니라, 세계적으로 한류가 확산되는 가운데 우리나라가 국내법을 개정할 필요성이 있다는 데에 방점을 두고 있는 겁니다."

이렇게 마무리한 뒤 성민은 하던 얘기를 이어나갔다. 다행히 스티브는 그쯤에서 웃으며 다시 수업에 집중했다. 새롬보다는 그래도 나은 태도였다. 스티브는 미국에서 어떤 문제를 일으켰을까? 미국에서 공부할 때 성민은 마약이나 섹스, 총기류 때문에 한국계 청소년들이 인생을 망치는 것을 숱하게 보아왔다. 특히 어릴 때 부모 없이 혼자 유학 온 아이들은 열에 아홉이 미국 사회 어두운 구석의 강력한 자장에 정신없이 빨려 들어갔다. 놀라운 것은 그렇게 인생을 망친 줄 알았던 아이들이 한국으로 건너가 멀쩡하게 잘 산다는 것이었다. 감옥에 가거나 총에 맞아 사망하지 않는 한, 아이들은 한국으로 건너가면 다시 높은 고지에서 인생을 시작했다. 미국에서 어떤 문제가 있었든 '영어가 되는' 아이들이었기 때문이다. 그들은 대학 입학, 편입, 취직 등 무엇이든 간에 본토 한국인들보다 유리한 고지에서 다시 인생을 펼쳐갔다. 자신의 성장 과정이 어려웠기 때문일까. 성민은 부모 잘 만난 덕에 이 나라, 저 나라 옮겨 다니며 몇 번의 기회를 얻는 아이들을 보면 화가 치밀었다.

성민에게 지적받은 뒤부터 입을 다무는가 싶었던 새롬은 모둠 토론이 시작될 때쯤부터 과자를 먹으며 핸드폰을 들여다보았다. 성민은 모둠별로 토의할 시간을 준 뒤 새롬과 스티브가 속한 모둠 쪽으로 다가갔다. 새롬은 핸드폰을 들여다보느라 누가 뒤에서 자기를 보고 있다는 것을 인식하지 못했다.

친일파 후손 장 모 씨, 충북 땅 반환 소송에서 승소.

302

새롬이 들여다보던 기사 제목을 보고 성민은 자기도 모르게 헉, 소리를 냈다. 최근 아내는 장모와 통화하면서 처남 얘기를 자주 꺼냈다. 땅이란 말도 자주 했다. 유석이 걔, 미친 거 아니야? 땅 쪼가리 좀 얻자고 가족들 얼굴에 먹칠을 해? 우리 애들 외삼촌이라고 알려지기만 해. 가만 안 있을 테니까. 평소 사이가 좋지 않던 처남의 이름이 자주 오르내리고 대화 내용도 심상치 않아 안 그래도 궁금하던 차였다. 그는 뒷짐을 지고 선 채 눈을 크게 떴다. 이것이었구나! 땅을 찾으려 했구나! 안타까움인지, 억울함인지, 질투인지 알 수 없는 감정이 전신을 휘감아왔다. 그중 가장 큰 감정은 이 커다란 이벤트에서 자신이 처가 쪽 식구들에게 완전히 소외당했다는 쓸쓸함이었다.

"야, 김새롬!"

같은 모둠에 속한 여학생이 쿡쿡 찌르자, 새롬이 얼른 핸드폰을 내려놓고 앞에 놓인 책을 뒤적거렸다. 죄송합니다. 눈치를 보며 이렇게 덧붙였지만 성민은 그 말을 무시하고 교탁으로 돌아갔다. 그에게 새롬은 더 이상 관심거리가 아니었다. 그 시간 이후, 그는 새롬의 핸드폰 화면에서 보았던 기사 내용에 정신이 팔려 강의를 어떻게 끝냈는지 기억조차 할 수 없었다.

서영이 눈에 들어온 것은 강의를 마친 그가 지각한 아이들의 출석 체크를 해주고 막 교실을 나서려던 참이었다. 서영은 문가에 서서 손가락으로 입술을 비비며 성민을 쳐다보고 있었다.

"학생도 지각인가?"

쳐다보기만 하고 말을 걸지 않는 서영에게 성민이 먼저 말을 건넸다. 서영은 무늬가 없는 흰색 라운드 티에 유행이 한참 지난 부츠컷 청바지를 입고 있었다.

"아닙니다. 지난번 교수님께서 내주신 과제를 아직 다운받지 못해서요. 오늘 아침에 온라인 강좌에 접속해보니 자료가 내려져 있었습니다."

서영은 끈 한쪽이 뜯어져 실밥이 나풀거리는 백팩의 끈을 꽉 잡은 채 외운 대사를 암송하듯 큰 소리로 말했다. 성민은 살짝 미소 지었다. 이 아이는 학기 초에 수강신청을 놓쳐 강좌에 추가로 넣어달라고 부탁하러 왔을 때도 이렇게 맹렬하게 말했다. 그 맹렬함과 창백한 안색, 강렬한 눈빛 때문에 그는 서영을 기억했다.

"유에스비 가지고 왔나? 조교실로 따라와 담아가지."

지난주, 성민은 과제를 내주면서 참고할 원서를 스캔해 온라인에 올렸다. 저작권에 걸릴 소지가 있어 닷새 동안만 게재할 테니 그동안 받아가라고 했는데 서영은 그 기간을 놓친 모양이었다.

조교실이 비어 있어서 성민은 열쇠로 문을 열고 들어가 직접 컴퓨터를 켰다.

"학생은 수강신청 때에도 기간을 놓쳤지 않나?"

컴퓨터가 부팅되길 기다리면서 성민은 서영에게 핀잔을 주었다. 못마땅해서라기보다 또래들과 어딘가 좀 달라 보이는 눈앞의 여학생에게 뭔가 말을 걸어보고 싶은 마음이었다.

"집에 컴퓨터가 없습니다."

목석처럼 옆에 서서 모니터를 보고 있던 서영이 성민을 쳐다보며 천천히 말했다.

"아……."

성민은 아연해졌다. 컴퓨터가 없다고? 세상에…… 컴퓨터가 없는 집도 있나? 딸이 대학생인데?

"그럼 수강신청은 어떻게 했나?"

성민을 한동안 뚫어지게 쳐다보다가, 서영은 또박또박 힘주어 대답했다.

"피시방에서 했습니다."

"그럼 이 자료를 받으면 어떻게 보지?"

하나 마나 한 질문을 하면서 성민은 허옇게 버짐이 핀 서영의 얼굴을 들여다보았다. 금방이라도 살비듬이 떨어져 내릴 것 같은 메마르고 푸석푸석한 얼굴. 그제야 성민은 눈앞의 여학생이 왜 또래 아이들과 달라 보였는지 알 것 같았다.

"피시방에 갈 겁니다."

성민은 더 이상 질문하지 않고 모니터로 시선을 돌렸다. 부팅이 끝나 포털 사이트를 화면에 띄웠다. 즐겨찾기로 들어가 학교 홈페이지를 클릭하려는데 포털 사이트 메인 화면에 걸린 기사가 눈에 들어왔다.

친일파 장석태 후손, 땅 반환 소송에서 승소.

의식할 새도 없이 성민의 손이 기사를 클릭했다. 조금 전 새롬의 핸드폰에서 본 것과 똑같은 내용이었다.

"자네는 이런 기사를 보면 어떤 생각이 드나?"

기사를 이 잡듯 훑어가며 읽은 뒤 그가 서영에게 물었다.

"법적으로 가능한 일이라 생각합니다. 도의적으로 반감이 드는 건 사실이지만, 법과 주관적인 도의는 엄연히 달리 가는 것 아닙니까?"

뜻밖의 대답에 성민은 깜짝 놀랐다.

"냉정한 해석이로군."

정책학과를 지원한 걸 보면 이 아이는 로스쿨에 진학할 생각일 것이다. 로스쿨 지망생이 말발이 좋으리라는 건 어느 정도 예상할 수 있다. 그렇다 해도 대학에 들어온 지 겨우 석 달이 넘은 신입생이 이렇게 객관적인 답을 내놓는 것은 이례적인 일이다.

홈페이지로 들어가 교수 자료실에서 파일을 옮겨 담으면서 성민은 다시 물었다.

"그럼 승소한 친일파 후손들에게는 어떻게 해야 할까? 그대로 땅을 갖고 호의호식하며 살도록 내버려두어야 할까?"

그것은 성민이 스스로에게 던지는 질문이었다. 기사에 나온 장 모 씨라는 인물은 성민의 처남이었다. 아니, 아직 확인되지 않았으므로 정황상 그렇게 보인다고 해야 정확하리라. 아내는 성민에게 자기 집안의 내밀한 사정에 대해 털어놓지 않았다. 혼인신고를 마치고 법적으로 완전히 부부가 된 다음에도, 그 부분은 절대 내보이지 않았다. 때문에 성민은 장모가 부자라는 사실을 알고 있지만 왜, 어떻게 해서 부자가 되었는지, 심지어 돌아가신 장인이 생전 어떤 일을 했는지조차 알지 못했다. 그저 오가는 얘기를 통해 서울 시내에 건물이 몇 개 있고, 충청도와 경기도 어딘가에 면적이 꽤 되는 땅이 있다는 걸 짐작할 뿐이었다. 강의실에서 새롬의 핸드폰 화면으로 그 기사와 마주쳤을 때,

성민은 여기저기 흩어져 있던 작은 덩어리들이 하나의 또렷한 형상으로 합체되는 느낌을 받았다. 그 형상이 장모가 판사 사위를 보는 데 열을 올렸던 이유, 예기치 않게 사위가 판사복을 벗게 되자 곧바로 아들의 혼처를 알아봤던 이유와 직결된다는 것도 알게 되었다.

"원론적인 것이 아닌 현실적인 대처 방안을 말씀하시는 거죠? 사실상 사법이 행정에 종속되어 있는 현 상황으로 볼 때 그건 정권의 의지와 밀접한 연관이 있다고 생각합니다."

"똑 부러지는 대답이군. 자네 훌륭한 변호사가 되겠어."

성민은 유에스비를 내밀며 엄지손가락을 쳐들어 보였다.

"논리적인 답변 인상적이었네. 다음에도 아쉬운 게 있으면 언제든 오게."

서영이 유에스비를 받아 들며 공손하게 허리를 숙였다.

"감사합니다, 교수님."

서영이 돌아서서 문 쪽으로 가는 것을 지켜본 성민은 다시 컴퓨터로 몸을 돌렸다. 교수님 소리는 언제 들어도 기분 좋단 말이야, 생각하며 컴퓨터를 끄는데 문득 재판을 담당했던 판사에게 생각이 미쳤다. 누굴까. 누가 처남의 손을 들어주었을까. 조교실 문이 닫히는 소리가 들려왔다. 성민은 이제 막 윙, 소리를 멈춘 컴퓨터에 다시 전원을 넣었다. 처남은 대대로 법조인을 배출한 가문의 딸에게 장가를 들었다. 장인이 부장판사를 달고 퇴직해 로펌 소속 변호사를 하고 있고, 장인의 동생은 대법관 출신으로 A기업 법률자문으로 있다고 했다. 처남이 결혼한 여자는 본처가 아닌 다른 데서 보아온 자식이라는 소문이 파다했다. 재력 외엔 볼 것이 없는 자신의 처가와 혼사를 맺은 걸로 보아 소문은 사실일 것이었다. 그렇다면, 본처 소생의 딸이 아니라도 아버지가 힘을 써주었던 것일까? 사돈의 영광이 나의 영광이니 힘을 합쳐 밀어보자고 온 집안이 똘똘 뭉쳤던 것일까? 이들이 항소심에서도 승소할 수 있을까? 만일 승소한다면, 장모와 처남의 처가 사이에는 어떤 거래가 오갈까? 처남에게 거대한 땅이 생기고 자신은 액수조차 알지 못하는 장모의 재산 일부가 이름난 법조계 집안으로 옮겨간다고 생각하자, 그는 화가 나서 눈이 튀어나올 것 같았다. 이럴 줄 알았다면 판사를 계속하는 거였다. 미리 말해주었더라면 조금 더 그 자리를 보전했을 것이다. 아내는 왜 긴요한 정보를 내게만 숨기는 걸까? 혀를 차면서 그는 눈앞에 뜬 포털 사이트 화면에 급하게 검색어를 쳐 넣었다.

한참 동안 의미 없는 인터넷 서핑에 빠져 있던 성민이 정신을 차리고 온라인 강의실에 새로운 과제를 올린 것은 오후 4시가 넘었을 때였다. 컴퓨터 전원을 끄고 가방을 챙겨 조교실을 나왔다. 원래는 회사에 들러 급한 답변서를 작성하고 갈 생각이었지만, 그냥 집에 가기로 마음을 고쳐먹었다. 아내가 부탁한 자리에 늦지 않으려면 집에 들러 옷을 갈아입고 바로 나가야 했다. 학교 앞 전철역은 한산했다. 성민은 아슬아슬한 미니스커트를 입은 여자아이와 귀에 피어싱을 몇 개씩 한 노랑 머리 남자아이가 부둥켜안고 있는 벤치를 지나 승강장 끝에 놓인 벤치에 앉았다. 열린 창으로 들어온 더운 바람 때문에 옆에 앉은 할아버지가 든 신문이 미세하게 떨렸다.

"이런 육시랄 놈들, 해먹은 게 얼만데 그걸 집행유예로 풀어줘?"

옆에 앉은 성민에게 보라는 듯, 할아버지가 언성을 높이며 신문 한 귀퉁이를 내렸다. 성민은 고개를 들이밀고 기사를 읽었다.

법원, 태명그룹 임상철 회장 집행유예 5년, "무전유죄, 유전무죄".

신문엔 환자복 차림에 마스크를 쓰고 휠체어에 앉아 있는 임상철 회장의 사진이 조그맣게 실려 있었다. 성민은 카메라보다 살짝 아래를 응시하고 있는 임상철 회장의 눈을 물끄러미 바라보았다. 이 낯익은 얼굴. 이 낯익은 이름. 임상철은 어릴 때부터 성민이 귀에 못이 박히게 들어왔던 이름이었다.

"중국 같았으면 이런 놈들 죄다 사형이야, 사형!"

할아버지가 주먹을 불끈 쥐어 보이며 호응을 기대하듯 쳐다보았지만, 성민은 사진에 시선을 고정시킨 채 미동도 하지 않았다.

"없는 사람들은 빵 하나 훔쳐도 감옥에 가는데, 이런 놈들은 몇천억씩 해먹어도 끄떡없어!"

성민의 할아버지는 태명그룹 창립자인 임태명 회장의 사람이었다. 해방 직후, 기민하고 정세를 보는 안목이 있던 청년 임태명은 당시 한국을 빠져나가는 데 혈안이 돼 있던 일본 재력가들의 재산처분을 도와주는 대가로 거액의 현찰을 챙겼고, 이때 챙긴 현찰로 미군정에 연줄을 대 일인들이 남기고 간 부산의 대규모 공장 부지를 헐값에 넘겨받았다. 그리고 그곳에 '태명'이라는 자동차 수리업체를 차렸는데, 성민의 할아버지는 이때부터 임태명 회장을 보필했다. 우직하고 성실하며 임 회장에 대한 충성심이 남달랐던 할아버지는 회장 생전에 아들들보다 더한 사랑을 받았다. 할아버지에 대한 신임이 얼마나 두터

웠던지 임 회장은 그룹 최초로 서울에 20층짜리 건물을 올릴 때 할아버지에게 건물의 관리와 법적인 처리 일체를 맡기고 건물 명의까지 할아버지 이름으로 해주었다. 할아버지에게 건물의 실질적인 소유권까지 준 건 아니었지만 그룹의 얼굴과도 같은 서울 시내 한복판 건물을 가족이 아닌 누군가의 명의로 해주었다는 사실이 가지는 상징성 때문에 할아버지는 그때부터 임 회장의 가족들로부터, 특히 아들들로부터 엄청난 견제를 받았다. 임 회장이 여든한 살의 나이로 타계했을 때, 당시 그룹의 후계자로 입지를 굳혔던 임 회장의 둘째 아들 임상철 부회장이 가장 먼저 취한 조치는 당시 그룹 본사가 되어 있던 그 건물의 명의를 이전하는 것이었다. 이전해주지 않아도 법적으로 아무 문제가 없었을 거라고, 이후 자손들이 수없이 되뇌게 되는 그 건물의 명의를 성민의 할아버지는 군말 없이 단번에 내주었다. 그리고 그것으로, 두 집안의 관계는 끝났다. 그동안 있었던 크고 작은 교류가 끊어졌고, 태명그룹의 회장 자리에 오른 임상철은 임태명 회장의 제사 때조차 할아버지를 오지 못하게 했다.

그 후 태명그룹이 무서운 속도로 발전하여 대한민국의 전설이 되어가는 동안, 성민의 가족은 임태명 회장을 끈질기게 추억했다. 어머니는 몇 번 만나보지도 않은 임태명 회장을 마치 친한 옆집 아저씨나 되었던 것처럼 회상하며 아쉬워했고, 아버지는 9시 뉴스 화면에 태명그룹 본사 건물이 비칠 때마다 자기가 태명에 거저 준 건물인 양 입맛을 쩝쩝 다셨다. 임태명 회장 사후에도 할아버지는 꽤 넉넉한 살림을 유지했는데, 그것은 임 회장이 생전에 할아버지에게 하사한 건물 한 채와 태명그룹 계열사인 태명랜드 테마파크 동물원 먹이 납품권 때문이었다. 덕분에 성민은 어린 시절을 유복하게 보냈다. 어릴 때 살았던 저택—화려한 꽃이 종류별로 쉴 새 없이 피어나던 아담한 정원과 크고 고풍스러운 이층집, 요리사와 가정부와 정원사에 의해 늘 쾌적하고 깨끗하게 손질돼 있던 그림 같은 집—을 성민은 평생 잊지 못했다. 그 아름답던 집은 유년 이후 성민이 평생 지고 가는 십자가가 되었다. 그때와 같은 부를 되찾는 것이 지상의 목표가 되었고, 성민은 어디서 무엇을 하든 물질적 여유를 향해 해바라기처럼 고개를 쳐들었다.

평화롭고 여유로웠던 그 시절이 막을 내린 것은 성민의 아버지가 임상철 회장을 상대로 소송을 걸면서부터였다. 뚜렷한 능력 없이 부친의 재산을 탕진하며 일생을 보낸 아버지는 어릴 때 만나서 같이 놀기도 했던 임상철 회장이 대한민국을 대표하는 기업가로 자리를 굳히는 걸 온전한 정신으로 보지 못했다. 결국 태명그룹 본사 건물에 대해 소유권의 일부를 주장하는 소송을 냈고, 그 소송으로 모든 것을 잃었다. 아버지에게 소송을 권유했던 변호사의 논리에 의하면 분명히 할아버지에게 그 건물의 소유권이 일부 있었지만, 대한민국 대표 기업인 태명그룹을 상대로 한 소송에서 이기는 건 상대가 대통령이라 해도 불가능한 일이었다. 아버지는 패소했다. 남은 유일한 수입원이었던 건물—명의는 태명그룹으로 되어 있지만 실질적인 소유권은 할아버지에게 있었던 삼성동의 건물—도 빼앗겼다. 태명랜드의 동물원 먹이 납품권도 다른 회사로 넘어갔다.

성민의 중학교 입학식이 있었던 날, 빚쟁이들이 몰려와 집 안 가구와 가전제품들에 압류 딱지를 붙였다. 가는 비가 내리던 그 차가운 초봄의 하루는 성민의 인생에서 중요한 분기점이 되었다. 아버지 회사가 갑자기 없어졌고, 꽃향기가 끊이지 않던 정원을 다시 볼 수 없게 되었으며, 아버지는 빚쟁이들을 피해 도망 다니느라 얼굴 보기 힘든 사람이 됐다. 그날 이후, 성민은 어머니와 둘이 작고 허름한 아파트로 이사 다니면서 근근이 학교를 다녔다. 요리사나 가정부에게 시중을 받기는커녕, 넋 놓고 앉아 있는 어머니의 끼니를 성민이 챙겨줘야 하는 무겁고 암울한 나날이었다.

"그래도 태명그룹 회장이잖아요. 이분 감옥 보내면 나라 망하죠."

노인의 다른 쪽 옆에 앉아 있던 반백의 중년 남자가 이렇게 말한 덕에 성민은 노인에게 호응해야 한다는 부담감에서 벗어날 수 있었다. 체크무늬 베레를 쓴 노인과 반백의 중년 남자 사이에서 벌어진 법치국가와 시장경제에 대한 격앙된 토론은 육중한 전철이 맹렬한 기세로 플랫폼에 들어올 때까지 멈추지 않았다. 성민은 이들과 멀찍이 떨어진 출입문으로 가서 전철에 올랐다.

탑승 후 자리에 앉아 창밖으로 스치는 우중충한 회색 하늘을 보고 있는데 핸드폰에서 카톡 메시지 도착음이 울렸다.

오늘 저녁 약속 안 잊었지?

아내였다.

지금 집에 가고 있어.

답글을 쓰면서 성민은 길게 한숨을 내쉬었다.

살다 보면 하지 말아야 한다는 걸 뻔히 알면서도 하게 되는 일이 있다. 그에겐 이번 사건이 그랬다. 사흘 전, 아내가 해성의 담임 이야기를 꺼냈을 때만 해도 일이 이렇게 커질 줄 몰랐다. 그저 흔히 있는 엄마들의 치맛바람이라고 생각했다. 엄마들끼리 이야깃거리로 삼다가 시간이 지나면 잊을 줄 알았다. 그때 적극적으로 개입했다면 추이가 달라졌을까. 아내에게 독한 면이 있다는 것은 결혼 초부터 알았다. 아내는 하겠다고 마음먹은 건 어떻게든 관철시키는 스타일이었다. 상대를 의도한 방향으로 끌고 가는 설득력도 탁월했다.

집에 들렀다 가려고?

처음 만났던 날부터, 성민은 아내가 자신이 만날 수 있는 최고 수준의 여자임을 알아차렸다. 성민은 여자들에게 인기가 있는 편이었다. 키는 작았지만 언변이 좋고 유머 감각이 탁월해서 어느 자리에 가도 중심이 되었다. 사시 패스 후 연수원에 다니던 시절에는 여기저기서 정신없이 선 자리가 들어왔다. 하지만 정말 쓸 만한 여자, 그러니까 재력가의 딸이라거나 정치권에 연줄이 있는 집의 딸들에게선 입질이 오지 않았다. 연수원 동기의 소개로 만난 아내는 보기만 해도 온몸에 전율이 일 만큼 매력적인 여자였다. 눈, 코, 입 모두 작고 특출하지 않았지만, 피부가 뽀얗고 도톰한 아랫입술이 탐스러웠다. 우아하고 확신에 찬 시선과 제스처가 풍만하고 부드러운 몸매와 어우러져 매혹적인 자태를 만들어냈다. 아내는 몇 마디 나누지도 않은 상태에서 자기 집안의 재력이 상당한 수준임을 드러냈는데, 결혼 후 성민이 파악한 아내 집안의 재력은 당시 아내가 암시한 것을 훨씬 상회하는 수준이었다. 육체적 매력만으로도 충분한데 부잣집 딸이기까지! 성민은 그 자리에서 결혼을 결심했고, 이후 만남과 결혼은 일사천리로 진행되었다.

둘은 성격이나 품은 야망의 정도, 잠자리 스타일까지 기가 막히게 잘 맞았다. 부부싸움 한번 하지 않고 환상적인 금실을 과시하며 살았다. 하지만 성민이 판사를 그만둘 때, 이혼을 입에 올릴 정도로 심각하게 사이가 벌어졌다. 아내는 사기결혼이라는 말까지 하며 길길이 뛰었지만, 성민은 이미 근무하던 법원에 퇴직 의사를 밝힌 상태였다. 되돌릴 수 없었고, 되돌리고 싶지 않았다. 판사직은 성민이 막연하게 생각했던 화려함이나 멋과는 거리가 멀었다. 산더미 같은 기록과 자료를 읽고 끝도 없이 판결서를 써야 하는, 기계적이고 지루한 일이었다. 야근은 물론이고 주말까지 반납하는 경우가 부지기수였다. 하는 일이 사람을 만나는 일이었다면 그나마 견딜 수 있었으리라. 판사 일은 기본적으로 수많은 문서들과 만나는 일이었다. 언변이 좋고 대인 관계에서 빛을 발하는 그로서는 3년 동안 참은 것도 용하다 해야 할 것이었다. 그에게는 다양한 장소에서 다양한 사람과 만나 기지를 발휘해야 하는 변호사 일이 훨씬 잘 맞았다. 부업으로 시작한 강의는 변호사 일보다 더 재미있었다. 시간이 지날수록 성민은 자신이 대인 관계에 얼마나 강한지, 타인을 설득하는 능력이 얼마나 뛰어난지 깨닫고 흠칫흠칫 놀랐다. 아내에게도 이해받지 못한 성민의 결단과 기질을 이해하고 평가해준 사람은 놀랍게도 장모였다. 장모는 갑작스레 진로를 바꾼 사위를 며칠 만에 용서했을 뿐만 아니라, 기왕 변호사를 할 거면 박사까지 마치라며 미국으로 유학을 보내주었다. 수영장이 딸린 풀 빌라에 최고급 사양의 벤츠까지 뽑아준 전격적인 지원이었다.

장모의 파격적인 조치 덕에 아내와 성민의 갈등은 그럭저럭 봉합되는 듯했다. 하지만 예전으로 돌아갔다고 생각했던 둘 사이는 아내가 세 돌을 갓 넘긴 지성을 영어 유치원에 보내겠다고 선언하면서 틀어지기 시작했고, 이후 아내가 아이들을 너무 많은 기관에 보내면서 악화되었다. 특히 이번 사건은 이때까지 있었던 그 모든 해프닝을 아무것도 아닌 것으로 만들 만큼 컸다. 성민은 오늘 저녁에 있을 만남과 앞으로 일어날 일들을 생각하며 한숨을 내쉬었다.

아빠들한테 확인문자 다시 한 번씩 보내.

건우아빠 전화번호는 모르지? 010-73X3-8X51.

성민은 연달아 들어온 아내의 메시지를 확인하면서 입술에 침을 발랐다. 오늘 저녁 6시, 해성의 반 친구 아빠들 몇 명과 저녁을 함께하기로 했다. 아내는 성민이 이 자리를 주도하길 바랐다. 학기 초부터 해성의 담임이 못마땅하다고 툴툴거리던 아내가 광분한 것은 지난주, 해성의 생일에 학교로 챙겨 보낸 간식이 집으로 되돌아왔을 때였다. 그때만 해도 저러다 말겠거니 했는데, 날이 갈수록 아내의 분노가 커졌다. 사태가 심상치 않아 보여 이틀 전에는 성민이 해성의 담임을 찾아가기도 했다. 아내가 주위 엄마들을 모으고 있다고, 심각한 사태가 벌어질 수도 있을 것 같다고 정색을 하고 말했지만, 허리를 곧게 펴고 앉은 담임은 눈 하나 깜짝하지 않았다. 선생님께서 잘못했다 생각지 않으시더라도 사과하는 시늉만이라도 해달라고, 그러지 않으면 사태가 걷잡을 수 없게 될 것 같다고 노골적으로 부탁했지만, 담임은 단칼에 그 부탁을 거절했다. 아내는 그동안 담임 추방이라는 목표를 세우고 전의를 다졌다. 특유의 선동력으로 주위 엄마들을 포섭했고, 급기야 해성 친구들의 아빠들에게까지 손을 뻗쳤다. 그 결과 탄생한 것이 오늘 저녁에 있을 만남, 자신이 주도해야 하는 아빠들과의 만남이었다.

알았어. 확인문자 넣을게.

성민은 메시지를 입력해 넣은 뒤 슬그머니 주위를 둘러보았다. 자신과 아내가 하고 있는 유치한 짓거리를 누군가 보고 비웃고 있을 것 같았다. 다행히 성민이 앉은 의자에는 앉아서 꾸벅꾸벅 졸고 있는 여대생 외엔 아무도 없었다.

성민은 아내가 알려준 건우아빠 전화번호를 핸드폰에 입력하고 문자를 쳐 넣다가 이내 지워버렸다. 이미 엄마들을 통해 연락이 되어 있다고 했다. 뭐 그리 대단한 모임이라고 확인문자까지 해야 한단 말인가. 성민은 양복 안주머니에 핸드폰을 넣고 일어서서 문가로 갔다. 전철은 이제 막 강변역을 떠나 잠실나루역을 향해 가고 있었다. 검붉은 하늘과 회색 강물이 맞닿아 있는 창밖 풍경이 유리창에 맺힌 물방울에 희미하게 지워지고 있었다. 아침부터 하늘이 수상하다 싶었는데 그새 비가 오기 시작한 모양이었다. 빗줄기가 틈을 주지 않고 계속 창문에 비스듬하게 날아와 맺히는 걸로 보아 비의 양이 상당한 듯했다. 이럴 줄 알았으면 아침에 접이식 우산이라도 하나 넣어올 걸 그랬다, 생각하는데 안내 방송이 흘러나왔다. 이번 정차할 역은 잠실나루, 잠실나루역입니다.

그는 가방을 한쪽 팔에 끼운 채 마른세수를 했다. 아내가 하는 행위는 확실히 지나치다. 담임이 좀 둥글지 못한 건 사실이지만, 대대적으로 모여 추방을 결의할 정도는 아니다. 그는 그걸 분명히 알고 있다. 하지만 아내를 돕지 않을 수 없다. 아내는 이미 같은 반 엄마들의 상당수를 설득했고, 태민엄마라는 여자를 부추겨 교감실에 전화를 넣었다. 일이 이 정도로 전개된 상태에서 방향을 돌리는 건 불가능하다. 아내를 견고한 적대심의 탑에서 내려오게 할 방법은 상대의 사과를 받아내는 것뿐인데, 해성 담임의 성격으로 보아 그것도 불가능할 것 같다. 여기서 방향을 돌린다면 이 사건의 선두에 섰던 아내는 엄마들 사이에서 바보가 될 것이다. 뿐인가. 해성도 바보 취급을 받게 될 것이다.

그는 지하철 유리창에 남아 있는 스티커 찌꺼기를 손톱으로 긁어내면서 몇천 년 전 로마의 어느 유명한 남자가 했다는 말을 읊조려보았다. 주사위는 던져졌다. 전철은 어느새 지하 구간에 접어들어 컴컴하고 텅 빈 공간을 부지런히 가르고 있었다. 신천역에 도착할 것임을 알리는 방송을 들으면서, 성민은 다시 핸드폰을 꺼냈다. 아내가 보내준 건우아빠의 번호를 찾으려고 버튼을 누르는데 머리 한구석에서 삐, 하는 이명이 들려왔다.

경훈엄마 강희진

희진이 그 자리에 간 것은 같은 반 엄마들끼리 모여 맥주나 한잔하자는 태민엄마의 전화를 받고서였다. 모인 목적이 담임을 성토하는 것이고, '학부모 대책위원회'라는 거창한 명칭까지 달고 있는 모임이라는 걸 알았을 때는 자리를 박차고 나가고 싶었다. 대충 핑계를 대고 빠져나가려던 희진을 붙잡은 것은 어젯밤 아빠들 몇이 만나 대책 회의를 했다는 해성엄마의 말이었다.

"내용증명은 우리가 맡을게요."

어젯밤 있었던 아빠들 모임 얘기가 나오자 윤중엄마가 대뜸 이렇게 말했다. 민사소송 전문 변호사인 남편을 믿고 하는 말이었다. 윤중아빠는 작년에 윤중의 형 윤식이 같은 반 아이와 싸움을 벌였을 때 상대 아이의 부모를 고소하면서 동네의 유명 인사가 됐다. 지금 성토 대상이 되고 있는 경훈이네 반 담임이 작년에 윤중이 형의 담임이었는데, 그 싸움에서 일방적으로 상대 아이의 편을 들어주었다 했다. 상대 아이의 아빠가 현직 검사라 '변호사 아이 대 검사 아이의 싸움'이라는 제목으로 매스컴의 조명까지 받았던 그 사건은 처음부터 상대의 감정을 상하게 하는 게 목적이었던지라 '마지못한 합의'라는 예정된 결말로 막을 내렸다. 그 사건 이후 윤중엄마는 같은 학교 엄마들을 만나면 눈에 불을 켜고 담임 욕을 했다.

"아직 내용증명까지 갈 단계는 아니고요."

해성엄마가 긴 머리를 어깨 너머로 넘기며 침착하게 말했다.

"일단 교감실을 통해 우리 의사를 전달했으니 담임 선생님 쪽 반응을 지켜봐야 할 것 같습니다."

여기 모인 엄마들은 이 자리의 목적과 성격을 알고 왔을까? 해성엄마는 자연스럽게 '우리'라는 말을 사용하며 반 엄마들 모두가 같은 생각을 하고 있다는 인상을 만들어내고 있다.

"아이들에게 손찌검까지 하는 선생님입니다. 우리가 망설일 이유가 뭐가 있죠?"

현규엄마가 마시던 맥주잔을 소리 나게 내려놓으며 격앙된 목소리로 말했다. ADHD 판정을 받은 현규는, 교실에서 바지를 벗어 던져서 여자아이 엄마들에게 공포의 대상이 되었던 아이다. 담임이 지극정성으로 보살펴서 상태가 호전되나 싶었는데, 최근 들어 다시 증세가 악화되고 있다. 현규엄마의 담임에 대한 평가는 현규의 상태에 따라 '아이들을 진심으로 보살피는 천사 같은 선생님'에서 '매정하고 융통성 없으며 선생 자격도 없는 여자' 사이를 왔다 갔다 했다. 최근에 현규가 연필로 한 여학생의 손을 찍으려던 걸 담임이 막다가 현규와 몸싸움을 벌였는데, 그 사건을 두고 같은 반 아이들은 '담임이 현규를 때렸다'고 말하는 아이들과 '현규를 말리다가 살짝 밀었다'고 말하는 아이들로 갈렸다. 이 사건 이후 현규엄마는 '전문가에게 치료받아 다 나은 우리 아들이 담임 때문에 다시 상태가 나빠졌다'고 여기저기 말하고 다녔고, 그 과정에서 윤중엄마와 급속도로 친해졌다. 문제아 엄마로 낙인찍혀 아무와도 친하지 못했던 현규엄마에게 윤중엄마와의 친교는 세상이 일시에 사금으로 변해 반짝이는 듯한 일이었으리라.

"아는 사람한테 들었는데, 옆 동네 Y초등학교에서도 교사가 아이들을 때려서 징계 먹은 적이 있었대요."

가늘게 끝이 올라가는 하이 톤 음성의 태민엄마가 테이블 앞으로 얼굴을 쑥 내밀었다. 태민은 최근 점심시간에 줄을 서다가 담임에게 욕을 해서 교감실로 보내진 적이 있었다. 태민이 좋아하는 레고 세트를 종류별로 다 사주고, 태민이 조립한 레고 세트를 전시하기 위해 이름난 가구 회사에서 장까지 짜줄 정도로 아이를 애지중지하는 태민엄마에게는 대단히 충격적인 사건이었을 것이다. '씨발'이라는 심한 욕설을 퍼부었는데도 태민엄마는 그 욕설을 '그 나이 아이들이면 누구나 다 하는 욕'이라고 단언하며 담임을 헐뜯었다. 희진은 그 뒤부터 태민엄마와 거리를 두었다. 말이 많긴 해도 순수하고 착한 사람이라고 생각했는데, 그 사건에 대응하는 과정에서 독하고 무서운 면을 많이 보였다. 지금 열리고 있는 담임 성토대회에 앞장서서 여론을 모으고, 교감실에 연락하고, 엄마들을 불러 모은 것도 모두 태민엄마였다.

"우리 요구는 간단해요. 담임을 바꿔달라는 거죠. 교장 선생님한테도 그렇게 말씀드렸어요. 담임만 바꿔주면 다 없던 일로 하겠다고."

태민엄마는 왜 이 일에 앞장서는 걸까. 엄마들이 합심하여 담임 교체를 요구하는 것은 초등학교 엄마들 사이에선 전무후무한 일이다. 가끔씩 모여서 담임 욕을 하기는 해도 엄마들은 거기에서 더 나아가지 않는다. 교장실에 항의를 넣거나 교육청에 민원을 넣은 학부모의 아이는 졸업할 때까지 두고두고 선생님들에게 기피와 미움의 대상이 되기 때문이다. 그런데 이 여자는, 올리비에 머리핀을 꽂고 샤넬 백을 들고 살바토레 페라가모 구두를 신은 이 여자는 겁도 없이 이 일을 진행하고 있다.

"교육청에 민원을 넣자는 말도 나왔지만, 저희는 담임 문제만 해결되면 그냥 넘어가려고 해요."

고개를 끄덕여가며 단호하게 말하는 태민엄마의 옆모습을 지켜보다가 희진은 의자 뒤로 깊숙이 기대앉았다. 교육청에 민원을 넣자는 의견은 누가 냈으며, '저희'는 구체적으로 누구누구를 지칭하는 것인가?

"그러게요. 담임 선생님이 잠깐 휴직을 하시거나 그러면 되겠네요."

울 것 같은 표정으로 앉아 있던 지환엄마가 간신히 끼어들어 말했다. 아이의 반 일에 방관하고 있다는 인상을 주지 않기 위해 애써 한마디 하는 지환엄마. 그녀를 보면서 희진은 빙그레 웃었다. 원래 불광동에서 살다가 아이들 교육 때문에 잠실로 들어왔다는 지환엄마는 천성이 유하고 부드러워서 동네 엄마들과 두루두루 잘 지냈다. 엄마들 중 어린 편에 속해서 대부분의 엄마들을 '언니'라고 부르며 친근하게 대했다. 희진은 얼굴이 넓적하고 거무스름한 이 여자가 '강남 엄마'가 되기 위해 공부 좀 시킨다 싶은 엄마들의 말을 무비판적으로 따르는 게 안쓰럽고 안타까웠지만, 기본적으로 인간적이고 유한 사람이라 자꾸 마음을 주게 됐다. 원만하게 해결하고 넘어가자는 이야기가 나오자 반색을 하는 걸 보면 이번 성토대회가 천성이 유한 지환엄마에게 얼마나 불편한 일이었는지 짐작할 수 있었다.

"여기 계신 어머님들…… 오늘 이 자리가 어떤 자리인지 알고 나오셨나요?"

새로 온 안주를 접시에 덜어 담느라 잠깐 생긴 틈을 타서 희진이 이렇게 말했다.

"알고 나왔는데요."

골뱅이 안주를 그릇에 덜고 있던 해성엄마가 희진을 쳐다보며 또렷이 말했다. 2년 아래인 희진에게 친근하게 말을 놓던 평소와는 다르게 딱딱한 표정으로 존댓말을 쓰고 있었다.

"이런 자리인 줄 알았으면 솔직히 전 안 나왔을 것 같아요."

좌석의 정중앙에 앉아 침묵을 지키던 희진이 이렇게 말하자 좌중이 물을 끼얹은 듯 조용해졌다. 커다란 공간에 룸을 여러 개 이어 설치한 호프집이었다. 음악 소리도 없고 큰 소리로 떠들어도 옆자리에 미안할 일이 없어서 금요일마다 동네 엄마들이 즐겨 찾았다. 여자들 열이 모여 한참 떠들다가 갑자기 침묵이 흐르자 술 냄새와 옆 룸에서 넘어온 담배 냄새, 어색함이 어우러져 내부 공기가 무겁게 가라앉았다.

"맥주 한잔 하자고 해서 얼떨결에 나왔는데……."

희진은 말끝을 흐렸다. 이건 아니다, 라고 말하고 싶은데 좀처럼 말이 나오지 않았다. 자신과 지환엄마를 제외하면 이 자리에 나온 모든 엄마들이 담임과 척을 진 적이 있었다. 엄마들 사이에 어디까지 얘기가 되었을까? 내가 여기서 입바른 소리를 하면 왕따가 되는 건 아닐까? 경훈이 따돌림을 받는 장면이 바로 눈앞에 떠올랐다. 한동안 망설이다가, 희진은 천천히 말을 이었다.

"아무리 생각해도 이건 좀 아닌 것 같네요. 우리 선생님이 유별나게 원칙적인 분이시긴 하지만, 대책위원회니 민원이니 논할 만큼 큰 잘못을 저지르신 건 아니지 않나요? 물론 크고 작은 일로 엄마들에게 서운하게 하신 적도 있긴 하지만, 선생님이 모든 엄마들을 만족시킬 수는 없는 거고요. 지금 거론되고 있는 구타 건만 해도 사실……."

"경훈이는 일기를 너무 길게 썼다고 혼난 적 없죠? 지우개를 자주 쓴다고 뺏긴 적도 없죠?"

벽에 붙어 앉아 핸드폰을 들여다보고 있던 세린엄마가 희진의 말을 자르며 고개를 쑥 내밀었다. 세린은 어딜 가나 인형처럼 생겼다는 찬사와 관심을 한 몸에 받는 긴 머리 소녀이다. 활발한 성격에 애교가 많아서 남녀 모두에게 인기가 많았는데, 너무 사랑만 받고 컸기 때문인지 말을 살짝 함부로 했다. 친구 엄마들에게 반말을 하는 건 기본이고 담임에게도 반말과 존댓말을 섞어서 하더니, 급기야 담임 면전에서 '선생님은 너무 까칠해서 재수 없다'는 말까지 해서 화제가 되기도 했다. 인지적인 면보다 인성적인 면을 중시하는 담임은 세린에게 겸손함을 가르쳐주기 위해 노심초사했다. 하지만 태어나서 누구에게도 지적을 당해본 적이 없던 세린에게 그것은 용납할 수 없는 일이었고, 세린엄마에게 담임은 '성격이상자'로 낙인찍혔다. 세린은 똑같은 문장을 토씨만 살짝 바꾸어 일기를 세 바닥씩 써가거나 선생님 앞에서 계속 지우개로 지우기만 하는 퍼포먼스를 선보이다가 담임에게 따끔하게 혼이 났다. 그 사건 이후, 세린엄마는 대표적인 담임 안티 세력이 되었다.

"경훈이라고 왜 혼난 적이 없겠어요. 그 나이 아이들은 원래 실수투성이잖아요. 문제는 담임 선생님이 그걸 바로잡아주려다가……."

"선생님이 경훈이 국제중 보내라고 하셨다면서요? 우리 담임 선생님은 참 재주도 좋으세요. 초등학교 2학년짜리 애가 국제중 갈 재목인지 아닌지 벌써 꿰뚫어보시고."

세린엄마가 희진의 말을 끊고 격앙된 목소리로 말했다.

"세린 어머니, 저번 지우개 사건도 그렇고, 속상하신 건 알겠는데요. 지금 제가 말씀드리려는 건 그런 개인적인 얘기가 아니잖아요."

말하면서 희진은 성정이 너그러운 편인 지환엄마와 미경엄마에게 시선을 주었다. 본인이 심하다고 생각하지 않던 사안이라도 남들이 모두 심하다고 말하면 갑자기 심하다고 느끼는 게 사람이다. 여기 나온 엄마들은 지금 그런 심리에 휩쓸리고 있다. 일대일로 대면하면 누구도 이렇게까지 말하지 않았을 것이다. 잘못된 쪽으로 급속히 흘러가고 있는 물길의 방향을 누군가 틀어주어야 한다. 처음 입을 열었을 때부터 희진은 이런 생각을 하고 있었다. 자신이 물꼬를 트고 누군가 한 명만 동조해주면 금방 물길을 돌릴 수 있을 것이다. 쉽게 휩쓸린 만큼 방향을 틀 때도 쉽게 휩쓸리지 않겠는가. 더구나 이번 건은 역방향에 진리가 있다. 양심에 호소하는 소리는 조금만 힘이 실려도 설득력이 커지는 법이다.

"상식적으로 봤을 때 우리 담임 선생님이 린치를 당할 만큼 큰 잘못을 한 건 아닙니다."

여기까지 말한 뒤 희진은 지환엄마를 정면으로 쳐다보았다. 지환엄마, 빨리 내 말에 동조해!

"여기 계신 어머니들도 마음 깊은 곳에서는 이 상황이 온당치 않다는 것, 자신이 하고 있는 말이 실제보다 훨씬 과장됐다는 것을 인식하고 계실 거예요."

지환엄마가 시선을 피해버려서 미경엄마 쪽으로 돌렸다. 그러나 미경엄마는 시선을 탁자 밑으로 떨어뜨린 채 미동도 하지 않았다.

"경훈 어머니 말씀도 한번 생각해봐야 하겠지만, 경훈 어머니, 선생님이 경훈이를 비정상적으로 편애하신다는 걸 우리가 다 알고 있는데 경훈 어머니 말씀이 우리한테 설득력이 있을까요? 입장을 바꿔놓고 한번 생각해보셨으면 좋겠네요. 일단 오늘은 이 정도로 하죠? 시간도 늦었는데."

미경엄마 건너편에 앉아 있던 해성엄마가 이렇게 말하면서 계산서를 집어 들었다. 희진이 뭐라 말할 틈을 주지 않는 재빠른 조처였다.

"어머, 벌써 2시야. 어떡해, 우리 남편한테 12시 전엔 들어간다고 했는데 큰일 났네."

자리에서 일어서며 해성엄마가 너스레를 떨었지만 희진은 그 말이 귀에 들어오지 않았다. 실제로 이번 일을 끌고 가는 사람이 누구인지, 그제야 알 것 같았다. 생각해보면 2학년 3반 엄마들끼리 크고 작은 결정을 내릴 때나 축구부 내에서 뭔가를 선택해야 할 때마다 주도적으로 움직이는 건 늘 해성엄마였다. 부지런하고 상황판단이 빨랐고, 마음먹은 건 집요하게 물고 늘어져 의도한 바를 이루어냈다. 또렷하고 낭랑한 음성이나 자신감 있는 말투, 묘하게 사람을 압도하는 시선으로 상대를 원하는 방향으로 끌고 갔다. 그래, 처음부터 태민엄마가 나서는 게 좀 이상하다 싶었다. 태민엄마는 감정적이고 아이 같은 사람이다. 뭔가를 의도하고 주도면밀하게 밀고 나갈 스타일은 아니다. 아마도 해성엄마가, 태민엄마를 설득해 전면에 내세웠을 것이다. 앞에 나서기 꺼려지는 사건이니까.

호프집에서 나오니 엄마들이 모여 서서 해성엄마에게 잘 마셨다는 인사를 하고 있었다. 희진은 지갑에서 3만 원을 꺼내 해성엄마에게 내밀었다.

"저번에도 언니한테 얻어먹었잖아. 오늘은 그냥 낼게."

"어우, 됐어. 원래 오늘 내가 쏘기로 했었어."

해성엄마가 희진의 손을 밀어내며 손사래를 쳤다.

"왜?"

지갑에 넣지 못한 돈을 어색하게 손에 쥔 채 희진이 물었다.

"왜라니? 그냥 오늘 날씨가 좋아서 한잔 사고 싶었어. 어쩔 건데?"

"언니, 해성이 형 영재원 갔잖아. 그거 턱 내는 거야. 저번에 쏜다 그러고 못 쐈다고."

옆에 있던 지환엄마가 귀띔해주었다.

"해성이가 간 것도 아니고, 해성이 형 영재원 갔다고 언니가 우리한테 술을 사? 우리가 해성이 형을 언제 봤다고? 그게 말이 돼? 그냥 각자 내자."

희진이 다시 돈을 내밀자 해성엄마가 희진의 어깨를 세게 밀었다.

"어우, 이 꼰대. 산다면 기분 좋게 고맙다고 하면 되지 뭘 그렇게 따져? 자기, 사사건건 그렇게 따지고 들면 주위에 사람 다 떨어져나간다."

희진은 주위를 둘러보았다. 자기만 돈을 내려 하고 있고 다른 엄마들은 맥 줏값 같은 건 벌써 잊어버린 듯 삼삼오오 모여 얘기를 하고 있었다.

"뭘 그러고 서 있어? 얼른 지갑에 돈 넣어."

해성엄마가 채근하는데 희진의 핸드폰이 울렸다. 희진은 반사적으로 핸드폰 화면을 터치해 밀면서 지갑에 돈을 넣었다. 전화를 건 것은 집에서 아빠와 자고 있어야 할 경진이었다. 왜 이 시간까지 안 잤어! 지금이 몇 신데! 희진은 소리 지르며 횡단보도로 뛰어갔다. 먼저 갈게요! 뒤돌아서 외치자 엄마들 중 몇이 돌아보고 손을 흔들었다.

횡단보도를 건너 아파트 단지에 들어섰을 때, 희진은 순간적으로 그 자리에 얼어붙었다. 단지 내엔 행인이 한 명도 없었다. 높이 솟은 아파트 건물들에서도 불 켜진 세대를 찾아보기 힘들었다. 희진은 선 채로 아파트 건물을 올려다보았다. 어릴 때 본 만화영화 〈은하철도 999〉가 떠올랐다. 메텔이라는 이름의 긴 머리 여인과 작고 음침한 꼬마. 그 둘이 뭔가를 타고 공중을 가로질러가는 배경에 일제히 불이 꺼진 길고 끝없는 아파트 건물들이 있었다. 세상에 불 꺼진 고층 아파트보다 기괴한 풍경이 있을까. 일요일 새벽. 가로등 사이의 간격이 유난히 멀게 느껴지는 어둠을 빠르게 지나쳐가면서, 희진은 무언가가 뒤에서 쫓아오는 느낌을 받았다. 집에 들어가 경진을 토닥여 재우면서도 그녀는 그 느낌에서 벗어나지 못했다. 경진을 재우고 안방 침대로 돌아온 그녀는 손등으로 눈을 문지르며 하품을 했다. 참으로 찜찜한 날이었다. 뭐라고 딱 집어 말할 수 없는 불쾌감과 찜찜함에 뒤척이다가, 그녀는 하늘에 푸른 기운이 돌기 시작하는 걸 보고서야 겨우 잠이 들었다.

희진이 잠을 깬 것은 둔탁한 물체가 내리찍는 듯한 굉음 때문이었다. 금방이라도 콘크리트 일부가 떨어져 내릴 것처럼 천장이 거세게 흔들렸다. 새벽녘에 제 방에서 잠들었던 경진도 어느 틈엔가 안방으로 들어와 희진의 품을 파고들었다. 엄마, 이상한 소리가 나. 희진은 침대 옆 협탁에 둔 핸드폰으로 시간을 확인했다. 8시. 경진을 재우고 이 방에 든 것이 4시가 넘은 시간이었으니 네 시간도 채 못 잔 것이다.

내 이놈의 집을 그냥.

칭얼거리는 경진을 옆으로 밀치고 일어서려다가, 그녀는 자리에 멈추어 섰다. 며칠 전 엘리베이터에서 마주쳤을 때 윗집 여자가 했던 말이 생각났던 것이다.

"저희 이사 가요. 그동안 우리 애들 발소리 때문에 고생하셨죠?"

평소에 시끄럽다고 인터폰을 하면, 그럼 나보고 발 달린 애들을 묶어놓으라는 말이냐며 표독스럽게 대꾸하던 여자였다. 갑자기 유순하게 사과의 말을 해와 희진도 얼결에 고개를 숙여 보였다. 헤어진다 생각하니 마음이 너그러워졌던 걸까. 지난 1년 동안, 희진은 초등학교 1학년짜리 아들 친구들을 하루가 멀다 하고 불러들여 뛰어놀게 하는 윗집 여자와 갖은 신경전을 벌였다. 그 와중에 아이들 뛰는 소리 조심해달라고 아랫집으로부터 인터폰을 받으면 화가 나서 미칠 것 같았다. 윗집 애들에 비하면 우리 애들은 뛰는 것도 아닌데 왜 자꾸 인터폰을 한단 말인가! 명성을 익히 들어 알고는 있었지만, 이 아파트의 층간소음은 정말이지 상상을 초월했다. 옆집 아저씨의 코 고는 소리는 물론 핸드폰 진동 소리, 물건을 집어 던지고 악다구니를 질러대는 부부싸움 소리까지, 갖은 종류의 소음이 일상을 파고들었다. 그중 윗집 두 아이의 소음은 정기적이며 일관되고 집요하게 지속되는 골칫거리였다. 지난달에는 같은 라인의 한 집이 리모델링 공사에 들어가 공사 소음까지 들려왔다. 리모델링 현장에서 나오는 무지막지한 기계음과 윗집 아이들 뛰어다니는 소리, 그 반동으로 희진의 거실 천장 샹들리에가 떨리는 소리에 장시간 시달린 희진은 결국 이성을 잃고 윗집으로 뛰어 올라갔다. 생전 처음으로 또래 여자와 삿대질을 하며 싸웠고, 그 후로 엘리베이터에서 마주칠 때마다 윗집 여자는 싸늘하게 시선을 돌렸다.

그러니까, 지금 이 소리가 그 여자네 집 이사 가는 소리란 말이지. 희진은 경진을 당겨서 자신의 배 위에 눕혔다. 정말로 이사를 가는구나! 바로 윗집이 이사 가면서 내는 소리는 그동안 그녀에게 닥쳐왔던 그 어떤 소음보다 크고 무지막지했다. 당장에라도 천장이 무너지고 윗집의 세간들이 떨어져 내릴 듯 광폭한 파열음이 끊임없이 들려왔다. 윗집 여자가 나 때문에 이사 가는 걸까? 경진의 머리를 쓰다듬으면서 그녀는 고개를 갸우뚱했다. 그럴 리가. 이사를 갈 다른 연유가 있었으리라. 그렇게 결론을 내렸지만 기분은 여전히 찜찜했다. 당장 오늘 하루 종일 이 불가항력의 소음에 시달릴 것이 끔찍했고, 새로 이사 오는 집이 예전 집보다 덜하리란 보장이 없다는 점도 마음에 걸렸다. 애가 셋인 집이고 엄마 성격이 인터폰이 오면 더 우격다짐으로 발을 굴러대는 성격이라면? 그녀는 몸서리를 쳤다.

2주 전, 다니던 병원 원장이 누적된 적자를 이기지 못하고 병원 문을 닫으면서 희진은 잠정적인 전업주부가 되었다. 다른 병원을 알아봐서 다시 나가야지, 하면서도 그동안 제대로 봐주지 못했던 아이들 공부를 봐주느라 뜸을 들이고 있었다. 그 기간 동안, 그녀는 아파트에서 발생하는 다양한 소음들과 마주쳤다. 그 전에도 윗집 애들 뛰는 소리 때문에 괴로워한 적은 있었지만, 그때만 해도 대낮의 아파트가 그렇게 다양한 소음이 발생하는 곳인 줄은 몰랐다. 전업주부로 사는 다른 여자들은 이런 소음을 어떻게 견딜까. 의아하게 생각될 정도였다. 질기고 다양한 소음에 시달릴 때마다 희진은 대학 동기 영훈의 집을 떠올렸다. 윗집의 방바닥이 우리 집의 천장이고 우리 집 안방 벽이 옆집 화장실 벽인 공간에서* 서로가 내는 소음으로 신경전을 벌여야 하는 리센츠가 그렇게 누추하게 느껴질 수가 없었다. 겉모습만 번지르르할 뿐 사실상 슬럼가나 다름없지 않은가. 영훈과 영훈의 아이들은 이런 소음에서 자유롭겠지. 나와 내 아이들은 이런 슬럼가에서 소음 때문에 미쳐가고 있는데!

경진에게 세수를 시켜주고 나오는데, 소파에 앉아 책을 보고 있는 경훈의 모습이 눈에 들어왔다. 경훈도 희진을 닮아 소리에 예민했다.

"경훈이 일찍 일어났네?"

"엄마, 이 소리 언제까지 나요?"

엄마를 보자마자 경훈이 인상을 썼다.

"윗집 이사 가나 봐."

대답하면서 희진은 주방으로 갔다.

"아침 먹고 어디 나갈까? 이사하는 소리 하루 종일 날 텐데."

---

*《단속사회》, 엄기호 지음, 창비, 2014, 120쪽 참조.

설거지통에 쌓인 그릇에서 스텐 컵을 건져 올리면서 희진이 말했다.

"어디?"

어디라. 좋은 질문이다. 어디로 가야 할까. 희진은 대답 없이 컵에 세제를 풀었다. 지겹다, 라는 생각이 스멀스멀 기어 올라왔다. 이놈의 설거지. 어제도 했고, 오늘도 하고, 내일도 해야 할 끝나지 않을 노동. 설거지가 끝나면 아침 식사가 기다리고 있으리라. 어제도 차렸고, 오늘도 차려야 하고, 내일도 모레도 글피에도 차려야 할 아침 식사가. 문득 지금까지 그 많은 밥을 차리고 설거지를 하면서 살아왔다는 사실이 거대한 농담처럼 느껴졌다. 남은 인생 동안 몇 번이나 더 상을 차리고 설거지를 해야 할까. 꼭 그렇게 살아야 할까. 삼시 세끼 밥을 차리고 치우는 일의 고단함이 윗집의 소음과 함께 엄청난 무게로 그녀를 내리눌렀다. 습관처럼, 아이와 남편을 두고 멀리 도망가는 장면이 머릿속에 그려졌다. 아아, 벗어나고 싶다. 이 지긋지긋한 일상에서. 이 무거운 인간들, 가족이라는 이름을 단 이 짐 덩어리들에게서.

그러나 그녀는 도망가지 않았다. 야무지게 설거지를 마쳤고, 냉장고에서 양파를 꺼내 흙을 털어내고 깔끔하게 세척했다. 언제나 그래왔듯 도망가는 상상은 머릿속으로만 할 뿐 몸은 자동화된 기계처럼 움직여 할 일을 척척 해냈다. 그녀는 그런 자신이 한심하다고 생각하면서 한쪽 팔로 이마의 땀을 닦았다. 모처럼 맞은 일요일 아침. 집에서 느긋하게 쉬고 싶었는데 다 틀려버렸다. 아이들에게 아침을 먹여 어디론가 데리고 나가야 하리라. 영화를 보러 갈까? 아니면 가까운 공원에? 윗집에선 피아노가 나가는지 바닥이 묵직하게 끌리는 소리와 인부들의 발걸음 소리, 박자를 맞추느라 내는 신호음이 들려왔다. 당장에라도 뛰쳐나가고 싶은 걸 가까스로 참아내며 그녀는 양파를 썰기 시작했다. 아침으로 된장국을 끓일 생각이었다. 도마질 소리와 윗집에서 나는 둔탁한 소음 사이로 안방에서 자고 있는 남편의 코 고는 소리가 엷게 끼어들었다. 그녀는 칼을 내려놓고 안방으로 들어갔다.

"일어나. 우리 얼른 아침 먹고 나가야 해."

신경질적인 희진의 음성에 남편이 눈을 비비며 일어나 앉았다.

"왜? 무슨 일 났어?"

그녀는 놀랍다는 듯 남편을 쳐다보았다.

"무슨 일? 당신은 이 소리가 안 들려? 윗집 이사하잖아. 애들이랑 나랑은 진즉 일어났어. 아니, 이사를 무슨 꼭두새벽부터 해. 평소에도 그렇게 사람 괴롭히더니 나가는 날까지 아주 확실하게 하고 가요."

남편은 무표정하게 앉아 눈을 깜빡이더니, 어기적어기적 일어서서 화장실로 들어갔다. 그녀는 기계적으로 손을 놀려 침대를 정리했다. 소리에 둔감한 남편은 평소에도 층간소음에 대한 그녀의 불평을 남의 나라 일인 양 등한시했다.

꾸물거리는 아이들과 남편에게 아침을 먹이고 준비를 시켜 밖으로 나온 것은 거의 정오에 가까운 시간이었다. 아파트 현관문 밖으로 발을 딛는 순간, 그녀는 오늘의 목적지를 올림픽공원으로 정한 것을 후회했다. 강렬한 햇살 때문에 눈을 뜰 수 없었고, 공기는 한여름처럼 습하고 무더웠다.

"아니, 이제 6월 중순인데 날씨가 왜 이래? 다른 데로 가야 하나?"

손으로 햇살을 가리며 말했지만 남편은 아무런 대꾸도 하지 않았다.

"올림픽공원! 올림픽공원 아니면 안 갈 거야!"

행여 엄마가 행선지를 바꿀까 봐 경진이 주먹을 꼭 쥐고 다짐하듯 말할 뿐이었다. 키즈 카페에 가자 해볼까, 하다가 그녀는 마음을 고쳐먹었다. 몇 번 올림픽공원을 데려가주겠다 했다가 번복한 전례가 있었다. 이번까지 번복하면 경진의 저항이 만만치 않을 것이었다. 나가자고 깨웠을 때부터 그녀의 지침을 마지못한 듯 따르고 있는 남편의 수동적인 태도도 신경 쓰였다. 다른 데 가자고 하면, 대안을 제시하지도 않을 거면서 그녀의 제안에 이것저것 트집을 잡을 게 뻔했다.

"그래, 가자. 대신 덥거나 다리 아프다고 울면 안 돼."

이렇게 다짐을 놓고 불볕더위 속으로 발을 내디뎠다.

올림픽공원은 축제 기간이라 사람들로 인산인해를 이루었다. 그늘진 곳은 이미 다른 사람들의 돗자리가 깔려 있어 오르막의 땡볕에 자리를 잡았다. 남편은 땀을 뻘뻘 흘리면서 가져온 책을 읽었고, 희진은 그동안 들어온 메시지가 없는지 핸드폰을 확인했다. 들어온 메시지는 한 개도 없었다. 문자도, 카톡도. 희진은 메시지가 없는 것에 실망하는 자신을 발견하고 깜짝 놀랐다. 내가, 기다리고 있나? 뭘?

문자메시지가 들어온 것은 늦은 오후, 희진과 남편이 땀으로 셔츠 등이 축축하게 된 아이들을 데리고 집으로 돌아왔을 때였다. 현관에 들어서 구두를 벗으면서 희진은 메시지를 확인했다.

2학년 3반 아이들은 내일부터 등교를 거부합니다.

해성엄마가 보낸 메시지였다. 그녀는 한쪽 구두만 신은 상태로 멍하니 핸드폰 화면을 쳐다보았다. 등교거부? 이게 무슨 말이지? 어젯밤 술자리에서 날카로운 눈초리로 그녀를 주시하던 해성엄마의 얼굴이 커다랗게 떠올랐다. 그녀는 구두를 벗고 거실 소파에 가 앉았다. 윗집에선 인부들의 발걸음 소리와 물건 내려놓는 소리가 분주하게 들려왔다.

"엄마, 아직도 시끄러운데요?"

제 방으로 들어갔던 경훈이 인상을 찌푸리며 나왔다.

"새로 이사 들어오는 거야. 조금만 기다리자."

타일렀음에도 경훈은 제 방문 앞에 선 채 두 손을 만지작거렸다.

"왜 그러고 서 있니?"

"해성이네 놀러 가면 안 돼요?"

"뭐?"

경훈이 검지를 입에 넣고 잘근잘근 씹다가 조심스럽게 말을 꺼냈다.

"해성이가 일요일에…… 논술 자기 집에서 4시에 끝난다고……."

화를 내지 않기 위해 희진은 크게 심호흡을 했다.

"경훈이 너, 지금 해성이랑 지환이랑 태민이 논술 수업하는 데 가서 놀겠다는 말이니?"

경훈은 삼삼오오 무리를 지어 논술이나 한자, NIE 수업을 받는 축구부 친구들을 부러워했다. 특히 거의 모든 스케줄을 같이하는 해성과 지환, 태민을 부러워했는데, 그 아이들의 스케줄을 전부 외워놓고 끝나는 시간이 오면 달려가지 못해 안달하는 수준이었다. 논술이나 한자 같은 인지학습을 초등 저학년 때부터 시키면 역효과만 날 거라 생각해 그룹을 짤 때 끼지 않았던 희진이었지만, 그런 경훈을 볼 때마다 마음이 무겁게 가라앉았다. 경훈이 하도 졸라서 잠깐 동안 논술 수업에 끼워 넣은 적도 있었다. 인위적이고 억지스러운 독서 지도를 보다 못해 한 달도 되지 않아 다시 빼버렸지만.

"여긴 너, 너무 시끄럽잖아요. 이사 끝날 때까지만 있다 올게요."

내가 너무 모나게 굴었던 걸까. 빨개진 얼굴로 말까지 더듬는 경훈의 얼굴을 보며 희진은 고민에 빠졌다. 이 동네에서 학원도 안 다니고 그룹 수업도 하지 않는 2학년 아이는 이제 경훈밖에 없다. 1학년 때만 해도 그런 애들이 꽤 있었는데, 2학년 되면서 학원과 수업 스케줄 때문에 한가한 아이들을 찾아보기 힘들어졌다. 그녀의 고민이 시작된 건 그때부터였다. 아이들은 자기와 같이 학원을 다니거나 그룹으로 수업을 받는 친구들과 수업 후 짬을 내 놀았다. 다음 스케줄까지 빈 시간 동안 잠깐 노는 거라 길어봤자 30분에 지나지 않았지만, 놀 아이가 없는 경훈의 눈엔 그것이 굉장히 좋아 보였나 보다. 함께하는 수업들도 그저 노는 것의 일부로 보이는 것 같았다. 그녀가 괴로운 건 그 부분이었다. 사교육을 받지 않으면 친구를 사귈 수 없다는 것. 그 때문에 그녀는 요즘 어딘가 학원을 보내야 하나, 심각하게 고민하고 있다.

"해성이네 가겠다고 약속을 한 거니?"

"네! 일요일에 논술 보충 수업 있는데 4시에 끝난다고 꼭 오랬어요."

경훈의 말투가 빨라지고 얼굴에 생기가 돌았다. 그녀는 그런 아들의 얼굴을 가만히 쳐다보다가 핸드폰을 들었다.

"기다려봐. 엄마가 해성엄마랑 통화해볼게."

두 번 연속 전화를 걸었지만 해성엄마는 받지 않았다.

"전화 안 받는데?"

왜 전화를 안 받을까. 조금 전에 받았던 문자가 떠올랐다. 내일부터 등교를 거부합니다.

"제가 해볼게요."

그런 문자를 보내놓고 전화는 왜 안 받을까?

"들어가 책 보고 있어. 엄마가 조금 이따 다시 해볼게."

시무룩해진 경훈이 방으로 들어갔다. 희진은 5분쯤 기다렸다가 다시 전화를 걸어보았다. 이번에도 해성엄마는 전화를 받지 않았다. 알 수 없는 불안감이 희진을 휘감았다. 자기, 사사건건 그렇게 따지고 들면 주위에 사람 다 떨어져나간다. 어제 호프집에서 해성엄마가 했던 말이 떠올랐다. 그녀는 팔짱을 끼고 핸드폰으로 턱을 괬다. 어제 나온 사람들은 모두 해성엄마가 의도적으로 골라서 부른 사람들일 것이다. 그런데 나는 왜 끼워 넣었을까? 이 문자는 어떻게 해서 나왔을까? 그새 모임이 또 있었을까? 아니면 다른 엄마들과는 그 전에 이미 합의가 되어 있었던 걸까? 그녀는 다시 통화 버튼을 눌렀다. 이번에도 응답은 없었다. 그녀의 불안감은 더 커지고 뚜렷해졌다. 등교거부. 이런 문자를 보낸 걸로 보아 해성엄마는 이미 상당수의 엄마들에게 등교거부 동참 의견을 받아냈을 것이다. 그 비율이 얼마나 될까? 반대 의사를 밝힌 사람은 몇 명이나 될까? 나는, 나는 어떻게 해야 할까. 경훈이를 학교에…… 보내지 말아야 할까? 희진은 지환엄마의 번호를 검색한 뒤 통화 버튼을 눌렀다. 사랑해 널 사랑해 불러도 대답 없는 목소리 가슴이 멍들고……. 컬러링으로 지환엄마가 좋아하는 남자 가수의 목소리가 길게 흘러나왔지만 지환엄마는 전화를 받지 않았다. 그녀는 종료 버튼을 누른 뒤 다시 통화 버튼을 눌렀다. 사랑해 널 사랑해 불러도 대답 없는 목소리……. 체념적이고 부드러운 음색의 남자 목소리가 그윽하게 울려 나왔다.

초등학교 교사 김미하

미하는 자판을 두드리며 교실 뒤편을 흘끔거렸다. 경훈은 맨 뒷자리에 앉아 고개를 숙인 채 미동도 하지 않았다. 텅 빈 교실. 월요일 아침 특유의 긴장감과 활력이 넘치는 옆 반과 달리, 2학년 3반에서는 미하가 두드리는 자판 소리만 또렷하게 울렸다. 그녀는 교실 뒷벽에 걸린 시계를 보았다. 8시 50분. 평소같으면 아이들의 입실이 완료되고 수업이 시작됐을 시간이었다. 그녀는 손놀림을 멈추었다. 기다려도 아이들은 오지 않을 것 같았다. 그러니 3교시를 대비한 자료도 만들 필요가 없을 것이었다.

그녀는 자리에서 일어섰다. 경훈이 등교한 시간은 8시 20분. 이후 아무도 교실로 들어서지 않았다. 8시 30분이 넘도록 등교하는 아이가 없었을 때, 그녀는 어렴풋이 예감했다. 오늘이 특별한 날이 되리라는 것을. 8시 40분. 평소 지각의 기준으로 삼는다고 공표했던 시간이 지나도록 교실 문은 열리지 않았다. 영겁의 세월처럼 느껴졌던 기나긴 시간. 초조하게 시계를 보며 견디던 그 10분을 평생 잊지 못할 거라고, 그녀는 쓸쓸하게 직감했다. 인생에 커다란 시련이 닥쳐왔다는 것도.

문제는 경훈이었다. 예감이 현실이 되었다는 것이 확실해지면서, 유일한 등교자인 경훈이 큰 문제로 떠올랐다. 저 아이를 어쩌면 좋을까. 경훈은 처음부터 눈에 들어오는 아이였다. 순수하고, 총명하고, 호기심으로 늘 눈이 반짝였다. 작년 담임에게서 언어장애가 있었다는 얘기를 들었던 터라 멀쩡하게 학교생활을 해내는 게 그렇게 기특할 수가 없었다. 경훈엄마를 만났을 때 과하게 칭찬을 했던 건 그런 마음 때문이었다. 잘 나가던 직장을 그만두고 페이닥터로 전환하면서까지 자식을 품어 안은 엄마를 응원해주고 싶기도 했다. 그녀는 눈을 감고 양쪽 관자놀이를 꾹 눌렀다. 용감하게 자식을 보낸 경훈엄마를 생각하니 가슴이 뭉클했다. 혼자만 따로 행동하기가 쉽지 않았을 텐데. 엄마들 사이에서 다수가 가리키는 쪽으로 가지 않는 것은 향후 왕따가 될 위험을 무릅쓰는 큰 도박이다. 그녀는 자식을 보낸 경훈엄마의 뜻에 고마운 마음이 들면서도 혼자 앉아 있는 경훈이 부담스러웠다. 차라리 아무도 오지 않았다면 그녀도 운신하기 편했을 것이었다. 박차고 나가, 다시 돌아오지 않으면 될 테니까.

미하는 교실 뒤편으로 천천히 걸어갔다. 그래, 떠나자. 어차피 교직에 염증이 날 대로 난 상태였다. 돌을 넘기기 바쁘게 온갖 종류의 '선생님'들의 서비스를 받으며 자라온 아이들에게 만만한 선생님들 중 한 명으로 취급받는 것도, 툭하면 찾아와 불평을 늘어놓는 학부모들에게 시달리는 것도 이제 신물이 난다. 그동안 그만두고 싶었던 적이 수없이 많았지만, 가정 형편을 생각해 참 았다. 당장의 생계도 문제였지만, 노후를 대비한 연금도 생각하지 않을 수 없 었다. 그렇게 참다 보니 근속 연수가 20년에 가까워지고 있었다. 한 해만 더 버티면 연금 수령자가 될 수 있을 것이었다. 태민엄마가 찾아왔을 때도, 해성 아빠가 찾아와 말도 안 되는 소리를 지껄였을 때도 남은 기한을 헤아려보며 이를 악물었다. 하지만 이제는, 이제는 그럴 수가 없다. 이런 수모까지 감내해 가면서 교직을 지속할 수는 없다.

미하가 코앞까지 다가갔는데도 경훈은 고개를 들지 않았다. 그녀는 경훈의 정수리를 내려다보았다. 숱 많은 까만색 머리가 유난히 순해 보였다. 이 사건 으로 이 아이는 어떤 불이익을 받게 될까. 그녀는 손을 내밀어 경훈의 머리를 쓰다듬었다. 다른 친구들이 오지 않는 것이 자기 잘못인 양 고개를 숙이고 있 는 조숙한 아이의 머리를.

"어머니 집에 안 계시지?"

그녀가 입을 열었을 때에야 경훈은 고개를 들었다. 검붉은 얼굴, 그렁그렁 눈물이 고인 커다란 눈망울. 이 사건을 생각할 때마다 이 얼굴을 떠올리게 되 리라는 예감이 조용히 미하를 엄습해왔다.

"아니요."

경훈이 고개를 젓자 맺혔던 눈물이 책상 위로 뚝뚝 떨어져 내렸다.

"아니라고? 그럼 집에 계시단 말이니?"

"네."

경훈이 고개를 끄덕이며 미하와 눈을 맞추었다.

"아, 집에 계시는구나."

미하는 안도했다. 지금까지 교실을 지키고 있었던 것은 의사인 경훈엄마가 집에 없을 거라고 생각했기 때문이다.

"그럼 집에 가 있을래?"

경훈엄마는 왜 출근하지 않았을까. 다른 아이들이 등교하지 않아 경훈이 집에 올 것에 대비해서 휴가를 낸 것일까. 궁금했지만 묻지 않았다. 그런 게 뭐 그리 중요하겠는가. 중요한 건 경훈을 집에 보낼 수 있다는 사실이다.

물끄러미 담임을 쳐다보던 경훈이 다시 고개를 숙였다.

"오늘 다른 아이들이 학교에 못 오게 되었어. 일단 집에 가 어머니랑 같이 있어."

"……."

"알았지?"

반응이 없는 아이에게 그녀는 다그치듯 말했다. 가방을 챙기라는 말 대신이었지만 경훈은 꿈쩍도 하지 않았다.

"내일은……요?"

고개를 숙인 채 경훈이 기어드는 목소리로 말했다. 그녀는 안경을 밀어 올리며 눈을 깜빡였다. 내일, 내일이라고?

"일단 집에 가 있자, 경훈아."

내일 어떻게 해야 할지를 누구에게 물어봐야 할까? 해성엄마? 태민엄마? 지난주에 교실로 찾아왔던 해성아빠의 얼굴이 떠올랐다. 형식적으로라도 사과를 해주시면 제가 어떻게 수습을 해보겠습니다. 그때 사과를 했다면, 그랬다면 이런 사태가 벌어지지 않았을까? 무사히 올해를 보내고 내년까지 근무해서 교직원 연금 수령자가 될 수 있었을까?

경훈의 고개 밑으로 눈물 방울이 떨어지더니 손이 천천히 책상 옆에 걸린 가방을 향해 나아갔다. 천년처럼 느껴지는 시간이 지나가고 경훈이 가방을 챙겨서 나간 뒤, 미하는 책상으로 돌아왔다. 컴퓨터에 꽂힌 유에스비를 뽑아 백에 넣고 전원을 껐다. 널려 있는 책들을 가지런히 쌓아놓고 의자를 집어넣은 뒤 교실을 빠져나왔다. 옆 반 교실을 지나는데 우레와 같은 박수 소리가 터져나왔다. 그 소리가 마치 자기를 조롱하는 소리처럼 여겨져서 그녀는 걸음을 빨리했다. 일단 학교를 벗어나야 했다. 다행히 교문을 나설 때까지 아는 사람과 마주치지 않았다. 학교 보안관도 자리를 비우고 없었다. 학교를 병풍처럼 둘러싸고 있는 아파트 단지 내에도 인적은 드물었다. 바람처럼 아파트를 가로질러 상가 앞 전철역에 이를 때까지, 그녀를 알아보는 사람은 아무도 없었다. 전철역에 들어서 막 에스컬레이터에 오르려는데, 상행 에스컬레이터를 타고 올라오던 긴 머리 여자가 미하를 보고 눈이 휘둥그레졌다.

"선생님, 어디 가세요?"

미하는 어색하게 미소 지었다.

"아, 네. 어디 좀 다녀오려고요."

뭔가 더 말하려는 여자를 지나쳐 하행 에스컬레이터에 올랐다. 누굴까. 놀란 표정을 지었던 걸로 보아 지금 담임을 맡고 있는 반 학부모는 아닐 것이다. 그럼 누구지? 작년에 맡았던 반의 학부모를 무작위로 떠올려보다가, 그녀는 코웃음을 쳤다. 지금 그게 무슨 상관이란 말인가. 오늘 오후면 단지 내에 소문이 파다하게 퍼질 것이고, 나는 다시 학교로 돌아가지 않을 것이다. 그녀는 에스컬레이터에서 내려 개찰구로 갔다. 개찰구는 양쪽으로 나뉘어 있었다. 어디로 가지? 한쪽엔 사당·교대·강남이라고 쓰여 있고, 다른 한쪽엔 건대입구·왕십리·시청이라고 쓰여 있었다. 그녀는 선 채로 팔에 솟은 소름을 쓰다듬다가 시청 쪽 개찰구에 교통카드를 댔다. 일단 가자. 어디로 갈지는 전철에 타서 생각하는 거다. 계단을 내려가는데 띠리리리리, 소리와 함께 전동차의 도착을 알리는 안내 방송이 들려왔다. 그녀는 남은 계단을 빠르게 내려갔다. 커다란 경적 소리가 나면서 세찬 바람이 훅 밀려들었다.

미하는 전동차가 지상으로 빠져나가는 것을 지켜보다가 깜빡 잠이 들었다. 중간에 잠깐 깼다 다시 잠들었던 그녀는 을지로입구임을 알리는 방송을 듣고 벌떡 일어섰다. 전철역 계단을 빠져나가는데 가는 빗방울이 시야를 가렸다. 5,000원. 전철역 입구에 서 있던 노파가 기다렸다는 듯 우산을 내밀었다. 그녀는 5,000원을 주고 우산을 건네받았다. 종각 쪽으로 내려가자, 가는 비를 맞으며 흘러가는 청계천의 물길과 각종 기관들의 본사가 앞다투어 모습을 드러냈다. 20층이 넘지 않는 오래된 고층 건물 몇 개와 일제시대 석조 건물을 지나자 건너편 도로 끝으로 낮게 포복해 있는 종각이 모습을 드러냈다. 종각을 둘러싼 3, 4층짜리 낡은 건물들 사이로 솟은 20층짜리 은색 건물을 보았을 때에야, 그녀는 자신이 왜 그곳에 왔는지 깨달았다.

외벽에 금이 가고 먼지가 앉은 4층짜리 건물들 사이에 우뚝 솟아 있는 은색의 세련된 고층 건물은 남편이 근무하는 학습지 회사의 본사였다. 그녀는 우산을 뒤로 젖히고 가는 비를 맞으며 건물을 올려다보았다. 건물의 반이 유리창으로 덮여 있어 그녀가 걸어 내려온 을지로입구 쪽에서 보면 사방이 유리로 된 것처럼 보이는 그 건물은, 종로 쪽에서 보면 은회색 콘크리트 건물로밖에 보이지 않았다. 그녀는 3년 전의 기억을 떠올렸다. 오랜 실직 생활 끝에 회사에 들어간 것을 축하해주기 위해 남편의 회사를 찾아가면서 얼마나 헤맸던가. 종각역 쪽에서 걸어갔던 그녀는 유리창으로 뒤덮인 건물이라는 남편의 말만 믿고 은회색 콘크리트 건물을 계속 지나쳐갔다. 주위를 빙빙 돌며 짜증스러워 했던 무더운 여름날이 생생하게 떠올라 그녀는 눈살을 찌푸렸다.

헤매지 않고 찾아갔다면 그때 좀 더 좋은 기분으로 남편과 점심을 먹었을까. KYEWON. 그녀는 건물 위쪽에 박힌 회사의 영문 로고를 뚫어지게 쳐다보았다. 남편은 원래 대학교수였다. 서울대 영문과를 나와 미국에서 석사와 박사를 마치고 돌아온 엘리트 중의 엘리트였다. 강사 생활을 건너뛰고 바로 B대 교수로 임용되는 파격으로 항간의 화제가 되기도 했다. 마침 그녀도 임용고시의 관문을 뚫고 교사 발령을 받았던 해였다. 다음 해로 결혼 날짜를 받으면서 둘이 얼마나 행복해했던가. 하지만 그 행복은 2000년, B대 총장이 캠퍼스의 일부를 팔아 건물을 올리면서 순식간에 깨져버렸다. 건물을 올리는 데 학생들의 등록금을 유용한 사실이 드러나자 학생들이 대대적인 시위를 벌였고, 두 달간의 사투 끝에 총장은 시위를 주도한 학생들을 전원 유급시켰다. 그 두 달 동안 남편은 밤마다 잠을 이루지 못하고 뒤척였다. 옳은 일을 하는 학생들을 응원하지는 못할망정 총장의 비위를 맞추며 학생들을 만류해야 한다는 사실이 남편을 시시각각 괴롭혔다. 학생들의 전원 유급이 결정되던 날, 남편은 교내 게시판에 총장의 비리를 고발하는 대자보를 써 붙이고 언론에 양심선

언을 했다. 그녀는 그 사실을 9시 뉴스를 보고 알았다.

남편이 다음 학기 재임용 심사에서 탈락했을 때만 해도, 그녀와 남편은 초
조해하지 않았다. 남편은 미국 초월주의 문학 분야의 대가였다. 국내 영문학
자 모두가 알아주는 재원이었고, 재임용 심사에서 떨어진 것이 재단의 부당한
조치 때문임을 천하가 알고 있었다. 당연히, 다른 대학에 자리를 얻을 수 있을
것이었다. 둘의 예상이 틀렸다는 것을 알게 된 것은 임용 여부를 타진했던 네
번째 대학에서 거절 통보를 받았을 때였다. 대한민국 어느 대학에서도 남편을
임용해주지 않으리라는 깨달음이, 먹물이 화선지에 스미듯 순식간에 가슴에
번졌다. 2003년, 인권변호사 출신 대통령이 정권을 잡고 사학비리 척결을 외
치며 해직 교사와 교수들의 복권을 추진한 것은 미하 부부가 기대치도 않았던
놀라운 사건이었다. 남편의 이름이 신문에 오르내렸다. 기적처럼, 남편은 다
시 교수가 되었다.

그것으로 모든 이야기가 끝났다면 얼마나 좋았을까. 둘은 각자의 자리에서
학생들을 가르치며 행복하게 잘 살았답니다, 라는 해피엔딩이 되었다면. 하지
만 이야기는 그렇게 끝나지 않았다. 2008년, 총체적 비리로 물러났던 전임 총
장이 정권 교체와 함께 다시 이사가 되어 돌아왔다. 돌아온 그가 처음으로 한
일은 눈엣가시 같았던 남편의 뒷조사였다. 사소한 실수에 대한 잦은 시비에
시달린 끝에, 남편은 결국 해직되었다. 연구비 남용이라는 명목이었다. 그 후
남편은 실업자가 되었다. 실업 생활 초기에는 번역도 하고 강연도 나갔지만
점점 일거리가 끊기면서 무기력하게 변해갔다. 종내는 집 안에 틀어박혀 책만
보며 누구도 만나지 않는 꽁생원이 되었다. 사소한 일로 트집을 잡고 소리 지

르는 남편을 견디며 학교에 나가고 아이를 키우던 그 지난한 나날을 떠올리면 그녀는 지금도 치를 떤다. 주변에서 누가 학생운동을 한다든가 노조를 한다는 소문을 들으면 혀를 차고 육두문자가 들어간 욕을 한다. 남편의 두 번째 해직 이후, '대의'를 앞세워 가족을 희생시키는 사람이 세상에서 가장 비열하고 모순된 사람이라는 것이 그녀의 세계관이 되었다. 불의를 못 참는 성격으론 남편 못지않던 그녀가 전교조에서 탈퇴하고, 독불장군처럼 교사들에게 군림하는 교장에게 대들지 않고 묵묵히 참아내며 교직 생활을 이어온 것도 그런 세계관 때문이었다.

미하는 우산을 바로 쓰고 다시 걸음을 옮겼다. 떠올리는 것만으로도 진저리가 쳐지는 실직 기간 끝에, 남편은 취직을 했다. 초등학생을 주요 타깃으로 하는 학습지 회사의 감수 역이 된 것이다. 예전이라면 절대 받아들이지 못했을 그 저임금의 일자리를, 최고의 엘리트 코스만 밟아온 남편이 가기에는 모자라도 한참 모자라 보이는 그 자리를, 그녀는 두 팔 벌려 환영했다. 밖에 나가서 일한다면 뭔들 반기지 않겠는가! 마트의 짐꾼 자리라도 마다치 않겠다!

푸른 등이 들어와 그녀는 횡단보도를 건넜다. 유명 화장품 제조업체의 본사와 K은행 본사 건물 앞으로, 옆으로 길게 뻗은 계단이 놓여 있었다. 지하 대형 서점으로 연결되는 계단이었다. 그녀는 계단 입구에 서서 남편의 회사 건물을 올려다보다가, 몸을 돌려 계단을 내려가기 시작했다. 아침 11시. 서점 입구는 한산했다. 그새 거세진 빗발이 계단을 세차게 때렸다. 그녀는 찰박찰박 소리를 내며 계단을 내려갔다. 우산을 접고 회전문을 따라 들어서다가, 문 안쪽에 서서 밖을 보고 있던 여자와 눈이 마주쳤다. 앳된 인상에 어딘가 아파 보이는,

하얗고 푸석푸석한 피부의 젊은 여자였다. 그녀는 무심코 지나쳐갔다가 다시 돌아와 여자를 쳐다보았다.

"이서영!"

이름이 불리자 여자가 화들짝 놀라며 그녀를 쳐다보았다.

"서영이 맞지? 나 모르겠어? 선생님. 너 초등학교 1학년 때 담임!"

미하는 자기 가슴을 두드리며 활짝 웃어 보였다.

"아……네."

놀란 얼굴로 미하를 쳐다보던 서영이 까딱하고 고개를 숙여 보였다.

"많이 컸구나! 지금 몇 살이야? 대학생이니?"

서영은 미하가 오래전에 가르쳤던 학생이다. B대 학생 유급 사태가 난 이후였으니 2000년대 초반이었을 것이다. 서영은 총명한 아이였다. 초등학교 1학년인데도 조목조목 논리를 따져 말할 줄 알았고, 교사의 칭찬에 민감하게 반응했다. 그런 서영을 미하는 관심 있게 지켜보았다. 가정 형편이 좋지 않아 보여 적당한 명분을 붙여 학용품 세트를 사주었더니 고맙다는 말을 편지 두 장에 빼곡히 채워오기도 했다. 교사로서 경력이 제법 쌓이고 자신감이 붙어 열정적으로 가르치던 때였다. 젊은 교사의 패기에 기민하게 호응해주던 어린 학생을 10년도 더 지난 지금 시내 한복판에서 만나다니. 뿌듯하기도 하고 애틋하기도 한, 형언할 수 없는 감정이 가슴 가득 차올랐다.

"스무 살이고요, 대학생이에요."

서영은 주위를 둘러보며 이렇게 말했다. 미세한 떨림이 섞인 작은 목소리였다. 내가 너무 호들갑을 떨었나. 서영의 소심한 반응에 그런 생각이 들었지만,

오랜만에 옛 제자를 만난 기쁨을 누를 수가 없었다.

"여기서 뭐 해? 누구 만나기로 했어?"

"아니요! 누구 안 만나요. 그냥 책이나 좀 살까 해서……."

서영이 아니라는 말을 너무 크게 하는 바람에 미하는 살짝 놀랐다.

"그래? 그럼 같이 책이나 구경할까?"

미하는 서영에게 손을 내밀었다. 서영은 머리를 귀 뒤로 넘기면서 미하가 내민 손을 민망한 듯 쳐다보았다.

"선생님이 좋은 책 몇 권 사줘야겠다. 그러지 말고 우리 점심도 같이 먹을까? 혹시 점심 약속 있니?"

자기도 모르게 말이 튀어나왔다. 말하고 보니 오랜만에 만난 제자와 점심을 먹는 것도 좋을 것 같았다. 혼자 학교 일을 곱씹으며 괴로워하느니 누구든 붙잡아 함께 있는 게 낫지 않겠는가.

"네?"

그때 회전문을 밀고 들어선 키 큰 남자가 서영을 향해 빠르게 걸어왔다.

"점심 약속 없어요, 선생님. 맛있는 거 사주세요."

서영이 갑자기 목소리를 높이며 미하의 손을 잡았다. 이쪽으로 오던 남자가 멈칫하더니 멀뚱한 표정으로 서영을 쳐다보았다.

아는 사람이냐고 물어보려다가, 미하는 서영을 데리고 서가 쪽으로 걸어갔다. 남자친구라고 보기에 남자는 너무 나이가 들어 보였다. 둘이 자리를 뜨자 남자도 바로 몸을 돌려 다른 서가로 향했다.

서영은 선뜻 책을 고르지 못했다. 소설 코너도, 에세이 코너도 무심히 쳐다보고 지나갔다. 애매하게 이 코너 저 코너를 기웃거리다가, 미하는 영문학 번역서 몇 권을 골라주었다.

"선생님 남편이 번역한 책들이야. 여유 있을 때 음미하면서 보면 좋을 거야."

책을 선물할 일이 생기면 꼭 남편이 번역한 책을 고르게 된다. 정작 남편은 영문학과는 거리가 먼 인간이 되었는데 아직도 영문학자인 남편의 모습에 집착하는 건가 싶어 씁쓸하지만 손이 자꾸 가는 건 어쩔 수 없다.

계산을 마치고 책이 담긴 쇼핑백을 들려주자 서영이 주춤하더니 조심스럽게 백을 받아 들었다.

"소설책 안 좋아하니?"

책을 받아 드는 서영의 표정이 떨떠름한 것 같아 이렇게 물었다. 서영은 눈을 크게 뜨고 뭐라고 말하려다 이내 입을 다물었다.

"다른 책으로 바꿔줄까?"

5만 원이 넘는 돈을 주고 책을 샀다. 읽지 않고 썩히는 책이 되게 하고 싶진 않았다.

"아니에요, 선생님. 좋습니다."

서영이 허리를 90도로 꺾었다. 미하는 그런 서영을 찬찬히 뜯어보았다. 화장이 허옇게 들떠 있고 목에는 좁쌀만 한 알갱이들이 돋아 있다. 여러 번 긁은 듯 목 여기저기에 손톱자국이 길게 나 있고 일부에는 검붉은 딱지도 맺혀 있다. 검은색 민소매 원피스 아래로 드러난 팔다리에도 같은 자국들이 있다. 피부병을 앓고 있나. 문득 서영이 어릴 때 가정 형편이 좋지 않았다는 게 생각났다.

"서영아, 밥은 잘 챙겨 먹고 다니니? 좀 말라 보인다."

회전문을 열고 나오며 묻자 서영이 억지로 웃는 표정을 지어 보였다.

"제가 좀 마른 편이라 사람들이 그런 소리를 많이 해요. 괜찮아요, 선생님."

"뭐 먹으러 갈래?"

우산을 펴고 계단을 오르면서 미하는 주위를 둘러보았다. 삼계탕이나 중국집 외에는 딱히 음식점이라고 할 만한 곳이 눈에 띄지 않았다.

"뭐 좋아해?"

"전…… 뭐든지 좋아요."

"저기 피자헛 보이는데, 저기로 갈까?"

마침 대각선 건너편으로 피자집이 보였다. 어디든 빨리 들어가 비를 피하고 싶었다.

둘은 2층에 있는 피자헛의 창가에 앉았다. 규모가 작았지만, 두 면이 통창으로 돼 있어 종로의 거리 풍경을 한눈에 볼 수 있는 가게였다.

"와인비프 리치골드, 이걸로 할까? 크라운 포켓이 나으려나?"

미하가 메뉴판 한가운데 있는 피자를 가리키자 서영이 기다렸다는 듯 고개를 끄덕였다.

"와인비프 크라운 포켓으로 주시고요, 샐러드 바 2인 할게요."

주문을 마친 미하가 샐러드 접시를 서영 쪽으로 밀어주었다.

"네가 좋아하는 걸로 채워와."

서영은 입을 오므린 채 가만히 미하를 쳐다보았다.

"내가 가져올까? 샐러드 별로 안 좋아하니?"

"아니요, 선생님. 제가 가져올게요."

서영이 접시를 들고 일어서더니 고개를 돌려 좌우를 훑어보았다.

"서영아."

"네?"

"샐러드 바는 저쪽이야."

미하가 전방을 가리키자 서영이 겸연쩍다는 듯 머리를 긁적이며 샐러드 바로 갔다.

"이렇게 많이 가져왔어? 먹고 또 가져와도 되는데."

샐러드를 차곡차곡 쌓아 산처럼 만들어 들고 오다 푸딩과 과일 몇 개를 바닥에 떨어뜨린 서영을 보고 미하가 놀란 표정을 지었다.

"선생님, 저요……."

앉아서 어색하게 포크를 빨며 서영이 미하의 눈치를 살폈다.

"말해, 서영아."

"이런 데 처음 와봐요."

서영이 조심스럽게 말했다. 미하는 입을 딱 벌렸다.

"처음 와봤다고? 피자헛을?"

당혹감과 미안함, 안쓰러움이 차례로 왔다 갔다. 피자헛을…… 안 와볼 수도 있나?

"네, 한 번도 안 와봤어요."

서영이 고개를 끄덕이며 미하를 뚫어지게 쳐다보았다.

"여기만이 아니에요. 마트에 있는 푸드코트도 올해 3월에 학교 애들하고 엠

티 가면서 처음 가봤어요. 놀랍죠?"

서영은 포크로 양상추를 찍어 먹으며 미하의 표정을 살폈다. 이렇게 말하면 어떤 반응을 보일까, 궁금해하는 얼굴이었다.

"공부를 너무 열심히 했나 보다. 이런 데도 안 와봤다니."

그 후로도 쭉, 가난하게 살았구나. 미하는 서영을 티 나지 않게 훑어보며 단호박 샐러드에 포크를 찔러 넣었다.

"공부를 열심히 한 게 아니라 집이 가난했던 거죠."

서영이 딱 잘라 말하더니, 벌컥벌컥 물을 들이켰다. 미하는 깜짝 놀랐다. 짧은 순간이었지만 그사이 서영이 다른 사람이 된 것 같았다. 망설이고 소심해하던 이제까지의 모습은 온데간데없고, 단호하고 호쾌한 모습의 여자아이가 눈앞에 앉아 있었다.

"대학생이라 그랬지? 어느 대학이야? 전공이 뭐니?"

종업원이 피자를 내려놓고 가기를 기다렸다가 미하가 다시 물었다. 서영의 갑작스러운 변모가 당혹스러웠지만, 어떻게 보면 이런 모습이 대하기는 더 편했다.

"H대 정책학과 1학년이에요."

"H대! 서영이 공부 잘했구나! 그래, 넌 어릴 때부터 똑똑했어. 말귀도 금방 알아듣고. 얼마나 똑똑했으면 10년도 훨씬 더 지났는데 내가 널 알아봤겠니. 정말 반갑다, 서영아."

서영은 피자를 입에 욱여넣느라 한동안 정신을 차리지 못했다.

"근데 정책학과가 뭐 하는 데지? 미안, 요즘 새로 생긴 학과들을 잘 몰라서."

미하는 서영이 피자 세 조각을 허겁지겁 먹어치우는 것을 지켜본 뒤 다시 물었다.

"우리 과 애들끼리 우스갯소리로, 정책학과가 뭐 하는 덴지 아는 사람은 정책학과를 만든 사람밖에 없다고 말해요. 복잡하게 생각하실 거 없고요, 그냥 로스쿨 생기면서 로스쿨 진학을 위해 신설된 애매한 과라 보시면 돼요. 근데 이거 정말 맛있네요!"

서영이 피자 한 조각을 또 집어 들었다. 미하도 피자를 들어 올려 한입 베어 물었다.

"로스쿨이라면…… 변호사 하려고?"

"네. 변호사가 꿈이었거든요. 선생님, 혹시 그거 아세요?"

서영이 입 안에 든 피자를 씹어 삼킨 뒤 말을 이었다.

"저한테 변호사의 꿈을 심어준 사람이 바로 선생님이시랍니다."

"정말? 내가?"

미하가 피자를 내려놓고 주먹으로 턱을 괬다.

"어느 날 제가 손들고 발표를 했더니 선생님이 저를 칭찬하면서 그러셨어요. 넌 똑똑하고 말도 잘해서 나중에 변호사가 되면 딱일 거다."

"내가 그랬니?"

미하는 기억을 더듬어보았다. 이서영. 작고 가는 눈을 찡그리고 언제나 겁먹은 듯 선생님을 쳐다보던 아이. 짙은 눈썹 때문에 언제나 시선이 가던…… 아! 그녀는 낮게 탄성을 내질렀다. 장환의 얼굴이 떠올랐던 것이다.

"아버지는 잘 계시니?"

10여 년 전 서영이 눈에 띄었던 이유가 그제야 선명하게 떠올랐다.

"네?"

갑자기 아버지에 대해 묻자 서영이 뜬금없다는 표정을 지었다.

"아니, 부모님 다 잘 계시느냐고."

10여 년 전 처음 서영을 봤을 때, 미하는 어디서 본 듯한 얼굴이라는 기시감에 사로잡혔다. 내가 이 아이를 어디서 만났지? 생각해봤지만 어디서 봤는지 도무지 떠오르지 않았다. 몇 번 떠올리려다 실패한 그녀는 학교가 파한 뒤 반 아이들의 상담기록부를 펼쳐보았다. 이장환. 서영의 가족란 첫 줄에 나오는 이름이 눈에 확 들어와 꽂혔다. 하! 미하는 입을 딱 벌렸다. 그 아이 딸이었구나. 짙은 눈썹에 가늘고 긴 눈, 또렷한 입술 선. 서영은 아빠의 이목구비를 그대로 빼박은 아이였다. 미하는 그날 저녁 내내 피식피식 웃었다. 내가 그 아이를 많이 좋아했었나? 그녀는 손가락으로 햇수를 꼽아보았다. 장환은 그녀와 국민학교 4학년 때 같은 반이었다. 얼굴을 본 지 20년이 넘은 셈이다. 그런데 딸을 보고 그 아이의 얼굴을 생각해냈다!

"뭐…… 잘 계시겠죠."

"부모님하고 따로 사니?"

국민학교 4학년. 학교 끝나면 집으로 바로 와야 한다고 엄마가 신신당부했지만 미하는 늘 그 말을 어겼다. 집에 가려면 교문 앞 대로를 따라 내려가야 했는데, 대로변 주위엔 어린 미하를 유혹하는 것들이 너무나 많았다. 대로 양 옆으로는 판잣집들이 죽 늘어서 있고, 그 중간중간에 문방구와 공터가 있었다. 그중 가장 물리치기 힘든 유혹이 문방구에서 파는 떡볶이와 공터에서 고무줄놀이를 하는 아이들이었다. 문방구에 들러 한 개에 10원씩 하는 떡볶이를 사 먹고 걸어 내려가다 보면 판잣집 아이들이 모여 고무줄놀이를 하는 게 보였다. 야, 한판 하고 가! 같은 반 아이들이 그녀를 발견하고 소리를 지르면 그녀는 뭔가에 홀린 듯 고무줄을 향해 달려갔고 아이들은 환호성을 질렀다. 그러고는 고무줄을 잘하기로 유명한 그녀를 자기편으로 끌어들이기 위한 치열한 신경전이 벌어졌다. 문제는 그녀가 끼어든 팀이 승리한 다음이었다. 상대편 팀 아이들 중 기 센 아이 한 명이 꼭 그녀에게 해코지를 했다. 그럴 때마다 옆에서 돈가스를 하던 남자아이들 중 하나가 달려와 그녀를 보호하고 상대 팀 아이들을 구슬려 상황을 마무리했는데, 그 남자아이가 바로 장환이었다.

"부모님은 하남에 살고 계시는데, 학교에서 너무 멀어요. 교통편도 안 좋고."

장환은 판잣집 사는 애치곤 차림새가 말끔했고 공부도 잘했다. 미하네 반 아이들은 아파트 사는 아이들과 판자촌에 사는 아이들로 나뉘어 끼리끼리 놀았는데, 장환만은 예외였다. 운동을 잘하고 상대에 대한 배려심이 있어서 남녀 모두에게 인기가 있었던 장환은 아파트 아이들과도 스스럼없이 잘 어울렸다. 같은 반 여자아이들 거의 모두가 좋아했던 장환을, 미하도 좋아했다.

"그래서 나와서 혼자 자취하는 거야?"

"네."

이 아이는 자기 아빠가 국민학교 때 얼마나 멋있었는지 알까. 장환은…… 좋은 아빠였을까.

장환에 대한 기억은 거기까지였다. 당시에는 밤에 잠을 이루지 못할 정도로 좋아했지만, 반이 갈리고 미하가 이사를 가면서 자연스레 잊혔다. 장환을 좋아한다는 데에서 오는 죄책감도 장환을 잊는 데 크게 한몫했다. 엄마는 그녀가 판잣집 아이들과 어울리는 것을 끔찍하게 싫어했다. 귀가 시간이 지나도 오지 않는 그녀를 찾으러 나왔다가 대로변에서 판잣집 아이들과 있는 걸 보면 기겁을 하며 그녀를 집으로 끌고 갔다. 저런 데 사는 아이들하고 놀지 말라고 몇 번을 말해! 저런 애들, 머리에 이도 있고 손버릇도 안 좋단 말이야. 다른 애들은 안 그러는데, 넌 왜 자꾸 저 동네 애들이랑 노니. 지금도 미하는 그때 그 판잣집 주변에서 놀며 느꼈던 묵직한 두려움과 죄책감을 그대로 떠올릴 수 있다. 도로변의 낮은 지대에 고여 있던 흙탕물, 그 주변을 둘러싸고 있던 무채색의 집들, 갈라진 벽과 한쪽이 우그러진 지붕, 그 지붕 위를 덮고 있던 우중충한 색깔의 카펫, 그 앞에서 놀고 있던 꾀죄죄한 아이들. 판잣집 아이들의 얼굴은 군데군데 불에 그슬린 것처럼 검었고, 기생충 알 같은 하얀 알갱이가 팔다리에 넓게 퍼져 있었다. 그녀는 당장의 재미 때문에 함께 놀면서도 그 아이들과 몸이 닿지 않으려 부단히 노력했다. 다음 날 학교에 가선 언제 같이 놀았느냐는 듯 본 척도 하지 않았다. 그 아이들도 그녀의 외면을 당연한 일로 받아들였다.

"부모님은 자주 찾아뵙니?"

엄마는 왜 그렇게 나를 판잣집 아이들한테서 떼어놓으려 했을까. 지금 돌아보면 그녀가 그 아이들과 놀고 싶어 한 건 너무나 자연스러운 일이었다. 하교를 하려면 반드시 대로변을 지나가야 했는데, 고무줄을 잘하는 열한 살짜리 여자아이가 고무줄놀이가 한창인 곳을 그냥 지나가는 게 가능했겠는가.

"그게…… 네."

서영은 애매하게 말을 흐렸다. 미하는 좀 더 물어볼까 하다가, 묵묵히 피자 한쪽을 서영의 접시에 덜어주었다.

"더 먹어. 남은 건 싸가라."

초등학교 1학년 때도 서영은 가난한 티가 물씬 났다. 동네 특성상 반 아이들 대부분이 못사는 집 아이들이라 빈부 차이로 인한 위화감은 없었으니 미하가 국민학생일 때보다 더 나은 상황이었다 해야 할까? 상담기록부에 장환의 직업은 자영업으로 적혀 있었다. 어떤 사업을 하는지 궁금했지만, 묻지 않았다. 그리고 지금, 미하 앞에 나타난 서영은 그때만큼 궁기가 흐른다. 비쩍 마른 몸에 얼굴 여기저기에 습진 같은 게 돋아 있다. 그 행색만 봐도 장환이 어떤 인생을 살았는지 짐작할 수 있을 것 같다.

"선생님은 더 안 드세요?"

"난 샐러드 많이 먹었어. 근데 너 피부에 뭐가 많이 났다. 어디 아프니?"

서영은 입 안에 든 피자를 씹으며 잠깐 생각하더니 말했다.

"사는 데가 반지하예요. 습도가 높아서 그런지 요즘 자꾸 피부에 뭐가 나네요."

"아…… 그렇구나…….."

미하는 할 말을 잊었다. 물어보는 말마다 당혹스러운 대답이 돌아왔다. 그제야 자신이 던지는 질문들이 눈앞의 아이에게 상처가 될 수도 있겠단 생각이 들었다. 최근 몇 년 동안 그녀는 강남권 초등학교에서만 근무했다. 제자들 대부분이 물질적으로 너무 풍요로운 게 문제인 아이들이었다. 그녀 자신의 생활도 그랬다. 리센츠처럼 비싼 아파트는 아니지만 잠실의 이름 있는 아파트에서 살았다. 남편의 반복되는 실직 때문에 많이 여유 있게 살진 못했지만, 그래도 끼니 걱정하지 않고 아이들 교육상 좋다 싶은 건 다 해주었다. 그렇다 보니 형편이 좋지 않은 사람을 배려하는 법을 잊고 있었나 보다.

"그런데 선생님. 이제 선생님 그만두셨어요?"

질문 공세를 멈춰야겠다고 생각했을 때, 서영이 물어왔다.

"아니. 그런 건 아니고……."

"그런데 왜 이 시간에 여기 계세요? 오늘 월요일 아닌가요?"

서영의 입에서 월요일이라는 말이 나온 순간, 모든 것이 원위치로 되돌아왔다. 8시 반이 되도록 한 명도 등장하지 않던 교실, 경훈과 둘이 앉아 침묵으로 채워가던 시간, 도망치듯 학교를 빠져나오던 자신. 서영을 만나면서 잊고 있었던 씁쓸한 현실이 고스란히 제자리로 돌아와 그녀를 또렷이 응시했다.

"실은 오늘……."

미하는 말끝을 흐리며 창밖으로 시선을 돌렸다. 넓은 창을 위아래로 길게 가르는 플라타너스 나무 뒤편으로 종각역 엘리베이터 박스의 투명한 천장에 빗방울이 부딪혀 튀어 오르는 게 보였다. 이 아이에게 아침에 있었던 일을 다 쏟아놓을까. 누구든 붙잡고 이 황당한 상황을 털어놓고 싶다. 억울함을 하소연하고 싶다.

그때 미하의 핸드폰으로 문자 들어오는 소리가 났다.

"잠깐, 화장실 좀 다녀올게."

미하는 핸드폰을 들고 벌떡 일어섰다. 12시 30분. 아이들 급식이 끝났을 시간이었다. 이미 교내에 미하네 반 등교거부 사태가 파다하게 퍼졌으리라. 누가, 뭐라고 문자를 보냈을까? 세면대 앞에서 떨리는 손으로 확인해보았지만, 들어온 문자는 대출을 권하는 스팸이었다. 그녀는 핸드폰을 주머니에 넣고 손을 씻었다. 종이 타월로 손을 닦으며 거울을 보는데, 이제 저 아이와 헤어져야겠다는 생각이 들었다. 오랜만에 만난 제자와 교사 놀이는 이제 그만. 빨리 집에 가고 싶다. 가서 이불을 둘러쓰고 자고 싶다. 오래도록 깨어나지 않을 깊은 잠을.

"우리 그만 나갈까? 너 다 먹은 거지?"

미하는 테이블로 돌아와 앉았다. 학교 얘기를 꺼내자마자 화장실로 가더니 돌아와선 이내 나가자고 하는 선생을, 서영은 물끄러미 쳐다보았다. 미하는 직원에게 남은 피자를 포장해달라고 부탁한 뒤 팔짱을 끼고 창밖을 바라보았다. 굵은 빗줄기는 사거리를 분주히 지나가는 파란색 버스 위에도, 초록색 버스 위에도, 야광 주황색 상의를 걸친 퀵서비스 맨의 오토바이 위에도, 커다란 보따리를 세 개씩 들고 가는 할머니의 하얀 머리 위에도 가차 없이 쏟아져 내렸다. 주방에서는 식기 부딪히는 소리가 끊임없이 들려오고, 테이블을 채운 사람들이 주문하는 소리, 얘기하는 소리가 실내를 빼곡히 채우고 있었다.

"난 그게 이해가 안 돼. 도저히 이해가 안 돼."

뒤쪽 테이블에 앉은 긴 생머리 여자가 뭔가를 열심히 말한 뒤 이해가 안 된다는 말을 후렴구처럼 반복했다. 미하는 그 말을 나직이 따라 했다. 난 그게 이해가 안 돼. 도저히 이해가 안 돼.

"네?"

서영이 자기한테 하는 말인 줄 알고 눈을 동그랗게 떴다.

"아니야. 피자 나오면 우리 나가자."

미하는 손으로 왼쪽 어깨를 주물렀다. 이해가 안 된다. 정말 이해가 안 된다. 내가 무얼 그리 잘못했단 말인가. 무얼 사과해야 한단 말인가. 지난주 목요일, 교장실에서 호출이 왔다. 우리 김미하 선생님 심지 곧으신 거 제가 잘 알죠. 그래도 어머님들한테 그러면 됩니까. 아이들 교육하시는 분이 그렇게 뚝뚝 부러져서야 어떻게 아이들에게 관용을 가르치겠어요. 어머님들이 우리한테 귀한 자식들 맡겨놓고 얼마나 애가 타시겠습니까. 더군다나 이 동네 어머니들, 자식 교육이라면 산이라도 이고 다니실 분들 아닙니까. 선생님이 한 번만 굽혀주세요. 이 문제, 커지면 선생님 선에서 끝나지 않습니다. 우리 교감 선생님, 승진 앞두고 계신데 지금 얼마나 초조하시겠어요. 교장은 교감 핑계를 대면서 길게 말을 늘어놓았다. 갓 부임해온 교장은 올해 유난히 일이 많았다. 학교에 불만을 품은 엄마 하나가 교육청에 민원을 넣는 바람에 호된 질책을 받았고, 학교를 증축해서 과밀학급을 해소해보려는 계획도 아파트 입주민들의 반대에 부딪혀 좌초될 위기에 처했다. 교육청에 힘을 써서 증축 용도로 30억이나 되는 예산을 타냈는데, 그 돈을 고스란히 돌려주어야 하는 웃지 못할 상황에 처한 것이다. 지난달에는 운동회에서 아이들이 부딪혀 다치는 사건까지 일어났다. 거기에 미하 일까지 터졌으니 교장도 죽을 맛일 것이다. 교장의 심정이 이해가 되지 않는 건 아니다. 하지만 앞뒤 따져보지 않고 학부모에게 굽히라는 교장의 권고는 너무 일방적이었다. ADHD인 아들의 심각한 증상을 담임 탓으로 돌리는 현규엄마도, 분명히 되돌려줬는데 간식을 돌려받은 적이 없다고 우기는 태민엄마도, 준비한 간식을 되돌려받았다고 펄쩍펄쩍 뛰는 해성엄마도 속으로는 자신이 억지를 쓰고 있다는 것을 알 것이다. 그리고 교장은, 이번 건이 미하가 공식적으로 질책을 받아야 할 만큼 심각한 사안이 아니라는 것을 누구보다도 잘 알고 있다. 다만 일이 커져 자신에게 불이익이 올까, 전전긍긍하는 것이다.

"우리 이제 가자. 찻집에서 차라도 마셔야 하는데, 선생님이 그만 들어가봐야 할 것 같다."

종업원이 건네준 피자 박스를 서영에게 건네주면서, 미하는 자리에서 일어섰다.

"아니에요, 선생님. 저도 오후에 수업 있어요."

"그래? 아쉽네."

계산을 마치고 1층으로 내려갔다. 우산을 펼치는데 종각역 입구에서 남색 우산을 받쳐 든 남자가 담배를 피우고 있는 게 보였다.

"너 저 남자랑 아는 사이니? 아까 영풍문고에서도 봤던 것 같은데."

미하가 턱짓으로 남자를 가리키자 서영의 얼굴이 벌겋게 달아올랐다.

"아니요. 모르는 사람인데요."

"그래?"

미하는 남자와 서영을 번갈아 쳐다보다가 전철역 쪽으로 몸을 돌렸다.

"난 전철 탈 건데, 넌 어디로 가니?"

"전…… 영풍문고 쪽으로 가요. 선생님, 오늘 감사했습니다."

서영이 고개를 숙여 정중하게 인사했다. 그녀는 서영의 뒤통수를 내려다보았다. 보풀이 잔뜩 인 검은색 원피스 위로 늘어뜨린 파마기 없는 새까만 머리가 어쩐지 안쓰러웠다.

"서영아."

"네?"

"선생님한테 전화번호 줄래? 다음에 또 만날까?"

서영과 다시 만나지 않게 될 걸 알면서도, 미하는 이렇게 말했다.

"선생님 전화번호 저한테 찍어주세요. 제가 걸면 제 번호가 남을 거예요."

서영의 핸드폰에 자신의 번호를 찍어 넣는데, 핸드폰 위로 빗줄기가 계속 날아와 덮었다. 그녀는 발신 버튼을 누른 뒤 종각역 쪽을 힐끔 보았다. 남자가 서 있던 자리에 그새 키 큰 연인 둘이 서서 담배를 피우고 있었다.

"뭐 어려운 일 있거나 그러면 전화해. 알았지?"

어려운 일이라니. 왜 그런 말을 했을까. 책 봉투를 커다란 보물이라도 되는 양 꼭 끌어안은 채 총총히 사라지는 서영의 뒷모습을 보면서 미하는 쓴웃음을 지었다. 제 앞가림도 못 하는 주제에 잘난 척은. 서영의 마르고 긴 몸이 서서히 작아지더니 횡단보도 앞에 멈춰 섰다. 그녀는 푸른 등이 들어와 서영의 뒷모습이 점점 작아지고, 한 개의 점이 되는 것을 지켜본 다음 전철역 쪽으로 발걸음을 옮겼다. 저 아이의 성장 과정은 어땠을까. 선생님한테 혼난 적도 있었겠지? 그럴 때 저 아이의 부모는 어떻게 대처했을까. 선생님에게 찾아가 항의했을까. 아니면 내 자식이 무조건 잘못했다고 고개를 숙였을까. 형벌처럼, 아침의 교실 풍경이 다시 떠올랐다. 경훈과 둘이 앉아 채웠던 황량한 교실 풍경이. 이어서 분노가 일었다. 교장을 향한 걷잡을 수 없는 분노가. 세상에 그처럼 저열한 인간이 또 있을까. 부임하던 순간부터 전임 교장의 흔적을 지우는 것이 나라를 구하는 일이나 되는 양 굴었던 상식 이하의 인간이었다. 미하가 심혈을 기울여 만들었던 영어 도서관을 폐쇄하고 온 학교를 자신의 그림으로 도배하다시피 했다. 자기가 전공한 미술을 최우선 가치로 내세워 툭하면 미술 대회를 열었다. 아이들 학습 시간이 낭비된다고 학부모들이 항의해도 눈 하나 깜짝하지 않았다. 이번 일은 어땠던가. 한 교사의 평생의 명예가 걸린 일에, 교장은 처음부터 끝까지 무사안일주의로 일관했다. 교육청 인사들에게는 입의 혀처럼 굴면서 부당한 일을 당한 평교사에게는 차갑게 등을 돌린 것이다. 미하는 총장에게 정면으로 반기를 들었던 남편의 마음을 그제야 이해할 것 같았다.

미하는 걸음을 멈추고 뒤돌아보았다. 피자헛 앞에는 아무도 없고, 굵은 빗줄기만 부지런히 땅에 곤두박질치고 있었다. 그 남자와 서영은 무슨 관계일까. 불현듯 둘이 아는 사이일 거란 생각이 들었다. 설마 원조교제나 그런 건 아니겠지? 다시, 해성엄마의 얼굴이 떠올랐다. 단아하게 화장한 매끈한 얼굴, 화사하게 차려입은 옷맵시, 누가 보아도 여유 있는 집에서 나고 자랐음이 확실한 그 당당한 여자의 얼굴이. 서영에게 그런 엄마가 있었다면 얼마나 좋았을까. 그랬다면 서영은 스무 살이 되도록 피자헛에 가본 적이 없다는 말을 그렇게 힘들게 하지 않아도 되었으리라. 피부병이 생겨 온몸을 긁어대지도 않았으리라. 서영과 해성엄마를 매치시키며 이렇게 생각하다가 그녀는 하, 실소를 터뜨렸다. 자신이 하고 있는 생각이 너무 같잖아서, 누구한테 들키기라도 할까 봐 겁났다. 하다 하다 이제 남편 흉내까지 내고 있지 않은가. 미하는 오른손으로 자신의 뒤통수를 툭툭 쳤다. 학교에서 쫓겨나게 된 주제에 어디 남 걱정을. 그 바람에 비스듬히 어깨에 걸쳤던 우산이 바닥에 툭 떨어졌다. 이내 세찬 비가 전신을 강타했다. 우산을 줍기 위해 무릎을 굽히려다가, 그녀는 선 채로 눈을 감아버렸다. 이대로 비와 함께 꺼져들었으면. 흔적 없이 사라져버렸으면. 부질없는 바람을 되뇌면서 그녀는 못 박힌 듯 그 자리에 서 있었다.

대학생 이서영

피자헛에 들어섰을 때 처음 눈에 들어온 것은 할로겐등이었다. 크고 작은 할로겐등이 천장에 빼곡히 박혀 실내를 밝히고 있었다. 쿨하고 환한 조명. 슬픔을 모르는 조명. 자리에 앉은 뒤에도 서영의 시선은 자꾸 그 등을 향했다. 비가 내리긴 해도 구름 뒤에 해가 있어 밖은 어둡지 않았다. 그런데도 실내에 그렇게 많은 등을 켜는 게 서영은 참 이상했다. 전기 요금이 엄청 많이 나올 텐데. 고급스러운 음식점은 원래 다 이렇게 하는 건가? 가게를 채운 사람들은 그런 것 따위엔 관심 없는 듯, 먹고 떠드느라 바빴다.

"대학생이라 그랬지? 어느 대학이야? 전공이 뭐니?"

종업원이 피자를 내려놓고 가자, 선생이 이렇게 물어왔다. H대 정책학과에 다닌다고 했더니 서영이 어릴 때부터 똑똑했다는 둥, 그래서 10년이 더 지났어도 알아볼 수 있었던 거라는 둥 호들갑을 떨어댔다. 서영은 적당히 대답을 해주며 피자를 입에 욱여넣었다. 천천히 먹어야 한다고 생각했지만 너무 배가 고파 참을 수가 없었다. 어제, 현금이 바닥나서 온종일 아무것도 먹지 못했다. 평일이었으면 학교 식당에 가서 공짜로 주는 김치와 단무지라도 먹었을 텐데 주말이라 그것도 할 수 없었다. 애꿎은 수돗물만 들이켜다가 저녁때쯤 집을 나섰다. 새마을시장 맞은편에 있는 트리지움 아파트 한 동에 들어가 먹을 만한 게 없는지 층마다 살피고 다녔다. 7층의 두 집 문 앞을 살피고 막 8층으로 올라가려 할 때, 문이 열리고 그릇 내놓는 소리가 들렸다. 층계 어귀에서 기다리다가 사람이 집 안으로 들어간 뒤 7층으로 내려갔다. 포개진 그릇 중 맨 위에 있는 그릇에 3분의 1쯤 되는 탕수육이 고스란히 남아 있었다. 그녀는 아직 온기가 남은 탕수육 그릇을 가지고 반 층 위로 올라가 손으로 허겁지겁 집어 먹었다. 반 이상 남은 짜장면은 짬뽕 국물과 단무지를 부어놓아서 먹을 수가 없었다. 그녀는 계단을 내려가 탕수육 그릇을 내려놓은 뒤 면만 남아 있는 짬뽕 그릇을 들어 몇 번 젓가락질했다. 젓가락에 짜장 양념이 묻어 있었지만 그런 걸 가릴 때가 아니었다. 사람이 나오기 전에 빨리 먹어치워야 했다. 잠실의 아파트 단지에는 그녀와 같은 대학에 다니는 학생들이 꽤 많이 살았다. 그녀가 남은 음식을 먹는 광경을 보기라도 한다면 큰일이었다.

"로스쿨이라면…… 변호사 하려고?"

한동안 서영이 먹는 것을 지켜보던 선생이 다시 이렇게 물어왔다.

"네. 변호사가 꿈이었거든요. 선생님, 혹시 그거 아세요?"

서영은 입 안에 든 피자를 씹어 삼킨 뒤 말을 이었다. 이 여자는 알까. 내가 멀쩡한 음식을 입에 넣는 게 몇 시간 만인지. 남이 먹다 남긴 탕수육을 먹은 이래, 수돗물 외엔 아무것도 먹지 못했다. 오죽했으면 허인규에게 먼저 전화를 걸어 만나자고 했겠는가.

"저한테 변호사의 꿈을 심어준 사람이 바로 선생님이시랍니다."

즉석에서 지어낸 거짓말을 늘어놓으며 서영은 눈을 깜박였다. 내가 왜 이러지? 그녀는 천연덕스럽게 거짓말을 지어내는 자신이 기가 막혔다. 살다 살다 이젠 별짓을 다 하는구나. 눈앞에 있는 '선생'이란 여자는 서영에게 최초의 스승이자, 빈부 차에 대한 개념을 심어준 최초의 어른이었다. 선생은 가끔 기분이 좋을 때면 서영의 말을 잘 들어주고 예뻐해주었지만, 대부분의 경우 서영과 같은 '없는 집 아이들'을 투명인간 취급했다. 다세대주택이 밀집해 있는 동네 한가운데 서 있던 초등학교. 반 아이들 대부분이 다세대주택에서 살고 있었다. 아파트에 사는 아이들도 한 반에 대여섯은 됐는데, 그 아이들은 복장이 깔끔했고 공부도 잘했다. 그리고 이 여자는, 그런 애들만 좋아했다. 그러다 갑자기 기분이 동하면 형편이 어려운 아이들 중 하나를 찍어 동정심을 보였다. 서영에게도 조악한 학용품 세트를 사준 적이 있었다. 지금 이렇게 마주 앉아 있으려니, 그 세트를 받아 들고 어쩔 줄 몰라 했던 초등학생 때의 자신이 그대로 되살아나는 것 같다. 알량한 그 세트를 선생의 눈앞에서 쓰레기통에 던져버리고 싶었지만 결국 그렇게 하지 못했다. 밤새 생각한 끝에 고마움을 표하는 장문의 편지를 써갔다. 일단 좋은 반응을 보여야 다음에 또 뭔가를 사줄 테니까.

"정말? 내가?"

선생이 피자를 내려놓고 서영 쪽으로 상체를 숙였다. 서영의 거짓말을 그대로 믿는 눈치였다.

"어느 날 제가 손들고 발표를 했더니 선생님이 저를 칭찬하면서 그러셨어요. 넌 똑똑하고 말도 잘해서 나중에 변호사가 되면 딱일 거다."

그 말은 사실 선생이 같은 반의 예림이라는 여자아이에게 했던 말이다. 예림은 다세대주택들 사이에 신기루처럼 솟아 있던 한 동짜리 아파트에 사는 고운 맵시의 여자아이였다. 그 말을 듣던 날, 그 아이는 살구색 원피스에 커다란 공단 리본 머리띠를 하고 있었다.

"내가 그랬니?"

선생은 회상에 잠긴 듯 한동안 허공을 쳐다보았다. 서영은 샐러드 접시에 있는 야채들을 입 안에 잔뜩 넣고 씹으며 창가를 보다가 하마터면 포크를 떨어뜨릴 뻔했다. 남색 우산을 쓴 허인규가 창밖에 서서 2층을 올려다보고 있었다. 서영은 눈을 크게 떴다. 이따가 연락하겠다고 문자를 보냈는데 여기까지 따라온 인규를, 어떻게 해야 할지 알 수가 없었다. 물론 허인규로서는 황당했을 것이다. 대낮의 섹스는 허인규가 가장 좋아하는 레퍼토리였다. 오늘은 서영이 먼저 연락을 해왔으니 기념으로 특별한 곳을 가자며 P호텔까지 들먹거렸다. 그런데 서영이 눈앞에서 다른 사람을 따라가버렸으니 얼마나 황당했을까.

"아버지는 잘 계시니?"

선생이 뜬금없이 아빠 얘기를 꺼냈다. 서영은 포크를 내려놓았다. 이 여자는 왜 나를 여기 데려왔을까? 아빠 얘기는 왜 꺼내는 걸까? 아까부터 선생은 이해할 수 없는 행동만 하고 있다. 책을 사주고 먹을 걸 사주는 게 고마워서 따라다니고는 있지만, 같이 있는 게 썩 즐겁진 않다. 궁금한 걸 여과 없이 마구 물어보는 폼이 못사는 집 애들을 노골적으로 불쌍히 여기던 10여 년 전 모습과 똑같다. 흥, 누가 대한민국 아줌마 아니랄까 봐. 책도 쓸데없이 무슨 영문학 책이나 사주고는. 그따위 책을 사주느니 차라리 돈으로 주지. 선생이 지갑에서 5만 원짜리 두 장을 꺼내 책값을 지불할 때, 서영의 머릿속에서는 손을 쑥 내밀어 돈을 낚아채는 광경이 계속 반복됐다. 영문학? 영문학 같은 소리 하고 있네. 굶어 죽을 지경인 사람한테 무슨 개풀 뜯어먹는 소리.

"네?"

서영은 지어 보일 수 있는 가장 순진한 표정을 지었다. 어쨌든 나한테 돈을 많이 쓰고 있는 사람이다. 잘 보이면 헤어질 때 용돈을 줄 수도 있지 않을까? 재수 없는 말을 지껄이긴 하지만 이 여자는 나를 피자헛에 데려와줬다. 이곳에 들어와서야, 서영은 그동안 피자헛에 와본 적이 없다는 사실을 깨달았다. 텔레비전에서 많이 봐서 익숙하게 느껴졌을 뿐 실제로 들어와 피자를 먹어보는 것은 처음이었다. 세상엔 참 신기하고 좋은 게 많구나. 대학에 들어가면서 그녀는 수많은 '처음'을 경험했다. 동기들을 따라 아이스크림 전문점도 가보았고, 양수리로 드라이브 가서 한 잔에 만 원이 넘는 커피도 마셔보았다. 그랜드피아노와 천장이 높은 서재가 있는 동기의 집에도 가보았다. 그러면서 동기들이 얼마나 부유한지, 얼마나 많은 걸 당연한 듯 누리고 살아왔는지 알게 되었다. 동기들은 손바닥 크기의 반도 안 되는 컵에 담긴 3,800원짜리 아이스크림을 아무렇지도 않게 사 먹고, 입장료가 1만 5,000원이나 되는 고양이 카페를 스스럼없이 드나들었다. 조별 과제가 생기면 당연한 듯 시간당 몇천 원씩 사용료를 내는 스터디 카페를 예약했다. 과 동기 중 누구도, 비용을 이유로 모임

장소에 이의를 제기하지 않았다. 학교 식당에서 2,000원짜리 점심만 사 먹는 그녀로서는 도저히 따라잡을 수 없는 아이들이었다. 요즘엔 잘사는 집 애들만 대학에 오는 걸까. 그때까지 그녀는 몸을 누일 집도 있고 입고 다닐 옷도 있는 자신이 부자는 아니지만 빈민도 아니라고 생각했다. 입학한 지 한 달도 되지 않아, 그 생각은 완전히 바뀌었다. 눈을 씻고 봐도 교내엔 자기처럼 가난한 학생이 없었다. 동기 중 한 명, 늘 서영과 학생 식당에서 밥을 사 먹는 유빈이 그나마 처지가 비슷해 보였지만, 그 아이도 어느 날 함께 밥을 먹던 도중에 여름방학 때 중국으로 어학연수를 다녀오겠다고 천명함으로써 서영의 범주를 이탈해버렸다.

"아니, 부모님 다 잘 계시느냐고."

"뭐…… 잘 계시겠죠."

나는 변호사가 될 수 있을까. 청운의 뜻을 품고 대학에 들어올 때만 해도 로스쿨 등록금을 걱정했지, 대학 등록금을 걱정하진 않았다. 올 초에 하남 집을 뛰쳐나온 뒤, 이것저것 아르바이트를 했다. 과외, 편의점 알바, 고깃집 서빙 등 손에 잡히는 일을 닥치는 대로 했지만 돈은 좀처럼 모이지 않았다. 목이 터지게 아이를 가르치면 과외 알선업체에서 과외비의 반에 가까운 금액을 떼어갔고, 편의점 일은 시급이 너무 적었다. 고깃집 일은 시급이 높은 편이었지만 일을 마치면 너무 피곤해서 학교 공부를 할 수 없었다. 이렇게 벌어도 카드 회사에서 빌린 대출금에 대한 이자를 물고, 책값을 대고, 방세에 식비와 교통비, 통신 요금을 내면 남는 게 없었다. 대학의 하루하루가 모두 돈으로 메워가는 시간이라는 것을 깨달았을 무렵, '알바'를 하기 시작했다. 낯선 남자의 몸을 견뎌야 하는 데에 회의가 들면 엄마와 언니를 생각했다. 구질구질하고 고단한 삶. 평생 그렇게 살 것인가. 그러면 생전 처음 보는 남자의 변태 행위도, 지독한 구취와 땀 냄새도 참을 수 있었다. 그것은 시간 대비 고수익을 올리면서 몸이 너무 고단하지 않은 유일한 일이었다. 행위의 순간에는 혐오감으로 미칠 것 같았지만, 그 순간만 견디면 돈이 생겼고 육체적 피로도 크지 않았다. 결국 그녀는 당분간 그 일을 하기로 했다. 무사히 대학을 마치기 위해선 어쩔 수 없었다. 동기들 중에는 로스쿨 등록금이 너무 비싸다며 고시제도를 그리워하는 아이들도 있었다. 심지어 엄마, 아빠가 모두 의사인 동기도 학기당 1,000만 원이 넘는 로스쿨 등록금에 대한 푸념을 늘어놓았다. 서영의 입장에선 그런 말을 늘어놓고 있는 것 자체가 사치였다. 그녀에게는 지나가버린 제도를 붙잡고 왈가왈부할 시간적 여유가 없었다. 당장 마련해야 하는 온갖 종류의 대금들을 해결하느라 졸업 후의 일 같은 건 누가 교묘하게 만들어 퍼뜨린 농담처럼 느껴졌다.

"부모님하고 따로 사니?"

아줌만 그런 게 왜 궁금해? 서영은 이렇게 묻고 싶은 걸 가까스로 참았다. 이 여자한테 그냥 대놓고 말할까. 돈 좀 빌려달라고. 학비가 없어서 짜증 나는 알바를 하고 있다고. 창밖에 있는 저 남자도 실은 알바 상대라고.

"부모님은 하남에 살고 계시는데, 학교에서 너무 멀어요. 교통편도 안 좋고."

서영은 선생의 표정을 살폈다. 좀 전에 샐러드를 가지러 갔다 오면서 이런 데 처음 와봤다는 말도 했고, 공부를 열심히 한 게 아니라 집이 가난했던 거라는 말도 했다. 도와달라는 신호를 보낸 것이다. 그런데 선생은 관심도, 그럴 마음도 없는 것 같다. 초등학생 때의 자신에게 그랬던 것처럼 이번에도 기분 전환을 위해 잠깐 누군가에게 좋은 선생 노릇을 하고 싶었던 것이리라. 그녀는 양 입술을 맞대고 꾸욱 힘을 주었다. 말하지 말자. 말해봤자 기분만 더러워질 것이다. 그렇게 결론을 내렸다. 얼른 이 여자랑 헤어지고 허인규나 만나야지. 오늘 받은 책은 집에 가면 바로 중고 사이트에 올려야겠다. 어디에 써먹어야 할지 알 수 없는 그런 책을 누가 사갈지는 미지수이지만.

"그래서 나와서 혼자 자취하는 거야?"

"네."

"부모님은 자주 찾아뵙니?"

부모님이란 말이 나온 순간, 그녀의 마음에 다시 강한 충동이 일었다. 한번 말해봐도 괜찮지 않을까? 적은 금액이라도, 좀 도와주지 않을까?

"그게…… 네."

그녀는 힘들게 입을 열었다가 말끝을 흐렸다. 선생은 서영을 빤히 쳐다보다가 피자 한쪽을 덜어주었다.

"더 먹어. 남은 건 싸가라."

도대체 이 인간은 우리 부모님 얘기를 왜 자꾸 묻는 걸까? 그러고 보니 초등학교 때도 아빠 얘기를 물었던 것 같다. 아빠랑 아는 사이인가? 생각하다가 그녀는 고개를 절레절레 저었다. 선생님이 우리 아빠 같은 사람을 어떻게 알겠어.

"선생님은 더 안 드세요?"

"난 샐러드 많이 먹었어. 근데 너 피부에 뭐가 많이 났다. 어디 아프니?"

서영은 입 안에 든 피자를 씹다가 불쑥, 이렇게 말했다.

"사는 데가 반지하예요. 습도가 높아서 그런지 요즘 자꾸 피부에 뭐가 나네요."

"아…… 그렇구나……."

혹시 약이라도 하나 사줄까 싶어 피부 얘기를 했지만, 선생은 이내 시선을 거두고 방울토마토를 입 안에 넣었다.

"그런데 선생님. 이제 선생님 그만두셨어요?"

더 이상 해봤자 나올 게 없을 것 같아 화제를 돌렸다. 선생은 이 시간에 왜 나랑 이러고 있을까. 아까부터 궁금하던 참이었다.

"아니. 그런 건 아니고……."

"그런데 왜 이 시간에 여기 계세요? 오늘 월요일 아닌가요?"

선생이 당황한 기색을 보여 얼른 이렇게 밀어붙였다. 개인적인 사정을 꼬치꼬치 캐묻는 게 상대를 얼마나 당황하게 하는지 확실히 알게 해주고 싶었다.

"실은 오늘……."

말하려다 말고 선생은 창밖을 보았다. 그때 핸드폰으로 문자 착신음이 울렸다.

"잠깐, 화장실 좀 다녀올게."

선생이 기다렸다는 듯 핸드폰을 들고 일어섰다. 뭐야, 뭔가 말하려 했는데. 입맛을 다시며 화장실로 가는 선생의 뒷모습을 좇아가던 서영의 시선이 테이블 위에 있는 선생의 지갑에 머물렀다. 영수증! 영풍문고에서 선생이 책값을 현금으로 지불하던 장면이 벼락처럼 뇌리를 강타했다. 그때 받은 영수증이 지갑 안에 있을 것이었다. 그녀는 손을 뻗어 선생의 지갑을 집어 들었다. 안녕히 가세요. 어서 오세요. 오가는 손님들을 응대하는 종업원들의 목소리가 커다랗게 들려왔다. 지갑 속에는 영수증이 빼곡히 들어차 있어 영풍문고 영수증을 찾기가 쉽지 않았다. 그녀는 영수증을 몽땅 뺀 뒤 한 장 한 장 내려놓으며 확인했다. 손이 덜덜 떨렸다. 뭐야, 돈 훔치는 것도 아닌데. 생각했지만 손 떨림은 멈춰지지 않았다. 겨우 영풍문고라고 찍힌 영수증을 발견해 꺼내고 지갑을 제자리에 놓는데 선생이 돌아왔다.

"우리 그만 나갈까? 너 다 먹은 거지?"

선생이 앉으면서 핸드폰을 내려놓았다. 그녀는 지갑에서 얼른 손을 뗐다. 다행히 선생은 아무것도 눈치채지 못한 것 같았다.

"난 그게 이해가 안 돼. 도저히 이해가 안 돼."

종업원에게 피자를 싸달라고 한 뒤 넋 나간 표정으로 앉아 있던 선생이 갑자기 이렇게 말했다.

"네?"

서영이 눈을 동그랗게 떴다.

"아니야. 피자 나오면 우리 나가자."

선생이 손으로 왼쪽 어깨를 주물렀다. 서영은 손에 쥐고 있던 영수증을 의자에 있는 가방에 슬쩍 집어넣었다. 심장이 금방이라도 튀어나올 것처럼 콩닥거렸다.

"우리 이제 가자. 찻집에서 차라도 마셔야 하는데, 선생님이 그만 들어가봐야 할 것 같다."

종업원이 들고 온 피자 상자를 서영에게 건네주면서 선생이 자리에서 일어섰다.

"아니에요, 선생님. 저도 오후에 수업 있어요."

"그래? 아쉽네."

계산을 마치고 1층으로 내려갔다. 우산을 펼치는데 종각역 앞으로 남색 우산을 받쳐 든 허인규의 모습이 눈에 들어왔다. 서영은 손짓으로 영풍문고 쪽을 가리키며 인상을 썼다. 이따 영풍문고에서 만나자고 문자를 두 번이나 보냈는데 자리를 뜨지 않는 그의 면상을 보니 화가 치밀어 올랐다.

"너 저 남자랑 아는 사이니? 아까 영풍문고에서도 봤던 것 같은데."

선생이 턱으로 허인규를 가리켰다.

"아니요. 모르는 사람인데요."

그녀가 황급히 말했다.

"그래?"

선생은 허인규와 서영을 번갈아 쳐다보다가 전철역 쪽으로 몸을 돌렸다.

"난 전철 탈 건데, 넌 어디로 가니?"

"전…… 영풍문고 쪽으로 가요. 선생님, 오늘 감사했습니다."

그녀가 고개를 숙여 정중하게 인사했다. 인사를 받고도 걸음을 떼지 않던 선생이 다시 입을 열었다.

"서영아."

"네?"

"선생님한테 전화번호 줄래? 다음에 또 만날까?"

"선생님 전화번호 저한테 찍어주세요. 제가 걸면 제 번호가 남을 거예요."

그녀는 선생에게 핸드폰을 내밀었다. 핸드폰 위로 빗줄기가 계속 날아와 덮였다. 전화번호를 교환하고 핸드폰을 주머니에 넣으면서 그녀는 종각역을 힐끔 쳐다보았다. 다행히 허인규는 사라지고 없었다.

"뭐 어려운 일 있거나 그러면 전화해. 알았지?"

당부하는 선생에게 고개를 숙여 보인 뒤, 서영은 돌아서서 횡단보도 쪽으로 걸어갔다. 순간적인 감상에서 나온 말임을 뻔히 알면서도, 다시 연락하라는 선생의 마음 씀씀이가 고맙게 느껴졌다. 버티다 버티다 안 되면 이 사람에게 연락하면 되겠다는 근거 없는 기대도 솟아났다. 푸른 등이 들어와 횡단보도를 건너는데, 시큰한 감정이 치고 올라왔다. 선생을 만나는 내내 자신이 했던 생각과 말이 너무나 부끄럽게 느껴졌다. 순수한 의도로 잘해준 사람에게 시종일관 꼬인 시선으로 일관했다. 생각해서 사준 책까지 환불하러 가고 있다. 참으로 쓰레기 같은 인간이 아닌가.

횡단보도를 건너자 갑자기 빗발이 거세졌다. 서영은 우산을 바짝 움켜잡고 건너편 영풍문고 건물을 바라보았다. 내가 쓰레기 같은 게 아니다, 날 이렇게 만든 사회가 쓰레기 같은 거다, 생각하며 자신을 다잡았다. 그녀는 자신이 왜 이런 상황에 처했는지, 어떻게 해야 이런 상황에서 벗어날 수 있는지 다 알고 있었다. 모든 게 가난 때문이며, 가난에서 벗어날 방법은 학력과 직업을 상향하는 것밖에 없다. 잠깐의 혐오감 때문에 주저앉아버리면 영원히 가난에서 벗어나지 못할 것이다. 어떻게든 대학을 마쳐야 한다. 이렇게 생각하면서도 당면한 자신의 모습이 구질구질해서 견딜 수가 없다. 지금처럼 사는 건 일시적

일 뿐이라고, 환경 때문에 어쩔 수 없는 거라고 자신에게서 현재의 모습을 분리해보지만, 그래도 당장 대면하는 순간순간이 혐오스러워 미칠 것 같을 때가 있다. 견뎌야 할 것엔 초라한 모습뿐만 아니라 그 초라함과 맞물려 일어나는 자기혐오와 분열까지 있다고 생각하면서, 그녀는 푸른 등이 들어온 횡단보도를 꾸역꾸역 걸어갔다. 영풍문고로 연결되는 낮은 계단에 빗발이 거세게 내리꽂히다가 튀어 오르는 모습이 점점 크게 잡혀왔다.

초등학교 교장 최정상(1958~)

교장실에 들어선 순간부터 교감은 연신 이마의 땀을 닦았다. 정상은 앞에 선 교감의 꼬락서니를 쳐다보며 미간을 좁혔다. 살점 하나 없는 인간이 어찌 저리 땀을 흘릴꼬. 곤란한 일을 보고할 때면 교감은 꼭 땀을 흘렸다.

"말해보세요, 또 무슨 일입니까?"

교감은 정상이 부임하던 첫날부터 허리가 꺾어질 것처럼 굽실거렸다. 대체 이 인간은 점수 관리를 어떻게 했기에 지금까지 승진을 못 했을까. 정상은 자신에게 극존칭을 쓰며 굴신에 가까운 몸짓을 보이는 동갑내기 교감을 볼 때마다 궁금해졌다. 안쓰럽단 생각도 들었지만 교장 자리에 오르기까지 자신이 겪었던 고초를 생각하면 그저 응당 겪어야 하는 과정이려니 하는 쪽으로 가닥이 잡혔다.

"그게 저기…… 조금 전에 전화가 왔는데……."

교감은 아까부터 계속 전화가 왔었다는 말을 반복하고 있다. 정상은 책상 위에 놓인 연적의 앞부분을 들었다 내려 쿵쿵 소리를 내며 교감의 뭉툭한 콧등을 바라보았다. 나도 저렇게 답답한 모습이었을까? 이전 학교에서 만났던 교장의 모습이 떠올랐다. 머리가 벗겨지고 풍채가 좋았던 그는 교감인 정상이 곤란한 사안을 들고 와 쩔쩔맬 때마다 소리부터 질러댔다. 할 말 있으면 그냥 빨리빨리 하세요! 그러나 할 말이 있다고 어찌 단도직입적으로 들이대겠는가? 상대는 자신의 근무평가 점수를 매길 상관이었다. 교장이 되느냐 마느냐의 첫 번째 관문을 통과시켜줄 키를 쥔 사람이었던 것이다. 골치 아픈 문제가 발생했고 그것 때문에 교육청에서 문책이 내려올 거라는 사실을 전하면 질책이 누구에게 쏟아질지 뻔히 아는 상황에서, 아무렇지도 않게 사안을 일목요연하게 늘어놓을 수는 없었다. 그런데 오늘, 어쩔 줄 몰라 하는 교감의 모습을 보고 있자니 이전 학교에서 만났던 교장의 마음을 이해할 것 같았다. 이렇게 답답했겠구나! 이렇게 화가 났겠구나!

"누구한테 전화가 왔습니까?"

정상은 감정을 억누르며 침착하게 말했다. 디리리리리리리리리. 수업 종료를 알리는 벨 소리 〈엘리제를 위하여〉가 울렸다. 아이들 말소리와 발소리가 이내 교내를 채웠다.

"그게 저기…… 건강보험……."

"건강보험공단에서 전화가 왔군요? 뭐랍디까?"

비스듬히 의자에 기대앉았던 정상이 확 일어나 앉았다. 건강보험공단의 전화는 그가 지난주 내내 기다렸던 것이었다.

"그게 저기……."

교감은 말을 잇지 못했다.

"해준다지요? 윗선에서 결재 나는 데 시간이 걸린답디까?"

교감은 대답 없이 내려가지도 않은 안경테를 추어올리기만 했다. 정상은 불안해졌다.

"그냥 말씀해보세요. 말씀을 하셔야 뭐든 할 거 아닙니까."

사건의 발단은 지난달 있었던 운동회였다. 운동회의 마지막 순서로 이어달리기를 했는데, 마지막 주자인 6학년 계주에서 충돌이 있었다. 1등으로 들어온 아이가 자리를 비키지 않고 그 자리에 서서 브이 사인을 그리고 있는데, 2등으로 들어오던 아이가 그 아이를 받아버린 것이다. 같이 뒤엉켜 쓰러지면서 둘의 머리가 부딪쳤고, 1등인 아이가 뇌진탕을 일으켰다. 흔히 일어날 수 없는, 불행하기 그지없는 사건이었다. 2등인 아이가 일부러 돌진했네 아니네를 놓고 원색적인 싸움을 벌이던 양측 부모는 어느 때부턴가 똘똘 뭉치더니 학교를 상대로 고소를 하겠다고 협박을 해왔다. 정상은 사건이 일어날 때 출장을 가 있어 현장에 있지도 않았지만 최종 책임자란 이유로 갖은 고초를 겪어야 했다. 부모들에게 달달 볶인 것은 물론, 교육청에도 여러 번 불려갔다. 그때의 억울함을 어떻게 풀어 말할 수 있을까. 말이야 바른말이지, 학교 측에서 무슨 잘못을 했단 말인가? 운동회를 한 것? 쓰러진 아이를 병원에 데리고 간 것? 그것은 그저 우발적인, 재수가 없어서 일어난 사건이었을 뿐이다. 하지만 그런 말은 어느 쪽에도 먹히지 않았다. 고심 끝에 정상은 건강보험공단 쪽에 병원비를 청구하기로 했다. 결국 의료비를 누가 부담하느냐가 관건이 아니겠는가.

길길이 뛰던 부모들도 정상이 내놓은 방안을 마지못해 받아들이는 시능을 했다. 그리고 오늘, 그에 대한 답이 온 것이다.

"그게 저기…… 가해자와 피해자가 명백하지 않은 건이라……."

"지급을 못 하겠답니까?"

어려워서 하지 못하는 말을 대신해주자 교감이 반갑다는 듯 크게 고개를 주억거렸다. 정상은 눈을 감았다. 이런, 빌어먹을!

"나가 계세요."

정상의 노기 어린 음성이 떨어졌다.

"죄송합니다. 그게 저기……."

"나가 계시라니까요!"

정상은 소리를 질렀다. 눈앞에 있으면 교감의 멱살을 잡고 주먹질을 하게 될 것 같았다. 도대체 왜, 왜 나한테 이런 일이 생기는가! 뜨거운 것이 가슴에서 뭉클뭉클 덩어리져 올라왔다. 내 당장에라도 이 짓을 확 그만둬버려? 생각했지만 이내 이 자리에 올라오기까지 감내했던 숱한 고역들이 떠올랐다. 그럴 순 없지. 암. 어떻게 올라온 자린데.

할 말이 더 있는 듯 쭈뼛거리던 교감이 등을 돌리고 조용히 교장실을 빠져나갔다. 정상은 소파로 가 손으로 머리를 싸매고 앉았다. 지난주까지만 해도 건강보험공단의 반응은 호의적이었다. 학교 공식 행사에서 생긴 일이니 당연히 비용 처리를 해주겠다는 분위기였다. 담당자는 윗선의 결재를 받아야 하니 시간이 걸릴 뿐 결과는 나온 거나 마찬가지라는 식으로 말했다. 정상도 공단 쪽에서 지급을 거부할 거라고는 전혀 생각지 않았다. 다만 그 정도로 다친 아이의 부모가 만족할지가 의심스러울 뿐이었다. 그런데 이런 결과가 나왔다. 가해자와 피해자가 명백하지 않은 사건이라 공단에서는 비용을 댈 수 없다는. 흥. 그는 코웃음을 쳤다. 그렇다면 당시 2등 했던 아이를 가해자로 몰아세웠어야 한단 말인가? 최선을 다해 뛰느라 앞에 뭐가 있는지도 몰랐던 아이를? 그것이 교육자로서 할 짓인가?

정상은 소파에 기대앉아 길게 한숨을 내쉬었다. 이 자리에 오르기 위해 정말 많은 고초를 겪었다. 때 되면 교육청 인사들에게 선물을 보냈고, 국장이나 과장이 출장을 갈 때도 섭섭지 않게 챙겨주었다. 교육감 직선제가 도입되면서 찬조금 관행을 일소한다는 공문이 여러 차례 하달되는 바람에 선물이나 여비를 챙겨주는 것도 세심하게 신경을 써야 했다. 티 나지 않게 전달하지 않으면 오히려 윗선에 누가 될 수 있었다. 간혹 거절하는 인사도 있어, 신중하게 시기와 경우를 저울질해야 했다. 예전보다 어려워진 건 윗선에 성의를 전달하는 방법만이 아니었다. 아래로부터 성의를 모으는 것에도 이상이 생겨 있었다. 교대 출신의 젊은 선생들은 교장이나 교감에게 성의 표시할 생각을 아예 하지 않았다. 국가에서 떠벌리는 찬조금 관행 일소 방침을 곧이곧대로 믿는 똑똑한 젊은이들에게 어떻게든 성의 표시를 해달라는 의사를 전달하는 것은, 차라리 포기하는 게 낫겠다 싶을 정도로 어렵고 치사한 일이었다. 최근 들어 교대가 서울대에 비교될 정도로 위상이 높아지는 바람에 엘리트 중의 엘리트들이 선생으로 오고 있는 실정이었다. 말 잘하고 당당한 그네들이 내가 왜 이런 걸 내야 하느냐, 대들고 교육청에 찔러버리기라도 하면 그야말로 낭패였다. 실제로 동료 교장 중에서 그런 일로 걸려 직위해제를 당할 뻔한 경우도 있었다.

정상으로 말할 것 같으면, 그냥 할 놈만 알아서 하라는 주의였다. 공식적인 방침이 어떻게 바뀌었든 높은 선에서 오가는 관행은 변함이 없었다. 그런 관행을 잘 생각해보면, 부모에게 명절 때 용돈 드린다 생각하고 조금씩만 성의 표시를 하면 될 텐데, 선생들은 도통 그럴 생각이 없었다. 조금만 머리를 굴리면 성의를 표하는 방법을 얼마든지 찾을 수 있을 텐데, 그 똑똑한 선생들이 그런 쪽으로 머리를 굴리지 않는 게 참으로 야속하고 답답했다. 결국 정상은 가뭄에 콩 나듯 밑에서 올라오는 성의에 사비를 왕창 보태 윗선에 예를 다했고, 그런 과정을 지나 이 자리에 이르렀다. 아래에서 위로 올라오는 돈을 걷어 순차적으로 전달하면 되었던 이전 세대의 교장들을 생각하면 억울하기 짝이 없는 일이었다.

정상도 처음부터 그런 흐름에 몸을 내맡겼던 건 아니다. 젊은 시절, 교장이 학교 전반에 무한한 권리를 가지는 데 반해 하는 일이 거의 없다는 사실을 깨닫고 분노해서 교육 잡지에 교장제도 개혁을 부르짖는 논설을 기고하기도 했다. 전교조가 등장해 조금씩 힘을 얻고 마침내 합법화되었을 때는 일말의 기대를 가졌다. 직접 가담하진 않았지만, 교사들의 권익에 힘이 되는 전교조를 마음으로 늘 응원했다. 그 신흥 단체가 불합리한 교장 승진제도나 입시 위주 교육의 폐해를 개혁해줄 거라고 믿은 적도 있었다. 지금껏 누구에게도 말하지 않았지만, 그 자신이 전교조에 가입하려고 마음을 먹은 적도 있었다. 선뜻 실행에 나서기가 힘들어 차일피일 미루다가 흐지부지되긴 했지만, 그때의 마음은 진심이었다. 정상이 전교조에 대한 관심을 꺼버린 것은 전교조가 교장제도나 입시제도 개혁 대신 나이스(NEIS) 반대 투쟁에 모든 역량을 쏟아부었을 때부터였다. 유일한 대안으로 보였던 단체가 엉뚱한 길로 매진해가던 시기, 어떠한 노력으로도 관행과 제도는 바뀌지 않으리라는 통찰이 서서히 그의 내부에 퍼져나갔다. 그는 더 이상 기존에 존재해온 것들에 의문을 품지 않았다. 제도를 개혁해야겠다는 꿈같은 생각도 접었다. 어차피 제도는 그 자리에서 꿈쩍도 하지 않을 텐데, 혼자 힘을 뺄 필요가 있겠는가. 그는 수업보다 승진에 관심을 갖기 시작했다. 교장이 되려면 아이들과 하는 수업보다 행정적인 일에, 교육청에 보일 수 있는 성과를 만드는 데 집중해야 했다. 일제시대 이후 이 땅의 교육계에 형성된 고유의 생태계가 한 번도 변하지 않고 고고하게 흐르고 있다는 것을 안 것도 그때였다. 생태계를 보는 눈이 생긴 그는 기꺼이 그에 몸을 맡겼다. 그리고 여기까지 왔다. 그런데 이런 일이 생겼다. 도대체 어떻게 대처해야 할지 감도 잡을 수 없는 어처구니없는 일이. 내가 뭘 잘못한 걸까. 어디서부터, 어떻게 잘못한 걸까.

그때 노크 소리가 났다.

"들어오세요."

그는 일어서서 책상으로 돌아갔다.

"무슨 일이죠?"

문을 열고 들어선 것은 경력 7년 차인 서울교대 출신의 여선생이었다. 뭘 시키면 바로바로 결과물을 만들어왔고, 교내에서 일어나는 크고 작은 일들도 시기적절하게 그에게 일러주었다. 엘리트란 바로 이런 인물을 이르는 말일 거라는 생각이 들 정도로 명민한 인재였다.

"김미하 선생님…… 아직 얘기 못 들으셨죠?"

"네?"

그는 눈을 크게 떴다.

"그 반에 무슨 일이 생겼나요?"

이 아침에 또 무슨 일이 생겼단 말인가. 그는 자꾸 일그러지는 표정을 바로 잡느라 얼굴에 힘을 주었다.

"학생들이 오지 않았습니다. 교실이 비었어요."

그는 멍한 얼굴로 여선생을 바라보았다. 교실이…… 비었다고?

"등교할 때만 해도 교실에 한 명 있었던 것 같은데, 지금은 아무도 없습니다."

"김미하 선생님은? 선생님도 없습니까?"

"네. 점심시간에 지나가면서 보니 교실이 텅 비어 있었습니다. 교내엔 안 계신 것 같더라고요."

이 여자가 드디어 일을 냈구나! 눈앞에 해성엄마의 얼굴이 커다랗게 떠올랐다. 이럴 때 교장 선생님께서 힘을 써주셔야죠. 이런 선생님에게 애들을 어떻게 맡깁니까. 강한 어조로 쏟아내던 그녀의 말들이 바로 옆에서 들려오는 듯했다.

"선생님과 연락은 됐나요?"

"곧 점심시간이라 연락을 못 해보고 있습니다. 점심시간 이후에 해보도록 하겠습니다."

여선생은 김미하 선생의 옆 반을 맡고 있다. 동향파악은 할 수 있겠지만 연락까지 할 책임은 없다. 그런데도 흔쾌히 그의 요청을 받아들이고 있다. 참으로 기특한 선생이라 하지 않을 수 없다.

"연락해보고 다시 알려주시기 바랍니다."

내가 너무했던 걸까. 꾸벅 고개를 숙여 보이고 뒤돌아나가는 여선생의 뒷모습을 보면서 정상은 자책감에 빠졌다. 지난주에 해성엄마와 몇 명의 엄마들이 교장실을 찾아왔다. 격앙된 목소리로 대책위원회를 만들겠다느니, 교육청에 민원을 넣겠다느니 떠들어댔다. 사태가 심상치 않다 싶었지만 김미하 선생이 징계를 받을 만큼 잘못한 게 없어 보여 적당히 사과하고 넘어가면 되겠거니 했다. 선생을 불러 꾸짖고 사과할 것을 종용했지만, 선생은 꿈쩍도 하지 않았다. 평소 융통성 없고 곧이곧대로인 선생의 성품을 생각하면 예상치 못했던 반응도 아니었다. 그래서 이번 주쯤 다시 불러 구슬릴 참이었다. 지난주에 세게 나가서 선생의 기를 꺾어놓았으니 이번 주엔 부드럽게 달래면서 학부모들 욕도 같이 좀 해줄 작정이었다. 그런데 그새 해성엄마가 일을 냈다. 등교거부라는, 상상도 못 했던 일을 벌인 것이다. 이렇게 되고 나니 김미하 선생에게 미안한 마음이 든다. 좀 더 좋은 말로 구슬릴 걸 그랬나. 똑똑 부러지는 당신 성격이 문제 있는 거라고 몰아붙였던 게 실수였을까.

정상은 핸드폰으로 해성엄마의 번호를 검색했다. 통화할 생각을 하니 벌써부터 뭐가 얹힌 것처럼 속이 갑갑했다. 처음 만났을 때부터 기가 보통이 아닌 여자라고 생각은 했지만, 이 정도일 줄은 몰랐다. 뭐라고 해야 하지? 화면에 뜬 번호를 보면서 그는 생각에 잠겼다. 이제 속이 시원하십니까? 아예 교육청에 민원을 넣으시지요. 마음 같아선 이렇게 말하고 싶었다. 정말 뭐라고 하지? 등교거부로 교실이 비었고, 선생은 학교에 없다. 이럴 때 상식 있는 교장은 일을 주도한 학부모에게 뭐라고 할까? 그는 화면을 초기화하고 핸드폰을 내려놓았다. 해성엄마는 운영위원들 중에서도 학교 일에 가장 적극적인 위원이었다. 정상이 주도하는 모든 모임에 얼굴을 내밀었고, 필요한 경비도 아낌없이 내놓았다. 그가 제안하는 모든 정책을 적극적으로 지지하고 밀어주었다. 교장 선생님이 말만 하면 내가 다 되게 해주겠다는 얼굴로 늘 화사하게 웃으며 일을 주도했다. 개인적인 도움도 많이 주었다. 교내 미술대회 후원 단체를 섭외하는 것은 물론, 주변 사람들에게 그의 미술 작품도 여러 점 팔아주었다. 남편이 변호사인 데다가 그녀 자신이 발이 넓어서 여기저기 다리를 놓아 작품이 팔리게 해주었다. 그렇게 해서 그가 올린 수입이 꽤 짭짤했다. 그런 그녀에게, 당신이 잘못한 일이니 이제라도 방침을 바꾸시오, 라고 할 수는 없었다. 그렇다고 당신이 잘한 일이니 계속 강경하게 나가시오, 라고 할 수는 더더욱 없었다. 그렇다면 어떻게 한다? 그는 발을 떨면서 연적을 만지작거렸다. 교장만 되면 팔자가 필 줄 알았다. 느지막이 출근해서 업무 추진비로 나온 돈을 들고 여기저기 폼 재고 다니기만 하면 될 줄 알았다. 행정시찰이랍시고 풍광 좋은 데로 출장 다니며 맛난 음식을 먹게 될 거라 생각했다. 그런데 이게 뭔가. 교장이 되려고 용을 썼던 날들이, 아깝게 털었던 사재들이 주마등처럼 뇌리를 스쳐갔다. 이건 아니야. 고개를 저으며 머리를 싸매는데 띠리리리리, 띠리리리리, 교장실 전화벨이 울렸다. 그는 전화기를 한동안 노려보다가 천천히 손을 뻗었다.

지환엄마 박수정

　수정은 빛바랜 현관문을 조심스럽게 두드렸다. 안에선 응답이 없었다. 그녀는 테이프 자국이 나고 여기저기 칠이 벗겨진 현관문을 한동안 바라보다가 다시 두드렸다. 세 번째로 문을 두드렸을 때, 안에서 신발 끄는 소리가 나면서 문이 열렸다. 지하 복도보다 더 어두운 실내에서 머리가 한쪽으로 뻗치고 눈가에 눈곱이 잔뜩 낀 남자가 눈을 비비며 얼굴을 내밀었다. 평소와 너무 달랐지만 승필임에 틀림없어 보이는 남자였다.

　"안녕하세요, 선생님."

　잠시 뜸을 들인 뒤 수정이 말했다. 밝게 말하려고 애쓴 나머지 너무 크고 부자연스러운 음성이 튀어나왔다. 승필은 맨발로 선 채 아무 말도 하지 않았다.

　"들어가도 되죠?"

　수정은 승필의 곁을 쓱 지나 현관으로 들어섰다. 승필은 현관에 선 채 그녀가 신을 벗고 들어서는 것을 넋 나간 듯 쳐다보다가 천천히 집 안으로 들어와 전등을 켰다. 실내에 발을 들이자 눅눅한 공기와 찌든 담배 냄새가 기다렸다는 듯 맹렬하게 침투해왔다. 숨이 막힐 것 같은 지독한 악취였다.

"지난주 수업에 안 오셔서요."

수정이 입으로 숨을 쉬며 겨우 말했다. 집은 현관에 들어서자마자 방이 두 개 나오고 오른쪽으로 틀면 거실 겸 주방이 나오는 구조였다. 현관 앞 왼쪽 방엔 비스듬히 기대어진 나무판자들과 로코코풍 장식이 달린 커다란 소파가 들어차 있고, 오른쪽 방엔 옷 더미와 컴퓨터, 끈으로 묶인 책 더미가 무질서하게 널려 있었다. 주방에 켜진 불이 아니었으면 칠흑같이 깜깜했을 완전한 지하 공간을 그녀는 조심스럽게 둘러보았다.

"해성엄마한테 못 들으셨어요? 전 이제 수업 안 합니다."

수정이 부엌에 놓인 앉은뱅이책상 앞에 엉거주춤 앉자 승필이 싱크대로 와 기대섰다. 그가 움직일 때마다 전신에서 술 냄새가 풍겨 나와 그녀는 저도 모르게 얼굴을 찌푸렸다.

"들었어요. 그래도 저랑은 말씀하신 적이 없어서……."

승필이 지난주에 해성이네 집에서 어떤 일을 당했는지는 이미 엄마들 사이에 파다하게 퍼져 있었다. 졸업장을 가져가지 못한 승필은 해성과 태민, 태민 엄마가 모여 있는 자리에서 톡톡히 망신을 당했고, 집에서 내쫓기다시피 했다. 가르치는 학생들 앞에서 조목조목 자신이 한 거짓말이 까발려질 때 그는 어떤 심정이었을까. 악당을 쳐부순 중세 기사라도 된 듯 열렬히 후일담을 늘어놓는 해성엄마를 보며 수정은 간담이 서늘해졌다.

"그럼 지금 말씀드리죠. 지환 어머니, 전 앞으로 수업하러 안 갑니다."

승필이 싱크대에 기대앉으며 앉은뱅이책상에 놓인 담뱃갑에 손을 뻗었다.

"왜요?"

수정이 담뱃갑을 승필 쪽으로 밀어주었다.

"왜냐고요?"

승필이 담배에 불을 붙여 빨아들이더니 고개를 돌려 후, 연기를 뿜어냈다. 주방 백열등에 의지한 어두운 공간에 담배 연기가 천천히 곡선을 그리며 퍼져나가는 모습이 음산한 공포 영화의 한 장면을 떠올리게 했다.

"아시지 않나요? 전 K대 지방 캠퍼스 출신입니다. 예전에 저한테 엘리트라고 하셨죠? 지금도 그렇게 보이시나요?"

담배 연기 사이로 가늘게 눈을 뜬 승필이 자조적으로 웃는 게 보였다. 수정은 가슴 한편을 꾹 눌렀다. 모든 것을 단념한 듯한 사람의 모습. 같은 인간으로서 차마 보고 있기 힘든, 민망한 모습이었다.

"지환이가 선생님을 기다려요."

한동안 망설이던 수정이 이렇게 말했다. 승필은 대답 없이 문간방을 향해 담배 연기만 내뿜었다. 그녀는 목 부분이 길게 늘어진 승필의 흰색 라운드 티를 쳐다보았다. Catch me if you can. 티셔츠에 쓰인 글자 프린트의 위쪽 반이 물이 빠져서 한참 들여다보아야만 무슨 글자인지 알아볼 수 있었다.

이 남자는 어떤 사람일까. 자욱한 담배 연기 사이로 학처럼 솟아 있는 승필의 길고 가는 목선을 바라보면서 수정은 생각에 잠겼다. 표정이나 헤어스타일, 차림새나 말투에서 그는 이전과는 완전히 다른 사람이 되어 있었다. 한 사람이 시차를 두고 이렇게 다를 수 있다니. 그녀는 그 사실이 놀랍고 두려웠다. 이런 사람을 엘리트의 전형이라 생각하고 남몰래 동경해온 자신이 한심하게 느껴졌다. 대체 어딜 보고. 그러면서도 그의 진짜 모습, 그러니까 어디서 태어나 어떻게 자랐고 어쩌다 이런 모습이 되었는지가 궁금했다.

"저 방에 있는 나무판자들은 뭔가요?"

한참 침묵이 흐른 뒤 그녀가 이렇게 물었다. 승필이 뜬금없다는 듯 그녀를 쳐다보더니 피식 웃음을 터뜨렸다.

"뭐 같습니까?"

"글쎄요. 장롱 같기도 하고…… 혹시 중고 가구를 판매하시나요?"

담배를 빨던 승필이 캑캑거리며 연기를 뱉더니 큰 소리로 웃었다. 그녀는 눈을 깜빡이며 입꼬리를 올렸다. 기특한 일을 한 초등학생이 선생에게 칭찬이라도 받는 듯 뿌듯한 기분이었다.

"중고 가구 판매라…… 그것도 좋군요. 저건 말이죠, 지환 어머님. 붙박이장을 해체한 거랍니다."

"붙박이장이요?"

"네. 전처와 이혼하면서 제가 붙박이장과 소파를 가져왔죠. 전처는 컴퓨터와 식탁을 가져갔고요. 혹시 전처랑 다시 합치지 않을까 싶어 저렇게 갖고 있답니다. 멋지지 않습니까?"

담배꽁초를 싱크대 안에 던져 넣은 승필이 세워 올린 한쪽 무릎에 팔을 걸치고 재미있다는 듯 그녀를 쳐다보았다.

"이혼…… 하셨군요. 아직도 사이좋게 지내시나요?"

생각지도 않은 말이 입에서 나오는 걸 들으며 그녀는 깜짝 놀랐다. 대체 지금 무슨 말을 하는 거야! 이러려고 여기까지 왔어?

그녀는 해성엄마에게 받은 주민등록증 카피 한 장을 달랑 들고, 헤매고 헤맨 끝에 여기까지 찾아왔다. 새마을시장 뒤편. 지리적으로 가까워 금세 찾을 줄 알았던 이곳은, 똑같이 생긴 다세대주택들 사이를 여러 번 돈 뒤 지나가던 사람에게 물어물어 겨우 찾아올 수 있었던 머나먼 곳이었다. 그 과정에서 그녀는 여러 번 놀랐다. 그동안 여기에 이렇게 많은 집이 있었다는 사실을, 이렇게 좁은 골목에 비슷비슷하게 생긴 집들이 빼곡히 들어서 있다는 사실을 모르고 있었다. 새마을시장에 장을 보러 여러 번 왔지만 그 뒤에 무엇이 있는지 전혀 몰랐다! 숲인 줄 알았던 곳이 실은 나무로 울타리를 친 적군의 거대한 요새로 밝혀진 느낌이랄까. 아무튼 그것은 놀라운 발견이었다.

"재미있는 질문이군요. 전처는 저랑 이혼하기 바쁘게 다시 결혼했습니다. 이름을 대면 그쪽도 알 만한 아주 유명한 사람하고요. 그래서 저 붙박이를 어떻게 해야 할까, 고민하고 있었는데 오늘 그쪽이 해답을 주셨군요. 중고 거래로 팔아치워야겠습니다. 값은 꽤 받을 수 있겠죠? 혹시 그쪽은 붙박이장 필요하지 않으십니까?"

이렇게 말한 승필이 제풀에 웃음을 터뜨렸다. 그녀는 승필이 자신을 '그쪽'이라고 지칭한 데에 마음이 쓰였다. 그냥 계속 지환엄마라고 부르면…… 안 되나?

"농담하지 마시고, 얼른 처분하세요. 공간을 많이 차지하네요."

뭔가 따뜻하고 보듬는 말을 해주고 싶었는데, 이런 말이 튀어나왔다. 그녀는 붙박이장 얘기를 꺼낸 것이 후회스러웠다. 이 사람 얘기를 들어서 뭘 어쩌겠다고. 무슨 도움을 줄 수 있다고.

"여기 왜 오셨습니까?"

승필이 손으로 이마를 괴며 그녀를 건너다보았다. 뭔가 대답하려 입을 열었지만 그녀는 할 말이 생각나지 않았다. 나, 여기 왜 왔지?

"오늘 지환이를 학교에 보내지 않았어요. 같은 반 엄마들이 뜻을 모아……
등교거부를 했습니다."

그녀의 입에서 천천히 말이 흘러나왔다.

"처음엔 엄마들 몇몇이 모여서 담임 선생님 험담을 하는 수준이었어요. 그런데 어느 날 한 엄마가 교육청에 민원을 넣자고 했죠. 다른 엄마는 그보다 먼저 교감실에 연락해보자는 제의를 했고요. 그러다 일이 점점 커졌고, 결국 아이를 보내지 말자는…… 등교거부 제안이 나왔어요."

말을 풀어나가면서 비로소 그녀는 자신의 마음을 알게 되었다. 그녀는 두려워하고 있었다. 극단적인 사태가 발생했고, 그 사태의 가담자가 되었다. 앞으로 어떻게 해야 할까. 어떻게 해야 아무도 상처받지 않고 무난하게 사태를 종결지을 수 있을까.

"그런데 막상 아이를 데리고 있으니 불안해지더라고요. 무섭기도 하고. 이렇게까지 할 생각은 아니었는데……."

원래 계획은 등교거부를 한 뒤 다 같이 모여 키자니아에 가는 것이었다. 그녀는 차마 그렇게 할 수 없어서 하루 종일 아이를 집에 데리고 있었다. 마침 남편이 일찍 들어왔기에 아이들을 맡기고 나왔다.

그녀가 길게 늘어놓는 이야기를 승필은 말없이 듣기만 했다. 그녀는 등교거부와 관련된 이야기를 두서없이 늘어놓고, 중간중간 했던 얘기를 여러 번 반복하면서 한참 동안 횡설수설했다.

"처음엔 아이 교육상 안 좋을 거란 생각만 했는데, 오후가 되니까 선생님한테 너무 심한 짓을 했단 생각이 들더라고요. 선생님이 얼마나 놀라셨을까. 얼마나 상처받으셨을까. 생각해보면 선생님이 이런 일을 당할 만큼 크게 잘못한 적도 없는데 말이에요. 선생님, 이제 전 어떡하면 좋죠? 그동안 다른 엄마들이 이끌어주는 대로 잘 따르는 편이었고 도움도 많이 받았다고 생각했는데, 이런 일이 생기니까 너무 혼란스러워요."

"오늘 학교에 반 아이들이 모두 가지 않았나요?"

싱크대에 기대 있던 승필이 허리를 세워 앉으며 양반 다리를 했다.

"아니요. 경훈이라고, 한 명은 갔대요. 선생님은 그 아이를 집에 보내고 학교에서 나간 뒤로 연락두절 상태고요. 교장실이랑 교감실에서 여러 번 연락을 했는데 전화를 안 받으신다네요."

"내일은 어떻게 하실 건가요?"

"네?"

"내일도 아이를 학교에 보내지 않으실 건가요?"

그녀는 멍하니 승필을 쳐다보았다. 내일은 어떻게 할 거냐고? 그러고 보니 등교거부 다음 날에 대해선 누구도 언급하지 않았다.

"감당도 못 할 거면서 왜 아이를 보내지 않으셨습니까?"

전문 심리 상담을 하는 것처럼 승필이 진지한 얼굴을 했다.

나는 왜 아이를 보내지 않았을까. 그녀는 곱씹어보았다. 이내 답이 떠올랐다.

"나만 보내면 엄마들 사이에서…… 왕따가 될 것 같았어요."

"그럼 내일은요? 내일 보내는 건 괜찮나요?"

그녀는 대답 없이 앉은뱅이책상 위에 놓인 나무젓가락을 만지작거렸다. 내일. 내일이 문제구나.

"저는 이해가 안 가네요."

승필의 표정이 다시 자조적으로 변했다.

"뭐가요?"

"왜 저한테 찾아와서 이런 얘기를 하십니까? 똑같이 내쳐진 입장이니 무슨 말을 하나 한번 들어보자, 그런 건가요?"

그 말을 듣는 순간, 그녀는 자신이 이곳에 찾아온 이유를 알게 되었다. 그녀는 마음을 다스리고 싶었던 것이다. 담임과 승필은 자신을 포함한 리센츠 엄마들에게 톡톡히 망신을 당한 사람들이었다. 평생 잊지 못할 공개적이고 노골적인 망신을. 그녀는 그중 한 명인 승필을 찾아옴으로써 자신에게 면죄부를 주고 싶었다. 타인에게 함부로 대했다는 죄책감을 희석시키고 싶었다. 그렇게 하면 조금이나마 마음이 가라앉을 것 같았다.

"선생님."

"말씀하시죠."

"이번 일은 선생님께 너무 안됐어요. 해성엄마가 화난 것도 이해는 가지만 그래도 그런 식으로 하면 안 되는 거였잖아요."

"그래서요?"

승필이 차갑게 끊는 바람에 그녀는 한동안 말을 잇지 못했다.

"저는…… 선생님이 지환이 가르치러 계속 와주셨으면 좋겠어요."

"그쪽이 저라면 그렇게 하시겠습니까?"

승필이 그녀를 정면으로 쏘아보았다. 소스라칠 정도로 차가운 시선. 그녀는 얼른 눈을 내리깔았다.

"……어렵겠죠."

"그만 돌아가세요."

승필이 싱크대를 짚고 일어서며 한쪽 눈을 찡그렸다.

"전 선생님이 어느 대학을 나오셨든 상관없어요. 선생님이 잘 가르치시고 지환이도 좋아하니까……."

"돌아가세요."

그녀는 무릎을 그러모으고 앉아 자신의 숨소리를 듣고 있다가, 일어서서 현관으로 나왔다.

"그래도 저를 좋게 보시고 여기저기 소개도 해주셨는데, 지환 어머니껜 죄송하게 됐습니다."

구두를 신느라 구부린 그녀의 등 뒤로 승필의 나직한 음성이 날아와 꽂혔다.

"아닙니다, 선생님. 그동안 감사했습니다."

그녀는 돌아서서 깊이 허리를 숙였다.

"저도 감사했습니다."

승필도 허리를 숙였다.

"지환이가 그동안 정말 즐겁게 공부했어요."

이렇게 덧붙이고 현관을 나서는데, 가슴 한구석이 무겁게 가라앉았다. 내가 나간 뒤에도 이 사람은 여기에 있겠지. 이 냄새나는 공간에 앉아서 담배를 피우고 술을 마시겠지. 그녀는 조심스럽게 현관문을 닫고 밖으로 나왔다. 지상으로 올라가자 진회색 구름들이 난잡하게 흩어져 있는 암청색 하늘과 불을 밝힌 유흥가가 눈에 들어왔다. 수정은 청색과 먹색이 무질서하게 뒤섞인 어수선한 하늘을 가만히 응시했다. 승필의 집에 들어설 때만 해도 대낮처럼 밝았는데, 그새 날이 지고 밤이 찾아들었다. 그녀는 주위를 둘러보았다. 다닥다닥 붙어 있는 조악한 주택들과 빼곡히 불을 밝힌 술집들의 행렬 너머 멀리, 조명이 들어와 있는 리센츠 아파트 상층부의 영문 로고가 보였다. 그녀는 선명하게 보이는 알파벳 R 자와 당초 문양을 뿌듯한 마음으로 올려다보았다. 매일 봐왔던 건물과 로고가 그렇게 반갑게 느껴질 수가 없었다. 그 순간 그녀의 내부를 채운 것은 등교거부에 대한 걱정도, 승필의 처지에 대한 연민도 아니었다. 밝고 깨끗한 공간으로 돌아가게 되었다는 안도감이었다. 남의 딱한 처지를 곱씹어 내 행복을 실감하다니. 자신이 촌스럽고 저속하게 여겨졌지만 그런 느낌이 드는 건 어쩔 수 없었다. 그리고 부끄러웠다. 더 가지지 못해 안타까워했던 날들, 더 많이 가진 이들을 올려다보며 아등바등했던 날들이.

감사하면서 살자. 이미 가진 것에 만족하고 베풀면서 살자. 그녀는 같은 생각을 몇 번씩 했다. 더 갖지 못해 전전긍긍하는 삶은 이제 그만. 주먹을 불끈 쥐고 의기충천해서 걸어가는데, 메시지 들어오는 소리가 들렸다. 그녀는 멈춰서서 문자를 확인했다.

2학년 3반 아이들은 내일도 등교하지 않습니다.

태민엄마에게서 온 메시지였다. 그녀는 얼어붙은 듯 그 자리에 서서 핸드폰
을 하염없이 들여다보았다.

태민엄마 심지현

지현은 개수대를 들여다보았다. 아침 먹고 나온 설거지거리가 산더미처럼 쌓여 있었다. 그녀는 고무장갑을 낀 뒤 아래쪽에 있는 국그릇을 들어내고 그 밑에 깔린 과도를 끄집어냈다. 국그릇을 제자리에 놓는데, 와장창 소리와 함께 위태롭게 쌓여 있던 그릇들이 무너져 내렸다.

"씨발."

내뱉고는 얼른 주위를 둘러보았다. 요즘 툭하면 욕이 튀어나온다. 다행히 주위엔 아무도 없었다. 태민은 제 방문을 닫고 컴퓨터 게임을 하고 있었다. 그녀가 부르지 않는 한 절대로 나오지 않을 것이었다. 그녀는 찬장에서 과일 접시를 꺼내 사과를 얹은 뒤 과도를 가지고 거실로 돌아왔다. 거실 바닥에 있는 레고 조각을 피하려다 옆으로 기우뚱하는 바람에 사과가 바닥으로 떨어졌다.

"에이, 씨발. 뭐야."

큰 소리로 욕을 하며 접시를 소파에 집어 던졌다. 안 그래도 기분이 좋지 않은데 집 안까지 난장판이니 짜증이 나서 견딜 수가 없었다. 원래 오늘 도우미가 오기로 돼 있었는데, 조금 전에 전화로 못 가겠다고 일방적으로 통보해왔다. 딸이 갑자기 출산을 하게 됐다나. 지현은 바로 파견업체에 전화를 걸었다. 오늘 우리 집에 오기로 했던 분이 갑자기 못 오신다네요. 싸늘한 지현의 음성에 낭랑한 목소리의 응대가 돌아왔다. 아, 그러십니까 고객님? 정말 죄송합니다. 대신 사과 말씀 드리고요. 저희가 최선을 다해보긴 하겠지만 오후 2시는 돼야 대체인력을 보내드릴 수 있을 것 같은데, 어떠시겠습니까? 다시 한번 죄송하단 말씀…… 지현은 전화를 끊어버렸다. 오후 2시? 그때까지 이 난장판에 있으라고?

"미친년."

그녀는 낮게 부르짖으며 발을 굴렀다. 생각할수록 도우미가 괘씸했다. 미리 말했으면 다른 사람을 불렀을 것 아닌가? 어디서 닥쳐서 전화를 해? 사람을 뭐로 보고!

그녀는 소파 앞에 드러누워 시계를 보았다. 9시 50분. 가구가 오기로 한 시간까지 10분밖에 남지 않았다. 아줌마가 와서 치울 줄 알고 내버려뒀는데, 집 안이 난장판인 상태에서 식탁이 들어오게 생겼다. 지금이라도 서둘러 치우면 대충 집 안 꼴이 잡히겠지만 전혀 그럴 기분이 아니었다. 그녀는 누운 상태로 핸드폰을 들어 지환엄마의 번호를 검색했다.

"여보세요."

허스키한 저음의 목소리가 수화기를 타고 넘어왔다.

"자기, 뭐 해?"

"응, 언니. 나 뭐 좀 알아보고 있었어."

"뭐?"

지환엄마는 대답하지 않고 숨소리만 냈다.

"뭐 알아보는데?"

대답을 채근하면서 지현은 초조해졌다. 등교거부 사흘째. 지환엄마는 첫날 지환을 키자니아에 보내지 않았고, 엄마들 만나는 자리에 한 번도 오지 않았다. 첫째 날엔 결연한 기색이었던 다른 엄마들도 한 명씩, 한 명씩 동요하기 시작했다. 어제저녁에 있었던 맥주 모임엔 절반 이상의 엄마들이 불참했다. 일부 엄마들이 아이를 등교시켰다는 소문도 들려왔다. 선생이 나타나지 않아 다시 집으로 가긴 했지만 어쨌든 몇 명이 움직인 건 사실이었다. 이러다 나만 나쁜 년으로 몰리는 거 아니야? 그녀는 일어나 소파에 기대앉았다. 해성엄마의 태도도 묘하게 바뀌었다. 한창 일을 추진할 땐 공격적이고 단호했는데, 지금은 기세가 누그러들었다. 지현에 대한 태도도 그랬다. 앞에 나서도록 부추길 땐 언제고 이제 와선 은근히 지현이 너무 과하게 나가서 자기도 할 수 없이 가담했다는 뉘앙스로 말한다.

"응, 있어. 개인적인 거."

개인적인 거? 지현은 어깨와 목 사이에 끼우고 있던 핸드폰을 손으로 옮겨 잡았다. 얘가 혹시…… 해성엄마랑 붙어서 작당하고 있는 거 아니야? 문득 둘이 짜고 모든 책임을 자신에게 덮어씌울지도 모른단 생각이 들었다. 속에서 천불이 올라왔다.

"뭔지 말해주면 안 돼? 혹시 해성엄마랑 둘이 만나는 거야?"

"그런 거 아니야, 언니."

"그럼 왜 말 못 해? 뭐 알아보고 있었는데?"

지현이 날카롭게 쏘아붙였다. 한동안 침묵하던 지환엄마가 천천히 입을 열었다.

"응…… 우리 아빠…… 요양원 때문에. 지금 계신 데가 민간이라 좀 그렇잖아. 교회에서 하는 요양원에 자리가 났다고 전화가 와서."

순간 지현의 얼굴이 벌겋게 달아올랐다. 내가 너무 오버했구나. 요양원이라는 말이 주는 무게가 수화기 너머로 날아와 가슴에 묵직하게 얹혔다. 평소에도 치매인 아버지 얘기를 할 때면 지환엄마는 눈물을 글썽였다. 반평생을 자리에 누워 계셨던 아버지에 대한 죄책감과 회한이 유난히 큰 것 같았다.

"그렇구나…… 미안해. 내가 너무 예민해 있었어."

"괜찮아, 언니. 근데 언닌 뭐 하고 있었어?"

"나? 가구 오기로 돼 있어서 기다리고 있어. 자기 오늘 점심때 뭐 해? 나 식탁만 받으면 나갈 수 있는데 지환이랑 태민이 데리고 같이 점심 먹을까?"

이렇게 불안하고 초조할 땐 누구든 만나야 한다. 해성엄마와는 왠지 서먹해졌고, 지환엄마를 만나는 게 제일 무난할 것 같다.

"미안해, 언니. 나 요양원 문제 때문에 나가봐야 할 것 같아."

"요양원? 직접 가야 해?"

"전화로도 할 수 있긴 한데, 직접 가서 보고 오려고. 눈으로 봐야 안심이 되지."

"그래, 그럼 다음에 먹자."

둘은 마음속에 들끓고 있는 첨예한 문제, 등교에 대한 얘기는 꺼내지도 않은 채 전화를 끊었다. 지현은 점심 약속을 잡기 위해 여기저기 전화를 돌렸지만 다른 엄마들도 하나같이 다른 일정이 있다고 했다. 하는 수 없이 고등학교 때 친구들 번호를 검색하는데, 시간이 10시 반이 넘었다는 게 눈에 들어왔다. 뭐야, 이 가구점! 왜 안 오는 거지? 그녀는 검색 화면에 친구 이름 대신 가구 회사 이름을 쳐 넣었다. 전화를 받은 가구 회사 직원은 담당자를 연결해주겠다며 전화를 돌려주었다. 전화를 넘겨받은 직원은 또다시 담당자를 운운하더니 통화 대기음을 내보냈다.

"사랑합니다, 고객님."

수십 번 대기음이 울린 끝에 전화를 받은 담당자가 날아갈 것 같은 목소리로 말했다.

"10시에 오기로 한 식탁이 왜 안 오죠?"

지현이 다짜고짜 소리를 질렀다.

"잠시만요, 고객님. 주문하신 제품이 어떻게 되십니까?"

"대리석 식탁 8인용이요."

"주문하신 고객님 성함은 어떻게 되십니까?"

"심지현이라니까요? 지금 제 이름을 몇 번 말했는지 아세요? 주민등록번호도 또 불러드려요? 도대체 지금 몇 신데 식탁이 안 오죠? 중요한 약속도 일부러 미루고 기다리고 있는데, 너무하는 거 아닌가요? 지금 몇 신지 아세요?"

퍼붓듯 말했지만 수화기 너머로 들려오는 목소리엔 조금의 흔들림도 없었다.

"네, 고객님. 착오가 있으셨다면 그 부분 사과드리고요. 잠시만요. 고객님이 주문하신 제품이 마블앤티크 화이트 TXA-37 식탁하고 의자 여덟 개로 나오는군요. 확인하신 사항 맞으십니까?"

"네, 네, 네! 언제 오죠?"

"잠시만요, 고객님. 지금 전산오류가 있어서 화면이 안 움직이고 있으십니다. 잠시만 더 기다려주시겠습니까."

간드러지는 말과 함께 갑자기 바바라바바바, 하는 통화 대기음이 울려 나왔다.

"씨발, 지금 뭐하자는 거야!"

지현은 핸드폰을 집어 던졌다.

"엄마, 왜 그래?"

태민이 방문을 열고 나왔다.

"아무것도 아니야. 들어가 있어."

엄마의 기세에 놀란 태민이 얼른 방으로 들어가 문을 닫았다. 내가 욕하는 걸 들었을까. 그 와중에도 신경이 쓰였지만 바로 걸려온 전화 때문에 지현의 신경은 금세 분산됐다.

"사랑합니다, 고객님. 청샘가구 잠실점, 저는 피에이를 맡고 있는 장, 하, 나입니다."

조금 전 통화했던 여자의 목소리였다.

"언제 오죠? 그것만 말해주세요."

"저희가 전산상으로 알아보았는데요, 고객님. 정말 죄송한데 오늘 그 가구가 배송이 어려우실 것 같습니다. 물량이 많이 밀려 있어서 이번 주 금요일이나 다음 주 화요일…….”

“그 식탁, 한 달 전에 샀거든요? 물량이 밀려 안 된다니 그게 말이 되나요?”

“고객님, 정말 죄송합니다. 당시에 주문받았던 영업사원이 주문을 누락했는지 전산상에 배송 요청이 안 들어가 있습니다. 제가 조금 전에 다시 입력해드렸으니까…….”

여자는 말끝마다 죄송하다는 말을 곁들이며 어떻게 해서 지현의 식탁이 배송에서 제외됐는지를 길게 늘어놓았다. 지현은 그런 말 필요 없다, 당장 식탁을 배송해달라고 소리를 지른 뒤 전화를 끊었다. 280만 원이나 지불하고 한 달을 기다렸는데 식탁을 오늘 받을 수 없다니. 그건 절대로! 절대로 용납할 수 없었다.

이후 그녀는 가구점 직원과 통화하느라 오전 시간을 다 보냈다. 전화를 다시 걸어온 직원에게 당장 식탁을 보내달라고 소리를 지르고, 가구점 직원은 가능한지 다시 한번 알아보겠다고 굽실거리며 전화를 끊은 뒤, 다시 전화를 걸어와 알아봤지만 오늘 보내드리는 건 불가능하다는 말을 늘어놓는 식이었다.

“이것 보세요. 고객을 이렇게 불편하게 해놓고 죄송하지만 어쩔 수 없다는 말만 늘어놓으면 단가요? 저녁때 크게 손님 치를 일이 있어서 특별히 오늘 날짜로 배송 요청한 건데, 이걸 어떻게 해결하실 건가요?”

“고객님. 불편 끼쳐드린 점 정말 죄송합니다. 조금만 기다려주시면 다음 주 화요일까지는…….”

“무책임하게 죄송하단 말만 하지 마시고 대책 마련을 해주셔야죠. 오늘 당장 쓸 식탁을 임시로 보내주든가, 아니면 다른 보상을 해주든가!"

직원이 네 번째로 전화를 걸어왔을 때, 지현은 직접적인 힌트를 주었다. 이런 경우, 계약한 금액에서 일부를 할인받거나 가구점에서 나온 주방용품 같은 걸 받을 수 있다는 것을 그녀는 다년간의 경험을 통해 알고 있었다. 물론 저녁 때 손님 치를 일이 있다는 것은 그 자리에서 지어낸 말이었다.

"죄송합니다만, 고객님. 보상은 제가 결정할 수 있는 게 아니고요. 저희 책임자분과 상의한 다음에 다시 연락드리겠습니다."

"통화하기도 이제 지겹네요. 저 바쁘니까 어떻게 보상해주실 건지 결과 알려주실 때만 한번 전화 주시고요. 전 상식적으로 받아들일 만한 보상을 받지 못하면 소비자 고발센터에 바로 컨택할 거니까 그렇게 아시고 책임자분께 꼭 전해……"

그때 삐비비빅, 소리와 함께 현관문이 열리면서 남편이 들어왔다. 놀란 지현은 얼른 전화를 끊어버렸다.

"오빠, 이 시간에 웬일이야?"

"차 바꿔가려고 잠깐 들렀어. 누구랑 통화 중이었는데 그렇게 놀라?"

남편이 수상하다는 듯 그녀를 빤히 쳐다보았다.

"어, 아니, 가구점에서 오기로 했는데 안 와서."

"안 오면 기다렸다 다음에 받으면 되지. 심지현 너, 빨리 보내라고 지랄하고 있었던 거 아니지? 마음 좀 너그럽게 써라. 몇 푼 안 되는 돈 받겠다고 악다구니 쓰지 말고."

지현은 평소엔 순한 편인데 쇼핑한 물건에 이상이 생기거나 자존심이 상하면 퓨즈가 나가버린다. 그걸 아는 남편이 지레짐작으로 그녀를 말리는 것이다.

"근데 오빠, 회사 일은 잘돼?"

그녀가 거실 바닥에 널린 레고 조각을 그러모으며 조심스럽게 물었다.

"아니. 잘 안돼. 그러니까 너도 이제부터 씀씀이 좀 줄이고, 국제학교 같은 얘긴 꺼내지도 마. 알았어? 식탁, 오늘 안 온다면 취소해버리든가. 지금 있는 식탁도 쓸 만하잖아."

그녀는 입을 딱 벌렸다.

"정말? 그렇게 사정이 안 좋아? 오빠 여기 좀 앉아봐."

"안 돼. 지금 정 의원 보좌관 만나러 가야 해. 미리 말해두는데 심지현, 너도 각오 단단히 해라. 오늘 정 의원 쪽하고 얘기 잘 안되면 회사고 뭐고 다 작살나는 거야."

밑도 끝도 없는 말을 던져놓은 뒤 남편은 차 키를 챙겨 나가버렸다. 그녀는 소파에 무너지듯 주저앉았다. 국제학교 같은 얘긴 꺼내지도 마. 남편의 말이 귓전에서 메아리쳤다. 사정이…… 그렇게 안 좋은가?

그녀는 소파 위에 무릎을 모으고 앉아 머리를 싸맸다. 담임 사건에서 그녀가 총대를 멨던 건 태민을 곧 전학시킬 생각이었기 때문이다. 그녀가 알아본 국제학교는 2학기 때도 전학이 가능한 곳이었다. 유명 연예인의 딸도 다닌다 하고 국제학교 중 평이 가장 좋았다. 보내겠다 마음을 먹고 필요한 서류와 절차를 알아보고 있는데, 해성이 생일 간식 사건이 터졌다.

"교육청에 민원 넣을까, 언니? 우리 논술 샘이 그러는데, 근처의 Y초등학교도 이런 일 때문에 민원 넣은 적 있었대. 그것 때문에 학교 완전 뒤집혔다던데? 선생님들은 교육청에 민원 넣는다 그러면 사족을 못 쓴대."

되돌아온 간식을 앞에 놓고 어쩔 줄 몰라 하던 해성엄마에게 이렇게 말하자 해성엄마가 눈을 빛냈다.

"지현아, 일단 네가 교감실에 연락해볼래? 간식 되돌아온 날 내가 바로 나서면 모양이 좀 그렇잖아. 어차피 태민인 2학기 때 전학시킬 거라며. 야, 해성이 전학시킬 계획 있었으면 난 벌써 교육청 민원이 뭐야, 청와대에 민원 넣었다."

그렇게 해서 시작된 일이었다. 지현의 머릿속에서 태민의 국제학교 전학은 이미 기정사실이었다. 그녀가 국제학교를 알아본다는 걸 알면서도 별말을 하지 않는 걸로 보아 남편도 크게 반대하지 않는 거라고 생각했다. 그런데 등교거부가 시작되었던 월요일, 남편이 사건의 전말을 듣더니 펄쩍펄쩍 뛰었다.

"너 미쳤어? 앞으로 애 학교 안 보낼 거야?"

태민이는 부당하게 모욕을 당했고 다른 엄마들도 다 같이 들고 일어섰다, 어차피 태민이가 전학 갈 거니까 내가 총대를 멨다, 얘기했더니 남편이 정색을 했다.

"분명히 말해두는데, 태민인 국제학교 안 보낸다."

그동안 가만히 있다가 갑자기 그렇게 나오는 이유를 추궁하자 남편은 한국 사람은 한국 학교에 가야 한다는 말도 안 되는 소리를 반복했다. 화를 내기도 하고 달래기도 하면서 캐물은 끝에 그녀는 남편의 사업에 이상이 생겼다는 것을 알아냈다. 그동안 남편의 사업을 묵인해주던 높은 양반이 최근에 실각했고 그로 인해 방패막이가 사라졌다는 사실, 새로 들어선 정권이 우선 기치로 내걸었던 것이 '지하경제 양성화'였다는 사실, 최근에 있었던 대형 사건 때문에 지지도가 떨어진 대통령이 국면 전환용으로 내세울 만한 건수가 필요하다는 사실, 여당 의원들 사이에서 불법 도박 사이트 단속을 그 건수로 채택하자는 여론이 높아지고 있다는 사실이 남편 입에서 줄줄 흘러나왔다. 지하경제 양성화. 그동안에도 남편이 몇 번 언급한 적이 있었지만 그땐 그게 먼 나라 얘기인 줄 알았다. 이렇게 직접적인 영향을 끼칠 줄이야.

영원한 건 절대 없어. 결국에 넌 변했지…….

벨 소리를 듣고 그녀는 천천히 소파에서 일어섰다. 바닥에 놓인 핸드폰을 집으러 가는 길이 천 리 길처럼 길게 느껴졌다.

"안녕하십니까, 고객님. 저희가 책임자분과 의논해봤는데요. 우선 불편을 끼쳐드린 점 죄송하단 말씀 거듭 드리고요. 오늘 당장 필요하신 식탁은 일단 저희 매장 진열 상품을 임시로 보내드리는 걸로…….."

"환불, 되죠?"

지현이 다짜고짜 말하자 직원의 하이 톤 목소리가 잠시 주춤하더니 이내 종달새처럼 지저귀기 시작했다.

"아, 고객님. 지금 주문하신 식탁을 배송받지 않으시고 환불 처리하시겠다는 말씀이십니까? 그러면 환불 사유는…….."

"그런 건 알아서 하시고, 얼른 환불해주세요."

지현이 다시 말을 끊었다.

"아, 네. 그럼 결제하셨던 카드로 다시 환불 처리해드리면 되시겠습니까?"

지현은 불현듯 수화기 저편에서 쉴 새 없이 지저귀는 여자아이가 궁금해졌다. 지현이 심한 말을 퍼부어도 상쾌한 어조를 굳건히 유지하는 여자아이. 이 아이는 몇 살일까? 얼마를 받을까? 이런 일을 하는 걸 보면…… 집이 잘살지는 않겠지?

"네. 부탁드립니다."

조금 전보다 공손해진 지현의 말에 여자아이는 "네, 잠시만 기다려주십시오 고객님" 하고 한껏 말끝을 올렸다. 지현의 생각은 다시 현실로 돌아갔다. 남편의 회사는 망하는 걸까? 우리는 가난해지는 걸까? 설마. 그녀는 그때까지 한 번도 물질적인 곤란을 겪어본 적이 없었다. 지현의 아버지는 직업이 일정치 않았지만 서울 시내에 자기 이름으로 된 빌딩을 갖고 있어서 평생 남에게 아쉬운 소리 하지 않고 살았다. 당연히, 지현도 남부러울 것 없이 입히고 먹여 키웠다. 대학을 나오지는 못했지만 지현은 여성스럽고 패션 감각이 좋아 남자들에게 인기가 있었다. 여자는 똑똑할 필요 없어. 시집만 잘 가면 돼. 주위 사람들에게 돈 잘 버는 사위 자랑을 하면서 엄마는 틈만 나면 이렇게 말했다. 지현은 두려워졌다. 가난이 뭔지 몰랐기 때문에, 두려움은 더 컸다. 사는 집 평수도 줄이고 자동차도 팔고, 그래야 되겠지? 혹시 내가 나가서 일을 해야 할까? 설마 이 아이처럼 전화로 상담을 하거나…… 그렇게 되는 건 아니겠지?

수화기 너머로 타다닥, 자판 두드리는 소리가 몇 번 들리더니 여자애의 종달새 같은 지저귐이 다시 흘러나왔다.

"카드 환불 처리 잘 되셨고요. 고객님. 다시 한번 불편을 끼쳐드린 점 사과드립니다. 향후 또 저희 가구를 이용하실 일이 있으시면……."

"저기요."

"네, 고객님."

"아까 심하게 말한 거 미안해요. 가구가 너무 안 와서……."

짧은 침묵이 흐른 뒤, 다시 낭랑한 새의 지저귐이 들려왔다.

"아닙니다, 고객님. 저희가 너무 불편을 끼쳐드려서 그러신 걸요. 오히려 저희가 죄송합니다."

감사하다는 말을 다시 한번 주고받은 뒤 지현은 전화를 끊었다. 거실에 걸려 있던 뻐꾸기시계에서 뻐꾸기가 튀어나오더니 뻐꾹, 뻐꾹, 열두 번을 울었다. 태민이 점심을 뭘 먹여야 하나. 발을 끌며 주방으로 가는데, 이 시간까지 집에 있는 태민의 존재가 새삼 당혹스러웠다. 문제를 일으켜 퇴학당한 자식을 데리고 있는 기분이었다. 혹시 얘만 빼고 다른 애들은 다 학교에 간 거 아닐까? 그녀는 자신이 너무 경솔했다는 걸 깨달았다. 아무리 전학 갈 거라 해도 그런 짓을 하는 게 아니었다. 사실 선생 앞에서 욕을 한 아이를 교감실에 보내는 건 당연한 일 아닌가? 앞으로…… 어떡하지? 태민이를 이 학교에 계속 다니게 할 수는 없다. 선생에게 못할 짓을 한 독한 엄마의 아이로 낙인찍힌 태민은 두고두고 선생들에게 미움을 받을 것이다. 그럼 이사를 가야 하나? 그녀는 한숨을 쉬며 고무장갑을 끼었다. 국제학교를 보내진 못하더라도 이 동네를 뜨기는 해야 할 것 같았다. 그렇다면 어느 동네로? 대치동? 서초동? 그녀는 크게 심호흡을 한 뒤 수세미에 세제를 묻혔다. 전투적인 기세로 그릇들을 문지르는데, 핸드폰이 울렸다. 그녀는 장갑을 벗고 전화기를 들었다.

"언니, 통화할 수 있어?"

지환엄마였다.

"응, 말해."

지현은 핸드폰을 귀와 목 사이에 끼우고 다시 장갑을 끼었다.

"언니, 선생님이⋯⋯."

"우리 담임?"

"응. 우리 선생님이⋯⋯."

수세미로 국그릇을 문지른 뒤 수저와 젓가락을 문지르기 시작했다.

"얘기해. 연락됐대?"

"자살하셨대."

"뭐?"

손에서 수저와 젓가락이 빠져나가 냄비에 부딪히면서 날카로운 파열음을 냈다. 지현은 고무장갑을 벗고 전화기를 고쳐 잡았다.

"지금 A병원에 계신대. 위세척 받으신다는데⋯⋯."

지현은 떨리는 손으로 아일랜드 식탁을 붙잡고 섰다. 손발이 싸늘해지면서 온몸이 떨려왔다. 지환엄마의 목소리가 먼 곳에서 들려오는 듯 아득했다. 어떡하지? 어떡하지? 대답을 찾을 수 없는 물음이 뇌리를 맴돌았다. 삐익삐익. 전기밥솥에서 조리 완료를 알리는 신호음이 울렸다.

해성엄마 장유미

　삐이이이, 유미는 클랙슨을 울렸다. 앞차는 미동도 하지 않았다. 그녀는 미간을 좁히며 백미러를 보았다. 바로 뒤에 은색 아우디가, 그 뒤에 빨간색 폭스바겐이 서 있었다. 비좁은 골목길, 옥슨 앞에서는 드나드는 차들로 늘 크고 작은 신경전이 벌어졌다. 상황을 보면 유미의 차와 머리를 맞대고 있는 앞차가 뒤로 물러나는 게 맞았다. 뒤에 차도 없었고, 한 블록만 후진하면 옥슨 앞 골목으로 차를 돌릴 만한 공간이 나왔다. 하지만 앞차의 핸들을 잡은 여자는 물러서려 하지 않았다. 대치 상황이 길어지자 핸드폰으로 통화까지 하기 시작했다. 유미는 혀를 찼다. 두 블록만 더 가면 학원인데 코앞에서 갇힌 꼴이 돼버렸다. 그녀가 다시 클랙슨을 울리려 핸들에 손을 올렸을 때, 옥슨 건너편 건물에 세워져 있던 차 하나가 빠져나오더니 앞차 뒤로 붙었다.

　"뭐야!"

유미는 단말마를 내질렀다. 이제 앞차도 빼려야 뺄 수 없는 상황이 되었다.

"안 되겠다. 지성이 너, 여기 내려서 걸어가. 저 앞이 학원이니까 갈 수 있지? 길가에 붙어서 쭉 걸어가. 차 조심하고."

가방을 멘 지성이 학원으로 들어서는 것을 본 뒤 유미는 후진 기어를 넣었다. 창을 내리고 아래로 손을 크게 휘저어 뒤차에 후진 신호를 보냈다. 좁긴 하지만 뒤로 가면 골목이 끝나는 지점에 모퉁이 공간이 좀 있었다. 저쪽에서 미동도 하지 않으니 선택의 여지가 없었다. 유미의 손짓을 본 아우디 속 여자가 창을 열고 뒤차에 똑같이 손짓을 했다. 유미는 뒤차가 움직이는 걸 확인한 뒤 천천히 차를 뒤로 뺐다. 그리고 쾅, 하는 소리와 함께 핸들에 머리를 박았다. 그녀는 엎드린 상태에서 심호흡을 했다. 지금…… 사고가 난 건가? 정신을 추스르고 보니 한쪽 발이 브레이크 페달 위에 올라가 있었다. 그녀는 백미러를 살폈다. 뒤차의 여자도 핸들 위에 엎어져 있었다. 유미는 기어를 파킹에 놓은 뒤 차 문을 열고 나갔다.

"괜찮으세요?"

아우디의 차창을 두드렸더니 여자가 천천히 고개를 들었다.

"확인도 안 하고 차를 막 빼면 어떡해요?"

어느새 튀어나온 폭스바겐 여자가 이쪽으로 걸어오며 날카롭게 쏘아붙였다. 통통한 얼굴에 턱만 뾰족하게 빠진, 기형적인 인상의 여자였다.

"죄송해요. 뒤차가 움직이기에 다들 움직이는 줄 알았어요."

유미는 폭스바겐이 왜 후진하지 못했는지 그제야 알 수 있었다. 폭스바겐 뒤로 오토바이 한 대가 세워져 있었다. 자동차 한 대 가격에 맞먹는다는 할리 데이비슨이었다.

그동안 정신을 차린 아우디 속 여자가 차창을 내렸다.

"괜찮으세요?"

부드럽고 여유 있는 음성. 유미는 안도했다. 합리적인 해결이 가능해 보이는 상대였다. 서로 부딪히긴 했지만 세 차 모두 파손 정도가 크지 않아 보였다. 유미의 차가 살짝 우그러들긴 했지만 아우디도, 폭스바겐도 겉으로 봤을 때 큰 이상은 없어 보였다.

"죄송합니다. 제가 뒤를 더 확인했어야 하는데…… 다친 덴 없으세요?"

"괜찮아요. 제 차 괜찮죠?"

아우디 여자가 나와보지도 않은 채 다급하게 말했다.

"엄마, 그냥 가자. 나 늦었어."

조수석에 타고 있던 아이가 짜증을 냈다. 초등학교 5, 6학년쯤 돼 보이는 덩치 좋은 남자아이였다.

"아니, 왜 그렇게 무데뽀로 후진을 해요?"

폭스바겐 여자가 다시 공격을 해왔다.

"앞차가 비키지 않아서……."

앞쪽을 가리키다 말고 유미는 멈칫했다. 조금 전까지만 해도 머리를 맞대고 있던 앞차와 그 뒤차가 그새 사라지고 없었다. 사고가 난 것을 보고 얼른 후진해 빠져나간 모양이었다.

"벌써 가버렸네요. 하여간 죄송합니다. 전화번호 드릴 테니까 보험 처리하고 연락 주시겠어요?"

유미가 핸드폰을 열어 보이자 폭스바겐 여자가 대답 없이 유미를 빤히 쳐다보았다. 차의 라이트를 역광으로 받으며 아우디에 기대선 여자는 사악한 흉계를 꾸미는 악의 무리의 우두머리처럼 보였다. 유미는 가부키 배우를 연상시킬 정도로 눈 화장을 심하게 한 여자의 옆모습을 쳐다보다가 눈을 가늘게 떴다. 이 여자, 어디서 만난 적 있는데?

"그게 좋겠네요. 아이 학원 시간이 다 돼서……."

핸드폰으로 연신 시간을 확인하던 아우디 여자가 반색을 했다.

"제 번호 알려드릴 테니까, 저한테 지금 거실래요?"

아우디 여자가 번호를 부르기 시작하자 폭스바겐 여자도 핸드폰을 가지러 부랴부랴 차로 돌아갔다. 그 뒷모습을 보면서 유미는 아, 탄성을 내질렀다. 여자를 만난 건 지난달 있었던 대치동 브런치 모임에서였다. 옥슨에서 알게 된 엄마 하나가 중학 국어 선행 팀을 짜는데 한 자리가 비어 있다 해서 부랴부랴 참석한 모임이었다. 카페에 도착해보니 엄마들 일곱이 이미 테이블에 앉아 있었다. 그 테이블 한가운데에 앉아 주선자에게 이것저것 질문을 하던 여자가 저 여자였다. 공격적으로 질문을 퍼붓거나 주제와는 상관없는 얘기를 마음대로 떠벌리던 여자는 중간에 전화 한 통을 받더니 자리를 떠서 돌아오지 않았다. 여자가 무엇 때문에 팀에 합류하지 않았는지 지금은 기억나지 않지만, 그날 했던 말 때문에 유미는 여자의 얼굴을 기억했다.

"옥슨은 이제 끝났다고 봐야지. 우리 현성이는 옥슨 진즉 뺐어. 지금은 교습소 다녀."

옥슨에 대한 여러 말이 오가고 있을 때였다. 여자의 아이가 수학 쪽으로 뛰어났는지, 엄마들은 여자가 하는 말에 촉각을 곤두세웠다.

"요즘 옥슨 가보면 순 잠실 애들밖에 없잖아? 어떤 학원이 잠실, 서초에서 온 애들로 들끓는다, 그러면 그 학원은 이미 끝난 거야. 옥슨 요새 문턱도 낮아졌다며? 그거 보면 모르겠어? 돈 벌려고 어중이떠중이 다 받는 거지. 진입 장벽이 낮다는 건 그만큼 학원 질이 떨어진다는 거야. 내가 듣기론 선생들도 하이레벨은 이미 다 빠져나갔던데? 자기들도 빨리 움직여."

여자 입에서 '잠실 애들'이라는 말이 나온 순간부터 유미는 얼굴이 홧홧했다. 자기가 옥슨 물을 다 버려놓기라도 한 양 죄책감이 들었다. 여자는 한동안 대형 학원 무용론을 늘어놓더니, 자기는 작고 명판도 없는 학원만 보낸다는 것으로 말을 맺었다.

"그쪽 전화번호도 줘봐요. 나도 한가한 거 아니니까."

핸드폰을 갖고 돌아온 폭스바겐 여자가 샐쭉하게 말했다.

"네, 바쁘실 텐데 죄송합니다."

유미는 핸드폰 번호를 불러주면서 가까이 다가온 여자의 얼굴을 들여다보았다. 라이트 불빛을 받은 여자의 얼굴에서 높은 콧대와 앙증맞게 마감된 콧날이 당당하게 모습을 드러냈다. 미학적으로 감탄할 만한, 진정 완벽한 코라고 할 수 있을 조형물이었다. 그 밑으로 이어지는 턱 선도 날렵하고 세련되기 그지없었다. 하지만 여자의 얼굴은 실패작이었다. 하관만 깎아놓아 넓고 통통한 얼굴의 윗부분이 기형적으로 강조된 여자의 얼굴을 보면 누구라도 어느 성형외과의 작품인지 궁금해할 것이었다. 유미는 빙그레 웃었다. 아무리 예뻐도 수술한 티가 나면 싸구려처럼 보인다는 것이 그녀의 평소 지론이었다. 쌍꺼풀이 없는 맨눈과 높지 않은 코를 조금도 손대지 않고 피부 관리에만 공을 들인 것도 그런 신조 때문이었다.

유미의 번호를 입력한 여자가 이름을 물어왔다.

"전 지성엄마고요, 장, 유, 미예요."

여자는 무표정한 얼굴로 유미의 이름을 입력해 넣었다. 그녀에 대한 기억은 전혀 없는 것 같았다.

"보험 처리하시고 전화 주세요."

공손하게 말하며 머리를 숙여 보이자 여자가 알았어요, 쌀쌀맞게 대답한 뒤 자기 차로 돌아갔다. 유미는 아우디 옆에 선 채 폭스바겐 문이 열리고 여자가 들어가는 것을 지켜보았다. 그날, 여자는 모인 사람들이 모두 대치동에 산다고 생각했을 것이다. 실제로 유미를 제외하면 모인 사람들 모두가 대치동에 살고 있었다.

"들어가세요."

아우디 여자가 살갑게 웃어 보인 뒤 차창을 올렸다. 유미도 차로 돌아왔다. 시동을 거는데 뒤차들이 일제히 시동 거는 소리가 들려왔다. 세상이 좁긴 좁구나. 그녀는 천천히 차를 전진시켰다. 앞으로 사람들한테 잘해야겠다는 생각이 들었다. 특히 대치동에서 만난 사람들에게는 조심할 필요가 있었다. 아이 일로 어떻게 엮일지 모르지 않는가. 이미 수업을 하고 있는 중학 물리 팀도 그렇고 앞으로 화학, 세계사, 국어 모두 팀을 짤 것이었다. 지금 지성이와 같이 수업을 하고 있는 친구들도 반 이상이 대치동 애들이었다. 그녀는 골목길 끝에서 좌회전을 해 대로 쪽으로 갔다. 대로는 골목골목에서 빠져나온 차들로 인산인해를 이루고 있었다. 그녀는 대로에 합류하려는 차량 행렬 뒤로 차를 붙이고 깜빡이를 넣었다. 5분 정도 기다린 끝에 겨우 대로에 들어섰다. 그녀는 바로 깜빡이를 넣고 옆 차선으로 끼어들었다. 대치역 사거리에서 좌회전을 하려면 그 전에 차선을 미리 옮겨놓아야 했다. 짧은 시간에 끼어들기를 네 번이나 해야 하는 이 코스가 언제나 제일 힘들다. 운전에 능숙한 편인 그녀지만 끼어들기는 늘 자신이 없다. 그녀는 차에 장착된 전자시계를 확인했다. 9시 20분. 해성이가 수학 학원에서 나오기까지 10분이 남아 있었다. 깜빡이를 켠 채 연속으로 세 번 차선을 바꾼 뒤 그녀는 후, 한숨을 내쉬었다. 이번 좌회전 신호에 가기만 하면 해성이 끝나는 시간에 맞출 수 있을 것 같았다.

언제까지 이렇게 살아야 할까. 신호를 기다리면서 그녀는 상념에 잠겼다. 운전대를 잡을 때마다 피로와 함께 엄습해오는 잡념들. 해성을 픽업해 집에 데려다주고 세 시간 뒤면 지성을 픽업하러 다시 이 동네에 와야 한다. 조만간 해성의 논술과 영어도 대치동으로 옮겨줄 생각인데, 그렇게 되면 학교를 제외한 아이들의 교육이 모두 대치동에서 이루어지게 된다. 아이들이 길가에 버리는 시간이나 그녀가 힘겹게 운전해 다니는 걸 생각하면 대치동으로 이사하는 게 정답이리라. 이참에 그냥 확, 이사를 와버릴까. 조금 전에 마주쳤던 폭스바겐 여자가 떠올랐다. 대치동으로 이사 오면 그런 여자한테 괜히 기죽지 않아도 되리라. 최근 들어 싸늘해진 동네 공기도 이런 생각을 부채질했다. 담임 사건 이후, 엄마들이 슬금슬금 그녀를 피하고 있었다. 태민엄마와 서먹해진 것은 물론, 다른 축구부 엄마들과도 예전 같지 않았다. 같은 반 엄마들은 상가에서 마주치기라도 하면 뭐 씹은 얼굴로 어색하게 고개를 숙여 보인 뒤 도망치

듯 멀어져갔다. 언니, 언니, 하면서 따르던 지환엄마도 태도가 바뀌었다. 밥을 먹자거나 쇼핑을 가자 하면 마지못해 따르긴 하지만, 먼저 전화를 하거나 뭘 같이하자고 제안해오는 법이 없었다.

신호를 기다리고 서 있던 앞차가 직진 차선으로 빠져나갔다. 그 틈새로 차를 전진시키다가 유미는 급브레이크를 밟았다. 옆 차선에 있던 차가 깜빡이도 켜지 않고 갑자기 끼어들었던 것이다. 저도 모르게 클랙슨 위로 손을 올렸다가 유미는 천천히 손을 내렸다. 참자. 참는 게 남는 거다. 그녀는 핸들을 꽉 잡았다. 머릿속엔 어느새 담임이 들어와 있었다. 약을 먹었단 소식을 처음 들었을 때, 유미는 패닉 상태에 빠졌다. 모든 게 자신의 탓인 것 같았고, 담임이 살아나지 못하면 자기도 살 수 없을 거라 생각했다. 살아나기만 한다면 병원으로 달려가 무릎 꿇고 빌겠다고도 생각했다. 하지만 사태가 마무리되고 담임이 다시 학교로 복귀한 뒤부터, 조금씩 생각이 바뀌었다. 동네 엄마들에게 암묵적인 비난을 받게 되면서부터는 담임에 대한 분노의 감정이 되살아났다. 왜 그까짓 일로 약을 먹었단 말인가. 약을 먹은 지 20분 만에 살려달라고 동료 교사에게 전화를 한 것도 이해가 가지 않았다. 정말 죽을 마음이었다면 왜 그렇게 빨리 전화를 했는가. 어쩌면 그녀를 골탕 먹이려고 일부러 약을 먹었을지도 모른다. 그녀는 아랫입술을 지그시 깨물었다. 해성이 느리다고 말한 순간부터, 담임이 싫었다. 자기가 뭔데 남의 아이를 그렇게 함부로 말한단 말인가. 그것도 다른 학부모까지 있는 자리에서! 상대에 대한 배려가 눈곱만큼이라도 있다면 그따위로 말하지 않았으리라. 해성이 정말 느린 아이이기 때문에 더 그 말이 듣기 싫었을지도 모른다. 그녀는 자꾸만 그 여자 생각을 하는 자신에게 화가 났다. 그렇게까지 신경 쓸 일이 아닌데 왜 자꾸 신경을 쓸까. 길 가다 키가 큰 단발머리 여자를 보면 혹시 그 여자일까 싶어 흠칫 뒷걸음질하고, 무엇을 해도 자꾸만 생각이 그때로 되돌아간다.

그날, 담임이 종합병원에서 위세척을 받는 것으로 사태는 일단락되었다. 해성의 반에는 기간제 교사가 새 담임으로 왔고, 예전 담임은 2주일간 병가를 쓴 뒤 학교로 복귀했다. 바로 그만두겠다는 걸 교장이 몇 번씩 설득해서 데려왔다는 후문이었다. 예전 담임은 6학년의 교과담임을 맡게 되어 2학년들과 얼굴 볼 일이 없게 됐다. 그렇게 몇 개월 버티다 연말을 넘기면 퇴직해 교직원 연금을 받을 수 있게 될 거라 했다. 흥, 그래도 연금은 챙기셔야겠다는 거지. 그녀는 코웃음을 쳤다. 그 사건으로 담임이 잃은 건 아무것도 없었다. 골치 아픈 담임직을 맡지 않게 됐으니 오히려 편해졌다고 해야 할 것이다. 하지만 자신은 어떤가. 그녀는 습관처럼 담임과 자신을 비교하며 분노했다. 약 좀 먹고 피해자 행세를 하는 그 여자보다 동네 엄마들에게 독한 년 취급당하고 있는 자신의 고초가 백배는 더 심할 것이었다.

"진짜 죽을 생각이었으면 투신했겠지. 손목을 그었거나. 약을 먹는 건 사실 시위성이 반 정도 섞였다고 보면 돼. 너무 자책하지 마, 언니."

통화로 괴로움을 호소하는 유미에게 정신과 의사인 다연은 이렇게 말했다. 시위라. 그녀는 신호가 바뀌길 기다리며 손톱을 물어뜯었다. 정말 그랬을 것 같진 않지만 만에 하나 그것이 계획된 시위였다면, 결과는 대성공이었다. 소식을 듣자마자 사건의 가장 선두에 서 있던 태민엄마가 울면서 병원으로 달려갔던 것이다. 담임이 거부하는 바람에 얼굴도 못 보고 돌아왔지만. 그날부터

태민엄마는 여기저기 전화를 걸어 유미를 욕하기 시작했다. 자기는 그럴 생각
이 없었는데 해성엄마가 시켜서 그렇게 했다는 것이 요지였다. 그렇게 말하고
다니면 자신은 면죄가 된다 생각했을까. 사실관계를 따져보았을 때, 교육청에
민원을 넣자는 제안을 먼저 한 건 그 여자였다. 다른 학교에서도 비슷한 사건
으로 민원을 넣은 경우가 있었다면서 우리도 가만히 있으면 안 된다고 유미를
부추겼다. 유미는 절레절레 고개를 저었다. 무식하기는. 그 여자의 방정맞은
입 덕분에 그 여자와 유미 둘 다 바보가 돼버렸다. 지환엄마 말로는 그 여자가
곧 일산으로 이사를 간단다. 흥, 그렇게 돈 많은 척하더니 겨우 일산? 당장 전
화를 걸어 국제학교는 왜 안 보내느냐고 한마디 해주고 싶은 걸 겨우 눌러 참
았다. 그런 수준 낮은 여자하고 지금까지 친하게 지냈다니. 사람 보는 안목이
없는 자신이 원망스러울 따름이었다.

새로 온 담임의 행태도 유미에게 불리하게 작용했다. 새 담임이 부임해오자
마자 처음 한 일이 '1인 1화분 가꾸기'의 일환으로 창가에 일렬로 늘어놓았던
아이들의 화분을 집으로 돌려보낸 것이었다. 교실 청결에 지장이 있다는 이
유로, 아이들이 정성 들여 심은 화분이 각자의 집으로 되돌아왔다. 40대 중반
쯤 돼 보이는 담임은 모든 일에 무관심과 무성의로 일관했다. 아이들이 조금
만 아픈 기색을 보여도 바로 집으로 보냈고(그래서 반 아이들은 늘 아팠다), 수업
은 기계적으로 교과서를 읽어주는 것으로 때웠다. 발표는 발표 도우미라는 컴
퓨터 프로그램에 의존해서 무작위로 시켰고, 자리배치 역시 자리배치 도우미
라는 컴퓨터 프로그램으로 무작위로 뽑아 앉혔다. 문제아인 현규와 두 번 연
속 짝이 되어 해성이 매일 맞고 집에 오는데도 그렇다는 사실 자체를 인지하

지 못했다. 엄마들과는 아예 대화 통로를 봉쇄했다. 처음부터 용건이 있으면 전화하지 말고 문자를 보내라고 의사를 밝혔던 담임은, 문자를 보내면 이틀이 지난 뒤에야 답을 해주었다. 엄마들 누구도 학교에 오지 못하게 했기 때문에, 문제가 생겨도 엄마들은 속수무책 발만 굴러야 했다. 예전 담임이 얼마나 열의 있고 훌륭한 교사였는지를 증명하기 위해 특별히 발탁되어온 듯한 선생이었다. 여름방학을 며칠 앞둔 요즘은 아예 하루 종일 디브이디를 틀어주고 밀린 서류 작업을 한다고 했다. 그런 소식을 들을 때마다 유미는 그것이 자기 잘못인 것 같아 가슴이 오그라들었다.

좌회전 신호를 받아 핸들을 틀면서 유미는 목청을 가다듬었다. 그래, 이사를 가자. 잠실에 있으면 나도 나지만 해성이가 선생들에게 두고두고 미움받을 것이다. 싹 잊고 새로 시작하자. 유미는 신화아파트 상가 주차장에 차를 세우고 상가를 올려다보았다. 학원이 들어찬 4층만 환하고 나머지 층은 모두 불이 꺼져 있었다. 해성은 지난주부터 이 상가 4층에 있는 수학 학원에 다니기 시작했다. 소수정예로 '될 아이'들만 받아서 과외식으로 하는 소형 학원인데, 보내겠다는 사람이 줄을 서 있어 해성도 3개월 동안 기다린 끝에 겨우 자리를 받았다. 이 학원에서 '기본을 갖춘' 애들이 그대로 옥슨으로 가고, 옥슨 출신 애들이 영재고를 거쳐 서울대나 카이스트를 가게 된다 했다. 지성은 이 학원을 거치지 않고도 옥슨에 들어가 좋은 성적을 올리고 있다. 하지만 해성은 다르다. 형처럼 수학적 감각이 뛰어나지도 않고, 그렇다고 언어에 출중하지도 않다. 배우는 것이라면 뭐든 거부부터 하고 본다. 그런 해성도 이 학원에 다니면 옥슨에 갈 실력이 나올까? 학원에선 맡겨만 주시라고 큰소리쳤지만 그녀는 영

확신이 서지 않는다. 뛰어나지 않으니 더더욱 이런 학원에 보내야 할 것 같아 보내고는 있지만, 과연 이게 잘하는 짓인지는 잘 모르겠다.

상가 문이 열리고 올망졸망한 아이들이 나오자 주차장 곳곳에서 시동 거는 소리가 들려왔다. 해성은 아이들이 다 빠져나오고 한참이 지난 후에야 모습을 드러냈다. 축 처진 어깨로 느리게 상가 문을 미는 것을 지켜보다가, 유미는 차 문을 열고 나갔다.

"해성아!"

상가 앞으로 가 두 팔을 벌렸지만, 해성은 시큰둥한 얼굴로 엄마를 일견하고는 터덜터덜 걸어가버렸다.

"배고프지? 이 앞 떡볶이집 가서 떡볶이 먹을까?"

시동을 걸면서 해성이 좋아하는 떡볶이 얘기를 했지만, 해성은 차창에 기댄 채 멍하니 앉아 있었다. 유미는 백미러로 한참 동안 해성을 쳐다보다가, 후진 기어를 넣고 핸들을 돌렸다. 내가 너무한 걸까. 이제 겨우 초등학교 2학년인데 너무 심하게 몰아붙인 걸까. 수없이 해왔던 의문이 다시 기세등등하게 모습을 드러냈다.

"떡볶이 안 먹을 거야? 그냥 가?"

대로로 차머리를 들이밀면서 유미가 조심스럽게 말을 건넸다.

"그냥 가."

뒷좌석에서 맥 빠진 목소리가 날아왔다.

"알았어. 옆에 쇼핑백 보이지? 그 안에 마카롱 있으니까 먹고 싶으면 먹어. 금방 집에 도착할 거야."

그래도 어쩔 수 없다. 초등학교 2학년이면 생각 있는 엄마들은 이미 발 빠르게 움직이는 나이다.

"머리 좋은 애들이 공부 잘한다는 건 다 옛말입니다. 머리가 좋으면 뭐합니까? 공부하는 습관이 안 잡혔는데. 습관은 곧 실력입니다. 어릴 때부터 많이 한 애들이 커서도 많이 하고, 많이 한 애들이 결국 이깁니다. 지금부터 학원을 보내 체계적으로 공부하는 습관을 잡아주지 않으면 중학교 때 아차, 하고 땅을 치게 됩니다."

학원 원장이 했던 말이 떠올랐다. 그녀는 핸들을 잡은 손에 힘을 주었다. 엄마가 흔들리면 안 된다. 맘을 굳게 먹자. 내일이라도 서초동 엄마네에 가서 이사 얘기를 해야겠다.

그녀는 학여울역 사거리에서 좌회전 신호를 받았다. 잠실로 넘어가는 탄천교는 한산했다. 엄마가 흔쾌히 도와주실까. 엄마의 냉정한 얼굴과 남동생의 탐욕스러운 표정이 떠올랐다. 그녀는 액셀을 밟으며 한숨을 쉬었다. 이때까지 대치동에 아파트를 사달라고 하지 않은 것은 청주의 땅 때문이었다. 어릴 때부터 엄마는 노골적으로 남동생과 그녀를 차별했다. 빌딩이나 땅을 살 때 당연하다는 듯 명의를 남동생 이름으로 했고, 그녀에게는 최소한의 것만 해주었다. 아파트 한 채와 가평의 별장, 그리고 결혼할 때 해준 가구가 그녀를 위해 해준 전부였다. 남편이 변호사를 하겠다고 선언했을 때 미국 유학을 보내준 것이 예외라면 예외라 할 수 있었다. 워낙 어릴 때부터 행해왔던 관례고, 그녀도 돈에 관심을 갖지 않았기 때문에 크게 반발하지 않았다. 하지만 청주 땅은 달랐다. 청주 땅이 관건으로 떠오른 것은 그녀가 삶에 대해 통찰력을 가진 뒤,

그러니까 한 사람의 삶에 돈이 얼마나 긴요한 무기가 되는지를 깨달은 뒤였다. 그 중요한 무기를 그동안 한 번의 항의도 없이 동생에게 고스란히 넘겼다는 것에 대한 억하심정이 충분히 무르익은 뒤이기도 했다. 그 땅만큼은. 유미는 남몰래 이를 갈며 다짐해왔다. 그 땅만큼은 절대 동생 혼자 차지하도록 내버려두지 않으리라. 진즉부터 대치동을 생각했으면서 엄마에게 손을 벌리지 않았던 것도 그 때문이었다. 대치동에 아파트를 사달라고 하면 엄마가 오냐, 넌 그거 먹고 떨어져라, 청주 땅은 유석이 거다, 라고 못 박을 것 같았다.

"머리 아파."

갤러리아팰리스 앞에서 신호를 기다리는데 해성이 불쑥 말했다.

"머리? 많이 아파?"

그녀는 고개를 길게 빼고 백미러를 보았다.

"응, 아파."

"어떻게 아파?"

이 아이가 정말, 머리가 아픈 걸까?

"그냥 아파."

해성이 두 손으로 머리를 압박해 보였다. 그녀는 백미러로 해성의 표정을 살폈다. 정말 아픈 걸까? 형 하는 거 보고 괜히 흉내 내보는 건 아닐까?

"알았어. 집에 가서 엄마가 약 줄게."

무슨 약을 줘야 하지? 두통약? 이렇게 어린애한테 두통약 같은 걸 먹여도 될까? 그녀는 핸들을 틀어 아파트 동문으로 들어갔다. 차가 들어서자 관리소 옆에 가로로 쳐져 있던 붉은색 바가 천천히 위로 올라갔다. 해성은 그새 머리에서 손을 떼고 잠들어 있었다. 정말 아픈 건 아닐 거야. 그냥 해본 말이겠지. 기도하듯 되뇌면서 그녀는 지하 주차장 입구로 들어섰다. 그녀의 집 라인 입구 바로 앞에 자리가 있어 얼른 차를 주차시키는데, 갑자기 이 동네가 참 살기 좋다는 생각이 들었다. 새 아파트라 하수구 냄새도 나지 않고 백 퍼센트 지하 주차장이라 비나 눈이 와도 걱정이 없다. 대치동 아파트들이 낡았다는 것도 생각났다. 타워팰리스로 들어가지 않는 한, 녹물이 나오고 주차할 곳을 찾아 단지 내를 뱅글뱅글 돌아야 하는 오래된 아파트에서 살아야 할 것이다. 그냥 여기서 살까? 대치동 얘기를 꺼내면 청주 땅이 날아갈지도 모른다고 생각하자 더더욱 잠실에 애착이 갔다. 에이, 몰라. 일단 집에 들어가자. 그녀는 시동을 끄고 나와 차 뒷문을 열었다. 해성을 안아 드는데, 깡마른 아이 몸에서 땀냄새 섞인 단내가 훅 끼쳐왔다. 순간 가슴 가득 애틋한 감정이 차올랐다. 아직 아기구나. 유미는 해성의 머리 깊숙이 코를 박고 냄새를 맡았다. 아직 아기구나. 아직 아기야.

초등학생 허지환(2007~)

학교에서 돌아오는데 집 앞 화단에 아이들이 모여 서 있는 게 보였다. 그냥 갈까 하다가 지환은 아이들 사이로 끼어들었다. 아파트 현관 바로 앞이니 잠깐 보고 가도 그리 시간이 걸리지 않을 거였다.

"죽었나 봐."

커다란 리본 핀을 꽂은 여자아이가 말하며 뒤로 물러섰다. 지환은 그 사이를 비집고 들어갔다. 수북이 쌓인 낙엽 위에 비둘기 한 마리가 누워 있었다. 하얗고 토실토실한 배를 적나라하게 드러낸 채 꼼짝도 하지 않는 비둘기가.

"죽은 거 아니야. 아까 움직였어."

노란색 유치원 가방을 멘 더벅머리 꼬마가 눈에 힘을 주며 말했다.

"어떤 애가 던진 돌에 맞았대. 아까 여기 있던 형이 봤다 그랬어."

꼬마 옆에 서 있던 남자애가 의기양양하게 말했다. 1학년쯤 돼 보이는 퉁퉁

한 아이였다.

지환은 비둘기에게 다가가 한쪽 무릎을 구부리고 앉았다. 가까이서 보니 머리 밑으로 흘러내린 피가 보였다. 머리를 들어보려고 손을 뻗는데 등 뒤에서 날카로운 목소리가 들려왔다.

"만지지 마!"

키가 크고 눈이 부리부리한 파마머리 아줌마였다. 지환은 아줌마를 흘끔흘끔 쳐다보며 일어섰다. 다른 아이들도 아줌마 눈치를 살피며 엉거주춤 뒤로 물러섰다.

"아저씨, 이것 좀 빨리 치워주세요."

아줌마가 뒤를 돌아보고 손짓하자 까맣고 쪼글쪼글한 피부의 경비 아저씨가 터덜터덜 걸어왔다. 양손에 집게와 검은 비닐봉지, 청소도구를 들고 힘없이 걸어오는 아저씨의 얼굴은 졸다 막 깨어난 듯 피곤한 기색이 역력했다.

"너희들 빨리 다른 데로 가!"

아줌마가 참새몰이 하듯 손을 휘휘 젓자 아이들이 양쪽으로 갈라졌다. 경비 아저씨가 그 사이로 들어가 집게로 비둘기를 들어 올렸다. 그러자 비둘기가 거세게 날개를 퍼덕거렸다.

"살았다!"

더벅머리 꼬마가 소리치며 앞으로 뛰어나가다가 이내 아줌마에게 손목을 잡혔다.

"박준서! 엄마가 다른 데 가 있으라고 몇 번 말했어? 이런 거 보면 안 된단 말이야."

꼬마가 버둥거리며 엄마에게 끌려갈 동안 아저씨는 비둘기를 검은 비닐봉지에 넣고 새털과 오물이 묻은 낙엽을 비로 몇 번 쓴 뒤 유유히 경비실로 사라졌다. 아이들은 아저씨의 뒷모습을 한동안 바라보다가 놀이터로 우르르 몰려갔다. 지환은 비둘기가 있던 자리에 남은 낙엽 더미를 가만히 쳐다보다가 경비실로 갔다.

경비 아저씨는 의자 옆에 서서 누군가와 통화하고 있었다. 지환은 경비실 문 옆에 서서, 아저씨가 인터폰으로 통화하면서 의자를 발로 차서 내는 둔탁한 소음을 듣고 있었다. 바퀴가 달린 의자는 아저씨의 발길에 차여 밀려났다가 반동으로 다시 돌아오길 반복했다.

"몇 동이시라고요? 네, 지금 가서 차 빼라고 하겠습니다. 네, 네. 금방 갑니다, 사모님."

인터폰 수화기를 내려놓고 나오던 경비 아저씨와 지환의 눈이 마주쳤다.

"왜?"

아저씨가 한쪽 손으로 얼굴을 비비며 지환을 넘겨다보았다.

"저기…… 아까 그 비둘기요……."

"뭐?"

그때 아저씨 허리춤에 있던 무전기가 울렸다. 아저씨는 "네네, 지금 출동합니다, 해요"라고 소리 지르더니 급하게 뛰어나갔다.

지환은 아저씨가 분수대를 지나 241동 쪽으로 가는 것을 확인한 뒤 조심조심 경비실로 들어갔다. 비둘기가 담긴 봉지는 책상 밑의 쓰레기통에 들어 있었다. 지환은 주위를 둘러본 다음 천천히 비닐봉지에 손을 뻗었다. 그때 놀이터 쪽에서 엄마 목소리가 들려왔다.

"지환아! 허지환! 어디 있니!"

지환은 재빨리 비닐봉지를 꺼내 든 뒤 놀이터를 향해 뛰어갔다.

"엄마, 나 여기 있어."

놀이터를 향해 손나팔을 하고 지환의 이름을 부르던 엄마가 지환을 발견하고 이내 얼굴을 일그러뜨렸다.

"너 지금 여기서 뭐 하는 거야! 엄마가 얼마나 찾았는지 알아? 선생님 기다리신 지 한참 됐단 말이야!"

노기등등한 엄마의 음성.

"그게 아니고 엄마, 이 앞에 비둘기가……."

"빨리 들어가. 지금 2시 15분이야."

엄마가 지환을 돌려세우고 등을 떠밀었다.

"엄마 오늘 운전 연수받는 날이라 좀 늦거든? 영어 끝나면 식탁 위에 빵이랑 과일 주스 해놨으니까 먹고, 준상이네로 논술 늦지 않게 가. 간식 빨리 먹고 가야지, 안 그러면 지난번처럼 지각한다."

말을 마친 엄마가 허겁지겁 대로로 뛰어갔다. 지환은 선 채로 엄마가 연수 차량 운전석에 앉는 것을 쳐다보다가, 차 안에서 손짓해대는 엄마의 성난 얼굴을 보고서야 화들짝 놀라 아파트 현관으로 뛰어갔다.

"지환이 왔어? 오늘 좀 늦었네?"

엘리베이터에서 내리자 집 앞에서 핸드폰을 들여다보고 있던 영어 선생님이 돌아보며 억지웃음을 지었다. 길쭉한 얼굴에 콧대의 중간이 툭 튀어나온 커다란 코, 붉고 두툼한 입술. 새까만 뿔테 안경을 쓴 선생님은 평소에도 그렇지만 특히 지금처럼 억지로 웃을 때면 동화 속에 나오는 마귀할멈처럼 보인다.

"안녕하세요."

지환은 고개를 꾸벅 숙여 보이고 현관문으로 다가갔다.

"엄마는 만났니? 너 찾는다고 여기저기 전화하다가 나가셨는데."

지환은 한쪽 손으로 비둘기 봉지를 구겨 넣은 신발주머니를 꼭 움켜쥐고, 다른 손으로 현관문 번호 키를 눌렀다. 오늘따라 손에 땀이 차서 번호가 빨리 빨리 눌리지 않았다.

"네."

한번 번호를 잘못 눌렀다가 두 번째에 성공해 겨우 현관문을 열었다. 지환은 집에 들어서자마자 총알처럼 방으로 달려가 책상 서랍을 열어젖혔다. 비둘기 봉지를 넣고 서랍을 닫자마자 바로 선생님이 들어왔다.

"영어 수업 끝나고 다른 스케줄 있니? 너무 늦게 시작해서 20분 정도 더 해주고 가려 하는데."

선생님이 의자를 끌고 와 지환의 옆에 자리 잡았다. 비둘기 봉지를 넣은 서랍 바로 앞이었다.

"오늘 끝나고 바로 논술 있는데요."

"어디서?"

"준상이네서요."

지환이 자리에 앉아 책꽂이에서 영어 책들을 꺼냈다.

"준상이랑 같이하니?"

선생님이 백에서 펜을 꺼내 진도표를 체크했다.

"네. 윤우도요."

준상과 윤우는 지환이 교회에서 만난 친구들이다. 지환은 여름방학이 끝날 무렵부터 교회에 다니기 시작했다. 원래 지환이네는 종교가 없었는데, 어느 날 갑자기 엄마가 교회에 나가더니 지환과 동생도 다니게 했다. 그 뒤로 교회에서 만난 친구들과 그 친구들 엄마들이 하루가 멀다 하고 집에 온다. 너무 갑작스러운 변화라 처음에 지환은 기분이 이상했지만, 해성과 태민이 이사 가버려 심심했던 터라 새 친구들이 생긴 게 싫지 않았다.

"그래?"

선생님이 진도표를 든 채 한 손으로 볼펜을 빙빙 돌렸다. 그걸 보면서 지환은 태민을 떠올렸다. 태민인 연필 돌리기 신이었는데. 태민인 뭐든지 잘 돌렸다. 공책도, 팽이도, 훌라후프도, 장애물이 나타나지 않는 한 끝없이 돌려댔다. 뛰거나 춤을 추면서도 끊김 없이 돌릴 수 있었다. 돌리는 비법을 지환에게도 가르쳐준다고 해놓고 말도 없이 전학을 가버렸다. 말도 없이 전학 간 건 해성도 마찬가지였다. 해성인 유희왕 카드 두 장을 빌려갔다가 돌려주지 않고 가버렸다. 공격력 높은 거라 지금이라도 돌려받았으면 좋겠는데, 엄마한테 말하면 나중에 만날 때 돌려받으란 대답만 돌아온다. 둘 다 방학 때 이사를 가서 반 아이들한테 전학 간다는 인사도 못 하고 갔다. 반 애들 중엔 태민과 해성의 엄마들이 예전 담임 선생님을 못살게 굴어서 그 벌로 학교에서 쫓겨난 거라고 말하는 애들도 있었다. 그런 얘기를 들으면 왠지 억울하고 화가 났지만, 지환은 나서서 아니라고 말하지 못했다. 어쩐지 그러면 안 될 것 같았다.

"그럼 오늘 보충은 못 하겠네?"

선생님도 준상과 윤우를 알고 있다. 선생님은 예전에 중학교 영어 선생님이었다는 준상엄마와 친분이 있어, 단지 내의 많은 아이들을 소개받아 가르친다. 작년까지 현직에 있었다는 이 영어 선생님은 탄탄하게 문법부터 다진 뒤 영어의 4대 영역을 골고루 밟아나가는 '정통 교수법'으로 유명하신 분이라고 엄마가 주위 엄마들에게 침을 튀기며 얘기하는 것을 들었다. 사실 그 얘기는 준상엄마가 엄마에게 해준 얘기를 그대로 따라 한 것에 불과했지만. 지환이 요즘 들어 새롭게 만난 선생님들은 대부분 준상엄마가 엄마에게 소개해주었는데, 다들 '정통 교습'을 하기로 유명한 분들이다. 엄마는 운전 연수를 해주시는 선생님도 준상엄마에게 소개받았는데, 그분도 '정통'으로 운전을 가르쳐주신다 했다. 새로운 선생님, 새로운 멤버들과 함께하는 수업들은 뭐, 대박 재미있진 않아도 그럭저럭 견딜 만하다. 하지만 선생님과 단둘이 앉아 오랜 시간을 버텨야 하는 이 수업은 그다지 마음에 들지 않는다. 이 선생님은 숙제를 너무 많이 내주고, 수업 시간에 혼자서만 계속 말한다. 지환이 뭐라고 말하려 하면 항상 수업과 상관없는 얘기라면서 막아버린다.

"보충도 안 되니까 그냥 빨리빨리 진도 나가야겠다. 오늘 콤패러티브 한다고 했지? 일단 그러면 책부터 펴봐."

지환이 책을 펼치는 동안 선생님은 지환이 넘겨준 숙제공책을 넘기기 시작했다. 지환은 입을 죽 내밀고 그 모습을 바라보았다. 숙제공책은 지난주에 산 거라 거의 새것에 가깝다. 그런데 선생님은 손가락에 침을 바른 뒤 한 장 한 장 찍어 넘기며 공책을 구겨놓고 있다. 지난번 숙제공책도 선생님의 손을 거

치면서 오른쪽 아래 모서리가 다 쭈글쭈글해졌는데 이번 공책도 그럴 판이다. 지환은 그게 너무 싫다. 제발 침 좀 묻히지 마세요! 매번 말하고 싶지만 차마 그렇게 하지 못하고 꾹꾹 눌러 삼킨다.

"2음절 이상 형용사는 er을 붙이지 않고 more를 붙이는 거야. 예를 들어 beautiful이라면 more beautiful, expensive는 more expensive가 되는 거지."

지환은 설명하면서 자꾸 옆으로 다가오는 선생님을 피해 의자를 뒤쪽으로 슬금슬금 뺐다. 선생님한테선 늘 역겨운 냄새가 나는데, 오늘은 유난히 그 냄새가 심했다. 얼굴에 하얗게 바른 화장품에서 나는 냄새일까? 생각해봤지만 냄새는 팔이나 몸에서도 나는 것 같았다. 그나저나 서랍 안에 있는 비둘기는 잘 있을까? 왜 아무 소리도 안 나지? 혹시 죽었나?

"지환아!"

비둘기 걱정을 하며 발을 떨고 있는데, 선생님의 엄한 음성이 날아왔다.

"네?"

"내가 설명한 거 듣고 있니?"

"네?"

"expensive의 비교급이 뭐야? 말해봐."

지환은 멍하니 앉아 눈을 깜빡거렸다. 지금이라도 병원에 데려가야 하는 거 아닐까? 머리에서 피가 나긴 했어도 움직이는 건 꽤 힘 있어 보였다. 이 수업 끝나면 바로 병원에 데려가야겠다. 상가에 있는 동물병원 의사 선생님은 평소 지환이 창가에서 강아지들을 한참 동안 구경해도 뭐라고 하지 않았고, 인사를 하면 친절하게 받아주셨다. 다친 비둘기를 보면 필시 친절하게 잘 치료해주실 것이다.

"하나도 안 들었구나? 다시 설명해줄 테니까 잘 들어. expensive의 비교급은 more expensive야."

"선생님, 근데요."

"응?"

"세컨드가 뭐예요?"

선생님이 안경테를 추켜올리며 지환을 응시했다.

"세컨드? 서수 말하는 거야? 우리 지난 시간에 했는데 기억 안 나니? 퍼스트, 세컨드, 서드…… 세컨드는 두 번째라는 뜻이잖아. 지환인 선생님이 말하는 거 잘 안 듣는구나?"

"두 번째…… 요?"

지환이 고개를 갸우뚱했다.

"그래. 근데 그건 갑자기 왜?"

"세컨드한테 차이는 게 뭐예요?"

"뭐?"

선생님이 입을 동그랗게 말고 지환을 쳐다보았다. 우리 아빠가 세컨드한테 차였대요. 지환은 하마터면 이렇게 말할 뻔했다. 하지만 그랬다간 어젯밤에 엄마, 아빠가 싸우는 소리를 엿들었다는 게 엄마 귀에 들어갈 것 같아 얼른 입을 다물었다.

"쓸데없는 소리 하지 말고, 콤패러티브 다시 정리해보자. 2음절 이하의 형용사는 er, est를 붙여서 비교급, 최상급을 만들지만……."

그때 서랍에서 퍼드덕 소리가 났다. 또렷하고 커다란 날갯짓 소리가. 선생님이 확 의자를 뺐다.

"이게 무슨 소리니?"

선생님의 송충이 같은 눈썹이 흉하게 일그러졌다.

"잠깐만요."

지환은 선생님이 물러나 앉은 틈을 파고들어 서랍을 열어젖혔다. 공간이 열리자 검은 비닐봉지 틈새로 삐져나온 비둘기의 회색빛 날개가 힘차게 퍼덕였다.

"엄마!"

선생님이 단말마를 내지르며 방문 쪽으로 뛰어갔다. 지환은 책상 위에 봉지를 놓고 조심스럽게 비닐을 내렸다. 비둘기의 조그만 진회색 머리와 주황색 눈, 은초록과 은보라색 띠를 두른 목덜미가 모습을 드러냈다. 지환은 조심스럽게 비둘기를 돌렸다. 피가 나는 부분은 뒤통수였다. 작은 상처가 두 개 나 있었는데, 의외로 면적이 크지 않았다. 연고만 발라줘도 금세 나을 것 같았다. 피를 닦아내려고 머리에 손을 댔더니 비둘기의 체온이 그대로 건너왔다. 지환은 입을 딱 벌렸다. 우아, 따뜻하다!

"빨리, 빨리 그거 치워."

방문 손잡이를 잡고 선 선생님이 부들부들 떨며 말했다.

"선생님, 이건 그냥 새예요."

지환은 비닐봉지를 들고 선생님에게 다가갔다. 선생님이 기겁을 하며 뒤로 물러섰다. 한 발짝 정도 떨어진 거리에 멈춰 서서, 지환은 선생님을 빤히 쳐다보았다. 겁에 질린 표정으로 자신을 쳐다보고 있는 한 어른의 얼굴을. 선생님이 안됐단 생각과 함께, 뿌듯한 느낌이 가슴 가득 차올랐다. 그것은 묘하고 저릿한, 태어나서 처음 느껴보는 감정이었다. 지환은 이 순간이 조금 더 지속되면 좋겠다는 생각을 하면서 씩 웃었다.

싱크홀

서 희 원
(문학평론가)

1. 기억하지 않는 자들의 도시

　서울은 과거의 풍경을 간직하지 않는 도시이다. 이곳은 마치 기억상실증에 걸린 사람이 그를 성장시킨 거리의 익숙함을 감각하지 못하는 것처럼 일정한 시간이 경과된 후 방문한 사람들에게 완전히 변화된 경관을 제공함으로써 그들을 어리둥절하게 만든다. 서울이 변화하는 방식은 지극히 자본주의적이며 문화적으로는 당대의 최신 유행을 그대로 따라간다. 그렇기 때문에 새로운 풍경 앞에서 어지러움을 느끼는 사람은 도시의 변화 속도보다 자신이 뒤떨어져 있음을, 자신이 아늑하다고 생각한 것이 지금을 살아가는 사람들에게는 가치 없는 것에 불과하다는 격세지감을 느끼지 않을 수 없다. 이러한 변화의 속도가 가장 급속한 것은 말할 것도 없이 변화에 저항하는 기억의 잔존물이 희소한 지역, 즉 자연이다. 자연은 전면적 개발을 통해 도시로 구축된다. 각지에서 모여든 사람들은 자신의 과거와 현재를 샅샅이 알고 있는 정든 이웃도, 보존

해야 할 조상의 묘소도, 경외해야 할 공간의 성소도 없는 이곳에서 자유롭게 욕망을 발현할 수 있었다. 유흥가는 주택을 신경 쓰지 않고, 교회는 세속의 시장을 염두에 두지 않으며, 사창가는 아파트의 거실과 학교의 창문을 경계하지 않는 천박한 자본주의의 공간은 그렇게 건설되었다. 그곳이 바로 서울의 강남이다.

정아은의 장편소설《잠실동 사람들》이 배경으로 하고 있는 것은 강남 3구 중 하나인 송파구의 잠실이다. 하지만 그 공간은 모든 세대의 사람들에게 동일한 모습으로 기억되진 않는다. 오래전 서울에 대한 기억을 간직하고 있는 사람들에게 잠실은 뽕나무밭과 갈대밭, 계절마다 찾아오는 수많은 철새들, 장마철이면 높은 지대에 지어진 몇몇 집들 외에는 모두 물에 잠기는 두 개의 섬으로 추억될 것이다. 하나는 조선 시대 양잠을 장려하기 위해 심은 뽕나무와 잠실도회(蠶室都會)가 설치되었던 잠실도(蠶室島)이고, 다른 하나는 강이 범람하면 섬의 대부분이 잠기고 마을만 보인다고 하여 '물에 뜬 마을'이라고 불리던 부리도(浮里島)이다. 1970년 잠실 개발 사업을 통해 이 두 개의 섬은 매립이 되어 잠실동이 된다. 이 거대한 공간에 건축된 것이 잠실 주공아파트이다. 상전벽해가 한낱 고사성어가 아니라는 것을 증명이라도 하듯 뽕나무밭이 있던 섬은 이 개발을 통해 총 364동, 19,180가구, 인구 10만 명이 거주할 수 있는 거대한 주택단지로 변신하였다. 5층 규모의 저층 아파트에 전용면적 10평 내외의 이 집단주택은 1970~1980년대 산업화의 주역이었던 중산층의 보금자리 역할을 하였다. 그리고 2000년대 초반 잠실 재개발 사업은 이곳을 30층 이상의 고층 아파트 단지로 완전히 변모시켰다.

1970년대의 첫 번째 잠실 개발이 섬의 경관과 원주민들을 모두 사라지게 만든 것처럼 두 번째 잠실 재개발은 천정부지로 오른 집값을 통해 이곳에 살던 대부분의 사람들을 이 공간 밖으로 축출하였다. 《잠실동 사람들》에 등장하는 인물 중 유일한 "이 동네의 원주민"(244쪽)인 학습지 교사 차현진의 성장과 이주는 개발의 과정과 결과를 이해하는 데 유용하다. 현진의 부모는 서울역 근처의 판잣집에서 살다 철거 보상으로 잠실 주공아파트 입주권을 받아 이곳으로 이주하였다. 비슷한 생활수준의 이웃들 속에서 나름 "평범하고 안정된 유년 시절"(244쪽)을 보냈다고 현진은 그 시절을 회상하지만 어머니의 암 발병과 함께 가세는 기울고 그녀의 가족은 집을 팔고 다른 곳을 떠돈다. 그 후 결혼을 하고 18년 만에 다시 찾은 잠실은 유년기의 추억이 어린 내밀한 장소가 아니었다. 현진은 "33층짜리 날씬한 건물들"(245쪽) 사이에서 자신이 살았던 집이 어느 위치에 있었는지조차 찾아내지 못한다. 현진이 느끼는 기억상실에 가까운 현기증은 "억하심정"과 "억울"(246쪽)함으로 감각되고 이는 "돈이 뭘까? 정말 행복은 돈하고 상관없는 걸까? 부자는…… 어떤 사람이 되는 걸까?"(246쪽)라는 상식과 윤리의 혼돈을 초래한다. 그렇게 그녀는 "별것 아닌 일도 빈부 차 때문에 그럴 거라고 비약해서 생각"하는 "없이 사는 사람의 전형이 돼가는" 자신을 "혐오"(228쪽)하며 최소한의 존중마저 상실하고 있는 자신을 인식한다.

정아은의 《잠실동 사람들》은 서민들의 주거지였던 잠실 주공아파트 단지가 철거되고 그 자리에 재건축된 고층 아파트에 살고 있는 사람들의 욕망을 파노라마식으로 묘사하고 있는 소설이다. 《잠실동 사람들》은 특정한 인물이 주인

공의 역할을 하며 하나의 사건을 중심으로 소설이 전개되지 않는다. 과거 박태원의 《천변 풍경》이 그랬던 것처럼, 특정 공간에 머무는 사람들의 동선과 이곳에서 경험하는 사건을 중심으로 전개되고 있다는 점에서 이 소설은 '잠실'이라는 문제적 장소에 대한 관찰과 묘사를 통해 주제의 핵심을 탐색하고 있는 작품으로 이해된다. 주의 깊게 보아야 할 것은 이 장소를 관찰하고 기록하는 정아은의 냉정한 시선이다. 작가는 욕망을 강조하기 위해 특정한 에피소드를 삽입하거나 평범한 사건에 파국적인 요소를 첨가하여 서사의 극단적 흥미를 추구하지 않는다. 다르게 말하자면 이 소설에는 흔히 찾을 수 있는 죽음도, 과도한 폭력도 없다. 초등학교 교사 김미하는 몇몇 학부모들이 충동질한 학생들의 등교거부에 충격을 받고 음독자살을 시도하지만 그것은 비극적 결말에 이르지 않는다. 소설의 첫 페이지에 나오는 서영의 성매매 장면은 이 작품에 묘사된 유일한 섹스이며, 그마저도 인물의 수치심에 포커스가 맞춰져 있다. 이 소설의 인물들은 아이들의 교육에 대한 대화를 나누고, 대부분의 이동은 가벼운 소비와 아이들의 등하교에 맞춰져 있다. 매력적인 과외 교사가 이곳을 방문하지만 그에게 느끼는 성적 호기심은 심각한 불륜으로 연결되진 않는다. 아이들은 간혹 말썽을 피우지만 그것은 사춘기 아이들의 가벼운 반항을 넘어서지 않는다. 아이들의 질병도 꾀병이나, 통증이 오래가지 않는 두통에 그친다. 두 번 일어나는 교통사고도 경미한 접촉 사고에 불과하다. 허인규의 비밀스러운 성매매도 아내에게 발각되지만 그것은 일상적인 말다툼 이상의 결과를 만들지 않는다. 그들은 안정적 주거 공간을 찾은 한 무리의 동물처럼 그곳에서 짝짓기를 하고, 경제적 활동을 하며, 자식들을 기른다. 모든 것은 일상적이지만 문제가 없는 것은 아니다. 다르게 말하자면 그 일상이 문제이다.

조선 시대의 여인들이 잠실에서 양잠을 하며 누에를 길렀던 것처럼 현재의 여인들은 잠실에서 자신의 아이들을 누에처럼 양육하고 있다. 그들은 부모의 재력과 시간을 갉아먹으며 성장한다. 영어와 수학 등의 집중적 지도를 통해 그들은 몇 번의 변태를 할 것이다. 그러곤 일류 대학이라는 자신만의 고치를 짓고, 나방이 되어 화려한 상류층의 불빛을 찾아 떠나갈 것이다. 물론 모든 개체의 성장이 안전한 것은 아니다. 누군가는 경쟁에 밀려 도태될 것이고, 누군가는 주변 환경에 적응하지 못하고 죽음을 맞을 것이다. 또한 누군가는 자신의 새끼들을 기르려는 다른 개체의 먹이가 되어 찢길 것이다. 멀리서 본 생태계는 목가적이지만 카메라를 가까이 접근시키면 그곳은 냉혹한 생존 법칙의 지배를 받는 끔찍한 장소로 변모한다. 정아은의 《잠실동 사람들》이 흥미로운 것은 좋은 다큐멘터리 작가가 그렇듯이 최대한 대상에 밀접한 상태로, 자신의 감정을 절제하며 관찰하고 있기 때문이다.

2. "마음은 언제나 대치동에" 혹은 '잠실'의 정치경제학

정아은은 《잠실동 사람들》에서 '잠실동'이라는 행정구역명으로 소설의 배경이 되는 공간을 지칭하고 있지만, 등장인물들에게 '잠실'은 세 개의 고층 아파트 단지—엘스, 리센츠, 트리지움—를 한정적으로 말하고 있을 뿐이다. 그곳은 '동(洞)'이라고 지칭하기보다는 '성(城)'이라고 부르는 것이 좀 더 적절할 것 같은 방식으로 존재하고 있다. 사설 경비와 일종의 바리케이드 역할을 하는 차단기, 그리고 하층민의 접근을 불허하는 높은 집값과 물가는 그곳을 외부 사람들의 출입이 용이하지 못한 곳으로 만든다. 지금도 고급 아파트 단지의 이름에 팰리스(palace)나 캐슬(castle)이란 단어가 흔히 사용되고 있다는 것은 아파트 단지가 주거의 근간인 동시에 구분과 배제의 공간 점유 방식으로 건축되고 있다는 사실을 명료하게 알려준다. 《잠실동 사람들》에 등장하는 대부분의 인물들은 리센츠에 살고 있거나, 리센츠에 출입하는 직업—가사 도우미, 원어민 강사, 학습지 교사, 과외 교사 등—을 갖고 있다. 그렇다면 그들은 왜 자신들의 주거 공간을 제한하고 한정 지을까? 미국에서 살다 귀국할 예정인 다연은 자신의 신분과 아이들 교육에 적합한 주거지를 찾기 위해 해성엄마 장유미를 만나 묻는다. "언니, 잠실이 왜 살기 좋아?"(139쪽) 유미는 이렇게 답한다.

글쎄. 일단 완전 평지에 새 아파트잖아? 서울 시내에도 평지에 이렇게 세대수 많은 단지가 세 개씩 몰려 있는 데는 여기밖에 없어. 백 퍼센트 지하 주차장이라 지상에 차가 안 다니는 것도 애들 키우는 입장에서는 큰 장점이고. 초·중·고 모두 단지 내에 있어서 애들 찻길 안 건너고 학교 다닐 수 있는 게 제일 크겠지? 단지 내 상가에 애들 병원, 어른 병원, 작은 마트 다 들어와 있고. 학원도 단지 내 상가에 그럭저럭 괜찮은 거 많고. 좀 욕심부리자면 대치동 학원들도 차로 금방이고. 또 뭐가 있지? 아, 2호선 라인이라 교통 좋은 거. 또…… 롯데월드, 한강공원, 석촌호수를 걸어서 갈 수 있다는 거. 뭐 이런 것들? 왜? 넌 이 동

네 마음에 안 들어?(139쪽)

장유미의 대답은 평이하지만 여기에는 한국의 상류층으로 진입하려고 하는 중산층의 욕망과 구조화된 응집, 그리고 철저한 배제가 분명하게 담겨 있다. 유미는 단순하게 "세대수 많은 단지가 세 개씩 몰려 있"다고 말하지만 이 공간 안으로 진입하기 위해서는 특별한 경제적 조건이 필요하다. 강북의 불광동에서 아이들 교육을 위해 살던 집을 팔고 전세 대출을 받아 잠실 리센츠 "33 평"(87쪽)으로 이사 온 허인규는 자신의 집을 방문하며 아무렇지도 않게 "제철보다 살짝 이른 최고가의 과일을 골라 박스째 배달"(32쪽)시키는 이곳 여자들의 경제적 여유와 아내가 성의를 보이지 않아 성적 욕망을 밖에서 해소하는 비용을 절약하지 못해 안타까워하는 자신의 신세를 비교하며 한탄한다. "이 여자들 남편들은 어떻게 살고 있을까? 나처럼 한 달에 벌어오는 돈이 500만 원이 안 되는 사람도 있을까?"(33쪽) 허인규의 가족이 무리하게 잠실로 이주한 까닭은 아내 박수정의 내면을 가득 채우고 있는 "거대한 상승 욕구"(90쪽) 때문이다. "비록 나는 주류에 끼어들지 못했지만 내 아이들은 주류로 살게 하리라. 주류 중에서도 가장 중심에 선 주류가 되게 하리라. 한 번뿐인 인생, 아이들이 세상의 부와 권력을 실컷 맛보게 해주고 싶었다. 집이 가난하다고, 촌년이라고 놀림당하는 설움을 자식들에겐 겪게 하고 싶지 않았다."(90쪽) "우리 지환이도 강남에서 살게 하고 싶다! 세련된 이미지와 멋진 학벌을 갖추어주고 싶다! 미래의 장차관이 될 인물들과 죽마고우로 지내게 해주고 싶다!"(91쪽) 박수정의 고백은 정도의 차이는 있지만 잠실을 주거지로 결정하고 옮겨와 자식들을 교육시키는 부모들의 은밀한 욕망을 솔직하게 말해주고 있다. 하지만 잠실이 그들의 최종적 목적지는 아니다. "마음은 언제나 대치동에 가 있었다" (91쪽)는 수정의 말처럼 그들에게 잠실은 지배계급의 신분과 공간으로 진입하기 위해서 그들이 스스로의 경제적 능력을 활용해 찾아낸 도약대와 같다.

장유미가 잠실을 살기 좋은 공간이라고 제시하는 두 번째 이유는 이곳이 독립적 생활을 가능하게 하고 주변의 접근을 쉽게 허락하지 않는다는 점이다. 단지 안에 모든 위락 시설과 교육 시설이 갖춰져 있다는 것, "백 퍼센트 지하 주차장"이라 이곳을 출입하는 모든 차량은 경비실을 통과해야 한다는 것, 그렇기 때문에 지상에서 아이들의 안전을 걱정하지 않아도 된다는 사실은 중요하다. 아이들이 "찻길 안 건너고 학교 다닐 수 있"다는 사실은 그들의 자식들에게 "빌라 사는 애들"(51쪽)이라고 부르는 하층민과 접촉할 수 있는 기회를 최대한 소거할 수 있다는 것과 그리 다르지 않다. 데이비드 하비는 도시화 과정을 진행시키는 자본축적에 대한 연구를 통해 이러한 거주분화와 사회구조의 연관을 이렇게 지적하였다.

자본주의 도시에서 거주분화는 시장능력을 획득하기 위해 필요한 희소자원에 대한 차별적 접근을 의미한다. 예를 들면 교육 기회에 대한—가족, 지리적 관계와 공동체, 교실과 대중매체로부터 나오는 경험 등 넓은 의미로 이해되는—차별적 접근은 시장능력의 세대 간 전이를 촉진시키고 전형적으로 이동기회의 제한을 가져온다. 이 기회들은 매우 구조화된 나머지 화이트칼라 노동력이 화이트칼라 근린관계로 재생산되고, 블루칼라 노동력은 블루칼라 근린관계

로 재생산되어 구조화된다. 그 공동체는 재생산의 장소에 적합한 노동력이 재생산되는 재생산의 장소이다.[1]

'맹모삼천지교(孟母三遷之敎)'라는 오래된 동양의 격언을 연상시키는, 엘리트는 엘리트 이웃 속에서, 육체노동자는 빈민 이웃 속에서 재생산된다는 하비의 지적은 재생산의 과정에 개입할 수 있는 다양한 요소를 고려하지 않은 단순화라는 비난을 받을 수는 있겠지만 그렇다고 가볍게 흘려들을 주장은 아니다. 오히려 한국처럼 엘리트와 기득권 위주의 중앙 집중화된 구조를 가진 사회에서 하비의 주장은 무서울 정도로 공간분할의 핵심에 접근하고 있다. 모든 문화적·교육적·경제적 자원이 서울로, 서울에서도 강남으로 집중되어 있는 환경, 그리고 서열화된 대학의 졸업장이 엘리트임을 증명하고 그것이 기득권으로 가는 안정된 길이 되어주는 사회에서 학교 교육과 아이들의 성장은 대학 입시 경쟁이라는 하나의 제도에 집중될 수밖에 없는 것이다. 원어민 강사 지미 더글러스가 한국행 비행기를 타기 위해 공항에 갔을 때 "한국에 대학 입학 시험이 있는데, 비행기 도착 시간이 그 시험의 듣기 평가 시간대와 겹"치기 때문에 이륙 시간을 지연한다는 에피소드에서 "특별"(115쪽)함을 느낀 것은 이러한 사회의 구조적 속성에 대한 예민한 감지이다. 지미의 연인인 세미가 확인시켜준 것처럼 한국에서 대학 입시는 "어느 대학을 들어가느냐가 인생의 반을, 아니 그 이상을 결정하"(124쪽)는 가장 중요한 "게임"이자 "경마"와 같다.

---

1) 《도시의 정치경제학》, 데이비드 하비 지음, 초의수 옮김, 한울, 1995, 156쪽.

잠실이 살기 좋다는 말은 중산층 사람들의 내면에 깊게 박힌 욕망, 즉 "거대한 상승 욕구"와 이를 획득하기 위한 희소 자원에 접근하기 용이하다는 것을 말해준다. 잠실이 멋이 없다고 답하는 다연의 말에 유미가 그녀를 순진한 바보처럼 느끼는 것은 너무나 당연하다. 한국인이라면 누구나 "마음은 언제나 대치동에" 가 있는 것이다.

3. 우리 시대의 쥘리앵 소렐

《잠실동 사람들》에 등장하는 많은 사람들 중에서 가장 흥미로운 인물은, 그 분량의 단출함에도 불구하고, 과외 교사인 김승필이다. 그는 지환의 영어 과외 교사로 서사에 처음 등장하지만 그를 주목하게 만드는 것은 삼성동에서 태어나고 자란 도시 빈민이라는 성장 내력과 "헐렁한 추리닝을 걸치고 편의점에 술을 사러 나가도 지나가던 여자가 돌아볼 정도로 눈에 띄는 그의 수려한 용모"(73쪽), 그리고 뛰어난 언어 감각으로 우리 시대의 라틴어인 영어를 독학으로 마스터했다는 사실이다.

마산에서 무작정 상경하여 공사장 인부로 살아가던 아버지가 추락사한 후 그의 어머니는 노는 땅에 무단으로 농사를 지으며 자식을 키운다. 자신이 어린 시절 살던 집터에 "L그룹 사옥이 들어서 있고 그 주위를 코엑스, 현대백화점, 인터컨티넨탈 같은 고층 건물들이 포위하듯 둘러싸고 있다"(69쪽)는 진술과 "삼성동 이곳저곳을 메뚜기처럼 옮겨 다니며"(69쪽) 농사를 짓고 살았다는 술회는 김승필과 그의 가족을 지독하게 착하지만 세속의 이치에 너무나도 둔감한, 일종의 '고귀한 야만인(noble savages)'과 다를 바 없는 예외적인 존재들로 인지하게 한다. 승필은 "유명 대학의 지방 캠퍼스에서 영문학을 전공"(71쪽)하고 자신이 가진 뛰어난 언어 감각을 통해 어학연수 없이 영어를 마스터한다. 그러곤 이 재능을 토대로 출세하기 위해 통역 대학원 입학을 준비한다. 하지만 준비 과정에서 만난 소영이 임신을 하자 그는 당연한 순서라는 듯 결혼을 하고, 가정의 건사와 아내의 학업을 뒷받침하기 위해 학원 강사가 된다. 하지만 통역 대학원 진학과 졸업에 성공한 아내는 9년을 함께 살았던 승필과 이혼하고 두 달도 되지 않아 "모 재벌기업의 3세"이며 "여당 국회의원 보좌관"(71쪽)인 한 남자와 재혼을 한다. 술에 취해 시간을 탕진하던 승필에게 삶의 의욕을 불어넣은 것은 신문에서 본 전처의 웃는 얼굴이었다. "유럽 어느 나라의 공주라는 늙은 외국인 옆에서 화사하게 웃고 있는 소영의 얼굴을 본 순간 살아야겠다는, 그것도 아주 잘 살아야겠다는 욕망이 훅 치고 올라왔다."(73쪽)

자신의 욕망을 인지한 김승필은 출세를 위해 필요한 처세술이 무엇인지 재빠르게 깨닫는다. 그는 "K대 영문학과 졸업, 대치동 W학원 출신, 초등 영어 경력 8년"(73~74쪽)이라고 자신의 경력을 위조한 전단을 만들어 붙인다. 그가 선택한 처세의 방식은 '위선'이다. 스탕달 식으로 말하자면, "이 '위선'이라는 무서운 말에 도달하기까지 이 시골 청년은 오랜 영혼의 편력을 겪어온 것"[2]이고 정아은 식으로 말하자면 삼성동에서 농사지으며 살아온 이 강남 청년은 오

---

2) 《적과 흑》, 스탕달 지음, 김붕구 옮김, 범우사, 1989, 36쪽.

랜 가난의 편력을 겪어온 것이다. 김승필은 그가 가진 언어적 재능과 "어딘가 강남 필이 나는"(88쪽) 매력적인 외모, 그리고 그를 강남 출신의 엘리트로 만들어준 위조된 경력을 바탕으로 소설의 서사가 전개되는 대부분의 공간에 어떠한 장애도 없이 진입한다. 심지어 지환엄마 박수정의 은밀한 연정을 받는 지경에 이른다. 하지만 그의 성공은 거기까지이다. 그는 자신의 경력을 의심한 리센츠 여자들의 확인 절차를 통과하지 못하고 다시 그가 살고 있는 냄새나는 지하 빌라로 추락한다.

김승필의 출세욕이 성공을 거두지 못했던 것은 그의 영어 실력이나 지도 방법이 부족했던 것은 아니다. 그의 경력이 위조라는 사실이 드러났음에도 그를 찾아와 지환을 계속 지도해달라고 부탁한 박수정의 제안은 이를 잘 알려준다. 그의 실패 원인은 그가 철저한 '위선'으로 자신을 변장할 줄 몰랐다는 것, 자신이 가진 용모가 얼마나 유용한 재능인지 알지 못했다는 것, 그리고 박수정이 보여준 연정의 표출을 전혀 눈치채지 못할 정도로 순진했다는 것에서 찾을 수 있다. 김승필은 지하 빌라로 자신을 찾아온 박수정의 제안을 거절할 만큼 고지식한 자존심의 소유자이기도 하다. 역설적으로 말하지만 그는 가난한데다가 착하기까지 하다.

김승필의 전략과 대조적으로 읽히는 것은 중앙 집중적 구조를 가진 "특별" 한 한국 사회에 성공적으로 정착하는 지미 더글러스의 처세이다. 영어를 모국어로 가진 "눈이 파란 백인"(117쪽)인 더글러스에게 한국은 그가 가진 인종적 특성이 그를 엘리트로 만들어주는 사회이기 때문이다. 또한 지미는 자신에게 접근하는 여자들의 은밀한 욕망을 빠르게 캐치하고 이를 적절하게 자신의 쾌락과 출세의 발판으로 삼을 수 있을 만큼 영악하다. 지방대학 출신이지만 영어 실력은 출중한 김승필이 몰락하고 리센츠에서 축출되는 것과는 달리, 지미 더글러스가 이 공간에 안정적으로 정착하는 것은 이 중앙 집중화된 공간의 구조와 이 시대를 성공적으로 살아가는 사람이라면 누구나 가져야 할 '위선'이라는 처세술을 인식하지 않고서는 이해될 수 없다.

4. 타인의 냄새

"냄새는 기억과 욕망의 감각"이라는 루소의 지적은 날카롭고 흥미롭다. 역사적으로 볼 때 후각은 시각과 같은 다른 감각기관에 비해 열등하고 저열한 것으로 여겨졌다. 플라톤은 시각이나 청각이 이데아의 세계와 접촉할 수 있게 해주므로 '고상하다'고 여겼으며, 후각은 육체적 쾌락을 즐기는 사람에게나 중요하다고 말했다. 이성을 중시하는 로고스 중심주의 속에서 절대적으로 찬미된 것은 시각이었으며, 후각은 불확실한 심리적 상태나 육체의 순간적이고 즉흥적인 반응에 기인한 신뢰할 수 없는 감각으로 치부되었다. 후각이 보다 의미 있는 것으로 취급되기 시작한 것은 직관이나 감정을 창의의 원천으로 여겼던 낭만주의 시대의 문학부터이다. 예술적 표현들은 후각을 비롯한 인간의 감정과 감성을 자극하는 감각을 찬미하기 시작했다. 낭만주의자들에게 후각적 표현은 언어가 명확히 전달하기 어려운 감정이나 상태를 에둘러 말할 수 있게 해주는 중요한 문학적 수사였다.

흔히 사람들은 서로 다른 계급과 민족의 구성원을 냄새로 구분할 수 있다고 생각하지만 그것은 다른 사람들에 대한 혐오감이나 적대감의 표현일 뿐이다. 사람은 자기 자신의 체취를 잘 지각하지 못하며 자신이 속한 집단에서는 냄새가 나지 않는다고 간주하는 경향이 있다. 《잠실동 사람들》에서 인물들의 계급적 구분을 공간의 분할만큼 분명하게 알려주는 것은 바로 이 냄새이다. 후각은 인물들의 감정을 무엇보다 정확하게 표현하는 감각으로 사용된다. 허인규와 원조교제를 하고 있는 이서영이 견딜 수 없는 것은 자신이 생존을 위해 육체를 매매하고 있다는 처참한 현실이 아니라 그의 입에서 나는 "구취"(9쪽)이다. 그녀가 이 악취를 참기 위해 동원하는 상상에서 허인규를 "물컹물컹한 살점이 덧입힌 커다란 벌레"로 취급하는 것은 흥미롭다. 이것은 허인규의 구역질 나는 냄새가 사실은 그의 입이 아닌 "돈을 매개로 만났지만 나름 배려하며 대했기 때문에 상호 친분이 생겼다고 생각하는"(15쪽) 가진 자들의 허위의식에서 기인하고 있음을, 그것이 사실은 강렬한 계급적 적대감에서 유발된 극도의 혐오감임을 알려주고 있기 때문이다. 하지만 이것은 이서영만의 감각은 아니다. 허인규 역시 그녀의 지하 빌라에서 나오자마자 크게 심호흡을 하며 악취에서 벗어난 사실에 감사한다. "저렇게 좁고 냄새나는 곳에 사람이 살다니."(18쪽) 허인규가 감각하는 악취는 그가 서사의 중간중간 이서영에 대한 애틋한 연민과 애욕을 고백하고 있지만 그것이 사실은 더 강렬한 성적 만족을 위해 동원하고 있는 '위선'이라는 사실을 알려준다.

김승필—그의 옆집에 살고 있는 사람은 이서영이다—이 이혼 후 거주하게 된 지하 빌라의 계단에서는 "쓰레기 냄새와 똥오줌 냄새가 코를 찔렀"(66쪽)

고, 그의 집에서는 "늘 비릿한 냄새"(67쪽)와 김빠진 맥주 냄새가 지독하다. 이곳에서 김승필이 피우는 담배 냄새는 오히려 방향제와 같은 역할을 하기도 한다. 변비에 시달리는 학습지 교사 차현진이 소중한 "변의"를 느껴도 학생의 집 화장실을 사용하지 않는 이유 역시 냄새를 풍기고 싶지 않아서이다. 악취야말로 그녀의 계급적 처지에서 기인하는 나약함을 타인에게 명백하게 노출시키는 증거이기 때문이다. 이렇듯 《잠실동 사람들》에서 냄새는 어떤 공간에 진입하거나 어떤 사람과 접촉할 때 인물들이 제일 먼저 토로하는 솔직한 감각으로 제시된다. 그것은 계급적 구분이며, 타인에 대한 혐오와 적대감의 표현이다.

이와 반대로 좋은 향기 혹은 자신과 유사한 냄새는 안락감과 친밀감을 선사한다. 태민엄마 심지현과 장유미, 박수정이 소비를 위해 찾아가는 스파나 고급 레스토랑, 카페에서 감각하는 향기는 그들에게 편안함과 즐거움을 준다. 그들은 자신의 집을 고급 레스토랑이나 카페처럼 꾸미고 치장하는 데 돈을 아끼지 않는다. 학생들의 등교거부를 주도한 것으로 몰려 심리적 압박을 받게 된 장유미가 다시 안정감을 찾게 되는 것도 그녀의 아이에게서 풍기는 친밀한 냄새 때문이다. "해성을 안아 드는데, 깡마른 아이 몸에서 땀 냄새 섞인 단내가 훅 끼쳐왔다. 순간 가슴 가득 애틋한 감정이 차올랐다. 아직 아기구나. 유미는 해성의 머리 깊숙이 코를 박고 냄새를 맡았다. 아직 아기구나. 아직 아기야."(427쪽) 그러나 더욱 중요한 것은 다른 사람의 냄새에서 불쾌감을 느끼거나 향기에서 친숙감을 느끼는 것이 아니라, 그 냄새를 견디며 살아가는 사람들의 모습에서 자신이 살고 있는 사회에 깊숙이 박힌 억압적 구조와 그런 사회를 용인하고 만든 인간에 대한 수치심을 깨닫는 것이다. 여기서 니체가 적어놓은 구절을 기억해보는 것은 중요하다.

오, 나의 벗들이여! 사물의 이치를 터득하고 있는 자는 말한다. 수치심, 수치심, 수치심, 그것이 바로 인류의 역사라고.

고결한 사람은 그 때문에 다른 사람이 수치심을 갖지 않도록 배려한다. 그들은 그들 자신에게 고통받고 있는 사람들 앞에서 수치심을 느낄 것을 명한다.

참으로 나는 연민의 정이란 것을 베풂으로써 행복을 느끼는, 자비로운 자들을 좋아하지 않는다. 그들은 너무나도 수치심을 모른다.[3]

박수정은 지환의 교육을 부탁하기 위해 찾아간 김승필의 집에 들어서자마자 "숨이 막힐 것 같은 지독한 악취"(389쪽)를 맡는다. 그녀가 그 끔찍한 냄새를 참으며 김승필을 찾아온 이유는 표면적으로 지환의 영어 과외 때문이지만 사실은 그에게 "평생 잊지 못할 공개적이고 노골적인 망신"을 준 "자신에게 면죄부를 주고 싶"고 이를 통해 "타인에게 함부로 대했다는 죄책감을 희석시키고 싶었"(395쪽)기 때문이다. 하지만 그녀가 그의 집을 떠날 때 느낀 것은 "이 냄새나는 공간"에서 승필이 살아가고 있다는 안타까움과 "밝고 깨끗한 공간으로 돌아가게 되었다는 안도감"(397쪽)이다. 이는 그녀가 가진 저속함을 반성하는 수치심으로 돌아오고, 잠시나마 "감사하면서 살자. 이미 가진 것에

---

3) 《차라투스트라는 이렇게 말했다》, 프리드리히 니체 지음, 정동호 옮김, 책세상, 2000, 141쪽.

만족하고 베풀면서 살자"(397쪽)는 반성을 하게 만든다.

　물론 이러한 반성은 박수정이 김승필에게 품고 있는 연정에서 기인한 순간적이며 즉흥적인 감정에 불과하다. 《잠실동 사람들》에 등장하는 대부분의 인물들은 흥미롭게도 서로의 기억 속에서 연결되는 '아는 사람들'이다. 서영은 승필의 옆집에 살며, 초등학교 교사 김미하의 오래전 제자이기도 하다. 또한 서영의 엄마는 수정과 유미의 집에서 가사 도우미 일을 하고 있다. 서영의 아버지는 미하의 어린 시절 친구이기도 하다. 시간과 공간의 겹침 속에서 대부분의 인물들은 관계를 맺고 있지만 그들은 서로를 '아는 사람'이라고 인지하지 못하며, 서로에게서 풍기는 냄새를 통해 적대감과 혐오감을 표출한다.

　《잠실동 사람들》은 '지금 여기'의 시간과 공간을 배경으로 서술되고 있기에 2014년 말 언론에 지속적으로 보도된 "제2롯데월드 공사"로 인한 "싱크홀"(255쪽)을, 중요하게 취급하고 있진 않지만, 놓치지 않고 기록하고 있다. 하지만 정아은이 《잠실동 사람들》을 통해 독자들에게 제시하고 있는 것은, 이미 더 심각한 "싱크홀"이 이 시대를 살아가는 인간들의 가슴에 뚫려 있고, 그로 인해 우리의 삶이 되돌릴 수 없을 만큼 붕괴하였다는 사실이다.

작가의 말

　이 소설은 《모던 하트》를 쓰면서 생겨난 부산물 같은 이야기입니다. 사회적 층위가 어느 정도 정해진 상태에서 살아가는 사람들의 이야기를 쓰다 보니 문득 이들이 어떻게 해서 그런 모습이 되었는지 궁금해졌고, 사회적 층위를 가르는 가장 핵심적인 요인 중 하나가 교육이라는 사실을 알게 되었습니다. 《모던 하트》를 출간하자마자, 교육에 관한 책을 찾아 읽고, 교육 관련 일에 종사하시는 분들을 열심히 찾아다녔습니다. 교육이라는 키워드를 따라가다 보니 많은 분야와 만나게 되더군요. 정치, 경제, 역사, 지리, 건축 같은 학문의 전반적인 분야가 모두 교육과 긴밀한 연관을 맺고 있었습니다. 그중 가장 저를 매료시킨 것은 공간사였습니다. 내가 지금 살고 있는 곳은 원래 누구의 소유였는가? 그는 어떻게 해서 이곳을 소유하게 되었는가? 의문은 점점 증폭되어 종내는 해방 전후의 사회사로까지 거슬러 올라가게 되었습니다. 지금 대한민국을 이루고 있는 수많은 힘들의 우열은 어떻게 결정되었는가? 그 과정은 정당했는가? 당연하게 받아들이며 살았던 일상의 시공간들이 갑자기 커다란 물음표로 다가왔고, 저는 수많은 역사적 사실들 사이를 넘나들며 울고 웃고 안타까워했습니다.

잠실은 70년대에 정부에서 대대적으로 조성했던 5층짜리 아파트 단지 네개를 모두 밀어버리고 30층에 가까운 고층 아파트로 가득 채운, 한국인의 역사와 문화와 가치관을 보여주는 전형과도 같은 동네입니다. 길고 날카로운 칼처럼 하늘을 찌르고 있는 고층 빌딩 숲 바로 건너편에는 과거의 모습을 그대로 보여주는 재래시장과 낮은 빌라촌이 공존하고 있지요. 대한민국의 오래된 아파트들 대부분이 재건축을 거쳐 30층 이상의 고층아파트로 올라갈 예정이라는 사실을 고려해보면 잠실은 대한민국 거주문화의 명징한 미래라고도 할 수 있을 것입니다. 이것이 제가 소설의 배경으로 잠실을 택한 이유이고, 또한 이 소설이 잠실에 대한 이야기만은 아닌 이유입니다. 소설 속 인물들은 대단지 고층아파트라면 어디에서든 흔히 마주칠 수 있는 전형에 불과합니다. 부디 그 인물들이 잠실동 주민 모두를 대변한다고는 생각하지 말아주셨으면 합니다.

소설을 쓰기 전엔 교육이 바뀌어야 나라가 바뀌겠구나, 생각했습니다. 소설을 쓰면서는 나라가 바뀌어야 교육이 바뀌겠구나, 생각했지요. 소설을 마칠 때쯤엔 그런 생각을 했던 자신이 참으로 어리숙하게 느껴졌습니다.

소설 속에서 가끔 현실에 존재하는 인물이나 기관, 단체가 등장하지만 그 묘사는 허구이며 실제와 아무런 관련이 없습니다. 특히 초등학교나 선생님들에 관한 이야기는 모두 제가 만들어낸 허구입니다.

귀한 시간을 쪼개어 추천사와 해설을 써주신 윤성희 작가님, 서희원 선생님, 부족한 글을 다듬고 보완해주신 이지은 편집자님께 깊이 감사드립니다. 쓸수록 발전하는 작가가 되겠습니다.

2015년 1월
정아은

잠실동 사람들

©정아은 2015

초판 1쇄 발행 2015년 2월 2일
초판 10쇄 발행 2021년 2월 19일

지은이 정아은
펴낸이 이상훈
편집인 김수영
본부장 정진항
문학팀 김준섭 하상민
마케팅 천용호 조재성 박신영 성은미 조은별
경영지원 정혜진 이송이

펴낸곳 한겨레출판(주) www.hanibook.co.kr
등록 2006년 1월 4일 제313-2006-00003호
주소 서울시 마포구 창전로 70 (신수동) 화수목빌딩 5층
전화 02-6383-1602~3 **팩스** 02-6383-1610
대표메일 munhak@hanibook.co.kr

ISBN 978-89-8431-877-9   03810